脑 瘫 物 理 治 疗

Physical Therapy of Cerebral Palsy

原著　**Freeman Miller**

主译　毕　胜

译者

毕　胜	中国人民解放军总医院
李　军	中国人民解放军总医院
黄　真	北京大学第一医院
王　翠	北京大学第一医院
刘建军	中国康复研究中心
张　琦	中国康复研究中心
胡春英	中国康复研究中心
何　艳	中国康复研究中心
张　缨	中国康复研究中心
黄　薇	中国康复研究中心
李宴龙	中国康复研究中心
刘海娟	中国康复研究中心

人民卫生出版社

脑瘫物理治疗
毕胜 等译
中文版版权归人民卫生出版社所有。

敬告

  本书的作者、译者及出版者已尽力使书中的知识符合出版当时国内普遍接受的标准。但医学在不断地发展，随着科学研究的不断探索，各种诊断分析程序和临床治疗方案以及药物使用方法都在不断更新。强烈建议读者在使用本书涉及的诊疗仪器或药物时，认真研读使用说明，尤其对于新产品更应如此。出版者拒绝对因参照本书任何内容而直接或间接导致的事故与损失负责。

  需要特别声明的是，本书中提及的一些产品名称（包括注册的专利产品）仅仅是叙述的需要，并不代表作者推荐或倾向于使用这些产品；而对于那些未提及的产品，也仅仅是因为限于篇幅不能一一列举。

  本着忠实于原著的精神，译者在翻译时尽量不对原著内容做删节。然而由于著者所在国与我国的国情不同，因此一些问题的处理原则与方法，尤其是涉及宗教信仰、民族政策、伦理道德或法律法规时，仅供读者了解，不能作为法律依据。读者在遇到实际问题时应根据国内相关法律法规和医疗标准进行适当处理。

图书在版编目（CIP）数据

脑瘫物理治疗/（美）米勒（Miller，F.）著；毕胜主译.
—北京：人民卫生出版社，2011.11
 ISBN 978-7-117-14413-1

 Ⅰ.①脑…　Ⅱ.①米…②毕…　Ⅲ.①脑病：偏瘫-物理
疗法　Ⅳ.①R742.3

 中国版本图书馆 CIP 数据核字（2011）第 099994 号

门户网：www. pmph. com	出版物查询、网上书店
卫人网：www. ipmph. com	护士、医师、药师、中医
	师、卫生资格考试培训

版权所有，侵权必究！

图字：01-2010-1880

脑瘫物理治疗

主　　译：毕　胜
出版发行：人民卫生出版社（中继线 010-59780011）
地　　址：北京市朝阳区潘家园南里19号
邮　　编：100021
E－mail：pmph @ pmph. com
购书热线：010-67605754　010-65264830
     010-59787586　010-59787592
印　　刷：北京人卫印刷厂
经　　销：新华书店
开　　本：889×1194　1/16　印张：17　字数：679千字
版　　次：2011 年 11 月第 1 版　2011 年 11 月第 1 版第 1 次印刷
标准书号：ISBN 978-7-117-14413-1/R·14414
定　　价：99.00 元

打击盗版举报电话：010-59787491　E-mail：WQ @ pmph. com
（凡属印装质量问题请与本社销售中心联系退换）

前　言

脑瘫是一种影响个人、家庭和就近社区的终身状况。因此，为了使脑瘫患者的缺陷对生活影响最小，需要对其个人和家庭进行全面的特别关注。此外，社会需要对残疾人有更多的关照和考虑，为他们减少建筑障碍，提供适宜的公共交通和交流条件。教育系统是帮助个人在社会中发挥作用和最大能力的重要手段。在许多方面，医疗保障系统在为脑瘫患儿在社会中发挥最佳作用中扮演了最显著的角色。但是，医疗保障系统也是父母最先认识到他们的孩子的发育问题已经超出他们预期的正常状态，同时父母虔诚地期望他们的孩子能够恢复正常是非常普遍的现象。由于精神信仰的减弱或奇迹般治愈的减少，使残障儿童父母的热切希望下降。

本书目的是帮助脑瘫患儿发展成为一个成年人，使他们功能障碍的影响得到控制，对他们在成人功能方面的影响减少。这一意图基于这样一个事实，在生长过程中肌肉骨骼系统经过理想的管理，残疾发展的进度可能会进展很慢。也许在良好的肌肉骨骼处理方面，更重要的是通过在童年时代帮助孩子和家庭，使他们保持对顺利成年生活的现实希望。要达到这个目标需要医生去了解孩子和家庭，并以富有同情心的方式与患儿功能上切合实际的期望进行沟通。由于多种原因，提供这类护理的最大困难是医生照顾患者的时间有限。矫形外科医师也有同感，脑瘫不能被治愈（不能让孩子具有正常功能），因此导致这项工作使人有挫败感。因为父母对孩子的治疗没有进展感到沮丧，医生必须在与感到绝望的患者和家属的沟通上保持平衡，并且去体会哪些事需要做，一般情况是跟腱的延长。所有的医疗决策，包括手术，要始终兼顾短期和长期的影响。随着每个决策的指定，医生应该问："在孩子是一个成熟成年人的时候，这个建议的影响会是什么？"这是最困难的角度，特别是对经验较少的年轻医生。本书意图提供尽可能多的关于这方面的见识。

另一个问题是有关脑瘫治疗的治疗反应及自然历史科学文献的贫乏，这个问题是在写这本书的过程逐渐体现出来的。文中少量内容是来自于自然历史和少量的长期研究，大部分来自于专家的观察。写这些目的不是为了说这是绝对事实，而是为了提供一个获取信息的起点，希望能够激励其他人提出问题并从事研究，以证实或否定一些观念。

这项研究目的是帮助治疗脑瘫患儿，研究需要进行规划，并对患儿成长和发展的长期影响因素进行评估。所有的治疗也应当考虑到对患儿的负面影响。例如：一些现代优秀研究分析了一些踝关节矫形器对患儿的影响。尽管儿童可以立刻从矫形器改善步态中受益，但也有可能是没有长远的好处。因此，如果孩子因为在10岁同龄人的压力下表现出强烈反对使用支具，那么支具不能以成本效益分析作为理由来配戴。

考虑科学证据的质量也非常重要，范围从双盲实验设计至病例报告，但同样重要的是不要让科学证据的质量停滞不前。例如，优秀的双盲研究显示，肉毒杆菌毒素降低肌肉痉挛，在几个月内改善了步态。因此，为了让孩子在完全发育成熟时尽可能有最正常的功能，需要考虑这些我们所需要进行的研究。由于目前没有证据表明，肉毒杆菌在长期使用中既有正面影响也有负面影响，家庭和医生应当共同决定在肉毒杆菌注射时是否应该有一个积极的成本效益比，因为它的影响将只持续大约6个月。相比之下，没有双盲实验研究表明，跟腱延长术后3～6个月可改善步态。因为手术的目的是要改善步态，所以并没有这样的研究需求，而数年后已有改善并在成年时取得进步。最重要的是手术完成后使患儿在成年期没有残疾。从这个角度来看，一个有1.5年后续追踪的良好的病例对照系列研究，比只有6个月的后续观察期的双盲研究要有用得多。

此书应该鼓励的重点是具有长期治疗效果、可以提高知识基础的研究。然而，并不是因为科学知识基础差就意味着我们不给当前的病人应用最好的科学知识。除了研究，个别专业人员能够通过个人的经验扩展他们的知识基础。这意味着，医生应通过良好的记录对儿童和家庭进行跟踪随访。到目前为止，我最好的信息来源一直是我通过每一年或两年的录影带跟踪了10～20年的一些孩子们。医生的经验对增加肌肉骨骼治疗领域相对贫乏的科学知识基础来说是极其重要的。进行持续的后续关注为脑瘫患者和家属带来希望也是很重要的。

如何使用 CD

CD 的文章可以用浏览器打开，因为 CD 上的数据用 XML 和 JAVA 编码，所以只有 2002 年以后发行的浏览器才能完整地读取数据，例如：Netscape7.0，IE6.0 或者 Safari。该书在题为"Main"的段落上的一些文字是按主题组织的，在 CD 上的所有引用都有摘要，可以通过引用的链接打开。病例也可以通过主段的引用打开，有一名为"病例"的章节，根据在书中列出的名字列出了所有案例。案例后面是一些问题，可以用来进行在线理解力的测试或材料的研究。还有一章叫"测验"，列出了根据案件名称划分的测验，这些测验是开放的，答案涉及整个案例的叙述。测验的答案将以列表显示，以保持一个每节的正确答案总和。每个测验完毕，将改变颜色提醒读者已完成了该测验的审查。在书中每章末尾，标题为"决策树"的段落是治疗方案。这些树的建立使感兴趣领域在主段联系到一起，方便进一步的阅读。"搜索"一节是一个电子索引，用来搜索"主要"章节中的特定主题。由于空间限制，只有个别章节可在同一时间内查到。因此如果您想搜索"拐杖"，应该首先转到耐用医疗用品的一章，然后再进行搜索。搜索结果能够让您直接到达感兴趣的地方。"历史"一节保存了已经浏览过的区域，因此如果您想回到章节中早些时候读过的地方，您可以打开历史，它将使您返回到该区域。"版本"一节包含 CD 的使用信息和致谢。

总之，CD 会包括书中没有的视频、个案研究测验和摘要参考。CD 中不包含书中收录的重要部分，包括关于康复技术、外科图集。书和光盘是为了互相补充，但也可单独使用。

致谢

此书和光盘之所以能够问世全是由于我得到了人们广泛的支持。最关键的支持来自 Nemours 基金会的管理层，特别是 Roy Proujansky 和 J. Richard Bowen，他们给我足够的时间来开展这个项目。我能够有时间进行写作，全靠我的合作者、同事、Kirk Dabney、Suken Shah、Peter Gabos、Linda Duffy 和 Marilyn Boos 的慷慨支持，他们对我的病人进行耐心照顾为我节省了大量的时间。我非常感激那些为我提供丰富材料的撰稿人，也非常感谢那些通过顾问给我反馈的广泛且极其重要的角色。尽管已经有繁重的任务在身，Kirk Dabney 仍挤出时间阅读所有的图书。Michael Alexander 以他丰富的经验对康复章节的编辑工作做出了卓越贡献。没有 Kim Eissmann、Linda Donahue、Lois Miller 专心致志的工作，写作和编辑的任务就不可能进行。CD 的制作涉及大量的编辑细节和 HTML 编码，其中大部分是由 Linda Donahue 进行的。为了使案例更加个性化，由 Lois Miller 赋予一个独特的名字。为了使 CD 在所有格式的计算机上能够直观的呈现，需要在编程技术上付出很多努力，Tim Niiler 耐心地完成了这项具有挑战性的工作。视频马赛克和格式由 Robert DiLorio 完成。图形制作需要理解复杂的材料，Erin Browne 在他颤长的这个领域做了很多贡献。没有他们对概念的理解，并使它们在视觉上逐渐明晰，制作将不可能完成。感谢 Sarah West 为图形设计模板。我还要特别感谢 Barbara Chernow 和 Chernow Editorial Services 公司的工作人员。如果没有 Robert Albano 和 Springer 的员工在本书制作期间进行的长期支持，这个项目将会有更多的困难。最后，我最想感谢那些允许我向他们学习，并愿意和许多不同级别的运动障碍患者相处的孩子和家庭。我将这份工作奉献给家庭和孩子们，希望它能够更多地引起专业医疗人员的关心和理解。

Freeman Miller，MD

作　　者

Associate Editors

Kirk Dabney, MD
Michael Alexander, MD

Contributors

Mary Bolton, PT
Kristin Capone, PT, MEd
Diane Damiano, PhD
Jesse Hanlon, BS, COTA
Mozghan Hines, LPTA
Diana Hoopes, PT
Elizabeth Jeanson, PT
Marilyn Marnie King, OTR/L
Deborah Kiser, MS, PT
Liz Koczur, MPT
Maura McManus, MD, FAAPMR, FAAP
Betsy Mullan, PT, PCS

Denise Peischl, BSE
Beth Rolph, MPT
Adam J. Rush, MD
Carrie Strine, OTR/L
Stacey Travis, MPT

Consultants

Steven Bachrach, MD
John Henley, PhD
Douglas Heusengua, PT
Harry Lawall, CPO
Stephan T. Lawless, MD
Gary Michalowski, C-PED
Edward Moran, CPO
Susan Pressley, MSW
James Richards, PhD
Mary Thoreau, MD
Rhonda Walter, MD

目　　录

第一篇　脑瘫的管理

第二篇　康　复　技　术

第 一 篇

脑瘫的管理

第1章

儿童、父母和目标

脑瘫是儿童由于静止的、非进行性脑损伤造成的一种运动性残疾（瘫痪）状态。致病因素必须发生在儿童早期，通常界定为小于2岁。脑瘫儿童处于一种稳定的、非进行性的状态；因此，他们较正常儿童在许多方面有特殊的需要。理解脑瘫个体的医疗和解剖问题是重要的，然而，总是在头脑中保持更长远的目标（就像所有正常儿童）也是重要的。这些孩子、他们的家庭、医疗关照、教育和乃至社会的目标是为了他们的生长和发育达到最大的能力，以使他们可以成功地成为对社会有贡献的一员。在本文其他部分所讨论的更详细的解剖细节中，保持长远目标尤其重要。

脑瘫儿童有何不同？

当关注每一个特殊的解剖问题时，这些与整体儿童相关的解剖问题的重要性需要放在一个恰当的背景当中。脑瘫儿童的问题应该在正常生长和发育的远景下进行评价，就像患有疾病的正常儿童，例如：一个耳道感染需要医学处理的孩子。然而，维持脑瘫儿童的问题在一个恰当的背景当中，不总是轻而易举的。在某种程度上，恰当背景的重要性就像一个孩子在周三做拼写家庭作业以便通过周四的拼写考试一样重要。同样地，练习钢琴是成功演奏钢琴所必需的。即使每一个这样的行为对最终成为一个自信的、受教育的、自我定向的、对社会有贡献的年轻人是重要的，但每个事件的正确结果在整体目标中不可能全部是重要的。通常，一个小目标的成功，例如在一个特殊的测试中，没有一个主要的失败重要，直到几年后，失败或者成功的测量标准才被认识到。就多数儿童事件来说，长期影响更多取决于事件如何被处理，较少取决于事件的特别结果。

对脑瘫儿童，除了儿童时期的典型体验以外，就是他们脑瘫治疗的体验。不同儿童可能经历不同的事件，例如：手术、治疗（包括PT和OT），非常不同。从儿童方面来看，这些事件的长期影响通常是积极的或者消极的，取决于他们与治疗师和医生之间的关系。这些儿童存在身体问题，这是本文重点关注的；然而，脑瘫影响整个家庭和社区的关系和脑瘫如何影响家庭、社区将在本章详细讨论。

生长和发育的过程涉及许多因素。在孩子长远的成功治疗中，最重要的因素之一是家庭照顾者。而且，对脑瘫儿童家庭，其可能受到的影响就像孩子有身体问题一样多。医疗人员不只要看到与脑瘫相关的孩子的问题，还应该看到其家庭的问题，这是很重要的。社会越来越认识到：当家庭照顾者积极参与时，正常儿童的教育才能最好的进行。而且，为脑瘫儿童提高医疗帮助必须考虑到他们整个家庭。这些孩子的结局大致取决于他们的家庭，就像正常儿童教育的成功决定于他们的家庭一样。如果他们没有认识到家庭的作用的话，家庭的重要性不会为医务人员提供借口，而使教育者变得悲观。在这个环境中，专业的护理人员必须尽可能多地帮助每一个孩子，但要认识到他们在照看这些孩子中的位置和局限。没有认识到自己帮助能力局限的医务人员，通常会因失败的感觉而不堪重负，并因此很快感到筋疲力尽。

脑瘫儿童的家庭影响

在脑瘫儿童、家庭单位和医疗服务提供者之间应该发展起健康的联系。脑瘫的变化非常大，从很轻微的运动影响到很重的伴有许多并发症的运动残疾。另外，家庭的差异也很大。为了向脑瘫儿童提供适当的处理，医生需要理解儿童生活的家庭结构。因为时间紧迫，这个洞察力经常难以开展。从年轻的、十几岁的、有家庭支持的母亲，到单亲家庭，再到有双份收入的、有其他孩子的家庭，家庭各种各样。因为大多数脑瘫儿童的问题都是在婴儿期和儿童早期开始出现的，家庭就是在这些残疾的背景中成长和发展的，所以，照料残疾儿童的所有压力，被加到了有正常儿童家庭的其他压力上。

通常，父亲和母亲会做出不同的反应，或者达到不同的接受水平。我们的印象是，这些不同的反应可能造成婚姻紧张，导致高离婚率，最常见的时候是当孩子在1～4岁时。当然，这是我们的印象，但还没有明确的客观证据显示：这些家庭的离婚率高于正常人群。另一个家庭紧张时期是当那些有严重运动残疾的个体在青少年或青年时。通常，当这些个体成长为成人及父母年老时，很明显的，对父母来说自己的离去不是问题，但这些年轻的孩子既没有能力上大学也不能自己照顾自己，这就是个问题了。

因脑瘫严重性的广泛差异，家庭的反应差异很大。医生和其他医疗服务提供者可能会吃惊于：许多家庭为了让他们的残疾孩子发展成为一个稳定的、具有支持性的结构，能如此好地处理复杂的医疗问题。然而,对许多这样的家庭来说,医疗问题慢慢累积,并且成为成长发育现象的一部分。随着许多医疗专家提供多种医疗措施,几乎每一个家庭都会出现高水平的压力。

对医学专业人员来说,在与家庭接触中持续意识到这个压力并倾听是重要的。缺乏教育和财政来源有限的家庭可能会做得非常好,而有良好的教育和财政来源的家庭可能不能处理好重度残疾儿童的压力。很难判断哪一个家庭能够处理,哪一个家庭会有困难,所以重要的是不要对特殊家庭怀有偏见。医疗服务提供者应该持续关注家庭单位如何处理他们的压力。可以看到一些家庭做得很好,然而突然在面对其他家庭压力时会不堪重负。这个压力可能是家庭其他成员的疾病、经济压力、工作变动、婚姻压力,最常见的是父母年龄、兄弟、脑瘫个体的影响。

提供照料的社区

脑瘫儿童在具有支持性的社区中发育,但每一个个体儿童的社区是不同的。这些照料社区有四个部分,与家庭或者直接照料者形成基本的关系。这个基本关系被社区支持服务、医疗系统、教育系统所包围(图1.1)。社区支持包括许多选择,包括:教堂、搜索活动、野营、休闲服务和娱乐节目。教育系统包括教育专业人士和治疗专业人士,特别是PT和OT治疗师。本文的焦点是关注医疗内容,所以不会对这些支持服务进行特别的探讨,除非为了提醒医学专业人员:其他服务在孩子和他们家庭的生活中起到至关重要的作用。医疗服务系统的组织倾向于在脑瘫特有问题的一般医疗服务和特殊服务周围进行组织。

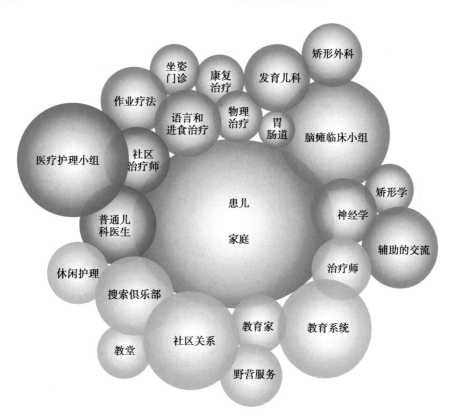

图1.1 一个巨大的、广泛的照料团队围绕在脑瘫儿童家庭的周围。这些照料提供者大致组织在教育系统、基础医疗提供者、脑瘫特殊医疗小组和社区支持服务周围。显著的重叠和良好的沟通为儿童和家庭提供最好的资源

对家庭来说,重要的是有一个确定的普通医疗服务提供者,或者一个儿科医生,或者家庭医生。必须鼓励家庭与初级护理医师保持常规的随诊,因为几乎没有矫形外科医师或者其他专家有培训或者有时间为这些孩子提供全面普通的医疗需要。尤其是标准的免疫接种和健康儿童保健检查可能被忽视。然而,大多数家庭把更多的医疗关注放在他们孩子的残疾上,而冒险地忽视常规健康儿童保健。处理运动残疾的医生应该提醒父母健康儿童保健的重要性,询问孩子是否有常规的体格检查和最新的疫苗接种。一个PT或者OT治疗师

将提供与脑瘫相关的大多数医疗专业特殊服务。专科门诊提供特殊的医疗服务需要,通常与儿童医院联合。

脑瘫诊所

另一个组织这些儿童保健管理需要的方法,是初级儿科医师在场的多学科门诊联合。为脑瘫儿童建立的门诊管理结构不像脊柱裂之类的疾病那样明确。脊柱裂、脊髓脊膜膨出或者脊髓功能障碍门诊已经明确了概念,在大多数主要的儿

童医院都有门诊。这些为了管理儿童脊髓功能障碍而建立的门诊有一个明确的多学科综合小组。这个小组为这些孩子工作得很好，因为他们都有相似的多学科需要，从神经外科到矫形外科、泌尿科和康复。然而，这个模式对脑瘫儿童工作并不好，因为他们的需要差异很大。这些需要因病情范围跨度比较大，可能，轻者只是一个需要检测轻度腓肠肌挛缩的偏瘫孩子，重者是一件伴随有严重骨质疏松、痉挛、癫痫和胃肠道问题的通气依赖的孩子。不可能所有医疗专家都在一个门诊，特别是在今天的环境，每个人必须做有生产价值的工作以报偿他们的时间，主要涉及的是时间计费。

当前，在大多数儿童中心有两种模式为脑瘫儿童服务。一种模式是有一个能看到孩子的临床医师核心小组，通常包括矫形外科医师、儿科医生，或者物理治疗医师、社会工作者、PT 治疗师和矫形支具师。第二种模式是家庭单独去见每一个需要的专家。第一种模式的优势是它帮助家庭协调他们孩子的需要；主要的劣势是费用昂贵，不能被美国医疗保健系统报销。第二种系统的优势是它对医疗保健提供者的高效率；然而，在医疗保健提供者之间经常没有沟通，这样，协调不同专家的责任就落到了家庭。

从实践来看，考虑到医疗保健环境的费用限制，最好的系统是两种临床模式的混合体。我们使用这个混合模式，它为许多脑瘫患者和他们的家庭工作。我们在矫形外科医师和儿科医生共用的诊室预约门诊病人；然而，每一个孩子和每一个医生之间单独预约。如果只是有骨骼肌肉的问题，只约见矫形外科医师看孩子。然而，如果一个孩子还有另外的医疗问题，在矫形外科医师的前后看儿科医生，轮椅矫形康复工程师、营养师、社会工作者和 PT、OT 治疗师可以在很简短的时间到这个门诊。如果在就诊之前一个孩子有一个公认的问题，就可以预约这些专家中的任何人。然而，如果在就诊中发现问题，例如一个矫形器的小问题，这个孩子能被送去看矫形支具师，在同一天为一个新的矫形器取型。这个门诊还有一个特殊的协调员，帮助父母安排与其他专家的预约，例如口腔科、胃肠道科，或者神经科。

这个结构对医疗服务提供者来说非常有效；避免服务的重复，例如让一个 PT 治疗师评价一个经过社区基本治疗的孩子；潜在地提高父母时间的使用最大效率。这个系统呈现的主要问题是它需要医院的许多部门协作。这个模式只有在所需的专家们都在同一天工作时有效，并且专家们愿意围绕他人的时间表工作。例如：在口腔科门诊关闭的一天，或者矫形支具师没有时间，脑瘫门诊就不能工作。尽管个体预约了专家，但经常不能完美地保持时间表，所以如果矫形外科的预约是上午 10 点，但孩子上午 11 点才到，而这是下一个与神经科医生的预约时间，所有的时间表都会受到影响。这个系统需要所有参与者的灵活性。

一个医疗服务系统很少注意有效的领域是父母或者照顾者的时间。大多数照顾者不得不计划一整天带孩子看医生，因为它意味着带孩子离开学校，通常要驾车行驶一段距离来看医生，然后回家。这个系统积极地努力在同一天安排预约，允许父母支配一整天，避免父母多天离开工作和孩子多天离开学校。

周会上完成团队成员之间的协调，会上讨论门诊儿童的特殊需要，以及待定和目前住院的患者。无论对脑瘫儿童使用什么管理结构，因为不同的人群和需要，总有个体不适用这个结构。所以，为这个患者群体提供医疗服务的一个重要方面，是在分散的系统中要有灵活性。

家庭服务提供者和专业服务提供者的关系

为提供服务的特殊组织模式，不像以下事实那么重要，即脑瘫儿童的医疗服务必须总能提供到家庭单位。这样，教育专业人员的关系就与医疗服务专业人员的关系有所不同。这个探讨主要集中在医疗服务专业人员的关系上，特别是医生提供的运动残疾服务上。

第一个处理脑瘫儿童的方面是要确定：家庭已经听到并在某种水平上接受他们的孩子有脑瘫的问题，这个问题是永久的、不会消失的。听到和知晓诊断是一个过程，需要家庭首先听到这些名词，再消化这些名词。这个过程可能持续几年时间，家庭最初确认是有问题，但仍然希望不久能治愈。在最初和家庭讨论诊断的阶段，重要的是医生要有足够的时间来回答他们所有的问题，不要求他们立刻接受医生的说法，要避免给家庭带来无助感觉的词句。在与家庭讨论中，不使用绝对性词汇，例如："从不"、"不会"、"不能"、"会死"或者"永远不会怎样"。这些词汇通常会非常残酷地打击家庭，威胁他们所有的希望，这些希望是他们拼命需要的。有时间回答家庭的问题和允许他们有自己的怀疑是很重要的。当医生和家庭的关系有所进展，特别是在脑瘫门诊的背景当中，家庭会慢慢产生他们自己的认识。然而，这个到达诊断词汇的过程可能会受到环境和围绕病因处境的冲击。

家庭反应形式

所有家庭都以他们自己的方式接受他们的孩子有问题；然而，急于突发事件的机制和诊断事件会有几个问题。一般而言，大多数家庭会寻求为什么他们的孩子会发生这种情况、谁有错误。

围绕分娩的生产困难可以是清楚的脑瘫原因。然而，许多这些出生问题可能由于胎儿已经有病了。虽然如此，出生问题经常使家长寻找谁要负责，经常是产科医生。一些家庭可能会到能够缓解责备需要的地方，另一些家庭可能会寻找法律途径解决，导致针对感觉有错误的个人或者组织的法律诉讼。律师经常会鼓励这些法律诉讼，对许多家庭来说，当一些法律努力不成功时只会导致更多的失望。对赢得法律裁决的家庭来说，可能会有一些公正的感觉；然而，护理残疾儿童的困难会继续存在，需要弄清楚为什么从成功的诉讼中得到钱的这种情况没有消失。

对于一些困难处理发生在他们孩子身上的父母，会很怀疑医疗系统，理解起来也很困难。医疗服务提供者、医生、护士和治疗师倾向于避免与这些家庭接触，通常会导致更紧张的局面，因为家庭感到他们在躲避。有这种猜疑的家庭，特别是没有解决与初次诊断相关的愤怒的，需要保持格外良好的沟通，并且经常与资深的主治医生联系。

当孩子住院时，重要的是让主治医师经常与家长见面，让他们评价变化和期待的治疗。与家长的这个层面的交流似乎很简单；然而，我们已经了解到，有许多家庭不得不忍耐医院中的一系列可怕事件，例如，对认识家长已经指出的进展事件的失察和工作人员的失职。当这些情况被工作人员提出，例

如护士和住院医师，反应的倾向就是"他们自身带来了这样的结果"。这样的想法不能被接受，缺乏与高年资负责任的医疗工作人员接触通常是主要原因。

对医疗工作者来说，重要的是要认识到：家长的这种行为模式和反应会随着交流和接触的增加而变得有意识。再次强调，这种接触的主要责任在于与资深的治疗医生接触，资深的治疗医生必须表现出自信、学识渊博和情况的控制能力来安慰家长。这些家长对没有经验和信心处理他们孩子问题的医生和护理人员非常敏感。通常，这些家长在医院有大量的经验，当有事情被忽略或者症状没有在适当的时间被记录，他们都会注意到（病例1.1）。

病例 1.1　Susan

Susan 在正常妊娠后出生，足月分娩，作为一个正常新生儿出院。3周时，她的祖母认为她的头部看起来不正常，Susan被带去看儿科医生，在那里的检查显示有脑积水。在4周大时，植入分流管，伴随有一些并发症。此后，她的父母和祖母注意到她有无力和不活跃的表现。然而，她做得很好，到3岁时，她已经会爬、滚动和行走。3岁时，她出现了严重的癫痫，并且住院治疗。在这次住院期间，她出现了严重的抗癫痫药物过量，并伴随其他一些继发并发症，失去了爬、滚动和行走的能力。当她不能迅速恢复这些功能时，她的父母开始增加治疗样式。她仍然开始出现痉挛增强，她的躯干控制出现更多问题。

到6岁时，Susan做了内收肌的延长术，出现了脊柱侧弯。她开始穿一个躯干支具背心来帮助控制她的脊柱侧弯，到8岁时，她出现了髋脱位的疼痛。在家长寻找了几个不同的意见后，他们选择了向前走，做了髋关节的重建。因为Susan在前几次住院中存在神经功能丧失的潜在并发症，她的父母在住院期间感觉极度焦虑。不过，手术过程和髋关节重建的恢复很好，同时家庭很满意。

到9岁时，她需要软组织延长术，因为右肩关节有疼痛的半脱位、脚有进行性的内翻畸形。家长在这个过程中没有以前那么焦虑，因为与医务人员相处得很融洽了。

到12岁时，脊柱侧弯已经有了实质上的加重，需要做后部脊柱融合术。家长对这个很大的手术过程很焦虑。因为过度反应，他们的焦虑被一些医务人员察觉到，考虑到他们过去医疗治疗的经历，医务人员感觉这是正常的。在后部脊柱融

合术中，注意到分流管破裂了；然而，Susan不再依赖分流管，所以没有进行分流管的修补。

到13岁时，她变得很嗜睡，建议做分流管矫正。在分流管矫正中，她出现了严重的并发症，包括感染，这个感染需要分流管外置。由于没有足够仔细地控制好外分流术，结果脑室塌陷造成颅内出血。这个事件造成神经功能实质上的丧失，她现在几乎不能与她的父母进行社会交流，这是在非常严重的痉挛型四肢瘫模式运动残疾基础上发生的。另外，癫痫发作大量增加。这个事件使她的父母对医学治疗非常焦虑，特别是害怕出现并发症和功能丧失。

分流管问题后不久，在常规医疗检查中，发现她有视网膜剥离，需要手术治疗。这个手术没有任何并发症。她仍然有癫痫的问题，她的父母对控制癫痫非常焦虑，但同时，她恢复了一些觉醒状态，并且与父母有了接触，他们对此很高兴。

护士和住院医师感到这个家庭很难处理，因为他们非常焦虑，总想观察和理解特殊治疗，并且确切地知道正在实施哪一项治疗。这个家庭一心一意地照顾他们的女儿，考虑到他们的过去，他们所表现出来的焦虑是可以理解的。通常，医疗服务提供者，特别是医生和护士，不知道病史，所以不理解父母的焦虑。这个焦虑使护理人员和医疗人员试图躲避父母，这恰恰又显著提高了他们焦虑的水平。父母陪他们的女儿住院平均每年多于一次，很清楚什么应该是适当的医疗处理。他们对发现护士和医疗人员的无经验非常敏感，当他们感觉到处理他们女儿的无经验和不合适时候，他们会变得更焦虑。

处理责备

医疗服务提供者一定不要陷入这样的处境，即他们不经意地提起需要指责造成孩子脑瘫的人。当父母提到他们对这个刺激性事件的感觉时，应该不做评论地接受。医疗服务提

供者不应该告诉家长他们指责的人多么坏，或者给人一种印象：如果只是做这个或者那个，脑瘫就可以避免。这种过去医疗事件的事后评价可以帮助医疗从业者学习；然而，一个为了寻找过失人而对很久之前的医疗事件的详细解剖，很少能帮助家庭认可他们孩子的残疾。甚至大多数这些家庭的"需要找到责任人"成为他们生活中稳定持久的一部分，如果治疗

医生承认这个需要,并把他们的注意力集中在孩子目前的照料和情况上,指责问题就会逐渐淡入背景情况。

关心这些孩子运动残疾的矫形外科医生不需要从家人处获取广泛的出生和分娩的病史来理解脑瘫的病因,只要脑瘫的诊断正确。而家长的精力应该放在符合目前环境的目标上,这可以帮助他们的孩子取得他们能达到的能力。然而,试图说服父母放弃寻找要责备的人或事也是徒劳的。如果家长完全固定化而不能向前看,安排心理治疗可能是值得的;然而,大多数父母会感到这是解决谁应该负责这个问题的另一个尝试。

另一个常见的脑瘫诊断的情节是当父母或者祖父母认识到孩子发育有一些缓慢时,孩子被带去看家庭医生或者儿科医生,让家长确信是他们过度反应了。通常,在两次、三次或者四次听到同样的反应时,表明:他们只是过度反应,这些家长终止去看他们的初次医疗服务者。孩子有一点落后,没有什么可担心的。这些家长通常想要为脑瘫责备医生,相信是耽误了诊断才造成了孩子目前这么严重的状况。但几乎没有事实依据支持耽误诊断对造成脑瘫严重情况的重要性。对这些家长来说,最关心的是承认耽误诊断,然后他们又会不论以什么方式都必须确定这个耽误的诊断不会造成他们孩子脑瘫的进一步恶化。一些这样的家长会在开展与医生其他信任关系中出现困难,特别是在最初,可能会提许多小问题,直到他们对医生的信任建立起来。

有时候,脑瘫是儿童期的一个意外或者是一个事件的结果,例如:差点溺死的初学走路的孩子,或者机动车事故造成的儿童闭合型颅脑损伤(事故中父母是驾驶员)。在这些情境中,父母通常为造成他们孩子残疾感到极度自责。对父母来说,对这个自责和内疚达到平衡可能比对外界的指责更困难。这个对内自责的一个反应就是寻找非常多的疗法,要求更多的治疗,或者获取更多的设备。这个行为好像是为孩子做补偿。有益的是要让家长确信更多治疗、更多设备之外的一些事情,例如最大化孩子的教育能力,会帮助到孩子。

预后的判断和处理

他们孩子在婴儿室的父母的另一个经常报告的经验说法是:孩子不会活下来,如果活下来,也将是植物人。这个说法是那些最终偏瘫和四肢瘫的儿童的父母向我们报告的。我们相信这个说法源于在新生儿时期对预后判断的巨大困难。并且,一些医生告诉家长最坏可能的结果,相信当孩子好一些时,家长会感谢他们的好运。然而,这个说明几乎从来不是预期的结果,家长通常会感觉到这些说法体现了医生的无能和欺骗。通常,这些家庭会用后来医生的预后讨论和手术的预期结果来解释这些企图太悲观。对这些家庭来说,重要的是要尽可能地现实起来;然而,当他们预期的较高的结果没有实现时,他们的乐观可能会造成一些失望。一般来说,这些家长会做适当的预期,但仍然会对他们新生儿的经历有一些负面

的情感。

应家长要求给出预后或者信息的一个重要方面是要一直承认:这是有缺陷的。要求知道孩子是否会走或者坐时,回答应该尽可能诚实,但一直要避免绝对性的词语,例如:"从不"、"不能"或者"不会"。

给出诊断

另一个常见的围绕脑瘫儿童诊断的问题是提供给父母的诊断失败。一个常见的例子是一位5岁不会坐的儿童的母亲带孩子来看矫形外科医生,寻找孩子不能行走的原因。病史显示了正常的妊娠和分娩;然而,到12个月时,孩子不会坐,所以母亲开始去看医生寻找孩子有什么问题。她看了三个神经科医生和一个遗传学医生,做了皮肤活组织检查、CT、MRI和许多血液检查,但都是正常的。这个母亲听这些医生们说:他们发现她的孩子没有什么问题;然而,医生可以告诉母亲的是:医学检查是正常的,不知道是什么造成了孩子目前的残疾。

家长需要被告知他们的孩子有什么问题。通过检查孩子有脑瘫,这个类型的家庭容易被帮助。医生应该清楚地解释:即使我们不理解为什么孩子得了脑瘫,但这就是我们确切知道如何治疗的诊断。为这些家庭花时间和提供信息将会终止无尽的、无用的寻求"为什么",应使他们的注意力集中到他们孩子的护理和治疗上。这种情况几乎完全是由于医生没有与父母清楚地沟通造成的,因有些医生给出了脑瘫的诊断而出现特殊的转变,这个转变很像想要避免告诉一个患者:她得了癌症,并因此告诉她有一个无法解释原因的非良性瘤。这样,脑瘫就像医生经常无法确定病因的癌症;然而,治疗项目是很明确的,并且应该即刻开始。

与孩子和家长的医学治疗关系

对家庭和他们的孩子工作的治疗关系有许多不同的类型;然而,有一些形式工作得比其他的好。这些形式各有它们的风险和优势。在脑瘫儿童运动问题的治疗中,主要的治疗关系包括:父母、理疗医师和医生。父母将会花费很多时间和他们的孩子在一起,并且将是最了解他们的。通常,父母最先认识到孩子功能的发育进展和每日的变化。PT治疗师将会在治疗期间花费最多的治疗时间和孩子在一起,拥有相似儿童的治疗经验。这种相似儿童的深入经验使治疗师可以帮助父母理解预期的变化,教家长和孩子怎样最大化他们的功能。处理运动残疾的矫形外科医师对个体儿童会有很少的经验,但对许多儿童有广泛的经验,能够预计预后。然而,医生对每个孩子的经验将是很浅表的,并且依赖于父母和治疗师对孩子长期功能和每天功能变化的观察。认识到这些单个长处将允许父母、治疗师和矫形外科医师把个体孩子的感觉结合到一起,做出最好的治疗决定。

与物理治疗师的关系

最初的 PT 治疗师，尤其是 1~5 岁孩子的治疗师，将合并正常儿童的祖母和普通儿科医生的角色。另外，扮演这样角色的治疗师必须有知识和经验来应付脑瘫儿童。这个角色模式包括要花时间教父母怎样对待和训练他们的孩子。这个角色还包括帮助父母分类不同医生的建议、鼓励父母、展示和提醒父母孩子发育进展的积极征象。当这个角色发挥好时，家庭就有了一个最好的治疗关系。这个角色的积极方面是提供给父母对他们孩子的洞察力和期望、安慰家庭他们正在提供很好的服务、迅速准备回答家庭的问题。

治疗师的"祖母"作用是有风险的。在我们当前的、很不稳定的医疗环境中，最大的风险之一就是资金或者保险范围的变化可能会突然中断这种关系。突然的变化对家庭可能很有伤害。治疗师必须谨慎，不要过度要求家庭，而要帮助家庭找到什么方法对他们有效。偶尔，一个治疗师会专注一个特殊的治疗计划，相信它对孩子来说是最好的；然而，父母可能不会始终跟随这项治疗。父母感觉内疚，治疗师可以试着利用这个内疚让他们做得更多。

在这个治疗"祖母"角色中的物理治疗师能够帮助父母分类哪些医疗服务和选择是有用的。治疗师可以帮助父母参加医生的会面，让他们提出一些正确的问题，因为资金的限制，这常常是不可能的。物理治疗师一定不要给家长特殊的建议，除了帮助父母获得正确的信息。有广泛经验的治疗师应该认识到：他们有少数孩子的大量的、详细的、深入的经验，从一个孩子的经验来概括是危险的。我们曾经听到治疗师在许多场合告诉父母：他们的孩子决不应该做某个手术，因为有一次治疗师看到一个孩子做了这个手术后很不好。这项建议是不恰当的，因为一个孩子的体验可能是这个手术的一个少见的并发症。并且，有许多不同的手术方法。这就像在看到车祸以后，告诉某人不要坐车。对家庭更恰当的反应是给他们问题去问医生，特别是在治疗师被关注、有经验的情况下。

另一个与物理治疗师的治疗关系形式，是单纯的临床关系。治疗师认为家庭是无能的、不可靠的、不负责任的，只想应付孩子。几乎不变的是，同样的，这个治疗师下次会抱怨家长和孩子从来不做家庭训练，或者不带孩子来做常规治疗。这种关系适用于在校的治疗师或者在院的治疗师，但是当这种关系应用于门诊系统进行发育治疗时，治疗师和家庭都会遭遇很大的挫折。在这个环境中，治疗师必须努力理解家庭并在家庭有效的资源中工作。

与医生的关系

脑瘫儿童家庭通常会有一系列的医生关系，他们倾向于选择那些相处融洽、回应他们的需求、有能力帮助他们解决他们孩子问题的医生。作为儿科矫形外科医生，我们的许多患者会向他们的学校和急诊室报告我们是他们孩子的医生。我们强烈地鼓励家庭让家庭医生或者普通儿科医生处理孩子的健康需要和小病。随着医疗保健付款者的变化，一些家庭每一两年就更换一次家庭医生，最初关心孩子肌肉骨骼残疾的医生通常被确定为孩子的医生。

脑瘫的肌肉骨骼问题大家都知道，并且是可以进行相关预测的；所以，治疗的主要部分是教会家长什么是预期。例如，一个不能行走的、有严重痉挛的 2 岁孩子存在发生痉挛性髋疾病的高风险。这个风险需要向父母解释，以便他们知道定期随诊的重要性，如果痉挛性髋疾病被发现，将有特殊的处理程序，每次就诊，这个计划都会被回顾。勤勉的关注个体教育过程给了父母关于未来的自信感觉，帮助阻止虚无主义家庭的出现，因为这样的家庭为他们的孩子什么事也做不了。

因为家长通常开始看脑瘫医生是在孩子大约 2 岁时，而我们的诊所范围直到 21 岁，所以发展了长期的关系。重要的是要保持健康的治疗关系、理解和考虑家庭的长处和局限。除了帮助家庭理解什么是他们孩子的预期，尽可能继续支持家庭是很重要的。给家庭正面反馈的一个容易方法是关注孩子取得的积极的事情，例如：较好的躯体功能、好的分级、好的行为、体重增加、长高和漂亮的着装。父母的倾向是只听从医生而得到的负面事情，例如：孩子不能做的所有事情的目录。

治疗关系的另一个方面是认识到这不是家庭关系。我们的许多患者很高兴看到我们，我们也愿意看到他们；然而，当他们生长发育，他们的医生应该起到积极的影响作用，而不是他们主要的成人作用模式。这些孩子应该超过每 6 个月就要再看到我们，除非有有效的治疗计划，例如一个接下来的手术。这些孩子医学治疗的一个目标应该是让他们的正常生活受到尽可能小的直接的影响，以便他们有像正常儿童一样的成长经历。要达到这个目标，医学介入应该尽可能有限，应该成为插曲式的，以便它更接近于正常儿童时期的医疗经历，例如骨折或者扁桃体炎。对家庭来说，经常去医生办公室或者诊所也很费时。几乎没有肌肉骨骼问题的孩子，就有必要每 6 个月监测一次。

认识到家庭的长处和弱点，努力在他们的限制中工作为运动残疾孩子提供医学服务是重要的。在家庭和学校环境所能提供的界限中工作，医疗系统是有限的，特别对有严重躯体障碍的儿童。国家社会服务保护机构很少牵涉到家庭，或者很有帮助，除非是在罕见的可怕环境中。

何时医生-家庭关系无效

医疗服务提供者需要理解个性决定了一个个体从来不能满足每个人的需要。这不意味着一旦医生、治疗师、家庭的关系出现困难，它就没有效果了。在这个时候，关系需要被讨论，医生或者治疗师应该开通，允许家庭去找另一个医生或者治疗师。一些家庭会不说什么就离开，另一些家庭会为要离开而内疚。医生和治疗师必须对自己诚实，因为这种情况会使他们感觉像一个失败者。家庭留下的信任感觉和家庭不信任他们的失败和愤怒的感觉结合在一起,对这些医生或者治疗师来讲,都是正常的情感,医生或者治疗师应该承认,不要责备自己或者家庭。

当家庭选择医疗处理而反对医生的建议时

家庭可能为了一个特殊治疗而寻求第二意见。获得第二意见的愿望不应该被初期的治疗医生看到,因为这会让医生觉得缺乏信任或者信心。家庭可能为了更保险而需要第二意见,或许对于许多家庭,他们只是想要确定正在接受正确的治疗。通常,获取第二意见应该被考虑,因为这是家庭部分的非常谨慎的向前行动过程,应该受到鼓励。家庭应该得到所有记录和支持,他们需要这些来获得有意义的第二意见。如果这个第二意见与初期医生所给的意见相似,家庭通常会为向前进行治疗感到很安慰。然而,对脑瘫儿童的医学治疗仍有差异,所以基于家庭选择的意见、建议可以被轻微地直接反对。

在有另一个医生显著不同建议的情况下,初期的医生必须对家庭保持清醒,把第二意见放在他们建议的远景中考虑。有时,所用的词句听起来非常不同,但建议却很相似。在其他情况下,建议可能被直接反对,初期治疗师必须认识到,并向家庭解释他们建议的原因。当建议被直接反对时,清楚的文件,包括关于其他选择的讨论显得特别重要。这个处境有失望的高风险。通常,家庭在有分歧的意见中进行选择会很困难,甚至当一个建议有已发表的科学数据,而另一个建议完全缺乏科学基础时(病例 1.2、病例 1.3)。所以,一个家庭可能会根据和其他家庭的接触、一个治疗师的建议或者医生的个性来做出他们的决定。

医生必须理解:做出这些选择是家庭的责任和能力;所以,除了极少的例外,不论医生认为在医学上多么错误,这些决定是家庭有权利选择的。只有在极少数有直接生命威胁的情况下,儿童保护服务机构会考虑介入,而且这个介入通常很短暂。对于长期慢性的状态,例如脑瘫,儿童保护服务机构的短暂介入是不能影响家庭的。有了清晰的建议文件,医生必须让家庭进行他们选择的治疗;然而,我们总是告诉他们:不论在任何时候,我们都会很高兴看到他们回来。当他们经历与他们初期医生意见不同的治疗,通常是几年以后,医生不应该制造出与以前情况的矛盾。家人通常感到内疚,不想讨论过去的事件。偶尔他们会回来,因有麻烦而指责医生,因为他们把责备转嫁到了建议上(病例 1.4)。家庭提出过去的问题得不到什么的时候,重点应该转移到呈现在他们自己手边的问题上。

病例 1.2　Judy

Judy 是早产出生的双胞胎中的一个,出生体重 1300g。她在新生儿保育室中待了多周。她的发育在早期就被注意到明显落后,在 2 岁内,她被确认为脑瘫。到学龄时,Judy 还不能行走,但能说一些话,她的教育能力受到关心。在 7 岁时,她去看一位发育儿科医生做教育评价。这个儿科医生认为她有极好的认知能力,但也指出她正出现明显的挛缩,建议找儿科矫形外科医生随访。然而,她直到 10 岁才看儿科矫形外科医生,当时,她开始出现右髋关节的疼痛。在这时她开始在正规学校学习,同时在学校时期她抱怨髋关节疼痛。评估表明她右髋关节完全脱位,左髋关节严重半脱位;然而,这个髋关节是重建的很好候选,因为在 10 岁,她保留有强大的生长能力。髋关节重建术被推荐给家长,细节也告诉了家长。因为一些从来搞不清楚的原因,这个家庭寻求许多其他的选择来解决他们女儿疼痛的、脱位的髋关节,最后,决定采取植入未知材料的治疗,包括在她的脊髓中植入脊髓刺激器。除了脊髓刺激器,还寻求其他的替代治疗。髋关节疼痛间歇地改善,然后又突发,需要她卧床好几天。到 14 岁,Judy 有了在严重疼痛发作中的舒适的间歇期,直到 15 岁,疼痛变得更持久和严重。到 15 岁,当她因正常的认知和教育成就而进入中学,疼痛变得很严重,以至于她在学校时不能长时间坐。有鉴于此,她的父母把她留在家中的床上,给她各种不同的止痛药物。她辍学一年,在床上消耗了她的大部分时间,她的父母最终再回转请求给她做髋关节重建术,因为他们现在感觉到她不能应对疼痛了。

此时,除了得到一个简要的病史,她的父母被简单地告知:重建术不再是可能的了,她现在需要一些姑息治疗。她的父母被保证:好的治疗方法对祛除她的疼痛是有效的;他们被告知治疗选择,强烈推荐寻求这些选择。手术被紧急安排,完全成功地减轻了她的疼痛。

这是一个家庭的例子,他们因为未知的原因选择了替代医学治疗,而不是公认的、适当的医学治疗。这个类型的行为可能很难被医生所接受。这个家庭只是在他们女儿 10 岁的时候来看我们一次,然后就没有来做进一步治疗。在这样的情况下,一个医生只能做出建议,但不能强迫家庭遵从治疗。很清楚,这个女孩可以在 10 岁时得到更好的重建服务;然而,家庭取得了完全控制。在法律上,这个家庭的治疗选择是不恰当的,借此,医生可以通过向儿童保护机构报告获得成功,或者通过其他努力迫使他们进行治疗。家长可以寻求许多不同类型的替代医学治疗,其中一些是医生开展的,例如脊髓刺激器,它绝对没有对这种痉挛或者疼痛提供帮助。初级护理医师做不了什么,除了努力劝说家庭,然后接受他们的决定。然而当他们准备好时,一直为家庭保留选择回来是很重要的,然后提供适当的治疗,就像这个例子做的那样。

这个女孩手术后6周,她的所有髋关节疼痛都消失了,家人注意到因为她的脊柱侧弯出现了坐位困难。他们现在很强烈地要治疗,做脊柱侧弯的矫正。这就是一种情况:尽管家人感到极度内疚,因为害怕医生会对他们生气,经常犹豫选择回来,一旦进行适当的治疗并成功,家人就会变得很愿意继续适当的医疗服务。

病例 1.3　Rhonda

Rhonda是正常妊娠和正常分娩出生的。她一直被认为是正常的,直到18个月当注意到她的发育很缓慢时,全面的评估显示了婴儿巨细胞病毒感染。她继续取得进步,3岁开始独立行走和说话。她的肌张力低,有平衡困难。她在特殊教育班级环境中做得很好,直到9岁时她突然完全失去了双耳听力。评估显示听力丧失是巨细胞病毒感染引起的。到了13岁,她出现了严重的脊柱侧弯,造成行走困难。但是她很健康,可以进行完全社区步行,尽管她没有恢复听力。后部脊柱融合术成功地实施,家人被告知她的一般健康极好,预计会有相当快的恢复,最多7天就可离开医院。

然而在重症监护病房,在术后第一天,她出现了明显的低血压,需要大量液体和多巴胺来支持血压。血压支持需要5天,然后她出现了呼吸问题,呼吸机支持需要5天。拔管后,她仍然有肺的问题,需要夜间正压呼吸支持。同时,她还有轻度的肺炎,需要抗生素治疗。她术后从重症监护病房到能下地用了13天,而不是7天内出院。

在这段时间,家人变得很焦虑,因为要做出期盼的特殊预测有医学困难。保持随时与她的家人沟通,当在重症监护病房出现缓慢的进步,他们松了一口气。每一天,她的家人都会看到她病情稳定,或者有轻微好转,取得了收获,例如:停用维持血压的多巴胺,然后停止使用呼吸机。少数呼吸治疗后,她的肺功能状态逐渐提高。看到这些进步,尽管很缓慢,给了家人希望,并且理解了事情是进行性改善的。

到术后第10天,她出现了一些浅层伤口的开裂,只有很少的引流;不过,她没有出现发热,因为她在应用抗生素治疗肺炎。家人被告知:这个伤口开裂不是少见的,特别是在极度水肿之后,少量的伤口引流不必担心。

到术后第17天,这个伤口引流没有减少,而是增加了。患者仍然没有发热,在她的呼吸状态方面继续取得很好的进展,能够在PT训练中起来行走。然而,根据引流量和伤口的外表,有可能这是一个深部的伤口感染。家人被告知:伤口看起来不好,如果2天后引流量没有显著减少,就会做更多的深入探查。在术后19天,引流轻度增加;所以,一个更详细的、试图确定伤口深度的手指探查被实施。深筋膜被注意到在伤口的上面是打开的,家人被告知这是一个深部伤口感染。这个女孩需要再回到手术室,伤口做手术清创,然后做开发性的填塞和换敷料。在这时,家人被告知她现在要在医院多住4周,静脉应用抗生素和伤口换敷料,接下来在家里静脉应用抗生素可能2周。家人已经对所有重症监护室中的并发症非常焦虑,现在,深部伤口感染是另一个主要的挫折。然而,在父母回家并讨论这个新问题的重要性、了解所需的确切时间表之后,他们能够制订家庭计划。他们在第二天回到医院,更多地讨论关于计划治疗的细节。在他们得到带有特殊信息的制订计划以后,他们提出他们已为其他孩子做了安排,对计划很放心和放松。他们准备了4周,治疗的剩余部分很顺利。

这个病例表明:当出现并发症时,保持向家人的良好告知是多么重要。为了给家人信息,医生不得不识别并发症,制订清晰的治疗计划。有一个倾向,特别是在有多种并发症而家人很焦虑的情况下,医生不想给家人更多的坏消息。忽视像深部伤口感染这样的问题,不会使他们走开,问题会继续使人感到挫折。当描述一个清晰的、有期待结果的治疗方案,家人被告知:尽管这是一个很大的挫折,但不应该向他们孩子治疗的长期结果妥协,不管是什么形式。在这个特殊的病例里,同等重要的是让家人确信:脊柱融合术是成功的,尽管出现目前的问题,矫形棒不需要被取出。

病例 1.4　Patricia

Patricia,35周出生,出生体重2250g。她有一个相对正常的生后过程,她非常乖而睡觉很多,甚至需要偶尔叫醒来进食。然而,在19个月时,她出现了下肢和躯干的张力明显降低,但是右上肢出现了肌张力增高伴有一些痉挛,被诊断为右侧偏瘫型的脑瘫。到4岁时,能够坐,但下肢痉挛很明显,造成站立时出现剪刀步和足内翻。她能在三轮车和踏板上坐,在这时,父母首次听说脊神经后根切断术,对寻求这种方法来降低痉挛很感兴趣。到5岁时,她可以执行,但剪刀步明显,父母寻找不同的关于脊神经后根切断术的选择。到6岁时,父母得到一个建议,用经皮神经刺激器治疗痉挛严重的右上肢。开展了一个疗程的这个刺激,尽管孩子因为不适而反对,但父母坚持了几个月,直到很清楚没有什么益处。

7 岁时，她能够站立，但不能独立移位，尽管可以用明显的剪刀步站立转移，但没有人保护，她就不能独立行走。从几个脊神经后根切断术评价的节目中，她的父母继续得到各种矛盾的关于脊神经后根切断术优点的观点。最后，家人决定让孩子在 7 岁时做脊神经后根切断术。经过一年的强化康复后，母亲非常抑郁，对自己和医生很生气。经过广泛的讨论之后，母亲自己表示她责备自己，也责备医生，包括那些建议和反对这个操作的医生，因为她的女儿经历了脊神经后根切断术。她相信脊神经根切断术造成了她女儿功能丧失，尽管做了大量强化的 PT 训练，但在术后一年压力很大。

经过进一步讨论，母亲得到鼓励，开始把这个经验看做她自己和她丈夫为女儿选择正确方法的一次尝试。母亲慢慢认识到：当有不同的医疗操作选择时，一个家庭做出决定是多么困难，特别是一个新的、几乎没有有效资料的操作，例如在 20 世纪 80 年代后期的脊神经后根切断术。母亲能够承认对她女儿做了手术有很差感觉，她停止指责自己和医生，因为她理解每个人都努力做他们认为最好的事，这是根据当时他们能够认识的知识。母亲被鼓励要注重向前看，因为在脊神经后根切断术之后，一些痉挛复现了，她的女儿可能会慢慢恢复一些失去的功能。功能丧失被明确地确定，下列动作没有能力：独立姿势、良好的协助性移位、当握住她的手时可以做室内移动。

在接下来的 3 年，张力有所恢复，这个女孩能够做一些少量的站立移动；然而，她变得很重，对她和她的家人来说，移动很困难。她经历了右上肢的重建手术，提高了她使用右上肢抓握和辅助移动的能力。脊神经后根切断术后 7 年，她在脊神经根切断的部位出现了严重的脊柱后凸，需要后脊柱融合术。这造成她的父母对女儿要经历的过程很激动，他们感觉这个操作很危险。当她正在长大成人，家人为了他们女儿的残疾而奋斗，试图找到过去的、对一些残疾原因的指责，这已使得女孩忍受她自己的残疾有点困难了。

后部脊柱融合术后，她出现了严重的抑郁和焦虑，还有一时的疼痛、睡眠困难和食欲缺乏。最初，她开始用阿米替林来帮助饮食和睡眠。这个药物帮助显著提高了她的食欲；然而，她仍然有明显的焦虑，阿米替林不得不增加应用到 2～3 个月，而不是减少。她被转诊去做精神病学咨询，应用对她的抑郁和焦虑有更好效果的药物治疗。改良的药物治疗和对父母的咨询极大帮助了这个年轻的女人向年轻的成人的转变。

这是一个父母试图找到最新的、最好的治疗的例子，在广泛咨询出现矛盾意见之后，做出了结果不好的决定。这个决策过程可以点燃承认他们孩子残疾的过程，让父母觉得他们自己偏向于受责备。谁应该受到责备和为什么会发生的概念好像在青春期被放大了，特别是出现主要的畸形和手术时，例如后脊柱融合术。这些内容通常会导致家庭紧张，包括孩子和家庭成员的抑郁和婚姻紧张，可能加重药物滥用。在这样的家庭，重要的是家庭紧张要被认识到，为心理和药物的治疗获得良好的精神病学咨询。

建议手术

对开展规律适当医学治疗的儿童，通常在 1～2 年以上，预期就需要特殊的矫形外科程序。我们宁可在孩子目前的情况下做这样的讨论。对小年龄的儿童，他们感觉不到有些事情隐藏起来了。在童年中期和青少年的儿童能够尽量接受，允许我们（作为他们的医生）直接建立与他们的关系。对那些 8 岁以下的儿童，他们主要的忧虑是他们会被单独留下。我们向他们保证：我们做出很大努力让父母在手术套间和康复房间与他们在一起。我们还向孩子们保证：他们的父母会在整个住院期间与他们在一起。当孩子长大，特别是在青春期，通常有成人类型的忧虑，担心不会从麻醉中醒来，或者有其他严重的并发症会导致死亡。这些个人可能会很焦虑，但几乎没有成年人应付的技巧，这些经验允许理性地说这个手术每天都做，人们肯定会醒来。一些这样的青少年需要大量的保证，其中大部分应该直接试图让他们应用成人理性的应付技巧。如果青少年们有睡眠问题，或者当手术日期临近而焦虑，应用抗焦虑药物和镇静剂是很有帮助的。

一些伴有智力障碍的青少年和年轻人会因手术而非常激动。这样儿童的父母通常会注意到这种倾向，直到手术前一天或者手术当天，可能希望不要告诉他们手术。对有严重智力障碍的、不能认识计划的需要手术的个人，尽管这是一个合理的操作，但对那些能有认识处理手术的孩子，用这个方法只能使他们不相信他们的父母和医生。

在孩子和家人准备手术的过程中，和他们讨论手术的预期结果是很重要的。讨论的一部分必须集中在什么不会发生，特别是他们的孩子在手术后仍然有脑瘫。如果目的是为了防止或者治疗髋关节脱位，向家人展示 X 线照片会帮助他们理解计划。他们也需要被告知：从功能性的远景中期待什么，例如："孩子仍然能站立吗？孩子能翻滚吗？孩子的坐位是否受影响？孩子的行走能力是否受影响？"对那些期望手术提高行走功能的孩子，向家人展示相似孩子术前和术后的录像带，帮助他们获得可以期待什么水平样的提高的感觉。

处理并发症的计划

讨论可能的并发症也很重要；然而，预期的结果应该诚实地判断。考虑到预期的结果和并发症，一些外科医生倾向于悲观的预期。做这样判断的外科医生，在他们评价预期的结果和可能的并发症之间的脆弱平衡后，他们自己和他们的家人不久就会受到冲击。大多数有大量脑瘫治疗实践的外科医生倾向于过度乐观的判断，结果会有冒并发症的风险。当出现并发症时，对家人过度乐观的判断风险发生了，这些家人可能会很惊讶和愤怒,并发现处理这个意外很困难。医生做出完美的平衡很困难,但每一个医生应该知道他们自己的倾向。通常,当面对家人时,一个诚实的评价和同伴的反馈会确定一个医生的个性特征,乐观或者悲观。认识到这个倾向,外科医生能够对家人正在听到的内容更敏感,并做出建议以调整这个感觉。

有一些家人出于一些原因,没有让他们的孩子得到适当的矫形外科的服务。然后,当这些孩子成为青少年,他们可能来看脑瘫外科医生,来看疼痛的髋关节脱位、严重的脊柱侧弯、或者其他畸形,这些问题出于一个被严重忽视的状态。一些这样的家庭很惊讶地听到只有手术操作是适当的治疗。一些家庭可能会坚持手术,会想尝试其他每件事。这些家庭必须理解只有手术会改正问题,但手术很少一定发生在紧急状况下。如果一个外科医生感觉到家人的犹豫,并试图通过建议使用拐杖、注射或者尝试一些其他的方式缓和他们,尽管不能提供远期的益处,家人有可能听到医生不确定的方法。

当家人被非手术的治疗安抚时,他们可能完全错过只有手术才能解决问题的信息。给孩子做姑息措施来缓解疼痛是适当的;然而,医生必须清楚地告诉家人:这些措施只能提供暂时的疼痛缓解,而不是治疗。通过给家人少量的时间来使用这些暂时措施,医生可以建立起和家人的关系。有这样一些情况:在手术治疗发生以前,需要内科和精神科的治疗。因为所有这些原因,重要的是要清楚需要的治疗、它的预期结果,然后勾勒出所有治疗计划。当这个治疗计划进行时,已经建立起来的医生与孩子和家人的关系将允许他们有信心,所推荐的治疗是安全、有效的。

当并发症发生时

当孩子的治疗没有进行得很好,矫形外科医师必须首先认识到这是一个并发症。并发症识别的判断是发展的最困难的事情之一,一些医生可能从来都做不好。许多并发症,特别在矫形手术中,不会像心脏骤停那么有戏剧性。在矫形手术中,一个更典型的例子是深部伤口感染的出现。不是每一个有轻微水肿和轻度表面引流的伤口都是深部伤口感染。然而,当深部伤口感染的出现时,它应该被认识到。这些家人应该被告知并发症,应该制订一个确定性的治疗计划(病例1.3)。为了这个工作程序,医生必须首先自己知道这个并发症。我们已经看到许多不能自己认识并发症程度的医生。同样,我们也看到对相关的小问题过度反应的医生,其实,也许置之不理,这些小问题也可以解决。

寻找平衡,需要医生对自己诚实并知道他们自己是倾向于乐观的还是悲观的结果。乐观者倾向于把并发症看做正常的微小变化,然而悲观者倾向于过度担心任何伤口变化都可能是深部伤口感染。知道自己的倾向,当获得经验,诊断和确认并发症、然后制订特殊治疗计划的方法就会提高。并发症倾向于让医生感觉失败,一个好的治疗过程的回顾性评估可以展示决策和执行的错误。这些错误应该被看做学习经验和教育自己和他人的机会。

这本书中的大量病史是对并发症的仔细分析,都是在我们实践中发生的。重要的是并发症的分析是为了尽可能确定并发症的确切原因,以便在将来可以避免。说"我再也不会做那个手术"是对并发症的不适当反应。这个反应很像那些人的反应,他们有了一次汽车事故之后说:再也不坐进汽车了。我们的目标是对每个患者没有并发症的治疗和恢复;然而,我们从并发症和坏结果的仔细分析中学到得最多。

一旦医生知道并发症,就需要告诉家人。家人可能反应为平静的接受、失意或者愤怒。这些情感是医生对同样并发症的同样情感。如果医生愿意分享一些他们对并发症的失意和关心,通常会帮助家人正确地对待问题。向家人解释并发症会导致什么很重要?这个问题的解释应该包括对预期的治疗计划的详细描述。如果一个并发症出现,而医生没有轻松地处理、做了第二选择,或者寻求帮助,另一个医生就显得非常重要了。这个步骤应该向家人仔细解释。频繁地与家人接触是很重要的,特别是如果他们非常愤怒和焦虑,因为如果他们感觉到医生正在试图躲避他们,这些情绪通常会加大。

应该像当初决定做手术一样很好地处理并发症。首先,特殊的问题应该向家人仔细说明。接着,选择和预期结果的范围、关于长短期的含义,应该尽可能明确地放在家人面前。应该告诉家人尽可能多的详细的预期时间表和确切的治疗。例如,如果因为并发症的后果,预期在将来要做重复的或者附加的手术,应该为家庭设计好。如果应用抗生素,应该告知家人:确定有好的结果要多长时间,或者要监测什么因素。这类的细节给家长一个感觉:有经验的人在管理处理这些并发症,帮助他们应付未知的恐惧,恐惧通常是由并发症带到面前来的。

并发症需要在病历中详细地记录,应该反映所有客观的观察和考虑到的选择。这个记录不应该有被指出过失的地方。对所发生事件的观察应该被客观记录,不要重写病史。例如,如果发现一个手术后打石膏的孩子的脚趾没有知觉和没有血液流动,应该在病历中反映出来,接着记录随即的行动,例如移动或者打开石膏,还有那个行动的结果,例如脚趾血液流动的改善和恢复。没有理由去推测石膏太紧了,或者护理人员没有抬高石膏等等。这种分析是很重要的,但应该在患者被适当处理好之后,有时间来仔细考虑整个情景。通常,这些最初的评价是不完整的和错误的,大多数情况下是写出来保护记录者的。后来,在更彻底的调查或者法律活动中,这些评价只能使它显得像是记录者试图隐藏责任,或者把责任转嫁到其他人身上。

在紧张的治疗期间,尤其当处理困难的并发症时,请同伴或者其他同事评价患者、给出没有偏见的意见是很重要的。一个治疗中的医生能产生偏见,特别是面对并发症的情况下,一个人可能不会意识到个人的过失。让其他同事参与也给了家人这样的感觉:他们的医生确实在试图开放所有的意见。如果这些会诊产生不同的选择,这些选择应该首先在医生们之间讨论,然后,选择应该尽可能向家长描述一个统一的推荐。来自几个不同的会诊,而应该避免给家人不同的治疗推荐和预期结果。

最终目标

治疗脑瘫儿童的目标是为了他们在一个正常家庭的环境中生长和发育。他们的医学治疗和医学状态应该是一个经历,就像他们本身一样是一个正常的部分。例如,一个6岁的股骨骨折的孩子将有一个6个月的治疗过程,直到大部分的康复完成。这个事件会在孩子和家庭的生长发育中保留一个明确的印象;然而,当她从高中毕业,进入大学时,这个医疗事件可能会淡入许多其他的成长经历当中。这就是我们在脑瘫儿童中想要努力模仿的模式(病例1.5)。

病例 1.5　Emily

Emily 为28周早产儿,出生体重1500g。她出生后住院2个月。出院后,她被认定下肢有高肌张力和一些早期发育落后。4岁时,她出现了严重的挛缩,做了内收肌、腘绳肌和跟腱的延长术。她被注意到有相当严重的神经性耳聋。另外,在儿童期还进行了几次眼睛手术。她开始在一些教育支持和对耳聋的特殊治疗下上学,但被注意到有极好的认知功能。她在听力特殊支持的辅助下成功地上学。当时,她被送到一个专门教听力残疾儿童的寄宿学校。然而,一年后,她和家人互相想念,被送回正常的学校环境。

另外,她经历了两次医学治疗,一次是在10岁,做其他肌肉的延长术,一次是在13岁,包括她脚的三关节融合术、远端腘绳肌延长术和膝关节的股直肌移位术。她继续用 Lofstrand 拐杖和助步器在社区内行走。在屋子里,她可以扶家具行走。在中学时期,她出现了进行性的蹲踞步态模式,进而,被放置到自己不喜欢的地面反应型足踝矫形器(AFO)中。然而,她认识到拐杖可以使她走得更容易,所以就用它们在社区内行走。在中学,她在学习和社交上做得都非常好。到16岁,她在夏天为听力残疾的儿童做露营顾问工作,在18岁,她获得了驾驶执照。在18岁,从中学毕业之后,进入了大学。她进大学的目标是成为一名老师;然而,在大学一年多之后,她厌倦了大学环境,但对工作和与她的家庭、社区的接触很感兴趣。

中学时期,在青春期的生长突增中,蹲踞步态模式轻度加重,当她的生长完成时,模式停止加重。在一些情况下,我们建议做其他的肌肉延长术和重建术,来帮助她获得一个更直立的姿势。她很清楚:行走时没有疼痛,走得很好,她自己对更多的手术不感兴趣。在进行这些讨论时,她总是仔细地听介绍。因为她感觉自己做得很好,她看不到做手术的益处。

尽管有两个重要的残疾,双瘫型脑瘫和一个明显的听力残疾,Emily 能够有一个很像她同龄伙伴的童年期和青春期经历。她是一个极好的成功地达到我们真正治疗目标的例子,因为她像她同龄伙伴一样对许多生长发育的压力做出反应,甚至是从大学退出,决定宁可回去工作。特别有意义的是她从大学退学后,她已经工作了几年,现在是一名助教,一个她非常喜欢的工作。她继续有一个回到大学、成为一名教师的目标。我们很有信心她能及时完成这个目标,因为她有强烈的感觉:她是谁,她想要什么。大多数的成就来源于一个极好的家庭环境,在那里,给她强大的结构支持,也允许她表达自己。她是一个没有完成理想医学治疗的例子,因为作为一个年轻的成年人,她当时的蹲踞步态可能可以被改善;然而,不追求进一步治疗是她的选择。作为医生,我们做出的积极评价是:所提供的医疗没有妨碍她成长发育为一个能干的成年人。

在过去,孩子们可能在医院里花掉他们30%~50%的成长时间,做手术来试图使他们走得更好,或者使他们更直,这是很有害的,Mercer Rang 称这为"生日综合征",孩子在医院中度过了他们大部分的生日,护士为他们烘烤生日蛋糕、开生日聚会,而不是在家中和家人一起。许多这样的儿童把医院的医务人员看做第二个家庭(图1.2)。目前,因为住院时间的大幅缩短和诊断能力的提高,这个很少发生。对大多数脑瘫儿童来说,在他们的生长发育时期,所有的矫形外科治疗应该只在两次主要的手术事件中完成。这个理想不可能在所有儿童中实现,但应该继续成为一个理想。应该在儿童的生活中,继续竭力减少矫形外科手术事件的数量,减少其他医疗措施的次数,这些方法只应该用于那些会有明确的、持久效果的孩子。例如,一个能行走的、认知功能正常的孩子,不应该利用任何时间用 PT 训练或者 OT 训练来妨碍他们的教育。治疗的目标应该计划在夏天,这样就不会妨碍教育。

20年前,抑制型石膏的应用很流行。人们相信这个技术能减轻挛缩、处理痉挛。这些孩子要腿带石膏8周,经常需要每2周到诊所去更换石膏。2个月或者3个月后,整个过程不得不被重复。如果家人能够忍受压力(尽管很少能做到),这些儿童会在石膏中度过他们的30%~50%的生长时间。加之这些家庭的时间和行为的压力,意味着他们生活的大部分都会围绕在他们孩子的医学治疗周围。当这些孩子从中学毕业,他们会把这些石膏固定事件看做他们成长经历中的主要焦点,而不是更多的正常童年的成长经历,例如:去海滩、去迪斯尼乐园或者其他聚会和事件。

在青年时期,整体脑瘫个人的成功更多地取决于家庭和个人的教育经历,而不是医疗活动。医疗服务系统能够帮助孩子和家庭应对残疾,允许脑瘫个人发挥他们最大的能力。

图 1.2　脑瘫儿童手术治疗的典型方式是几乎每年做一次手术。这个观念通常导致孩子在医院里度过了大量的时间，护理成员成为"虚拟父母"，比孩子自己的家人更经常地庆贺孩子的生日

然而，医疗服务系统也必须认识到：太多地关注功能的完善可能会对孩子和家庭的生长和发育造成伤害，特别是在社会、心理和教育领域。达到这个平衡因每个孩子和家庭的不同而有差异。例如，许多成功的没有残疾的年轻人没有达到他们躯体功能的最理想状态，因为他们兴趣的焦点是久坐活动。就像这些没有残疾的年轻人，最大化躯体功能和表现有很大差异是多么重要，每个脑瘫个人也是一样的表现。当年轻人能够真正做出见多识广的、合乎逻辑的决定时，意味着他们已经达到了青年时期的成功水平。就像对没有残疾的青少年和年轻人一样，医疗服务的提供者应该强调良好躯体状态的重要性；然而，违背他们的意愿而试图强迫提高躯体活动水平，不会很有效果。应该允许残疾个人做出这些决定，就像允许没有残疾的个人做决定一样，即使他们的医生认为这不是他们最好的利益所在。所以，最终目标是要鼓励成人个体的发展，他们尽自己所能做出自己的选择，增强做出那些决定的自信，然后自愿做出决定并接受和忍受决定所造成的后果。在这个最终目标的环境中，我们作为治疗师和医生希望个人的躯体残损尽可能降低到最小。

（刘建军　译）

参考文献

1. Rang M. Cerebral palsy. In: Morrissy R, ed. Lovell and Winter's Pediatric Orthopedics, Vol. 1. Philadelphia: Lippincott, 1990:465–506.

第2章

病因学、流行病学、病理学和诊断

脑瘫是一个发生在未成熟大脑的静止损伤,使儿童处于永久的运动损伤。这个损伤可以发生为发育缺陷,例如无脑回;或者发生为梗死,例如大脑中动脉闭塞;或者发生为在分娩中或者分娩后的外伤。因为所有这些病因的病理都是静止的,所以都可以看成脑瘫。许多小的静止损伤不会留下运动障碍,不会造成脑瘫。许多病理,例如 Rett 综合征,在儿童期是进展的,但到了或者过了青春期,就变成静止的了。这些情况不是脑瘫组成的一部分,但它们变得静止后,从运动观点上,这些儿童会同那些脑瘫的儿童有非常相似的问题。其他的问题,例如进行性脑病,从运动观点上有非常不同的考虑。

说一个孩子有脑瘫只是意味着孩子因静止的脑损伤有运动障碍,但没有说这个障碍的病因。一些作者主张使用复数术语"cerebral palsies"来暗示有许多种脑瘫。这个概念是有效的,就像术语"cancer",在这个术语里有许多特殊病理类型的癌,每一个都有不同的治疗方法,这是公认的。尽管应用脑瘫这个概念是决定病因观点和流行病理解所引起的兴趣,但实际上它对处理运动障碍几乎没有帮助。从癌症类推,例如,乳腺癌的特殊细胞类型和时期对设计正确的治疗是很重要的。而脑瘫,知道病因不会对有髋关节脱位孩子的治疗有帮助。治疗是基于脑瘫的诊断,与肌病、脊髓瘫痪或者一个进行性的脑病是相反的。脑瘫的原始病因是无所谓的。所以,本文的其他部分不会使用"cerebral palsies"这个概念,术语"脑瘫"也不会承载关于特殊病因的任何信息。尽管病因信息几乎与运动障碍的治疗没有关联,但给一些儿童诊断还是有一定的重要性的。病因学对于一些就将来妊娠的风险做遗传咨询的家庭来说是很重要的,作为托儿所和流行病学的结局措施也是重要的。

处理运动问题的医生必须一直对脑瘫的诊断保持一种合理的怀疑,因为有时可能出现双重诊断,或者原始诊断是错误的。当随着孩子的成熟而出现残损和残疾的进展与常见的脑瘫类型不相符时,就需要做更多的工作。例如,一个孩子被诊断为双瘫,因为他是早产儿,还有脑室内出血,但到 6 岁时,身体检查显示腓肠肌肥大无力,痉挛比预想的要轻。这个孩子就需要做肌肉肌病的检查,因为他可能同时有 Duchenne 型肌营养不良和双瘫型脑瘫。孩子的病史中有使人分心的东西,这是二选一的,他没有脑瘫,而是 Duchenne 型肌营养不良。从运动观点来看,有些早产的脑室内出血的孩子会是完全正常的。

脑瘫的病因学

就像前面提到的,脑瘫有许多原因,确切的原因对医生处理运动残损不是很重要。只有当考虑是否一个孩子会遵循预期的成熟和发育的过程时,病因学才可能重要。还有,父母认为病因重要,因为它是"为什么脑瘫会发生"这个大问题的部分解释。许多病因按照这些损伤出现的时间被分成时间段。关于详细的脑瘫病因学的信息,读者可以参考 Miller 和 Clarke 所著的《脑瘫》一书,这本书提供了关于这个特殊话题的大量细节。

先天性病因

先天性发育畸形的一整组原因都会导致脑瘫。这些畸形是由于正常发育中的缺陷造成的,随后出现正常变成失败的形式(图 2.1)。神经管闭合的缺陷是早期公认畸形,畸形导致存活儿的运动障碍。最常见的神经管畸形发生在脊髓,是被大家所熟知的脊髓脊膜膨出。然而,这个损伤不会典型地造成脑瘫,而是造成脊髓水平的瘫痪。在大脑,神经管缺陷被称为脑膨出,可能在前面,主要是面中部和鼻的缺陷。前部脑膨出最常发生在亚洲,而后部脑膨出经常发生在西欧和美洲,影响后枕部。这个地区差异的原因尚未明了;然而,就像在妊娠期应用叶酸被发现可以预防脊髓脊膜突出一样,人们相信它也可以预防脑膨出的发生。一些脑膨出与大的并发症相关,例如 Meckel 综合征。这个综合征包括脑膨出、小头畸形、肾脏发育不良、多指(趾)畸形,由第 17 染色体缺陷造成的,特别是同源性基因(HOX B6)。这个信息提示许多这样的畸形可能有未被认识的基因原因。大多数有显著脑膨出的儿童都有显著的运动残损,通常是四肢瘫形式,张力减退多于张力亢进。

大脑的阶段性缺陷导致脑裂畸形,意味着在大脑中有一个裂缝。这些脑裂畸形差异很大,从造成极小的残疾到造成非常严重的四肢瘫形式不一,通常伴有痉挛和智力低下。少数存在几个严重问题形式的患者有同源性基因的缺陷。

大脑最初的增殖缺陷导致脑过小。另外,许多脑过小的原因,大多数涉及中毒和感染,这是后面要讨论的。大脑过大

常的。

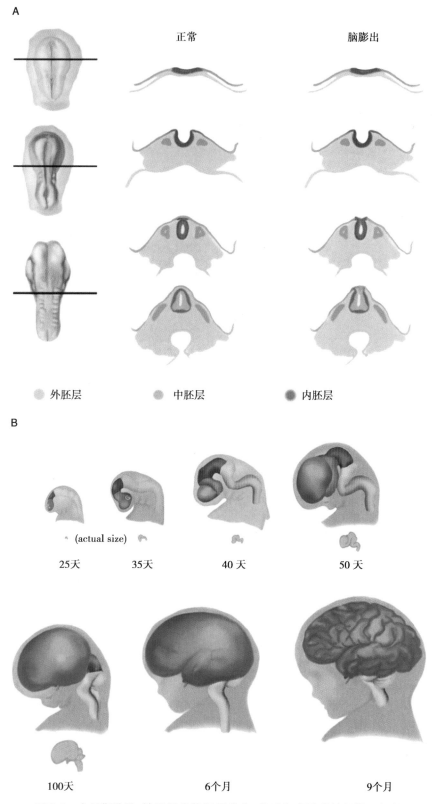

图 2.1　在早期阶段,神经板从外胚层分化,然后包裹形成神经管。包裹的失败造成神经管的缺陷(A)。在胚胎期阶段,神经管出现复杂的折叠形成弯曲。在胚胎生命的 30～100 天时期,大脑分开形成大脑半球。在妊娠的剩余时间,出现质量和细胞特殊化的明显生长(B)

的情况称为巨脑畸形,这不应该与巨头混淆,巨头的意思是头过大。巨脑畸形是由于细胞的血脯氨酸过多造成的,通常在综合征中出现,例如脂腺痣综合征,而大部分巨头常导致脑积水。

在发育过程中,神经元向大脑周围移行,这种移行模式的

缺陷导致无脑回,意思是平滑的大脑,或者大脑回减少。无脑回通常导致几种严重的痉挛型四肢瘫,且包括的范围很大。有少数病例,无脑回是因为 X 性连锁遗传的。无脑回、脑回太少的反面是多小脑回,意思即是多小脑回有太多小的脑回(图2.2)。

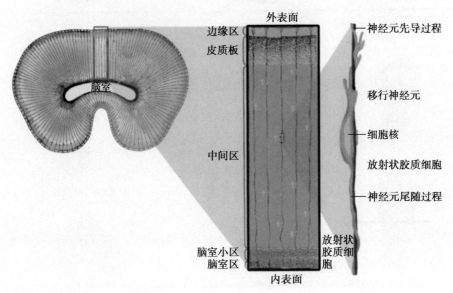

图2.2　当大脑发育成熟,细胞在中心增殖,向皮层移行。在这个移行过程中,联系的踪迹保留在深层。在大脑皮层的脑回形成中,这个移行是一个重要的元素。移行的缺陷导致一个光滑的大脑表面,被称为无脑回

有一大部分各种各样的儿童存在不同程度的皮层发育不全,是大脑皮层结构的紊乱。这种紊乱可以被称为局灶性的皮层发育不良,主要表现为癫痫发作。运动影响差异可以较大,从没有运动影响到非常严重的运动影响,从张力过低到张力过高,程度不同。

在新生儿期和产前期,大脑正常发育还需要突触的形成,然后是神经突触的重塑。当细胞移行到正确的位置并初始形成它们的突触时,许多早期的突触需要通过外界刺激的影响进行重塑,以进行正常功能的发育。这个原理的经典演示是在小猫眼的试验中表现的,每只小猫在出生时被缝上一只眼睛。没有接受光线刺激的眼睛变成了皮质盲;然而,对侧的、接受光线和正常刺激的眼睛在大脑皮层变得反应过度。这个试验已经成为治疗和理解儿童弱视或者弱视眼的基础。突触的重塑和形成,在年龄大一些时也被称为突触可塑性,持续贯穿于生命的整个过程,是多数学习的基础。突触重塑潜力的性能随着年龄而变化,就像小猫的例子演示的那样。如果小猫的眼睛被缝上不接受光线刺激直到某一年龄,这只眼睛就再也不能恢复视觉能力了。

突触形成和重塑的概念已经成为一些治疗程序的基础,特别是 Doman 和 Delacatta 提出的模式治疗。没有科学依据提示用早期治疗儿童弱视的此类方法能够获得和影响人类步态的发生。然而,普遍认为小龄儿童明显的癫痫发作可以通过兴奋性中毒损伤阻碍突触重塑,然而兴奋性中毒损伤会导致脑瘫。在许多疾病的主要神经解剖病理中都提示

有不适当的突触形成和重塑,或者只是重塑,这些疾病有 Down 综合征、Rett 综合征、自闭症、脆性 X 染色体综合征,还有许多病例的共济失调、原发性痉挛和没有公认病因的智力低下。

新生儿期病因

脑瘫的新生儿期和产前的病因主要涉及早产和出生问题,会导致各种损伤形式。然而,未成熟的大脑有更多的相等潜力和可塑性,这两个术语都被用来解释未成熟大脑的未损伤部分能承担损伤部分大脑功能的强大能力。与成熟大脑相比,未成熟大脑再分配功能的这个潜力使大脑对损伤的反应有很大不同。

因为经颅超声波的广泛应用,早产和脑出血被很好地认识,在这个技术中,婴儿大脑可以通过打开的前囟被成像。这个图像提供了对脑室和脑室周围白质的极好观察。这是出血发生的区域,出血的主要高危因素是低龄妊娠和机械通气。脑室内的出血被视为脑室内出血(IVH),脑室周围区域的出血被称为脑室周围脑室内出血(PIVH)。这些出血严重程度的常用分级系统包括:Ⅰ级,只有胚层出血;Ⅱ级,为脑室外侧和脑室外侧周围的出血;Ⅲ级,有脑室系统的扩大;Ⅳ级,有脑室周围的出血和梗死形成(图2.3)。被报道的这些分级的预后显著性差异很大,一般认为:没有 PIVH 的早产儿比那些伴有 PIVH 的早产儿有更好的成活预后。而且,在一组研究中,分级越重,发生脑瘫的危险性越高,就像一项研究显示的那

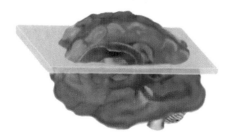

脑室内出血

胚层出血,出血在脑室周围

脑室周围脑室内出血

脑室周围区域囊肿形成

图 2.3 未成熟脑的出血主要发生在脑室周围,脑室周围有许多脆弱的血管。脑室内出血(IVH)是出血进入脑室。胚层出血(GMH)是出血进入脑室周围的组织。脑室周围脑室内出血(PIVH)是出血进入以上两个区域。室周囊肿(PVC)是在这些同样的区域急性出血溶解形成的

样:Ⅰ级的脑瘫风险为9%,Ⅱ级为11%,Ⅲ级为36%,Ⅳ级为76%。然而,不同研究的差异很显著,所以目前还没有很好的一致意见。

这些脑出血由 GMH 和 IVH 发展而来,在出生后的 72 小时内形成。然后,脑出血溶解,一些儿童在生后 1~3 周出现脑室周围白质软化(PVL)。在超声波上可以看到脑室产生回声(PVE),是脑室周围白质软化的表现形式,但不会发展为囊肿。如果产生囊肿,就被称为囊性脑室周围白质软化(PVC)。一般来说,存在 PVC 的新生儿有发展为脑瘫的极高风险,存在 PVE 的新生儿有很低的风险。在一项研究中,如果儿童有PVE,则有 10% 发展为脑瘫的可能;然而,如果他们有 PVC,则有 65% 发展为脑瘫的可能。同样,这些数字在不同的研究中是有差异的。普遍的倾向是:早产儿的出血越严重,生存的预后越差,发展为脑瘫的风险也就越高;然而,没有特殊的参数可以完全预测发生脑瘫的风险,或者预测出个体儿童脑瘫的严重程度。

发生在分娩前后的缺氧事件也会导致残疾,通常出现在足月新生儿中。这些事件被命名为缺氧缺血性脑病(HIE)。缺氧的原因可以多种多样,从产科的难产到其他缺氧和新生儿的低流状态,都可以是缺氧的原因。在 HIE 的严重病例中,皮层下形成囊肿,被称为多囊性脑软化。一般来说,当这种囊肿形式形成时,对好的功能的预测是差的,大多数

这样的儿童会出现严重的四肢瘫以及严重的智力低下。一些这样的儿童在丘脑和基底神经节出现囊肿,会导致肌张力障碍。

早产或者足月产的新生儿卒中通常涉及大脑中动脉,表现为一个大脑半球的楔状缺损。这些缺损可以发展为囊肿,如果囊肿很大,就被称为孔洞脑或者脑穿通性囊肿。一般来说,如果这些楔状缺损比较小,儿童可以是正常的;然而,一个显著的缺损,特别是伴有囊肿时,通常会表现为偏瘫型脑瘫。即使有大的囊肿,这些孩子的功能,尤其是认知功能,也可以是很好的。

脑瘫的出生后病因

脑瘫的出生后病因可以与生前和新生儿期的病因有某些重叠;然而,出生后外伤、代谢性脑病、感染、中毒被视为出生后的病因。尽管资料难以比较,但有 10%~25% 的脑瘫病例有生后病因。

在小年龄儿童,儿童虐待所致的非意外创伤造成的大脑损伤是由于造成头颅骨折的钝伤引起,或者是惊吓婴儿综合征引起。惊吓婴儿综合征通常发生在不到 1 岁的儿童,照顾者前后摇晃婴儿来制止孩子啼哭。这种剧烈的摇晃造成长轴索和毛细血管的伸展、剪断和撕裂(图 2.4)。如果这些孩子活下来,他们通常会有严重的痉挛型四肢瘫,改善的预后不好。即使孩子有不严重的运动障碍,但通常会有极重度精神发育迟缓。

头部钝伤也可以发生于儿童虐待、跌倒或者机动车事故,它包含直接损伤和因脑水肿造成的继发损伤。大多数钝伤的儿童可以恢复,没有运动缺陷。然而,如果有不对称的出血,这些儿童通常会留下偏瘫形式的运动残疾。更严重损伤的儿童通常会留下严重的四肢瘫,不会成为功能性的社区行走者。许多因闭合型脑损伤而有运动障碍的儿童以共济失调为主要障碍。

闭合型脑损伤的儿童在损伤 1 年内会有实质性的改善,只有极少严重的病例在这 1 年里应该手术治疗继发问题,例如挛缩。并且,许多儿童甚至到了伤后第三年也会继续改善;所以,最好不要把损伤看成静止的,直到伤后 3 年。甚至,这些损伤在一些个体会继续进展,出现公认的综合征:在原来痉挛的肢体上,早期痉挛解决了,但后来出现了肌张力障碍。这个综合征被报道发生在闭合型脑损伤伤后 9 年,甚至当时好像所有的痉挛已经解决了。我们看到再发的肌张力障碍在青春期或者青春期后变得更重,因为激素波动不知何故造成了更差。

代谢性脑病有广泛的原因,大多数非常少见。在本文中,不可能有一个综合的回顾,当遇到特殊病例,重要的是要从亚科专家处得到疾病特殊的、更新的建议(亚专科专家是研究这种儿童的)。并且,神经矫形外科医生应该有一本好的参考书,例如:Aicardi 的《儿童神经系统疾病》。代谢性疾病可以分为蓄积异常、髓内代谢异常、金属代谢异常(表 2.1)。

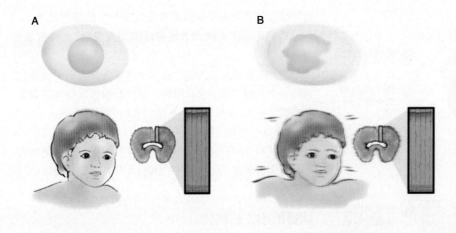

图 2.4　惊吓婴儿综合征造成了轴索损伤,由于剧烈摇晃头产生的剪切力造成了轴索断裂。婴儿的大脑就像一个鸡蛋,液态的中心被固体的外壳包裹。由于剧烈的摇晃,蛋黄会破裂而鸡蛋的外壳没有破。同样,剧烈晃动孩子的头会造成组织破裂。这个切变应力使脑组织断裂,特别是大脑皮层的长的移行轴索。摇晃孩子的创伤通常不会造成颅骨骨折,甚至不会造成颅内出血,但它通常会因细胞破裂造成严重的长期神经学损伤

表 2.1　代谢性神经疾病

名　称	主 要 缺 陷	典 型 病 程	外科治疗的意义
蓄积症	细胞间蓄积	大多数没有治疗,呈进行性	
神经节苷脂沉积症	己糖胺酶缺乏,多种类型	每一个类型都有其自己的病程	
Tay-Sachs 病	染色体 15 的缺陷造成 HexA 和 HexB 没有功能 O 型神经节苷脂沉积症	在儿童期短期存活	
Sandhoff 病 GM1 神经节苷脂沉积症	多种亚型,β-半乳糖苷酶缺乏	临床上很像泰-萨克斯病,罕见病例,影响多变	
Gaucher 病	多种类型,β-葡萄糖脑苷脂酶缺乏	结果是多变的,根据亚型,从早期儿童期死亡的迅速病程到相对较轻的累及	大多数患者有肝脾病特别是显著的脾损伤也会出现骨损伤
Niemann-Pick 病	鞘磷脂酶缺乏,多种亚型	多数严重类型有迅速的恶化和死亡;一些轻度的类型可以有很小的累及,可以生活到中年	骨髓可以被累及,一些患者出现周围神经病
Fabry 病	神经酰胺三己糖苷脂的性连锁缺乏	在肌肉、神经系统、肾中出现带有空泡细胞质的泡沫细胞	通常由于心肾衰竭而死亡 女性较少受影响 可以开始于严重的肌肉疼痛 可以出现肾衰竭
异染性脑白质营养不良	脑苷脂硫酸酯酶缺乏,多种亚型	通常是儿童期表现出步态异常 最初表现像神经病 成年出现行为问题	
Krabbe 病(球状细胞脑白质营养不良)	β-半乳糖(基)脑苷脂酶缺乏	发病年龄和存活是不确定的	可以出现缓慢起病的偏瘫或者双瘫
黏多糖增多症	都有溶酶体糖苷酶或者硫酸酯酶的缺乏	通常神经病学的问题不及全身问题严重	骨髓移植被用来治疗一些这样的情况
Hurler 综合征	—	严重神经系统发育迟缓	严重矮小 颈椎不稳定
Scheie 综合征	—	典型的非常轻,只有极少问题	可能出现脑积水
Hunter 综合征	—	严重矮小	轻中度神经系统累及

续表

名　称	主　要　缺　陷	典　型　病　程	外科治疗的意义
Sanfilippo 综合征	—	严重的进行性神经系统累及	极少骨骼问题
Morquio 综合征	—	多变形式,但明显骨骼受累	颈椎不稳定可以造成脊髓受压
Maroteaux-Lamy 综合征	—	没有神经系统受累 严重矮小	神经卡压综合征常见 轻到重度神经和骨骼受累
Sly 综合征	—	非常多变	轻到重度神经和骨骼受累
黏脂糖症,涎酸沉积症,糖蛋白代谢缺乏	—	许多类型,都非常罕见	
涎酸沉积症 I 型	也被称为樱桃红斑肌阵挛综合征	缓慢进展 没有其他累及	迟发 有单纯的意向性肌阵挛,随着年龄缓慢恶化
黏脂糖症Ⅳ	—	正常婴儿期后,出现视觉障碍和智力迟缓	会出现张力障碍
甘露糖苷过多症	α-甘露糖苷酶缺乏	几种类型,通常有认知受限和微小进展	
岩藻糖苷(贮积)病	岩藻糖苷酶缺乏	进展的智力低下	出现明显痉挛
半乳糖唾液酸沉积症	唾液酸苷酶和 β-半乳糖苷酶缺乏	出现进展的肌阵挛锥体外束征	可能出现胸腰脊柱畸形
Salla 病	唾液酸转运能力缺乏	智力下降和运动迟缓,进行性进展	病程多样
天冬氨酰氨基葡萄糖胺尿		在儿童后期或者青春期出现智力倒退	造成骨骼畸形,二尖瓣闭锁不全
Pompe 病		张力低下	严重的智力低下 早期死亡
家族性黑蒙性痴呆(婴儿型)	神经元蜡样脂褐质症	严重的脑萎缩	焦虑和孤独行为 长期植物状态后死亡 有重复的手运动,可能与 Rett 综合征混淆
家族黑蒙性白痴(少年型)		病情开始于病情中期	缓慢病程 在 15~30 岁死亡
Kufs 病(成人型)		出现行为改变和痴呆	
氨基酸代谢	许多原因,只有那些相关程度较大的包括在内		
苯丙酮酸尿(PKU)	苯丙氨酸向酪氨酸转变的羟基化作用缺乏;两种酶或者两种需要的辅助因子之一发生缺乏	未经治疗的儿童出现严重的智力低下和自虐	早期饮食治疗,大多数症状能被避免 需要治疗直到 4~8 岁
高苯丙氨酸血症(HPA)	同 PKU		

名　　称	主　要　缺　陷	典　型　病　程	外科治疗的意义
枫糖尿病	有机酸尿症;许多亚型	疾病变化,从快速进展到迟发或者微小进展	可以造成急性昏迷 治疗因特殊的缺乏而不同 当身体可以依靠蛋白质代谢作为能量来源时,在发病期间,大多数这种情况造成大多数的问题;在较大的手术过程中,这是特别正确的,通过应用高糖溶液内化和术后应用高糖溶液,通常可以避免。 需要监测血 pH 和尿酮 如果没有采取正确的措施,就会出现酮症酸中毒、高氨血和高卵磷脂血症,造成脑水肿和进一步的神经系统损伤
戊二酸尿症	戊二酰-辅酶 A 脱氢酶缺乏	几种类型	未经治疗的儿童神经系统影响遗留张力障碍 认知过程多数保留 发作造成酮症酸中毒,会造成大脑损伤 早期饮食治疗能够避免神经系统影响 必须同样警惕枫糖尿病
高胱氨酸尿症	胱硫醚 β-合酶缺乏	造成智力低下和痉挛	出现晶状体剥离 还出现血栓 可以出现卓别林样的行走 其他常见骨畸形包括:胸壁凸出、膝外翻、双凹椎、干骺端上部变宽 因为血栓问题,甚至儿童在手术过程中都应该有抗凝措施
亚硫酸盐氧化酶缺乏症		在婴儿期,儿童出现喂养差,严重的癫痫发作和出现四肢瘫的运动障碍 通常在儿童早期死亡	
酪氨酸血症		出现肝衰竭和神经病	还经常诉严重的腿痛 病程不定
四氢生物蝶呤缺乏("恶性 HPA")	与 PKU 和 HPA 同样的途径	即使有正确的饮食疗法,儿童也会出现进行性恶化 儿童有进行性痉挛和肢体僵硬 有时出现张力障碍和手足徐动症	临床病程不定
非酮性高甘氨酸血症	甘氨酸蓄积因为它不能被代谢	病程通常伴有严重癫痫,短期存活,尽管病例出现典型的痉挛型脑瘫的表现	

名 称	主 要 缺 陷	典 型 病 程	外科治疗的意义
4-羟(基)丁酸尿	γ-氨基丁酸神经递质代谢错误	出现静止的张力减低和共济失调	
尿素循环障碍	氨蓄积造成大脑损伤	有一些不同的缺乏,都有相同的表现,但严重程度不同	在发作期间,这些情况像枫糖尿病,例如败血病,或者在大多数过程中,患者必须防止出现高蛋白代谢,高蛋白代谢会造成氨水平上升,发生脑水肿的风险增大;这能够用高糖补液来预防,通常应用10%葡萄糖
瓜氨酸血症			肝大常见
精胺丁二酸酵素缺乏症			脆发 肝大常见
精氨酸酶缺乏症			通常表现像有进行性痉挛的四肢瘫型脑瘫
维生素代谢紊乱	许多为常染色体显性遗传		
多种羧化酶缺乏	维生素H循环途径障碍	皮疹、张力减退、癫痫、共济失调	随着高剂量维生素H的治疗,症状改善
维生素B$_{12}$代谢缺乏		贫血、癫痫、小头畸形各类血细胞减少症、吸收不良 不同的表现	
叶酸代谢缺乏		与维生素B$_{12}$代谢缺乏相似	
乳酸性酸中毒(呼吸链障碍)	能量产生周期的最后一步缺乏		这种情况的许多工作和诊断需要骨骼肌活组织检查,因为肌肉经常受累 这种活组织检查也研究线粒体的功能
线粒体病		通常出现在婴儿早期,或者儿童早期出现运动技能迟缓、疲劳、肌肉痛	反应是不同的,从长期静止的时期,到自发改善,到突然恶化
多系统障碍			
卡恩斯-塞尔综合征		出生正常	出现头痛、智力低下、周围神经病
线粒体性肌病	不规整的肌红纤维	在儿童期和青年期之间,经常出现卒中样综合征	心脏传导阻滞高发生率,如果计划手术,治疗小组需要准备植入心脏起搏器
弥漫性进行性脑灰质变性	许多不同的缺陷可能造成这种临床综合征	常染色体隐性遗传,进行性痉挛型四肢瘫型脑瘫综合征	
亚急性坏死性脑病	被定义为引起坏死的脑脊髓病 可能有多种分子原因	病程变异非常大,但通常呈进行性,尽管有长期静止的时期	
乳酸性酸中毒			

名　称	主要缺陷	典型病程	外科治疗的意义
丙酮酸脱氢酶缺乏症	进入线粒体的丙酮酸酯缺乏	表现为高变异的张力减退、癫痫、生长障碍	一些患儿死于儿童早期,其他的可以存活长时间,有严重的四肢瘫型脑瘫
线粒体脂肪酸缺乏症		非常不同,有肌肉无力、心肌病、癫痫	
肉碱缺乏病	因为代谢蛋白质的无效用,依靠葡萄糖作为能量	出现于儿童期,有肌肉无力和心肌病	在应激状态下,例如大手术,必须给高糖溶液,否则就没有能量,即使是供给心脏功能
过氧化物酶异常	都是常染色体隐性遗传		
泽韦格综合征		张力减退	吞咽虚弱 生长障碍 出现马蹄内翻足和屈曲性挛缩 骨的斑点状钙化,特别是髌骨
脑白质肾上腺萎缩症		同泽韦格综合征,但比较轻	
Refsum病		相似,但最轻	
X连锁脑白质肾上腺萎缩症		多变,但男性总是比女性易受影响	
肢根性点状软骨发育不全		关节挛缩的肢根性侏儒	骨骺和软组织的钙化 还有智力低下
豆状核变性	铜代谢异常	早期有面具脸,然后出现震颤	后出现帕金森样的表现和精神病学的问题 有肝功能障碍 当给药物治疗时,必须考虑肝功能
莱-萘二氏综合征允许酶缺乏	X连锁	非常不同的病程,通常表现为张力减退、扭转性张力障碍、智力低下、自虐	出现痛风性关节炎

非常重要的是:医生要关心儿童的运动问题来理解疾病的预期病程。例如,许多蓄积性疾病是进展性的,这些儿童只有有限的预期寿命,这就限制了改正运动障碍的努力,而这些运动障碍不是严重的残疾。许多髓内代谢异常的疾病在做出诊断前,在中毒事件中出现急性发作。通过正确处理,这些异常变得静止,很像脑瘫儿童。

在手术中,这些代谢异常经常需要非常特殊的处理记录。一个这样情况的例子是戊二酸尿症Ⅰ型,在婴儿期,孩子表现是正常的。当孩子经历应激状态,例如儿童期的发热疾病,就会出现酸中毒,造成大脑损害,特别是壳核和尾状核区域。这种损伤造成孩子广泛程度的痉挛和运动异常,经常有显著的张力障碍。如果采取正确的饮食措施,这个神经病学的异常是静止的,矫形外科医师可以像对脑瘫儿童一样处理这样的儿童。然而,在手术过程期间,必须防止这些孩子出现酸中毒,输入高水平葡萄糖来预防,通常使用10%葡萄糖溶液作为静脉输入液。

广泛多样的感染造成儿童永久性的神经系统缺陷。大部分的这些缺陷是静止的,所以当然归入脑瘫诊断。产前和新生儿期的感染是脑瘫的最常见感染原因。巨细胞病毒(CMV)造成90%的儿童智力低下和耳聋,但只有50%发展为脑瘫或者运动缺陷。很常见的先天性风疹感染的儿童,会有智力低下;然而,只有15%发展为脑瘫。新生儿单纯疱疹病毒感染有很高的死亡率,30%～60%的存活者有一些神经病学的后遗症,尽管脑瘫不常见。子宫带状疱疹病毒感染造成脑瘫发生率高。同样的高发生率也见于淋巴细胞脉络丛脑膜炎,是啮齿目动物携带的沙粒病毒造成的。所有这些情况都造成神经系统损伤,损伤是静止的,应该按脑瘫治疗。人免疫缺陷症病毒(HIV)的感染会造成神经系统后遗症;然而,这是进行性的脑病,这些儿童应该按预期寿命很短来进行治疗。最常见的寄生虫是鼠弓形体,它是细胞内寄生物,最常见的宿主是家猫。应用强有力的内科治疗,感染可以被清除,大约30%的儿童遗留有脑瘫和智力低下。新生儿细菌性脑膜炎可以由许多有机体造成,可能会很严重,30%~50%的生存者有脑瘫。在我们的经验中,大多数细菌性脑膜炎生存者和有脑瘫的儿童,会有很严重的痉挛型四肢瘫。

　　暂时的神经系统缺陷由许多毒性因素造成,乙醇是最常见的。乙醇几乎从不造成静止的神经系统缺陷。也有长时缺氧史的儿童,例如,近乎溺死、近乎绞死、近乎窒息,能有显著的恢复。然而,当这些儿童没有完全恢复,他们通常会遗留非常严重的神经系统缺陷,是我们实践中大多数的神经系统残疾的个体。这些儿童相对比较健康,尽管有严重的神经系统缺陷,在良好的护理下,他们生长发育很好。在我们的实践中,一个有缺氧史的孩子从9个月起依靠呼吸机生活了10年。

　　就像这一章开始提到的,知道确切的病因对儿童的运动残疾不总是很重要;然而,了解这些损伤是否静止是很重要的。并且,如果医生和治疗师有一些特殊病因的理解,如果知道孩子的问题,他们的父母会更放松。

流行病学

　　因为脑瘫病因的广泛多样,不同研究的确切数字没有得到完全公认。然而,全世界的脑瘫患病率是很相似的,20世纪80年代瑞典的患病率是2.4‰,20世纪90年代早期亚特兰大的患病率是2.3‰,中国的患病率是1.6‰。考虑到做出特异性诊断的困难,特别是发现轻度的病例,这些数字可能更多反映的是计数的差异,而不是患病率的明确不同。一项来自英格兰的报告,这个报告是许多研究的典型,表明在过去的40年中患病率没有太大的变化。然而,脑瘫的类型向偏瘫和手足徐动性双瘫、痉挛型四肢瘫转移。这个变化可能反映了产科护理水平的提高和新生儿重症监护室存活率的提高。并且,多胎随着怀孕年龄的增大而增加,多胎有发生脑瘫的高危因素。报道的每次妊娠的脑瘫流行率是:单胎为0.2%,双胞胎为1.5%,三胞胎为8.0%,四胞胎为43%。

术语和分类

　　尽管理解脑瘫的特殊病因对医生处理运动残疾没有太大帮助,但用病因对这个非常变化多端的情况进行分段,这样的形式在制订治疗计划中是有用的。有许多脑瘫分类的方法,其中之一是用病因学。然而,对运动残疾的治疗来说,用解剖学形式和特殊的神经肌肉障碍进行分类,比用脑瘫病因分类要重要得多。用这个方法的脑瘫分类提供了一个框架,在这个框架中可以在整体环境中讨论

个体的功能问题。

　　了解运动功能受限的个体的框架,在世界卫生组织(WHO)召开的国际论坛上得到认同。报告被冠名为"残损、残疾、残障的分类"。在这个报告中,名词"残损"是指原发损害和病理,例如造成痉挛的大脑问题,包括痉挛的直接影响,例如痉挛肌肉造成的髋关节脱位。"残疾"被用来表示个体经历的残损造成的功能丧失;所以,行走或者坐的能力差是残损造成的残疾。"残障"是在环境和社会中受限的结果,因为他们特殊残疾造成的结果限制了个体。所以,如果一个使用轮椅的个体想去拜访朋友,就有了残障,唯一进入房子的途径是抬起来长途飞跃楼梯。这个社会化的失能就是残障,对许多成年人来说,阻碍了他们整合进入完整的社会,包括工作、朋友、社会娱乐。

　　在1993年,国家医疗康复研究中心(NCMRR)增加了WHO分类的内容,把残损分为"病理生理学"和"损伤"。在这个分类中,"病理生理学"是指原发的问题,例如脑损伤,"损伤"是指继发的影响,例如痉挛和髋关节脱位。增加"功能残损"来反映做活动(例如,行走)的失能,这是残损的直接结果。"残疾"几乎保留了它原来的意思,"残障"被重新命名为"社会限制"来明确受限的问题在哪里出现。尽管为了研究的目的,NCMRR对WHO报告的改变有一些优点,但在日常实践中,复杂性导致其不能很好地工作;所以,在本文的其余部分,还应用WHO的定义和术语(图2.5)。

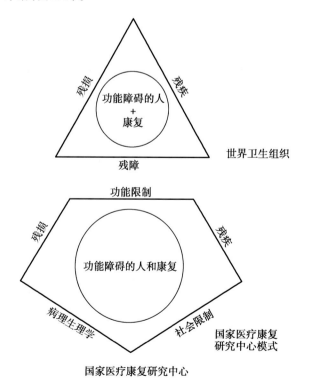

图2.5　WHO最初制定了残疾模式,后来被美国国家医疗康复研究中心扩展。两个模式的概念是相似的,焦点是延伸了理解:功能问题是与个体孤立的解剖学问题之外相关联的

解剖学分类

最有用的对脑瘫儿童的最初分类是根据解剖学累及的结构进行的。这个累及结构的分类是医生处理运动残疾中使用的最先的分类，因为它给出了一个严重程度的很普遍的感觉和患者的问题像什么的一般概述。分类为偏瘫（累及一侧身体）、双瘫（主要累及下肢，上肢累及较轻）和四肢瘫（累及所有四肢），是非常有用的。一般来说，偏瘫和双瘫的个体能走，那些四肢瘫的个体使用轮椅作为他们主要的移动设备。对不是很清楚地符合这些类型的患者，建议应用其他的名词。双重性偏瘫被建议应用于上肢和下肢都受累、一侧重于另一侧的儿童。三肢瘫被建议用于有一侧偏瘫和一个下肢双瘫的个体。极少数儿童有偏瘫和双瘫，这有解剖学上的意义，所以这个三肢瘫的术语是有价值的；然而，它在治疗计划中没有作用。

当主要受累的是一个肢体的时候，就使用单肢瘫；然而，从运动治疗远景来看，这些儿童就应像对轻度偏瘫一样来治疗。在北美洲，截瘫这个术语意味着单纯的下肢瘫痪，只被用于脊髓瘫痪，因为几乎所有大脑原发残疾的儿童都有一些上肢的累及，尽管它可能非常轻微。偶尔，五肢瘫被用来定义非常严重的个体，他们没有独立的头部控制能力。这个术语在计划运动残损治疗中比四肢瘫的应用增加不了什么；所以，它没有得到广泛应用。

进化的病理学

即使有许多脑瘫的原因，但几乎没有复发累及解剖模式，因为对特定区域的损伤，不管损伤怎么发生的，都造成相似的损伤模式。然而，特定区域的脑损伤能够造成损伤的变化，因为原始的损伤覆在正常发育组织的上面，在后期继续损伤。因为所有这些损伤都发生在幼小的未成熟的大脑中，随着时间的过去，生长和发育会影响损伤。一个发生在早期妊娠的脑损伤，意味着多是先天性综合征，与一个发生在4岁儿童身上的损伤相比，有不同的表现。

病理学的第一个方面是了解早期原始反射，当正常儿童生长，早期原始反射就应该消失。皮肤反射，主要是手指和足趾抓握反射，发生在轻擦手掌或者足底时。吸吮反射和觅食反射是相似的，起始于轻擦面部和唇（图2.6）。迷路反射是内耳被孩子位置变化刺激后的反应（图2.7）。当俯卧时，孩子会屈曲，但仰卧时，孩子会伸展。本体感受体性反射是起始于肌肉中牵张感受器和关节中位置感受器的刺激。这个反射产生了非对称性紧张性颈反射（ATNR），当头转向一侧，这一侧的腿和手臂伸展（图2.8）。当颈部屈曲时，对称性紧张性颈反射（STNR）造成手臂屈曲、腿伸展，当颈部伸展时，发生相反的情况。ATNR和STNR在6个月时被抑制。拥抱反射是当孩子被抬起时，出现突然的上肢外展和伸展，伴有手指的伸展，当孩子又变得舒服时，随后出现肩关节内收、肘关节屈曲、手合拢（图2.9）。通常，这个反射到6个月时消失。当孩子被举高、向地板俯冲时，出现降落伞反射。当反应是阳性时，到12个月时应该出现，孩子应该伸展手臂以预期用手着地（图2.10）。踏步反射，也被认为是足放置反应，是当足的背面受到刺激时出现的；在踏步反应中，孩子会屈曲髋关节和膝关节、背屈足。通常，这个反射到3岁时被抑制（图2.11）。一些父母偶尔发现这个反射，重要的是要把它与自愿踏步的起始区分开。当一个孩子的迈步只是踏步反射时，就会影响获得完整步态的预后。

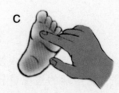
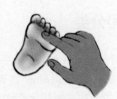

图2.6　最多的原始反射是吸吮反射，用接触婴儿口周来刺激（A）。手（B）和足（C）的抓握反射在出生时出现，用轻擦手掌或者足距面来刺激。婴儿早期的生活依赖吸吮反射，在高水平的医疗护理出现之前，缺乏吸吮反射的婴儿总是死亡

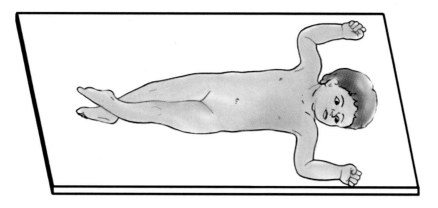

图 2.7　紧张性迷路反射表现为婴儿肩关节外展、肘关节屈曲、髋关节内收伸展、膝关节和踝关节伸展。这个姿势最初出现在婴儿处于仰卧位时

图 2.8　非对称性紧张性颈反射用转动孩子头部的方法来激发。面转向的一侧出现肩关节外展、肘和手伸展。在同一侧的腿也出现完全伸展。在对侧,肩关节也是外展,但肘和手完全屈曲,腿在髋、膝和踝关节完全屈曲。把头转向对侧,模式是相反的

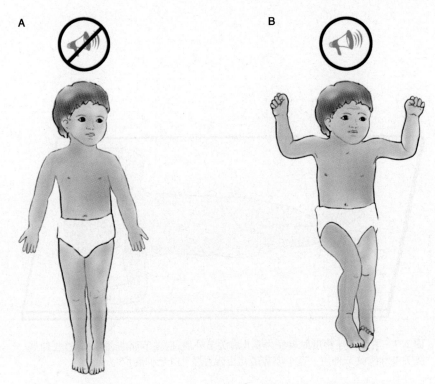

图 2.9   拥抱反射是以大的声音起始的,例如鼓掌,可以造成孩子出现头、颈和背的完全伸展。肩关节外展,肘关节屈曲。腿也完全伸展。短时间后,模式反转,头、颈和脊柱屈曲;手臂到中线位置;腿屈曲

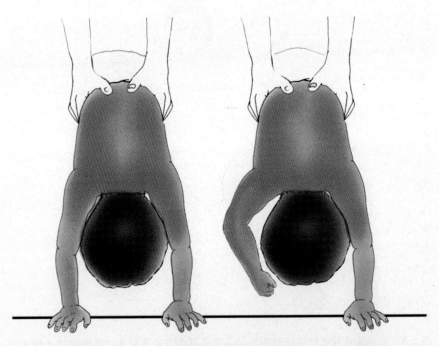

图 2.10   降落伞反应起始于握住孩子骨盆并头向下。当孩子落向地板时,他应该伸展手臂,好像要用他的手臂撑住自己。这个自我保护反应应该到 11 个月时出现。如果孩子有偏瘫,他经常只会伸出没有受影响的肢体。受影响的肢体会保持屈曲,或者会伸展肩关节和肘关节,但手保持握拳

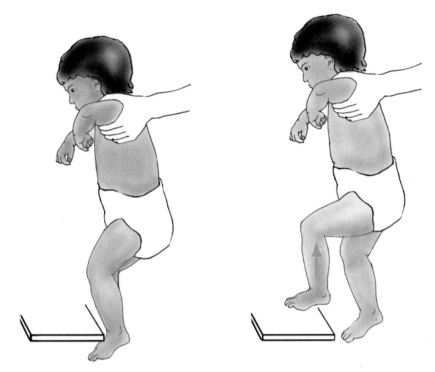

图 2.11　足放置反应或者踏步反射起始于抓着孩子的手臂或者抱其胸部。当足的背面被桌缘刺激时,孩子会屈曲髋关节和膝关节,模仿踏步动作

尽管这些应该消失的反射的出现是一个负面神经科体征,但我们发现它们对判断特殊预后没有什么帮助,就像 Bleck 描述的那样,他报道:在 7 岁时有 2 项或者更多的异常反射,意味着孩子独立行走 15m 的预后不良。如果一个异常反射出现,考虑预后要慎重,如果到 7 岁前没有异常反射,行走的预后是好的。很清楚,在 18 个月时缺乏降落伞反射而有持续的 ATNR 不是一个好的组合;然而,它也不是一个绝对坏的预测。显著的伸展过度的反射性反应,例如角弓反张,对功能的获得是一个坏的预测,因为学习控制克服这个伸肌姿势是很困难的。我们发现 7 岁能走的儿童在完成生长之后应该能够继续行走,而不是使用这些在 7 岁时相当差的确定的异常反射;所以,如果一个人希望知道孩子能做多好,看这个孩子的行走,而不是他的异常反射。在 7 岁以后,已经做了适合的疗法和矫形外科治疗、做了肌肉骨骼系统的适度对齐的儿童,只能期盼在行走能力上有微小的提高。步行功能到 7 ~ 8 岁进入到了平台期,这个规则也有例外,例外通常见于有严重认知缺陷的儿童。我们见到的最明显的例外是一个伴有严重智力低下的 12 岁儿童,他在 12 岁之前拒绝负重,然后在 12.5 岁时开始独立行走。

正常发育的偏移

当孩子从婴儿向青少年的成熟过程中,先后有许多因素发生,这些因素都对完全长大的、有正常运动功能的成人有影响。为了帮助脑瘫儿童制订治疗计划,有正常发育的观念是很重要的。所有先天的正常运动功能,例如:坐、走、跳、跑、取物和说话,是个体运动技能的复杂结合,结合允许了这些日常生活动作的发育。其他活动,例如:弹钢琴、跳舞、体操和驾车,需要更多学习和练习以保持熟练。这些运动活动都包括有意识的运动控制、运动计划、平衡和协调、肌张力和移动感觉反馈。

当孩子从婴儿到 1 岁成熟时,神经系统从近端到远端迅速发展成熟。演示如下:儿童首先获得头的控制,然后发展用手负重的能力,接着是躯干控制和坐的能力,然后发展站的能力(表 2.2)。这个成熟的进展性离心移动包括所有运动技巧的参数。一个早期的异常征象可以是只用一个手臂负重、一个手臂肌张力不同、或者手臂和腿的肌张力不同。能随意移

表 2.2　正常发育里程碑

粗大运动技能	发育的平均年龄	异常——如果没有出现直到
俯卧抬头	1 个月	3 个月
俯卧位支撑胸部	3 个月	4 个月
从俯卧到仰卧翻身	4 个月	6 个月
放置时独坐	6 个月	9 个月
拉手站起、走	9 个月	12 个月
独行	12 个月	18 个月
上楼梯	18 个月	24 个月
踢球	24 个月	30 个月
双脚跳离地板	30 个月	36 个月
抓手单脚跳	36 个月	42 个月

动物品的孩子,但在适当的时间不做有意识的运动,可能有认知迟缓。出现用一侧或者主要用一侧肢体的早期表现的儿童,可能会发展为偏瘫型脑瘫。不能为站和坐发展远端控制的儿童,可能会发展为四肢瘫型脑瘫。在正常发育里程碑中的这些偏移通常是神经系统问题的第一个征象。每一个个体儿童都有他们自己的发育速度;所以,当思考脑瘫的诊断时,重要的是要考虑正常的上限,而不是均值,这是在大多数儿科书中都引用的(表2.2)。

脑瘫类型可以用正常完成任务所需要的运动功能进行进一步分类。这个分类对治疗有直接的暗示。所有成熟的运动活动都应该在随意控制之下,只有少数基本反应的例外,例如惊吓反应或者摆脱伤害性刺激(例如,烧手指)的回撤反应。不能完全随意控制的运动活动被称为"运动失调",分为震颤、舞蹈病、手足徐动、张力障碍和投掷症。震颤,一种小幅度的、通常累及小关节的节律性运动,不是脑瘫儿童的常见特征。舞蹈病涉及抽筋样的运动,最常见于指(趾),关节活动度变化幅度较大。手足徐动是大的近端关节的运动,经常是伸肌模式占优势。指(趾)是展开和伸展是近端运动的一部分。每一个患者都有相对固定的手足徐动模式。张力障碍是一种缓慢的、有扭转成分的运动,这种运动可以局限于一个肢体,或者累及整个躯体。随着时间的过去,运动变化很大,模式可以完全相反,例如从上肢的完全伸展外旋到完全屈曲和内旋。张力障碍可能与痉挛混淆,因为在短时间内,如果没有看到变化,张力障碍的肢体很像痉挛收缩的肢体。投掷症,是最少见的运动失调,是大的、快速的集中于整个肢体的随机运动。

运动控制和特殊运动模式的计划需要一个结合,是学习如果计划运动任务和随后执行功能运动任务的结合。这个观念在中央运动程序发生器的背景中是最直观的,就像计算机软件,有一个大脑允许行走的程序。对于比较基础的运动而言,例如行走,中央程序发生器是先天神经系统结构的一部分,但对于其他运动,例如学习体操,是一个本质上的学习模式。没有这个基本运动发生器功能的儿童不能行走,也没有办法教会或者植入这个先天的能力。如果大脑有累及中央运动发生器的一些损伤,就会出现一些异常步态(例如屈膝步态),这可能表现的是更不成熟形式的两足步态。这些步态问题在处理脑瘫儿童步态问题的章节中会进一步讨论(见本篇第6章)。

平衡,意思是指在一个稳定的方向上保持空间位置的能力,对正常运动功能是需要的。平衡缺乏造成儿童在一个活动中过度补偿,不能在一个位置站立。共济失调是用来表示异常平衡的术语。并且,对运动和空间位置的反馈对保持运动功能是很重要的。在脑瘫儿童,感觉反馈被认为是平衡系列的一部分,但在共济失调的伞下,在这个系列中通常考虑的问题不会典型地出现。例如,当一个儿童站立并开始倾斜,倾斜应该被察觉到并被纠正。共济失调的儿童经常过度反应,在相反的方向上过度运动。另外,还有一些不能意识到他们要倒下、直到他们摔倒在地板上的儿童,结果,他们倾向于像伐树一样倒下(图2.12)。这个感觉缺乏的模式对受影响的孩子在行走中直立和工作造成极度危险,因为摔倒受伤的风险持续存在。

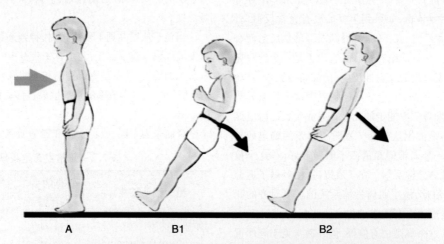

图2.12　正常儿童会示范平衡反应:他们会向要倒的方向伸展手臂来撑住自己,如果他们向后倒,就向前屈曲(B1)。由于自动的反射,孩子会向倒下的相反方向移动头部,来预防头部作为主要的接触区域受到撞击。当给一个小的推力,缺乏这些平衡反应的孩子会向树一样倒下,而没有保护反应(B2)。这是一个对独立行走非常差的预后征象,尽管一些儿童能勇敢合适的治疗学习控制这个反应

另一个正常功能的重要方面是肌张力。只有当肌肉产生张力,才能适当地反应;所以,他们对功能的能力需要这个张力被仔细地控制。基于对控制器理论越来越多的理解,这些理论是在机器人研究领域发展起来的,对运动抵抗的固有肌肉硬度在发展精细运动控制中是很重要的。运动控制是一个

非常复杂的领域,涉及几个不同模式的学习和感觉反馈(图2.13)。正常的肌张力可能是运动功能的一个关键要素。运动张力的异常是发生在脑瘫儿童身上的最常见的异常。增强的运动张力被称为痉挛。更完全的是,痉挛的经典定义是一个速度依赖的、运动阻力的增高,或者折刀样僵硬,就是在力矩不变

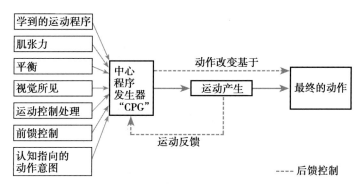

图 2.13　人类步态的控制是很复杂的,缺乏理解。有一些前馈控制的结合,在这个系统中,大脑应用感觉反馈和先前的学习来控制动作;还有闭环反馈系统,在这个系统中,大脑基于预期动作如何进行的感觉反馈来变化控制信号。许多动作可能是结合了前馈控制和反馈控制的

的情况下张力释放。通常,反射亢进是这个综合征的一部分。痉挛的相反一端是张力降低,意味着当关节被活动时肌肉张力下降。

做出诊断

对个体儿童做脑瘫的诊断还没有一致的诊断标准。当一个孩子没有出现发育里程碑,有持续的原始反射,或者在运动功能元素中有明显的异常时,就可以做出脑瘫的诊断。病史应该清楚地表明:这是一个非进行性损伤,不是家族性的。如果发育里程碑的异常是边缘化的,发育迟缓这个术语是合适的诊断。这个诊断暗示:这些儿童可能会追赶上他们正常的同伴。对智力低下、不能行走的青少年,发育迟缓的诊断是不合适的。典型的发育迟缓不是指涉及运动功能元素的主要的异常。

对小年龄儿童做脑瘫的诊断是有风险的,除非这个孩子有严重的、明确的残疾。有一个公认的是儿童偶然出现脑瘫

的现象。因为这个原因,我们宁愿在很清楚、没有怀疑的时候对小年龄的儿童做出诊断,对有很轻、有疑问征象的儿童,至少要等到 2 岁。从家庭的远景来看,做出诊断是很重要的;然而,做出诊断通常不影响治疗。

通常,在诊断做出之前应该做多少工作是有疑问的,没有明确的答案。在已经跟上预期生长过程的早产儿,不要指示工作。如果一个孩子有偏瘫而没有公认的原因,但有典型的病程,这不太可能出现:磁共振(MRI)扫描的显示将影响孩子的治疗。成像研究是为了我们管理其他一些可治疗的病因,例如肿瘤或者脑积水,成像研究在判断预后或者做出明确诊断中几乎没有用处(病例 2.1)。当父母对了解另一个孩子的复发风险感兴趣时,可能会指明要强力治疗。这些儿童需要全面的神经系统检查,有时包括皮肤和肌肉的活组织检查,以排除遗传疾病。建议介绍给一位博学的遗传学家,因为第二个孩子也有神经系统问题的风险有一些增加,即使没有做出明确的诊断。在许多儿童,这个增加的风险可能与一个尚未诊断的、造成脑瘫的染色体异常相关。

病例 2.1　医学影像

在儿童期,预测的困难蔓延到医学影像,例如 MRI 或者 CT 扫描。在人群中,从统计学上来说,越严重的结构改变意味着越严重的运动和认知的神经残疾,就像 Shawn 的 MRI 显示的那样,Shawn 是一个有严重智力低下和痉挛型四肢瘫型脑瘫的男孩(图 C2.1.1)。其他个体可能有同样严重的认知和运动障碍,但有一个接近正常的 MRI(图 C2.1.2)。还有许

多在 MRI 上有严重结构改变的个体,他们与 Lauren 相似,Lauren 的认知正常,有三肢瘫型脑瘫,但能使用助行器行走(图 C2.1.3)。这些病例表明:对照管儿童的医生来说,不根据影像研究来关心个体儿童的功能的这种偏见的后果是多么严重。

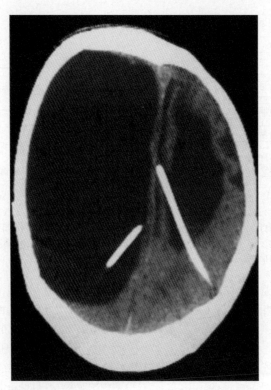

图 C2. 1. 1

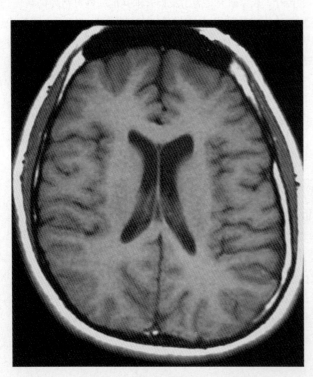

图 C2. 1. 2

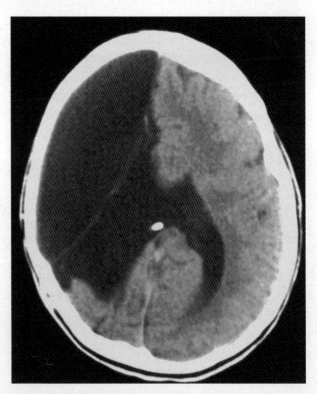

图 C2. 1. 3

参考文献

1. Miller G, Clark GD. The Cerebral Palsies: Causes, Consequences, and Management. Boston: Butterworth-Heinemann, 1998.

2. Use of folic acid for prevention of spina bifida and other neural tube defects— 1983–1991. MMWR Morb Mortal Wkly Rep 1991;40:513–6.

3. Prevention of neural tube defects: results of the Medical Research Council Vitamin Study. MRC Vitamin Study Research Group [see comments]. Lancet 1991; 338:131–7.

4. Salonen R, Paavola P. Meckel syndrome. J Med Genet 1998;35:497–501.

5. Lindenberg R, Freytag E. Morphology of brain lesions from blunt trauma in early infancy. Arch Pathol 1969;87:298–305.

6. Hubel DH, Wiesel TN. The period of susceptibility to the physiological effects of unilateral eye closure in kittens. J Physiol (Lond) 1970; 206:419–36.

7. Jurcisin G. Dynamics of the Doman–Delacato creeping-crawling technique for the brain-damaged child. Am Correct Ther J 1968;22:161–4.

8. Kershner JR. Doman-Delacato's theory of neurological organization applied with retarded children. Except Child 1968;34:441–50.

9. de Vries LS, Eken P, Groenendaal F, van Haastert IC, Meiners LC. Correlation between the degree of periventricular leukomalacia diagnosed using cranial ultrasound and MRI later in infancy in children with cerebral palsy. Neuropediatrics 1993;24:263–8.

10. de Vries LS, Regev R, Dubowitz LM, Whitelaw A, Aber VR. Perinatal risk factors for the development of extensive cystic leukomalacia. Am J Dis Child 1988;142:732–5.

11. Murphy CC, Yeargin-Allsopp M, Decoufle P, Drews CD. Prevalence of cerebral palsy among ten-year-old children in metropolitan Atlanta, 1985 through 1987. J Pediatr 1993;123:S13–20.

12. O'Reilly DE, Walentynowicz JE. Etiological factors in cerebral palsy: an historical review. Dev Med Child Neurol 1981;23:633–42.

13. Jaffe KM, Polissar NL, Fay GC, Liao S. Recovery trends over three years following pediatric traumatic brain injury. Arch Phys Med Rehabil 1995;76:17–26.

14. Mahoney WJ, D'Souza BJ, Haller JA, Rogers MC, Epstein MH, Freeman JM. Long-term outcome of children with severe head trauma and prolonged coma. Pediatrics 1983;71:756–62.

15. Lee MS, Rinne JO, Ceballos-Baumann A, Thompson PD, Marsden CD. Dystonia after head trauma. Neurology 1994;44:1374–8.

16. Aicardi J. Diseases of the Nervous System in Childhood. Oxford, England: Cambridge University Press, 1992.

17. Baric I, Zschocke J, Christensen E, et al. Diagnosis and management of glutaric aciduria type I. J Inherit Metab Dis 1998;21:326–40.

18. Hagberg B, Hagberg G, Olow I, van Wendt L. The changing panorama of cerebral palsy in Sweden. VII. Prevalence and origin in the birth year period 1987–90. Acta Paediatr 1996;85:954–60.

19. Hagberg B, Hagberg G, Olow I. The changing panorama of cerebral palsy in Sweden. VI. Prevalence and origin during the birth year period 1983–1986. Acta Paediatr 1993;82:387–93.

20. Liu JM, Li S, Lin Q, Li Z. Prevalence of cerebral palsy in China. Int J Epidemiol 1999;28:949–54.

21. Colver AF, Gibson M, Hey EN, Jarvis SN, Mackie PC, Richmond S. Increasing rates of cerebral palsy across the severity spectrum in north-east England 1964–1993. The North of England Collaborative Cerebral Palsy Survey. Arch Dis Child Fetal Neonatal Ed 2000;83:F7–12.

22. Keith LG, Oleszczuk JJ, Keith DM. Multiple gestation: reflections on epidemiology, causes, and consequences. Int J Fertil Womens Med 2000;45:206–14.

23. Yokoyama Y, Shimizu T, Hayakawa K. Prevalence of cerebral palsy in twins, triplets and quadruplets. Int J Epidemiol 1995;24:943–8.

24. World Health Organization. Classification of Impairments, Disabilities, and Handicaps. Geneva, Switzerland: WHO, 1980.

25. National Institutes of Health. Research Plan for the National Center for Medical Rehabilitation Research. NIH Publication Vol. 93-3509. Bethesda, MD: NIH, 1993.
26. Bleck E. Orthopedic Management in Cerebral Palsy. Oxford: Mac Keith Press, 1987:497.
27. Hensinger RN. Standards in Pediatric Orthopedics. New York: Raven Press, 1986.

第 3 章

肌肉骨骼系统的神经控制

脑性瘫痪(脑瘫)儿童的运动障碍具有很强的多样性,所有表现均继发于脑部病变。这种由脑部病变产生的运动系统残损以及由此造成的残疾已作为一组特殊的问题被广泛认识。然而,脑病与运动残损和残疾间的病理生理关系尚不明确。脑瘫患儿的治疗目标是使他们在自己生活的环境中具有功能性活动,更理想的状态是可以在社会生活中展示最佳能力。患儿的脑瘫是持续存在的,治疗的作用是通过减轻继发残损达到降低残疾水平的目的。为了达到这种目的,需要充分理解任何一个个体不同残损之间的相互作用,这就要求理解运动活动的神经控制,以便认识残损间的关系。

运动系统的控制

生命体最基本的功能之一就是在所处的空间中控制和移动身体的能力。在认识并理解了活动能力之后,运动功能就成为界定个体为人类的最佳指标。在不同的个体中,运动能力的变化是很大的,一些人如运动员最关注运动技巧,而另一些人更关注他们的认知技能。然而,即使是主要从事认知活动的作家,也需要依靠运动功能来表达他们的见解。脑瘫患儿丧失的运动功能是造成残疾的主要方面。所有的日常生活活动几乎都含有运动功能,包括言语、吞咽、上肢功能及所有的移动。了解运动系统控制如何运作有助于制订治疗策略。

学习神经系统每个部分的解剖结构及功能是理解运动控制的一般途径,大多数医师都记得在医学院校学习时用的这个方法。神经系统是非常复杂的,以至于难以得知它如何确切控制运动以及怎样才能有效地应用到治疗上。解剖学知识可以帮助理解一些儿童脊髓损伤与脑损伤之间的差别,也可以帮助解释脑瘫患儿偏瘫及双侧瘫之间的差别。从解剖学上神经系统可以分为中枢和周围两部分。中枢神经系统包括脊髓和大脑,周围神经系统包括周围运动及感觉神经、肌肉、骨和关节。

运动控制的解剖结构

中枢运动系统

根据脑瘫的定义,病变位于脑部。因此,脊髓应该没

有原发病灶,虽然对于某些儿童来讲这不一定是真实的。运动的控制是有意识的或无意识的。大多数活动是有意识控制的,然而,如突然摸到一个烫的炉子引起的躲避反射是无意识的自发反应。这种自发反应是一种相对简单的神经反射,发生在脊髓水平。而所有有意识支配的运动都发生在大脑皮层,通过皮质脊髓束经过内囊和脊髓,传递到周围运动神经。这些指令的形成并不是简单的过程,是通过很多其他部位的信息传入大脑,由大脑高度整合形成。基底节是进行运动调控的重要部位,小脑也起到监测感觉输入、调控运动的作用,尤其是使运动模式变得流畅。人们通过经典的动物实验及对自然发生的相应部位病变的人进行仔细观察,从而确定这些部位的功能。因为无法完全了解大脑内发生的复杂的调控,所以无法解释脑瘫患儿的特有问题。一些运动障碍有特定的模式,可以将其与基底节病变联系起来,尽管如此,这些特定的模式也经常是非常复杂的,无法用单独的病灶来解释(图 3.1)。脊髓不像电话线,仅仅是上行和下行传导束的组合,它还可以对运动控制系统中神经元间的连接起到重要的调控作用。一些神经元间的连接受下行神经束调控,而另一些受脊髓内在的调控。例如,当叩击跟腱引发踝跖屈时,脊髓中另一些神经连接抑制踝背屈,使其保持静息状态。在进行复杂的活动如行走时,人们还不是很清楚这些简单连接的特殊作用,更难以理解脑瘫患儿反射表现的病理意义。

周围运动控制

周围运动系统包括周围神经和肌肉骨骼系统。周围运动神经发放神经冲动引起肌肉收缩,感觉神经将相关感觉信息传递至中枢神经系统,包括肌腱张力、肌肉长度、关节位置和皮肤感觉。脑瘫儿童的周围系统是没有原发病变的,然而,中枢病变常会导致周围系统发生继发性改变。这些异常改变,如肌肉生长不足,会对周围运动系统产生影响。这些源于中枢神经系统原发病变的继发性反应会给脑瘫患儿带来很多问题。

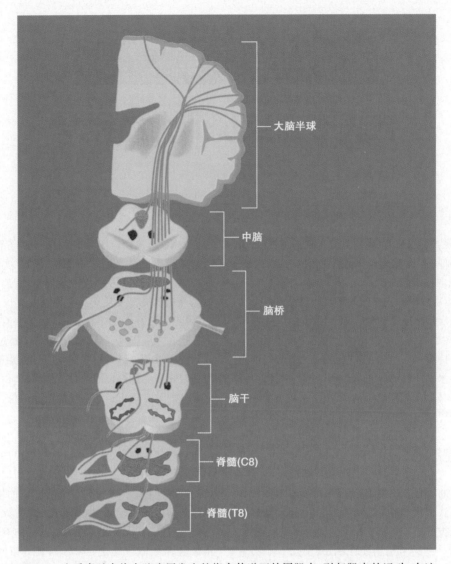

图 3.1　皮质脊髓束将大脑皮层发出的指令传递至外周肌肉,引起肌肉的运动,在这一通路上存在很多的调控性影响,尤其是来自基底节、小脑和脊髓的。对于具有不同脑部病变的儿童所发生的特定改变而言,这些调控的影响还不是很清楚

解剖结构的发育

中枢神经系统

中枢神经系统的早期发育始于神经管的发育,神经管进行折叠,随后出现脑前部的发育。怀孕 9～17 周时,脑和肌肉的连接开始发育,胎儿开始进行屈曲运动。到了 18～30 周,正常情况下可以见到伸展运动。但在婴儿出生的时候,他们已经可以进行有力的踢、吸吮以及手和脚的抓握运动了。在这段时期内,突触的解剖结构进行了明显的改造,对此视觉的发育是最好的解释,即外部光的刺激促进正常视觉中枢的发育。但是,外周肌肉骨骼运动对中枢神经系统发育的作用还是未知的。负责运动技能的中枢神经系统,尤其是负责平衡和复杂运动技能的区域,在儿童中段年龄时还没有发育成熟。

周围运动系统

怀孕的最初 9 周,周围运动系统就有了原始的功能,然而,直至出生时,这个系统还远远没有发育成熟。出生时神经传导速度是 28.5m/s,到了成年之后,速度可以达到 82m/s。由于长度的明显增加,在踝关节处的 H 反射从出生时的 15 秒延长到了成年时的 28 秒,尽管如此,神经传导速度还是明显提高了(图 3.2)。同样,骨骼肌的纤维类型也变成一种更成熟的混合类型,并且体积有了明显的增加。当出现特定的病理模式时,需要考虑是否在生长和发育的过程中出现了异常。

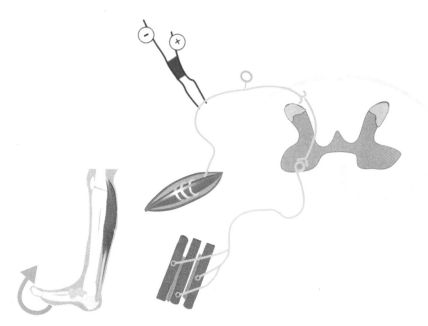

图 3.2　H 反射是通过对一块肌肉的传入性肌肉脊髓纤维进行较弱的电刺激引发的,传导通路与牵张反射相同,同样可以引起受刺激肌肉的收缩;但是,它更易于控制刺激的时间和数量

控制机制和理论

大家知道理解一个简单的神经反射,如膝腱反射是很容易的;但是,仅了解神经反射的概念,并不能帮助我们理解中枢神经系统是如何控制人类的步态的。可以通过计算机和数学这两种新的方式将运动的神经控制概念化。通过这些理论,可以帮助评估脑瘫患儿在他们生存环境中的功能,并且在临床上帮助理解儿童的成长过程及神经的不断成熟。

感觉系统的反馈与前馈控制

为了更好地理解中枢神经系统对运动功能的控制,需要考虑一个可能的路径系统。这个系统可以根据它接收到的感觉信息而改变功能;也可以先引起一个运动,然后通过感觉反馈系统学习所发生的事情。通过感觉反馈不断改变运动指令被称作反馈控制;命令一块肌肉活动,然后接收来自以往感觉的有关该活动效果的信息被称作前馈控制。这两个模型对于理解有关感觉信息如何加工和整合的控制理论是非常重要的(图 3.3)。其他类型的控制类似于闭合线路,与反馈控制几乎相同。开路控制意味着一旦运动开始将不再受控制,与前馈控制略微不同,前馈控制时存在一个延迟反应对活动产生影响。例如,从枪里打出子弹是一个开路控制的过程,因为在打出子弹之后,射击者就不能影响子弹的路径了。

开车或火箭发射中的控制系统是另一个诠释此概念的很好的例子。开车时最先用到的控制就是反馈控制,当转弯时,先将车头转向,然后根据车如何运行的感觉反馈持续调整,通过这种控制,如果转向时过左了,驾驶员就会适当转向右方;如果转向时过右了,就会相应转向左方。这样,需要关于特定转角的很少的以往经验和知识就可以完成汽车转弯活动,但在任务中要持续地进行适当的调整。发射火箭是一个前馈控制的例子,工程师首先明确发射火箭运行方位,然后计算出运行轨道。通过轨道知识和火箭重量,计算出需要多少燃料以及发射的角度。在计算完成后,将程序输入火箭的引擎装置。当火箭开始进入发射程序后,火箭以计算好的角度、按照引擎中设定好的程序进行发射。如果程序设计中火箭的发射方向是错误的,在火箭发射后 2 秒内很难收到反馈信息或改变火箭方向,即使感觉到火箭偏离目标,它通常仍然能被发射。发射火箭是一个前馈控制的例子。

神经控制同时存在前馈和反馈控制。前馈控制的一个例子是跳跃,这个过程与发射火箭相似,大脑首先计算需要的肌力,然后命令肌肉收缩,从而产生需要的力量。行走的很多方面在模式上也是前馈控制,虽然有时并不是很明确。在进行经验较少的活动,并且想在活动的过程中进行调整时,会很大程度地应用到反馈系统,如进行绘画活动。很多功能活动都同时包含前馈控制和反馈控制。

理解反馈的机制有些困难,尤其是因为有关肌肉的概念是要么激活、要么没有激活。根据对神经解剖学的理解,所有的反馈都与膝腱反射相似,即刺激达到了感觉阈后,就会发生一个固定的收缩活动。然而,仅此概念很难理解反馈的复杂性,相对一个简单的突触反射而言,反馈是一个有更多控制的经验性反应。从计算机工程学的角度来看,反馈可以被描述为模糊反馈,这个描述是套用了数学中针对等级反应选择的模糊逻辑概念。当收到一个刺激后,反应并不只是有或无,而是从不同等级中选择一种反应,例如肌肉的激活有五种选择,这些选择可以是最大强度收缩、中等强度收缩、平均水平收缩、低强度收缩或者是没有反应。虽然将模糊控制与神经解

前馈控制

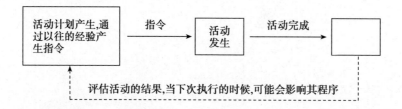

反馈控制

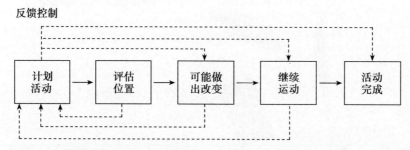

图 3.3　反馈控制依靠持续的感觉输入,可以在整个过程中直接调控活动。前馈控制需要通过对感觉信息的学习并且计算完成一个特定的运动需要多少肌肉活动,在活动的过程中感觉反馈不能改变活动,但是它被输入到下次活动的学习过程中

剖直接联系起来是非常困难的,但是在功能方面,相对于简单的神经解剖学仅仅考虑全有或全无的概念来讲,模糊控制概念可以更好地理解运动系统的反馈控制。模糊控制或变阻型控制概念的产生是因为调控存在多个水平及每块肌肉有不同类型的肌纤维。通过激活不同数量的肌纤维可以引起肌肉不同程度的激活。

控制器选项:成熟理论

针对日常生活中人们所经历的大多数运动活动而言,神经控制理论可以简单地理解为与电脑功能相似。这样似乎可以自然地将电脑比作神经系统,那么,在这个模型中,硬盘是解剖结构,上面存放着软件程序,脑中的软件程序被称作运动记忆或者中枢模式发生器(CPG)。用中枢模式发生器这个名词是因为它可以更好地描述运动控制的概念。中枢模式发生器可以等同于文字处理程序,所有的输入都有复杂的且固定的反应。一些反应是直接的,如敲击键盘的特定按键时出现相应的反应以及输入特定的字母可以进行相应的程序处理。其他的一些指示会引发更加复杂的反应,如通过执行事先确定好的一系列步骤来完成庞大的文字处理程序。用计算机这个类比来理解运动控制,还可以假定大多数运动反应要么是通过运动的遗传编码进行记忆,如吸吮反射或踏步反射,要么是通过学习获得,如学习如何骑自行车。中枢模式发生器是在将基因编码与学习进行整合的成熟过程中形成的。对中枢模式发生器功能的解释被称为运动控制的成熟理论。

控制器选项:动态系统理论

动态系统自我组织的概念源于自然科学很多学科,最近更多地用于理解人类的运动控制。一个应用动态系统理论的例子是对液体流动的理解,如河水的流动或者管道中液体的流动。随着液体流动的速度和压力的改变,流动的模式将会从平稳的层流自行重新组织,层流是指液体柱的中心流速最快、外周与非移动的壁接触的部分流速最慢。在某些点上,水流重组为湍流。这种湍流表面看起来像是完全没有组织的,然而,在动态理论中,认为是它自行重组成了另一种控制系统,并且在结构上根据需求进行调整。这种由非湍流变为湍流的改变具有高度非线性,并且是从一种状态变为另一种状态,但两者都是稳态。

为了理解这种系统的重组,需要了解数学的一个新分支——模糊理论。在模糊理论中提到吸引点,它被定义为稳定的或相对稳定的区域或状态(图 3.4)。例如,在湍流与非湍流之间存在着快速转换的水流,它并非会保持两种状态的混合态,换句话说,它会随着不同的力量被吸引为一种状态或另一种状态。吸引点的概念可以用来理解运动控制。用人的行走速度举例,从站立到最快的跑之间的速度并不是同等几率被采用。正常成人行走速度的模糊吸引点在 100 ~ 160cm/s 之间是很强的。如果一个人的行走速度不能接近 100cm/s 的话,那么他经常会以一种舒服的速度行走,然后停下来休息一会儿再以自然的速度行走,然后再次停止。站立及不动是另一种速度吸引点。另一方面,如果一个人必须以超过 160cm/s 的速度行走,那么经常会变成小跑的行进模式,并倾向于以 250 ~ 300cm/s 这个舒服的速度小跑。如果以 200cm/s 左右的速度行进的话,大多数人喜欢选择行走及跑步交替的方式,因为,行走或者跑步比非行走、非跑步这个中间状态更舒服。大多数成年人通过上述三种步态速度的转换来经历和体验这

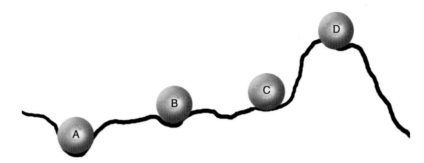

图 3.4　通过一个球滚动的轨迹可以轻松地将模糊吸引点的概念形象化。球可能会稳定停留在某几个地方,有些地方只需较小的力量就可以驱动球,使其再次滚动,但是,球可能会滚进一些较深的凹陷处,并且需要较大的力量才可以再次滚动。这些凹陷类似于不同强度的模糊吸引点

些速度的吸引点。

这些吸引点的另一个特征就是它们可能非常稳定或稍有一些不稳定。举一个不稳定的吸引点的例子,就是跳跃中身体所处的位置,此时的位置是不稳定吸引点,因为在变换到下一个吸引点即着陆之前,身体无法在此停留。理解和定义运动控制中的吸引点将非常有助于理解生长和发育以及治疗反应。为了便于理解,本文中会应用模糊吸引点这个术语,尽管在模糊理论中更经典的数学术语是陌生吸引点。在医学中,模糊理论应用最多的是对心率变异性的理解,从心律不齐变为室颤这个过程可以更好地证明这个原理。这两个心率状态都是稳定的,因为如果没有明显的外界干预的话,它们不会轻易发生变化。

运动控制的动态系统理论还有助于理解人们是如何以不同的但是相似的模式来完成相似的任务的。例如,如果让一个行走的儿童捡起地上的饼干,运动的模式可以是伸膝、屈髋和弯腰,也可以是保持腰挺直下屈髋屈膝。随着所有参与肌肉和关节的变化,完成一项任务的方式几乎是变化无穷的,但是,完成某项任务的运动通常只有两种或三种具有模糊吸引点特性的方式。

模糊吸引点产生的原因

理解这些模糊吸引点的解剖或者力学的来源是非常困难的,从模糊理论来看,有太多的变量输入系统来特异地定义这些吸引点,它们常常被看做是一个区域。例如,用模糊吸引点来描述正常人行走速率,比较稳定的吸引点在 100～160cm/s 之间,这个吸引点的强度及确定与下肢的长度和重量、肌肉收缩的速度、神经传导速度以及环境有关。想要找到这个模糊吸引点的绝对中心点是不可能的,因为它建立在从环境到个体的行为和情感等很多事件之上。应用动态系统理论的概念可以形成一个框架,用来理解脑瘫儿童形成不同运动模式的原因。例如,双侧瘫的儿童常常在青春期时形成蹲伏步态,根据选择治疗方式的不同,儿童可能继续这种蹲伏模式或者可能转变为膝反张模式。这种步态的改变是模糊吸引点组织儿童运动的一个例子。外科医生需要理解的重要事情是系统并不想在膝关节正常伸展的区域进行组织,但这却是医师治疗的目标。

另一个由动态系统理论得来的重要概念就是控制系统是自我组织的,不需要中枢模式发生器或基因编码或学习。例如物理学中的例子:液体不需要基因、知识或者软件来完成从湍流到非湍流的重组。另一个广泛应用动态系统理论的领域是对气象模式的理解。气象模式组织系统可以用动态系统理论解释,如晴天或强烈暴风雨时形成高压区域,这同样也不需要相关知识、基因编码或软件程序。这种组织发生在模糊吸引点的周围,每个模糊吸引点都有一定的特征;但是,不能描述出确定吸引点的所有输入信息及对其产生的影响。动态系统理论不要求有编码程序,如中枢模式发生器,因此它与运动控制的成熟理论是直接对立的。有关机械机器人自我组织运动模式能力的报道和动物实验表明,动态理论有一定的运动控制组织结构的基础。

运动控制的统一理论

了解运动控制的概念是为了治疗有运动控制问题的儿童,并且可能有助于形成概念性框架以便在实验中验证理论。这就需要将成熟理论及动态系统理论结合起来,将二者结合的一个方法就是将运动控制系统按功能分为几个亚系统,其中一个为包括感觉反馈的负责平衡的亚系统,另一个为控制肌张力的亚系统,第三个是控制运动模式的亚系统。除了这些亚系统之外可能还包括视力、口腔运动功能和听力。虽然视力可以为运动控制系统提供反馈信息,对运动控制有非常重要的、明确的作用,但我们更关注前三个定义的亚系统,因为它们对肌肉骨骼系统中的运动系统有直接作用。

每个亚系统都通过基因编码和学习形成基础水平的组织程序,动态系统理论可以更好地解释基础功能之上的作用。根据动态系统理论,一些运动模式通过学习可以进一步精练,尤其是非常依赖前馈控制的活动。其中一个例子就是运动员的活动,如学习跳远。儿童中期之后,神经系统已经完全发育成熟,执行跳跃的功能也发育成熟了。当命令一个孩子尽她所能跳到最远,那么她就会用自然的跳跃模式,这个模式可能是由动态系统在模糊吸引点周围或者一些不太稳定的吸引点周围组织而成的。但是,如果想要成为跳远冠军,那么必须以一种特定的模式进行跳跃,并且始终能够在很窄的范围内执

行这种模式。这部分活动就成为了一个特定中枢模式发生器所管辖的成熟活动,这就可以帮助解释为什么可以看到基础的模式,并且允许进行精练。同样,改变基础模式比改进现行模式需要更多的能量。

当个体出现病理性问题时,可以将运动障碍的神经控制方面分为三个亚系统的异常,这些亚系统分别负责肌张力、运动计划和平衡。这三个亚系统发生异常的变化导致脑瘫患儿可以出现各种类型的运动问题。一部分儿童仅在一个方面出现问题,如偏瘫的患儿存在腓肠肌痉挛;而严重的四肢瘫的患儿,三个亚系统都存在明显异常。

肌张力紊乱

肌张力的定义是当试图被动活动肢体时,肌肉或者肢体的僵硬度。这种僵硬度有弹簧的特点,进行小范围运动比进行大范围运动更加僵硬,并且是一个非线性的反应。这种引起被动僵硬的张力源于软组织的外形、关节与软组织之间的摩擦、可能还包括没有认识到的活跃的神经成分。进行下肢坠落试验研究时发现,一个儿童清醒警觉时与被神经运动阻滞麻醉时的反应是不同的。对于一个正常的个体,麻醉时的肌张力比清醒时要低,这就有力地说明肌肉有主动的僵硬,这种僵硬不是神经元诱导肌肉收缩产生的,进行静息肌电图时会发现这种肌张力的存在(Miller et al. ,unpublished data,2001)。

除了非线性的被动及主动弹簧式僵硬之外,肢体的张力还包括一部分黏弹性,对运动有着速度依赖性的阻力。这种抑制作用与汽车减震是非常相似的。同样,这种抑制会对肢体的速度及位置的变化产生一个非线性的反应。黏性抑制可以为正常的运动系统提供一个被动的张力,从而使运动平滑。在这里,肌张力被定义为不进行主动收缩时肌肉的紧张度,这种张力可能为肌肉提供重要的功能。如果肌肉是完全松弛、没有张力的话,它的反应将会减慢,并且缺乏精细的控制。

同样,肌张力在维持肌力、儿童时期调控肌肉生长方面的重要作用还未明确。肌张力的第二个主要方面是运动诱导的牵张反射,如大家熟知的膝腱反射或跟腱反射,这是通过肌肉感受器产生的牵张反射而发生的单突触反射。脑干和大脑白质可以通过前庭脊髓束和网状脊髓束调整牵张反射的突触。通过这些脊髓通路,单突触反射可以通过大量的不同的经验,包括个体的情绪、环境及所进行的活动进行调整。

运动张力

在运动系统的控制中,正常的运动张力有很多重要的、但未明确定义的功能。当运动张力太高或者太低引发问题时,大多数功能才被认识到。一般来讲,高的张力被称作痉挛或者肌张力增高,低的张力被称作肌张力减低。痉挛的经典定义包括正常的牵张反射的兴奋性增高以及速度依赖性的阻力增加,从而产生肌肉收缩来对抗运动。这个被广泛接受和经常重复的痉挛定义,它包含了速度依赖性特征,听起来像是对正常肌肉张力黏滞性增加的定义,但并不是这样。这个描述更像是对反射亢进的另一种定义,是综合征的一部分。从关节角度随时间变化的力学意义上看,没有报道证明痉挛与关节运动角度的速度有关。这里的速度一词一般意味着运动。另外,痉挛的变异性曾经被定义为如折刀样放开和卡住的特征。痉挛是很难解释的,目前尚不清楚上述关于痉挛的所有特征到底是同一反应的不同方面,还是完全不同的反应。肌张力改变综合征是很容易被发现,但是定义起来非常困难。这样,痉挛就像色情文学一样,被最高法庭的法官描述为"很难定义,但当你看到它的时候是很容易辨认的"。在短时间内观察孩子时,运动模式尤其像肌张力障碍可能很难从痉挛中区分出来,然而,继发性改变的存在,尤其是肌肉的改变,常常使区分变得容易。

肌张力的测量

肌张力是运动控制的一个基本内容,所以必须有量化的方法。最常用的方法就是应用 Ashworth 量表。这个量表是徒手测量的量表,通过被动地活动某一特定关节感受其阻力大小进行评估,然而,它仅仅考虑是否存在肌张力增高。这个量表已经被改良,称作改良的 Ashworth 量表,它包括更多的水平,并且可以评估肌张力减低(表 3.1)。这是应用最广泛的评估痉挛的量表,然而,它是一个非常主观的评估量表,并且,有时很难区分肢体僵硬是由于肌肉僵硬导致的,还是由于痉挛造成的。

表 3.1　Ashworth 量表及改良的 Ashworth 量表

Ashworth 量表:

得分	肌张力的描述
1	肌张力正常,无增高
2	肌张力轻度增高,快速活动关节时感到轻微的阻力
3	肌张力增高,但是关节仍然容易活动
4	肌张力明显增高,被动运动关节时较困难
5	肢体僵直,很难被动活动关节

改良的 Ashworth 量表:

得分	肌张力的描述
00	肌张力低下
0	肌张力正常,无张力增高
1	肌张力轻度增高,有轻度的卡住感及放松感,或者在关节活动范围内感觉到轻微的阻力
1+	肌张力轻度增高,在超过一半的关节活动范围内,感觉到轻微的卡住感和轻度的阻力增加
2	在大部分关节活动范围内均可以较明显地感觉到肌张力增高,但是关节容易被活动
3	肌张力明显增高,被动活动关节较困难,但可以活动
4	关节僵硬,难以活动

其他评估痉挛的方法有下肢坠落试验,做法是将一侧下肢置于桌子边缘,使其坠落后,测量自然摆动的次数及幅度。这个测试仅用于轻度至中度痉挛的儿童,并且需要测试者极好的配合。一些力学运动装置被设计成可以测量运动中产生的力矩,同样可以用于测量痉挛,但在临床应用上没有被广泛地接受。许多人试图通过记录肌电活动评估痉挛,然而,肌电图又不可能确定任何力学数据。另一个很老的技术是测量 H 反射,它的检查方法是通过刺激运动神经周围的感觉神经,记录运动神经元的潜伏期。认为 H 波的波幅可以反映出 α 运动神经元的兴奋性(图 3.5)。这个测量与反射亢进有关,但与 Ashworth 量表的相关性不强;因此,我们仍然将改良的 Ashworth 量表作为痉挛的临床评估。

图 3.5　痉挛对骨骼肌的生长及发育产生的影响是使肌肉的肌纤维数量减少、长度缩短及形成一个长的肌腱。这种改变造成肌肉截面面积及肌纤维移动减小,从而造成肌力减弱,因肌纤维长度缩短造成关节活动范围减小

痉挛

痉挛是脑瘫患儿出现的所有神经性改变中最常见的表现。对于一个中枢神经损伤的患儿来讲,表现为痉挛的肌张力增高一定是组织残存活动的非常强的模糊吸引点。很难理解系统中的哪些成分使痉挛成为如此强大的吸引点。因为痉挛常出现在人的身上,很少发生在动物的身上,这表明痉挛有功能方面的作用。虽然痉挛是一个强的模糊吸引点,但不能判断它对个体是有益处的还是有害处的。在现代机器人的研究中发现,增加关节的硬度可以改善精细运动的控制;同样,每个人都有这样的经验,当需要用手做一些精细的、小的活动时,手会变得僵硬一些。最可信的情况是从整体来看,当丧失了某些神经系统的功能但仍有组织能力时,肌张力会增高,使得在神经控制能力降低的情况下也可以完成功能性活动。因此,在治疗痉挛儿童时应保证肌张力可以发挥正性作用,调控肌张力的大小使其发挥最大的益处。

痉挛对神经的影响

因为脑瘫的病灶位于中枢,所以,所有远端的改变都被认为是继发性改变。对痉挛认识最多的是反射亢进,这是由于皮质脊髓束抑制作用减弱而产生的。在一个正常孩子成长的过程中,大约在 10 岁之前,大脑皮层对肌肉收缩速度和肌力增加的调控能力持续增加。虽然这种变化已经通过对儿童和成人提高快速转换运动能力的研究所证实,但至今仍不清楚这些变化是何时发生的。在脑瘫患儿中,这种皮质脊髓束和锥体束传导减慢的不成熟模式持续存在,表现为潜伏期延长,同时调动大量运动神经元的能力降低。部分这类活动通过脊髓运动神经元兴奋性的改变进行调控,这种调控对关节位置或者更特异地讲对肌肉的长度也是很敏感的。通过刺激周围感觉神经所诱发的 H 反射可以测量出跟腱反射的强度与踝关节的位置非常相关,这比机械位置的解释更具说服力。如同早先注意到的那样,肌肉在静息时也会为了功能的需要保持一定的张力。当个体被运动神经元阻滞麻醉时,部分张力表面上消失了。曾假设为了保持这种肌张力需要活跃神经兴奋;然而,还没有直接的证据来证实这一点。当脑瘫患儿的肌张力增高时,神经兴奋性似乎应该明显增加,但却显示不产生有效肌电。许多这样的儿童同时存在体温调节障碍和肢体血流异常,因此,可能存在交感神经系统调节异常。但是目前也没有直接的证据来支持这个理论。

痉挛对肌肉和肌腱的影响

肌张力增高和肌张力降低都会使肌肉发生最戏剧化的继发改变。痉挛对骨骼肌产生的容易观察的影响包括肌肉纵向长度生长减慢、肌肉体积减小、运动单元大小改变、肌纤维类型及神经肌肉接头类型改变。在老鼠模型试验中发现，痉挛可以造成肌纤维丧失大约 50% 的纵向生长能力，并导致挛缩的发生。脑瘫患儿的肌肉常常是短的、薄的，因为肌肉的力量与其横截面积有关，因此这些患儿的肌力较弱。在痉挛肌的评估中，对力量的理解一直是非常令人困惑的难题。力量的力学定义是看一个结构可以承受多大的负荷。当讨论肢体的力量时，如踝关节跖屈的力量，力量最强时踝关节倾向有重度的、固定的屈曲挛缩，但这并不是大多数医师想看的力量。通常力量用于描述移动负荷或者做功的能力，也称为主动力量，而挛缩是一种被动力量。形成了明显的挛缩之后，痉挛肌肉比正常肌肉有了更强的被动力量，但是主动力量却减弱了。因为痉挛时拮抗肌的抑制作用减弱，共同收缩难以避免，所以痉挛儿童主动力量的改变更明显。运动单元趋于变大并且随着潜伏期的延长反应更慢，肌纤维大量地向 1 型慢收缩纤维转化。所有这些改变意味着肌肉在收缩时反应减慢，再加上神经的改变造成潜伏期延长。近期的研究发现，痉挛儿童对琥珀酰胆碱存在抵抗，进一步的研究发现，神经运动接头存在不成熟的亚基。痉挛对骨骼肌的影响是普遍的，神经矫形师在这方面比较有经验；然而，张力增加引起的这些改变的生理学解释仍然不是很清楚。

目前迫切需要进行基础研究，并理解肌肉对痉挛的反应。一本有 1936 页的教科书，其内容包含肌肉胚胎学、生理学、肌肉病，但是没有一个人提到痉挛对肌肉的影响。迄今为止，痉挛导致的继发性肌肉改变的患者比所有原发性肌病患者的总和还要多。在动态控制理论的内容中，这些改变似乎是围绕在一个强的、稳定的吸引点周围，这个吸引点的基本因素似乎是受损的运动控制系统，这个系统的反应时间减慢、变得僵硬、在出现被动力量的同时伴有主动力量的缺失。这个稳定的模糊吸引点也可能在组织有机体的功能性优势，使有机体可以以慢于正常的速度进行负重站立及在空间中行走。目前，虽然还不能从成熟的观点具体地、准确地解释到底是为什么引起了这些改变，但在动态控制模型中它们都是有意义的。这个模糊吸引点的主要问题是它似乎太稳定了，并且很多儿童存在反应过度，导致这些儿童出现功能受限及问题。

痉挛对骨骼的影响

痉挛导致的骨骼改变会受到肌肉改变的影响。最常见的影响包括髋关节脱位、脊柱侧弯、足部畸形（如扁平外翻足或马蹄内翻足）、脚趾囊炎、膝关节挛缩以及肩关节挛缩、肘关节挛缩、腕关节挛缩。股骨与胫骨扭转对线异常也是常见的改变。这本书的主要部分就是在讨论如何治疗这些畸形。这些继发的畸形，如髋关节脱位，已经被很好地认识了，并且已

经明确了力学方面的病因。所有的畸形都清晰地、强烈地朝着模糊吸引点的方向发展。对于髋关节来讲，一侧肌肉收缩造成内收而另一侧收缩导致外展。因此，过度的内收和过度的外展均是稳定的吸引点。伴随着精准运动控制能力的降低及痉挛的存在，使得髋关节的中立位成为一个不稳定的吸引点。这部分内容同样也适用于其他受累的关节。

痉挛对坐、步态及日常生活活动的功能性影响

痉挛有很多功能性的影响，其中一些对儿童有益，而另外一些则是引发主要问题的根源。对于可以走动的儿童来讲，痉挛会引发典型的痉挛步态，在本篇第 6 章会讨论到这些步态模式。对于在转移过程中负重差的或可以在家中移动的儿童来讲，痉挛为他们提供了负重中需要的力量及稳定性，因此，痉挛常常是帮助他们进行转移的因素。这些儿童可能会出现坐位时难以放松，从而很难保持坐位。同样，可能因为痉挛严重，使得他们的日常生活活动，如穿衣服、上厕所等出现困难。对每个痉挛的儿童都需要仔细地评估痉挛带来的问题及益处。家庭成员及临床医师需要辩证地看待痉挛对脑瘫患儿的影响，但是让他们看到痉挛带来的好处常常是比较困难的。

治疗

当计划治疗痉挛的时候，需要认真地考虑治疗痉挛带来的好处以及引发的问题。每个人都必须意识到无论治疗痉挛有多么成功，孩子仍然存在脑瘫。需要时刻牢记治疗痉挛的目的从来都不是消除所有的肌张力。治疗高血压与治疗痉挛是相似的，这样更容易理解。明显地，如果所有的血压都消失了，这并不是成功地治疗了高血压。没有血压与没有肌张力之间有很大的相似之处。对痉挛最理想的治疗是仅仅在引发问题时以及在引发问题的解剖区域降低肌张力。这样，痉挛就在所有可以帮助儿童的情况下被保存下来。同样需要记住的重要内容是除了以上提及的肌肉发生的继发性改变之外，原发病灶同样可能会对肌肉有直接的影响。例如，肌肉收缩的力量会受到大脑皮层的冲动调节，因此，脑瘫儿童存在脑部病灶，使得调控肌力的能力直接受损，因此，在评估了痉挛引发的特异性问题及益处之后，应考虑适宜的治疗方法。

可以通过治疗神经肌肉系统的不同部位来治疗肌张力。对中枢神经系统可以选择的治疗包括药物、电刺激或者外科手术；在连接肌肉的周围神经系统，药物及外科手术是主要的治疗方法。在肌肉的水平，药物、电刺激及外科延长术是可选择的治疗方法。

作用于中枢神经系统的口服药物

口服药物倾向于同时作用于脊髓和大脑的 γ-氨基丁酸（GABA）受体，它们是运动控制系统的主要抑制性受体（表 3.2）。主要应用的两种药物是地西泮和巴氯芬，这两种药物都是在主要作用点阻滞 γ-氨基丁酸。巴氯芬是 γ-氨基丁酸

的类似物,与 γ-氨基丁酸受体结合,但不激活 γ-氨基丁酸。地西泮的作用是更加弥漫的。巴氯芬透过血-脑脊液屏障被吸收的较少。两种药物的降解率很高,也就是说它们起初有效,数周后就会失效。加大用药剂量可以克服这种降解效应,但是,加大剂量也会导致并发症的发生率增加。目前,还没有成功地将这两种药物用于脑瘫儿童痉挛的长期控制。术后急性期用地西泮非常有效并且安全。α₂ 肾上腺素受体对脊髓及脊髓以上区域有激动的作用,替扎尼定和盐酸可乐定是阻滞这类受体的药物,虽然有证据表明这类药物可以有效降低

脊髓源性痉挛,但还缺乏用于脑瘫儿童的经验,也没有相关数据支持。本人应用替扎尼定的经验是它具有同其他抗痉挛药物相似的问题,有较明显的镇静作用和降解作用。作用于中枢神经系统其他部位的药物也有潜在的降低痉挛的作用,但是只限于个别报道,且没有用于脑瘫儿童的报道。拉莫三嗪和利鲁唑可以封闭电压控制钠离子通道;血清素拮抗剂,如赛庚啶可以降低张力;氨基乙酸是神经递质抑制剂,可以口服用药,并且可以被大脑吸收;大麻可以通过一种未知的递质来降低痉挛。

表 3.2　治疗痉挛的药物

药　物	商品名	对痉挛的作用	副　作　用
巴氯芬	力奥来素	对部分人群有用,口服用药治疗脑瘫时疗效很难持续,鞘内给药时效果明显	镇静、突然撤药反应、精神症状;口服计量用药时出现快速药物耐受
地西泮	安定	术后急性期降低痉挛非常有效,长期降低痉挛效果不明显;是最古老的可以有效降低痉挛的药物	半衰期长且多变,有强的镇静作用;长期用药时产生耐受
氯氮䓬	氯䓬酸钾	很少用于脑瘫;是地西泮的活性代谢产物;镇静作用较小,治疗痉挛效果不明显	同地西泮
氯硝西泮	Klonopin, Rivotril	吸收快,半衰期 18 小时;比地西泮的镇静作用小;单剂量应用可有效治疗夜晚因痉挛引发的睡眠困难	同地西泮,也存在药物耐受
凯他唑仑	Loftran	是一种新型的短效苯二氮䓬类药物,没有用于脑瘫的相关数据	自称减小了镇静副作用
四氢西泮	Myolastin	新药,没有用于脑瘫的数据	自称减小了镇静副作用
丹曲洛林	丹曲林	降低肌纤维的兴奋性;对脑瘫儿童未有效应用	有肝毒性,所以应该监测肝脏转氨酶;导致肌肉力弱
替扎尼定	Zanaflex, 松得乐	阻止神经兴奋性氨基酸的释放;没有脑瘫应用数据;个人经验为此药存在快速耐受,与巴氯芬相似	引起口干、镇静;可能引起血压下降
可乐宁	Catapres, Dixirit, Catapresan	在脑干和脊髓中抑制 α 激动剂的活性;没有治疗脑瘫痉挛的数据	引起血压下降和心率减慢
大麻	纳比隆,屈大麻酚	可以有效降低成人的痉挛,没有应用于儿童的数据	有明显的精神副作用;成瘾
环吡酮	Flexeril	广泛用于治疗背肌痉挛,但研究表明对痉挛无效	因为无效,所以未明确

鞘内药物应用

在过去的 20 年中,人们对将药物直接注射至鞘内、尤其是椎管内产生了兴趣。因为存在一个普遍的认识,即痉挛产生于脊髓节段,所以应该对这个节段的神经系统给予大剂量的药物。最开始应用吗啡进行鞘内注射,但后来很快就被巴氯芬所代替。鞘内注射泵使用电池能源,并埋植

在腹部,一个鞘内导管连接至脊髓的鞘管。导管走行于侧方躯干的皮下,一直到前方植入泵处,并与泵相连。通过外部的无线电波介导的控制器对泵进行控制,经过泵上方的皮肤直接注射填满泵的储液槽(病例 3.1)。应用鞘内泵治疗痉挛的主要药物为巴氯芬。治疗可以是持续给药;也可以调整控制程序,在短时间内注射较大剂量药物,关闭一段时间,之后再小剂量注射。

病例 3.1　Letrisha

Letrisha 是一个 8 岁的女孩,有严重的痉挛性四肢瘫和智力低下,日常生活完全需要别人照顾。她妈妈抱怨难以给 Letrisha 换尿布、穿衣和洗澡,出现明显的伸肌紧张时会导致难以保持坐位。她的睡眠很好,靠胃造瘘管进食,每日发作数次癫痫,但癫痫对她没有太大影响,目前体重为 16.7kg。对她进行了 75μg 的巴氯芬注射,取得了很好的缓解痉挛的效果。然后在她体内植入一个泵,可以较好地持续控制痉挛(图 C3.1.1、图 C3.1.2)。在 6 个月后,她持续存在对药物快速降解,增加到 650μg 平台剂量后继续控制她的痉挛。在植入泵一年后,她的妈妈仍然发现因为大腿内收肌出现孪缩,使得难以为她换尿布。随后对她进行了内收肌腱松解术。她的身体几乎没有脂肪,使得在她腹部植入的泵有明显突出,但没有引起问题(图 C3.1.3)。

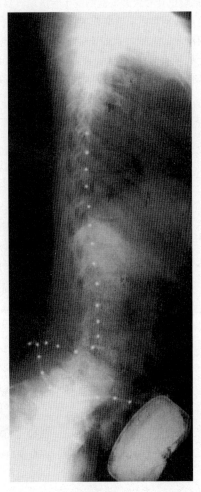

图 C3.1.2

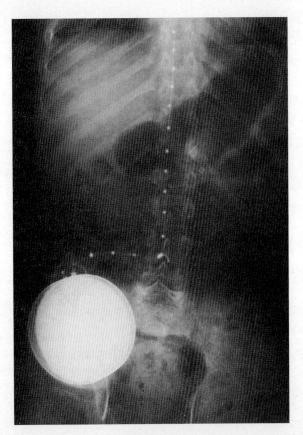

图 C3.1.1

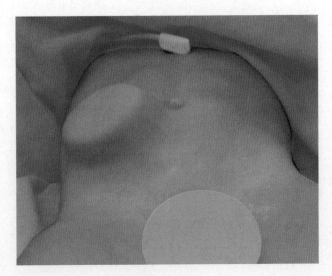

图 C3.1.3

鞘内注射巴氯芬是一个很新的治疗方法,1997 年 FDA 才批准将此技术应用于儿童。在实验阶段,仅有不到 200 个儿童植入了鞘内泵。在过去的 4 年中,鞘内泵的使用变得更加普遍。这些泵的最大优势在于可调,并且认为如果治疗结果引发了问题,不值得继续该治疗,就可以终止该治疗。通常需要将照顾者所关心的问题列出一张清单,进行仔细的评估。如果儿童没有脊柱融合,可以在鞘内空间注射 75 ~ 100μg 试验剂量。然后由照顾者和治疗小组进行监测,共同决定效果如何。对于治疗特别困难的病例,可以在体内保留内置导管数日,用于调整注射剂量。对于张力变化较大的儿童或者需要监测调整巴氯芬剂量的儿童可以使用植入性导管。

最初的推荐方法为连续注射三天,每天注射一次,从25μg 开始,然后是 50μg,第三天注射 100μg。我们发现这个注射程序没有取得很大的效果,所以更倾向于注射 75 ~ 100μg,或者使用植入性导管。儿童或者有反应,或者没有反应,先前推荐方法中小剂量的差别对理解效果几乎没有什么帮助。同样,因为没有数据支持口服巴氯芬对脑瘫儿童有效,所以推荐儿童试行口服巴氯芬是没有价值的。我们的经验是口服巴氯芬几乎没有任何作用。我及同事选择应用巴氯芬的剂量是进行一次临床评估,接着进行一系列注射,然后植入泵,根据儿童的需要调整注射剂量。我们从来不用 10ml 的泵,因为它仅比 18ml 的泵体积小一点点,但是装的药量却少了将近 50%。当儿童需要注射高剂量的巴氯芬时,如每天注射 1000μg,注射能力就显得非常重要了。如果用了 10ml 的泵,巴氯芬的浓度为 2000μg/ml,每隔 20 天就需要重新填充药物。但这个类型的剂量并不是不常用,儿童的体积也与巴氯芬的需要量没有关系。

通过鞘内泵注射巴氯芬可以明确地降低大多数儿童的痉挛。在最初的植入泵后,可能需要 3 ~ 6 个月才可以保持药物剂量稳定并使痉挛持续降低。已经了解到口服巴氯芬具有缓解作用,鞘内注射同样也存在该作用;但是,当达到一定剂量后,作用就不明显了。每个儿童需要剂量的差异很大,并且与身体大小无关。剂量需求从每日 100 ~ 2000μg 不等。只有通过缓慢增加药物剂量、评估治疗效果才能确定正确的剂量。在有效地降低了痉挛之后,获得的功能是有很大差异的,通过照顾者的主观感觉描述,我们可以了解到四肢瘫儿童获得的最显著的功能是什么。这些照顾者会报告穿衣及其他日常活动变轻松了。很多我们的患者出现了睡眠及行为的改善。也有家庭报告坐及上肢应用方面有所改善。所有获得的功能都是主观的报告,常常会使这些家庭很高兴有这个装置。对可以移动的儿童应用鞘内注射巴氯芬的经验很少,对较大的有严重步态紊乱的儿童应用得最多。至今,还没有定量评估步态的报道。我们的经验以及其他一些实验室的数据表明,儿童的行走速度并没有很大改变,膝关节的活动范围可能有所增加,但有形成蹲踞姿势的更多倾向。所有这些结果都是根据个案病例得来的,并且其结果与治疗剂量有很大关系。

应用鞘内泵可能出现不同的并发症,其发生率是较高的。报道发生感染的几率在 0 ~ 25%。也报道过导管出现机械故障,包括导管破损、断裂及扭结。同样报道过泵袋漏及持续的脑脊液漏。应用鞘内注射或者口服巴氯芬可以出现快速撤药反应,可能导致儿童出现幻觉或者急性的精神症状。巴氯芬泵的并发症一般是很好处理的,并且是暂时的。大多数泵的感染都需要将泵移除,待感染治愈后可以再次植入泵。我们曾经在没有移除泵的情况下治愈了一例感染的儿童,还有一篇文献报道说在鞘内应用万古霉素氢氯化物注射也保住了泵。

避免瘦弱儿童植入泵出现伤口问题的一个重要技术细节是将植入泵尽可能放于近端,使泵及导管上方没有切口存在。也就是说植入泵的位置可以位于下肋水平。我们遇到的所有伤口问题都是切开部位越过下方的泵,经常发生在导管与泵的接头处(图 3.6)。将泵插入腹外斜肌是另外一种可以选择的方法,这样使得泵上有软组织覆盖。导管并发症的主要问题在于对问题的判断。儿童有时不像预想的那样对巴氯芬产生反应,或者突然出现反应停止。如果发生了这种情况,可能是导管出现了问题。首先需要进行 X 线检查评估导管的情况,有时放射线可以发现导管断开了。如果植入的泵有一个为导管注射用的侧孔,可以试着从导管中抽吸,或者注射造影剂后拍摄 X 线了解相关情况。我们几乎不将这种泵用于儿童,因为它太突出了。可以先将泵抽空,然后注入铟,估计铟已经进入脑脊液后进行扫描。如果结果不理想并且有明显泄漏的话,需要让儿童回到手术室,暴露前方的导管与泵的连接处,拔出导管。此时应该可以见到脑脊液从导管中流出。如果没有看到脑脊液,那么需要暴露后面的导管,断开连接,需要更换任何堵塞的部分。

另一个可能发生的合并症是儿童在植入导管后出现了持续脑脊液漏。最初的治疗是让孩子保持仰卧位 2 周,观察漏是否自行闭合。出现脑脊液漏的最初症状就是严重的头痛及

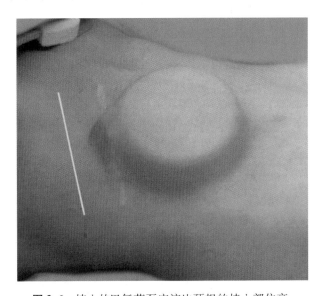

图 3.6　植入的巴氯芬泵应该比预想的植入部位高。当切开部位跨过泵的连接管时,如图所示,有很高的伤口破裂的风险。理想的情况是切开部位应该离开泵的部位,如黄色线所示的那样

恶心。大部分时间漏都会自行闭合,但我们也有两例儿童持续地存在脑脊液漏。其中一个儿童做过脊柱后部融合术,融合处的包块曾被打开过。这个伤口再一次被打开,并将筋膜盖在硬脑膜上,然后用甲基丙烯酸甲酯填充缺损的骨头。如果再次打开融合的包块植入导管,这时骨头的缺失会通过常规的颅骨成形术闭合。如果这个孩子没有曾经做过脊柱融合,那么可能会尝试用硬膜血斑的方法。对于一次注射后发生的漏,斑的治疗效果是很好的;然而,对于治疗导管周围的漏还没有成功过。在这种情况下,同样可能需要暴露插入部位,将导管插入的部位用筋膜覆盖。

如果植入的泵突然出现了故障,那么它就会停止注入药物,避免注入药物过量。对于泵的这个安全特性还没有失败的报道。在这种情况下,如果怀疑泵的功能,那么就需要更换泵。为植入泵提供能量的电池可以工作3～5年。当电池电量消失后,需要更换整个泵,此时不需要更换导管。当怀疑一个儿童的泵的功能或者导管出现故障时,需要让这个儿童口服巴氯芬,以避免发生曾发生在一些儿童身上的精神类的撤药反应。巴氯芬同样有抗高血压的作用;但是,这很少引发明显的问题。可能存在交感阻滞效应,从而使足部变冷青紫出现时周围血管过度运动反应减轻。

进行老鼠试验时发现了巴氯芬的另外一个作用是降低阴茎勃起的数量及频率。有一篇关于脊髓损伤导致痉挛的成年男性应用鞘内注射巴氯芬治疗的报道。在这个报道中,相当数量的男性出现勃起时间及硬度下降,报道两个男性丧失了射精的能力。我们的一个患者是青年男性,他抱怨应用鞘内注射巴氯芬后使得勃起的质量降低,两次勃起之间的潜伏期延长。应该对在意这方面问题的患者提及这个并发症。

少部分儿童需要大剂量的巴氯芬鞘内注射,有时可以达到每天2000～3000mg。同样,对于植入泵6个月到2年用低剂量维持的儿童,如果他们的肌张力增加,那么需要快速增加注射剂量。如果一个儿童需要增加巴氯芬的用量,或者获得了稳定状态的儿童突然需要增加巴氯芬用量,那么就要考虑到是否存在导管故障。在全面检查了是否存在导管故障后,或者证明了导管的功能良好之后,另外一个剂量的选择方法就是应用药物间歇期。在这个治疗中,鞘内注射巴氯芬逐渐减量至停药,避免出现撤药时的精神症状。将泵关闭一个月,然后再次进行药物注射并缓慢加量。药物间歇期的目的在于使神经系统再次对药物敏感。药物间歇期的另一种给药方法是每天进行几次大剂量的注射,代替持续的给药。因此,取消了每天持续的给药2000mg,取而代之的是可以在睡觉前注射1000mg,在早晨醒来最初的30分钟内再次注射1000mg。在部分儿童中,间歇给药比持续给药取得的效果可能更好。

目前,鞘内注射巴氯芬治疗严重痉挛主要用于不能行走的儿童。从理论上来讲,对于3～8岁存在痉挛的、可以行走的、可以考虑进行神经根切断术的儿童,这也是一个理想的治疗方法。因为存在泵的体积、需要长期维持治疗以及至少每隔3个月需要重新填充药物等这些不利因素,很难说服家长及医师相信这是一个很好的治疗方法。同样,也没有客观的

数据来增加人们对它的信心。对于这个问题,应该进行一个很好的有控制的试验计划,类似于随机的神经根切断术研究。另外一个问题就是目前泵的设计不好,如导管连接部位非常表浅,使得这个部位可以受到皮肤的压力,并且泵比需要的体积大了很多。如果设计出了更好的泵,并且发现了更加稳定的药物,需要6个月到1年的时间再次进行泵的填充的话,那时鞘内泵将会成为一个更好的选择,尤其是对功能较好的儿童。同样,也有可能存在比巴氯芬更好的药物;但是,需要对每种药物进行痉挛儿童的试用及测试。

神经根切断术

降低痉挛进行的中枢神经系统手术最常见的是位于脊髓水平,脊神经后根切断术是最常用的手术方法。这个手术包括切断背侧感觉神经根,包括来自肌梭和其他感觉神经的感觉传入神经。应用周围运动刺激,并在近端记录感觉神经的电活动,从而鉴别出异常的神经根,并将其切断。很多神经根是不完全正常也不是非常异常的,使得挑选异常神经根成为一个很主观的判断。有证据表明,通过电刺激选择要切断的神经根与随机切断神经根之间是没有差异的。切断神经根的数量是很重要的,常常需要事先评估孩子的痉挛水平,然后决定切除多少神经根。手术可以采取由Peacock等推广的术式,从腰1～5进行椎板切除术,在每个水平找出需要切断的神经根。另外一个术式是由Fazano等倡导的,仅在胸12及腰1水平进行椎板切除术,然后,在圆锥的下方将神经根分开(图3.7)。通过发表的数据来看,这两种术式取得的效果是没有明显差异的,然而,Peacock术式在北美更加流行。一些作者也提出了颈神经根切断术,但仅在个别中心应用这种手术,在其他的地方没有流行起来。神经根切断术已经有100年的历史了,并且有许多倡导者及一定的流行时期,但是在医疗实践中,没有获得稳定的接受水平。

神经根切断术的效果

自从20世纪80年代,由于Fazano和Peacock的推广使用,使得神经根切断术在现代流行起来之后,有很多关于将它用于脑瘫儿童的文献。当时关于这方面研究的一篇文章被引用了111次,大多数的报道样本很小,很多是外科医生的个人经验。大家普遍认为在进行背侧神经根切断术之后,痉挛会立刻有所降低。没有研究随访至儿童成熟,所有的长期研究只随访了5～10年。大多数研究报道了手术后1～3年的情况。并且,大多数研究没有与其他的治疗进行对照,或者与成长及发育的情况进行对照。有两篇设计很好的研究,但是随访时间很短,为1年或者不到1年,随机将儿童分为物理治疗组或者物理治疗加神经根切断术组。这两篇很好的短期研究证实了普遍认同的观点——痉挛降低了,然而,其中一篇报道进行神经根切断术后,没有获得明显的功能,而另一篇报道获得了部分功能。

在这些研究结果中脑瘫患儿因为痉挛所导致的功能问题并没有完全或者根本就没有得到关注,这个观点已被致力于

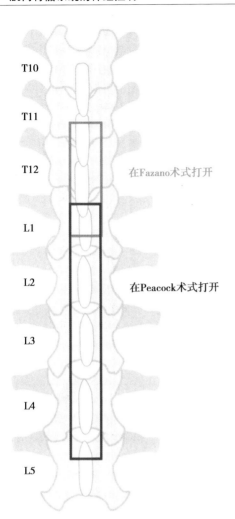

图 3.7 Fazano 技术包括在胸 12～腰 1 的椎板切除术,在圆锥的末端将神经根分离开。这样的暴露可能导致继发脊柱畸形——胸腰后凸。Peacock 技术包括腰 1～5 的椎板切除术,并在相应节段的椎管内分离神经根。Peacock 技术引发日后的脊柱畸形主要是进行性腰椎前凸

脑瘫工作的人员认识很久了。家长及缺少处理脑瘫患儿经验的医生常坚信痉挛是导致儿童成长和发育阶段所有问题的根源。因此,普遍的感觉是如果解决了痉挛,所有的一切都会变好,这就是很多文章报道神经根切断术的基调。除了相关费用的比较,对神经根切断术与鞘内注射巴氯芬还没有直接地进行比较。另一个非随机性研究对整形外科手术与神经根切断术进行了比较。在进行了 1～7 年的随访之后,发现两个手术在关节活动范围方面的改善是相同的,然而,进行整形外科手术的儿童独立步态方面的改善更加明显。虽然在进行了背侧脊神经切断术后,再进行整形外科手术的需要大大降低了,但有些人发现在发育的过程中,仍会出现明显的骨骼畸形,也许更需要采取整形外科手术治疗。背侧脊神经切断术同样会导致一些新的畸形,如腰椎前凸症,以及出现髋关节半脱位等不可预测的后果。

背侧神经根切断术的并发症有髋关节发育异常和脊柱畸形,包括脊柱后凸症、脊柱前凸症、脊椎前移和椎体滑脱。椎体滑

脱可能与躯干后部因手术造成的背痛有关,有些孩子在神经根切断术后 6 个月甚至更长时间出现椎体滑脱。建议使用椎板成形术来代替椎板切除术,可能会减少这些畸形的发生率;然而,目前并没有证据证明这两者之间有什么差别。我们已经见到过椎板成形术后的儿童出现了同椎板切除术一样的问题(图 3.8)。如果在进行神经根切断术的同时进行了髋关节手术的话,可能出现的并发症会为髋关节的异位骨化。同样,典型的脑瘫术后并发症还有支气管痉挛、尿潴留、肠梗阻、吸入性肺炎。感觉减退及感觉迟钝也是公认的问题。直肠功能障碍及膀胱功能障碍与切除了太多远端神经有关,也是公认的并发症之一。

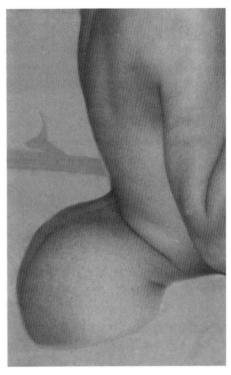

图 3.8 在拍摄这张照片的 4 年前,这个男孩进行了背侧神经根切断术及椎板成形术,效果保持了几年,但是,在青春期快速生长阶段,他的脊柱前凸症也进展得很快。经过 4 个月的时间,他从无痛的、严重整形的脊柱前凸症发展成为了前凸增加了 30 度并伴有严重的疼痛,使得他一天之内只能坐几个小时。这是典型的与神经根切断术相关的脊柱前凸症

总的来说,在 1987 年至 1993 年之间,背侧神经根切断术得到了高度热情的支持。在这段时期,几千名儿童接受了背侧神经根切断术,随着时间的发展,对这些儿童进行照顾的人的经验也逐渐增加,并且他们发表了两篇文章来表明其微小的功能益处,但这种热情已经快速地减退了。目前的普遍观点认为对于四肢瘫的儿童,背侧神经根切断术的作用不大,因为它的并发症的发生率很高,并且出现功能丧失的风险也很大。对于四肢瘫的儿童,除非切除几乎所有的脊髓后根,否则痉挛会再次出现。有三个四肢瘫的脑瘫儿童,在进行背侧神经根切断术后 5～10 年,我们不得不给他们植入巴氯芬泵,因为他们再次出现了明显的痉挛。对于一个 3～8 岁小年龄的

功能很强、可以行走并且没有明显的肌肉挛缩或者骨骼畸形的双侧瘫儿童,我们仍然可以将背侧神经根切断术作为一个合理的治疗方法。然而,一个关于具有行走能力脑瘫儿童的非随机研究表明,如果仅仅进行矫形外科手术可能会取得更好的效果。依我们的经验来看,随着儿童的生长发育,进行矫形外科手术的儿童与进行神经根切断术的儿童的步态模式多少有些不同;进行神经根切断术后,并没有大的功能改善。神经根切断术的儿童表现出的步态模式中力弱是很明显的,而在进行矫形外科手术的儿童中僵硬是主要的表现(病例3.2)。到目前为止,没有与巴氯芬泵进行真正的比较,然而,在一些病例中,我们发现泵的优点在于可以根据临床评估患儿的需要来调节痉挛的程度。根据目前所获得的数据以及鞘内注射泵的改良,在脑瘫儿童痉挛的治疗方面,神经根切断术的接受程度可能会再次变低。

病例 3.2　Kaitlyn 和 Hannah

　　Kaitlyn 和 Hannah 都是 4 岁的双侧瘫女孩,都可以独立行走 18 个月。然而,她们的稳定性不好,在停止行走或者无扶持站立时有困难,或者会摔倒在地板上。Kaitlyn 的妈妈选择给女儿做背侧神经根切断术,而 Hannah 的妈妈选择继续进行一年物理治疗,然后进行股骨反旋和腓肠肌延长术。Kaitlyn 进行背侧神经根切断术后一年,同样也进行了股骨反旋、腘绳肌腱和腓肠肌延长术。这两个女孩继续发育,并且效果很好,虽然 Kaitlyn 为了克服力弱而需要多做功,这样就降低了她长距离行走的耐力。尽我们的所能去比较,这两个女孩在四岁的时候是非常接近的,然而,仅做了矫形外科手术的 Hannah 可能稍有痉挛。这是选择进行背侧神经根切断术的主要问题。依我们的经验,进行背侧神经根切断术取得很好效果的儿童,进行肌肉骨骼外科手术同样会取得很好的效果。

电刺激

　　对大脑和脊髓这两个中枢神经系统的不同部位进行电刺激来降低痉挛,已经有很长时间的历史了。虽然在报道中有非常正面的评论,但其不可预测性、高合并症发生率以及效果微小使得这个治疗方法没有被广泛地接受。我们对三个儿童使用植入脊髓刺激器来控制痉挛,但在最初的几个月没有人取得效果。对脑瘫儿童植入中枢神经系统刺激器,除非在一个控制很好的研究环境里,否则这个治疗是没什么作用的。

脊髓切开术

　　脊髓切开术包括在矢状面或者冠状面纵向切开脊髓,在20 世纪 70、80 年代被广泛地提倡。然而,由于可能出现不可预测的结果以及其高并发症率,已完全不再将脊髓切开术用在脑瘫儿童的治疗上。

周围神经系统

　　另外一种降低痉挛的方法是在周围神经水平上进行干预。唯一的选择就是通过化学方法或者物理横断破坏神经。破坏的主要是运动神经,而不是像神经根切断术那样切断的是感觉神经。化学性损害常常是部分可逆的,化学剂可以是从短效到长效的局麻药、酒精及苯酚。为了了解一个孩子是否适合进行外科延长术,可以用局部麻醉阻滞神经递质进行诊断性测试。目前,这个内容已经没有什么意义了,因为阻滞神经不会影响挛缩,而挛缩才常常是外科手术需要解决的主要问题。有了当代先进的诊断性步态实验室,这个类型的诊断评估已经没有什么作用了。在 20 世纪 70 年代,提倡应用酒精进行降低痉挛的诊断及治疗,酒精注射降低肌张力的效果可以维持 1~3 个月。苯酚是更具有腐蚀性的化学剂,可以损害神经,因此降低张力的效果可以维持 18~24 个月,但是,因为注射过程是很疼的,所以经常在全身麻醉下进行。在 20 世纪 70 年代及 80 年代初期,注射酒精及苯酚都是很流行的,因为这些药物存在毒性,并且注射过程是很痛的,一般需要进行全身麻醉。随着肉毒毒素的出现,今天已经很少再用这些药物治疗痉挛了。除非对肉毒毒素免疫,否则没有其他合理的理由选择该治疗方法(病例3.3)。

病例 3.3　Joe

　　Joe 在四岁的时候,因为大脑动静脉畸形造成少量脑出血,进行了外科手术治疗,遗留了轻微的左侧偏瘫。到 14 岁青春期之前,一直认为他是典型的痉挛型偏瘫。而后,左上肢出现了明显的肌张力障碍性运动障碍,屈肘时伴有明显的屈腕屈指。进行苯海索试验性治疗,但未成功。然后对肱二头肌、前臂屈肌及屈指肌进行肉毒毒素注射,症状得到很大程度的缓解,此后上肢可以保持在一个良好的体位。在接下来的两年,每隔 4~6 个月再次注射肉毒毒素,但取得的效果是逐渐减小的。目前,肌张力障碍非常严重,手指严重屈曲可以导致手掌皮肤破损,并引起明显的疼痛。在肱二头肌及手指屈肌的运动点进行了酒精注射,效果维持了 3 个月。然后对同一根神经,即桡神经的运动分支注射了苯酚,因为苯酚同样影响到了感觉神经,所以注射后 6 周出现了严重的神经疼痛综合征。治疗效果维持了 12 个月。然而,此后肌张力障碍再次出现。肩关节倾向处于后伸、外展位,这个体位是令人非常恼怒的,因为他在学校里行走的时候,上肢突然变成后伸、外展,会打到墙或者其他人(图 C3.3.1)。这一点非常令他恼怒以及沮丧。因为既往注射苯酚导致了严重的疼痛,所以他拒绝再次注射苯酚以及进行其他药物注射治疗,并要求进行截肢术。建议 Joe 进行相关评估,来了解是否选择损伤中枢从而使肌张力障碍消失;但是他拒绝了,因为他将目前的所有问题都怪罪于第一次脑部手术。因为可以选择的治疗方法已经很少了,所以对他进行了上肢的去神经支配术,切断了肩胛上神经到肱三头肌及三角肌的运动分支。在前臂,切断了到手指和腕屈肌、腕伸肌的运动分支。因为仅切断所有的运动神经而不切断感觉神经是很困难的,因此仍然保留了部分运动功能,并且在第二年进行去神经支配手术时发现,这些残留的运动功能变得更强了。目前,几个屈指肌、伸腕肌及肱二头肌的肌腱放松了。

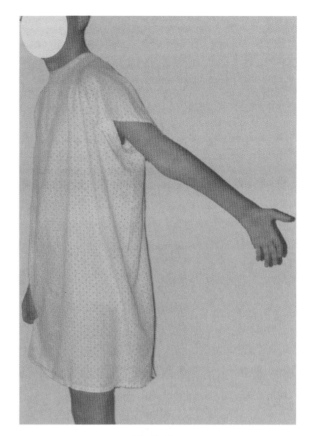

图 C3.3.1

直接进行运动神经外科消融术来降低痉挛也有很长的历史了。在髋部切断闭孔神经降低内收肌痉挛是最常见的应用方法。一般来讲,这个手术仅用于不能行走的儿童,并且切断的只是闭孔神经的前支。闭孔神经前支切断术通常用于严重内收肌痉挛的青少年,或者有严重髋部发育不良、不进行髋部重建术而希望减轻程度及恢复髋部发育的少儿。有时对上肢进行神经切断术可能是一个合理的选择,通过切断尺神经的运动支使屈肌去神经化。同样,近期有一篇关于腓肠肌神经切除来控制马蹄足的报道;然而,从力学的角度来看,这并不是一个好的方法,因为肌肉会由此出现力弱。综合来讲,周围神经切除术控制痉挛型脑瘫儿童的痉挛,其作用是很微弱的。

神经肌肉接头与肌肉

可以通过口服丹曲洛林钠来降低肌肉水平的肌张力,丹曲洛林的作用机制是改变钙离子从横纹肌内质网的释放。除了可以降低肌张力,丹曲洛林同样可以降低肌力。这种药物快速降低肌张力的效果类似于地西泮。丹曲洛林有很明显的并发症,除了引起力弱,在一些儿童中它还可以引起不可逆的肝炎、慢性疲劳、眩晕、腹泻和癫痫加剧。同样,使用该药物后可获得不同程度的功能以及快速的调节作用。因为功能获得较少及高的并发症发生率,所以现在这个药物已经很少用于脑瘫儿童的治疗了。

局部注射:肉毒杆菌毒素(保妥适)

肉毒杆菌毒素(肉毒毒素)是一种神经毒素,从肉毒芽孢杆菌(一种厌氧菌)中提取出来,可以引起典型的食物中毒。从 1973 年开始使用肉毒毒素治疗斜视。1987 年,证明可以将其用于眼睑痉挛。从那时起,证实肉毒毒素可以用于治疗成人的颈部及口腔肌张力障碍。虽然仅在这些方面的应用是被证实的,但有 297 篇文献报道将肉毒毒素作为一种药物治疗相关疾病。其应用包括痉挛、肌张力障碍、膀胱炎、多汗症、面部皱纹、面部不对称、声带痉挛、磨牙症、口吃、头痛、背肌痉挛、膀胱痉挛、失迟缓症、直肠痉挛、便秘、阴道痉挛、舌突出和眼球震颤。目前市场上很少有应用范围如此广泛的药物。肉毒毒素有几个血清型,虽然对血清型 B、C、E 都有研究,但可获得的、用于治疗的血清型仅为 A 型。肉毒杆菌毒素与神经肌肉接头发生不可逆的结合,阻止接头发挥作用。有了这种永久性的阻滞,周围神经会生出新的神经纤维,与肌肉形成新的神经肌肉接头。这个过程大概需要 3~4 个月的时间。在形成了新的神经肌肉接头之后,就会再次获得正常的运动功能(图 3.9)。肉毒毒素是一种接近 150kDa 的大分子蛋白物质,需要冷冻保存,溶解时需要盐溶液溶解。因为是一个大分子,所以不能剧烈地摇晃配制溶液或用小针快速注射或令其产生湍流,这样有使蛋白质变性的潜在风险。当向肌内注射肉毒毒素的时候,可引起注射部位周围近 3cm 区域内缓慢去

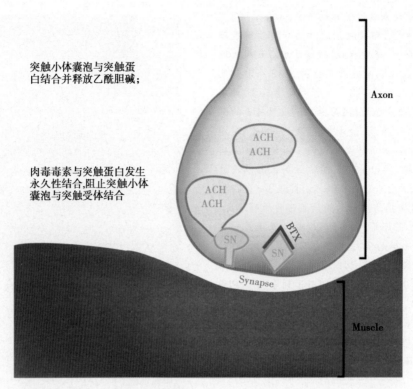

突触小体囊泡与突触蛋
白结合并释放乙酰胆碱;

肉毒毒素与突触蛋白发生
永久性结合,阻止突触小体
囊泡与突触受体结合

图3.9　肉毒杆菌毒素与突触受体发生不可逆地结合,阻止突触小体囊泡
与突触受体结合,从而起到影响神经肌肉接头的作用。这会阻止突触小
体囊泡释放乙酰胆碱到神经肌肉接头,因此,这个神经肌肉接头不可能被
再次激活

神经化。因此,注射肉毒毒素后会出现短暂的去神经化,然后再次获得神经支配会花掉3~4个月的时间。明显的力弱与痉挛的降低同时发生,降低主动痉挛的作用是明确的,然而,这个药物对固定挛缩是没有作用的。

肉毒毒素在脑瘫儿童中的应用在持续地发展,然而,它主要用于控制痉挛。其他人提出肉毒毒素可用于降低术后肌肉痉挛,从而起到术后镇痛的作用,虽然我们没有这方面的应用经验,但它却是很有意义的。肉毒毒素主要应用于降低脑瘫儿童局部痉挛,希望由此可以获得一些功能。典型的情况是一个3、4岁的孩子有明显的腓肠肌痉挛,并且很难穿戴支具,进行肉毒毒素注射后,使得这个孩子可以舒适地穿戴支具。肉毒毒素可以用于颈部椎旁肌肉引起的严重颈后伸、角弓反张姿势、上肢严重痉挛导致的挛缩或者腘绳肌、内收肌的明显痉挛。不推荐对痉挛性髋关节进行内收肌肉毒毒素注射治疗,除非是在一个严密控制的临床研究中,因为一个资料完备的治疗方案才能取得好的效果,偏离指南可能会增加儿童需要进行髋部重建术的风险。典型的应用剂量是每千克体重5~10单位,可以分在2~3个部位注射。100单位肉毒毒素应溶解在1~2ml的盐溶液中,使用一个小的(25~27标准尺寸)的针注射到靶肌肉的神经肌肉接头密集区,一般位于肌肉近、中三分之一交界处。注射常以扇形的方式进行,以利于药物的扩散,表面麻醉就可以了,像Emula冰激凌一样(图3.10)。应注意避免刺入血管注射药物;然而,并没有报道这会引起大的问题。在48~73小时后开始出现最大效果。可

能在4周后会再次注射其他肌肉,那时所有的药物都被固定在肌肉组织中或者降解了。肉毒毒素注射与接种相似,除了在注射部位出现轻微疼痛之外,几乎没有明显的副作用。一些医生使用更高的剂量,也没有出现副作用,食品及药物管理局(FDA)批准的剂量为5U/(kg·d),在这章写作的时候还没有批准在儿童中的应用。

肉毒毒素是一种短效药,神经肌肉接头恢复功能的时间决定药物发挥作用的时间,如果注射出现了不好的作用,那么药物的这个特性是好的;然而,这经常成为药物的一个缺点,因为注射确实会起到好的作用,随后这种作用就消失了。可以在3~6个月后再次进行肉毒毒素注射,但很多儿童都会出现对肉毒毒素的免疫。以我们的经验,大多数儿童再次注射肉毒毒素,效果大约会减低50%,所有注射过4~5次以上的儿童都会发生完全免疫。因为药物在最初应用的时候效果是最好的,所以一旦出现免疫,会令孩子和家长非常的沮丧(见病例3.3)。

肉毒杆菌毒素典型的作用是降低注射肌肉的痉挛和肌力,并且经过3~6个月的时间后,张力和肌力会再次恢复。有些家庭报道了效果维持了更长的时间,然而,大多数寻找客观证据的研究发现,在使用初期取得的效果之后就改变不大了。可能在某些儿童功能获得的时间更长,这可能说明在这些患者中,在一个轻微不同的模糊吸引点周围发生了重组。这个短暂的变化可能会使物理治疗在个体的运动控制系统变换动态功能方面起到一个正性的作用。同样,很多医师认为

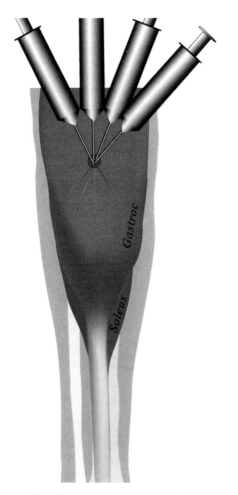

图 3.10　肉毒杆菌毒素通过 1～2ml 盐溶液进行稀释,并注射至肌肉中的神经肌肉接头密集区,以达到阻滞作用。神经肌肉接头密集区常位于肌肉的近、中三分之一交界处。因为肉毒毒素可以渗透到注射点周围 3cm 的区域,所以应该以扇形的方式进行注射,以取得更好的效果。对于腓肠肌痉挛,应该于内侧头及外侧头分别注射

肉毒毒素应该与其他的治疗联合应用,如物理治疗、支具或矫形器。因为肉毒毒素暂时性的特点,联合其他治疗可能会获得更长效的功能改善。然而,如果一个孩子做了很大的努力,并使用了多种方法,但仅仅是将这个孩子从一个稳定的模糊吸引点推开一点点的话,那么可以说他/她长期的预后是不好的,因为这个孩子还会回到他/她开始的地方。至今还不明确肉毒毒素起作用的几率是多少,使一个孩子的动态运动控制充分地到达一个新的吸引点。肉毒杆菌毒素的另一个主要问题是价格昂贵,目前更多的公司正在研发其他血清型,竞争可能会引起价格的下降。

局部注射:酒精和苯酚

在某一时期,很流行在神经肌肉接头密集区域注射酒精和苯酚,尤其是在 20 世纪 70 年代。与用于神经损毁一样,在神经肌肉接头注射酒精和苯酚存在着同样的问题。另外,如果肌注了大量的药物,可能会导致肌肉纤维化。目前,已经很少在神经肌肉接头处注射酒精和苯酚治疗儿童痉挛了。

肌腱单元的直接手术治疗

一个很流行的、古老的治疗痉挛肌的方法是延长肌腱,从而解决挛缩问题。事实上,挛缩是由于肌肉生长不充分、不能到达解剖要求的长度导致的。最经典的说法是肌腱延长术不能直接地治疗痉挛,只是解决因肌肉生长缓慢引发的继发性问题。对肌腱延长术作用的这个理解只是部分正确,因为痉挛的发生亢进部分依赖于受刺激肌肉的特异长度及张力。当肌肉处于最敏感的长度-张力曲线区域时,它对引发反射性收缩极为敏感。例如,腓肠肌在踝跖屈 20°时的长度-张力曲线是最敏感的,临床证明在踝跖屈 20°时易引发高反射性阵挛。通过延长肌腱,使得肌肉长度最敏感区域处于静息状态下背屈 10°,那么在踝跖屈 20°时,痉挛会明显地减低或者引发阵挛的敏感性降低。通过延长肌腱的方法,可以将像行走这样活动中的敏感状态移至不易激发痉挛的区域,从而起到改善功能的作用。同样,延长肌肉可以在需要的关节活动范围产生主动跖屈的能力,代替挛缩这个不能使得儿童获得力学益处的非显著性跖屈。肌腱延长这种复杂的作用会在步态章节里进一步讨论。通过肌腱延长术调节肌肉长度是治疗痉挛继发肌肉改变的主要治疗方法之一,并且对肌肉的痉挛反应有直接的作用。

矫形器

应用矫形器降低肌张力有很多不同的立场,特别是应用不同的矫形设计,如可以抬高脚趾板、足外侧弓、足跟和踝关节。所有文献报道都对此进行了客观地评价,矫形除了提供了力学限制之外,没有发现其他任何益处。基于这些发表的数据,没有直接的证据支持应用矫形器后可以影响肌张力。可能在一些儿童中,可以有效降低感觉输入,从而降低肌张力。同样,一些医师报道了自己的主观经验,认为有很多儿童,尤其是四肢瘫的儿童,他们的运动控制系统转移到了一个不同的模糊吸引点。例如,踝足矫形器(AFO)可以使踝关节保持中立位,那么这个儿童的伸肌姿势减少,从而可以坐得更好,并且上肢获得更好的控制。运动控制的这个改变很难与痉挛的降低直接地联系到一起,然而,这个改变确实发生了。在一些儿童中,矫形器有相反的作用,常常表现为踝跖屈更加明显及过度伸展,这些儿童通过矫形器获得感觉刺激,使得他们更加靠近伸肌姿势的吸引点。

有一种降低痉挛的技术曾经被提倡,即在鞋底铸有压力点并延伸脚趾板的一种特别的减低肌张力石膏鞋。但是,只有小样本量的研究报道这个技术是有作用的,而且,穿戴石膏的正性作用似乎与穿戴的时间有直接关系。大家已经熟知穿戴石膏会引起肌肉萎缩和力弱,这可能使得儿童的肌张力看似是降低了。依我们的经验,石膏效果持续的时间接近于佩戴时间的一到两倍,因此,如果一个孩子佩戴 4 周石膏,效果会持续 4～8 周。家长很快就为孩子穿戴石膏感到疲劳,然后石膏的作用很快就消失了。石膏对儿童的生活方式影响很大,在穿戴石膏之后儿童很难洗澡、穿衣,并且穿戴石膏很费

时间。因为这些原因,没有发现减低张力的石膏对痉挛型脑瘫儿童有很大的作用。当踝矫形器穿戴合适时,可以产生与降低张力石膏类似的效果。这些矫形器相对于石膏有很多优点,包括可以在洗澡时脱掉、可以保持踝关节的活动范围以及降低肌肉萎缩的发生率。

对于闭合性脑损伤急性恢复期出现严重痉挛的儿童,或者其他情况下处理痉挛时,应用系列石膏进行持续治疗会取得很好的效果。对这些儿童使用石膏可以起到衔接作用,直到他们的痉挛好转并且可以通过穿戴支具轻松维持。制动降低肌张力的主要机制可能是通过引起肌肉失用性萎缩或是牵伸结缔组织来实现,没有可靠的数据支持通过制动技术可以使痉挛肌肉生长变长。

康复治疗

治疗痉挛型儿童时,物理治疗技术如主动及被动活动范围训练是容易被人接受的治疗方法。没有客观证据证明特异的治疗技术可以永久地降低痉挛,但患儿、家长和治疗师几乎统一地认为某些活动,如骑马可以暂时降低痉挛。也有个别人报道乘船或者进行其他节律性的活动也有同样的作用。难以解释这类活动治疗痉挛的机制,但我们相信它们通过复杂的大脑皮层感觉、知觉与运动控制程序发生器相互作用及调节而产生的结果。从动态运动理论来看,其原因可能是将个体推到了一个不太稳定的另外的模糊吸引点,一旦干扰减退,强的吸引点会再次产生能量,那时个体的运动控制系统会回到之前的状态。这个解释很好地描述了家长报告的情况,但是,对理解到底在解剖层面发生了什么没有帮助。

被动牵伸是被广泛接受的可以保持关节活动范围的治疗方法,但是缺乏有效的客观证据,我们见到过一些进行模式治疗程序的儿童,每天接受 18~20 小时的被动活动范围训练。与不接受被动牵伸的儿童相比,这些儿童的痉挛是降低的、关节活动范围是更好的。然而,还未明确需要进行多少被动活动范围训练才能取得明显的效果,孩子在发育的过程中,每天牵伸 12~18 个小时是既不实际、也不健康的。

应用频率在 100~120Hz 的振动器同样可以降低肌张力,也经常用于感觉僵硬的个体。一些报道称脑瘫儿童应用振动器后,他们的肌肉感觉放松了一些。这种感觉只是暂时的现象,可能与深层肌肉按摩取得的效果是相似的。

痉挛处理的总体路径

治疗痉挛有很多可以选择的方法。在诊治过程中,医师应该首先对家庭进行相关教育,痉挛并不等同于脑瘫,去除痉挛并不代表治愈了脑瘫。痉挛只是正常现象的一种夸大,肌张力是正常运动功能的一个非常重要的方面。因此,治疗的目的绝不是去除所有的肌张力,而是要调节肌张力的大小,使其发挥最大的功能效应。

对于痉挛的治疗,首要的评估意义在于分清痉挛的正性和负性作用。医师需要根据痉挛引发的特异性问题,选择现有的治疗方法。首先,医师需要判断出现的问题是由整体肌张力增高引起的、还是由局部如一个关节或一个肢体的肌张力增高引起的。例如,一个偏瘫儿童的腓肠肌肌张力增高,其治疗方法与全身肌张力明显增高致使坐轮椅也存在困难的儿童相比是有明显不同的。

对于累及两块到四块肌肉的局灶问题,首选局部治疗。局部痉挛的例子包括腕屈肌痉挛、肘屈肌痉挛、马蹄足和腘绳肌痉挛导致屈膝肌挛缩等。在明确问题是由局部因素导致之后,医师必须决定问题是由可伸屈的痉挛导致的,还是由肌肉变短的挛缩导致的,或者是由痉挛和挛缩共同导致的。如果只存在痉挛而没有挛缩,那么治疗首选肉毒毒素注射及矫形器。如果问题是由挛缩导致的,唯一的选择就是外科肌腱延长术。如果问题是由痉挛和挛缩共同导致的,可以首先选择肉毒毒素和矫形器联合治疗,如果肉毒毒素治疗失败、没能取得很好的效果时,那么接下来就需要进行肌腱延长术。目前,最常见的情况是儿童属于既有动态痉挛又有挛缩的混合类型;然而也有儿童存在单纯痉挛或单纯挛缩。

对于痉挛累及四块以上肌肉、并导致出现功能问题的儿童,应将他们归为全身受累型。应该将这类儿童进一步分类,通过主要问题是夜间睡眠障碍还是白天存在的功能问题进行划分。夜间睡眠障碍的儿童相对较少,并且还不能明确这些问题是与痉挛有关、还是由原发睡眠障碍引起。对于这样的儿童,应该口服抗痉挛药物治疗,这些药物有时会起作用。经常首选地西泮,并且有几个患者在服用了这种药物后取得了很好的效果。如果口服药物失败,可以采用鞘内注射巴氯芬,也对改善睡眠有所帮助。对于那些全身痉挛导致白天功能障碍问题的儿童,需要鉴别是否存在特殊性功能问题,包括穿衣、坐、入厕困难或步态问题。并且需要将这些儿童进一步划分为多功能问题组及单一功能问题组。

对于全身痉挛导致多功能问题的儿童,痉挛引发的问题通常比它的益处要明显得多。当然,考虑痉挛对某个体功能的益处总是很重要的。如果这种益处可以保存,或者其提供的帮助比引发的问题要少得多,那么选择的主要治疗为鞘内巴氯芬泵。

对于存在单一功能问题的儿童,如步态问题或坐位问题,应该把注意力集中在这些特异的局灶问题上面。例如,对于有坐位问题的儿童,需要仔细地评估坐位系统,通过调节和提供一个良好的坐位系统来纠正问题。对于主要问题为步态问题的儿童,仔细地评估通常需要步态仪器分析,来完全理解痉挛、挛缩及骨骼对线异常之间的相互关系,这些都是可能造成异常步态的重要因素。对于大多数可以独立行走的全身痉挛儿童,首要的治疗是纠正功能障碍的个体性特殊成分,如纠正骨骼的异常对线、延长挛缩的肌肉及将在步态中发挥错误作用的肌肉转移。虽然对这类儿童应用鞘内注射巴氯芬的经验很少,但这也是一种可选择的方法。对于可以行走的双侧瘫儿童,若仅存在动态的痉挛,并且没有骨性畸形或肌肉挛缩的话,可以考虑在他们 3~8 岁期间进行背侧神经根切断术。

全身痉挛的儿童若存在明显的上肢问题,应考虑进行外科重建术治疗。对于全身痉挛并且有特异的日常生活问题的儿童,如自己穿衣或入厕困难,治疗的第一步应该是让经验的物理治疗师或作业治疗师进行详细的评估。总之,通过将所有的治疗方法及详细的评估结合起来,可以使痉挛在脑瘫儿童中成为有益的而不是残损的主要方面。

肌张力低下

肌张力低下的定义为肌张力低于正常。在脑瘫儿童中,虽然肌张力低下也是相对常见的,但其发生率比痉挛低,引起的注意力也比肌张力增高少。肌张力低下最常见于先天性脑瘫的儿童,如无脑回的儿童。家长们常常认为并且形容他们的孩子比较弱,这也是大多数肌张力低下儿童的表现。同样,肌张力低下、关节过度松弛或活动度过大之间常常存在混淆。每个都是一个单独的问题,但它们常常是相互关联的。例如,一个唐氏综合征的患儿存在肌张力低下,意味着肌肉的僵硬度下降,但同时也有结缔组织的松弛。这些情况混在一起会出现关节活动度增大。因脑瘫出现肌张力低下的儿童,常会同时存在严重的四肢瘫和智力低下。这些儿童的运动控制能力是很低的,以至于系统不愿意去尝试维持稳定。一些儿童存在反射过度,这是痉挛的一个特征,但同时也存在肌张力低下这个消极因素,这种情况被称为局灶混合张力模式。同样,也有一些儿童下肢的肌张力是高的,存在着痉挛,但头部和躯干存在明显的肌张力低下,这被称为解剖性混合张力模式。在儿童中期阶段,尤其是不能行走的儿童,这种解剖性混合张力模式是很常见的。很多婴儿最初表现为肌张力低下,比最初就表现为肌张力增高的儿童更常见。大部分肌张力低下的婴儿,会缓慢发展为痉挛模式,常常从远端开始,发展到近端。当孩子长大些后,近端肌张力的增高常常可以帮助他们坐得更好。

肌张力低下的影响

正如前面提到痉挛会出现继发改变一样,肌张力低下同样会出现继发改变,肌肉是主要受到影响的结构。如果说一个孩子肌肉变弱,意味着肌肉不会像正常孩子那样产生一个高的主动肌力,在检查中,他们的肌肉会倾向过度延长,不会像正常肌肉那样有明确的末端感。在检查的时候会发现这些肌张力低下的肌肉是非常薄、纤细的。一些严重肌张力低下的儿童,对他们进行手术的时候,发现他们的肌肉是白色的。但没有数据表明在组织学上这些改变可以反映什么问题。肌张力低下儿童的肢体常表现为骨骼长而纤细并伴有骨质减少和骨质疏松,也常存在关节活动度过大。除此之外,没有其他的可以测量肌张力减低的工具,改

良的 Ashworth 量表对于肌张力低于正常肌张力的只有一个水平。

功能性问题及治疗

主要存在的功能问题是躯干和头的控制差,关节松弛及力弱会增加髋关节、足关节脱位的发生率及发育为脊柱侧弯的可能。因为骨质减少、纤细骨及骨质疏松,部分儿童存在复发性骨折问题。

几乎所有文献表明存在肌张力减低和脑瘫的患者,常会同时诊断为其他常见疾病。与痉挛相反的是,治疗肌张力减低的方法是非常有限的,因为实际的情况是没有足够的张力。几乎人生中所有的情况都是治疗不存在的要比去掉过多的困难多。这个事实可以通过治疗肌张力异常的方法进行证明,降低痉挛儿童的肌张力有很多方法,而增加肌力低下儿童的肌张力就没有什么可选择的方法了。为了稳定过度松弛的关节,可选择的方法仅限于外科手术及外部矫形器。主要问题为坐位不稳的儿童,只能通过设计一个合适的椅子来为他们提供一个稳定的、直立的姿势。患儿在站立时,可以用足和踝的矫形器进行外部固定。因为这些孩子的头部控制非常差,所以经常需要向后靠的竖立物。当关节不稳加重时,可通过融合术进行稳定治疗,如进行脊柱后侧融合术治疗脊柱侧弯或进行足部融合术治疗外翻扁平足塌陷。

运动障碍

运动障碍是以儿童发育和运动控制能力为主要问题的异常表现,针对这些异常表现的特异性描述多少会使人迷惑,并且不同的作者描述也会有所不同。虽然对导致运动障碍的脑功能及病理改变进行了大量的科学研究,但是因为情况很复杂,所以至今还不能明确地解释大脑是如何进行运动控制的。这些运动障碍的病理改变位于基底节区及大脑皮层与基底节之间的神经纤维连接。大多数运动障碍的原发病灶位于基底节,这是通过外伤造成肌张力障碍模型来证明的。同样,一些运动障碍,如舞蹈病,其原发病灶位于丘脑下核团。如果对运动障碍的生物化学及解剖基础知识进行系统回顾的话,就超出了本文的范畴。理解儿童发生的特异性改变可以提供治疗选择的依据,如进行药物或手术治疗。然而,在一些儿童中,不能对发生的病理改变进行特异性定位,或者可以进行定位,对治疗没有什么帮助。

治疗这些儿童的医师理解运动障碍与肌张力障碍(以痉挛为主)之间的不同是至关重要的。对这两种障碍的治疗,尤其是整形外科医师的选择常常是完全对立的。对治疗这些儿童的整形外科医师来说,一个有帮助的策略就是应用动态控制理论概念。在这个概念中,儿童的功能趋向于模糊吸引点,即某种功能障碍。这些模式之间的分界并不明显,最好把它们看做是不同强度的吸引点。大多数脑

瘫患儿可分为三种运动模式:肌张力障碍、手足徐动症和舞蹈病。

肌张力障碍

　　肌张力障碍是一种以反复肌肉强力收缩导致躯体扭转为运动模式的运动障碍。这种模式的一个例子是肩有力地外旋、后伸、外展伴伸肘,然后与完全相反的肘屈曲及肩内旋、内收、屈曲交替进行。肌张力障碍可能发生在单一的肢体、单一的关节或者是全身。这些障碍不能被意识控制,虽然有时感觉反馈可以使其停止或反转。例如,在一个特定的压力点或者身体处于一种特殊的姿势时,可以停止这种肘及肩关节有力的外旋收缩。有时,对一个手指进行被动运动可以打破腕屈曲肌张力障碍。在解剖上,还不能很好地理解感觉输入如何进行作用。每种模式的吸引力是弱的,意味着多种干扰都可以将系统脱离这种模式,系统是非常不稳定的,可以被带到另一个吸引点或者再次带回到同一个吸引点。每种模式吸引点的位置逐渐被很好地认识,患者自己可以容易地描述出这些吸引点的位置,即他们的肢体将要到达的地方。

　　像前面提到的那样,肌张力障碍和痉挛可以出现在同一个肢体,虽然以我们的经验看来局部的肌张力障碍并不是常见的现象,在全身肌张力障碍中两者同时存在才是更常见的。将全身肌张力障碍与全身痉挛分开是很困难的,尤其是表现为伸肌模式及角弓反张时。这两者的不同在于角弓反张模式是脑干病灶导致的,而肌张力障碍是基底节的病变导致的。并且,具有角弓反张模式的儿童几乎在所有的时间里都表现为伸展的模式,包括在睡觉的时候。肌张力障碍的儿童在睡觉的时候常表现为放松的、正常的姿势。肌张力障碍与痉挛的继发改变也是很不一样的。

肌张力障碍的继发影响

　　不能过分地强调整形外科医师将肢体的肌张力障碍从痉挛中分出来是多么的重要,因为在最初的评估中,肌张力障碍的肢体可能会表现为屈腕屈肘的姿势,看起来与偏瘫时的肢体痉挛一样。同样的情况偶尔会发生在马蹄内翻足与扁平外翻足之间,它们最初的表现也是一样的,既可以是

由痉挛引起的,也可以是由肌张力障碍引起的。需要通过很好的体格检查及病史询问来确定痉挛与肌张力障碍之间存在的差异。在体格检查中,肌张力障碍儿童的肢体常常是没有固定的挛缩,并且肌肉是肥大的,像曾经进行过举重训练一样。在检查的过程中,孩子的肌肉常常可以放松,短暂地表现出正常的肌张力。当肌肉放松的时候,关节活动范围是完全的、没有挛缩的。体格检查上的这一点与肢体痉挛的儿童相比是完全不同的,在所有情况下痉挛造成的挛缩畸形都是很僵硬的,并且在体格检查中发现肌肉常常是短而薄的。因痉挛产生严重马蹄内翻足的儿童常常会存在一定程度的肌肉挛缩。在询问病史的时候需要重点询问除了目前的表现,足部和手部是否偶尔会有其他的表现。如果是肌张力障碍的问题,家长和孩子经常会提到有时腕部不是处在屈曲的位置,在手指屈曲的时候腕关节是伸展的。当孩子放松的时候所处的姿势、肌肉的表现以及孩子潜在对张力的感觉都是将痉挛与肌张力障碍分开的重要依据。对于四肢瘫的孩子来讲,这点区别尤其真实,他们常常是纯粹的肌张力障碍,常常有体积非常大的肌肉,并且没有存在潜在的挛缩。一个因痉挛导致明显伸肌模式的孩子常会有明显的挛缩,有时也表现在颈伸肌、髋部伸肌和膝的股四头肌。

　　客观地测量肌张力障碍的程度是非常困难的。可以通过 Barry Albright 肌张力障碍(BAD)量表测量肌张力障碍的程度,它主要用于整体的肌张力障碍,并且主要测量孩子的僵硬度。在用于躯干时,这个量表与 Ashworth 量表没有什么区别,并且不能将肌张力障碍从痉挛中分出来。这个量表不能用于单个肢体肌张力障碍的儿童。

中枢神经系统的治疗:药物

　　治疗整体及局部肌张力障碍,首选口服药物治疗。可选择的药物种类很多,但是还没有明确选择某一种药物的理由。可以选择的药物包括左旋多巴、抗胆碱能类药物如盐酸苯海索和苯海拉明、苯二氮䓬类、巴氯芬、卡马西平和多巴胺受体阻滞剂。这些都不是高选择性的治疗肌张力障碍的药物,每种药物的正性作用及负性作用都是平衡的,通常由医师根据自己的经验进行选择(病例 3.4)。

病例 3.4　Sarah

　　Sarah 是一个 7 岁的女孩,在看了很多的医生之后转诊过来。她妈妈抱怨说她不能很好地跑步或者行走。根据她妈妈的描述,Sarah 经常两只脚缠在一起,被自己绊倒。Sarah 自己变得很有挫败感,不愿意与其他伙伴玩耍或者去学校。体格检查是完全正常的,但在观察她的步态的时候发现有扭转的成分,并且髋和膝存在过屈。运动学显示下肢有不稳的变化,显示出不同的模式,并且会发生多种变化(图 C3.4.1)。诊断为扭转痉挛,应用苯海索治疗,一个月后所有的症状都消失了。

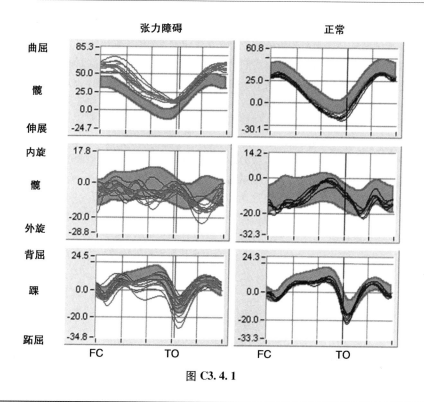

图 C3.4.1

曾经报道鞘内注射巴氯芬可以有效治疗全身性肌张力障碍，但是这组儿童存在伸肌模式，不能明确巴氯芬到底是对肌张力障碍起作用、还是对痉挛起作用。另外一个研究主要尝试将肌张力障碍从痉挛中区分出来，但是对于肌张力障碍模式的作用是不可信的，尤其是局部肢体肌张力障碍。我们有两个局部肢体肌张力障碍儿童的经验，他们的反应不是很可信（病例3.5）。

病例 3.5　Paul

Paul 是一个 15 岁的男孩，曾经因为抑郁、转化反应（情绪转化为躯体症状）及怪异步态进行心理治疗，之后被转诊至矫形外科门诊。因为 Paul 总是抱怨膝盖失去控制，从而考虑是否存在膝盖的机械性不稳。在儿童中期开始与姨母生活之后，这种步态模式在缓慢地、间断性地加重。在儿童早期没有这样的病史。Paul 陈述说情况不是总保持不变的，当他想要快速行走或者跑步时或者感觉焦虑紧张时，情况会变得更糟。这个问题使他变得很沮丧，尤其是左腿不能够进行支撑。通过观察他的步态，左腿持续不稳，并且存在过屈及一些扭转控制问题。体格检查是完全正常的，没有任何关节出现挛缩、不稳或者肌张力增高。徒手肌力检查发现肌力是非常好的。在动力学检查中，发现他存在着很多有很大变异的运动模式，并不以明确的铃形分布。他被诊断为肌张力障碍，并给他服用苯海索、应用踝部矫形器和进行肉毒毒素注射治疗，但所有治疗都没有取得明显的效果。经过 2 年的时间后，他的问题继续缓慢地恶化。鞘内注射巴氯芬后，步态有了一定的改善，所以为他植入了鞘内巴氯芬泵，但是他抱怨说当药物的剂量大到可以抑制异常步态模式时，他会感到力弱。

治疗选择：中枢神经系统手术

在三四十年前，很多报道描述中枢神经系统损毁性手术治疗肌张力障碍，尤其是苍白球切开术。这些手术的结果是不能预测的，并且有肌张力障碍复发的可能。应用了更好的实体定位及改良的定位技术之后，人们对病灶手术治疗肌张力障碍产生了兴趣。但是至今为止，仍然只是个例报道或者病例数量很少，所以对于基底神经节损毁是否有效还不明确。

治疗选择：外周

在肌肉水平进行治疗时需要非常小心，肌张力障碍是进行肌肉延长术或者转移术的禁忌证。肌张力障碍是一个非常不稳定的运动控制系统，如果进行了肌肉延长术或者肌肉转移术，那么必然会发生一个与前相反的畸形。在几乎所有的病例中，外周治疗可以是可逆的、暂时的或者是稳定的。在可逆的这类治疗中，首选的治疗是对主要受累的肌肉进行肉毒毒素注射。这个治疗是非常有效的，因为肌肉变得力弱的同时多少会降低肌张力障碍以及降低吸引点的强度。在脑瘫患儿中应用肉毒毒素时，最主要的问题是因为肌张力障碍会永远存在，所以需要每隔 4～6 个月进行重复注射治疗。我们治疗的所有孩子最后都对肉毒毒素发生了免疫，从而丧失了所有的作用。治疗开始的时候取得的效果都是让人印象深刻的，是非常棒的，但是在接近 2 年之后它就不会再起任何作用了。根据已发表的文章所述，当治疗小块肌肉时不会发生这种免疫，比如治疗眼睑痉挛时。对于持续存在严重肌张力障碍的儿童，当他们对肉毒毒素抵抗时，可以进行苯酚注射治疗。然而，进行苯酚注射时会对感觉神经产生影响，发展为高度敏感及感觉疼痛，这是一个主要的问题。仅仅阻滞运动神经而避开所有的感觉神经是非常困难的，尤其是对上肢进行注射时（见病例 3.3）。

外周手术治疗

　　症状性肌张力障碍导致的足部畸形的首选治疗方法是通过融合术和切除畸形肌肉的肌腱来稳定足部。也就是说，如果因为胫后肌和腓骨肌出现问题导致足产生内翻畸形，需要切除这些肌肉，进行三个方向的关节固定术。这个方法是可以信赖的，并且可以使足部稳定、获得功能。因为儿童踝跖屈及背屈控制的能力很差，所以经常需要佩戴支具。如果这些屈肌也参与了肌张力障碍运动控制异常，那么同样需要被切除；然而，我们倾向于最初的时候把它们保留下来，观察在足部被稳定之后，它们是否可以不再起反面作用。上肢的治疗更加困难，在严重的病例，需要进行肢体去神经化，并允许肢体存在力弱。同样，有时进行腕部融合及偶尔进行肩部融合是合理的治疗方法。曾有一个青少年要求进行上肢截肢术，但是一个力弱的、有感觉的肢体可以达到更好的装饰效果。处理髋部和膝部的肌张力障碍是尤其困难的，因为进行去神经化或者关节融合术都会造成功能的丧失。曾经有一个膝关节僵硬的青少年，我们认为是由于痉挛导致的，就为她做了股直肌转移术，但是事后发现是由于肌张力障碍造成的。在进行股直肌转移术后 9 个月，在她试图站立起来的时候，膝关节总是屈曲的。此后我们持续地进行物理治疗及应用支具，但都没有很大程度的改善，直到将转移后的股直肌再次转移到原来的位置后，才使得这个孩子重新回到了伸肌模式。

肌张力障碍处理的总体路径

　　治疗儿童肌张力障碍是很容易让人产生挫败感的。因为肌张力障碍是相对少见的，所以在治疗时应该将神经用药的个人经验与周围运动处理方法的个人经验结合起来。对大多数儿童首选的治疗就是考虑口服药物的可行性，因为一些儿童使用低剂量的药物就有很好的反应。如果口服药物治疗失败，应该将全身受累与局部单一肢体受累区分开（见病例 3.4）。

　　对于全身受累患儿，需要仔细地评估这些儿童的问题到底是由于肌张力障碍、还是由于痉挛和挛缩引起的。如果问题是由于挛缩导致的，那么进行挛缩松解术，髋屈肌及膝部伸肌常出现挛缩，挛缩松解后可以使他们保持一个良好的坐位，从而解决问题。如果肌张力障碍是问题的主要方面，那么可以考虑进行鞘内巴氯芬或苍白球切开术。如果鞘内注射试验剂量的巴氯芬后个体出现阳性反应，此时就需要首先考虑植入鞘内巴氯芬泵。如果鞘内注射巴氯芬不起作用，就需要考虑进行苍白球切开术了。

　　对于口服药物治疗失败的局部肌张力障碍的儿童，需要仔细评估受累的区域以及功能障碍的最大程度。首选的治疗是应用矫形器稳定畸形，然后再进行评估。如果肌张力障碍累及足部的话，矫形器会取得很好的效果。如果这个简单的力学方法失败的话，下面就可以对受累肌肉选择进行肉毒毒素注射治疗；然而，需要提醒家庭和患儿这只是一个暂时缓解症状的方法。如果肉毒毒素治疗失败，需要考虑进行鞘内注射巴氯芬治疗，或者如果存在足部局部问题，可以考虑进行融合术稳定治疗。如果巴氯芬试验成功的话，需要植入巴氯芬泵（见病例 3.5）。如果泵治疗失败，可以应用苯酚进行附加的周围神经阻滞。此时，苍白球切开术也是一个可以考虑的方法。如果不能选择苍白球切开术治疗，那么进一步的去神经支配及稳定是唯一可选择的方法了。

手足徐动症

　　手足徐动症是一种运动障碍，表现为近端关节的大范围的运动。上肢的徐动症表现趋向更糟，如肩关节外旋、外展伴手指的扇形张开。自主性努力可以诱发这种运动，有时很弱小的努力如试着说话就可以诱发这种运动。较为复杂的运动有助于改善对不同运动量的自主控制能力，如与行走有关的运动。手足徐动症也是运动过度模式的一个主要类型，神经学家常用到运动过度这个术语。传统理论认为，手足徐动症与新生儿核黄疸和高胆红素血症有关。随着核黄疸和高胆红素血症治疗的改善，这种直接的关系就变得不那么清晰了。在过去的 30 年中，典型的手足徐动症儿童的数量明显降低。经典的病理病因学研究是通过尸检了解核黄疸的受累组织的，然而，通过对病因不明的病例的检查，发现在基底节的不同部分也会有受累病灶。单纯的手足徐动症儿童常常没有智力缺陷，但常存在运动语言问题，使得交流产生困难。手足徐动症的自然病史是婴儿首先表现为肌张力低下，然后在 12～24 个月之间，在潜在肌张力低下的同时，开始出现运动增加。在 2～4 岁的时候，肌张力低下就消失了，很多儿童发展为肌张力不同程度的增高，这种增高可以帮助调控他们的运动。典型的情况是，到 5 岁的时候，运动障碍就会完全表现出来了。

手足徐动症对感觉运动的影响

　　单纯手足徐动症的个体，在儿童时期几乎没有继发性改变。可能出现手指伸展的范围增加，尤其是掌指关节。肌肉倾向于肥大，虽然比肌张力障碍时的肥大程度要小，肌张力障碍时肌肉最大收缩持续的时间要更长。在手足徐动症中，虽然运动量是增加的，但是肌肉不能在最大收缩的时候持续更长的时间。手足徐动症与肌张力障碍患儿肌肉收缩的不同类似于举重和长跑运动员之间的不同。肌张力障碍类似于举重，而手足徐动症类似于长跑。手足徐动症的儿童需要非常高的能量，与之相反的是，痉挛型四肢瘫的儿童需要的能量比正常的儿童要少。手足徐动症的患儿躯干控制常常出现明显的问题，因为躯干肌张力低，常常会明显地影响坐位的稳定性或行走的能力。面部运动障碍常常是手足徐动症表现的一部分，流涎增加常与之有关。这种运动障碍同样会影响声带，引起运动言语障碍。

治疗

口服地西泮会降低手足徐动运动，但只发生在大剂量应用时。除了在急性的情况下，如手术后，一般不会使用地西泮，因为它在发挥控制运动的剂量时会出现明显的镇静作用。其他的药物没有获得广泛的应用。巴氯芬被禁止用于手足徐动症的治疗，因为它降低肌张力从而使徐动运动加重，而痉挛像震动缓冲器一样起到抑制徐动运动的作用。因为手足徐动症是累及全身的，几乎没有仅累及一块或两块肌肉的情况存在，所以肉毒毒素几乎没有效果。

中枢神经系统手术有很长的历史，主要是消融术或植入电刺激器，然而，没有证据证明手术可以对手足徐动症患儿产生持续的作用。目前，没有对手足徐动症患儿进行中枢神经系统手术的治疗。

肌肉骨骼手术仅限于稳定关节，可能会改善功能。距下关节融合术和脊柱侧弯患儿的脊柱融合术是较常见的手术方式。然而，大多数手足徐动的儿童是不需要进行肌肉骨骼手术的。一些儿童同时存在痉挛和手足徐动，因为痉挛可能会产生继发的肌肉挛缩。当评估患者是否需要进行挛缩肌肉延长术的时候，需要同时考虑痉挛对徐动的抑制作用，从而决定是否进行肌肉延长术。

常见的是腘绳肌腱挛缩伴或不伴有膝关节屈曲挛缩，这会使青年或者青少年难以保持站立。站立对于成年个体来讲通常是一个重要的功能，因为，如果可以保持站立的话，一个照顾者就足够了，而不需要两个照顾者将一个完全依靠别人的人抬起来进行转移。这样的话，进行腘绳肌腱及膝关节囊的延长术可能会实质性地改善功能；但是，因为疼痛会加重手足徐动症，所以手术后的处理可能是非常难的。虽然对于患者、家庭及医疗团队来讲，这可能是一个非常艰难的时期，但最终常常会得到很好的功能改善。主要的好处在于患者常常可以很好地理解可以达到的目标，并且愿意非常努力地去实现这些目标。

对有严重手足徐动及潜在痉挛的儿童进行外科重建术时，需要一个非常有经验的术后处理团队。在进行任何大手术之前，年轻患者或青少年患者以及他们的家庭成员通常会很犹豫。这种犹豫也缘于家庭成员和患者对手足徐动症的不可预测性的了解。他们会害怕进行治疗后可能会比现在的情况更糟。很多家庭和患者也有这样的经验，就是医师也不能肯定手足徐动症的治疗效果，所以在这种情况下不愿意听医生们的经验（病例 3.6）。

病例 3.6　Nicholas

Nicholas 是一个 16 岁的男孩，有严重的屈膝挛缩、左髋扭转对线不良及扁平外翻足，并且行走越来越困难。认知功能是正常的，已经上了高中三年级。建议他做左侧股骨截骨术、双侧膝关节囊切开术及腘绳肌腱延长术、扁平外翻足固定术。在经过广泛的讨论之后，他和家人虽然还很犹豫，但同意进行手术治疗。术后，他出现了严重的痉挛，需要大剂量的地西泮和吗啡治疗。还出现了左侧坐骨神经麻痹。一周后，疼痛和痉挛逐渐缓解，于是开始了长期的康复过程，在坐骨神经麻痹症状可以耐受的情况下进行左膝缓慢伸展牵伸。康复治疗 1 年后，他可以更加直立地站立、行走，并且非常高兴度过了这个过程。在手术后，Nicholas 和家人有很多次觉得永远不会从手术和相关的并发症中康复了；但是，他却从坐骨神经麻痹造成的感觉及运动缺失中完全地康复了，并且最后的结果与预期是很相似的。

因为大多数手足徐动症的患者的认知功能都是很好的，他们知道做什么有用、做什么没有用，在进行康复时常常可以显著地提高康复周期的效果。但是，正因为这种患者对自身的感知能力导致治疗师会感觉他们不愿意听从治疗师的指导或者尝试一些新的治疗。另一方面，患者可能会觉得治疗师没有听他们说的话，只是在执行固定的治疗计划。在这种情况下，治疗师和患者就必须互相倾听，对于每个个体都应该开放地尝试不同的治疗技术来取得最大的康复治疗效果。

手足徐动症的另一个主要的肌肉骨骼问题是因颈椎的活动度增加导致的颈椎退行性改变。我们从来没有发现在儿童或青少年身上发生这些改变而造成问题，然而，有报道说在中段年龄的时候会发生这些改变，虽然确切的机制还不明确。有一些小的报道说随着退行性关节病的进展，颈椎会发生不稳或半脱位，可能会出现脊髓病变。如果手足徐动症的患者出现任何的运动功能减退或者运动功能改变，需要进行全面的颈椎检查，包括放射线及 MRI 扫描。关节退行性疾病及颈椎不稳时，常需要进行颈椎融合术和减压术。

我们见过几个手足徐动症的孩子在儿童期发生了腰椎滑脱，仅对一例手足徐动症的青少年进行了滑脱融合术（病例 3.7）。没有关于腰椎滑脱发生率的相关数据，也没有进展为不稳定滑脱的数据。

病例 3.7　Zackery

Zackery，一个 12 岁的男孩，主诉为后背痛，尤其是在行走一长段距离之后。步态分析结果是步长及大多数动力学参数存在着很大的变异（图 C3.7.1）。体格检查没有发现存在固定的挛缩。放射线检查发现腰椎存在 1 度滑脱（图 C3.7.2）。应用腰部弯曲护腰进行保守治疗，6 个月后，疼痛并没有明显改善；因此，建议他进行 L4 到骶骨的关节固定术。手术愈合之后，所有的后背痛的问题都解决了。

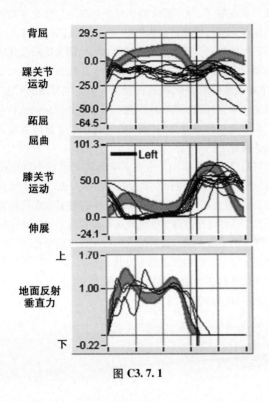

图 C3.7.1

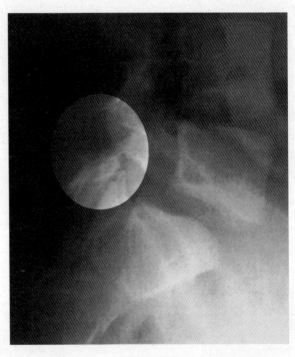

图 C3.7.2

治疗：康复治疗

手足徐动症的儿童最主要的治疗是由有经验的治疗师进行的，治疗重点在于教育家庭以及帮助孩子明确什么是有帮助的、而什么是没有帮助的。如果想要使上肢可以发挥最大的功能，保持良好的坐位是非常必要的；然而，家庭和治疗师同样应该允许儿童光着脚进行探索以及用他们的大脑控制运动。因为手足徐动症患者通常上肢功能更糟，少数儿童拥有很好的下肢控制能力并且可以进行精细的运动技能。这些技能如进行绘画、书写及使用乐器。如果不给孩子尝试探索这些技能的机会，那么他们不会意识到自己会有这样的技能。手足徐动症儿童最常使用的技能是应用操作杆驱动轮椅。这种功能在 4、5 岁的时候最为明显，他们又很聪明，因此，他们是脑瘫儿童中唯一在早期选择驱动电动轮椅的合适对象。使用电动轮椅时，需要家庭有运输工具可以携带，并且具有适宜的居家环境。当一些儿童试着用上肢完成特殊任务的时候，在他们的腕部加重物会有所帮助；或者行走的时候在踝部加重物。有重量的马甲可以帮助一些儿童进行坐位活动。这些重物可以抑制运动，类似于痉挛的存在，或者存在一个更复杂的相互控制作用。在运动控制能力方面，这些重看似将儿童推到了一个不同的、更加稳定的模糊吸引点。但不同儿童间的差异是很大的，这就要求有经验及耐心的治疗师尝试各种不同的选择，来确保所选择的方法对这个儿童来讲是最好的。一些家长在看到他们的孩子在特定的环境中可以发挥最佳功能时是非常高兴的。

总之，手足徐动症的治疗首先取决于有经验的治疗师，他们可以帮助这些儿童获得最大限度的功能性运动能力，并使他们得以表现通常很高的认知功能。使用提高言语功能的设备常常可以对这些孩子提供很大的帮助，因此有必要提供很好的帮助交流的服务。肌肉骨骼治疗只起到稳定关节的作用，在一些情况下，如果潜在的痉挛引发的问题比获得的益处更多的话，也需要治疗痉挛。药物对于手足徐动症几乎没有什么作用。

舞蹈病和投掷症

舞蹈病是一种运动障碍，表现为快速的、有节律的、小幅度的运动。这样的运动在肢体的远端表现得更加明显,但是,头和躯干同样存在这种节律性的快速运动。投掷症是近端关节发生的大运动,主要发生在肩和肘关节或髋和膝关节。这些大运动是不可预测的、快速的,偶尔也是剧烈的。一些神经学家认为舞蹈病和投掷症是同一种运动的两个不同表现,从肌肉骨骼治疗的观点来看,这个观点也是正确的。在脑瘫儿童的运动障碍中,这种运动模式是最罕见的。当看到这种运动障碍进展的时候,尤其是舞蹈病明显进展的时候,需要考虑脑瘫的诊断是否正确。如果脑瘫的患儿出现舞蹈病或投掷症明显地进展,进一步的全面检查常会发现一种更加特异的诊断,具有退行性病程。如果不进行相关控制的话,这种运动障碍会缓慢地进展。

舞蹈病和投掷症的原发病灶位于基底节;因此,一线治疗药物与治疗肌张力障碍的药物是相似的。有报道说进行内囊消融术具有一定的作用。对于脑瘫儿童中舞蹈病和投掷症对肌肉骨骼的影响,没有特异的治疗方法。

运动控制治疗的总结

将对不同运动障碍推荐的治疗明确地分开是非常困难的事情,因为至今还未明确一种运动障碍与其他运动障碍的病理解剖基础有何不同。这些运动障碍的表现多少都有一些重叠,在解剖不能明确分辨的情况下,动态控制理论中的模糊吸引点的概念可能是对运动模式最好的解释。这些运动模式的一个类比是暴风雨与雷雨或龙卷风之间的差别。每种风雨都有明确的模式,都发生在一个地理区域,起因是相似的,但还不能完全地理解其发生的机制。肌张力障碍、手足徐动症、舞蹈病和投掷症是另外一个类比的例子。虽然还不能明确它们的病理解剖之间的不同,但这些运动障碍的模式是明显不同的,并且是可以被区分开的,还可以进行特异性的治疗。从肌肉骨骼方面来看,因为症状及肌肉收缩的持续性特性,肌张力障碍作为一种不能用意识控制的运动模式常常难以治疗。手足徐动症的可预测性稍好,在经过物理治疗干预之后,常可以获得部分自主控制能力。对于舞蹈病和投掷症,肌肉骨骼治疗是没有什么作用的。

平衡障碍

共济失调是一个用来形容脑瘫患儿平衡能力差的短语。一些看起来有孤立的共济失调的脑瘫儿童,其实常常与先天性小脑畸形有关。常见的情况是,这些婴儿到 12 个月的时候发育基本是正常的,直到他们的正常运动技能发育没有进步时,才会发现存在问题。这些儿童会出现独坐及行走延迟,常常在 2～3 岁的时候还不能完成这些技能。在独立行走的发育过程中,平衡障碍是最明确的问题,但此时因为儿童已经开始精细运动,他们同样会在书写及其他的精细运动技能中表现出笨拙。共济失调也常常会影响言语。

正常平衡能力的典型发育是在儿童中期达到高峰,在生长高峰的青春期保持稳定。然而,共济失调的儿童则表现为平衡能力的丧失。这种平衡能力的显著丧失是由于青春期生长高峰阶段身高的快速增长。平衡障碍提示平衡系统对于高结构的力学控制要比短结构的更困难。这个现象在完全正常的儿童中也可以见到,被称作发育中的青春期笨拙阶段。在快速生长期结束一年之后,会再次获得平衡系统的控制,这些儿童会再次获得青春期生长高峰开始前即 8～10 岁时的能力。

虽然有些脑瘫儿童只存在共济失调,但更常见的情况是痉挛与共济失调或肌张力低下与共济失调同时存在的混合模式。一些手足徐动症的儿童也存在共济失调,但是如果存在明显的手足徐动,那么辨别出共济失调的存在是非常困难的。保持平衡需要个体有一个稳固的物理支撑基底及功能良好的感觉反馈系统,只有这样,才可以知道身体所处的位置以及如何调整姿势。举一个缺乏稳固支撑基底的例子就是一个人在光滑的冰面上行走,此时支撑的物理基底是很差的。一个喝醉酒的人,他的感觉反馈及调节能力都是麻木的,这就是平衡减退的一个例子。在为共济失调儿童制订肌肉骨骼治疗计划时,评估平衡的成分如支撑基底及感觉反馈的情况是很重要的,这些成分是造成功能问题的最主要的方面(病例 3.8)。

病例 3.8　Kerstin

Kerstin 是一个围生期正常的女孩,有轻微的智力减退,4 岁的时候开始独立行走。她在步态控制方面的进步很小,在快速生长期,常会出现更多的平衡问题。然而,到完全成熟的时候,步态稳定了,但稍有点慢及不灵活。在

体格检查中,有正常的反射、肌力和运动控制。这是原发共济失调的典型模式。主要的治疗是试着让她知道自己的弱点以及试着应用她认为不需要的辅助器具,如腋杖或手杖。

测量儿童的平衡能力是很困难的。大多数关于成人及儿童平衡能力的研究为测量姿势的稳定性,是通过测量不同感觉系统的影响来实现的,如视力、内耳前庭系统和关节位置觉反馈。这些测量在儿童临床评估中还不是很常见。粗大运动

功能评测(GMFM)是一个脑瘫儿童的常用评估工具,虽然这个测试并不是特异地评估及测量共济失调,但它的部分内容如第 4 部分对单腿站立进行了评测。通过对这些儿童的评估,要求从运动控制中找出存在的平衡问题。同样,对明显共

济失调的儿童进行步态分析时,发现瞬时空间特征如步幅长度及节律存在着很大的变异性。仅存在痉挛但平衡很好的儿童的变异性要小于正常儿童,但那些以共济失调为主要障碍的儿童的变异性却显著增大。

躯干的运动及进行直线行走的能力同样存在这种变异性。在行走中了解平衡缺陷是很困难的,因为动态过程可以使不稳的儿童看起来比实际稳很多。举个例子,一个看起来行走得很好的儿童,每次尝试停止的时候,她就不得不扶墙或者跌倒在地上。骑自行车也是一个类比,在骑车的过程中骑车者是很稳定的;然而,当骑车者停止运动并试图继续坐在自行车上的时候,她会变得非常的不稳定。一个儿童以一个特定的速度行走的时候可能是一个非常棒的行者;然而,良好的功能性行走技能要求个体在不跌倒的情况下可以停止行走。

共济失调的治疗

改善共济失调儿童行走能力的治疗应该重点关注两个方面。第一,他们应该学习如何安全地跌倒及在跌倒的时候可以出现保护反应。应教会他们在跌倒的时候远离危险,向前跌倒时用胳膊支撑来保护自己。这些孩子应该佩戴保护性头盔,并且在行走的时候有人监管,直到他们有了良好的跌倒保护反应。有些儿童学不会保护反应,那么他们就有可能像折断的树一样跌倒;如果儿童有向后跌倒倾向的话就是非常危险的,因为这样很容易出现脑外伤。除非有人进行直接监管,否则这些儿童应该总是坐在轮椅上。第二个关注的方面是对共济失调的儿童应该直接进行刺激平衡的训练。训练包括单腿支撑的活动、在窄板中行走、轮滑以及其他刺激平衡系统的活动。应该根据儿童的能力仔细地设计活动,目的在于使每个儿童可以最安全以及最有效地发挥他们的能力。

像成人一样有效的行走要求具有改变步态和速度的能力,尤其是在需要保存能量的时候可以减慢速度。这意味着可能需要使用辅助用具,如前臂拐杖。出于安全及社会礼节的需要,具备停止行走并保持站立是很重要的。如果儿童不能学会停止行走并站住,那么在儿童中期或青春期的时候,需要使用辅助用具,常用的是前臂拐杖。在家长看来这一步可能是倒退了,其实这有助于孩子向更稳定的步态进步,而这种步行是社会可以接受的,也是进入成年期所需要的功能。当一个3岁的孩子跑步时,可以在想要停下来的时候跌倒,这是正常的;然而,如果发生在一个13岁儿童的身上,那么对于他来讲是不安全的,对于社会来讲也是不能接受的。在找到合适的助具之前,可能需要一些尝试,并可能出现失败。很少有儿童可以使用单脚手杖;三点或四点手杖会明显地减慢孩子的行走速度,减低效率,所以也是较差的选择。前臂拐杖或者助行器是儿童的最佳选择。一些儿童的共济失调非常严重,为了达到安全及功能性移动的目的,需要应用轮椅进行转移。

共济失调儿童的手术治疗

手术不能以任何可预知的方式改变平衡的感知觉;然而,可以改变力学稳定性。力学稳定性意味着儿童在稳固支撑的基底上站立。有严重马蹄足的儿童,只能用脚趾站立,即使平衡功能是正常的,他们的站立也是不稳的。力学不稳的其他例子包括严重的扁平外翻足或马蹄内翻足、严重的固定的脊柱侧弯或者髋和膝的严重挛缩。一般而言,在明显地影响平衡之前,脊柱、髋和膝的挛缩已经是非常严重的了。在儿童的早、中时期,马蹄足是最常见的情况。一些这样的儿童在用足够的速度行走时,他们可以用脚趾走得很好;但是,站在一个地方的时候就没有稳定的能力了;这就意味着当他们想要停下来的时候,需要扶住墙或者继续绕着圈行走或者跌倒在地。当这些孩子进行了腓肠肌延长术使得他们的脚掌可以着地,行走就变得更加稳定了,虽然行走的速度变慢了,但是可以停下来并且在一个地方站立了。需要向家长解释清楚这种稳定性、站立与行走速度之间的交换关系,避免他们因行走速度变慢而失望。对于年龄稍大儿童的安全来讲,长期进行这种快速尖足步行是不合理的,这一点在前面已经解释过了。这种步态的安全性及社会不适当性需要向家长认真地解释清楚,让他们了解进行腓肠肌延长术,用速度交换稳定性的意义所在。

矫形器

对于因动态跖屈造成足趾行走的小儿,应用矫形器纠正跖屈、改善稳定性,与进行外科肌腱延长术的效果是相同的。通过去除踝的屈曲,尤其是减少踝的跖屈及足趾行走,使得这些儿童可以获得更稳定的姿势,他们可以把注意力更加集中在大关节上,如髋、膝和躯干。因此,这些儿童可以获得更好的稳定行走中需要的直立站立经验。对于小儿来讲,首选矫形器进行稳定结构的治疗,常常在大约18~24个月的时候开始应用,当孩子长大的时候,稳定性会逐渐地下降。矫形器还可以为患儿提供一段时间体会站立时足底放平稳定,走起来时也可以用脚趾蹬地。这种脚趾行走让他们获得动态稳定的经验,从而刺激小儿神经系统的发育。这样的矫形器对于5~7岁之前的儿童而言作用尤其好。

治疗小结:共济失调

共济失调的儿童需要一个有计划的治疗与环境相结合的治疗方案,包括平衡、感觉和整合系统,以促使孩子获得最大限度的平衡功能。这些儿童还需要有一个提供稳定支撑的力学基础,使得他们可以获得自信,并学习使用运动控制技能。小儿通过应用矫形器及辅助支具可以获得力学稳定,到了儿童中期的时候,可以采用肌腱延长术来改善力学稳定性及站立。治疗方案应该考虑到这些孩子避免摔倒的安全性如何,因为摔倒可能会导致明显的损伤。严重共济失调的儿童摔倒的风险很高,可能会出现永久脑损伤,所以需要根据孩子自我保护能力及共济失调的严重性的不同,选择坐轮椅或者佩戴保护性头盔。

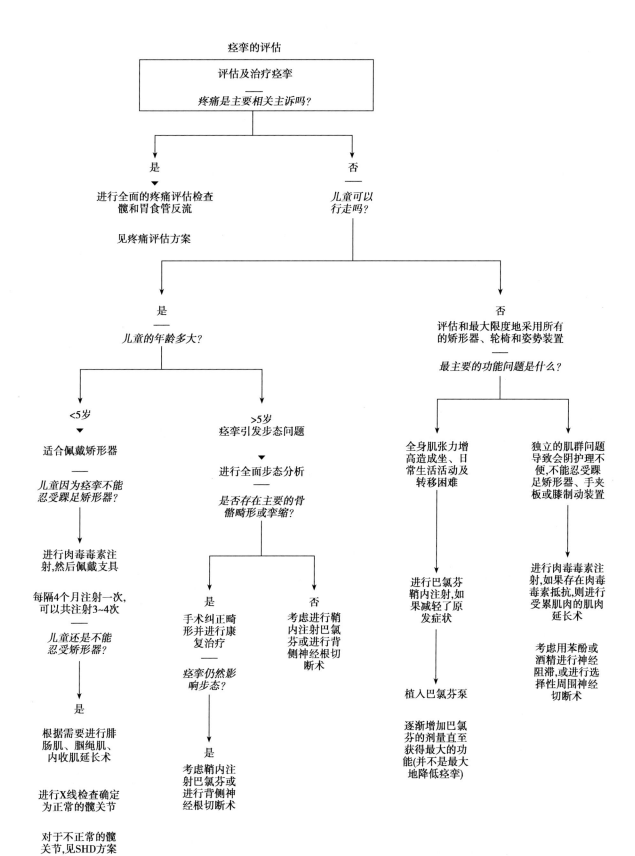

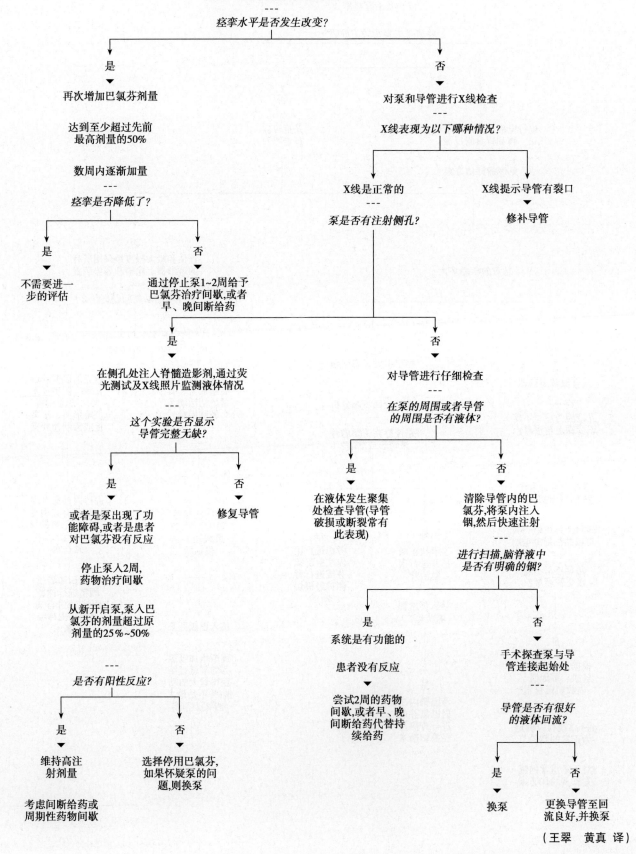

（王翠　黄真　译）

参考文献

1. Connolly KHF. Neurophysiology and Neuropsychology of Motor Development. London: Mac Keith Press, 1997.
2. Gage J. Gait Analysis in Cerebral Palsy. London: Mac Keith Press, 1991.
3. Fahn S, Marsden CD, DeLong MR. Dystonia 3: Advances in Neurology. Philadelphia: Lippincott-Raven, 1998.
4. Nie J, DA Linkens. Fuzzy-Neural Control: Principles, Algorithms, and Applications. New York: Prentice Hall, 1995.
5. Gleick J. Chaos: Making a New Science. New York: Penguin Books, 1987.
6. Walsh G. Muscles, Masses, and Motion: The Physiology of Normality, Hypertonicity, Spasticity, and Rigidity. London: Mac Keith Press, 1992.
7. Sussman ME. The Diplegic Child: Evaluation and Management. Chicago: American Academy of Orthopaedic Surgeons, 1992.
8. Engsberg JR, Ross SA, Olree KS, Park TS. Ankle spasticity and strength in children with spastic diplegic cerebral palsy. Dev Med Child Neurol 2000;42:42–7.
9. Ashworth B. Preliminary trial of carisoprodol in multiple sclerosis. Practitioner 1964;192:540–2.
10. Sehgal N, McGuire JR. Beyond Ashworth. Electrophysiologic quantification of spasticity. Phys Med Rehabil Clin N Am 1998;9:949–79, ix.
11. Lin JP, Brown JK, Walsh EG. The maturation of motor dexterity: or why Johnny can't go any faster. Dev Med Child Neurol 1996;38:244–54.
12. Dietz V, Berger W. Cerebral palsy and muscle transformation. Dev Med Child Neurol 1995;37:180–4.
13. Ziv I, Blackburn N, Rang M, Koreska J. Muscle growth in normal and spastic mice. Dev Med Child Neurol 1984;26:94–9.
14. Castle ME, Reyman TA, Schneider M. Pathology of spastic muscle in cerebral palsy. Clin Orthop 1979:223–32.
15. Engle AG, Franzini-Armstrong C. Myology. New York: McGraw-Hill, 1994:1936.
16. Miller F, Slomczykowski M, Cope R, Lipton GE. Computer modeling of the pathomechanics of spastic hip dislocation in children. J Pediatr Orthop 1999;19:486–92.
17. Nance PW, Bugaresti J, Shellenberger K, Sheremata W, Martinez-Arizala A. Efficacy and safety of tizanidine in the treatment of spasticity in patients with spinal cord injury. North American Tizanidine Study Group. Neurology 1994;44:S44–51; discussion S51–2.
18. Gracies J, Nance P, Elovic E, McGuire J, Simpson DM. Traditional pharmacological treatments for spasticity. Part II: General and regional treaments. Muscle Nerve 1997;Suppl 6:S92–S120.
19. Erickson DL, Blacklock JB, Michaelson M, Sperling KB, Lo JN. Control of spasticity by implantable continuous flow morphine pump. Neurosurgery 1985;16:215–7.
20. Zierski J, Muller H, Dralle D, Wurdinger T. Implanted pump systems for treatment of spasticity. Acta Neurochir Suppl 1988;43:94–9.
21. Albright AL, Cervi A, Singletary J. Intrathecal baclofen for spasticity in cerebral palsy [see comments]. JAMA 1991;265:1418–22.
22. Albright AL, Barry MJ, Fasick P, Barron W, Shultz B. Continuous intrathecal baclofen infusion for symptomatic generalized dystonia. Neurosurgery 1996;38:934–8; discussion 938–9.
23. Albright AL. Baclofen in the treatment of cerebral palsy. J Child Neurol 1996;11:77–83.
24. Almeida GL, Campbell SK, Girolami GL, Penn RD, Corcos DM. Multidimensional assessment of motor function in a child with cerebral

palsy following intrathecal administration of baclofen. Phys Ther 1997; 77:751–64.

25. Armstrong RW, Steinbok P, Cochrane DD, Kube SD, Fife SE, Farrell K. Intrathecally administered baclofen for treatment of children with spasticity of cerebral origin. J Neurosurg 1997;87:409–14.

26. Albright AL. Intrathecal baclofen in cerebral palsy movement disorders. J Child Neurol 1996;11(suppl 1):S29–35.

27. Gerszten PC, Albright AL, Barry MJ. Effect on ambulation of continuous intrathecal baclofen infusion. Pediatr Neurosurg 1997;27:40–4.

28. Wiens HD. Spasticity in children with cerebral palsy: a retrospective review of the effects of intrathecal baclofen. Issues Compr Pediatr Nurs 1998; 21:49–61.

29. Kita M, Goodkin DE. Drugs used to treat spasticity. Drugs 2000;59: 487–95.

30. Bennett MI, Tai YM, Symonds JM. Staphylococcal meningitis following Synchromed intrathecal pump implant: a case report. Pain 1994;56: 243–4.

31. Sweet CS, Wenger HC, Gross DM. Central antihypertensive properties of muscimol and related gamma-aminobutyric acid agonists and the interaction of muscimol with baroreceptor reflexes. Can J Physiol Pharmacol 1979;57:600–5.

32. Rode G, Mertens P, Beneton C, Schmitt M, Boisson D. Regression of vasomotor disorders under intrathecal baclofen in a case of spastic paraplegia. Spinal Cord 1999;37:370–2.

33. Agmo A, Paredes R. GABAergic drugs and sexual behaviour in the male rat. Eur J Pharmacol 1985;112:371–8.

34. Leipheimer RE, Sachs BD. GABAergic regulation of penile reflexes and copulation in rats. Physiol Behav 1988;42:351–7.

35. Denys P, Mane M, Azouvi P, Chartier-Kastler E, Thiebaut JB, Bussel B. Side effects of chronic intrathecal baclofen on erection and ejaculation in patients with spinal cord lesions. Arch Phys Med Rehabil 1998;79:494–6.

36. Steinbok P, Reiner AM, Beauchamp R, Armstrong RW, Cochrane DD, Kestle J. A randomized clinical trial to compare selective posterior rhizotomy plus physiotherapy with physiotherapy alone in children with spastic diplegic cerebral palsy [published erratum appears in Dev Med Child Neurol 1997;39(11): inside back cover] [see comments]. Dev Med Child Neurol 1997;39:178–84.

37. McLaughlin JF, Bjornson KF, Astley SJ, et al. Selective dorsal rhizotomy: efficacy and safety in an investigator-masked randomized clinical trial [see comments]. Dev Med Child Neurol 1998;40:220–32.

38. Cohen AR, Webster HC. How selective is selective posterior rhizotomy? Surg Neurol 1991;35:267–72.

39. Logigian EL, Wolinsky JS, Soriano SG, Madsen JR, Scott RM. H reflex studies in cerebral palsy patients undergoing partial dorsal rhizotomy [see comments]. Muscle Nerve 1994;17:539–49.

40. Sacco DJ, Tylkowski CM, Warf BC. Nonselective partial dorsal rhizotomy: a clinical experience with 1-year follow-up. Pediatr Neurosurg 2000;32:114–8.

41. Peacock WJ, Arens LJ, Berman B. Cerebral palsy spasticity. Selective posterior rhizotomy. Pediatr Neurosci 1987;13:61–6.

42. Fasano VA, Broggi G, Barolat-Romana G, Sguazzi A. Surgical treatment of spasticity in cerebral palsy. Childs Brain 1978;4:289–305.

43. Heimburger RF, Slominski A, Griswold P. Cervical posterior rhizotomy for reducing spasticity in cerebral palsy. J Neurosurg 1973;39:30–4.

44. Benedetti A, Colombo F. Spinal surgery for spasticity (46 cases). Neurochirurgia (Stuttg) 1981;24:195–8.

45. Benedetti A, Colombo F, Alexandre A, Pellegri A. Posterior rhizotomies

for spasticity in children affected by cerebral palsy. J Neurosurg Sci 1982;26:179–84.

46. Gul SM, Steinbok P, McLeod K. Long-term outcome after selective posterior rhizotomy in children with spastic cerebral palsy. Pediatr Neurosurg 1999;31:84–95.

47. Subramanian N, Vaughan CL, Peter JC, Arens LJ. Gait before and 10 years after rhizotomy in children with cerebral palsy spasticity. J Neurosurg 1998;88:1014–9.

48. Giuliani CA. Dorsal rhizotomy for children with cerebral palsy: support for concepts of motor control. Phys Ther 1991;71:248–59.

49. Steinbok P, Daneshvar H, Evans D, Kestle JR. Cost analysis of continuous intrathecal baclofen versus selective functional posterior rhizotomy in the treatment of spastic quadriplegia associated with cerebral palsy. Pediatr Neurosurg 1995;22:255–64.

50. Marty GR, Dias LS, Gaebler-Spira D. Selective posterior rhizotomy and soft-tissue procedures for the treatment of cerebral diplegia. J Bone Joint Surg [Am] 1995;77:713–8.

51. Carroll KL, Moore KR, Stevens PM. Orthopedic procedures after rhizotomy. J Pediatr Orthop 1998;18:69–74.

52. Crawford K, Karol LA, Herring JA. Severe lumbar lordosis after dorsal rhizotomy. J Pediatr Orthop 1996;16:336–9.

53. Mooney JF III, Millis MB. Spinal deformity after selective dorsal rhizotomy in patients with cerebral palsy. Clin Orthop 1999:48–52.

54. Peter JC, Hoffman EB, Arens LJ, Peacock WJ. Incidence of spinal deformity in children after multiple level laminectomy for selective posterior rhizotomy. Childs Nerv Syst 1990;6:30–2.

55. Peter JC, Hoffman EB, Arens LJ. Spondylolysis and spondylolisthesis after five-level lumbosacral laminectomy for selective posterior rhizotomy in cerebral palsy. Childs Nerv Syst 1993;9:285–7; discussion 287–8.

56. Greene WB, Dietz FR, Goldberg MJ, Gross RH, Miller F, Sussman MD. Rapid progression of hip subluxation in cerebral palsy after selective posterior rhizotomy. J Pediatr Orthop 1991;11:494–7.

57. Heim RC, Park TS, Vogler GP, Kaufman BA, Noetzel MJ, Ortman MR. Changes in hip migration after selective dorsal rhizotomy for spastic quadriplegia in cerebral palsy. J Neurosurg 1995;82:567–71.

58. Steinbok P, Schrag C. Complications after selective posterior rhizotomy for spasticity in children with cerebral palsy. Pediatr Neurosurg 1998; 28:300–13.

59. Cobb MA, Boop FA. Replacement laminoplasty in selective dorsal rhizotomy: possible protection against the development of musculoskeletal pain. Pediatr Neurosurg 1994;21:237–42.

60. Payne LZ, DeLuca PA. Heterotopic ossification after rhizotomy and femoral osteotomy. J Pediatr Orthop 1993;13:733–8.

61. Abbott R. Complications with selective posterior rhizotomy. Pediatr Neurosurg 1992;18:43–7.

62. Cooper IS, Upton AR, Rappaport ZH, Amin I. Correlation of clinical and physiological effects of cerebellar stimulation. Acta Neurochir Suppl 1980;30:339–44.

63. Davis R, Schulman J, Delehanty A. Cerebellar stimulation for cerebral palsy—double blind study. Acta Neurochir Suppl 1987;39:126–8.

64. Schulman JH, Davis R, Nanes M. Cerebellar stimulation for spastic cerebral palsy: preliminary report; on-going double blind study. Pacing Clin Electrophysiol 1987;10:226–31.

65. Barolat G. Experience with 509 plate electrodes implanted epidurally from C1 to L1. Stereotact Funct Neurosurg 1993;61:60–79.

66. Hugenholtz H, Humphreys P, McIntyre WM, Spasoff RA, Steel K. Cervical spinal cord stimulation for spasticity in cerebral palsy. Neuro-

surgery 1988;22:707–14.

67. Cusick JF, Larson SJ, Sances A. The effect of T-myelotomy on spasticity. Surg Neurol 1976;6:289c92.

68. Ivan LP, Wiley JJ. Myelotomy in the management of spasticity. Clin Orthop 1975:52–6.

69. Padovani R, Tognetti F, Pozzati E, Servadei F, Laghi D, Gaist G. The treatment of spasticity by means of dorsal longitudinal myelotomy and lozenge-shaped griseotomy. Spine 1982;7:103–9.

70. Carpenter EB. Role of nerve blocks in the foot and ankle in cerebral palsy: therapeutic and diagnostic. Foot Ankle 1983;4:164–6.

71. Gracies JM, Elovic E, McGuire J, Simpson DM. Traditional pharmacological treatments for spasticity. Part I: Local treatments. Muscle Nerve Suppl 1997;6:S61–91.

72. Carpenter EB, Seitz DG. Intramuscular alcohol as an aid in management of spastic cerebral palsy. Dev Med Child Neurol 1980;22:497–501.

73. Hariga J. Treatment of spasticity by alcohol injection. Dev Med Child Neurol 1970;12:825.

74. Tardieu G, Tardieu C, Hariga J, Gagnard L. Treatment of spasticity in injection of dilute alcohol at the motor point or by epidural route. Clinical extension of an experiment on the decerebrate cat. Dev Med Child Neurol 1968;10:555–68.

75. Easton JK, Ozel T, Halpern D. Intramuscular neurolysis for spasticity in children. Arch Phys Med Rehabil 1979;60:155–8.

76. Griffith ER, Melampy CN. General ancsthesia use in phenol intramuscular neurolysis in young children with spasticity. Arch Phys Med Rehabil 1977;58:154–7.

77. Matsuo T, Tada S, Hajime T. Insufficiency of the hip adductor after anterior obturator neurectomy in 42 children with cerebral palsy. J Pediatr Orthop 1986;6:686–92.

78. Root L, Spero CR. Hip adductor transfer compared with adductor tenotomy in cerebral palsy. J Bone Joint Surg [Am] 1981;63:767–72.

79. Sharma S, Mishra KS, Dutta A, Kulkarni SK, Nair MN. Intrapelvic obturator neurectomy in cerebral palsy. Indian J Pediatr 1989;56:259–65.

80. Keenan MA, Todderud EP, Henderson R, Botte M. Management of intrinsic spasticity in the hand with phenol injection or neurectomy of the motor branch of the ulnar nerve. J Hand Surg [Am] 1987;12:734–9.

81. Doute DA, Sponseller PD, Tolo VT, Atkins E, Silberstein CE. Soleus neurectomy for dynamic ankle equinus in children with cerebral palsy. Am J Orthop 1997;26:613–6.

82. Nogen AG. Medical treatment for spasticity in children with cerebral palsy. Childs Brain 1976;2:304–8.

83. Pinder RM, Brogden RN, Speight TM, Avery GS. Dantrolene sodium: a review of its pharmacological properties and therapeutic efficacy in spasticity. Drugs 1977;13:3–23.

84. Joynt RL, Leonard JA Jr. Dantrolene sodium suspension in treatment of spastic cerebral palsy. Dev Med Child Neurol 1980;22:755–67.

85. Jankovic J, Brin MF. Botulinum toxin: historical perspective and potential new indications. Muscle Nerve Suppl 1997;6:S129–45.

86. Brin MF. Botulinum toxin: chemistry, pharmacology, toxicity, and immunology. Muscle Nerve Suppl 1997;6:S146–68.

87. Brin MF. Dosing, administration, and a treatment algorithm for use of botulinum toxin A for adult-onset spasticity. Spasticity Study Group. Muscle Nerve Suppl 1997;6:S208–20.

88. Borodic GE, Ferrante R, Pearce LB, Smith K. Histologic assessment of dose-related diffusion and muscle fiber response after therapeutic botulinum A toxin injections. Mov Disord 1994;9:31–9.

89. Barwood S, Baillieu C, Boyd R, et al. Analgesic effects of botulinum

toxin A: a randomized, placebo-controlled clinical trial. Dev Med Child Neurol 2000;42:116–21.

90. Greene PE, Fahn S. Use of botulinum toxin type F injections to treat torticollis in patients with immunity to botulinum toxin type A. Mov Disord 1993;8:479–83.

91. Koman LA, Mooney JF III, Smith B, Goodman A, Mulvaney T. Management of cerebral palsy with botulinum-A toxin: preliminary investigation. J Pediatr Orthop 1993;13:489–95.

92. Fehlings D, Rang M, Glazier J, Steele C. An evaluation of botulinum-A toxin injections to improve upper extremity function in children with hemiplegic cerebral palsy [see comments]. J Pediatr 2000;137:331–7.

93. Graham HK, Aoki KR, Autti-Ramo I, et al. Recommendations for the use of botulinum toxin type A in the management of cerebral palsy. Gait Posture 2000;11:67–79.

94. Tarczynska M, Karski T, Abobaker S. [Hip dislocation in children with cerebral palsy—the result of illness or treatment error]. Ann Univ Mariae Curie Sklodowska [Med] 1997;52:95–102.

95. Crenshaw S, Herzog R, Castagno P, et al. The efficacy of tone-reducing features in orthotics on the gait of children with spastic diplegic cerebral palsy. J Pediatr Orthop 2000;20:210–6.

96. Radtka SA, Skinner SR, Dixon DM, Johanson ME. A comparison of gait with solid, dynamic, and no ankle-foot orthoses in children with spastic cerebral palsy [see comments] [published erratum appears in Phys Ther 1998;78(2):222–4]. Phys Ther 1997;77:395–409.

97. Ricks NR, Eilert RE. Effects of inhibitory casts and orthoses on bony alignment of foot and ankle during weight-bearing in children with spasticity. Dev Med Child Neurol 1993;35:11–6.

98. Bertoti DB. Effect of short leg casting on ambulation in children with cerebral palsy. Phys Ther 1986;66:1522–9.

99. Cruickshank DA, O'Neill DL. Upper extremity inhibitive casting in a boy with spastic quadriplegia. Am J Occup Ther 1990;44:552–5.

100. Otis JC, Root L, Kroll MA. Measurement of plantar flexor spasticity during treatment with tone-reducing casts. J Pediatr Orthop 1985;5:682–6.

101. Lesny IA. Follow-up study of hypotonic forms of cerebral palsy. Brain Dev 1979;1:87–90.

102. Nelson KB, Ellenberg JH. Neonatal signs as predictors of cerebral palsy. Pediatrics 1979;64:225–32.

103. Thajeb P. The syndrome of delayed posthemiplegic hemidystonia, hemiatrophy, and partial seizure: clinical, neuroimaging, and motor-evoked potential studies. Clin Neurol Neurosurg 1996;98:207–12.

104. Barry MJ, VanSwearingen JM, Albright AL. Reliability and responsiveness of the Barry-Albright Dystonia Scale. Dev Med Child Neurol 1999;41:404–11.

105. Ford B, Greene P, Louis ED, et al. Use of intrathecal baclofen in the treatment of patients with dystonia. Arch Neurol 1996;53:1241–6.

106. Gros C, Frerebeau P, Perez-Dominguez E, Bazin M, Privat JM. Long term results of stereotaxic surgery for infantile dystonia and dyskinesia. Neurochirurgia (Stuttg) 1976;19:171–8.

107. Lin JJ, Lin GY, Shih C, Lin SZ, Chang DC, Lee CC. Benefit of bilateral pallidotomy in the treatment of generalized dystonia. Case report. J Neurosurg 1999;90:974–6.

108. Vitek JL, Chockkan V, Zhang JY, et al. Neuronal activity in the basal ganglia in patients with generalized dystonia and hemiballismus. Ann Neurol 1999;46:22–35.

109. Kyllerman M. Reduced optimality in pre- and perinatal conditions in

dyskinetic cerebral palsy—distribution and comparison to controls. Neuropediatrics 1983;14:29–36.

110. Acardi J. Diseases of the Nervous System in Childhood. Oxford, England: Mac Keith Press, 1992:1408.

111. O'Reilly DE, Walentynowicz JE. Etiological factors in cerebral palsy: an historical review. Dev Med Child Neurol 1981;23:633–42.

112. Johnson RK, Goran MI, Ferrara MS, Poehlman ET. Athetosis increases resting metabolic rate in adults with cerebral palsy. J Am Diet Assoc 1996;96:145–8.

113. Fraioli B, Nucci F, Baldassarre L. Bilateral cervical posterior rhizotomy: effects on dystonia and athetosis, on respiration and other autonomic functions. Appl Neurophysiol 1977;40:26–40.

114. Davis R, Barolat-Romana G, Engle H. Chronic cerebellar stimulation for cerebral palsy—five-year study. Acta Neurochir Suppl 1980;30: 317–32.

115. Ebara S, Harada T, Yamazaki Y, et al. Unstable cervical spine in athetoid cerebral palsy [published erratum appears in Spine 1990; 15(1):59]. Spine 1989;14:1154–9.

116. Fuji T, Yonenobu K, Fujiwara K, et al. Cervical radiculopathy or myelopathy secondary to athetoid cerebral palsy. J Bone Joint Surg [Am] 1987;69:815–21.

117. Kidron D, Steiner I, Melamed E. Late-onset progressive radiculo-myelopathy in patients with cervical athetoid-dystonic cerebral palsy. Eur Neurol 1987;27:164–6.

118. Nishihara N, Tanabe G, Nakahara S, Imai T, Murakawa H. Surgical treatment of cervical spondylotic myelopathy complicating athetoid cerebral palsy. J Bone Joint Surg [Br] 1984;66:504–8.

119. Wang PY, Chen RC. Cervical spondylotic radiculomyelopathy caused by athetoid-dystonic cerebral palsy—clinical evaluation of 2 cases. Taiwan I Hsueh Hui Tsa Chih 1985;84:986–94.

120. Watanuki K, Takahashi M, Ikeda T. Perception of surrounding space controls posture, gaze, and sensation during Coriolis stimulation. Aviat Space Environ Med 2000;71:381–7.

第4章

康复疗法、教育和其他治疗方法

几乎所有脑瘫患儿均会接受治疗并且上学。大多数康复治疗方法均由临床治疗医师所制定。而学校教育对这些孩子的一生来说，是一种非常普遍的经历，因此治疗脑瘫患儿运动功能障碍的医师，应当对教育体系有所了解。脑瘫患儿的治疗一般早在新生儿重症监护病房就开始了，这种早期治疗是在以医学为基础的框架下进行的。随着患儿不断长大，特别是3岁以后，教育就成为了主要的内容，大多数治疗也与教育相结合。当儿童进入小学，除急性期治疗外，教育应该占主导地位，这期间也可以配合康复治疗。在儿童成长发育过程中，物理治疗师是沟通学校教育与康复治疗的桥梁。此种沟通非常重要，这是因为脑瘫患儿最终的身体状况、心理及独立性如何均基于康复治疗和学校教育。在接受教育期间，除标准化的治疗方法外，还有许多其他治疗方法也对脑瘫患儿的康复有效果。这些康复疗法中有些方法不能作为主要的治疗方法，如马术疗法，但持续到最后还是被传统的疗法所接受。另外，如高压氧疗法，最初大家均认为是一种非常有益的治疗方法，但是经过仔细调查后发现，它的治疗效果其实很值得怀疑。物理治疗师治疗脑瘫患儿的运动功能障碍，除了要明确所制定的治疗技术、治疗目的及预期治疗效果外，还要了解患儿受教育环境。

康复疗法

在此章节中，康复疗法指的是物理疗法、作业疗法或言语治疗。虽然从事这些工作的治疗人员通常在教育系统，但他们均具有医学教育背景。以上治疗方法之间有很多相互交叉的地方，但又有各自非常明确的专业领域。物理疗法侧重于粗大的运动功能，如走路、跑步、跳及关节活动度训练；作业疗法侧重于精细的运动功能，尤其是上肢功能和日常生活活动能力，如更衣、如厕、洗澡等。它们在某些方面就有一些交叉，主要体现在坐位训练和婴儿刺激诱导训练。言语治疗师则侧重于口头的活动能力，如说话、咀嚼、吞咽等。一般的言语治疗师都会做详细的交流能力评估。言语治疗师和作业治疗师在教授护理人员如何为患儿进食和患者独自进食技巧方面也存在交叉。这些治疗方法在地域及设施方面也有些许不同，但主要目的均为最大限度地增强患者的独立性。此章节讨论的目的只是为了给与治疗师一起治疗脑瘫患儿的医师提供一些需要了解的信息，而不是为了具体阐述每种治疗方法。本章讨论的重点主要针对骨骼肌运动功能障碍，然而，必须记住，对于身有残疾的个体通常认为语言和交流能力更为重要。

物理治疗

脑瘫患儿参与物理治疗非常普遍，而且已有大量相关资料证实物理治疗的有效性。自1990年，在美国国家医学图书馆已经有接近300篇有关物理疗法治疗脑瘫患儿的相关文献。其中大多数论文均报道了物理疗法与其他治疗方法一起使用，如，为改善步态而进行的髋关节外科重建和下肢功能重组、神经后根切除、肉毒毒素注射等。大多数报告均为病例个案形式，由于缺乏对照，无法对其所用的治疗程序进行严格的评估，因此也不能对每种治疗方法的效果进行客观的评价。试图评价特异性疗法的效果的报告越来越多，但这些报告所研究的病例很少，而且没有对照组。物理治疗师所扮演的角色及他们所提供的治疗非常复杂。很多报告认为物理治疗与药物治疗的研究方法类似，也需要有不进行处理的对照组。如果没有效果，这种研究方法或许是可行的，如对婴儿刺激疗法的评价。但是，如果出现阳性结果，由于小儿与父母之间有着密切的关系和影响，就很难区分是否是由于某种特殊疗法的效果。意识到这种复杂的相互影响，现在建议在研究设计中采用更复杂和更全面的多变异研究方法。这种研究方法可以被用于脑瘫患儿的所有障碍的评价中，因为它有可能区分每种治疗方法的治疗效果。例如，在对小儿的异常步态运用物理治疗配合石膏疗法及肉毒毒素注射治疗的研究设计中，很难用别的方法进行评定。同样，把物理治疗内在的一些相互作用考虑进去，也会改善其他治疗的研究方法。

在物理治疗长期的发展过程中，发育的不同理论和影响儿童发育的特定治疗方案占主导地位。其中，大部分治疗方案的制订主要基于对基础理论知识的理解，如远端较低功能水平将影响较高皮质功能的发育等。在此理论中，脊髓介导的活动，如单突触反射和痉挛，在高级的原始反射发生之前就已经被纠正了。另外，这些原始反射在更高级的皮质运动功能如行走发育成熟之前，也先被纠正了。这种神经发育的等级理论是以一些动物研究作为依据的。例如，有记载表明，眼睛在视皮质结构和功能发育良好之前就已经有视觉功能了。在 20 世纪 90 年代之前，所有这些主要的治疗方案的发展和在现代医学中的应用主要基于等级理论的发展。直至今天，这些治疗方案依然广泛应用于儿童的康复治疗中。这里我们仅简单描述一下，这是因为家长通常会询问有关一项治疗技术优于另一技术的相对重要性的解释。然而，由于篇幅有限，不能对这些治疗技术作更详细的介绍。在 20 世纪 90 年代，神经发育理论逐渐被一种更为复杂的、各子系统相互影响的环形理论所取代。此理论认为儿童的心理状态和行为也是影响运动功能的重要因素。低级反射和皮质的运动功能模式之间存在复杂的相互作用，这种相互作用和影响可以从高级功能到低级功能，也可以从低级功能到高级功能。运动发育理论的改变要求物理治疗师把理论与实践治疗经验的各个方面结合起来，更像是一个老师或教练，而不仅仅是给患儿提供治疗的技师。但是，这种新的方法并没有被广泛的接受，因为儿童神经物理治疗仅是物理治疗如此大的学科中范围较小的附属专业。总的来说，物理治疗师现在更倾向于临床观点，这与矫形外科有相似之处。临床医生治疗疾病，首先要对疾病进行确诊，然后通过治疗使疾病痊愈。这种方法在以等级发育理论为基础的早期治疗上是可行的，但是它常常会使小孩、家长及治疗师失望。为了让孩子在成长过程中尽可能达到一定的独立性，孩子、医师和治疗师组成一个治疗小组，这种治疗方法或许更为有效。按照此方法，一位有经验的治疗师应该是治疗小组当之无愧的教练，这是因为一方面，从医学的角度他最了解患儿，另一方面，他与患儿、家长及医师都有密切的联系。然而遗憾的是，由于治疗师频繁更换，这就使得教练的角色落到家长身上。对于有些家庭，工作做得很好，但另外一些，并不合适。

担任患儿运动功能障碍治疗小组教练角色的物理治疗师必须与家长和患儿保持密切的关系。总的来说，如果家长或患儿不喜欢治疗师，那种不良关系肯定会影响到治疗的效果。另外，治疗师最好具备一些行为管理技巧方面的知识，这样才能最大程度地获得患儿的配合。了解患儿的家庭困难问题和具备医学知识是同样重要的。物理治疗师必须要知道如何进入社会服务机构和卫生站，因为患儿的家庭可能会从这里寻求帮助。但儿科治疗师角色扩大所暴露的问题是，很多治疗师并不认为他们有进入这些机构做训练的必要。大部分治疗师的培养都是硕士水平，但是培养内容中有关儿科的成分很少，而运动医学和成人康复的内容则比较多。矫形手术后的康复也是这样。目前，对于儿科治疗师来说，有些发展得很好的特异性疗法，而儿童矫形手术后的康复疗法就不那么有体系了。将儿科的治疗方法标准化，这一趋势正不断向前推动，治疗师也应接受更多的装备，以便更好地发挥他们的作用。

主要治疗方案

现在所用的主要治疗方案均从神经运动发育的等级理论发展而来，其中很多方法的运用有明显的地域集中特点，尤其是在方法理论体系初始发展并被广泛运用的地区。等级理论也同样被广泛地运用于作业疗法和物理疗法中。

神经发育学疗法（NDT）：Bobath 疗法

Bobath 治疗技术发展于 19 世纪 40 年代和 50 年代，由英国的 Bobath 夫妇根据神经发育学理论及治疗患儿的临床经验共同创立。由于此技术具备发展较为完善的理念，清楚合理的治疗方法，再加上创立者的大力推广，Bobath 疗法已经成为世界上最为广泛使用的统一的治疗方法。基于对等级理论发育的理解，它强调：第一，通过全关节活动范围的活动改善异常的肌张力，鼓励正常的运动模式和体位摆放；第二，通过反复刺激减退的应用控制异常的原始反射；第三，引出自主反射，如跌倒时，能将手向前方伸出去，就像降落伞反射一样。再举一个例子，当小儿向后跌倒时，能将颈部向前屈曲而不至于碰伤头部。通过控制和放置对机体不断进行感觉输入是达到第一个目的的一个重要方面。这种方法还包括控制患儿应用正确的运动模式，避免异常姿势出现。只有让患儿感受正常的运动，大脑才会记住这些正常的运动模式，从而忘掉由于不成熟脑而造成的异常姿势。按照此理论，越早治疗，对未成熟儿脑的正常发育越好。这个观点同 NDT 疗法一样。此外，该疗法还认为父母应该一直坚持学习训练患儿的正确控制技术。在 Bobath 疗法技术发展的早期，比较注重理想化的运动，如让患儿完全像正常儿童一样完成从卧位到坐位的体位转换，现在，则着重于促进患儿更有功能性的运动模式。

NDT 技术的创立者认为该治疗技术疗效较好，但研究结果并非如此。与使用其他治疗技术或不予治疗相比，使用 NDT 疗法未见有显著的功能提高。据一文献研究结果显示，早期治疗的效果更好，正如 NDT 疗法里所提到的，然而近期的、控制更为严密的研究显示，早期治疗与非早期治疗没有差异性。同样也没有任何迹象表明使用 NDT 疗法能抑制肌张力或减退原始反射，或改善高级运动功能。尽管没有明显直接的效果，NDT 仍然被广泛应用。某些治疗师常用它来预防小儿的异常运动，如伸肌占优势的姿势。这些治疗师遵循的原则是：先让小儿学会正确的爬行，然后站立或行走，再扶着助行器行走，最后独立步行。这种传教士般的固执其实是不合适的，当事情并不像治疗师所预测的那样发生时，家长往往会被告知不用担心。因为支持 NDT 治疗效果的文献很少，所以即使它是一种改善患儿运动功能非常完美的技术，也没有必要强迫大家来接受。

感觉运动治疗方法：Rood 疗法

感觉运动刺激疗法是由美国的 Margaret Rood 在 20 世

纪 50 年代创立的,创立者本人既懂物理疗法也懂作业疗法。Rood 疗法与 NDT 疗法发展于同一时期,也以神经运动发育的等级理论为基础,它主要是用触觉刺激来易化运动。此技术的主要目标是激发机体的自发性运动,即类似于正常人的姿势反射机制。这种激发要以基础肌反射带来的机体稳定性为基础。感觉运动刺激疗法运用了正常儿童发育过程中出现的八种明确定义的运动模式,它们分别是:仰卧屈曲模式、滚动模式、俯卧伸展模式、颈肌协同收缩模式、俯卧屈肘模式、手膝位支撑模式、站立及行走。该体系包含了很多 NDT 里面的观点,但是它更侧重于触觉刺激和特殊的功能性运动模式,如前面所述的八种运动模式。Rood 疗法最开始多用于脑外伤的康复,而不是治疗小孩。现在,它已经被广泛地用于治疗小儿脑瘫,但是还没有报告证明它的有效性。很多感觉运动疗法的观点也已经融入到新的 NDT 疗法里面。

感觉统合疗法:Ayers 疗法

这种疗法是由作业治疗师 A. J. Ayers 在 20 世纪 70 年代创立的。它的一个基本目的是教会孩子如何统合感觉反馈,然后引出有功能有目的的运动反应。感觉统合疗法试图让孩子接受对其所输入的感觉并加以整合,以获得功能性的活动。例如,用不同的姿势抱球,就可能同时激发和使用了视觉、前庭感觉及关节的本体感觉反馈系统。我们可以再引申一点,恰当的运动配合感觉输入可以改善高级的皮质感觉运动功能的发育。典型的感觉刺激方法有:通过荡秋千刺激前庭感觉,通过抚摸、摩擦、按摩或包裹进行触觉刺激。对家长进行教导,尤其是帮助他们认识到患儿所存在的问题,是该疗法的一个重要方面。但是现在大部分的治疗活动都是由治疗师完成的。Ayers 疗法也同样适用于智力低下的患儿及患有 Down 综合征的患儿。关于使用 Ayers 疗法治疗脑瘫患儿的有效性,目前还没有相应的文献支持。但我们要充分认识到感觉统合疗法的重要性,特别是对于那些有触觉缺失的儿童。治疗小儿脑瘫的很多现代疗法里也常常含有这种观点。

Vojta 疗法

Vojta 疗法是由捷克斯洛伐克的 Vojta 博士在 20 世纪 50 ~ 60 年代创立的,主要应用于初生婴儿,通过鉴定中枢性运动协调障碍的四个级别来对每一个婴儿进行评估。该疗法的目的是防止有高危因素的婴儿发展成为脑瘫,减轻已经有症状的脑瘫患儿的严重性。其基本的治疗方法是:通过对躯干和四肢的诱发带进行刺激来激发屈曲运动,屈曲运动又可以促进翻身、爬行及其他特定功能。按摩和刺激活动必须由家长每天进行,在患儿 2 岁之前是最有效的。Vojta 疗法的有效性在无对照组的研究中有所报告,并指出此技术甚至可以减少髋关节脱位的发生。但是与其他治疗方法相比,它的效果并不特别明显。Vojta 疗法在欧洲和日本被广泛使用,并常常配合针灸治疗,在北美和南美用的不是很多。

行为模式疗法:Doman-Delacato 疗法

行为模式疗法是由物理治疗师 G. Doman、医学博士 R. Doman 及教育工作者 C. Delacato 共同创立的。该疗法以 Temple-Fay 在 20 世纪 40 年代建立的种属演化理论为基础,认为在人类的发育过程中,发育不成熟的活动如屈曲运动,首先开始出现,然后这些屈曲运动将会刺激高级脑功能活动的发育。更进一步,重复做某项活动,大脑就会记住这些活动,从而刺激下一步的更高级的功能发育。其中也包括感觉统合和刺激。演化理论和等级发育理论都认为,小孩先会翻身,再学会爬行,这些共同促进四点位爬行,然后四点位爬行又促进两足动物直立站立的发育,最后这些运动的发育反过来又促进智力的发育。这种方法也包括刺激患儿发声及其他特异性感觉刺激,这在某种程度上与 Vojta 疗法有相似之处。演化理论认为:小孩开始移动,先是像虫那样爬行,再像鱼类一样移动,接着像四足动物一样四点行走,直到发育成为用两足行走的人类行走阶段。它强调每天长时间的训练治疗,每周七天,周周如此,这是行为模式理论的一个独一无二的观点。我们交给家长这种治疗方法,并鼓励他们通过社会的力量,找志愿者来到家里帮助他们训练孩子行走。这种疗法要求家长付出很多,但同时在目标可以实现的范围内,也给家长带来了希望。

20 世纪 60 年代和 70 年代,在加利福尼亚和宾夕法尼亚这些发达地区,行为模式疗法非常流行。没有科学的证据证明它的效果与我们所认为的不相符。曾经也有很多患儿的家长非常追捧行为模式疗法。虽然没有证据说明大脑印记起了作用,但大量的被动关节活动度训练的确防止了关节挛缩的发生。即便如此,这种疗法所带来的效果并不值得家长付出大量的时间和精力。在行为模式疗法盛行时期,它曾经使一些家长非常失望,有的甚至因此而自杀。由于很多家长对治疗寄予了非常高的不合适的期望,从而导致了严重的问题,使得一些医疗机构不得不发表声明否定行为模式疗法。在过去的十年间,即便是在宾夕法尼亚地区,行为模式疗法的最后阵地,这种疗法也几乎消失了。现在,除了作为反面例子来说明使用不恰当的治疗方法会带来不良的后果,这种疗法基本上已经不被使用了。

引导式教育:Peto 疗法

引导式教育是 20 世纪 40 年代到 50 年代由匈牙利 Andreas Peto 教授在首都布达佩斯创建,它是一种针对脑瘫患儿的教育性训练技术。在南美和欧洲的其他国家,引导式教育已经成为一种物理治疗方法,由引导员在患儿生活的地方进行治疗。该方法本着教育的理念,对患儿尚未学会的运动技巧进行辅助,一遍一遍地重复练习,直到他们完全掌握,就像教他们学习乘法表一样。引导式教育非常重视让孩子建立自我价值感和成就感。运动技术可以通过在一系列梯子样的设备上训练而表现出来,这些设备可以用来训练站立、迈步、行走,甚至坐位活动。这种方法只适用于有一定功能性运动的患者,而不适用于功能好的患者,如能行走的患者。按照这个要求,大约35%脑瘫患儿都是引导式教育治疗的对象。研究表明,引导式教育的效果等同于标准的治疗方法,特别是对于运动技巧,效果更好一些。引导式教育符合现代潮流,注重于教育性的技术,而不是以前的神经发育理论,如果将它与学校教育联合起来,对患儿的效果更好。

电刺激疗法

电刺激疗法一直是物理疗法里的一项基本疗法。早在19世纪40年代,英国Guy医院的物理治疗科还被称为电疗室。治疗小儿脑瘫的电刺激疗法有功能性电刺激(FES)、神经肌肉电刺激疗法(NMES)和经皮神经电刺激疗法(TENS)。FES是指用电刺激肌肉引起肌肉的功能性收缩,如电刺激胫前肌使踝背屈。同样也可以使用经皮电刺激法和电极植入法。但是FES存在的问题是,会使有触觉的儿童感到疼痛。偏瘫组包括大部分成年人,对电极植入法比对经皮电刺激法有更好的耐受性。虽然有一些病例报告显示了电极植入法的阳性结果,但大部分小孩不能接受透过皮肤把电极插入到他们的肌肉,所以该疗法在小孩中应用的并不多。还有一份报告显示,虽然它能使踝背屈功能增强,但并没有改善步态。有时,也把FES用于治疗青春期的患者,因为他们对FES造成的疼痛可能更有耐受性。没有研究显示使用FES有长期的效果,即便有,也没有必要为了治疗而对患儿带来很大的疼痛。

治疗性电刺激(TES)是用小于肌肉运动阈刺激量来治疗的电刺激疗法。主要目的是使肌肉的体积增大,力量增强。作为一种改善粗大运动功能、移动能力及平衡能力的方法,它被Pape等广泛使用并加以发展。TES在晚上睡觉的时候进行,所用刺激量小于运动阈。由于没有引起肌肉的运动,所以对增大肌肉体积最好的解释就是所谓的增加了肌肉的血流量。如果白天使用TES,刺激量要略微大一些,即在患儿感觉得到又能忍受的范围内不引起肌肉的收缩。这种大小的刺激量也可被用于帮助小孩进行运动学习。除了TES的发现者发表过相关的论文,还有一篇关于使用TES,在一年之内有很好的耐受性的研究报告,此外,没有任何文献来客观地评价TES的治疗效果。这种方法对有些患儿有益,也是一个进行双盲评估的合适的项目。我们对使用TES的五六个患儿进行一段时间的追踪后发现,他们仅有极小的功能改善。现在,没有明显的证据表明对脑瘫患儿使用FES或TES有效果。

石膏降低肌张力法

使用石膏降低肌张力的概念最早是由Sussman和Kuszic提出。这种方法包括:用石膏将脚趾固定在伸展位;对鞋垫的受力点进行铸型。目的是为了降低肌张力,牵伸肌肉使肌肉变长。物理疗法里广泛使用的有:降低肌张力模型、抑制性模型及其他一系列石膏模型,但是没有证据表明它有长期的效果。经常戴石膏对患儿的家庭来说是一件费力又费时的事情,而且不管这种方法的效果如何,都可以用合适的踝足矫形器达到同样的效果。另外,石膏对于脑瘫患儿长期的痉挛及挛缩没有作用。

肌力增强训练

长期以来,人们都不鼓励对有痉挛的患儿进行肌力增强训练,但是由Damiano等进行的出色的研究表明,小量的肌力增强训练对患儿有明显的效果。每周三次,连续六周的肌力增强训练可以改善屈膝步态。虽然这被认为是股直肌肌力增强的结果,但更像是小腿三头肌,因为在步行周期的支撑中期,下蹲并不是由股直肌控制的。这项研究清楚地显示了肌力增强训练的积极作用,也是我们自己的经验。基于这项研究,很多治疗方法,特别是手术后的康复,应该包含肌力增强训练。

强制性使用疗法

强制性使用疗法认为,由于组成运动控制的功能性活动被长期误用,导致潜在的正常的运动功能没有被使用。这种观点来源于使用眼罩对患有斜视和弱视的儿童进行的治疗。我们尝试着阶段性地短时性地对患儿的健侧运动进行限制,结果发现这样只会增强他们的挫败感。现在,强制性使用的观点包括:对健侧进行完全性限制,对患侧进行大量的功能性活动训练,如进食、更衣。我们对偏瘫患儿使用强制性使用方法,他们的患侧有望比家长在日常生活活动中观察到的活动更有功能性。这种方法使用一个长的上肢石膏,将上肢固定在屈曲70°～80°的肢位,这样患儿就不能用这只胳膊吃饭或者触自己的脸。石膏一共要戴四周,在这期间,每周接受三次治疗。同时告诉父母,要鼓励患儿尽量使用患侧上肢,自己独立。等石膏去掉以后,还要进行四到八周的治疗。因为患儿的健侧上肢受到限制,家长们都反映患儿的患侧上肢有明显的功能改善。对于下肢,这种方法就不合适了,因为自然的行走需要双下肢同时进行,这本来就是在被强迫使用。将强制性使用用于脑瘫患儿的治疗才刚刚开始,在把它作为一种常规治疗方法固定下来之前,还有很多问题有待解决。目前,还没有研究证明强制性使用疗法对多大的小孩效果最好,对什么程度的身体残疾的患儿最好或最不好,效果能维持多久,如果能对健侧上肢进行多次限制,每次应该限制多长时间。基于现在的知识,强制性使用疗法看似一种有用的介入治疗方法,在接下来的几年里,上面所提到的问题也可能被逐渐地解决,对于它的特殊的方法和效果也将会有更好的定义。

当前的物理治疗方法

当下,儿科治疗师正在向一个高明的设想努力,即成为儿童运动系统学习过程中的教练或老师,而不是儿童发育过程中脑的铸工。这种现代的治疗方法更注重在完成任务或改变运动模式过程中的动力性运动控制。并且要求治疗师对患儿有更多的了解,知道他们在家庭中或学校里的状况。这样,治疗师能更好地将教育与治疗联系起来。作为老师或教练,还必须对患儿的运动能力作符合实际的评估。正常儿童之间,各个年龄阶段学习数学的能力有很大差异,老师应该清楚每个孩子的情况,有些孩子可能读四年级了学习加法都很困难,而另一些则开始学习几何了,但是他们还都不知道微积分。在同一个社区里的孩子,可能永远都不会微积分。由此类推,物理治疗师必须清楚地知道每个孩子的能力,同时要鼓励他们不断提高自身的运动技能。这样,治疗师才不会因为制订不适合的治疗方案而让孩子有挫败感,并且也能让家长理解给孩子设定的一些合理的功能性目标。

物理治疗方案的策略依患儿的年龄和功能性能力而定。年龄不同,治疗方法也各异。对于一定年龄的患儿,治疗计划必须含有特殊的目的及合适的短期目标。这些目标包括:多长时间患儿能单腿站立、跳起,借助助行器独立行走,或者是在世界上通用的评估方法如粗大运动功能的评估(GMFM)上有明显的改善。这些短期目标可以帮助治疗师、患儿及家长更好地了解患儿的进步。同时,目标的设定在偿还保险公司关于治疗设备的款项上也是很重要的一部分。治疗计划还包括:告知家长如何正确地抱孩子;告诉他们一个训练程序;评估家长在家庭环境中的作用;帮助家长认识患儿康复治疗的预后。其中,比较难处理的一方面是,如何将患儿另外的一些分开的治疗和护理统合起来。由于治疗师没有时间参加评价会,很多信息只能从家长那里得知。此外,通过内科医生的来访得到一些情况,也是治疗师了解患儿信息的一种途径。

特殊的年龄阶段

婴儿期

大家都很关注对婴儿早期行刺激性训练的效果,特别是新生儿重症监护病房里有脑瘫高危因素的婴儿。这个时期的治疗可以由物理治疗师或作业治疗师来完成。一般包括:通过抱婴儿进行综合的刺激;通过体位改变进行感觉刺激;将婴儿摆在正确的坐位姿势。婴儿期大部分的治疗方法都融合了NDT、感觉运动及感觉统合疗法。治疗的频率为每周两到三次即可,如果过于频繁,会增加这些初当父母的家长的心理负担。我们曾经见过一位非常沮丧的母亲,她18个月大的孩子刚从重症监护病房里出来,就有21位医务人员来看她的孩子,如表4.1。这个数字给她带来了巨大的心理负担。在这种情况下,治疗师应该很好地觉察到这位母亲的心理变化,帮助她做出合理的决定。尤其是当治疗小组制订的计划被不断地更改时,这就显得尤为重要。例如,本来制定了每周四次不同的物理治疗的课,但是根据治疗师们的日程安排,只有三位能给患儿上课。这种脱节的治疗程序,往往使家长非常沮丧。对家长和患儿来说,治疗也是治疗师与他们之间很密切的一种关系,如果谁有时间就安排谁来治疗,这样就毫无益处。很多家长听到来自不同的治疗师略微不同的评价后,感到非常疑惑,因为他们常常用不同的词来描述同一个问题。如这个计划不应该执行,始终由同一个治疗师上少一点的课效果会更好等。关于婴儿早期治疗的有效性还没有很完备的客观的记载,有的研究表明它无效,有的显示它有显著的效果。

表 4.1　为一个延长住在重症监护病房的 2 岁儿童治疗的所有专业人员

1. 对小孩进行评价的护士,但是不提供直接的护理
   - 一个进行家访的护士
   - 一个特殊的处理有高危因素新生儿的护士
   - 一个学校护士
2. 物理治疗师
   - 一个进行家访的治疗师
   - 两个学校治疗师
3. 作业治疗师
   - 一个学校治疗师
4. 言语治疗师
   - 一个学校治疗师
   - 一个专门指导进食的治疗师
   - 一个进行家访的治疗师
5. 社会工作者
   - 一个进行家访的工作者
   - 一个为有高危因素的新生儿提供医学咨询的工作者
6. 一个心理治疗师
7. 特殊的协调者
   - 一个新生儿期特殊治疗方案的协调者
   - 一个儿童团早期治疗方案的协调者
8. 医生
   - 一个一般的儿科医生
   - 一个发育儿科医生
   - 一个新生儿科医生
   - 一个神经内科医生
   - 一个矫形师
   - 一个神经外科医生
   - 一个眼科医生

这位母亲要找 21 位医务专业人员,其中很多每周至少要去一次,而且他们常常给出相互矛盾的建议

儿童早期

在孩子18个月到24个月期间,基本上大部分脑瘫患儿都已经被确诊。儿童早期,即从1岁到5岁,这是孩子运动学习的主要时期,也是潜在治疗效果最好的时期。这期间,随着患儿的功能残损越来越明显地表现出来,家长对患儿的残疾开始逐渐地认识非常重要。和一位治疗师保持密切的、持续的关系也非常有益。同时,设定正确的短期目标也会起到很好的作用,因为孩子发育速度快,如果有足够的运动技巧,他们就开始玩耍,探索周围的世界。这时候,为患儿评估、测量、定做适合生长发育的设备也很有必要。在儿童早期,物理治疗师主要侧重于粗大的运动功能,如行走;作业治疗师则侧重于精细的运动功能,如书写、使用剪刀、独自进食等。这期间,适应性的坐位对孩子非常重要,特别是在进食、如厕及坐在地板上时。为了制订一个治疗方案,大多数治疗师都会参考目前三种主要的治疗方法,并结合一项需要一定认知功能和重

复性的任务。在儿童早期，也可以应用动态运动理论中的一些观点，变化运动系统，在训练中找到一种新的方法。这或许可以用使用一个不稳定的支持物来说明，如让患儿扶着手杖走，再借助助行器走，这样虽然走得快，但双下肢极不协调，比较这两种方法哪种能让患儿的运动模式更好一些。这个年龄阶段的治疗频率范围较大，通常每周2～4次，同时要将进步过程记录下来。有些患儿如果在一段时间内有挫败感，最好让他们先休息几个月，然后再开始治疗。虽然教育模式表明，这对患儿有益，但是儿童早期治疗的有效性还很难说，正如NDT疗法一样。

儿童中期

儿童中期大约是从5岁到10岁，这期间，小孩的发育开始由主要的运动功能发育转向认知学习。认知功能好的孩子将会被送进学校，在那里，有更多的时间进行认知学习。康复治疗就应该很大程度地减少，特别是当它与认知学习相冲突时。很多这个年龄段的孩子，都减少康复治疗，只是对其进行观察，如果粗大运动功能的发育已经到达一个平台，甚至可以停止治疗。同时，要制订特殊的治疗目标，如开始练习如何使用拐杖来代替助行器。按照最终目标，患儿应该学会使用拐杖，因此，应该安排一段时间使用拐杖的强化训练。另外，该年龄段的孩子还有一项重要任务，即在社区进行规律的运动活动。治疗师可以综合患儿自身的运动能力和所在社区的设施情况，为患儿制订合适的运动活动。可以考虑的一些比较有益的活动有：骑马、游泳、格斗、滑雪、舞蹈、棒球、垒球、骑自行车等。对于认知能力有限的患儿，训练的重点仍要放在运动学习上。这个年龄段，很多孩子的认知功能都比较有限，稍微轻一点的脑瘫患儿就开始学习行走了。对于这些患儿，儿童早期使用的治疗方法在这个时期仍然可以继续使用，每周1到2次即可。关于儿童中期康复治疗的有效性目前还没有专门的文献报道。

青春期

当患儿进入青春期，即从10岁到16岁，如果认知功能较好，就应当主要进行认知学习，除非针对特殊的功能残疾，进行一段时间的目标明确的运动功能治疗，并且不能影响到与年龄相适应的认知功能学习，否则不必继续维持治疗。对于一些积极上进的孩子，这段时期可以使他们的独立性达到一个更好的水平。但是，没有理由剥夺患儿正常的上课而去接受治疗，如每周的拼写课。很明显，这种做法也是不道德的，而且从长远来看，拼写课的意义比治疗的作用更大。因此，智力正常的患儿，不管他们的身体残疾情况如何，都不应该为了治疗而耽误学习。这个时期，运用以认知为基础的方法教患儿一些特殊的技能，是非常有益的，尤其是当这些技能可以被患儿应用到日常生活活动中，并且继续使用。一旦学到了这些技巧，患儿就将终身拥有。青春期的物理治疗，还有很重要的一点，即让患儿学会对他们自己进行的牵张训练和身体活动负责。这时候，患儿以后的功能性运动能力基本上已经可以确定了，因此，帮助家长及患儿充分理解和认识这些情况，并制订尽可能增强患儿独立性的计划非常重要。如果可以的

话，治疗师可以通过鼓励患儿参加合适的运动来培养他们的独立性。认知功能有限的患儿则要继续着重于运动学习，很少情况下，可能还要教11岁或12岁的患儿独立地行走。这意味着，严重智力低下的患儿应该继续进行运动训练及别的刺激性训练。治疗频率差异很大，并且大多数治疗都在教育系统的环境里。

少年期

到了少年期，除非设定特殊的功能性目标，基本上没有必要再继续进行长期的物理治疗。认知功能好的患者，应该在身体功能允许的范围内自己做牵伸和身体活动训练，就像正常人对自己的健康状态负责一样。认知功能有限的患者，则应该由一位受过培训的护理员来帮助他们进行牵伸和身体活动训练。

治疗场所

患儿家里

在患儿家里进行治疗，有利于治疗师对家庭环境进行评估，制订合适的治疗目标。婴儿期和儿童期的患儿通常在家里进行治疗，因为患儿在家里会感到更舒适，而且也给家长带来了方便。同时，家庭环境对手术后的早期治疗也非常有益，因为把患儿抱进汽车可能会给患儿带来不适，也可能因为他们的个体大小及功能减退，使得手术后的治疗过程中移动他们的身体很困难。但是，在家里进行治疗的不足是可用的设备和空间有限。此外，治疗师的很多时间都花在了路上，这样就增加了治疗的费用。由于治疗费用增加，保险公司通常不为在家里进行的治疗付费，除非有一个很特别很合理的原因。

医院、诊所或医院的门诊

训练治疗的理想场地应该是一个固定的物理治疗或作业治疗部门。特别是在儿童早期与儿童中期，主要进行步态训练，固定的场所尤为重要。这个固定的场所也是术后康复治疗的理想场地，因为它可以提供治疗用的设施和场地。同样，患儿来这里治疗，也节省了治疗师的时间。但是，对患儿的家庭来说，也许就不那么经济了，尤其是父母双方都在上班的家庭，患儿进行治疗的时间父母都要上班。

住院患儿的康复

在1990年之前，脑瘫患儿的住院康复治疗非常普遍，特别是术后的康复。但是之后，没有明显的证据能证明住院康复治疗比出院治疗效果更好，保险公司因此拒绝支付费用，导致住院康复的患者数量锐减。现在，住院康复治疗仅限于少数非常特殊的情况，即在有限的时间内集中进行多种训练。例如，患儿的认知功能很好，但是由于学校课程学习的原因，只能用很有限的时间接受治疗。如果让他们接受集中的强制性使用，对其获得独立生活的技能非常有益，如自我更衣、独自洗澡、更好的步行能力及轮椅技巧。对于处于儿童晚期或青春期的患儿进行2～4周的强化治疗，将产生长远的效果。

为了能让患儿得到治疗,同时也让保险公司支付费用,必须在住院治疗之前制订一个详细的特别的治疗目标。为了实现这个目标,患儿和家长必须有坚定的信念,共同努力,在家里也要继续训练。

以学校为基础的治疗

3 岁以后,很多脑瘫患儿白天的大部分时间都在学校,治疗训练也通常在学校进行。现在已经有这么一个趋势,即试图将教育治疗与医学治疗分开。教育治疗是帮助患儿实现教育目标的治疗;医学治疗则是针对医学上功能残损的治疗。例如,手术后的康复治疗属于医学治疗;另一方面,能坐在书桌前的凳子上,手握铅笔写作业,就是为了在教室更好地学习,必须通过某种方法实现的一种身体功能。很多治疗师都处于这两种极端之间,并且治疗训练量的多少似乎主要由治疗师的日程安排和学校管理机构的愿望来决定。一种极端是,学校提供额外的治疗,以帮助患儿进行术后康复;另一种极端则是只进行矫形师所建议的医学治疗。

关于如何定义医学治疗,虽然发育儿科医生是特殊教育的专家,可以给学校教育提供一些医学方面的建议,但仍取决于教育体系而非医学体系。以学校为基础的治疗对患儿和家长来说都非常理想,因为家长不必带着孩子去一个又一个医

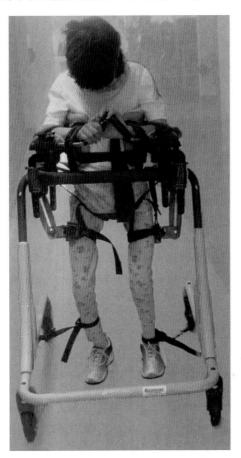

图 4.1 MOVE 程序是一种以教育为基础的依靠负重辅助设备教会患儿行走的方法,这种方法显示治疗师和教育者所应用的技术越来越多的重叠

疗部门治疗。而且各个治疗强度和频率都不高,通常每周进行 30 分钟的介入治疗。但是学校治疗也有可能主要对认知功能受限患儿进行教育学习。教育里的运动机会(MOVE),一种由 Linda 在 Bakersfield,CA 建立的新方法,作为一种特殊的教育方案,正在被很多学校采用。通过使用适应性设备,MOVE 可以为患儿提供大量时间的负重训练,甚至包括青少年与少年(图 4.1)。这些设备有站立架、助行器,以及将患儿摆在各种不同体位的器械,它们在白天被使用,主要用于特殊的全面的运动刺激训练。该方法的真正目的是帮助患儿获得一定的身体技能,如站立,这样患儿就可以进行负重转移,扩大在社区的活动能力。这种教育治疗最适用于重度智力缺陷和身体活动能力受限的儿童和青少年,但是它不能影响认知课程的学习,尤其是对认知功能较好的患者。

特殊环境

可以提供宝贵物理治疗服务的特殊环境中,包括门诊,在这里,物理治疗师或作业治疗师可以作为临床医生,为患儿对特殊座椅的需求进行评估。另一种特殊的环境是步态分析实验室。通常,治疗师对患儿进行直接的接触性测试,如对标志物和表面肌电图电极的检查和置放。等测试数据出来以后,治疗师也是数据分析小组的重要成员。

作业疗法

作业疗法的治疗实践理论与物理疗法相似。许多基本的治疗手法,如感觉刺激和感觉整合手法都是由作业治疗师发展起来的并且基于许多现代作业疗法实践的基础之上。在婴儿期和幼儿期,作业疗法和物理疗法的治疗重点大部分是叠加的。随着儿童获得更多的运动功能,作业治疗的重点逐渐转移到功能性日常生活活动能力和上肢的精细运动技能。用于改善功能和预防挛缩的上肢夹板也是作业疗法实践的重要方面。另外,作业疗法的效力与物理疗法有所不同,因为它一直难以证实客观的效力。作业疗法的治疗重点很大程度上依赖于儿童的年龄和他的个体功能性能力。在治疗计划上,与物理疗法类似,治疗师将运用以具体任务的学习方法作为目标。这一目标是通过对患儿的功能、家庭结构及其生活的物理环境等方面综合分析而确定的。

特殊年龄段目标

童年早期

在童年早期,治疗重点从穿衣、吃饭等原始技能逐步过渡到使用剪刀、早期书写技能等精细运动技能。

童年期

主要是精细运动能力的发展,特别是书写、穿衣和如厕的训练,如果这种能力还没有出现就要将它们作为治疗的主要重点。在这一阶段,需要对儿童的功能性书写能力做出评定,

如果不能完成功能性的书写能力,则需要配备书写的辅助装置。通常,这就意味着需要使用计算机来帮助儿童,通过电脑的有效界面作为儿童的主要输出工具。另一种方法是利用录音机或全程辅助设施,适用于功能障碍更为严重的儿童。这类问题往往主要是由在学校工作的作业治疗师来解决。

青春期

青春期的主要问题是生活自理。基于个性化的评价,训练的目的是使患者能够独立进行自理性活动的要求,如穿衣、入浴以及做饭。家人也是从这一刻开始理解个体的特殊性的,理解了具体性、现实性及个人自立和自理的长期目标是什么。对于另一部分儿童而言,应将重点放在限制其独立生存能力的具体问题上。例如,一个儿童可以独立穿衣,唯独不会穿鞋。这就应该制订一个针对这一问题的具体的治疗计划。

青年期

青年期的主要问题是开车。作业治疗师制订了许多具体的开车计划,这些往往与作业治疗计划配套进行。另外,应进行职业选择评估,这也是作业治疗师经常关注的另一个实践领域。在这一阶段,应对那些有足够认知功能的患者进行职业评定。

特殊领域

作业治疗师在座位诊所和喂养诊所工作。他们在这些诊所的作用就是给患儿做评估,提供临床的专业意见,并且建议合适的适应装置。在喂养诊所,作业治疗师也可以在进食疗法计划上提供指导。和物理治疗师一样,作业治疗师在学校教育的环境中也充当着重要角色。

言语治疗

言语治疗师的主要任务是强调言语及儿童的广泛的交流需求。另外,进食和吞咽障碍也是言语治疗师的评定项目。言语治疗师还与放射科医生配合进行影像吞咽研究。针对复杂的口腔运动功能障碍儿童,许多儿童医院开设了多学科进食诊所,在这里,言语治疗师充当着重要角色。通常,这些诊所是由发育儿科医生领导的,与整形外科没有许多直接的联系,除非孩子的设置座位已经严重影响了最大限度的口腔运动功能。利用促进吞咽的口腔矫形器改善运动功能的同时,也可能影响其一般运动功能。这一显著地影响尚未通过口腔矫形器发明者的独立论证。

物理治疗师助手

物理治疗和作业治疗都有相关的特殊程度的课程来专门地培训一些各自针对的对象、项目,这些对象被称为物理治疗师助手(PTA)或作业治疗师助手(OTA)。这些助手执行注册物理治疗师或作业治疗师指导下的治疗医嘱。在不同的州所需的监督水平不同,总之,PTA 和 OTA 不能脱离专业注册治疗师的监督而独立工作。治疗师助手扮演的角色与医生和医生助理之间的关系类似。治疗科室也会聘用一些经过专职培训的治疗师助手,在注册治疗师的直接监督下进行工作。

物理治疗师和骨科医生的关系

在儿童运动损伤的治疗中,治疗师和医生是主要从事医疗工作的医护人员。这一小组成员通常包括物理治疗师和小儿骨科医生;然后也可能是作业治疗师和理疗医生。在这里,我们主要讨论物理治疗师和骨科医生的关系,然而这一概念对于其他情况同样适用。骨科医生临床经验的积累是基于与众多患儿接触的基础上的。这一经验可以反映在其脑瘫骨科方面的文献上,这些文献大都针对具体的问题,例如髋关节脱位和脊柱侧弯,并且大都包含大量的病例,一般在 50～100 例之间。物理治疗师的经验通常来自少数个例患儿,这一经验同样反映在其大量的详细物理治疗方面的文献上,通常只有 3～10 例患儿。在这一差异的基础上,每一项训练就会产生不同的观察角度。物理治疗师往往感觉到骨科医生并不理解儿童这一个体具体的特点,然而骨科医生却认为物理治疗师的重点过于局限,而不是从全方位的角度上考虑问题。由于这些不同的观察角度,要求物理治疗师和骨科医生面对面、诚恳地从患者的具体情况作为出发点进行讨论。通过开放式的讨论,使患儿得到最好的治疗,因为只有通过开放式的讨论,将两种观点综合起来,才能得出最好的治疗计划。因为有假象的存在,骨科医生通过简短的检查对表现不正常的儿童所做出的诊断有可能不准确。而物理治疗师每天都和儿童在一起,对儿童的功能变化了解得更加全面。毕竟,骨科医生想要对支具、手术、坐位等做出评估和决定,也是要依据患儿每天的功能状态的。其次,在个案经验研究中,物理治疗方案所占有的重要地位在骨科决策制订中能发挥作用的并不是很好,因为一个源于手术并发症所导致的糟糕结果,不能排除手术的问题。然而,正是这种典型案例经验的做法,一名治疗师会说:"我曾经见过一个做过这种手术的孩子,效果非常差,所以我们不建议我们的患者去做这样的手术。"这么做也是没有科学根据的,而我们的这种做法将导致一名外科医生永远做不了手术。因此,治疗师需要从骨科医生那里了解手术的目的和过程,以及术后会发生的相关的并发症风险。

通过治疗师和医生的良好、开放式的沟通,儿童的医疗看护会得到很好的受益。然而,这一沟通在实际生活中往往会存在着困难。电话看来似乎是比较理想的工具;但是找到治疗师和骨科医生都能方便接听电话的时间却很难。还应考虑其他的方式,如 E-mail、书信以及随时有可能的直接面对面的会谈。有个别家庭建议医生没必要与患儿的治疗师交流。例如,如果这个治疗师是在学校工作的,家人与之并没有过多的直接接触,那么这个想法在某种程度上是可以接受的。但我们仍然需要说服家长,只有医生与治疗师进行良好的沟通,才能给患儿最好的治疗观点,使患儿受益。然而,如果治疗师是家长请来照看患儿的主要治疗师，并且这一家庭也选择把我们看做骨科医生，那么不让治疗师和骨科医生沟通的这一请求就是不合理的。如果家长不允许治疗师与医生交流，那么他们就得要么换其他的治疗师，要么换其他医生。如果这种讨论能与患儿的益处有联系，几乎所有家庭能够理解这一交流的重要性。

教育

在美国教育系统与残疾儿童的一体化是多变的，直到1975 年当联邦法律 PL 94-142 条题名为"所有残疾儿童应受教育"的法令通过。法律授权儿童应接受适当的公共教育，包括那些残疾儿童。这项法律的颁布导致了一些特殊教育学校的建立。法案已经以不同的形式重新授权并且有许多增添条例。在 1990 年，法案被改名为"残疾人教育法"（PL 010-476）。这一法案与后来的修正案，特别是 PL 99-45 和 PL 94-142，已将残疾婴儿、幼儿和学龄前儿童作为教育法案的一部分对象。

最近，PL 105-17 中的 C 部分已概述有州政府开设早期干预服务，该提供的服务包括小孩从出生到三岁以及规定孩子三岁后必须由学校体系服务。这些法案要求各州提供适合的教育和其所涉及的服务项目，包括物理治疗、作业治疗和言语治疗，这些治疗必须满足残疾儿童教育目标的需求。学校还必须提供适应患儿需要的所有设备，满足教育目标的设定。这项法律也规定，每年，在原有基础上，这些目标必须分别定义在一个整体性的个人教育计划中，父母必须及时反馈孩子对这些目标的治疗进展情况并且定期提交报告卡。年度个人教育计划必须包括具体特殊教育计划的定义范围，残疾儿童将得到的特殊服务，有意义的疗法及所需的合适设备。年度个人教育计划必须在年度会议上针对这些合适的患儿的计划要向父母和看护人加以解释，而且必须得到父母和看护人的同意。如果父母对患儿个人教育计划的制订不同意，他们之间应试着相互协商。如果协商失败，他们可以通过特殊教育法定义的上诉结构向法庭提出上诉。特殊教育法还规定残疾儿童的教育至少应该在最低限度的教育环境中进行，那就意味着残疾儿童应该尽可能和其他同龄孩子在一个正规的教室里上课。这些联邦法律已经大幅度提高了脑瘫儿童的受教育机会。

这些法律由州政府管理，但由当地的学校机构解释和执行，因此，孩子在接受个人教育经历、质量也有很大的差异。由于包括重要的主观评价和当地法律规定的说明，脑瘫儿童的教育经历与正常儿童相比也存在着很大差异，这是事实，即使在全美国公立学校受教育机会也是有很大差异的。小儿骨科医生与各个层次的特殊教育体系都有接触，并且必须了解特殊教育体系的总体氛围。此外，骨科医生应该对他正在实习的当地特殊儿童教育体系有总体的理解。由于特殊教育体系的性质，就像被联邦法律规定的那样，许多领域之间常会发生冲突，并且直接涉及骨科。这些领域之间的冲突将在下面的段落中进行讨论。

教育和医疗实习的脱节

在社会上，教育和医疗实习在很大程度上是脱节的，这一脱节经常导致特殊教育领域的冲突时有发生。更特殊的是，特殊教育法律规定教育系统必须支付确定残疾儿童教育目标和功能所需的医疗评定的费用。学校还须提供残疾儿童获得教育所需的适应性装置；然而，教育系统不需要购买使残疾儿童获得最佳化的教育目标的医学治疗装置。视力检查是教育系统需要进行的一个代表性的检查，因为视力障碍可能成为儿童学习的主要阻碍。如果视力检查发现儿童需要配戴眼镜，眼镜就可以被视为适应性的装置，那么学校还必须为儿童支付配戴眼镜所需的费用。然而，如果眼镜被解释为医疗设施，那么教育机构无需支付。这个正确无误的例子已经在几个当地不同的法庭上有过诉讼，但是宣布裁决是双方面的。依照这类情形应该制定出一整套法律附属专业去帮助特殊教育法进行解释和提出诉讼。

什么是医疗装备，什么是适应装置

什么是医疗装备，什么是适应装置，教育系统从很多方面很多角度进行了定义。由于存在多种不同的原因，不同州之间的医疗，甚至每个学区和每个学区之间都有所不同。教育系统的财务评估是决定将教育系统的付费如何转向医疗付费的部分缘由。一般来说，轮椅、助行辅助具和矫形器被认为是医疗设备。在校儿童所使用的特殊桌子座位，交流设备，书写辅助装置，站立架和姿势调整装置被认为是教育设备。站立架等装置或其他适应性设备如三轮车，儿童也可以在家中使用，所以可以归为上述任意一类。

处方

对小儿骨科医生尤其是管理脑瘫儿童的医生的影响是需要开很多的处方，特别是有关他们在校期间的需要。虽然各个州之间不同，但大多数州要求只有在医生的医嘱下，持有执照的治疗师才可以提供治疗服务。这样要求，即使在学校做治疗，还是进一步儿童的教育都需要有医生的处方。如果处方来自骨科医生，是一个非常具体的关节活动范围，步态训练或术后康复的需求与一些随时出现的特殊要求，学校管理部门可以根据这些处方合法地得出结论，在医学上需要康复治疗的部分可以拒绝提供服务。处方的最佳作用是命令在学校的环境中应进行的基础性治疗，包括具体的限制和建议，如每天儿童需要使用站立架站立的最长时间。

医生需要了解他自己在有关教育系统中所起到的真正作用。医生也需要清楚地知道这些作用与家长之间的关联。父母普遍关注的是，学校没有给他们孩子提供足够的治疗。在某些情况下这种忧虑是正确的，另一方面，家长对治疗的热情和对治疗所期望的最佳效果会产生误解。骨科医生必须发挥作用向家长解释，告诉家长孩子需要治疗，这不光是指他的建议，当学校不同意治疗时，医生认为孩子需要更多的治疗，他也应该起到向学校解释和督促的作用。这时家长对医生通常的回答是："只要你开出处方，学校就不得不按照你的处方去做。"

举一个典型的例子，认知正常可以自己移动行走的孩子，他的父母认为孩子还需要治疗，可是学校不同意。一般来说，有这样运动功能水平的孩子，如果继续进行长期的治疗可能会有更多的副作用，而不能给患儿带来益处，尤其是当治疗会影响学校的课堂作业时。在这种情况下，应该说服父母同意学校所作的决定。相反的例子是发生在一所中学，一个患有严重四肢瘫痪的孩子，几年内他的运动功能没有恢复，但是学校的教育计划是由一名老师和一名老师的助手，通过在课堂活动帮助他维持运动功能。教育者认为这个孩子的教育目标的重点应该是教会他要利用这样扩大性的场面进行交流。父母不同意教育者的观点，希望孩子学习和治疗要同时进行。

骨科医生在家长的旁边时，会发现家长对于主观的决定存在着困难，然而，通过信函或电话的强烈反应对于改善父母的处境并没有多大的帮助，因为这只能给学校管理者提供身体上的证据说明他需要医疗康复。如果骨科医生认识到这是教育体系的决定，并且为家长和学校提供额外材料的话，来促使学校和家长一起磋商达成共识，这种途径比打官司更有用。

另一个主要领域是获得合适的设备就需要处方。所有适应设备的购买是通过医疗费用赔偿，如个人保险或医疗补助，必须包括医疗处方和医疗信件，比如，矫形器、轮椅和站立架。如果设备由教育基金购买，则无须医生处方，主要包括课桌和电脑用做强化写字的设备。许多设备，如强化交流，教室站立架和地板定位装置介于医疗和教育都能付费时，对于谁支付的具体细节，机构之间要以各州的标准进行磋商，而在另一些州由于争论的时间过长，只有通过法律的公开认可才能获得主要的利益。

医生和学校教育工作者的联系

在几乎所有特殊教育学校的环境中，管理者真诚地想为这些孩子提供最好的照顾。资金缺乏成为这些特殊教育系统工作的主要约束条件，然而，孩子所需要的治疗费用可能不被合法地确定。儿童骨科医生提供的病情说明和需求医疗服务的处方对促进儿童进行进一步教育是有很大帮助的，但与此同时，医生也必须清楚地认识到他们自己在决定儿童计划时所发挥的有限作用。每年访问特殊学校对教育者和医疗服务提供者都是非常有好处的。这种互动对双方相互理解不同的

环境有一个面对面的谈话时间是非常有帮助的。教育系统的专家们对保持推动先进医疗实践技术很感兴趣。家长们经常向教育工作者询问治疗意见，正如向医疗工作者询问教育问题一样。在各机构之间，这种双向教育和沟通过程只能帮助孩子和家庭在总体目标的允许下，使这些目标都可以实现。

全纳式教育

特殊教育立法目前规定这些儿童应在最低限制的环境中受教育。这种教育的目的就是鼓励这些儿童尽可能和同龄伙伴坐在同一个教室里。这也变成了一个主要的政治问题，一些家长将这种法规狭窄地理解为所有的患病儿童都得坐在标准的教室里，在正常儿童面前得到了特殊教育的支持。这一目标的概念是有效的，但是也有限制。因为这是当前非常有作用的，并且是很现实的问题，父母经常希望能从骨科医生那得到一些帮助和意见。对于这些儿童的正确的安置问题是清楚的。例如，一名认知功能好有移动功能的双下肢瘫痪的孩子，也应该与和他年龄匹配的伙伴一起坐在一个正规的教室里。同样，一个有呼吸障碍需要经常护理并且没有认知功能的孩子在正常的教室里是不能被照顾好的。这样的孩子会使教室里其他正在专心学习的孩子分散注意力。无论是残疾儿童还是与他们年龄相仿的孩子们都不会从这次经历中得到任何东西。针对最低限制教育环境的这项运动，由于1975年立法结果导致特殊教育学校大量减少。一些有严重缺陷的儿童被放置在附近的学校，由在职培训的助手在教室里照顾，偶尔，学校也给他们提供一些治疗。那些提供服务的人经常是些治疗脑瘫经验少的治疗师。

儿童是在特殊学校还是在附近学校里得到服务对家长和孩子是难以决定的事情。一些决定取决于社区康复是否都有这样的相关服务项目。一般来说，附近学校机构提供的服务要比独立特殊教育设施便宜得多，即使孩子需要大量的照顾。结合教育系统便宜的解决方案和家长积极参与政治活动，让孩子在最低限制环境学习受教育的概念，成为很重要的政治和社会运动。这种运动无疑对孩子是有好处的。与大多数社会运动一样，这项运动也会使儿童受到心灵的创伤，早期特殊教育立法的基本方向将会提供一个个性化的教育计划，能最好地满足个别儿童和家庭的需要。骨科医生在这次辩论中的作用是微不足道的，但是他对所涉及的问题应有一个理解，因为这往往对孩子和家庭有深远的影响。有些案例可以帮助证实对发生在孩子身上的一些决定能起到影响作用（病例4.1、病例4.2）。

病例 4.1 Chandra

Chandra 是个12岁的小女孩，混合型四肢瘫伴有痉挛和徐动症，并且不能说话，日常生活完全依赖他人照顾。认知功能水平接近同龄儿童。她的父母强烈地认为她应该在老师的帮助下和其他治疗的支持下享受正常的教育。过了几年特别

是进入青春期后，Chandra 开始抑郁并且出现行为障碍。8年级以后，她的父母决定将她转入一个有着极高专门治疗技术水平的特殊学校，她的抑郁症状逐渐减轻，行为也开始稳定，随后5年的高中生活的经历，使她成为一所学校的领导者。

病例 4.2 Mary

另一个极其相似的案例是 Mary，这女孩在上 8 年级前都在特殊学校接受教育，后来转入一所正规学校。Mary 为痉挛型四肢瘫，而且日常生活几乎完全需要依赖。她可以进行口头交流，然而认知能力在智力障碍的边缘。在特殊学校由于口才出色，她成为学生当中的领导者。自从转入普通高中后，她变得抑郁并且出现明显的行为问题。一些行为异常在转学前就已经存在，只是在转学后变得更加严重。对于 Mary 和她的家庭来说整个高中的生活是个痛苦的经历。不能肯定这种青春期的伤害会在特殊学校可以避免的可能，然而，通过这两个案例说明，包括在普通学校也会出现问题，并且不一定对所有学生都有益，因此，提议应对这些目前很多的政策问题进行纠正讨论。

过渡期的计划和监护人的职责

特殊教育立法也要求教育体系有计划的过渡到学校体系，他们的责任是让儿童在 21 岁结束高中学习或者是从高中毕业。这一阶段要根据每个人的能力，送到庇护工场或成人日间护理所以及进行更传统的工作和受到先进的教育机会，同样，这个过渡计划也应该包括对家长的教育，例如关于刚成人的孩子需要得到监护人职责的要求。对于有些环境，比如尼摩尔基金和斯林娜机构，在每个人都需要从医疗护理的同时过渡到成人服务。这个阶段是已成人脑瘫患儿和家长最有压力的时刻。如果小儿骨科医生的管理得在 21 岁结束时，这种讨论应该早在几年前就和其父母进行商讨，同时鼓励父母要明白这是过渡工作的一部分，也是教育系统努力实现的目标。

监护责任要求必须说明孩子个人认知水平，排除他们可以自我料理的事务。到 18 岁时，已经被认为是成人了，从法律上严格来解释，如果这个人还没被法律裁决认为是无能力者或是没有指定监护人，这个人的监护责任是属于国家的。这个问题对于无能力者和需要手术程序的个体来讲有特别的意义。18 岁之前，必须由父母签字；18 岁之后，许多父母认为那是清楚不过的：他们应继续履行做监护人的职责，并在手术同意书上或其他法律文件资料上签字。也要通知家长必须得到法庭命令的监护权才能奏效。法庭需要医生的证明，对于骨科医生来讲准备大量合理的且清楚的个体无能力行为案例的声明提供给法庭，那是很容易的事情。当某种情况的界限不清晰时，比如这个孩子能说话看起来是合理的，但是孩子却存在着精神障碍，在这种情况下最好将更专业的意见提供给法庭；在这种情况下，最好允许心理科专家和精神科专家做出诊断。如果一个已经 18 岁的个体有医疗问题需要手术，医生所了解的家庭和脑瘫孩子本人都意味着这是正确的。然而，对于家庭其他的成员来说这是个合法的挑战，或是责任问题。法庭发现手术同意书上的签字人并不是法定的监护人，因此，做手术期间会出现的危险并没有得到法定监护人有效的同意。如果这个患儿有能力问题并已经 18 岁了，并且还没被法庭审理或认可，最好得到要做手术的孩子和陪伴在孩子身边的父母两方的签字认可。

其他的治疗形式

脑瘫儿童家人寻求许多不同的治疗形式。有一些方式会很接近协调或者能纳入标准的治疗服务项目。其他治疗重点更倾向运动领域和运动员式的活动。这些活动的真正优点是儿童可以和与自己年龄相仿的儿童或者其家庭成员进行社会活动，孩子可以融入正常的社会活动，即使在学校环境，治疗服务总会有些只涉及残疾儿童的医疗意识。其中一些活动将在下文被探讨。

马术治疗

利用骑在马背上进行治疗被叫做马术治疗（图 4.2）。马术治疗在欧洲有很长的历史，回顾一下 1975 年的报告超过 150 000 次治疗。

马背上的垂直运动被认为提供感觉刺激，减少肌张力。马背部的形状也帮助拉伸髋关节内收肌，并且改善骨盆的倾斜和躯干姿势。治疗师通常让孩子朝前和朝后骑着马，作为感觉系统的一种不同方面的刺激。马术治疗也提供了一种环境，比起无菌治疗室能提供更多的刺激和心理上升。已发表的学术研究证明马术治疗带来了积极的治疗效果。骑马后会使痉挛立即减小。在这个研究中还注意到睡眠和肠道功能的改善。对于孩子心理预期的改善也已经有报道。用能量有效的步态提高行走技巧的意见也被报道过。有足够的事实能得出结论马术治疗是可以等同于其他的治疗方法。然而马术治疗超越常规所特有的好处还没有令人信服的报道。当患儿对常规治疗不合作时，或许马术治疗是一个合理的选择。阻碍马术治疗项目继续进行下去的主要障碍是马术治疗的益处还不能被二级医疗付款人认可，这些项目的实施是依靠捐款或者由患者直接付费。

骑马作为一个体育项目也是许多孩子喜欢的运动。我们有个偏瘫的患者已经发展成为一名国家级的英式骑马参赛者。这对有足够运动技能的脑瘫儿童来说这是一种非常实用的运动，正规的骑马导师并不是把骑马当治疗教给他们，而是当做运动教给他们。

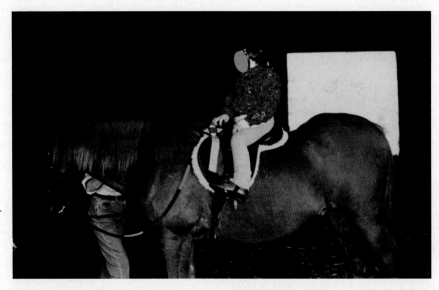

图 4.2　马术治疗通常是在物理治疗师的指导下进行骑马训练。这种治疗通常在马房或者农场进行,那里有额外的优势为孩子提供一个不同机会的社会刺激

水疗:游泳

在水中进行的治疗叫做水疗。水的作用给孩子一种减重的感觉,水疗已经被认为是一种减少张力和让孩子能获得更好运动控制的方法。这种形式也被用做术后康复,让孩子在减少负重的情况下开始进行步行训练。水疗对步态训练是一项适合的训练方法,尤其对肥胖的小孩,他们会在水中通过水的浮力效应相对的使体重减轻。当然,这也是一种技术,使用神经生长治疗方法教会脑瘫儿童游泳。没有相关水疗与常规疗法的比较报告;然而有一篇报道说水疗和马术治疗有同等效应,但是马术治疗更便宜。根据这个报告,马术治疗显得便宜,因为买匹马要比建一个游泳池的花费更少。马术治疗在儿童的治疗计划中是一个非常适合的辅助方法。

水疗作为娱乐活动对脑瘫儿童个体来说是非常好的。许多孩子在童年期进行行走时,需要付出很大的体力,学习游泳并且把它作为一个体能状态的训练是一个很好的选择项目。个人的主要问题是运动能力通过轮椅找到一个可以轻松完成的训练方法,而且此法还有强化心血管的功能。游泳是这些孩子的主要选择项目。如果儿童游泳计划教孩子适应水以及学习游泳,那将无形的终身受益。一些双侧瘫痪的儿童可以成为游泳运动员甚至和正常同龄儿童比赛。

武术

即使是那些需要辅助装置行走的儿童,武术也是个不错的选择。武术套路通常可以让孩子学习个体化的速度,一些套路能强化平衡反应,牵伸软组织及扩大关节运动范围。当然,有明确的体系对有进步成绩的孩子进行奖励,成为许多儿童参与这项运动的动力。武术训练通常在社区与同龄的孩子一起进行训练,这是另一优势。武术问题是很难找到一位对教残疾儿童武术有兴趣的武术教师。武术方面的另一个问题是虽然个人对运动充满了热情,但是由于高水平运动技巧的损伤,使得他们很难取得进步。

运动

鼓励脑瘫儿童与同龄儿童一起参加运动对基础医疗项目是个非常好的选择,特别是通过运动技巧融入各项活动。物理治疗师在给患儿推荐家庭特殊运动活动时起着非常好的作用,这些活动对孩子非常有效。对能行走的患儿,先学习足球项目比较好。对需要练习平衡和运动控制的孩子,跳舞项目是非常好的选择。

针灸

已报道针灸配合功能训练可以提高孩子的运动功能和认知功能。然而,客观证据对针灸的功用支持不够强烈。显然,针灸穴位和 Vojta 按摩点很相近,有一种观点认为这两种技术都有可能刺激同一系统。因为穴位按压是个独立的学科,据说与针灸有相似的疗效,所以这两种实践治疗理论可能有着密切的联系。由于几乎没有儿童喜欢扎针,推荐在少部分小孩中应用针灸,其压力比暗含的利益更大。穴位按压点的手法治疗,即使小孩感觉不舒服,也不会产生伤害,不过穴位按压没有明确的客观的益处。

按摩与肌筋膜放松疗法

Vojta 治疗技巧的一个主要方面是通过一系列按摩点来进行刺激。一些物理治疗师扩大了按摩技术的用途,并借鉴整脊治疗师的技术。肌筋膜放松疗法就是其中之一,它是从整脊疗法中发展起来的。尽管肌筋膜放松疗法通常不被看做是按摩,但事实上,它是在最小的关节活动范围内进行的一种按摩技术。没有英文报道过,按摩或不按摩与其他治疗的具体疗效的比较;对于按摩、放松疗法以及其他的手法治疗的优点已有报道,并在欧洲及俄罗斯地区广泛应用。基于有效证据,如果按摩疗法过程比较舒服,并不会出现伤害,而且儿童会喜欢这个治疗过程。最新数据表明,如果按摩导致儿童在治疗中有不适感,这样的治疗都是不可实施的。

高压氧治疗

较多的氧气会使大脑功能变得更好,在这一理论的影响下,人们对于高压氧治疗应用于脑瘫患儿的积极性越来越高。一项小研究证实了一个可能的疗效;然而,也有关于这项治疗并发症的报道,鉴于这种积极影响的微小优势,一项良好设计的研究正在蒙特利尔进行,儿童每周大约十小时与家长一同坐在高压氧舱内接受治疗,但还没有研究报道显示高压氧的疗效益处甚微。然而,如果增加高压氧的治疗时间,疗效却不会相应增加。鉴于这些研究结果,高压氧在脑瘫患儿的治疗中没有太大作用。

航天服疗法

20 世纪 90 年代初在俄罗斯首次研发的儿童航天服疗法,最初设计是用来抗衡由于密封加压而产生的空间失重感和增加弹性来抵抗运动的。此装置有几个版本,但报道使用 ADELI 版本的最多。这种疗法在波兰已作为一种治疗方式进行推广,重点是通过站立抵抗额外的关节僵硬,给孩子们提供一种能力来改善感官刺激。此外,这种方法从理论上可以让孩子学习运动与站立姿势和平衡的方法分析。所有的研究结果与短期评价报道显示前庭功能和姿势控制活动方面获得了很大的改变。因为没有客观的功能性收益的报道,测量到的结果可能只是短期的效果。对采用航空服疗法后的患者进行了检查,我们还不能够确定有任何可识别的变化。对于有脑瘫孩子的美国家庭来说,有机会前往波兰 3 周似乎是一个非常有效的经历。我们怀疑前往波兰比航天服疗法的影响更有益。我们并不建议在美国使用航空服疗法,因为在当时还没有功能性改善的证据。

替代医学

有许多种替代医学技术用于治疗有神经疾患的残疾儿童。这些经验通常起源于当地的一些民间医学。这些治疗多用于促进人体的整体健康,一些方法譬如:泥浴、足底反射疗法、听觉疗法以及各种各样的手法治疗都通常用于提高残疾人的健康状况。少数替代疗法还似乎维持了一段具有特殊意义的时间,并且在周边当地区域成为具有广泛的代表性治疗。

颅骶骨疗法和 Feldenkrais 疗法是其中的两个典范,在下文中将进行讨论。

颅骶骨疗法

颅骶骨疗法是在 20 世纪初期由骨科医生 William Sutherland 从该疗法治疗的实践发展而来。20 世纪 70 ~ 80 年代骨科医生 John Upledger 重新拾起这个理论和实践,并极力推广,进一步发展为现代颅骶骨疗法。这一基础疗法是基于节律脉动和脑脊液回流受呼吸影响的规律。这一节律性运动会导致颅缝的运动,并且在这一振动效应的影响下,使全身各关节都会发生运动。因此,颅骶骨治疗师可以察觉身体各部位的运动,然而最明显的还是颅骨和面部的骨骼发生的运动。这一疗法涉及察觉调整的触诊区域有节奏的运动。然后,这种节律运动使用很轻的压力被改变成更好的状态。这样的改变能让这个人更放松,使其整体的功能更加好转。没有医学报道评估颅骶骨疗法的功效。根据现代解剖的科学理解,没有理论性依据极力推荐颅骶骨疗法,尽管有些家长和儿童反映,在治疗后会有特别放松的感觉和改善。这种典型效果可能与报告中的许多按摩技术的第二感觉刺激类似。

Feldenkrais 疗法

在 20 世纪初期,Moshi Feldenkrais 在俄国和巴勒斯坦长大,然后在巴黎受教育并且获得了物理博士学位。在这期间,他与现代柔道的发明者 Jigaro Kano 交往密切。Feldenkrais 结合对牛顿物理学的爱好,特别是集团运动、柔道运动,发明了一种可以提高智力,使整体健康和运动功能得到改善的治疗技术。这种技术需要治疗师对特殊运动进行口头指令。这些运动利用姿势和牵伸,特别是直接能提高个人的意识、柔软性和协调性。没有医学报告对这种治疗方法进行评估。据接受 Feldenkrais 治疗的患者反映,它似乎包括许多典型的治疗姿势作为功能性的手法,比如用特定的姿势举起椅子。这些运动结合武术姿势,经常要保持一段时间。这种功能性的运动动作作为一些孩子的治疗方法似乎是现实的;然而,其理论和它所声称的益处是完全没有事实根据的,也是不现实的。也许有经验的物理治疗师可把这种技术作为治疗计划中的一部分。标准物理治疗不会将 Feldenkrais 治疗推荐给个人进行训练。对于家庭和患者不恰当的期望,特别是对于没有医疗知识背景的个人想实施和提倡使用 Feldenkrais 技术的时候,存在着很大的风险。

(张琦　胡春英　何艳 译)

参考文献

1. Hur JJ. Review of research on therapeutic interventions for children with cerebral palsy. Acta Neurol Scand 1995;91:423–32.
2. Weindling AM, Hallam P, Gregg J, Klenka H, Rosenbloom L, Hutton JL. A randomized controlled trial of early physiotherapy for high-risk infants. Acta Paediatr 1996;85:1107–11.
3. Bartlett DJ, Palisano RJ. A multivariate model of determinants of motor change

for children with cerebral palsy. Phys Ther 2000;80:598–614.

4. Harris SR, Atwater SW, Crowe TK. Accepted and controversial neuromotor therapies for infants at high risk for cerebral palsy. J Perinatol 1988;8:3–13.

5. Hubel DH, Wiesel TN. The period of susceptibility to the physiological effects of unilateral eye closure in kittens. J Physiol (Lond) 1970;206:419–36.

6. Campbell S. Pediatric Neurologic Physical Therapy. New York: Churchill Livingstone, 1991.

7. Bobath K. The Neurophysiological Basis for Treatment of Cerebral Palsy. Oxford: Spastics International Medical Publications, 1980.

8. Fetters L, Kluzik J. The effects of neurodevelopmental treatment versus practice on the reaching of children with spastic cerebral palsy. Phys Ther 1996;76:346–58.

9. Law M, Cadman D, Rosenbaum P, Walter S, Russell D, DeMatteo C. Neurodevelopmental therapy and upper-extremity inhibitive casting for children with cerebral palsy [see comments]. Dev Med Child Neurol 1991;33:379–87.

10. Law M, Russell D, Pollock N, Rosenbaum P, Walter S, King G. A comparison of intensive neurodevelopmental therapy plus casting and a regular occupational therapy program for children with cerebral palsy. Dev Med Child Neurol 1997; 39:664–70.

11. Hullin MG, Robb JE, Loudon IR. Gait patterns in children with hemiplegic spastic cerebral palsy [see comments]. J Pediatr Orthop B 1996;5:247–51.

12. Aebi U. Early treatment of cerebral movement disorders: findings among 50 school children. Helv Paediatr Acta 1976;31:319–33.

13. Rothberg AD, Goodman M, Jacklin LA, Cooper PA. Six-year follow-up of early physiotherapy intervention in very low birth weight infants. Pediatrics 1991;88: 547–52.

14. Jones RB. The Vojta method of treating cerebral palsy. Physiotherapy 1975;61: 112–3.

15. Imamura S, Sakuma K, Takahashi T. Follow-up study of children with cerebral coordination disturbance (CCD, Vojta). Brain Dev 1983;5:311–4.

16. Schutt B. Juvenile hip dislocation and the Vojta neuro-physiotherapy. Fortschr Med 1981;99:1410–2.

17. d'Avignon M, Noren L, Arman T. Early physiotherapy ad modum Vojta or Bobath in infants with suspected neuromotor disturbance. Neuropediatrics 1981; 12:232–41.

18. Stockert K. Acupuncture and Vojta therapy in infantile cerebral palsy—a comparison of the effects. Wien Med Wochenschr 1998;148:434–8.

19. Joint executive board statement. American Academy of Pediatrics and American Academy of Neurology. Doman–Delacato treatment of neurologically handicapped children. Neurology 1967;17:637.

20. Official statement. The Doman–Delacato treatment of neurologically handicapped children. Arch Phys Med Rehabil 1968;49:183–6.

21. American Academy of Pediatrics Policy statement: the Doman–Delacato treatment of neurologically handicapped children. Pediatrics 1982;70:810–2.

22. Bairstow P, Cochrane R, Rusk I. Selection of children with cerebral palsy for conductive education and the characteristics of children judged suitable and unsuitable [see comments]. Dev Med Child Neurol 1991;33:984–92.

23. Reddihough DS, King J, Coleman G, Catanese T. Efficacy of programmes based on Conductive Education for young children with cerebral palsy. Dev Med Child Neurol 1998;40:763–70.

24. Catanese AA, Coleman GJ, King JA, Reddihough DS. Evaluation of an early childhood programme based on principles of conductive education: the Yooralla project. J Paediatr Child Health 1995;31:418–22.

25. Coleman GJ, King JA, Reddihough DS. A pilot evaluation of conductive education-based intervention for children with cerebral palsy: the Tongala project. J Paediatr Child Health 1995;31:412–7.

26. Alexander MA, Molnar, GE. Pediatric Rehabilitation: Physical Medicine and Rehabilation. Philadelphia: Hanley & Belfus, 2000.

27. Chae J, Hart R. Comparison of discomfort associated with surface and percutaneous intramuscular electrical stimulation for persons with chronic hemiplegia. Am J Phys Med Rehabil 1998;77:516–22.

28. Carmick J. Managing equinus in children with cerebral palsy: electrical stimulation to strengthen the triceps surae muscle. Dev Med Child Neurol 1995;37:

965–75.

29. Exner G, Engelmann A, Lange K, Wenck B. Basic principles and effects of hippotherapy within the comprehensive treatment of paraplegic patients. Rehabilitation (Stuttg) 1994;33:39–43.

30. Scheker LR, Chesher SP, Ramirez S. Neuromuscular electrical stimulation and dynamic bracing as a treatment for upper-extremity spasticity in children with cerebral palsy. J Hand Surg [Br] 1999;24:226–32.

31. Wright PA, Granat MH. Therapeutic effects of functional electrical stimulation of the upper limb of eight children with cerebral palsy. Dev Med Child Neurol 2000;42:724–7.

32. Hazlewood ME, Brown JK, Rowe PJ, Salter PM. The use of therapeutic electrical stimulation in the treatment of hemiplegic cerebral palsy. Dev Med Child Neurol 1994;36:661–73.

33. Pape KE, Kirsch SE, Galil A, Boulton JE, White MA, Chipman M. Neuromuscular approach to the motor deficits of cerebral palsy: a pilot study. J Pediatr Orthop 1993;13:628–33.

34. Steinbok P, Reiner A, Kestle JR. Therapeutic electrical stimulation following selective posterior rhizotomy in children with spastic diplegic cerebral palsy: a randomized clinical trial. Dev Med Child Neurol 1997;39:515–20.

35. Sologubov EG, Iavorskii AB, Kobrin VI, Barer AS, Bosykh VG. Role of vestibular and visual analyzers in changes of postural activity of patients with childhood cerebral palsy in the process of treatment with space technology. Aviakosm Ekolog Med 1995;29:30–4.

36. Damiano DL, Kelly LE, Vaughn CL. Effects of quadriceps femoris muscle strengthening on crouch gait in children with spastic diplegia. Phys Ther 1995;75:658–67; discussion 668–71.

37. Damiano DL, Abel MF, Pannunzio M, Romano JP. Interrelationships of strength and gait before and after hamstrings lengthening. J Pediatr Orthop 1999;19:352–8.

38. Kyllerman M. Reduced optimality in pre- and perinatal conditions in dyskinetic cerebral palsy—distribution and comparison to controls. Neuropediatrics 1983;14:29–36.

39. Palmer FB, Shapiro BK, Allen MC, et al. Infant stimulation curriculum for infants with cerebral palsy: effects on infant temperament, parent-infant interaction, and home environment. Pediatrics 1990;85:411–5.

40. Connolly KHF. Neurophysiology and Neuropsychology of Motor Development. London: Mac Keith Press, 1997.

41. Horn EM, Warren SF, Jones HA. An experimental analysis of a neurobehavioral motor intervention. Dev Med Child Neurol 1995;37:697–714.

42. Ottenbacher KJ, Biocca Z, DeCremer G, Gevelinger M, Jedlovec KB, Johnson MB. Quantitative analysis of the effectiveness of pediatric therapy. Emphasis on the neurodevelopmental treatment approach. Phys Ther 1986;66:1095–101.

43. Hulme JB, Bain B, Hardin M, McKinnon A, Waldron D. The influence of adaptive seating devices on vocalization. J Commun Disord 1989;22:137–45.

44. Hulme JB, Shaver J, Acher S, Mullette L, Eggert C. Effects of adaptive seating devices on the eating and drinking of children with multiple handicaps. Am J Occup Ther 1987;41:81–9.

45. Gisel EG, Schwartz S, Haberfellner H. The Innsbruck Sensorimotor Activator and Regulator (ISMAR): construction of an intraoral appliance to facilitate ingestive functions. ASDC J Dent Child 1999;66:180–7, 154.

46. Gisel EG, Schwartz S, Petryk A, Clarke D, Haberfellner H. "Whole Body" mobility after one year of intraoral appliance therapy in children with cerebral palsy and moderate eating impairment. Dysphagia 2000;15:226–35.

47. Effgen S. The school. In: Dormans J, Pellegrino L, eds. Caring for Children with Cerebral Palsy. Baltimore: Brooks, 1998.

48. Riesser H. Therapy with the help of a horse—attempt at a situational analysis (author's translation). Rehabilitation (Stuttg) 1975;14:145–9.

49. Barolin GS, Samborski R. The horse as an aid in therapy. Wien Med Wochenschr 1991;141:476–81.

50. McGibbon NH, Andrade CK, Widener G, Cintas HL. Effect of an equine-movement therapy program on gait, energy expenditure, and motor function in children with spastic cerebral palsy: a pilot study. Dev Med Child Neurol 1998;

40:754–62.

51. Harris SR. Neurodevelopmental treatment approach for teaching swimming to cerebral palsied children. Phys Ther 1978;58:979–83.

52. Zhou XJ, Chen T, Chen JT. 75 infantile palsy children treated with acupuncture, acupressure and functional training. Chung Kuo Chung Hsi I Chieh Ho Tsa Chih 1993;13:220–2, 197.

53. Babina LM. Health resort treatment of preschool children with cerebral palsy. Zh Nevropatol Psikhiatr Im S S Korsakova 1979;79:1359–63.

54. Mukhamedzhanov NZ, Kurbanova DU, Tashkhodzhaeva Sh I. The principles of the combined rehabilitation of patients with perinatal encephalopathy and its sequelae. Vopr Kurortol Fizioter Lech Fiz Kult 1992:24–8.

55. Montgomery D, Goldberg J, Amar M, et al. Effects of hyperbaric oxygen therapy on children with spastic diplegic cerebral palsy: a pilot project. Undersea Hyper Med 1999;26:235–42.

56. Nuthall G, Seear M, Lepawsky M, Wensley D, Skippen P, Hukin J. Hyperbaric oxygen therapy for cerebral palsy: two complications of treatment. Pediatrics 2000;106:E80.

57. Sologubov EG, Iavorskii AB, Kobrin VI. The significance of visual analyzer in controlling the standing posture in individuals with the spastic form of child cerebral paralysis while wearing "Adel" suit. Aviakosm Ekolog Med 1996;30:8–13.

58. Semenova KA. Basis for a method of dynamic proprioceptive correction in the restorative treatment of patients with residual-stage infantile cerebral palsy. Neurosci Behav Physiol 1997;27:639–43.

59. Green C, Martin CW, Bassett K, Kazanjian A. A systematic review of craniosacral therapy: biological plausibility, assessment reliability and clinical effectiveness. Complement Ther Med 1999;7:201–7.

60. Rogers JS, Witt PL, Gross MT, Hacke JD, Genova PA. Simultaneous palpation of the craniosacral rate at the head and feet: intrarater and interrater reliability and rate comparisons. Phys Ther 1998;78:1175–85.

第5章

耐用医疗器械

耐用医疗器械被归属于用来改善残疾人运动功能障碍的设备类别。这些器械,如用于肢体复位的矫形器或是协助保持坐位的坐位系统,其都有特定的适应证及禁忌证。对于关注儿童运动障碍的医生来讲,他们对耐用医疗器械的处方书写要比药物多得多。因为每个耐用医疗器械装置都有它自己的适应证、禁忌证及风险率。在医生进行完检查后,应该在下处方前进行风险-益处比率的慎重考虑。这些耐用医疗设备中有许多是非常昂贵的,通常范围有从1000美元的矫形器到超过20 000美元的高级电动轮椅。了解这些耐用医疗设备的特性优点,并知晓其禁忌证及可能存在的风险是书写处方医生的责任。告知患者及其家属这些装置的副作用及风险是医生及耐用医疗器械供应商的责任。这个过程与医生开具药物处方时的步骤是一样的,当医生将特定的药物用于特定的患者时,医生需要确切的了解这个药物的适应证及禁忌证。正如医生不应该开具他们不了解的药物处方一样,如果他们对耐用医疗器械不理解,也就不能开具耐用医疗器械的处方。因此,当一个新的设备开始投入使用时,医生必须花费时间及精力来了解这个设备才能开具它的处方。政府机构对耐用医疗器械的规定条例及监管正在逐渐完善,但对于企业家来发展及推广没有科学背景的小设备来讲,仍有相当大的发展空间。这一发展特别是在矫形设计领域非常普遍,在此领域中即使是应用广泛的设计也只有极少的可用文献,这一领域需要对个别患者的反应进行处理,考虑,评估以取得新装置的设计经验。通常情况下,广告并不是以患者出现的实际身体情况为依据的。更常见的是,新的设备或设计都会有一个精细的应用程序,这确实会比之前有所进步;但是将此普遍地应用于所有脑瘫患者是行不通的。耐用医疗用品供应的主要范畴是治疗运动损伤的医生必须了解并能够开具矫形器、坐椅系统及移动系统、移动助行器的处方。

矫形器

脑瘫患儿使用矫形装置有着悠久的历史,在20世纪50年代小儿麻痹症流行后达到顶峰。在那个时候,患儿通常使用非常重的全髋-膝踝矫形器来控制屈膝并支撑身体。这种方法来源于表现为严重的肌肉无力或瘫痪的脊髓灰质炎。小儿麻痹症与脑瘫之间的重要不同之处还没有得到证实。尽管脑瘫患儿存在肌无力的问题,但其最典型并且最主要的问题是痉挛

状态下运动控制减弱及平衡障碍。那些沉重的矫形器并不能帮助脑瘫患儿行走。此外,在使用这些沉重、坚硬矫形器皮鞋的早期,大多数患者感觉到这种矫形器皮鞋可以为他们提供良好的脚部支撑。但是,所有这类鞋都可遮盖住马蹄足畸形,因此,这种畸形是看不见的。但在穿着这种鞋进行X线片检查时,仍可发现踝关节处于马蹄足的位置。随着现在热塑板材的发明,重量轻、易塑形的塑料矫形器已普遍应用了。

术语

对于处方矫形器的称谓可能非常容易混淆。脊柱及下肢矫形器最通常是根据其所经过的关节来命名的。例如,覆盖踝关节及足的矫形器被称为踝-足矫形器(AFO)。一般情况下,加上其改良的部分来使矫形器的名称更有特异性。例如,塑形这个词就可以加到AFO的前面,则成为塑形AFO(MAFO)。塑形AFO通常用来描述先以患儿的需要做矫形器的肢体做一个管形,然后根据这个管形来制作的塑料矫形器。有时也会对矫形器进行功能性改良,如地面反射型踝足矫形器(GRAFO),这种矫形器通常用来在站立相时防止膝关节屈曲。上肢矫形器通常普遍使用功能性术语,如手休息位夹板或腕关节矫形器。这些矫形器的名字大多数都是根据制造厂商所举办的市场营销活动以具体的部位或式样来命名,因此矫形器的名字会因年代的不同而不同。

上肢矫形器

大多数上肢矫形器几乎专门用来预防畸形或降低关节挛缩,在四肢瘫的患儿有明显的腕及肘屈曲挛缩时通常会使用上肢矫形器。使用矫形器来对这些畸形进行牵伸可以减慢更为严重挛缩的进展;但是,对这一理论的客观证据支持还没有完整的文献证明。只要患儿没有感到不适,没有矫形器造成的皮肤破损,上肢矫形器的使用几乎没有任何副作用。从理论角度来看,这些矫形器在青少年成长期使用是有一定道理的。矫形器可以对肌肉进行牵伸,并且如果每天持续牵伸数个小时,可以刺激肌肉增长。但是,穿戴矫形器最有效的时间还是个未知数,但是每天可能需要穿戴矫形器4~8小时。

极少患儿可以通过使用上肢矫形器来获得功能上的改良。有时,一个小小的拇指外展矫形器可使患儿用手指抓住他不能用拇指内收到手掌里时去抓握的玩具。穿戴上肢矫形器的益处没有客观的记录,因此,患儿的肢体功能性使用应该

始终作为一个决定性的因素:例如,如果患儿为拇指内收畸形,那么则应使用拇指外展矫形器来矫正。但是如果当给患儿穿戴矫形器时患儿不再使用患肢负重或不再使用他的手,那么则应该放弃这个矫形器的使用。

肩关节矫形器

现在没有有效的肩关节矫形器。尝试进行肩关节外展的矫形器无一成功。一个手足徐动症样运动或痉挛的患儿可能会出现肩关节外展外旋挛缩,那么则可使用腕关节绷带并将前臂固定到腰带或轮椅的大腿支架处来进行控制。一些患儿也会发展为肩关节(脱位)延长,有时家长或治疗师也会想尝试在肩关节佩戴 8 字肩回缩矫形器。但是,由于 8 字肩回缩矫形器很低端的机械效益令这种回缩的力量不能将肩前伸复位。

肘关节矫形器

用矫形器解决肘关节的主要畸形是屈曲。在具有严重屈肌痉挛畸形的患儿,通常需要使用双侧的高温热塑板材矫形器。度盘锁档的使用可以根据患儿的耐受力及皮肤状况将矫形器固定在不同的角度。有时,患儿可能在一天内耐受较长时间的肘关节伸展,但在第二天耐受的时间则很短。如果痉挛较弱或患儿不到十岁,则可根据肘关节屈肌面使用低温热塑板材矫形器塑形,并在鹰嘴处进行包绕。这样则比较简单并且制造成本非常低。通常,这些矫形器是由作业治疗师来制作的,并且如果需要改变屈曲角度,则可用低温热枪来进行简单的改造。最近,也有一种商业机构推广使用肘关节持续被动牵拉的弹性铰链。现在并没有客观的数据来支持这一理念,并且标准化教学认为痉挛状态与弹性的固定并不可搭配使用。这个说法来自于一个调查结果,连续的弹性牵拉痉挛肌肉通常会引起持续痉挛。固定的牵伸可使肌肉缓慢的放松并停止收缩。然而,这个定论也没有得到客观试验的证实。在前臂痉挛的患儿中,旋前肌挛缩非常常见。虽然尝试将具有轻微畸形患儿的前臂进行环绕样包扎后通常不会使他们有不舒服的感觉,但并没有矫形器可以有效地控制痉挛前臂的旋前畸形(图 5.1)。

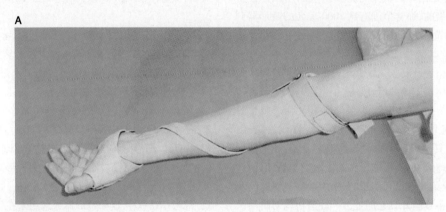

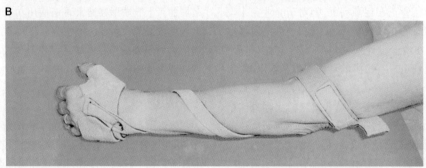

图 5.1　使用有尼龙拉链的软泡沫材料环绕卷巾可以用来帮助前臂旋后(A)沿着腕关节背屈及拇指外展的方向牵伸(B)。许多严重旋前肌痉挛的患儿不能忍耐使用这种卷巾

手及腕关节的矫形器

腕及指屈曲合并拇指屈曲外展是在脑瘫患儿非常常见的。伸腕矫形器通常在重建术后解除石膏固定后的几个月中使用,以保护移植的肌腱。通常,这些矫形器为掌侧夹板,穿戴此夹板时将腕关节维持在伸腕 20°~30°(图 5.2)。这些腕关节夹板很少会给患儿提供功能上的帮助,并且在长期使用时通常难以耐受。在患有偏瘫的儿童及青少年中,会有一个肢体外观美观的考虑。显而易见,矫形器并没有提供功能上的改进,因此,通常会因为不美观而被拒绝佩戴。大多数具有良好认知功能的患儿穿戴腕关节矫形器不会超过一个较短的术后期。患儿对背侧伸腕夹板的耐受性更好些,但是在功能上与掌侧夹板相比较并没有明显的改善。背侧夹板的好处在于它可使手掌及腕关节的掌侧大部分暴露,因此会使患儿在

功能性使用中得到更多的感觉反馈。背侧夹板的缺点是从手掌延伸至手腕时压力会施加在非常小的皮肤表面上,如果由于严重的痉挛需要增加力量时,皮肤经常会很敏感或发展为皮肤破损。

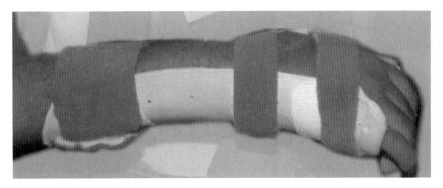

图5.2 完全掌侧的夹板可为手指提供支撑,并让手指放松。这种夹板对照顾者来说非常容易佩戴

静息位夹板

手静息位夹板,可以使患儿的腕关节及指关节最大程度地伸展到舒适角度,是在青少年成长期间支撑前臂肌肉的一个很好的夹板。这种夹板的制作可包括前臂的背侧及掌侧两部分(见图5.2)。前臂背侧组件较容易固定在手臂上;但是,对于照顾者来讲难以使用佩戴。相反,如果使用前臂掌侧组件则会很方便。手静息位夹板可能合并拇指外展、伸直及手指外展(见图5.3)。通常情况下,在夹板刚刚制作完后,儿童很难立刻适应。但是,如果逐渐增加佩戴平板的时间,每24小时佩戴8小时即可以逐渐适应。如果患儿能够忍受佩戴这么长时间的矫形器,那这个目标是可以实现的。但是,即使患儿每天佩戴矫形器只能坚持2个小时,这仍然是有价值的。

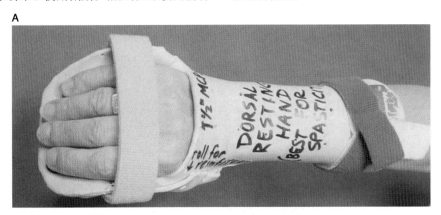

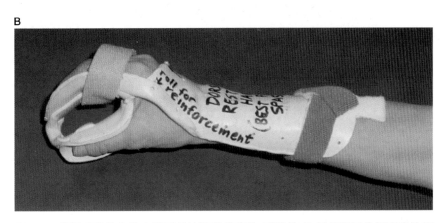

图5.3 背侧手部静息位夹板可保持腕关节背伸,手指伸直,拇指外展并矫正腕关节的尺偏(A、B)。这种夹板对于照顾者来说非常容易佩戴,并且如果在制作时没有过分的牵拉,在佩戴时也会很舒服。对术后的支撑,背侧伸腕夹板通常在白天使用,因此患儿可以开始进行主动的屈指运动

拇指夹板

拇指屈曲并外展是另一种较常见的畸形。在许多病历中，特别是四肢瘫的脑瘫患儿，这种拇指畸形通常合并手指屈肌及腕屈肌挛缩。因此，拇指畸形可使用通用的手指静息位夹板。

对于偏瘫的幼儿，拇指外展使手指抓握非常困难。使用较小及较软的拇指外展夹板或低温热塑板材制作的外展夹板（图5.4），可将拇指置于手掌外，那么患儿则可进行手指抓握。由于所有的皮肤经覆盖后都会减少感觉反馈，并且儿童将不愿使用他们的上肢，所以这些矫形器都应尽量减少对皮肤覆盖。

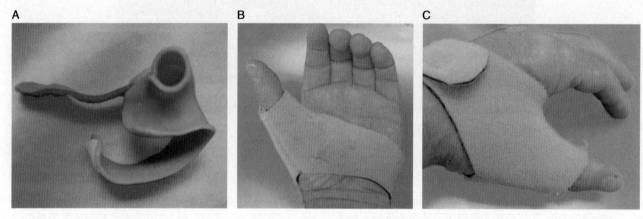

图5.4 拇指外展夹板可由许多材料制作而成。低温塑料板材也可以制作出较好形态的夹板（A）。通常也会有很多以赢利为目的的夹板，这些夹板对患儿来说通常会感觉更舒服一些（B、C）。也会提供不同的颜色

天鹅颈夹板

由于近端指间关节的过伸，手指的伸肌腱不平衡可能引起手指变得绞锁，这种不平衡在中指及无名指中非常觉见，但是偶尔也会发生在示指。我们可以制作一个金属或塑料的8字夹板

来预防这种过伸（图5.5）。通常，会先使用塑料夹板，如果患者发现夹板可发挥其作用，那么则可以制作金属夹板。由于这种金属夹板看起来像一个戒指，所以佩戴起来会更美观一些。一些患者会由于指环与皮肤之间的空间过小造成皮肤受压而感觉到不舒服。皮肤受压就是限制这种指环样矫形器使用的原因。

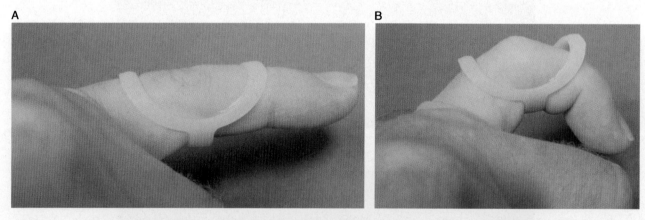

图5.5 近端指间关节过伸可能是一个很困难的问题，通常一些患者佩戴抗伸指夹板后，这个问题会很容易地被控制。一些商业上提供的可用夹板是塑料包裹钢丝的（A）和另外一些较常见的类型是8字型塑料矫形器（B）

脊柱矫形器

软型胸腰骶矫形器（TLSO）

大多数患有脊柱侧弯的脑瘫患儿都是四肢瘫的不能行动的患儿。脊柱侧弯绝对不会由于使用矫形器而受影响。对不能独立保持坐位的患儿来讲，使用脊柱矫形器保持坐位有一个原则，首选的矫形器是由金属或在塑料材质中植

入金属或塑料支柱的软型胸腰骶矫形器（图5.6），敏感性皮肤对这种软塑材有较好的耐受性，并且在较突出的区域不会施加压力。这种软型胸腰骶矫形器像一个围腰来支持坐位。这种矫形器可以穿在较薄衣服的外面，因此照顾者更容易穿脱。当家长感觉到TLSO会给患儿提供功能上的帮助时才会给患儿穿戴TLSO。这些矫形器从不会在睡觉的时候佩戴。如果矫形器太紧则会限制患儿呼吸。但是，在直立的情况下仍可感觉到矫形器带来的限制。对于插有胃管的患

儿,则需要在腹部去除一部分,这样可给胃管留出足够的空间,不会引起刺激。佩戴软型 TLSO 的适应证取决于家庭及照顾者的目的,因为许多家庭觉得患儿能适当的保持坐位,因此不需要佩戴矫形器。对于患儿要在很多不同座椅下就

坐的家庭来讲,软型 TLSO 会显得很有用处。这种软型 TLSO 是先根据患儿身体取型后而制作的。这些矫形器只是用来保持患儿躯干的力线,以最大化患儿的坐位能力,并没有试图用来矫正脊柱侧弯的作用。

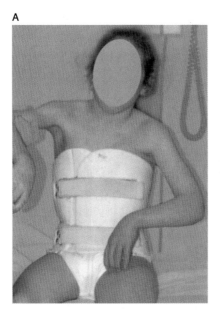
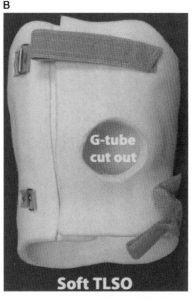

图 5.6　虽然支具疗法不会对脑瘫患儿的脊柱侧弯产生影响,但一些患儿可以通过使用软塑 TLSO 改善躯干支撑以保持良好的坐位。这种矫形器可有一种现成的模型,但是,大多数患儿使用定做的模塑矫形器会更舒服(A)。这种使用软塑料制作的矫形器内嵌有硬塑料以提供更好的支撑。这种矫形器只有在可以提供改善功能时才会被使用,就像在进行坐位活动时,在夜间从不被使用。如果患儿留有胃管,那么矫形器则需要切一个开孔来容纳胃管(B)

双壳式 TLSO

通常情况下,脊柱后凸是由于躯干肌张力过低及运动控制不良而造成的。在一些患儿中,这种畸形可以慢慢发展为不可逆的。但是,对大多数患儿来说,会在青少年成长的过程中慢慢恢复。脊柱后凸最初期的治疗可以通过调整轮椅及使用肩吊带或限制躯干前倾来完成。但是,有一些患儿不能忍耐限制躯干前倾或佩戴肩吊带。控制脊柱后凸的矫形器需要使用高温塑形制造的双壳式 TLSO(图 5.7)。这种矫形器必须向前延伸至胸锁关节并向下延伸至髂前上棘。如果需要使用胃管则可在腹部开孔,但通常情况下不需要。矫形器的后壳近端只需延伸至脊柱后凸的顶点。这种矫形器提供了三点压力来矫正畸形。由于需要很大的力量才能矫正脊柱后凸,那么如果矫形器不是很坚固的话则可能会变形。基于这个原因,制作脊柱侧弯 TLSO 时所用的软质材料则不适合制作脊柱后凸 TLSO。由于并没有数据表明双壳 TLSO 有任何减少脊柱后凸畸形恶化的功能。因此,只有当目的是为了帮助患儿保持较好的直立坐姿及更好的头部控制时才开具此类矫形器处方。这种矫形

器应该在患儿坐位时使用,它会为保持坐位提供一个很具体的功能帮助。并且从来不会在患儿睡眠时为其穿戴双壳类 TLSO。这种双壳矫形器也是通过患儿身体的管形来定做的。

腰椎屈曲"夹克"

通常情况下,下腰痛是急性腰椎滑脱和轻度脊椎前移的症状。如果疼痛持续或脊椎前移急性发作,那么需要使用腰骶矫形器治疗 3~6 个月来减轻疼痛(图 5.8)。这种腰椎弯曲矫形器通常是由一个低温热塑板材制成,围绕腰椎及腹部,保持腰椎屈曲位。腰椎屈曲矫形器可直接在患儿身上取型制作,或由制作好的管型来制作。在市面上有一些腰椎屈曲矫形器,但通常不太适合患儿使用,特别是典型的同一年龄儿童身体型号不一样的脑瘫患儿。腰椎屈曲矫形器除了在洗澡时间外应该全天佩戴 2~3 个月的时间。在此之后,只在白天佩戴 2~3 个月,然后逐渐去除矫形器。在使用矫形器后腰痛会很快减轻。通常,在穿矫形器一周后,患儿会主诉腰痛的程度有明显的降低。在穿戴矫形器并保持的过程中腰椎滑脱可能不会痊愈,但是疼痛几乎会完全消失并不再复发。

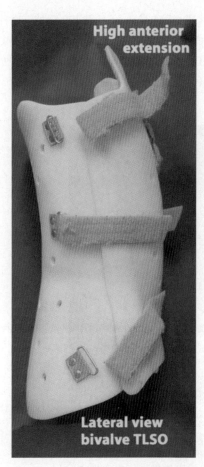

图5.7　为了控制脊柱后凸畸形，身体前方有力的支持是必需的。前壳也需要向上延伸至胸骨切迹，低至耻骨。这需要一个双壳设计有一个高温塑形的外壳及软塑料制成的内壳

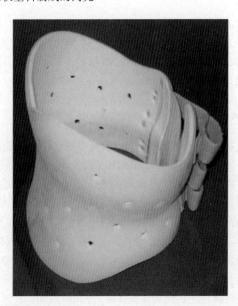

图5.8　对于有腰背痛的患儿，通常是因为急性脊椎滑脱而造成，则需要一个腰椎屈曲夹克。这种支具背部较高，可以预防腰椎过伸或脊柱前凸，并且它的前部较低，通常都是前面开放式的。商家可提供许多这种类型的支具，但是，许多患儿由于对商家所提供的类型不是非常合适而需要特别定做

下肢矫形器

髋关节矫形器

　　在研讨会上，医务人员经常对髋关节外展矫形器的使用进行讨论。但是，几乎没有客观数据来支持这种用法。在塑型研究及客观记录中，在内收肌延长术前使用髋外展矫形器的伤害大于它所带来的益处。因此，髋外展矫形器不能在髋关节肌肉延长术前用来预防髋关节脱位。在肌肉延长术后使用外展矫形器可以促进髋关节半脱位的恢复。但是，这也可能会增加外展肌严重挛缩的风险。因此，为了保持平衡，很少在肌肉延长术后使用外展矫形器。并没有客观证据表明外展矫形器可以对运动控制较差的患儿所出现的剪刀步产生功能性的改善。一个更简单并且容易控制剪刀步的方法是将绳子从鞋系到助行器的外侧，而不是使用很大的髋关节外展矫形器。这些绳子可以从外侧约束患儿的脚，使脚不能越过中线。有些助行器通常有大腿引导装置(图5.9)。这些外侧约束带可以在市场上的助行器上使用，或可以简单地用长鞋带绑在助行器外侧的支架上。

　　髋关节内旋在脑瘫患儿中非常常见。使用绞线或与之相似的设备已有很长一段时间，这些装置近端连接到腰带，远端通常通过 AFO 连接到脚上。并没有发表的文献证明这

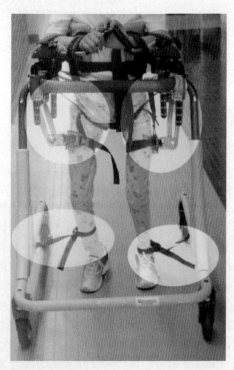

图5.9　一般的髋关节外展矫形器因太沉重而不能帮助患儿来预防剪刀步。一个很好的控制剪刀步的机制是使用大腿及脚引导装置来控制剪刀步，这些装置是步行训练器或助行器上的一部分。因为几乎所有有剪刀步症状的患儿都会将助行器作为一个辅助行走的装置，所以这是一个简单有效并易于解决的方法

些外旋装置对患儿有任何功能上的益处,也没有文献证明无论是在短期或长期内,这些外旋设备可帮助解决内旋步态。这些外旋设备通常会因为增加了肢体的刻板性而减慢了患儿的行动。这样,这些装置的使用又另外增强了患儿已经存在的过高肌张力或痉挛。此外,外旋应力趋于集中在膝关节,这个关节几乎没有足够有效的肌肉力量来抵抗矫形器所产生的扭转应力。这种外旋力量也可能会对膝关节韧带造成毁坏性的牵拉。由于没有功能性的益处及严重的潜在性危害,应该放弃使用这种抑制下肢内旋的坚硬有力的绞线。

弹力带

对于弹力带的使用提倡用以帮助控制髋关节内旋。通常,这些弹力带都接到 AFO 的近端,缠绕住大腿,与腰带近端相连。这些带子相对附加很少的力量,几乎没有重量。因此,绞线的副作用被消除了,并且偶尔会有患儿从这些带子中获得较小的益处。这些绞线几乎没有任何害处,并且可合理地适用于那些痉挛不太严重,或高度固定的股骨前倾但主要由于髋关节继发的内旋畸形而导致运动控制较差的患儿。

膝关节矫形器

膝关节矫形器的用处很局限。很罕见的,具有膝关节反张的患儿会引起膝关节疼痛或严重的畸形,限制膝关节伸直的唯一的选择就是使用不带有膝关节铰链的膝踝足矫形器来预防膝过伸。此外,患有严重膝关节屈曲挛缩需要进行后侧关节囊切开术的患儿,需要在术后延长佩戴矫形器的时间以预防屈曲挛缩的复发。最好的矫形器是带有迈步锁或可调节刻度锁膝关节铰链的,在患儿耐受的情况下可以逐渐增加膝关节伸直角度(图5.10)。这些矫形器要在术后急性肿胀消退后才可使用。在第一个月内,在患儿能够接受使用矫形器之前通常会使用双壳类管型。KAFO 在关节囊切开术后应每天使用12~16小时,并应让患儿在睡眠时在完全伸直膝关节的情况下佩戴矫形器。在佩戴 KAFO 6个月后,当患儿的膝关节可以维持伸直位时,可以间断性地去除矫形器并在术后6~12个月后停止佩戴矫形器。最常见的膝关节矫形器是膝关节固定器,它通常是由泡沫塑料材质或金属撑条构成。这种矫形器包绕在肢体上,并通过尼龙搭扣系牢(图5.11)。膝固定器通常在腘绳肌延长术后作为伸膝矫形器使用,或对腘绳肌挛缩的患儿用做夜间固定矫形夹板。

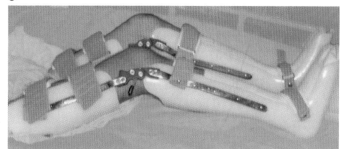

图5.10 有一些膝关节屈曲挛缩,特别是那些计划进行手术松解的患儿,需要循序渐进的、有力的伸直牵伸。对于这些患儿,使用有软塑料做衬里的量身定做的 KAFO(A)是一个非常好的选择。一个具有可调锁或迈步锁膝铰链的矫形器可使患儿在不同的伸直角度进行活动(B)。这种矫形器对希望渐进牵伸的青少年来说是非常有益的(C)

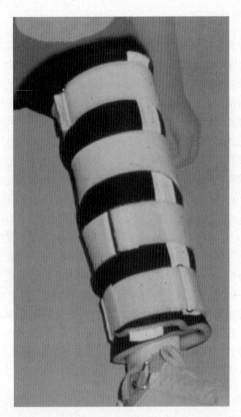

图5.11 对于脑瘫患儿来讲,最普遍的需要是为其提供一个伸膝夹板,大多数这种夹板被称为带有金属支撑物及尼龙搭扣的泡沫卷。这些商用的膝关节固定器具有成本效益,对患儿来说很舒适,对于家长来说很容易穿脱

踝足矫形器

　　踝关节马蹄内翻足是脑瘫患儿中公认的最常见的关节错位。矫形器控制马蹄内翻足有着悠久的历史,也是对脑瘫患儿运动损伤最古老的治疗方法。与古老的重金属及很重的矫正皮鞋装置相比,现代热塑板材的可用性使在矫形治疗方面大大增加了其可选择性。塑料支具与皮肤有更多的接触,所以由严重痉挛带来的力量可被分布于一个较大的表面积上,提高了患者的耐受性。由于患儿脚的大小不同及形状的变化,这些矫形器最好量身定制(图5.12)。AFO的使用包括许多不同的版本,所有经发表的文献都证实了这些矫形器的力学效应。举例来说,如果使用矫形器将踝关节的马蹄内翻足控制住,将会使踝关节活动范围减低并减轻马蹄内翻足现象。相似的研究在没有佩戴矫形器的关节上没有显示出预期的效果。此外,如果矫形器具有允许背屈的铰链,将会比在踝关节佩戴固定矫形器时有更多的背屈范围。目前,没有数据证实一种矫形器或是不同的设计会比其他的矫形器更好些。关于在特定模具里的压力点可以减轻肌张力的观念还没有客观资料来证实。有客观证据表明这些矫形器可以提高患儿的平衡能力。在使用铰链式AFO时的维持平衡能力可能要比固定式AFO更好。其他人并没有发现铰链式AFO与固定式AFO之间的区别及这两种矫形器在降低肌张力方面设计的区别。使用AFO可增强站立相的稳定性,改善摆动相踝关节的位置。此外,也有文献记录AFO可增强移动前期患儿足跟触地时的稳定性。基于这些有限的客观资料,对于开具足矫形器的个体化处方需要矫形支具师具有经验及知道个别患儿所需的特殊机械目标。

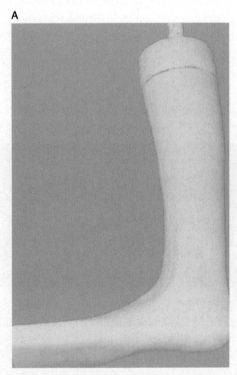

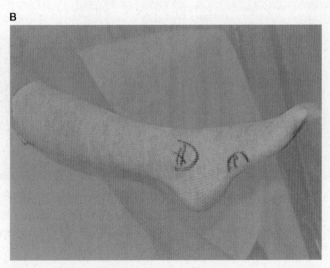

图5.12 由于脑瘫患儿脚的大小与形状的大不相同,AFO通常会定做成最舒服及最易耐受的形状。制作的过程始于将特有骨性标志标记在一个长筒袜上,以便在以后的塑形时防止这些部位受压(A,B)

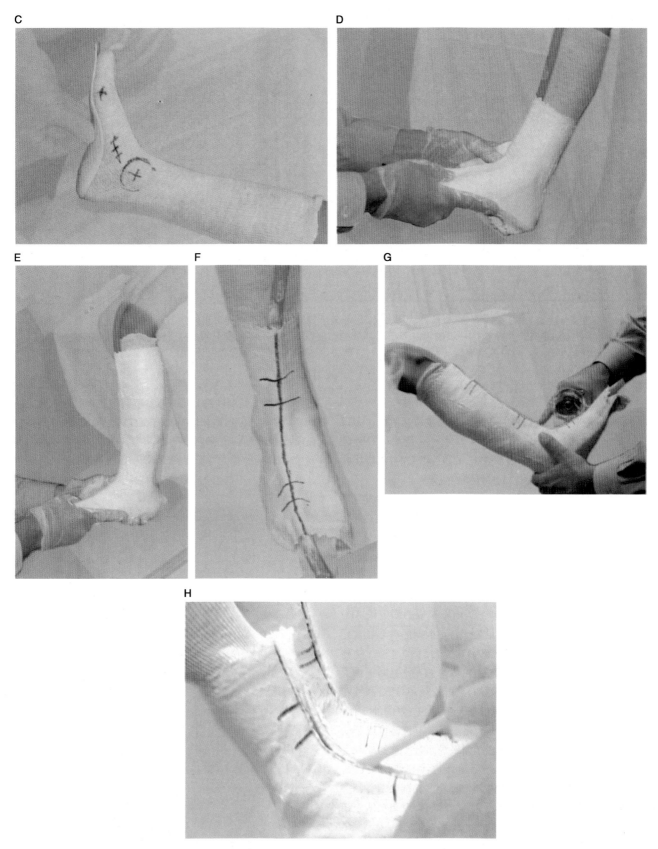

图 5.12(续)　接下来,使用任意一个塑形前的足弓或用手制成的足弓(C)。然后使用橡胶软垫从后向前包裹在脚上,以在去除石膏前保护皮肤(D)。在整个腿包裹上石膏后,在石膏变硬前矫形器已将脚仔细定位并保持在一个预期的矫正位置(E)。此时,将在前方标记的石膏切掉,这样可更精确地进行石膏管型灌注(F)。去除管型(G),去除软垫,将管型切开(H)

I   J   K

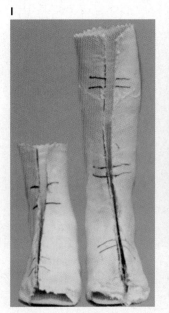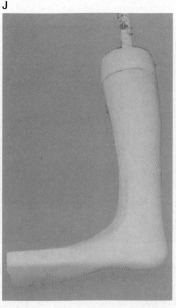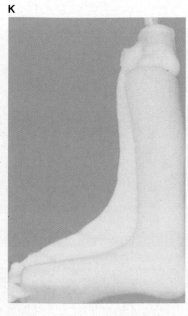

图 5.12(续)　在去除石膏后，检查管型，以保证可全足着地并处于预期的矫正位置(I)。然后将管型内注入石膏，制作成一个被进一步改善内部凸起部分的正模(J)。然后将此模具置入一个高温炉中待真空热塑成型(K)。再将真空成型的模具进行切割、修剪、打磨并施加衬垫及系带

易混淆术语

　　描述 AFO 的特定部件的专用词非常容易混淆。在文献里"动态"这个词通常表示在踝关节处有一个关节铰链的 AFO。但是它通常也用来表示更薄、柔韧性更强的，包绕在肢体上以获得稳定性的固定式塑料足踝矫形器。

　　降低肌张力是另一个被广泛应用但并没有具体的标准化意义的词汇。为了避免混淆，动态及降低肌张力这类的词汇在这里不再进一步讨论。铰链式或关节联接式常被用来表示在踝关节只包含一个关节的矫形器，包绕这个词用来表示环形薄塑料模具。

踝足矫形器

　　一个带有前方小腿系带和一个前踝扣带的固定式 AFO 是最通用的设计，并且是医生给处于行走前期的患儿最常开具的矫形器处方，通常年龄在 18～24 个月(图 5.13)。这种矫形器为踝关节及足提供了稳定性，为患儿在站立时提供了一个稳定的支撑面。这种矫形器的重量较轻，并且对照顾者来讲也比较容易方便使用。随着患儿获得了更好的稳定性，在 3～4 岁开始可以使用助行器行走。踝关节铰链可以帮助踝关节背伸，但也限制了其跖屈。如果患儿有严重的外翻足或内翻扁平足畸形(图 5.14)，则禁止过渡到使用铰链式 AFO。铰链将通过距下关节发生运动而不是在踝关节，因此，它会加剧足部在矫形器内的畸形。此外，如果患儿在站立相屈膝增加或是出现屈膝步态，则禁止使用铰链式 AFO。大多数行走能力较好的双下肢瘫或偏瘫的患儿，大约在 3 岁时会过渡到使用铰链式 AFO，并从中受益。持续使用固定式 AFO 是大多数边缘步行患儿或者没有行走能力患儿的最好选择。对由于腓肠肌挛缩而引起的膝关节反张的患儿来说最好使用

铰链式 AFO。如果患儿可以独立行走，通过将跖屈角度固定在背伸 5°时，就可以使患儿的膝关节在站立相时处于屈曲位置。如果他们使用诸如助行器或拐杖等辅助设备，他们可能在前足离开地面后仍然会发生膝关节反张。如果在这种情况发生时，则应使患儿穿着足跟部较宽、有良好稳定性的鞋；但是，尽管如此，一些患儿仍会持续膝反张，只有使用 KAFO 直

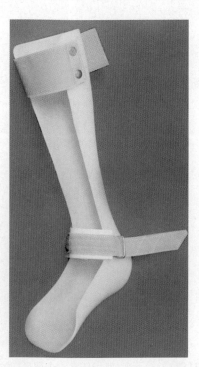

图 5.13　大多数基本的 AFO 的踝关节处都有一个固定的踝关节，一个前踝系带及一个前小腿系带。这也是行走前患儿及大多数即将行走患儿的首选矫形器

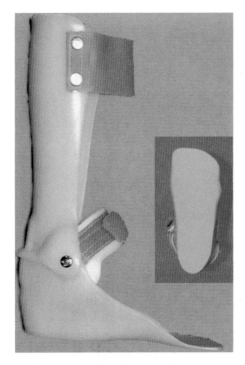

图 5.14 当患儿拥有行走能力并且使用矫形器的主要目的是为了预防跖屈时,可以增加限制跖屈的踝铰链关节。矫形器的其余部分与固定式踝矫形器相似,可能会增加一个较平的鞋底或附加的足弓模具。这些降低肌张力的特点没有在任何测量方法中明显的显示出对于步态的改变

接锁定膝关节后过伸才可能得到控制。

地面反射型 AFO

在站立相增加膝关节屈曲及踝关节背伸来控制屈膝步态的最好选择通常是在患儿 8~10 岁左右、体重在 25kg 时,使用带有较宽的小腿前侧近端系带的固定式 AFO。对于体重超过 25kg 的患儿推荐使用由小腿后方进入的固定式地面反射 AFO(图 5.15)。使用这种矫形器要求在膝关节完全伸直时,踝关节可处于背伸中立位。如果不能达到此位置,矫形器则不能发挥作用,在有效的使用此矫形器前进行腓肠肌及腘绳肌的拉长。有效的使用此矫形器要求膝关节屈肌基本上没有挛缩。由于这种矫形器信赖于有效的地面反射力机制,因此足-踝轴要处于一个相对来说标准的对线。也就是说胫骨的内旋或外旋不能超过 20°。如果有过度的胫骨内旋、外旋或是严重的足部对线失调,那么这种固定式地面反射型 AFO 则不能发挥作用。只有当患儿在地面上站立时地面反射型 AFO 才会起到作用,所以此 AFO 只适用于可行走的患儿。随着患儿的体重逐渐增加,矫形器会变得更加有效。但矫形器也会逐渐加重。当患儿体重达到 50~70kg 时,则要使用由碳纤维或层压共聚物来制成矫形器以承受所施加的力量。

关节式地面反射型 AFO

地面反射型 AFO 可以装铰链来进行踝跖屈并限制背伸

图 5.15 固定式地面反射型踝足矫形器在小腿高度处从后方穿进。这是一种抗屈膝矫形器,使用这种矫形器需达到特定的要求。膝关节必须可以完全伸直,踝关节可在伸膝状态下达到背伸中立位,脚的进展角度必须在 30° 以内,并且胫骨扭转角度必须小于 30°。这种矫形器是靠地面反射力的动作来发挥作用的,所以只有患儿在站立或是走路时才会发挥作用,并且患儿需要达到一定的体重,通常是 30kg 或以上

(图 5.16)。这种矫形器主要用于脚部重建术后及肌肉延长术后,对于一个以去除矫形器为长期目标的患者来说,可以此矫形器作为一个桥梁来增加跖屈肌的肌力。但是,有一些患者会继续长期使用这种关节式地面反射型矫形器。这种矫形器很少在手术之前使用;但是,使用单关节地面反射型 AFO 的一个必要条件就是拥有正常的足部力线。关节式地面反射型 AFO 从后方穿进,环型包裹前足,但对后足没有控制。如果存在后足外翻或内翻畸形,在很强的地面反应力矩下会进一步加重使跖屈外翻或内翻畸形。因为这种关节式地面反射 AFO 不存在阻力成分来预防畸形,当存在外翻或内翻畸形时,在前足皮肤上显著的压力使患者不能耐受。一些符合其他一些标准、体重在 25kg 以上的较大患儿通常会觉得这种关节式地面反射型 AFO 很舒适,而且对于控制屈膝步态非常有效。但是,必须强调的是这种矫形器只有在所有适应证都合适时才会发挥作用。体重低于 20kg 的较小患儿是另一个适用于使用关节式地面反射型 AFO 的人群,可以增加一条防止小腿向后的系带来预防一定角度上的踝背伸(图 5.17)。通常情况下,这些阻挡性系带是由棉制织物而制成,并且要经过反复的拉伸。因此,系带必须经过频繁的重新调整。对于体重较大的青少年患者,这种设计的矫形器不会起到作用。因为没有矫形器的材质足够强劲来抵抗来自地面反射型 AFO 产生的背伸力量。

A   B

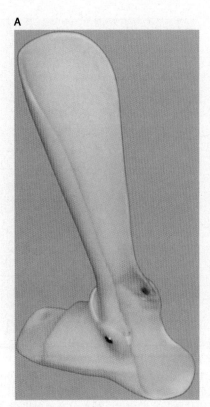
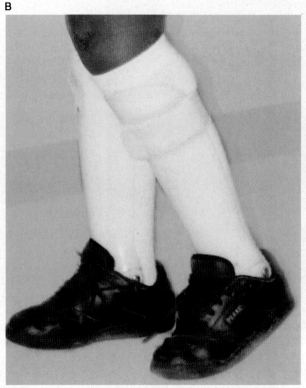

图 5.16　地面反射力的概念同样可以应用在预防屈膝步态的同时增加踝跖屈。这就要求矫形器可以限制背伸并允许跖屈。对于这种从后方进入的矫形器的使用除了所有的使用固定式地面反射型 AFO 的要求外,还要求足没有畸形(A)。因为从后方进入的设计使矫形器对后足没有任何控制,足内翻或外翻畸形都会使得这种矫形器发挥不了作用。使用这种矫形器最常见的适应证是在严重的屈膝步态手术重建后,外翻得到了矫正,并且最终目标是为改善跖屈力量从而摆脱使用矫形器的患儿(B)

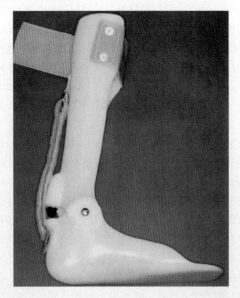

图 5.17　对于一组较小的特别是带有外翻足畸形的患儿来说,踝关节的活动被认为是有益的。另一种选择就是使用标准关节联接式 AFO 及安装后阻挡带来预防踝关节过于背屈。如果患儿体重不太大,这可能会是一个很好的目标。似乎没有任何布料可附着到矫形器上而不被迅速的拉出

半高式 AFO

　　一个没有小腿前系带的固定式 AFO 是用来控制跖屈的,并允许随意背伸(图 5.18)。如果患儿进行角度较大的背伸,那么腓骨则会在矫形器的小腿部位移位,这会使患儿感觉非常不舒服。因为当矫形器压向小腿的时候会感觉到很不舒服,那么通常会将这些没有小腿前系带的固定式 AFO 切割成仅为正常小腿一半的高度。这种设计的矫形器对跖屈力量非常小,并且对需要一个缓和的力来预防在摆动相或站立相早期踝跖屈的患儿来说会发挥很好的作用。如果患儿有严重的跖屈肌痉挛或在站立相时有明显的膝后伸,那么则禁忌使用这种设计的矫形器。因为,矫形器不能在踝关节提供适当的机械控制来控制这些畸形。另外,半高的设计可以使小腿后面有一个严重受压的区域,这可导致皮下脂肪破裂并且在小腿后方的中间压出一条永久性的压痕(表 5.1)。并且,一些患儿会对他们本来跑跳自如的腿在矫形器与皮肤间变得活动困难而感觉到不满。这种半高 AFO 矫形器设计对于几乎不再需要使用矫形器,但是对仍有膝过伸趋势或是有间断性足尖行走的中期患儿是非常有用的。

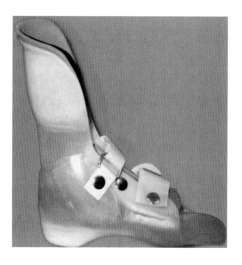

图 5.18　对于没有小腿前系带的短小腿节段矫形器的使用是在关节型 AFO 之外的另一种选择。如果跖屈力量很小并且患儿仅仅需要一点提醒来避免跖屈时,关节型 AFO 的设计则可以很好地发挥作用。如果患儿有较严重的踝关节跖屈,小腿节段的皮下脂肪就会渐渐的被压出一条压痕,并且可以成为永久性压痕

表 5.1　基于对矫形器问题的认识

解剖问题	建议的解决方案	解决方案的优缺点
1. 足趾屈曲,痉挛性趾屈曲	A. 生物力学足底	优点:脚部更稳定及更好的与第三摇杆连接
	B. 足尖步行的标准足底	缺点:生物力学足底—不能根据生长而进行调节,并且需要鞋头部较宽
2. 前足外翻或内翻	A. 薄塑料包围	优点:控制较好,薄
		缺点:穿戴困难
	B. 在远端支撑的沉重塑料模型	优点:穿戴较易
		缺点:需要较大的鞋
3. 后足内翻或外翻		
a. 轻微畸形	美国加州大学生物力学实验室环绕式	环绕式:优点:控制较好,薄
造成行走轻微不适	美国加州大学生物力学实验室固定塑料式	缺点:穿戴困难
对行走无机械性影响		固定塑料式:优点:穿戴较易
b. 中度畸形	包绕式踝上矫形器(SMO)-踝-足矫形器	缺点:需要较大的鞋
行走不适	踝上矫形器-固定塑料式踝足矫形器	环绕式更加柔软并且在矫形器内会塌陷,但是几乎不会引起皮肤受压
对稳定性行走有机械性影响		
c. 重度畸形	包绕式全踝足矫形器	固定塑料式更加坚实并且由于较为坚实可以更好地矫正畸形,不易塌陷。会在皮肤上产生较大压力而引起疼痛
明显不适	固定式塑料全踝足矫形器	
显著力臂障碍		
4. 踝关节跖屈控制		
a. 由于背伸无力	全高的弹簧钢板踝足矫形器	弹簧钢板式:太软,将很快穿破,太硬则会使踝关节无运动
胫前肌无力	半高式踝足矫形器	
b. 肌肉控制差	全高式固定矫形器	半高式:优点:体积小,美观
内翻外翻及背伸控制均差	全高关节式踝足矫形器	缺点:对腓肠肌压力很大,可引起持久性的皮肤压痕
c. 腓肠肌痉挛		
引发足尖步行		固定式 AFO:脚部控制较好,更加合适,固定关节较小的支具
i. 对于严重痉挛控制不良	全高关节式踝足矫形器	
ii. 一些可对中度痉挛进行控制	半高式踝足矫形器	关节联接式 AFO:在关节联接的踝关节中,在拉伸肌肉时在第二及第三连接处背屈

解剖问题	建议的解决方案	解决方案的优缺点
5. 踝背屈的控制		

a. 需对跖屈进行控制
     例如，在摆动相时合并马
     蹄足的屈膝步态
	固定式地面反射型踝足矫形器
	带有较宽前方小腿系带的标准固定式
	踝足矫形器
		地面反射型 AFO：可对轻度及中度的脚部畸形
		进行调节，但须有正常的腿-足对线。患儿体
		重需大于 30kg，并且几乎需要膝关节全伸

b. 主动背屈及无力
     踝屈曲
     无脚部畸形或扭转畸形
	前联接式地面反射型踝足矫形器
	
	前联接式地面反射型踝足矫形器
		AFO：易于穿戴并且对于体重小于 30kg 的患儿
		更为适用
		这种后入式矫形器需要在内/外翻及扭转上有
		一个正常的脚部对线，就像是近乎全直的膝
		关节

6. 站立相时膝关节过屈	前面提到过的基于对踝关节控制的地 面反射型踝足矫形器	膝关节必须可以被动伸直，并且腘绳肌需有适 当的长度
7. 站立相时膝过伸（膝反张）	将联接型踝足矫形器设置为背屈 3°～ 5°以防止踝跖屈	须允许被动背屈

环绕式 AFO

　　另外一些特别的设计特点包括对矫形器材质的选择。大多数儿童 AFO 是通过量身定制、高温塑形并真空热塑而成。这种材料有不同的厚度，需由矫形师来选择，以满足个别患儿对大小及厚度的要求。最常见的是，矫形器覆盖半个小腿的后面及足的掌侧。这种矫形器可以加上衬软垫（图 5. 19），并通过矫形师对矫形器材料进行加热或者在趾板末端或小腿部进行焊接以改善一些受限的功能。大多数这种矫形器都可以让生长期的患儿穿戴 12 ~ 18 个月的时间。最近较受大众喜欢的另一个设计是利用薄热塑板材制作的，可将肢体环形包

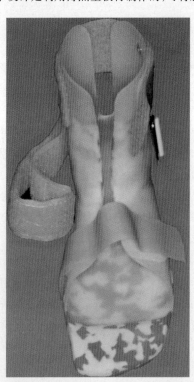

图 5. 20　一个使用较薄、柔韧性较强的塑料并带有环形包绕的矫形设计，可用于许多不同矫形器的设计使用。它最大的局限性是薄塑料不够结实，并且由环形包绕的设计特性来承担力量。在需要应对较强压力环境时，如地面反射型 AFO，作用不佳。并且穿脱可能会比较困难，对刚刚学会穿衣的患儿来说就更加困难了

图 5. 19　固定式 AFO 设计可以通过增加内侧软垫进行改良，以保护骨突或受压区域

绕(图 5.20)的矫形器。环形包绕为这种矫形器提供了力量。这种薄塑料的柔韧性较好,因此当对矫形器施加力量时会轻微变形。同样,这种环形包绕倾向于采取一个宽阔的皮肤接触面,将压力分布于较大的皮肤表面上。这种超薄塑料包绕技术的缺点是矫形器对于不配合的患儿难以进行穿戴。因为患儿家属需用两手打开矫形器后再将其穿到脚上。另外,由于需要两手穿戴,所以对一些患儿来说自己穿戴矫形器也是一个较难的事情。由于这种塑料非常薄并与肢体紧密贴合,对于迅速成长中的儿童来说它不能被修改,在某些情况下将只适用 6~9 个月。而且,由于这种塑料不够结实,不能像地面反射型 AFO 那样被用于承受较高压力的情况。

前踝系带

　　带有前踝系带设计的矫形器可发挥更好的作用,是矫形器的另一个可调节的特性。所有痉挛患儿使用的矫形器都需要一个前踝系带。对于严重跖屈痉挛的患儿来说,前踝系带应该固定在踝关节的解剖轴线水平,然后使系带穿过一个 D 型环,并绕回以尼龙粘扣固定(图 5.21)。经证明,这种方法可为控制跖屈提供最强最直接的力量。8 字带同样也可以用来控制跖屈。尽管它可将力量分布到大面积的皮肤上,但是并不能对前踝产生很强的控制。如果患儿有足内翻畸形,系带可固定在矫形器外壁的内侧并通过一个内侧 D 型环带回。如果是足外翻畸形,系带应该固定到矫形器内壁的里侧,然后再使用一个外侧 D 型环。

　　对于模具的足底有着很多的变异,但其客观益处并没有被记录(图 5.22)。这些模具在主观上看起来具有差异。使用抬高足趾垫看起来是为了减低患儿蹬地时的踝关节跖屈,并帮助一些只是进行非常功能性行走的患儿在终末站立相时将行走的过程连贯起来。抬高足趾垫设计的唯一缺点就是由于患儿的不断成长,很难扩大矫形器来延长其使用时间。另外,一旦将矫形器内置入抬高足趾垫就很难将其取出。一些矫形师常在矫形器内修复出内侧纵弓、远端横弓或腓侧弓。如果这些足弓修复得较适合则可使脚在矫形器内更加稳定,除此之外并无其他可确定作用。因此,我们可以确定它们不能提供什么有益帮助及客观测量到的一些好处。

　　矫形器的远端扩展需在处方中详细说明。几乎所有痉挛型畸形患儿的矫形器都需要在足尖部有一个延伸来提供一个对足趾屈曲的控制。几乎所有的痉挛型患儿在足趾掌侧受到刺激时都会有足趾屈曲的反应。如果他们试图抓住一个东西时足趾往往发生屈曲。足趾往往是患儿随着长大而不能再穿矫形器的第一个部位,并且也是需要监测 AFO 大小是否合适的一个主要部位。张力低下的患儿或大部分共济失调的患儿常常只需要对跖骨底或足趾底进行一个远端扩展。在这些张力低下或共济失调的患儿当中,扩大矫形器会对他们造成伤害,因为这样会使翻转在站立相末期变得更加困难。

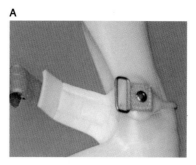

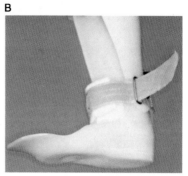

图 5.21　为痉挛型患儿制作的 AFO 需要一个良好稳固并直接穿过踝关节轴线前踝系带。其中一个最佳的选择是将前踝系带通过一个 D 型环固定到主要变形力的对侧(A)。如果患儿为外翻足,D 型环就固定在外侧;如果是内翻足,则应固定在内侧。使用 D 型环可利用其杠杆作用将系带拉紧,并使尼龙搭扣固定更稳固(B)

足矫形器

　　不能控制踝关节跖屈与背伸的矫形器被称为足矫形器。没有一款足矫形器可以影响踝关节的跖屈与背伸。这种矫形器的作用是控制足的畸形,主要是外翻及马蹄内翻足畸形。足矫形器主要用于肌张力低下的患儿或有痉挛型足畸形的学龄儿童及青少年。踝上设计是使矫形器在外侧踝关节并延长至其以上,它的主要目的是控制内、外翻畸形(图 5.23)。足矫形器所有的设计特点与对其的选择都与之前踝足矫形器章节所讨论的内容一致。通常情况下都会使用前踝系带,但是,在一些踝跖屈控制较好的大龄儿童中是不需要的。另外,鞋跟通常贴在畸形的对面。这意味着需在内翻畸形时使用外侧方跟,因此地面反作用力可抵消畸形。外翻畸形则与此相反,需将鞋跟贴到足跟内侧。踝上足矫形器同样需要与环绕型薄塑料一起使用。但是,也会发生与标准型 AFO 同样的问题。患儿会觉得穿戴矫形器很困难,并且较胖的患儿往往会在长时间穿戴后使矫形器与鞋被破坏被磨损变形。在薄塑料环绕设计及固定式塑料半塑形设计之间并没有很明确的选择。在家庭及患儿需要购买时,应考虑其偏好的矫形器。对于能够较好控制踝关节背伸及跖屈,但需要对踝内外翻加以控制的患儿应该考虑使用踝上矫形器(SMO)。

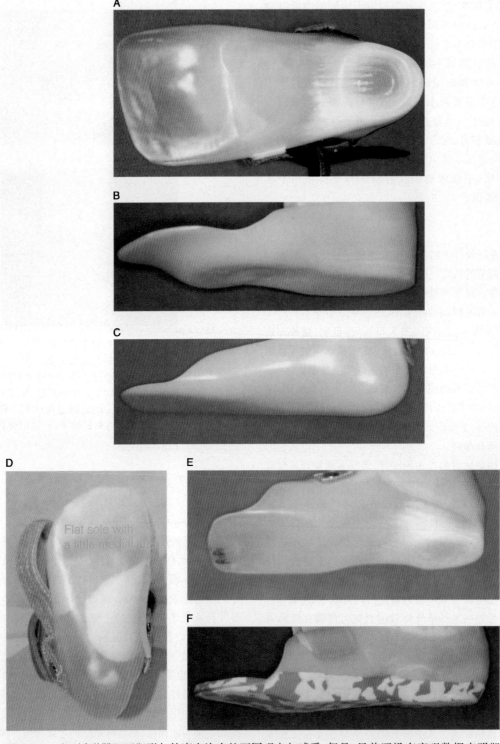

图 5.22　对于矫形器跖面塑形与轮廓有许多的不同观点与感受；但是，目前还没有客观数据表明塑形及轮廓会引起太大的差别。虽然降低张力的特点是不同的；然而，更趋向于包括跖骨横弓、内侧弓及跟骨横弓的某一组合（A、B），当与相对较扁的足底（C）常使用较高轮廓底相比较时，在功能上的差别是很小的。同样，通过在矫形器内增加一个软塑料的垫也可同样受益（D）。受压区域也可直接在矫形器内塑形。也有一些人将外侧足跟部制作成方形使矫形器在鞋内更好的放置（E）。这样可比圆形鞋跟的鞋子更加坚实，并且减少对趾板部的塑形，对正处于生长阶段的患儿来说更容易扩展矫形器。另一项技术是使用橡胶材料使足底外侧更加扁平些；但是，这也增加了矫形器的高度，与鞋的合适度也变得更加困难（F）

A
B

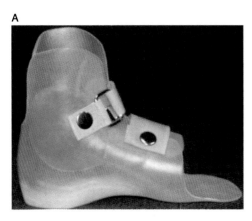
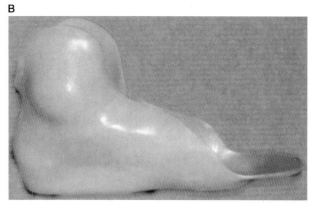

图 5.23　足矫形鞋主要用于控制足内翻或外翻畸形。可由环形包绕设计（A）或坚固塑料制作，并放置于鞋中（B）。这两种都是踝上类型，可给脚以支撑

对于那些肌张力低下、共济失调的患儿，通过穿戴踝下矫形器（图 5.24）可较容易的纠正中度足内翻。踝下矫形器包括了一个合适的足跟模具，一个内侧纵弓模具及一个通常止于跖骨头近端后脚跟。这些矫形器可以放置于鞋内，没有前踝系带。因为不需要将其从鞋中取出，所以比较容易穿戴。使用此型矫形器与穿鞋一样简单。由于此矫形器对提供矫正方面有一定的局限性，所以对于脚部痉挛畸形的患儿不太适用。在一些地区也常将这种踝下矫形器称为"美国加州大学生物力学实验室（UCBL）"矫形器。

图 5.24　对于需要较小支撑的脚来说，只需制作一条鞋内弓予以支撑，再使用环形包绕薄塑料或不变形的坚硬材料；这些通常被称为踝下矫形器或"美国加州生物力学实验室（USBL）"矫形器

内嵌式鞋弓的使用对于改善脑瘫患儿足部畸形作用微乎其微。因为使脚部变形的力量很大以至于鞋及内嵌式矫形器不会产生任何作用。虽然一些患儿发现使用柔软的足趾衬垫可改善脚趾在鞋内重叠而发生的受压，但矫形器对脚趾畸形的控制也不是很奏效。

坐椅

对于不能移动的脑瘫患儿来说，最重要的设备就是轮椅。轮椅对于这些患儿就是一个可移动的矫形器，并且随着他们渐渐长大，他们会越来越依靠轮椅来行动。例如，在家人出门时可将一个 12 个月大的患儿抱着出门；但是，一个 12 岁大的患儿只能靠使用轮椅才能出门。家长也会慢慢认识到轮椅的重要性。起初，家长可能对使用轮椅非常抗拒，因为这样强迫他们接受了孩子的残疾程度，并且在公众场合使用轮椅会引起周围人群的注意。

这个整体概念需要父母通过一段时间去接受并理解。与患儿父母对此进行开放式讲座，对医生及物理治疗师来讲是很重要的。通过对这种自然障碍的解释，允许家长对他们的孩子要使用一辆轮椅而感到犹豫。讨论也允许家长实际性的考虑他们对在公众场合下带着一个残疾孩子时内心的恐惧与焦虑。对于一些认知功能良好的患儿，他们的反应与其父母截然不同。通常，在 5～7 岁的年龄，认知正常的患儿会抗拒在公众场合下使用看起来像婴儿推车之类的东西，他们宁愿使用像成年人坐椅一样的轮椅。孩子的这种感觉会引起父母的注意，因为父母仍希望使用手推车，这样不会引起太多的注意并且看起来更正常一些。

对购买轮椅的考虑

许多有行动能力，但行走不佳、不足以在社交中进行行走的患儿的父母不希望使用轮椅，因为他们害怕他们的孩子在使用轮椅后会放弃步行。这就像是一个正常的 16 岁少年在拿到驾驶执照后会减少走路或骑自行车一样，不必要对此有更多的恐惧和担忧。起初，他们会觉得轮椅很新鲜；但是，使用轮椅有很多局限性，特别是在家里的时候。并且对那些几乎没有行走能力的患儿，他们很快会发现这一点并放弃使用轮椅作为代步工具，而是使用拐杖或别的行走设备。患儿同样也会发现在进行长距离行走（如，在商场购物）时，使用轮椅要比使用助行器吃力的行走要省力并且快得多。同样，家长也会很快发现使用轮椅在速度及灵活性上的优势。医生应该鼓励家长不要因为使用轮椅而感到羞愧，要为了行动方便而使用轮椅，而不是强迫患儿在任何情况下都要自己步行。当然，也需要鼓励患儿练习步行并增强行走能力。但是，在日常活动中使其感到舒适与方便也是很重要的。除此之外，治疗师及医生要记住残疾儿童并不是家庭的全部焦点。这些患儿需要适应家庭生活中的其他要求及活动，即使这意味着比治疗师及医生要求得少走些可能会更加理想。毫无疑问，一个成年人的个人能力是通过像孩子一样奋力行走而决定的。但是很显然，最大限度地发挥儿童行走能力这一工作不容忽

视,而是要与这些儿童及家庭的其他需求相平衡。

坐椅诊所及其作用

对于行走能力受限的儿童来说,对轮椅的需求会变得很明确。然而对于一些将这些孩子留在家里的家庭来说,他们对轮椅的需要会比那些将孩子带到社交场合参加一些活动的积极家庭要晚得多。教育机构现在要求儿童在三岁时即开始接受教育,常常会有一些学校会要求患儿上学时拥有一套坐位装置。告知家庭轮椅的坐椅在除了行动外还有其他的用处,这一点也很重要。经证实,合适的坐椅可明显增强呼吸功能,改善讲话能力,增强进食过程中口腔活动能力并可改善上肢功能,同样也可使患儿维持一个舒适的坐位。当家长前来了解一个合适的坐椅对患儿的整体功能及交互影响时,他们总是想追求最合适的坐椅系统。为脑瘫患儿准备一个轮椅需要像足矫形器或药物一样开具处方。医生不会口头告诉患者去药店买一种药物来治疗脑瘫;但是,会存在让患儿的父母去商店里买轮椅的医生。这样做是非常不恰当的。

1970 年,行动障碍患儿坐椅的重要性开始成为公认的问题,并且广泛建立坐椅诊所。这些坐椅诊所通常由医生、物理及作业治疗师、康复工程师及轮椅销售商共同组成。坐椅诊所可提供评估即将使用的坐椅的功能,即将使用的轮椅家庭的家居情况,特别是确保坐椅系统及轮椅在家中的功能性。在使用坐椅系统中要重点考虑到患儿的神经功能节段及相关的肌肉骨骼畸形情况。评估应考虑到未来治疗计划实施的时机,如脊柱融合术或髋关节手术,这会对制定坐椅系统产生很大的影响。诊所也需要确定家庭有合适的运输工具来运送坐椅系统。最后,坐椅诊所将会就关于对轮椅提出的多种问题做出具体建议。几乎在所有的大型儿童医院及一些大的特殊教育学校里都会设置这些坐椅诊所。由于这个诊所的多学科性,因此所需的评估花费非常高。但是相对于一个轮椅的成本,评估则是一个很好的投资项目。坐椅诊所评估的最终结果就是给出轮椅及坐椅系统的具体处方,然后供应商主要负责为患儿定做或购买。在美国卫生保健组织特别是健康维护组织降低成本的努力下,给坐椅评估收费带来了阻力。由于粗劣的初次评估及处方,患儿不仅会收到一个不太合适的坐椅系统,并且由于需要不断的对其进行调整,通常最后成品的花费明显比一个开始就很合适的坐椅系统要高。

在 20 世纪 70 年代和 80 年代,许多脑瘫患儿需在特殊学校内有坐椅及移动装置,校内治疗师往往在对这些患儿的坐椅及协助移动设备的设计计划上有足够的经验。

将患儿常规转移到规范的家庭附近的学校时学校会有很大的压力,因为学校内很少有可靠的有经验的治疗师。如果患儿去诊所就诊,一位在坐椅制作方面有专长与经验的治疗师也是非常少见的。这种形势更加提高了以医院为基础的坐椅门诊评估的重要性,因为医院系统坐椅门诊评估具有丰富的经验,即使有一些初步的评估增加了前期成本。一般来说,医疗保健支付人的短期目标并没有考虑到一生中轮椅的总成本及其有效性。

另一种正在发生的趋势是轮椅制造商针对患者家庭直接进行的广告。这种广告导致患者特别是青少年患者要求使用一种特定品牌或类型的轮椅。如果这种轮椅对个别患者并不适合,那么坐椅团队及医生必须要清楚地看到这一点并拒绝对这种不适当轮椅的要求。在医生知道这种轮椅并不适合患者的情况下,再允许他购买这种轮椅这种情况要比给患者开具只是因为他想要的药品处方更不道德。

开具轮椅处方

对轮椅及坐椅系统进行评估并开具处方需要考虑多方面因素。患儿的年龄通常是一个最主要的制约因素,因为大多数患儿的轮椅最多预期使用 3 年。在生长阶段末期及成年人阶段,轮椅最多预期使用 5 年。这些预期来自于美国联邦指导方针,国家并没有权力改变。医生必须在这三年期间考虑到患儿及家庭的需求,并且该装置应该有足够的空间来适应这个时间段内的变化。当开始设计一个特定装置时,要首先考虑到前后车轮的轴距,然后再考虑坐椅装置。但是,有些坐椅装置只能适用于特定的轴距,因此需解决它们之间的平衡问题。使用什么样的轮椅应先从患儿的功能水平开始进行讨论。先根据行走能力(可站立使用转移工具及需要完全依赖转移工具的)对患儿进行分类。需要注意的是,由于脊髓损伤引起截瘫的青少年对轮椅的需求与脑瘫型青少年截然不同。许多患儿及其家庭,甚至是销售商及治疗师都完全没有认识到这两者之间的差别。他们将许多轮椅直接推销给脊髓损伤的截瘫人群家庭。这些人拥有正常的上肢、躯干平衡及躯干控制能力。他们在非站立情况下可进行滑行转移。脑瘫儿童及青少年使用的轮椅则与截瘫患者完全不相同,因为如果他们拥有正常或者是接近正常的上肢及躯干控制,他们将只需使用拐杖或助行器行走而不需要使用轮椅。

具有行走能力的患儿

在儿童期的需求

考虑使用轮椅的患儿在童年时代通常会使用助行器行走;但是,他们走得非常慢,并且耗费大量能量,因此长距离的功能性行走是受限的。虽然这些患儿不能完全正常的控制躯干及头部,但他们中的大多数双上肢都具有一定的功能。大多数患儿在 5~7 岁还会被父母放在正常的婴儿推车里。通常,家长会在患儿 5~7 岁时购买第一个轮椅。由于具有一定的上肢功能,这个轮椅应该是可以推动的。如果患儿的认知及行为能力正常,他们可以自己驾驶轮椅。如果患儿不具备正常的认知及行为能力,轮椅则应该设计成可锁式或当患儿坐在轮椅中时不能自己推动。轮椅应该有一个可转动或翻起的脚踏板,这样可让患儿站到轮椅外面去。并需要一个可调节的扶手使患儿可以自己站起来(图 5.25)。

一般来说,坐椅装置仅需要一个稳固的坐位及一个带有安全带的坚实靠背。许多躯干控制较差的患儿往往会需要一个外侧胸部支撑,并需要一个肩吊带帮助支撑躯干前部。只有在患儿坐轮椅乘坐汽车或是校车的时候才会需要有一个头靠。

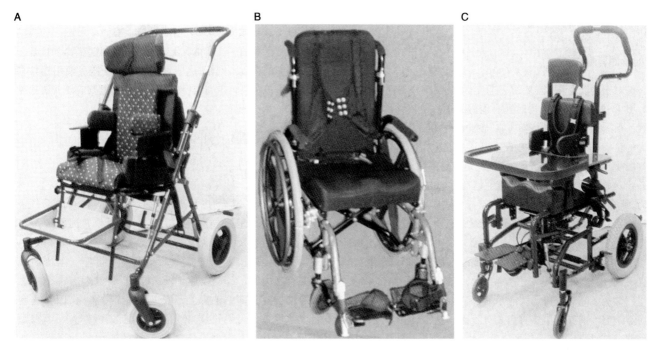

图 5.25　通常家长最先购买的是婴儿推车样的轮椅,这种车在外面可以像在幼儿时期购物那样被推得很快(A)。在儿童中期,如果患儿可以安全自己驾驶轮椅,家长则会购买标准大型轮椅(B)。如果患儿活动能力不强,但又能够推动自己,那么则应使用小轮设计的轮椅,来预防患儿在轮椅内伤害到自己(C)

青少年的需求

　　一小部分患儿在开始进入青春期的时候可能会在社区内行走,但是体重的增加会使行走效率变得很低,以至于这种行走不能作为长距离社区性行走,这些青少年需要一个简单的可自己推动的轮椅,这个轮椅需带有一个稳固的坐椅、靠背,一个可翻起的脚踏板及一个坐椅安全带。而这些青少年也很想购买那种截瘫轮椅,但那对他们并不适用(图5.26)。这种轮椅应该很轻,并且可以折叠以便放入不同的交通工具中。对于那些只在家里行走,但不能在社区进行功能性行走的青少年也需要一个轮椅。这些青少年中的大部分都有明显的上肢功能受限。所以如果他们的家庭有运输电动轮椅的能力,那么可考虑为他们购买一架电动轮椅。如果没有运输能力,则需购买一架手动轮椅。很多在社区行走或只在家里行走的患儿如果使用拐杖的话,则应在轮椅上增加一个放置拐杖的支架。支架可以让患儿将拐杖带在轮椅上,在他们需要离开轮椅(如进入到轮椅不能进入的卫生间)时可以拿到拐杖。

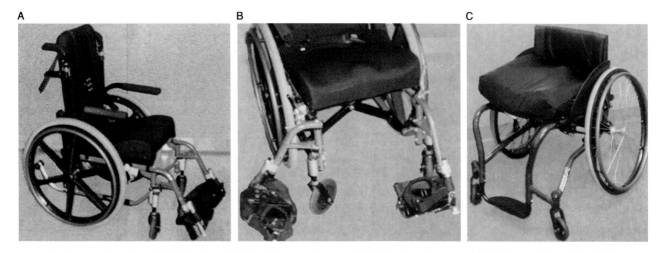

图 5.26　一些有能力行走的青少年通常会使用拐杖,并需要一个可自己推动的简单的大轮椅(A)。这种轮椅需要有一个可翻起的脚踏板,可让他们容易的从轮椅中出来(B)。虽然这些青少年经常对低靠背及固定框架的截瘫型轮椅(C)较感兴趣,但这种轮椅对于脑瘫青少年来说一点也不适用。需要使用轮椅的脑瘫青年通常会有躯干及上肢的控制问题,否则他们将会使用拐杖走路而不是使用轮椅

练习行走及站立转移的患儿

儿童时期的需求

对于功能受限,需要练习行走及站立转移的患儿通常 2~3 岁进入到学校机构时拥有他们的第一个移动及坐椅装置。根据这些患儿的上肢功能,通常会使用婴儿推车或一个大的轮椅(图 5.25)。婴儿推车可让患儿坐得高些以进行一些功能性的活动,如喂奶,这样对父母或是照顾者来说会容易一些。如果患儿拥有上肢功能性活动、认知能力及稳定的行为,那么则应安排其使用自推式轮椅。根据患儿对从轮椅上站起来的理解性,来将脚踏板设计为固定式或是可翻式。当患儿到 7~9 岁需要更换第二个或第三个轮椅时,可考虑其使用电动轮椅。根据患儿上肢的功能情况及整体的认知功能来决定是否适合使用电动轮椅。

这些患儿的坐椅系统应包括一个合适的胸部外侧支撑,通常是躯干前支撑。这种患儿对于支撑扶手的需求是不固定的,需要根据个体评估来决定。通常应在患儿处于坐位时使用膝上桌,以便进行上肢活动。膝上桌对于帮助姿势控制预防身体向前倾也很重要。特别是对较小患儿,除非按常规使用膝上桌,否则上肢活动几乎都不是在正确的高度下进行的。膝上桌可为患儿的精细运动发展提供一个理想的高度及一个最功能化的工作区域(图 5.27)。通常,膝上桌与可调节的扶手相连,这样就可以根据不同的患儿身高来调节不同的高度。

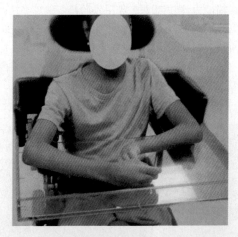

图 5.27　膝上桌是轮椅非常重要、不应该被忽略的一部分,并且是预防患儿前倾的重要部分。膝上桌也可作为患儿进食的区域,如果膝上桌是采用明亮材料制成,则很容易控制患儿的坐姿

青少年期的需求

对于上肢功能尚可的那些青少年,他们可以以自己推轮椅在社区活动。但是,更为常见的是需要使用轮椅才能进行所有社交活动的青少年。他们的上肢几乎没有功能,根本不可能自己使用轮椅。如果这些青少年的其他身体情况比较合适,则可以使用电动行动设备。在这个年龄段,因为照顾者更多情况下进行站立位转移,所以轮椅上有一个可翻起的脚踏板是非常重要的。通常情况下,正如前面所述,坐椅装置必须延续相似的构造。同样,这些青少年中的一些可使用拐杖在家里进行短距离行走,在这种情况下,轮椅上则应该安装拐杖支架。

需要完全依赖转移的患儿

儿童时期的需求

完全依赖转移的患儿通常在 12 个月的时候需要一个完全支撑性的坐椅,通常在 12 个月至 24 个月时需要第一套特定的坐椅及移动装置。通常情况下,第一个轮椅是一个带有固定式脚踏板的空中调角型儿童推车。坐椅装置需要有整体胸部外侧及躯干前方支撑,并且要有一个头靠来帮助控制头部。轮椅上还应包括一个膝上桌,因为这套装置常用来作为喂养及坐位,并且膝上桌可作为一个鼓励患儿进行游戏及发展精细运动技巧的一个游戏区域。通常在 5~6 岁时患儿需要更换使用第二个或第三个轮椅,这时需要使用一个标准的轮椅。在这个标准轮椅上仍然需要一个完全支撑性的坐椅系统。一般情况下,空中调角型轮椅可帮助患儿倾斜后背及休息。在儿童期后期或青春期早期前,很少考虑让这些患儿自己使用电动轮椅。但一些具有良好的认知功能及充分的手部功能的手足徐动症患儿除外。偶尔,也可以考虑让具有这些指征的患儿在 4 岁或 5 岁时使用电动轮椅。

青少年期的需要

大部分这些患儿在转移上属于完全依赖型,在整个青春期,他们也会需要一个带有头靠及膝上桌的完全支撑坐椅装置。通常情况下,在年龄 10~12 岁,可进行一次终末评估来评定这些青少年使用电动轮椅的可能性。这个年龄也是骨骼畸形最常见的年龄,并且需要从坐椅的角度来解决问题。当患儿变得越来越重,畸形越来越严重,皮肤破溃的概率也突显出来。皮肤破溃很容易在非常瘦的患儿的骶骨突及坐骨结节处形成。这时就需要使用根据身体轮廓塑形及特别订制的软垫坐椅。

坐椅及轮椅的特殊部分

为患儿准备一个坐椅及轮椅装置需要根据这些装置的许多特殊部分进行考虑决定。这些装置中的每一部分,如轮椅的轴距都有一相通用的设计方案。例如,可能有轴距大的或小的轮子,每个设计都由不同的制造商提供了一些有效的变化。购买轮椅在许多方面类似于购买在高速路上驾驶的汽车,需要在汽车、卡车、小型客车或者货车之间选择一个。对于这些种类汽车的每一辆,不同的制造商都会有不同的小变化。但人们常常根据服务、之前的经验及其他选择如颜色及价格的基础上来选择供应厂家。大多数人凭直觉知道,他们不会在没有对具体车辆的需要做出基本决定之前就去售车行购买一辆汽车。同样,患儿父母直接去轮椅销售商那里直接为患儿购买一个轮椅也是不恰当的。在讨论完坐椅及轮椅的构成部分后,剩下的部分就是具有统一的设计特点了;但是,通常不会就具体制造商提供的方案进行讨论,因为汽车的款式及型号都在很快地改变着。然而,汽车与小型卡车之间的一般区别每年依然不变,就像不同种类的轮椅一样。

轮椅

轮椅有着很多的选择,就像婴儿推车,大轮的自推轮椅,单臂自推轮椅,小轮轮椅及电动轮椅。每个轮椅都有其优点及缺点。

婴儿推车

这种推车的外观不太符合医疗外观,有时看起来像给一个正常的婴幼儿或正在学步的孩子使用的推车,也正是这一点对一些家庭产生了吸引力。婴儿推车主要给三岁以下的患儿作为他们的第一辆轮椅使用。通常,这种轮椅很轻,容易折叠起来放入车中,这也是它的另一个优点。甚至一些成人患者也会购买成人型号的推车。一些家庭发现这些婴儿推车作为标准轮椅的备用非常有用,那些标准轮椅非常重并很难运输。这些大的推车通常有一个悬吊的坐位及小轮子,这意味着这种推车只能在平坦的公路上作短距离输送时使用。推车对于父母来说非常好用,他们可推着推车去购物或去看医生。但由于较差的坐位支撑及只能在平坦路面上使用的局限性,推车不能作为最主要的轮椅来使用。大多数保险公司及医疗补助只能给患儿购买一辆轮椅,因此如果他们在给患儿买了一个推车后就不会再给他们购买更实用、更加昂贵的轮椅及坐椅装置。由于这个原因,如果患儿家长想让保险公司帮助买那些患儿将使用很久的很昂贵的设备,那么他们最好自己

购买这种推车。因为没有推车可以自己推动,很少有人将婴儿推车作为主要的移动设备,除了小于三岁的患儿。

标准框架的小轮轮椅

标准轮椅框架在坐椅装置设计方面要求有很好的灵活性,以适应儿童的需要。小轮轮椅的轮子直径通常在10~12英寸,并延续使用婴儿推车的外形(图5.23C)。对于上肢功能良好但认知及行为受限的患儿要去除自推部分,防止患儿自己移动轮椅。小轮的主要缺点就是在坑洼或较软的路面上行驶时阻力增加。当脑瘫患儿体重非常大时,或当其家庭成员试图在完全平坦道路或坚硬的地板之外的地面上使用此轮椅时,这个阻力就成为了一个需要主要考虑的问题。带有规则框架的小轮轮椅主要适应于中早期儿童及不能自己控制自推轮椅的患儿。

标准大轮框架轮椅

一个标准框架的大轮轮椅其大轮在后、小轮(小脚轮)在前,是儿童中期及青少年最常使用的轮椅。这种轮椅是可以使用双上肢自己控制轮椅患者的理想轮椅。并且,也是体重较大患者及家居地面较为不平或较软的患者的最佳选择。轮子越大的轮椅越容易在不平及较软的地面上行驶。并且,如果后轮很大也较容易使轮椅上下台阶。大轮椅的最大缺点在于父母会感觉这种轮椅看起来就是一个典型的轮椅。对大多数的脑瘫患儿来讲,前脚轮也应该大一些,直径在4~5英寸(图5.28)。截瘫患者使用的前脚轮直径为1~2英寸(1英寸=2.54厘米)的轮椅不适用于脑瘫患者。小的前脚轮可用来刹车并在行驶时与地面有较小的接触。几乎没有脑瘫患者可控制这种灵活性较强的轮椅,如果他们可以步行的话,不需使用轮椅(病例5.1)。有大后轮及小前脚轮的标准框架轮椅是从儿童中期到成年患者最理想的选择。

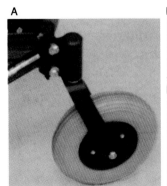
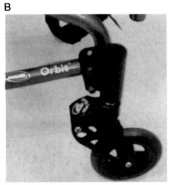

图5.28 轮椅的前脚轮对轮椅可在不同环境下行驶来讲非常重要。一般来说,大的前脚轮(A)或中等型号的前脚轮(B)对于脑瘫患者来讲功能性最强。截瘫患者使用的带有非常小的前脚轮轮椅对脑瘫患儿没有什么作用(C)。这些小前脚轮的设计主要用来在快速推轮椅时刹车,甚至不与地面接触

病例 5.1 Shannon

Shannon,一个15岁的痉挛型双下肢瘫女孩,母亲第一次带她到脑瘫诊所时主诉在家以外的地方几乎从不步行,使用轮椅进行所有的社区活动。Shannon从没有学习过使用拐杖,但当她进入青春期并且走路越来越困难时,有人给了她一个她非常喜欢的截瘫型运动轮椅。现在15岁了,她抱怨走路越来越困难及膝关节疼痛。主要的户外活动是打轮椅篮球。一些主要的物理检查发现她在脚触地时膝关节过屈,膝关节屈曲延迟,马蹄内翻足及严重的髋关节内旋(图C5.1.1)。虽然Shannon不太想进行手术,但她的母亲希望她能进行股骨扭转矫正,腘绳肌延长术,股直肌移位术及腓肠肌延长术。在手术后,她不太愿意进行物理治疗并一直抱怨髋关节及膝关节疼痛。尽管走路时耗费的能量及步行速度都有少量提高,不在很严重的范围之内,但她还是继续坚持她不能走路并完全依赖于轮椅(表C5.1.1)。Shannon的手术效果非常好,但最终的功能恢复失败了。这个失败可能是因为在青春期早期,较差的医疗指导允许她依赖轮椅所致,他们给了她一个轮椅而不是教她如何使用Lofstrand拐杖。社交活动只是围绕着轮椅篮球,因此如果她开始走路,将不得不放弃这项活动。她妈妈希望她能走路,因此使用轮椅可以作为维持独立性的另一种方法,这也是她妈妈所期望的目标。正是由于不走路,使她觉得走路非常不舒服。除非她愿意接受严格的康复训练,否则她将变得更加不能运动。

表 C5.1.1 氧耗

参数	术前	术后
步行速度(110~140cm/s)	107	63
氧耗[0.23ml/(m·kg)]	0.43	0.48
心率(次/分)	168	172
呼吸(次/分)	47	57

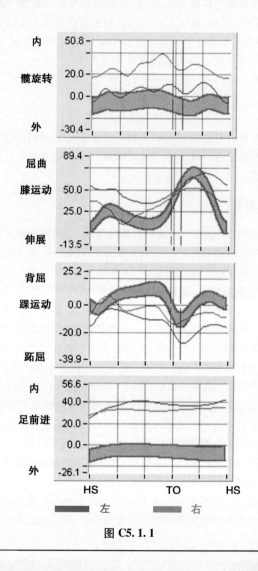

图 C5.1.1

单臂自推式轮椅的特点

有一些患者的上肢功能具有明显的不对称性,因此他们可以仅使用一只胳膊来推动轮椅。

根据认知的程度及运动的功能,可以考虑让患者使用手动自推装置或电动装置。标准的手动自推装置在功能上肢的一侧有两个轮辋,通过一起抓住这两个轮辋轮椅可以转动。转动不同的轮辋用以转弯。这种装置非常有用,但需要功能性很好并很强壮的上肢及良好的认知功能。这种轮椅的设计可使护理员或照顾者很容易从后面将其推动,并且不需要很大力量。另外,还有其他一些单臂驱动器可供选择,可用单手驱动机构或手摇泵。在许多方面,这些装置对患者来讲很容易使用,并常常提供较好的机械杠杆装置;然而,所有的这些装置都很容易出故障,需要对轮椅附加足够的额外重量,并且

使照顾者可以从后面推动轮椅。由于这些问题,父母都很不愿意使用这些轮椅。当前没有一个可用的装置可以供脑瘫患儿使用。双轮辋装置的机制很简单,它没有其他人推轮椅的方式,相对来说较为可靠,因此这是选择单臂自推式轮椅的唯一理由。

电动轮椅

电动轮椅对适合的患儿来讲是最可激发其功能及可让其不受约束的选择之一。这种轮椅可让没有行动能力的脑瘫患儿通过自己的能力去探索他们所在的环境。对这些患儿来说,发展他们在空间里自由移动是非常自由的体验。这种移动可让患儿更像个孩子一样自由。虽然电动轮椅可让适合使用它的脑瘫患儿获得良好的功能,但是它只是少数依赖于轮椅的脑瘫患儿的选择。使用电动轮椅也伴随着高风险及各种

问题。许多儿童可以在 12 岁的时候学习驾驶,但是由于需要成熟的判断及稳定的行为,当今社会不允许小于 16 岁或 18 岁的儿童在马路上行驶。同样,在患儿使用电动轮椅前有一个明确的标准(图 5.29)。

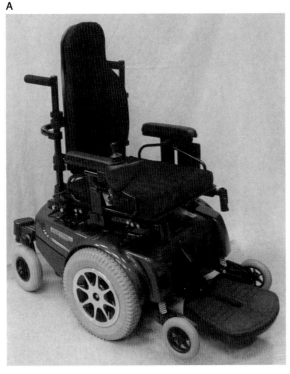

图 5.29　电动轮椅使脑瘫患儿获得了显著的独立性(A)。然而对于轮椅的使用需要在认知能力、行为稳定性及运动功能上有特定的标准。具体来说,患儿可以通过一些控制机制来控制轮椅,最常见的装置就是操作杆(B)

患儿在使用电动轮椅前,需满足三项主要要求。要求患儿需有安全操作开关装置驾驶轮椅的运动能力;需要有足够的视力及对类似道路交通及上下楼梯危险性的可靠认知及行为能力。他们必须能够遵守命令,比如告诉他们停止时要立刻停下来。因为电动轮椅非常昂贵,在术后康复的几个月内,或者对于还希望一两年以内在功能性步行上继续进步的患儿都不考虑做短期使用。患儿也要证明他们可对电动轮椅进行实际操作,这意味着他们需要找到启动轮椅的机械开关操作界面。轮椅上有许多开关选项,最常见的是用手操作的操纵杆(图 5.28B),头部开关或腿与头的联合开关都可为脑瘫患儿所使用。由于在这种运动控制层面的脑瘫人群口腔运动控制能力均较差,因此脑瘫患儿很少使用口操纵杆及口腔闭合控制按钮。这些系统主要为高节段脊髓损伤的患者使用。在使用电动轮椅之前,并不是必须要装置精密操作系统;.但是,如果可为患儿找到一种方法来控制轮椅,那么以看到目标来安排一个电动轮椅是不适当的。这些系统通常都很昂贵,并且在为个别患儿实际购买电动轮椅前按常规使用一些适当可用的专业技术进行展示。

第二个必须具备的能力是要求孩子能看到前方的路。为一个盲童订购一个电动轮椅就如同给一个盲人发放驾驶执照。对于边缘性视力的患儿,需要进行一段时间的锻炼后,才可证明他们的视力足够安全看路。决定患儿是否可以使用电动轮椅的第三点重要因素是他们的认知理解能力及行为稳定性。当患儿处于转角时,他们需要理解往回退的概念,要学会避免楼梯及直接下落的地方,并理解类似铁路之类的特殊地点。他们必须能够遵守指令,例如让他们停车时他们可以停下来。患儿还必须有足够的行为稳定性,不用轮椅伤害到照顾者或其他孩子。只有患儿符合这些要求时才考虑为他们订购一个电动轮椅。脑瘫患儿通常在 7~9 岁开始使用电动轮椅。偶尔也有手足徐动症的患儿在 4 岁时就开始准备使用。也有关于电动轮椅是否适用于 2 岁或 3 岁患儿使用的讨论;然而,这对脑瘫患儿是不太合适的。早期的电动轮椅是最适用于严重关节弯曲、成骨不全或先天性肢体缺如的患儿。几乎所有在这么小的年龄就能操纵电动轮椅的脑瘫患儿在一到两年后都将会自己行走而不再需要使用轮椅。对于可最低限度使用电动轮椅的较小患儿,可以选择购买电动玩具车。他们可以被放入经简单改装后的车内,来看他们是否可以驾驶这个玩具。通常,由于安全因素,患儿必须在成人监督下使用这种玩具。这些玩具是患儿获得操纵电动移动装置早期经验的一个既经济又简单的办法(图 5.30)。许多特殊学校拥有这些适宜的玩具,患儿可以在一个非常局限并安全环境内练习。在很多场合,很多欠考虑的父母为只有 3 岁的患儿购买了电动轮椅,但是由于这些电动轮椅不能像手动轮椅那样容易推动,当为患儿运输这个轮椅时他们发现轮椅太重而不易被推动。最后,电动轮椅被放到了地下室,患儿也就没有了坐椅或可移动的装置。如果进行了适当的评估及应用了具体标准(表 5.2),则不会在这种昂贵的开支上给父母以错误的建议。

A

B

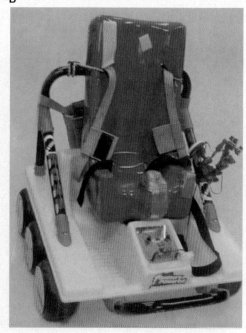

图 5.30　电池供电的玩具车可供较小的患儿及电动轮椅使用的边缘候选人使用(A)。这些自我控制的玩具通常来说较为安全,需在成人监督下使用,这样可提高安全性。相似的电动装置在一些学校里通常用来教授早期的活动(B)

表 5.2　患儿订购电动轮椅的适用标准

1. 患儿可明白前进、后退及转向的概念
2. 患儿具有使用操纵轮椅控制开关界面的能力
3. 足够的视力来看清驾驶时的周围环境
4. 神经发育不会继续好转并达到可以独立功能性步行的地步
5. 父母家里可以容纳下电动轮椅
6. 父母具有可运输电动轮椅的设备
7. 如果父母没有运输轮椅或不能将轮椅放在家里,则要首先考虑一个适当的手动轮椅。即使患儿是一个理想的电动轮椅使用候选人,也只考虑让其只在学校里使用电动轮椅

　　患儿要有效地使用电动轮椅还需要克服其他一些障碍。首先,较容易进入到房间内,也就是说在通往房间的路上没有楼梯。此外,门也需要足够宽,可使电动轮椅通过。如果当家庭要进行一些社交活动而需要使用轮椅时,也要有可以将轮椅运送到小型货车里,通常通过斜坡或轮椅升降机。学校系统同样要有可使电动轮椅进出的通道,并且在校车上也要设置轮椅升降机。

选择电动轮椅的类型

　　在做完全面的评估即要决定使用电动轮椅后,需要对轮椅的具体类型做出选择。通常情况下,有四种选择,其中包括在标准轮椅框架上附加一个发动机,一个具有永久电力驱动的电动轮椅,具有其他电动选择特点的高级电动设备及一个电动脚踏板。附加电力组装具有成为轻重量装置的优点,它可以对手动轮椅进行改装。一般来说,当重量较轻的患者使用这套设备时,设备可发挥很好的作用。该附加电机主要的缺点就是使两个系统的耐用性降低,许多耐用电机设备正在开发当中。这种设备承担重负荷在不平的路面上使用时通常没有足够的动力。

　　这个附加电力组装设备最为适用于那些尚未准备购买电动轮椅的家庭中的中期患儿。永久性的电动轮椅是脑瘫患儿的最佳选择。一般来说,这些装置在户外使用时具有良好的功率。同样,大型号的轮子也可以改进户外行驶并且是不同厂家的同一个选择。这些装置也有一个中心驱动轮,可以提供一条紧密的转弯半径(图5.29),高级的电力设备通常联合坐椅升降系统、电动站立选项、电动搁腿架、电动斜板及除其他特点之外的电动坐板(图5.31)一起销售。很少有患儿可以完全适用于这些装置,必须对每个患儿进行个体考虑。除了一个制造厂家,这些高级的电动设备由于故障频发,都具有较差的耐用性。这些设备非常昂贵,与一个标准的8000美元的电动轮椅及坐椅系统相比,通常花费要在20 000美元以上。第四个电力选项是踏板车,通常为在养老院里的老人所使用。对于年轻人或青少年来说,这种电动踏板车只对那些移动速度非常慢,不能在规定时间内到达需要到达地点的高中或大学的年轻人或青少年有用。具有代表性的是,这些踏板车不能增加合适的坐椅,而且一般仅限于在人行道或较硬的路面上行走。

A

B

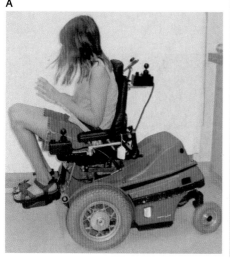
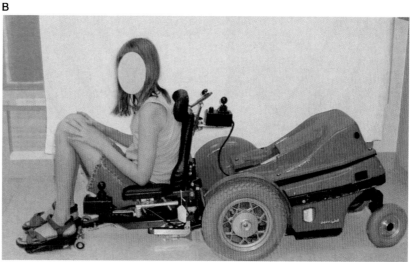

图 5.31　高级电动轮椅（A）具有电动地板坐椅（B），有站立、升高坐椅、倾斜、空中调角及抬高双脚的功能。这些装置非常昂贵并且需要高水平的维护

轮椅框架

　　轮椅框架通常由很轻的钢管或更轻便的碳纤复合材料、钛或铝设计而成。这些轻材质框架比标准的金属框架花费多，但是轻材质框架更容易搬运到汽车里并且上下楼梯都非常方便。这些框架也可作成固定框架、中调解式或可倾斜式。大部分具有适当髋部控制的患儿应该使用一个坚实并且重量很轻的固定框架。通常较为严重的四肢瘫患儿需要使用空中调角式框架，以便他们在需要休息的时候可以倾斜靠背休息。这就需要使椅子可承受相当多的重量，以最大限度使椅背不会塌陷，并可放到汽车的内部（图 5.32）。倾斜式靠背只适用

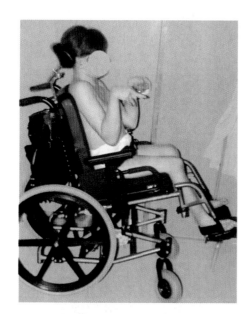

图 5.32　空中调角框架可以通过松动坐椅让患儿躺靠在坐椅上。与可倾斜轮椅相比较，可倾斜轮椅在放低靠背时坐椅只能保持不变，而空中调角框架可同时倾斜靠背及坐椅

于具有罕见畸形的脑瘫患儿使用，通常大部分为明显固定的髋关节伸肌挛缩。

脚踏板

　　一些轮椅框架根据特定的设计通常没有灵活的添加不同类型的脚踏板。因此，要根据特定的轮椅框架配合安装一个合适的脚踏板。脚踏板的选项包括了可旋转的，可翻起的，可升降的，可伸缩的及不同鞋的附件。可旋转的踏板对于可以自己从轮椅中走出的患儿来说最为简单，因为他们可以轻松地触到控制旋转的开关（图 5.33）。可翻起的踏板最为简单、耐用，但是踏板低的几乎需要触到地板，很少有脑瘫患儿可坐在轮椅里完成此任务。不论是可旋转踏板、可翻起踏板，这两者都需要患儿坐在轮椅里时可以从坐位转换到站立位。为了容易站起，站起任务需要将脚放置在座位下的中线上。升降式踏板可将脚抬起，大多数脑瘫患儿只有在下肢受伤或手术后才使用此功能。此功能增加了轮椅的负重及复杂性，较为容易使轮椅发生故障。对于脑瘫患儿来讲，升降脚踏板很少作为轮椅的标准设备来使用。销售商和轮椅诊所会保留几对升降式搁腿架，在术后的一段时间里可以租借给需要使用这些脚踏板的患儿。当患儿使劲推脚踏板的时候，添加弹簧后可伸缩的特点可延长脚踏板。此功能只有具有继发性的表现或痉挛的青少年，反复大力踩踏脚踏板而致使固定脚踏板频繁被破坏。患儿不能自主的将脚保持放置在脚踏板上，这在许多痉挛型患者或是手足徐动症的患者身上较为常见，这时就需要在脚踏板上附加鞋固定架及鞋系紧带（图 5.33）。这也是需要告知家长及照顾者的一个重要的安全防范，因为大多数较为常见的轮椅相关损伤中的一个就是当推着患儿经过门道或其他狭窄之处时脚被碰伤。由于在患儿驾驶电动轮椅的时候他们通常看不到自己的脚，我们曾见过多例在脚碰撞中造成的胫骨、脚及足趾骨折，特别是在撞到墙或门柱的时候（病例 5.2）。

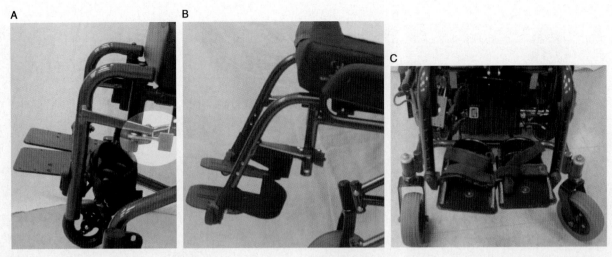

A　　　　　　　B　　　　　　　C

图 5.33　考虑患儿坐位时膝关节所需的角度是非常重要的。如果患儿有非常严重的屈膝挛缩或腘绳肌挛缩,那么应该将脚托板维持在 90°(A)。但是,如果患儿个头较大,并且膝关节活动相对来说较为自由,那么将托板维持在 70°时可获得较好的坐位姿势。由于前脚轮的妨碍,这个角度通常在大轮椅上较为常用(B)。通常也要考虑悬杆上脚踏板的位置及鞋的系紧度(C)

病例 5.2　Luke

Luke,一个 16 岁的四肢瘫男孩,是一个很好的电动轮椅使用者。他不喜欢将脚约束在系紧的鞋内。一天,他驾驶着轮椅在学校与另一名学生聊天,在他要转到另一个走廊时,脚拌到了墙角上。他立即觉得剧痛,并听见了一种裂缝的声音。他马上被带到了医院,结果发现胫骨螺旋形骨折(图 C5.2.1)

处于生长期的患儿,这些模具通常只能适用 6～9 个月,然后需要重新制作。这种定做模具的主要优点是它可以适合任何类型的畸形。对于患有脑瘫的儿童及青少年来讲,这些定做的坐椅系统有着太多的问题并且价格非常昂贵,以至于不会有很大的用处。另一种坐椅设计方法是使用提前制作的现成的组件来制作一个定做的模具坐椅装置。这套装置的优点是较为容易将其修改为期望的坐位姿势,可随着生长及不同季节衣服的穿着来进行调整。

当今,由于商业模具的优秀可靠性,这套装置几乎为所有的脑瘫患者适用。模具装置最大的缺点就是对于适应一些较为复杂的姿势障碍还存在着局限性。在极少数情况下,如有需要,通常可将定做模具的概念添加到需要制作的特殊定做模具成分中。在许多坐椅门诊或在许多大的销售商中,这是一个非常有用的选项。

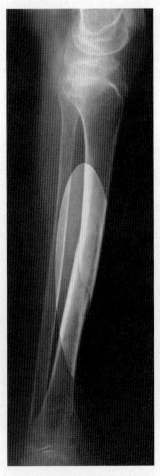

图 C5.2.1

脚踏板需要注意的另一个方面是脚踏板吊架的角度。虽然一些框架设计只能固定为一个角度，但大多数的脚踏板吊架角度有70°及90°两种选择（见图5.33）。一些脊柱后凸及腘绳肌较紧张的患儿须配合使用90°的吊架来消除腘绳肌挛缩带来的影响。同样，许多有趋向于伸肌姿势的患者最好维持膝关节屈曲来消除伸肌的影响，并且也应该放置90°的脚踏板吊架。70°吊架的优点是对于长期处于坐位并且没有明显挛缩的患者来讲，这个姿势较为舒适。70°角同样也需要有较大前脚轮的框架，这样的前脚轮不会与脚踏板发生碰撞。这个设计特点对于个子较高的年轻人来说常常很重要，因为90°的脚踏板吊架对于他们来讲可能会很难达到足够的长度。

扶手

轮椅扶手的作用是让患者有一个用上肢支撑躯干的地方，并且当站起来的时候提供了一个可以用上肢推起的地方。扶手也为放置托盘及电动控制开关提供了地方。对于可以有效使用上肢自己推动轮椅的患者来讲，扶手也可能会成为一个障碍，因此也可以不需要装置。因为使用轮椅的脑瘫患者通常会有躯干平衡及控制方面的问题，所以还是需要有扶手的（图5.34）。扶手是维持躯干平衡姿势及躯干控制的一个重要因素；因此，扶手应该是可调的，根据需要可以进行升降。

图5.34　由于脑瘫患儿几乎都是用手臂来帮助维持躯干平衡，因此他们都需要一个扶手。如果轮椅常被推到桌旁工作、学习或吃饭，那么扶手应该可以被折叠，以便能将患儿从桌面下抱出

坐椅

合适的轮椅是对舒适度影响最大并且可发挥最大功能效益的最重要部分。几乎所有的轮椅都是将有布料的悬吊坐椅及靠背一起出售，这对所有的脑瘫患者都是不合适的（图5.35）。由于很难控制躯干，所以需要一个固定的坐椅及靠背。在20世纪70年代，当人们最初认识到坐椅的重要性时，

开发了两种通用的方法。一种方法是定做一个可完全支撑患者的模具，另一个方法是开发出支撑所需的可组装模块。在制作模具时，给患儿制作一件完全一样的衣服，患儿穿上衣服后，量身定做模具的方法可以立即发挥作用。但是这种方法也存在着许多问题。首先，非常昂贵，而且如果不能将患儿置于一个正确的位置，那么则很难得到正确的模具。除非对患儿进行改造，否则模具在成形后很难再做改动。这个系统没有考虑到不同类型的衣服，就像衣服从冬天到夏天的变化。

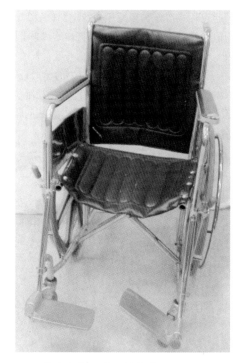

图5.35　药店出售的典型轮椅有一个悬吊的坐椅及靠背，这种轮椅通常不适用于脑瘫患者。如果他们需要长期使用一个轮椅，他们需要使用比这种轮椅提供的更好的躯干支撑及良好坐椅稳定性的轮椅

座位

座位应该有一个带有一层薄软垫、耐用的、可变形材质的结实座底。主要的可变形材质通常为凝胶垫或闭孔T-型泡沫可建立很好的坐位区域，并且因为它可在不同硬度的层面使用，也可被用于提供减压区域。由于凝胶垫可避开高压力区，所以凝胶垫非常好。简单的扁平的或较小波状轮廓的闭孔T-型泡沫坐椅对于体重小于30kg的较小患儿最为适用。当患儿变得越来越重，每平方厘米皮肤的表面压力增加，凝胶垫可以很好地将压力分布。固定的闭孔T-型泡沫的优点是它可以一直保持在坐椅上的位置；但是，只有在患儿以一个正确的姿势坐在坐椅上时他们才可以觉得很舒服。另一方面，凝胶具有移动及流动性，因此座位通常会附加一个尼龙搭扣将凝胶垫固定在椅子以阻止凝胶的流动。随着时间的推移，凝胶也会从经常受压的地方流出，因此需要频繁调整凝胶垫。同样，使用模具塑形垫也可以帮助维持患儿坐在椅子的中央。

对于一些常易滑到另一边的患者来说,需要增加一个固定的髋部定位器。髋关节过分外展的患儿也可将髋部定位器向前延伸。总之,坐椅需要有一个结实的底座为稳定躯干受限的患儿提供一个稳定的底面(图 5.36)。这个底座的表面需要有很软的垫子来使患儿较为舒适并预防皮肤破溃。要避免使用非常容易变形的充气座位或是较厚较软的坐垫,因为这种坐垫增加躯干及骨盆的不稳定性。

　　偶尔,也会有患儿在骶骨、尾骨或坐骨结节处发生皮肤破溃。这些患儿需要一个坐椅的详细压力图来确定发生破溃的部位,并且也可用来确定需要减压的特定部位(图 5.37)。在构成了减压区域后,需要重新进行压力区域绘图来证明受压部位已经减压。通过这个减压绘图,检查患儿经常长时间保持在某一个体位的姿势如侧躺或平躺时所产生的压力是非常重要的。通常,这些压疮不是因为坐位而产生,而是在卧位时产生,只在坐位姿势下绘出的压力区域绘图会漏掉真正问题的起缘。

图 5.36　许多不同的坐椅可供轮椅选择;但是,大多数需要进行塑形并且许多坐椅具有前部升高的特点,这样压在大腿前方肌肉上的体重要比压在骨、髂脊后方及骶骨突起上的体重多得多

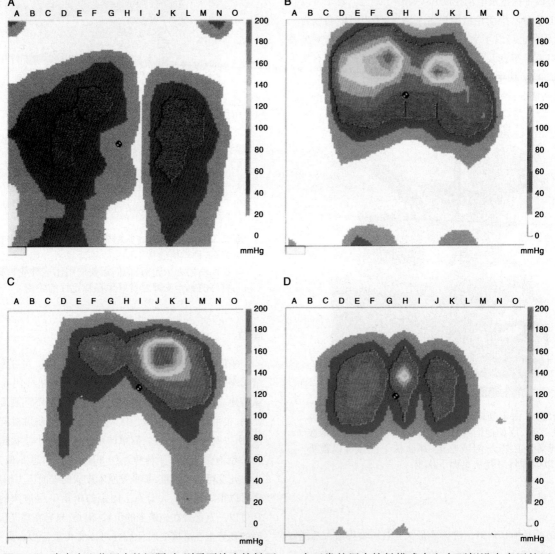

图 5.37　当存在坐位压力的问题时,则需要绘出接触面。一个正常的压力接触模式在左右两侧没有高压的区域呈相关对称分布,并且向前分布在大腿上(A)。一些典型的异常模式包括患儿的大腿部位没有受压,但在坐骨结节(红区)处却高度受压(B)。骨盆倾斜的患儿可能会有单侧坐骨受压(C)。有骨盆后倾的腰椎后凸患儿及在尾骨及骶骨处受压的患儿将会导致皮肤破溃(D)

外展楔形枕

在一些痉挛型患者中存在有严重的内收现象,这种现象常常会引起坐位时双腿交叉。这种内收反应使将患儿放在坐椅中间变得很难。在有轻度内收趋势的时候,可以将一个小的楔形枕直接放在坐椅上面。对于内收很严重的病例,则需要使用一个较大的、患儿不能跨越的楔形枕。这种大的楔形枕可以被拿开或翻起,特别是在当这些患者需要做站立位转移的时候(图 5.38)。同样,楔形枕可能会增加抱起转移的难度。在这种情况下,楔形枕的设计应该可以被翻起或被拿开。楔形枕的边角也需要填充以预防对患儿造成损伤。外展楔形枕不能用于将患儿维持在轮椅内。这个概念也向那些常用楔形枕取代坐椅安全带约束患儿以防患儿滑出轮椅的照顾者及家长做出了说明。如果外展楔形枕用于抵抗伸髋姿势或是保持患儿从轮椅上向前滑出,那么楔形枕将会引起显著的压力并且会在会阴处造成表皮脱落。

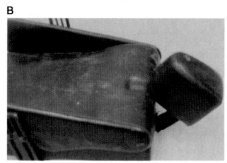

图 5.38　髋内收肌中央楔形物在需要时可以给在坐位时有髋内收趋势的患儿使用(A)。如果需要用楔形物将交叉的膝关节分开,则应在一个可翻动的铰链上安装楔形物。以便可以将患儿非常安全并容易的上下轮椅(B)。这种楔形物不能当可以阻止患儿从坐椅上向前滑的阻碍。这应该是坐椅安全带的作用

坐椅安全带及约束带

所有脑瘫患者都必须在轮椅上设置坐椅安全带并在任何时间都要使用。坐椅安全带是对躯干较差患者最基本的安全措施,这也意味着需要给所有使用轮椅的脑瘫患者使用,因为如果患者躯干控制较好,那么他们可能就可以走路了。坐椅

安全带的设计非常简单,就像一个标准的汽车安全带一样。安全带应该被固定,从髋关节的中心外侧穿过,然后在大约 45°角向后向下拉。我们对具有严重伸肌姿势现象的患儿需要使用双拉力坐椅安全带予以固定。这种类型的安全带可以在前方使用一个标准的闭合装置予以固定,然后每侧都用两根可以将患儿较舒适的向后拉的拉力安全带。当安全带变得很松并且不能被拉紧时,这些安全带常需要频繁的重新调整。对于有行为障碍及有足够的运动功能去解开安全带但不能有效运用的患儿需要配合使用放松扣,使他们不能自己打开安全带。一些很少见的较为麻烦的病例中,安全带需要量身定做,以使它可以贴合在轮椅靠背上,这也可以作为防止患儿自己松开安全带的一个方法。对可以自己转移的患者要进行相反的考虑,应该在轮椅上设计一个患者可自己操作的安全带放松装置。对于有严重伸髋体征患者的另一个选择是使用一个坚硬的栏板代替安全带。这些栏板叫做髂前上棘栏,可以附加到坐椅上(图 5.39)。这种附加的栏板主要在大腿前方远离臀皱处,向下向前施加压力。来自这种栏板的抑制压力施加在大腿前侧但并不压在腹部上。当这些栏板被合适放置时,患者会感到很舒服并且栏板可以提供非常好的姿势控制。一些患儿的主要问题是这些栏板很难放置,并且如果栏板被错误放置的话,患者将会非常不舒服。在销售商不理解栏板的功能时,髂前上棘下栏板也有被错误放置的趋势。对于髂前上棘下栏板的正确调节是应该将其与大腿前侧相接,并且当患儿放松时手指可以刚好插进大腿前侧与栏板之间。当患儿较为松弛的坐立时,髂前上棘下栏板不应该碰到患儿的腹部。

靠背

简单平坦的带有薄软垫椅背套的硬靠背最适用于大多数的脑瘫患者。有许多可用的模具部件如腰部支持垫及脊柱后突轮廓样的模具,但这些附加物不会有什么功能性的作用,并且会使患者更加不舒服。是否将身体完全靠在靠背上并不重要,因此会有许多敞开的区域,特别是在腰部,可以引起不明原因的问题或明显的不舒服。使靠背的水平高于肩关节水平非常重要,特别是在使用肩关节固定带时。因为脑瘫人群已经存在很不稳的较差的躯干控制,所以通常广告宣传的带有很短的较软后座的截瘫轮椅不会有任何作用(图 5.26)。

侧面躯干支架

很多的脑瘫患者都有明显的躯干不稳,针对易为向侧方跌倒的一侧需要使用支架。躯干侧面支架通常被固定到一个坚实的靠背上。一些制作专家销售的侧面支架通常是用尼龙搭扣来固定,但是随着时间的推移,即使是给一些相对较小的患儿使用,这些搭扣也都很容易失效。所以需将侧面支架牢固的固定到一个坚实的靠背上,但是连接处需要可以进行调整。对于非常依赖侧面支撑架并且在气温变化显著地区居住的患儿,最好使用可容易进行内向外调节的躯干固定带。这通常被称为冬-夏胸外侧连接带。容易调节的缺点是它要求

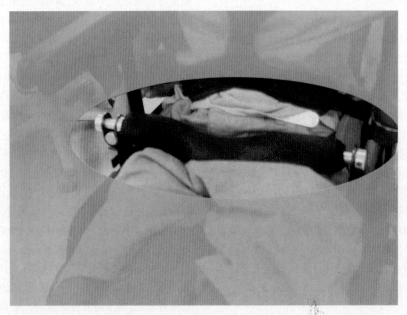

图 5.39　对一些伸肌姿势有加重趋势的患儿来讲,需要更多较硬的束缚。如果髂前上棘下栏板被很好的调整,则可发挥很好的作用。这个栏板向下压在大腿前侧上,没有压到腹部。当患儿去除约束时,对大腿前侧的压力可以允许在栏板及腿前插进一个手指。但是,栏板与腹部不相接触

照顾者对于外侧连接带的正确位置要加以注意。外侧连接带应该可以垂直调节以适应患儿生长及脊柱畸形改变的需要。大多数患儿胸外侧带的正确位置应该在胸的中间水平,宽大约胸高的三分之一。外侧带应该可以充分向前拉伸,可使患儿不用向前移出受限的区域。通常,这个位置大约为胸壁直径的四分之三。外侧带可能会用较薄的软垫制作或以胸壁为标准制作形状。对于体重小于 30kg 的患儿,扁平的外侧带最简单并能发挥良好作用。但是,由于这些患儿会变得越来越重,并且会施加更多的压力,轮廓形的外侧带可能会更为有益(图 5.40)。一小部分没有脊柱侧弯的患儿总是容易向一侧

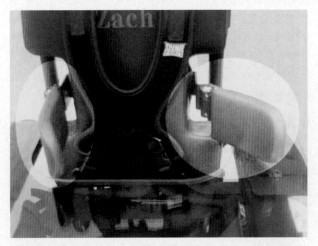

图 5.40　许多患儿需要在胸部有一个外侧支撑来帮助他们保持直立。这些外侧支撑需要有很好的稳定性,并且如果外侧支撑是可翻起的,那么则更有助于转移

倾斜,但他们可进行适当的躯干及头部控制。这些患儿只需要在易倾斜侧使用胸外侧带即可获得很好的效果。当患儿感到疲乏时他们会首先向侧方倾斜,这个外侧带为阻止患儿向侧方倾斜提供了区域。

躯干前支撑

当躯干控制较差的患儿保持坐位时,会有脊柱后凸的趋势。使用较柔软的针织背心、背带、结实的塑料背带或是结实的前侧背心模具可以控制这种趋势(图 5.41)。对于这些设计在功能上的益处并没有得到证实。不同设计的功能更多地依靠于精确的调节,而不是特殊的设计。我们发现,柔软的针织背心类的设计对一些年龄较小的患儿可发挥较好作用,背带设计则对一些年龄较大,体重较重的患儿更为适合。至今,使用前支撑最重要的方面是这些装置的机械功能可以将肩向前或向后拉。这就意味着当患儿保持直立坐位时,上面的带子必须固定在肩关节的后上部。许多销售商、治疗师及父母把这些带子当作悬吊带固定在轮椅上来固定患儿的臀部。很多次,我们看到在椅子上距肩关节下 2 英寸的地方装置了背心,然后将其勒紧,这样背心可以向下压肩关节并使患儿的躯干呈脊柱后凸,这样与我们所希望的目标背道而驰。此外,当患儿快速成长时,他们应该将肩吊带 6～9 个月调整一次以保持佩戴合适。肩部前支撑的下方连接需要向后固定以帮助增加在肩关节后部的矢量。然而,这个连接点并不能像近端连接点那样提供良好的功能。另一个可以在青春期临时使用的选择就是横越胸壁前侧将肩带固定在胸外侧。这些前胸带只有在脊柱后凸不太严重的情况下可发挥作

用。这些胸带专用于胸部较大，不能使用固定型胸带的女性青少年。胸带可放置于胸房下面使用。控制躯干前倾的另一个重要方面是需要在较高的位置设置一个腿部支架及扶手。通过使用腿部支架及扶手，可使患儿行直立坐位。对一些患儿来说，腿部支架可以放置到乳头线的高度，这个高度可最大限度地使患儿保持直立坐位。

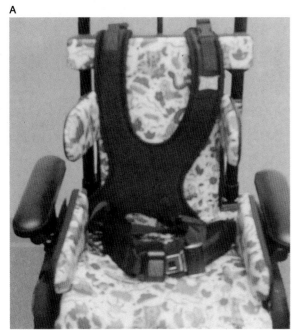

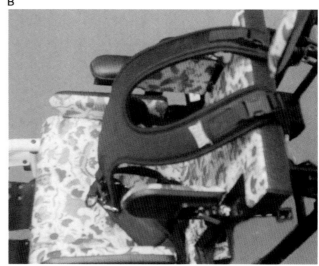

图 5.41　许多患儿需要使用胸部束缚带来帮助保持直立坐位。胸部束缚带有各种不同的设计，虽然几乎所有的束缚带都是固定于肩关节上方并且是来自于一些前侧背心样的设计（A）。这些背心远端应该固定于髋关节水平的后上方。使椅背保持高度前倾以使肩吊带不压在肩上是非常重要的，因为肩吊带的目的是将肩向后拉，而不是作为一个背带将患儿固定在轮椅上（B）

头靠

　　头靠提供了两个功能。第一，它可以为头部控制较差的患者提供支撑。第二，当搭乘汽车时可作为一个安全性装置。对于有良好头部控制但需要坐在轮椅上乘汽车或校车上学的患儿来讲，头靠只在汽车运行中使用。头靠可由简单的靠背向上扁平延伸形成，在需要时可将头靠按下去或是可以容易地摘掉。对于需要头部控制的患者来说，则需要一个更加精细的装置。如果只是用来控制头部过伸，则需要一个简单扁平的或是稍加轮廓的头靠。如果头部需要侧方支撑，则通常首选向下向前的侧方延伸头靠。这些向前延伸的头靠应该可以充分向下以预防引起对耳朵的刺激（图5.42）。对于具有良好功能的头部束缚器来说，适当的躯干前方控制是非常重要的。可使用一条拆卸的前额带来限制严重的头部前倾。这个装置只适用于前额突出的患者，这样可以使带子固定在一个地方。前额的形状带有一个向后的斜面时，这种装置则不能发挥作用。另外一个预防头前倾的方法是使用颈圈，将其置于下颌骨处。这种颈圈中的一些向后连接于椅子并且有一些是搭落在患儿的身上。颈圈可以是前开口也可是后开口，对患儿来讲通常更安全、更舒适。这些自由搁置的颈圈是头部边缘控制患者在搭乘汽车时最好的选择。

椅背位置

　　对于何为椅背角度的最好位置这个问题一直争论不休，许多治疗专家觉得，将椅背轻微向前屈身至20°，或将椅子向前升高10°~20°对患者来说可能会更好些。所有评价这些不同构成的研究均发现，没有哪个体位可以带来持久性的功能利益。坐姿，尤其是后背的角度，确实可影响上臂的功能。一般来说，对于有上臂功能的儿童应当从坐得笔直至与地板呈相对倾斜的角度。将椅子向前升高5°~10°，有些患儿会觉得更舒服些。但是，这些因素是可变的，且需要个体的评估。椅背的角度总是应当接近90°或者更大些。

支架

　　对那些几乎一生都在轮椅上度过的人来说，是否具有一个稳定的腿部支架能决定是否坐在一个最佳的直立坐姿以及一个总在恰当高度的工作面。很显然，塑料制品是最佳的选择，因为其易于清洁，质轻，且当将支架置于正确位置时，儿童在轮椅内的体位可以更容易观察到。

附件

　　对于坐椅诊所来说，做一份详尽的既往史和社会史，对于了解照顾者和家属使用轮椅时的所有需求是十分重要的。当

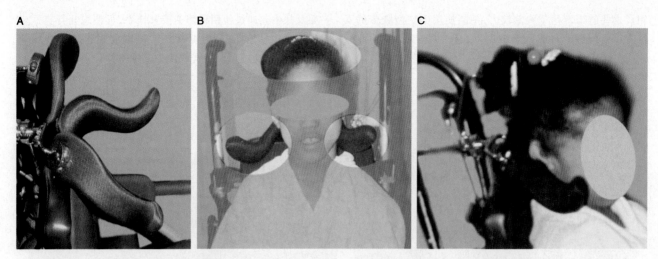

图 5.42 头靠最重要的一个组织部分。有许多不同的可使用装置,要经过反复试验来找到最佳性能的一种。很多头靠都有向后向外分割塑形(A)。外侧部分可行单独调节,这对于明显不对称的患儿来讲很有作用(B)。这个外侧部分可以提供良好的颈部侧弯控制(C),反之,后面的部分则可预防颈部过伸

将患儿带到社会当中时,轮椅应该可以携带照顾者所需携带的所有东西,因为照顾者不能在推轮椅时再背一大包其他的东西。这份叙述应确保这些条例没有遗漏,因为常常当一些细节被忽视后,从发现某项遗漏到保险公司整理、核准,需要花费 6~12 个月,然后安置于轮椅上。拐杖架也常被忽视,所有使用拐杖者都应该在轮椅上加上这个装置。其他被忽视的项目有,争议性的通信附属装置,进食泵支持装置,血管内泵支持装置,这些均应有位置可安置,以便这些患儿有需要时使用。同样,抽吸机也应予以设置,以便患儿离开屋子后需要。如果使用呼吸器的话则应订购带有呼吸器支持的轮椅框架。这种仔细的医疗评估只是全面标准坐椅评估的一部分。

产品外观

一般来说,一个人选择购买汽车的主要考虑因素基于产品的外表。同样,挑选轮椅时,颜色给顾客带来极大的影响。尽管考虑到外表的同时,功能不可忽视,但考虑系统的外形也是重要的。除去外表另一方面需考虑的是坐椅系统的耐用性,尤其是坐椅表面材料的成分和易清洁性。因为这类椅子使用寿命至少 3 年,且每天都要长时间的使用,因而容易磨损。易磨损这个缺点是每个制造商都竭力改进的地方,从销售商处获得的经验,康复工程师和家人都可以帮助指导购买。建议家属在选购新材料制造的轮椅时要格外注意,因为没人使用过不知优缺点。这类材料偶尔使用起来功能较差,而制造商直到第一批病人使用过才知其缺陷。

特殊轮椅处方制定

大多数的保险公司需要医生提供处方说明,以及能够证明轮椅各个特殊组件必需性的医疗必需品口述函。开出处方的医师应当对患儿进行检查,并理解轮椅各个组件的应用和必要性。通常来说完整的明细表是由团队编纂出来的,但是对于医生来说,掌握制定给每位病人的治疗体系是责无旁贷的。医师因为不了解设备,疾病过程或特殊的病人而为未见患者开处方或者订购一些不能评价的产品,可视为欺诈。

这里有一个关于处方及医疗必需品的样本可用于我们的评估团队,帮助医生评估订购轮椅的每一个部分及其特殊理由。这个表格对于书写医疗函件时也非常有用(参见运算法则)。

与骨骼畸形相关的坐椅问题

脑瘫患者通常伴有特殊的身体畸形,这样给坐椅装置的设计带来了额外的要求。在为特别严重的畸形患者设计坐椅装置的时候,需要与其治疗医生进行良好的沟通。如果忽略沟通环节,那么有时候,大部分的努力将会用于对复杂坐椅装置的调节上,比如,在刚发现患儿有脊柱侧弯时就订购了一架轮椅,但由于后来患儿接受了治疗后不再有畸形。这种情况在我们的患者中已经发生过几起,对于坐椅门诊的这种拙劣的沟通是不可原谅的。同样,座位团队要明白一点,有些变形太过严重,仅靠坐位纠正是不可能康复的。当然销售商不会做出这样的结论,毕竟他们要通过卖出轮椅赚取利润。同样,这些卖主通常十分热心于挑战,评判什么是相对可行的。另一个被多数座位团队持有的错误观点是,轮椅的目的在于让患儿坐的时间再长也觉得舒服,且功能多多益善。而不认为轮椅的功能其实是纠正变形。尽管最初人们都试图使用轮椅达到这个目的,但从长远来看,效果并不理想。

脊柱侧弯

脊柱侧弯在童年中期发展缓慢,在此期间很容易让孩子保持良好的坐姿。利用胸侧偏移(图 5.43),用三点压力保持

坐姿。虽然这是一种简单并且极具实用性的概念,但是出于对其目的的误解,治疗学者和销售商对此给予很大的抵制。首先,在相同的高度用胸侧带不会有很大好处,除非在使用之前使轮椅看起来更加对称,了解这些很重要。患儿跌倒的一侧,或者脊柱侧弯的凹面,提升胸侧部直到腋窝以下。一些治疗师反对将胸侧带提升到那个高度,他们担心患儿会被腋窝吊起。某种程度上来说,由腋窝吊着这种情况确实会发生,但是,如果侧面用软垫垫着,原则上不会对孩子造成任何的伤害。对于患有脊柱侧弯的儿童,即使侧部下降,他们会一直倾斜直到支撑在侧面的支持上。而对侧,或者说脊柱侧弯的凸面应当降低至胸腔的下缘。坐椅的构造要使患儿保持在中线上,并且有时第三侧点以侧髋引导的形式加入至脊柱侧弯的凹面。因为这些侧面支持都被引至中线上,脊柱侧弯通过三

点弯曲得以纠正。纠正的程度取决于脊柱侧弯的程度和僵硬程度。某点上来说,有时太过苛刻这些患儿无法忍受压力,于是致使系统被弃用。同样,脊柱侧弯会造成骨盆倾斜,因而带来不对称的坐姿压力,需要监护以防患者皮肤受损。很短时间内,只要脊柱侧弯变得严重,患儿就会向后拱,而后背的泡沫支持可用于调节畸形。到这时,通常患儿直立的能力十分有限,下一阶段就是构筑担架型的轮椅,并用压缩泡沫聚丙烯大豆袋装置予以定位。在最近的阶段,一些昂贵的坐椅治疗即使无用但仍继续用于严重脊柱侧弯的治疗(病例5.3)。当前的外科技术,以至于在今天很少能见到严重脊柱侧弯的患者,仅见于一些未及时就诊的儿童,或者那些父母选择不纠正脊柱侧弯,打算只给予安慰疗法抱以短期存活的期望。

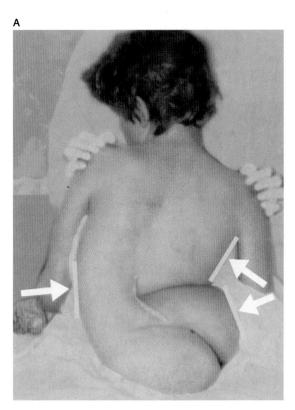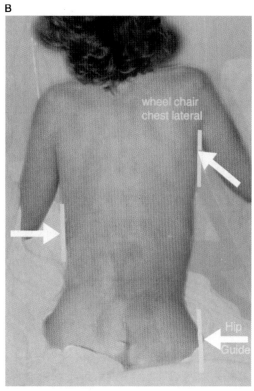

图 5.43 脊柱侧弯是一种复杂畸形,通常包括严重的骨盆及躯干旋转(A)。在畸形矫正过程中,通过装置不对称胸侧和骨盆指导或阻挡,轮椅就可以形成三点压力(B)

病例 5.3 Noah

Noah,一个18岁的男孩,在进入诊所之前10多年没有接受过治疗。他没上过学,最近还得了严重的肺炎,医生建议他去脑瘫门诊接受适当的治疗。让他妈妈焦虑的是她需要找到一种转移孩子的办法,因为在家主要是她抱着他从一个房间转移到另一个房间,现在她不能再这样了。她从没有带他出过这个屋子。体格检查发现Noah有

严重的营养不良并且有严重的近似180°的固定性脊柱侧弯,由于身体畸变和低骨密度使得无法测量弧度(图C5.3.1)。髋强直和膝关节的挛缩都是90°(图C5.3.2)。由于他的妈妈不想再治疗只要寻找能够在家里转移的方法,所以在轮椅底部安装了能够通过房门的可推动的担架,以及一个可放气的豆袋定位枕头帮助固定(图

C5.3.3）。Noah 处于晚期畸形状态,即使他母亲希望有更积极的途径,也几乎没有其他可提供的方法。现在他严重的肺炎,严重的营养不良,严重的晚期脊柱侧弯,我们预感他命不久矣,9 个月后他去世了。对于这个孩子唯一的坐件就是一些拱形的担架和坐垫组成的,因为坐椅根本无法使用了（图 C5.3.4）。

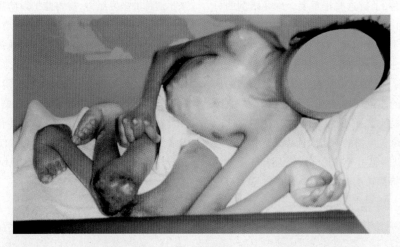

图 C5.3.1

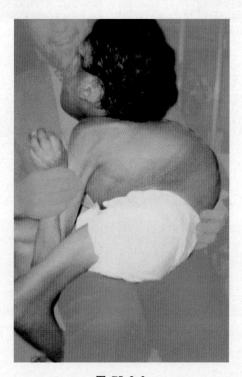

图 C5.3.2

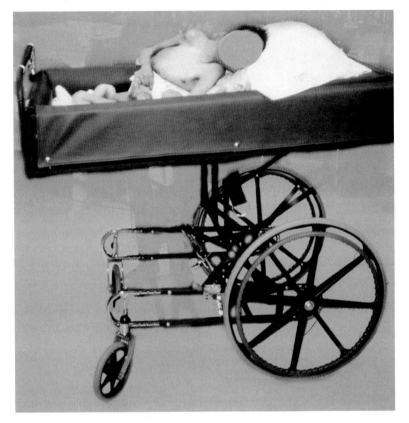

图 C5.3.3

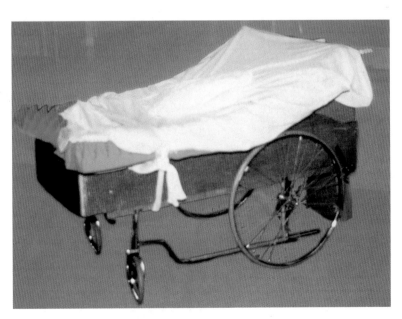

图 C5.3.4

脊柱后凸

脊柱后凸对于幼儿而言是很容易纠正的，因为脊柱此时具有很好的柔韧性并且通过躯干支撑，一个抬高的腿部支架和90°的足部吊架，很容易控制。作为导致驼背坐位的原因之一，腘绳肌腱挛缩常被忽视（图5.44）。通过90°的足部吊架并保持支具后置使膝保持屈曲90°～100°，就会阻止腘绳肌腱退化。并且保持大腿支架足够高，才能让抬高的四肢迫使孩子保持一个挺直的坐姿，这是很重要的。大腿支架置于差不多与乳头线齐平的位置可以更合理地保持儿童的直立姿势。随儿童的年龄、体重的增加，脊柱常常变得较为僵直，这对脊柱后凸的纠正也变得更加困难。在最初的改良坐姿没有起作用后，外科手术纠正将作为一个考虑因素来实施。另一种坐姿选择是靠着椅背向后倾斜并且伸髋，使孩子能够保持他们的头部在直立的姿势下向前看。对脊柱后凸的适应往往更加重脊柱变形，并且这些患儿看起来更加向前倾了。伴随着脊柱后凸的另一问题是孩子们的头下垂至他们腿上。对于那些没什么刺激能使他们抬头向前看的盲童而言，头部下垂似乎是个非常棘手的问题。

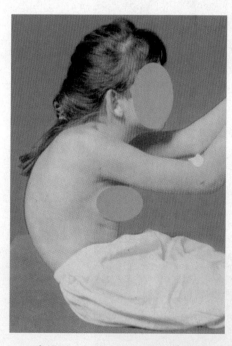

图5.44　脊柱后凸只在坐位时发生，并且柔韧性较强。在主要由腘绳肌挛缩或严重的腘绳肌痉挛引起的脊柱后凸的患者躺下后将不会存在此现象。当存在上述两种现象时，出现脊柱后凸进行适合的代偿，同时伴随骨盆后倾

脊柱前凸

轻度至中度的脊柱前凸不需要有任何坐姿调节，然而对严重的前凸，坐姿是非常困难的，很少有坐姿调节是有效的。将坐椅向前向上倾斜20°～30°，使骨盆后倾可以提供一些短

期的调整。同样，使臀部坐到椅背的下半部，也可使患儿保持直立坐位，甚至是有严重脊柱前凸的孩子也能在此坐位感觉更加舒适，并且处于一个更功能性的坐姿。

髋关节挛缩、移位、畸形

对于较轻的病例，髋关节定位器及外展楔形物可用于获得良好的定位。并加增加前膝阻挡，但这通常会让患儿感觉到不舒服（图5.45）。所以风化样髋关节畸形和严重的骨盆倾斜是非常难以就坐的。对于严重的畸形，应该考虑手术矫正。但是，如果不进行手术矫正，应大幅度的加宽轮椅宽度而不是只有骨盆的宽度。通常，对于这些的固定畸形需要轮椅宽度增加4英寸或更多来适应髋关节的畸形。这些患儿将在轮椅中坐偏，并偏向外展一侧髋的对侧。外展的大腿及内收的大腿将会跨过中线到坐位的对侧。通常情况下，坐椅门诊会尝试将双膝固定在中线，结果患儿的躯干发生旋转，导致内展一侧的躯干向后移动，外展侧向前移动，并且最终坐到了轮椅的侧方。从功能上考虑，将小腿偏离中心并将躯干置于中心的位置是比较好的。但事实上，如果上述两项都存在的话是可以被接受的，特别是在畸形比较严重的情况下。对于严重的骨盆倾斜，特别是体重很大的患儿，则需将坐椅建立在骨盆抬高的一侧。

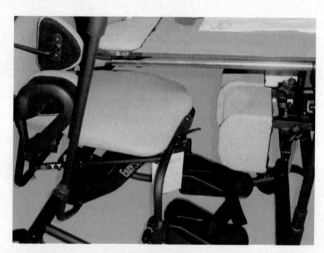

图5.45　在控制骨盆旋转时可使用膝关节阻挡，骨盆旋转往往与风化样髋关节畸形同时发生。即使患儿舒适地使用一段较长的时间后，将这些阻挡合适地调整也很难

腘绳肌挛缩和膝关节屈曲挛缩

通常使用90°的脚踏板吊架可以很容易地解决膝关节屈曲挛缩，以适应膝关节畸形。在年龄较大及身高较高的患者中，这可能会更加困难并需要升高坐椅系统以使可以使用90°的脚踏板吊架。

严重的足部畸形

在青春期患有严重的足部畸形可在骨突处引起压迫及皮肤破溃。通常，这些畸形都是严重的内翻或外翻足畸形。使用柔软的moccasin鞋并将脚悬吊可作为最初步的治疗。可能

通过制作一个看起来像开口的盒子一样的包绕悬吊形脚踏板来将脚吊起,这样以防止下肢自由摆动及摆向一边,但没有对足底予以任何压力。

坐椅装置的运输

自 20 世纪 80 年代以来,残疾人的坐椅安全充分受到了关注。作为国家对儿童出台的强制性坐椅限制法令,对残疾患者的重视日益增加。年龄较小,体重小于 20kg 的儿童是最常见的需要汽车转运特殊坐椅的人群。大多数 2 岁下的患儿可以使用标准的儿童汽车坐椅,但当他们长大至不适合使用这种坐椅时则需要使用特殊坐椅。一般来说,这些坐椅与常规的婴儿汽车坐椅的设计是相似的,但是比婴儿坐椅大得多

(图 5.46)。有些公司宣传,他们可将标准轮椅坐椅拆卸放置在汽车坐椅上,在汽车行驶中作为坐椅使用。但从照顾者的实际角度考虑,这个装置是没有什么作用的,因为这些坐椅不能在儿童坐在里面时将其放入车内。并且这些坐椅装置太大,通常很难对其控制。这种装置的使用意味着要使患儿从轮椅上下来,轮椅被拆卸,并且将轮椅坐椅固定到汽车上,然后再将患儿放到汽车坐椅中。但问题是,拆卸轮椅后并没有空间安置儿童,除非让他们躺在地上。由于这些困难,当孩子们为了安全的旅程而需要一个坐椅支撑时,则需要一个独立的汽车坐椅。对于体重大于 20kg 能在标准汽车坐椅上就座的儿童,需要其能够对躯干及头部有较好的控制。对运送使用轮椅患儿的另一个选择就是使用一个特别改装过的货车。

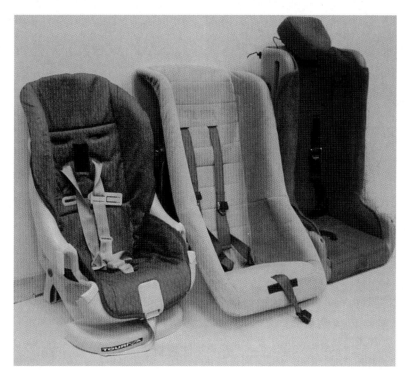

图 5.46 除了为较大患儿设计的有特殊需求的汽车坐椅外,残疾儿童的汽车坐椅与卖给那些没有残疾的儿童的坐椅非常相似

专用轮椅货车和升降机

如果患儿完全依赖升降机,当他们长大成人后,按照平时那样转移到汽车里就会变得十分困难。如果用一个装载着轮椅升降机或坡道的小型货车则会变得容易得多。轮椅升降机是最好的解决方法,但却是最昂贵的。在美国,升降机并不是医疗保险公司作为承保的一个医疗设备。因此一般家庭很难担负得起购买一辆装有轮椅升降机的小货车。并且,当患者坐在轮椅上被转移时需要捆绑装置,且轮椅框架必须可以绑在车上。目前,这些装置包括除了婴儿推车外的大部分标准的轮椅,婴儿推车通常不能绑在车下(内),或者它们从来不需要用车来运输。

特殊坐椅和定位(固定装置)

有许多不同的椅子制造出来以提供给残疾患儿使用。虽然让儿童跨坐在桶形的坐椅可能会有一些功能上的优势,但是这些特殊坐椅的利用相对来说还是很有限的。通常最好将这些桶状或鞍状椅置于学校或医院的环境里,可以让更多的孩子分享使用。另一个问题就是许多拥有所有不同的特殊坐椅的父母认为这些坐椅使家里的空间变得非常有限。不久后这些家长就会感觉他们的房子看起来像一个放满了医疗器械的储藏室。一个经过改装后的轮椅可以满足所有这些患儿对坐椅的需求,他们坐在轮椅里时也会显得比较美观,这也给患儿提供了不同程度上的刺激。附加坐椅的数量应由个体患儿的不同需求及家庭的居住环境来决定。

喂食坐椅

合适的轮椅应有儿童定位装置,这样可容易在轮椅内给患儿喂食。一些家长因为易于清洁,他们更愿意拥有一个单独的

喂食椅。因此他们可以在一个较好的高度下给患儿喂食,并且可将椅子放置于家庭餐桌边,以使患儿更好地融入家庭。照顾者可合理地要求改善对患儿的照顾并选择订购合适的喂食坐椅。大多数这种喂食椅相对来说都是很便宜的(图5.47)。

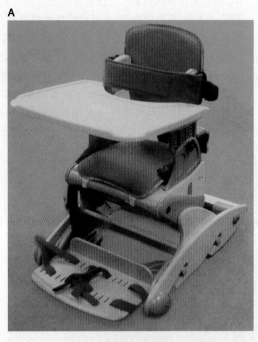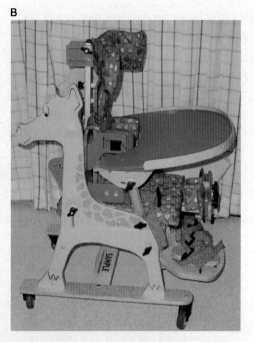

图5.47　这种椅子是典型的家庭喂食或适宜家居的坐椅,可给患儿提供一个额外的就坐区域(A)。许多这种椅子为木制框架,相对来说比轮椅便宜得多(B)。这些椅子也可以视为另外一种定位装置,但绝对不可取代轮椅

游戏椅

使患儿处于不同的姿势例如在地板上玩耍、坐在课桌旁及坐在轮椅里,对患儿的发育来讲有着确切的益处。地板座及转角椅为患儿适应家庭生活空间提供了练习的能力。鞍状座、膝关节椅及桶状椅也是一样的,但是,购买所有的椅子对患儿家庭来讲是不适合的。拥有一种或两种这种特殊坐椅就可以了。这些装置的适用性应该由将要坐在这些椅子上的患儿的功能来决定(图5.48);在购买这些装置回家前,应该先让患儿在学校或是治疗环境中体验这些装置。仅因为在产品目录中看见漂亮的图片就将这些椅子买回家是不恰当的。设备不在目录中就不应该购买,除非公司保证如果它们不符合儿童的需要,在一定期限内能全额退款。

坐便椅

脑瘫患儿对要进行如厕训练的理解认知能力应从儿童中期开始。对有痉挛及躯干控制较差的患儿进行如厕训练需要有一个具有良好躯干支撑及扶手的坐椅,这能让患儿坐得很舒适而不用害怕跌倒。许多不同类型的坐便椅都是可利用的。当患儿大约4岁的时候,家长应该通过反复试验评估患儿在坐便椅上的舒适度来选择合适的坐便椅。如果可以的

话,那么也应在学校环境中评估这些坐便椅,或在儿童医院通过作业治疗来进行评估(图5.49)。当患儿长到成人的体型,则更多的可能使用带有辅助设备的标准型卫生间。对于许多患者来说,在浴室里安装实用的扶手是非常有用处的。

洗澡椅

三岁仍不能独立坐的儿童应建议他们使用洗澡椅。适合年龄较小的儿童使用的最简单的洗澡椅是带有能插入沐浴盆的开孔悬挂式坐椅的洗澡椅(图5.50)。当儿童太大以至于不能放在浴盆中时,应该使用沐浴椅。水龙头压力控制的洗澡椅是可利用的,这种洗澡椅允许儿童坐在沐浴盆的悬空座上,然后可以升高椅子高度来帮助照顾者把儿童移出浴盆。对于体重超重的儿童应该使用上面有实心架的浴盆,照顾者可以用淋浴喷头帮助他们洗澡。这种洗澡椅也可以用于不能保持坐位年龄较大的青少年。对于既不能保持坐位又不能独立站立的儿童,使用带有长座位的沐浴器是最好的选择。

桌子

在学校里使用合适的桌子常常是一个难题。对于有良好坐位能力即差不多能够步行的儿童,希望他们在学校里能坐普通的桌子。有时桌子的高度需要调节。身体需要完全支撑

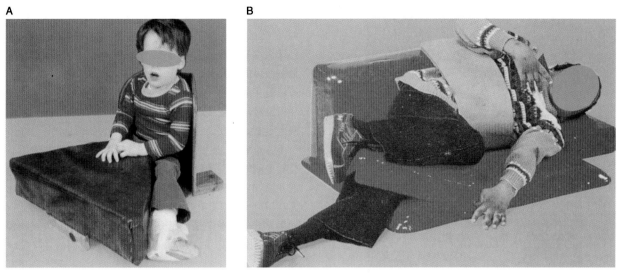

图 5.48 其他的家庭固定装置可能包括坐位板(A)或侧卧床(B),需要说明的是,不同种类的家庭固定装置要求考虑到对每个孩子的益处和所需的空间

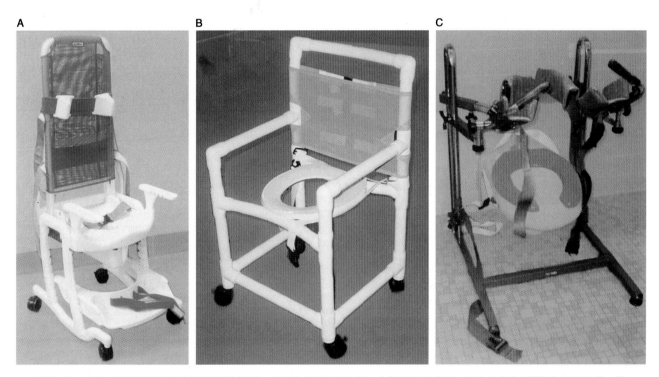

图 5.49 有许多不同种类的坐便器可供使用。然而如果儿童没有一个舒适的坐便椅,那么进行如厕训练就很困难。许多坐便椅是有扶手和足托的(A),但是其他坐便椅的设计根据典型性,可在一个普通的卫生间里移动(B)。通过扶手获得良好的躯干稳定性很重要,对一些儿童来说是他们全部的要求(C)

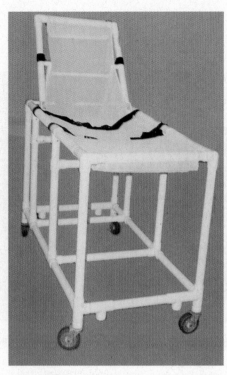

图 5.50 洗澡椅或者沐浴装置可以用 PVC 管制造或从厂家直接购买

的儿童,应坐轮椅而不是桌子,因为桌子只能提供少量的身体支撑。介于两者之间的儿童可以根据个人需要来选择。能坐在课桌上的儿童会感觉自己在教室里更融入于同学中。然而,对于不能支撑身体也没有良好的躯干控制能力的儿童,精细功能将会下降,例如写字。介于需要身体支撑和能坐桌子之间的儿童,进行这两项训练都有好处。在这种情况下,儿童将花费时间坐桌子来训练平衡和躯干控制,尔后花时间坐轮椅来进行精细功能训练。

地面固定装置

没有躯干或头部控制能力的严重四肢瘫痪的患者每天都有许多的体位变化,包括从轮椅转移到不同的卧位,例如仰卧位或俯卧位(图 5.48),这些患者常需要枕头或支撑物来保持侧卧和俯卧。将楔形枕把这些儿童置于俯卧位是非常有用的,而且还允许他们在房间里与其他人互动。这些卧位的支撑物在学校环境中最有用。然而一些家长发现其在家庭中同样有用。对于有严重残疾尤其是有严重脊柱侧弯的人来说,可放气的发泡胶豆形袋是理想的固定装置。当儿童处于不同体位时,这些袋子都可以随之变化,而且放气时是非常稳定的。

站立架

不能借助工具步行的儿童仍可以从站立位而不是坐位或卧位获益。直立的站姿将对下肢骨骼产生刺激,鼓励儿童训练其头部和躯干控制能力。通过改善两肺的气体交换提高呼吸功能,同时刺激胃肠的蠕动。另外,儿童可在直立位观察周

围的世界。目前还没有研究明确地和客观地量化这些作用,也没有规定达到治疗效果需要站立多久。同时正确的体位,负荷量的大小和承重时间也是一个值得思考的问题。对于那些骨折危险性增加的严重骨质疏松的儿童,骨量减少的主要原因是骨骼缺少重量负荷刺激。然而需要多少刺激量,要达到什么水平还没有文件记录。就像大多数生物系统一样,少量刺激可能比没有好。但需要达到一定的治疗量来产生一个可以量化的效果。我们应该谨记最低目标是每天至少让儿童尽可能多地负重一个小时。能保持站立的儿童要求每天运动两个小时。站立训练应该在 24~30 个月开始。由于许多孩子不喜欢站立,所以家长需要在孩子进行他们喜欢的活动时鼓励他们站立。例如,只有当儿童站立时才允许他们看喜欢的视频、电视节目或听喜欢的音乐。当儿童越来越重接近成人身材时,对家人来说把他们放在站立架中会变得很困难。如果站立架对孩子来说是方便可用的,而且他们的照顾者很容易将其放到其中,那么应该鼓励儿童长时间的在学校环境中站立。

俯卧式站立架

需要患儿前倾以获得身体前面支撑的站立架称为俯卧式站立架。对在进行活动时已经有充分头部控制能力的儿童最适宜使用这种站立架。用站立架前面的支架把患儿固定在前倾 10°~20°。这是儿童进行手部精细动作的理想体位,例如写字和画画。俯卧位站立架后面的主要固定装置是一个在臀部和胸部水平的带子。这些站立架有许多实用的轮子,当儿童直立位时,他们可以在房间里自我推动站立架。需要使用俯卧位站立架的脑瘫患儿很少用自我控制的站立架,因为他们缺少充分的上肢协调性和力量来推动站立架。有轮子的步行架对照顾者来说是方便的,他们可以使用轮子推动站立架把儿童转移到房间的任何地方。

仰卧位站立架

儿童后仰以获得支撑的站立架称为仰卧式站立架。这种设计用于那些没有头部控制能力的儿童。在仰卧式站立架中,儿童的头部后面同样也有支撑,前面的支撑部位在膝关节、臀部和胸部水平。提倡尽可能多地保持直立位,通常伴有站立架后倾 10°~20°。在此位置儿童不可能用手做任何有意义的精细动作。然而,大多数需要仰卧位站立架的儿童都没有任何的手部功能(图 5.51)。

奖台式站立架

站立箱或者站立架是使儿童处于直立位并且只在骨盆、腹部和下胸部有支撑的站立架称为奖台式站立架。是特别为那些有良好的上肢和上身躯干控制能力和功能的脊髓神经麻痹的患儿设计的,而对于需要站立架的脑瘫患儿几乎是没用的。站在奖台式站立架的脑瘫患儿很容易跌倒直到他们抓住最近的支撑物。不应该为脑瘫患儿购买奖台式站立架。

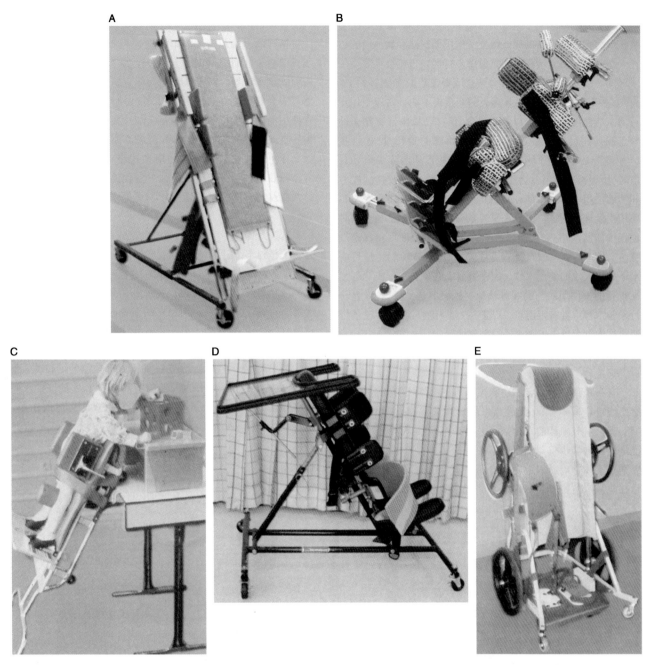

图 5.51　站立架的起始位是仰卧位或者俯卧位。这种站立架也可以被称为斜板,因为开始时是完全的平板,通过倾斜一端来提供一个简单的仰卧位站立架(A)。更新的设计用一些坐垫来支撑,然而效果是一样的(B)。有手功能和头部控制的患儿,更适合使用俯卧位站立架,因为它使患儿处于一个更好的功能位。可以是一种倾斜在普通桌子上的简单装置(C)或者是带有控制系统的高级站立装置(D)。站立箱或患儿推动式的可移动站立箱已经得到充分的发展而且很好地用于治疗有正常上肢功能的脊髓神经功能障碍的患儿。但是对脑瘫患儿却没有作用。因为如果他们有如此好的上肢功能那么他们使用步行架会更有用(E)

步行辅助器

大多数脑瘫患儿在其成长过程中会使用步行装置。大多数可成为独立步行者的患儿需要从使用助行器开始他们的行走。然而只能站立转移的儿童借助步行器步行还会再需要一段时间。大多数儿童借助拉力站立或抓住玩具和家具站立。直到2～2.5岁左右,有认知障碍的儿童仍不能有效地使用步行器。然而一些儿童可以推玩具车、像办公椅样带有轮子的椅子或其他玩具来站立。当儿童开始辅助步行时,通常在24～30个月建议他们使用步行器。当儿童从治疗中得到自信时,步行器的作用就会提高。对于有良好的下肢控制能力和功能性步态但是不能独立行走的儿童,建议其在5岁左右使用拐杖进行训练。一般来说甚至发育正常的儿童在五岁时也很少能够使用拐杖,所以过早的让脑瘫患儿使用拐杖是没有意义的。当儿童发育到青春期时,如果身体功能还是目前水平应建议他们使用拐杖。大多数能家庭独立步行或社区独立步行的人使用的辅助装置就是拐杖而不是步行器,并且步行架非常笨重且携带困难。对于一个健壮的成年人来说步行架往往太宽大以至于很难通过普通的房门。

步行器

有一系列复杂形状和功能操作的步行器可供患者选用,然而当决定哪种步行器适合患者时首先应考虑简单的种类。甚至对有经验的治疗师或医生来说寻找儿童喜欢的且能最好控制的步行器仍需要不断地探索。步行器的最根本区别在于其是后面固定还是前面固定。前面固定的步行器是在儿童身前推动的,而后面固定的步行器是在儿童身后拉动的。有各种不同大小和结构的步行架可供使用。一般来说,对于脑瘫患儿,前固定步行器能使患儿更多地保持直立位和步行速度。在儿童早期和中期,前固定步行器是最常见的设计(图5.52),但除外失明和有精神障碍的儿童。有严重精神障碍的儿童可能不能理解为什么他们不能看见的步行器会给他们提供支持。一般在24～30个月左右要求使用前固定步行器。对于认知能力低下的患儿,前面固定步行器可能会发挥更好的作用(图5.53)。对于盲童来讲则更适宜使用前固定步行器。当患儿逐渐长大并变重,则应广泛使用后推式步行器。如果青少年患者不能功能性的使用拐杖,那么应更改使用较窄设计的前推式步行器,这种步行器通常体积较小并且易于运输。这个变化的好处在于可观察到患儿在儿童时期会比在青少年期更处于一个更加直立的姿势。

这些为青少年与成人准备的前推式助行器应明确地安装有轮子和刹车,还可装配可翻起式坐椅,这样可方便使用者随时坐下休息(图5.52)。助行器的标准高度应在髂棘顶端与腰骶联合之间,扶手的标准高度应在髂棘顶端与腰骶联合水平之间,且高度可根据不同患儿的需要进行调整。在订购步行器时,扶手的位置则是另一个需要注意的选项。这些扶手可以是在助行器标准高度的横扶手,也可以是可升降的竖扶手。对于某些孩子来说,需要一种用肘部控制的助行器(图5.54)。对于大部分使用助行器的脑瘫儿童,扶手的位置并不是十分重要,但是对于某些患儿却起着重要的功能性作用。患儿可以舒服地握住的最简单的扶手是横扶手。对于想将上

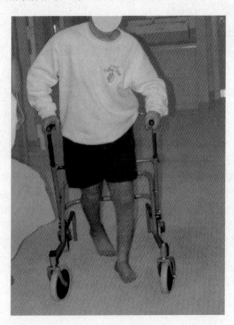

图5.52　助行装置有许多种设计,每一种设计对每一个患儿都有益处。最常用的后推式步行器鼓励患儿以更加直立的姿势站立,并可增加步行速度

图5.53　简单的前推式步行器对于智力发育迟缓的患儿来讲也比较容易学会使用,但是要鼓励患儿更多的向前倾斜

肢置于高处或挡板位置和那些上肢不能置于身侧的孩子应选择竖扶手,其常要求置于贴近中线处,对于上肢有偏瘫姿势的患儿,应在偏瘫侧安装放置上肢的平台。

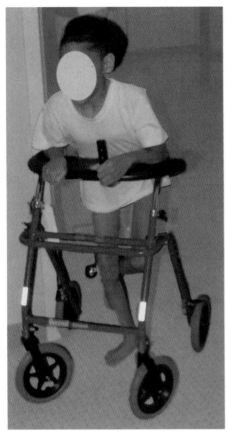

图 5.54　前推式步行器可较好地承担有少许上肢功能的患儿的体重

助行器与地面之间的连接点是轮子与拐杖头,对于刚开始行走的孩子来说,应在助行器的每条腿上安装拐杖头。当孩子增加了行走的信心和速度后,可安装后轮。那些轮子通常在逆行时锁住,因此当患儿向前移动时他们只能转弯。当孩子的步行能力有提高时,可以安装上前轮。而当孩子的能力再次提高时,又可以安装上自由反转的前小脚轮。对于不同层次的支撑需求,应根据患儿的实际功能情况不断摸索调整。在进行物理治疗时应随时注意患儿的功能变化。随着孩子步行功能的提高,助行器提供的帮助也应逐渐减少,这点可通过使用轮子以减少阻力和稳定来达到。轮子的使用可以使患儿移动得更快。当大多数的患儿进入家庭附近的学校时,那些学校几乎没有物理治疗师和可供他们使用的特殊设备。这种逐渐减少支撑以增加孩子的步行能力的做法常常被忽视。因此,对脑瘫医生来说,精确地评估门诊病人的步行能力是很有必要的。

髋关节定位器也是一种加于助行器上的装置,一些患儿一直不能控制骨盆,增加髋关节定位器可使骨盆保持在中立位以解决这种问题。这种髋关节定位器仅适用于那些非常不稳定或容易连续向一旁倾斜的患儿。

步态训练器

步态训练器是另一种经过改造后的助行器。形象地说,这种装置类似于那种供八九个月大,还没有独立行走能力的婴儿于家中行走时用的学步车。步态训练器配有坐椅装置,以便孩子们站立不住时有个支撑(图 5.55),即使当孩子们全身放松时也不会摔倒。相对于站立架来说,孩子们明显更乐意在步态训练器中享受步行的乐趣。然而,有些物理治疗师因担心这种训练器会使孩子养成不良姿势,会伤害到孩子而反对使用步态训练器,学步车也存在同样的问题。可是目前并没有客观的证据证明步态训练器会伤害孩子或限制孩子的发展。使用这种步态训练器最大的风险是其使用者下楼梯、踩空或翻倒。家长应时刻注意这些危险因素,尤其是在其他孩子来家里玩时,打开并忘记关地下室或通向屋外的门时,那些使用训练器的孩子们很可能会摔下楼梯,以上危险因素同样存在于学步车的使用中。现在没有明确的关于使用步态训练器有利于使用者的记录,但孩子们却很喜欢它们,因这些训练器为他们提供了一种另类的移动机会(图 5.52)。这些助行器可以使骨骼受力,并且同站立架一样可以改善呼吸系统和内脏系统功能。

通常,步态训练器在 4~10 岁的使用者间有着不同程度的成功。家长们在见到孩子们以直立的姿势移动时总是很兴奋的,他们认为这是孩子获得独立行走能力的前兆,但是事实却并非如此,孩子们的能力并没有得到提升,孩子们由在步态训练器中移动转至能独立地使用无支撑的前助行器是极其罕见的。然而,当今亦没有证据证明步态训练器对孩子们运动功能的发展起到促进或抑制作用。由于步态训练器的款式繁杂多样,因此在选择前先要测试其功能。如果不能实现,生产公司应保证如果孩子不能使用这种装置,公司必须在适当的时间回收训练器。步态训练器的设计应能适用于那些年长的、体重很重的孩子,使他们不再需要用电动装置抬高和降低他们,就像婴儿学步车一样。同样,如果将孩子的躯干稍微前倾,就如同站在一个俯卧位的站立架内,孩子们会做得更好。现在有许多大商家生产的步态训练器可允许青少年利用机械直接从轮椅的坐位升至站立位(图 5.55)。这些步态训练器大多数用于那些为严重认知及运动障碍的青少年提供特殊运动教育的学校。青少年们似乎很喜欢它的灵活并对其开阔的运动刺激适应良好。然而,对于认知缺陷的青少年这种运动刺激器的好处很难肯定(图 5.56)

拐杖及手杖的使用

大多数使用辅助装置,能进行社区步行的青少年都可使用前臂支撑拐。这些拐杖原先是用于平衡功能差或下肢负重差的患者,拐杖所承受的重量变化很大(图 5.57)。轻量型的前臂支撑拐对于需要平衡帮助的人是很不错的选择,它们不仅操作容易,在使用臂套固定时,还可以用前臂执行其他活动,比如拿茶杯。他们在家中时辅助于家具或仅使用一支拐行走。有很大一部分优秀的前臂支撑拐的使用者在儿童中期

A

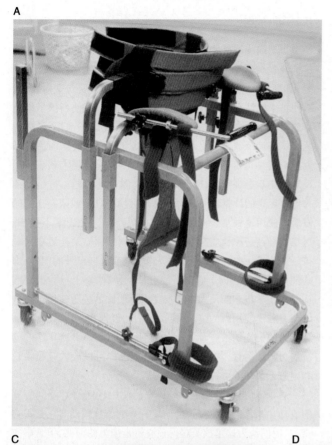

B

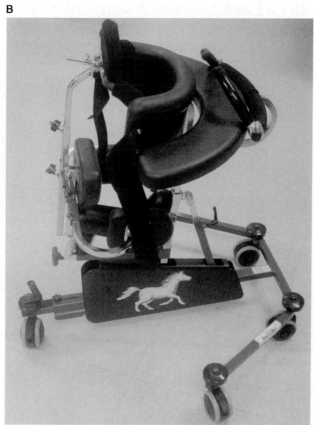

C

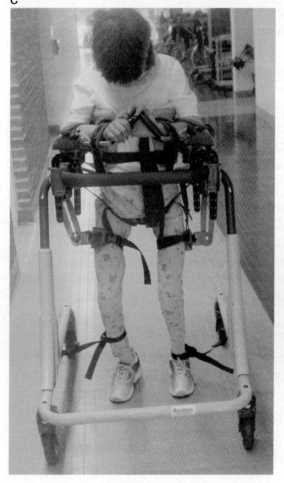

D

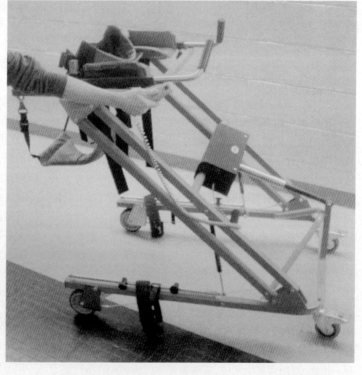

图 5.55 对于运动及平衡功能有限的患儿来说，有许多类型的步行训练器。从相对简单的行走架(A)到有良好前臂扶手的(B)及带有精巧扶手、髋关节导引及脚导引的(C)。步行训练器也可以增加液压升降机，而供较大及较重的青少年使用(D)

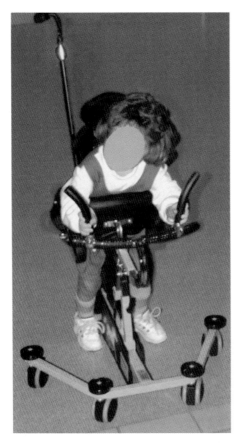

图 5.56　虽然步行训练器可能给脑瘫儿童带来一些安全上的风险,并且也没有很好的文献说明是长期有益的,但是孩子们很享受使用自己的力量去移动的机会

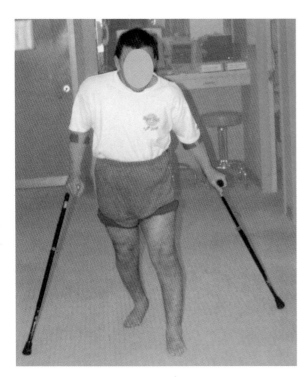

图 5.57　如果脑瘫患儿不可独立行走,那么前臂拐杖是脑瘫儿童所能使用的最多功能的装置。这些拐杖有许多不同的颜色,并且重量较轻

的某一阶段,大约 7～10 岁,于社区行走时并不使用辅助器具。在这段时间,他们经常摔倒,他们的平衡很差但却有相当快的速度。因此虽然由于不稳定造成他们频繁的摔倒,但他们也能追赶上同年龄的伙伴。随着年龄的增长,他们的体重和身高也显著增加,对于处于青春期阶段的他们来说,步行越来越困难使他们不得不开始使用拐杖。使用拐杖对孩子及其家长来说好像意味着功能的退步,但当提到那些因使用拐杖而不再摔倒的成年人来,他们也明白了使用拐杖带来的好处。使用拐杖并不表示步行能力的退化,这主要是因为摔倒对于一个 8 岁的孩子来说并不是一件大不了的事,但对于 16 岁的青少年来说却不能接受了。同样,一个 16 岁的患儿跌倒后要比一个 8 岁患儿跌倒受伤严重得多。将一个容易摔倒的小孩置于轮椅上而不教他们使用拐杖是一个很大的错误,这样会导致孩子产生对轮椅的依赖。在他们有可能使用拐杖进行社区步行,对轮椅产生依赖之前应进行适当的拐杖使用训练(病例 5.1)。

其他辅助装置,例如着重于平衡发展的正处于生长期的患儿可能在进行物理治疗时会使用单脚拐或三脚拐。同样,也可以使用三脚或四脚肘拐。脑瘫患者可能很少能有效地使用单脚或两脚手杖,并且当他们尝试去使用三脚或四脚拐杖时,步速会大幅度下降。同样,除非支撑面是非常平整,不然使用三脚或者四脚的拐杖或手杖时他们的姿势会很不稳定,这也正是这些患者所面临的最大难题。不能使用单脚前臂拐杖的儿童通常会继续使用步行器或在青春期更换使用前推式步行器。

标准的腋拐对于脑瘫的儿童来说没有任何作用,因为他们很难在使用腋拐时将上肢保持在一个固定的姿势。而且对于脑瘫儿童来说,腋拐放在腋窝他们将很难适应。

患者升降机

进入青春期的儿童会出现的一个问题是他们的父母已经很难将他们抱起。如果孩子的身体残疾程度需要完全依赖抱起,那么将会明显地增加照顾者的劳累程度,尤其是青春期生长很快的时候。其中照顾者需要的一个解决方法就是购买一个病人升降装置。一般通常有两种可用的类型。一种是在地板上摆动的升降装置,可以将患儿位从要被抬起的地方摆过去。这种升降机通常用吊索升降儿童从而将他们移动到装置里边。等孩子被放到装置里边后,升降装置再摆动到一个可以降低装置的地方。第二种病人升降系统是附着于天花板上,并且在天花板上加装轨道后进行的装置。病人被一根类似吊索坐椅升起然后沿着轨道移动。在地面上摆动的装置需要较硬的没有地毯的地面。同时,此装置还需从患儿被升起的地方被打开并向下降低升降机。这意味着床和轮椅都是可以的,但这种升降装置不能将患儿从浴缸里移出。再者,地板上滚动的装置带有轮子,这些轮子通常非常小并且很难推动,特别是当被移动的患儿体重较重时。很多照料孩子的人发现这种在地板上滚动的装置很难使用而且弊大于利,除非再没有别的办法来移动患儿。附着于天花板的系统一般说来是被照料者所支持的,但是,它的使用范围非常局限。通常来讲,照顾者对安装在天花板上的升降系统有着很高的评价。天花板式系统的使用可以将患儿移出浴缸,放置在马桶,将患儿移出轮椅和放在床上。这套系统可以联合安装在卫生间或者卧室,非常实用。天花板式转移装置的缺点是如果要安装必须有自己的房子,并且如果需做比较大的结构上的改变以安装此装置。这套系统对家庭另外一个比较大的缺点是,因为这套系统是安装在家里,保险公司会认为这是房间的装修而经常不予以报销此类项目。相比之下,在地板上滚动的装置没有附着于天花板,所以虽然它工作得不是很好,但是可以被认定为医疗装置而不是家庭的装修。

其他耐用医疗设备

　　其他要求医生开具处方的装置还包括交流装置、家庭环境控制装置、家庭改造装置和尿布。辅助交流系统是非常广泛而且复杂的领域,对于医生来说,似乎很难跟得上其发展的步伐。专门有辅助交流的专家经常培训言语治疗师。通过学校系统购买的这类系统大多数不需要医疗处方。在医生的知识范围内,如果需要开具处方同时他们也比较支持的话,儿童有认知能力同时也需要这种装置,医生则应该进行一个全面的评估。评估包括对所做测试的描述及需要使用这种特殊装置的理论。报告同时也应该记录患儿有一定的认知和身体能力来使用这套装置。家庭环境控制开关,楼梯升降器以及家庭的改造比如门的宽度和安装特别的浴室设备是改善儿童运动障碍非常有效的措施。医生很少及时地进行特别的记录;但是,医疗需求的信件或者处方或许可以代替完成这种记录。

这种改造是不可能被医疗保险所包含的;但是,有了这封医疗需求的信件,在某些情况下,一个家庭提供可以在纳税申请表上扣除作为医疗花费的一部分。这部分扣除必须有税收专员的推荐信。如果没有将患儿进行如厕训练,有些保险公司计划将超龄儿童的尿布纳入报销范围。这些尿布需要一个处方,这些需要很明确但是很麻烦。然而,家庭需要得到这份文书,并且家庭医生或是患儿的其他医生需要提供这份处方来帮助其家庭获得合理的供给。患儿家庭常要求记录或开具处方的另一个方面是特殊的游戏设备,比如三轮车。这些游戏设备中的一些可作为治疗用装置(图5.58)。但是,要找到合适的证明来得到这些装置的医疗保险通常来说是很困难的。一个类似于轮椅秋千之类的装置可以使患儿有与正常儿童一样的童年经历,但很难将这些设备视同为医疗装置(图5.59)。

图5.59　轮椅秋千同样可给没有机会进行类似于荡秋千之类的正常童年游戏的患儿一个非常好的良性刺激

图5.58　其他一些介于治疗及游戏之间的装置是治疗性三轮车,这种三轮车可使患儿进行非常好的耐力训练及平衡发展

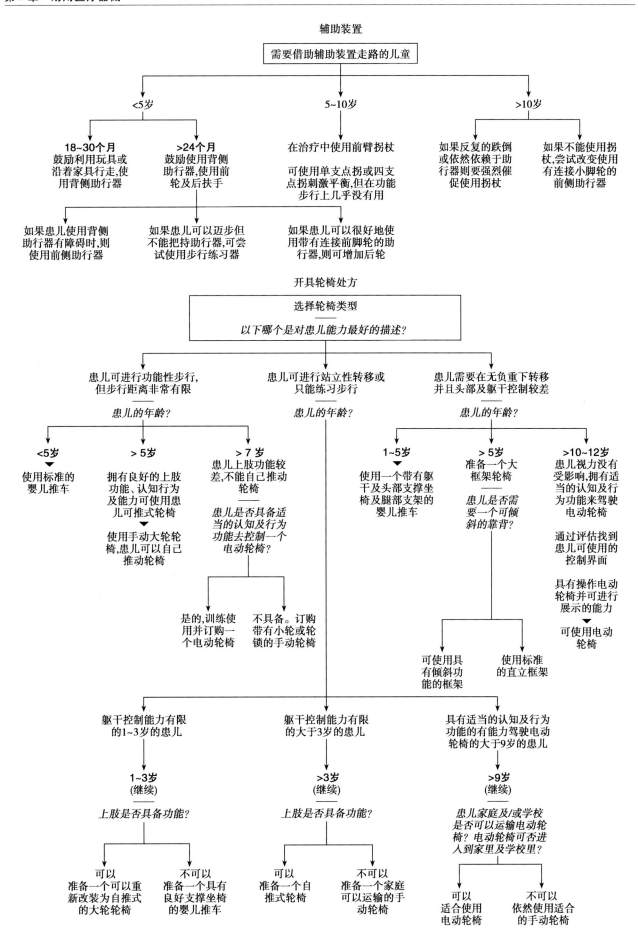

辅助装置

需要借助辅助装置走路的儿童

<5岁

18~30个月
鼓励利用玩具或
沿着家具行走,使
用背侧助行器

>24个月
鼓励使用背侧
助行器,使用前
轮及后扶手

如果患儿使用背侧
助行器有障碍时,则
使用前侧助行器

如果患儿可以迈步但
不能把持助行器,可尝
试使用步行练习器

5~10岁

在治疗中使用前臂拐杖

可使用单支点拐或四支
点拐刺激平衡,但在功能
步行上几乎没有用

如果患儿可以很好地使
用带有连接前脚轮的助
行器,则可增加后轮

>10岁

如果反复的跌倒
或依然依赖于助
行器则要强烈催
促使用拐杖

如果不能使用拐
杖,尝试改变使用
有连接小脚轮的
前侧助行器

开具轮椅处方

选择轮椅类型
——
以下哪个是对患儿能力最好的描述?

患儿可进行功能性步行,
但步行距离非常有限

患儿的年龄?

<5岁
使用标准的
婴儿推车

> 5岁
拥有良好的上肢
功能、认知行为
及能力可使用患
儿可推式轮椅
——
使用手动大轮轮
椅,患儿可以自己
推动轮椅

> 7岁
患儿上肢功能较
差,不能自己推动
轮椅
——
*患儿是否具备适
当的认知及行为
功能去控制一个
电动轮椅?*

是的,训练使
用并订购一
个电动轮椅

不具备。订购
带有小轮或轮
锁的手动轮椅

患儿可进行站立性转移或
只能练习步行

患儿的年龄?

患儿需要在无负重下转移
并且头部及躯干控制较差

患儿的年龄?

1~5岁
使用一个带有躯
干及头部支撑坐
椅及腿部支架的
婴儿推车

> 5岁
准备一个大
框架轮椅
——
*患儿是否需
要一个可倾
斜的靠背?*

可使用具
有倾斜功
能的框架

使用标准
的直立框架

>10~12岁
患儿视力没有
受影响,拥有适
当的认知及行
为功能来驾驶
电动轮椅

通过评估找到
患儿可使用的
控制界面

具有操作电动
轮椅并可进行
展示的能力

可使用电动
轮椅

躯干控制能力有限
的1~3岁的患儿

1~3岁
(继续)

上肢是否具备功能?

可以
准备一个可以重
新改装为自推式
的大轮轮椅

不可以
准备一个具有
良好支撑坐椅
的婴儿推车

躯干控制能力有限
的大于3岁的患儿

>3岁
(继续)

上肢是否具备功能?

可以
准备一个自
推式轮椅

不可以
准备一个家庭
可以运输的手
动轮椅

具有适当的认知及行为
功能的有能力驾驶电动
轮椅的大于9岁的患儿

>9岁
(继续)

*患儿家庭及/或学校
是否可以运输电动轮
椅?电动轮椅可否进
入到家里及学校里?*

可以
适合使用
电动轮椅

不可以
依然使用适合
的手动轮椅

神经肌肉足矫形器处方

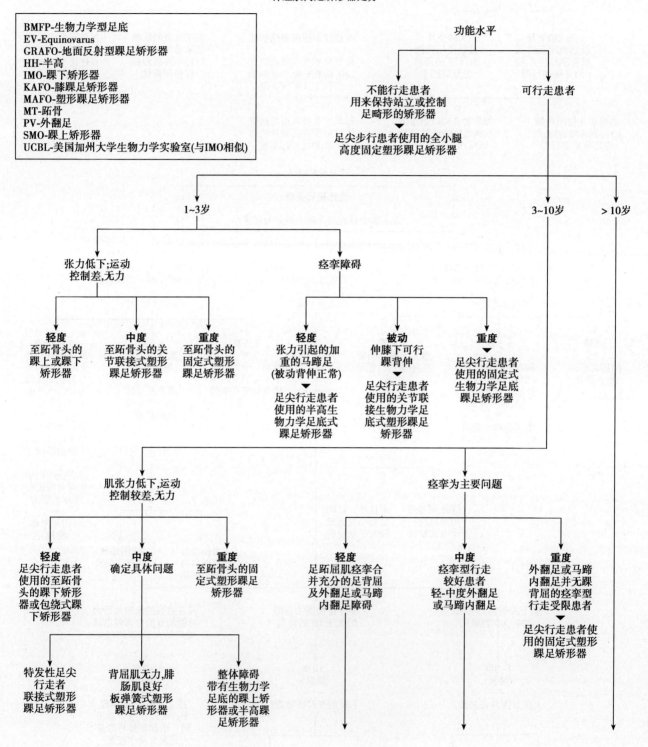

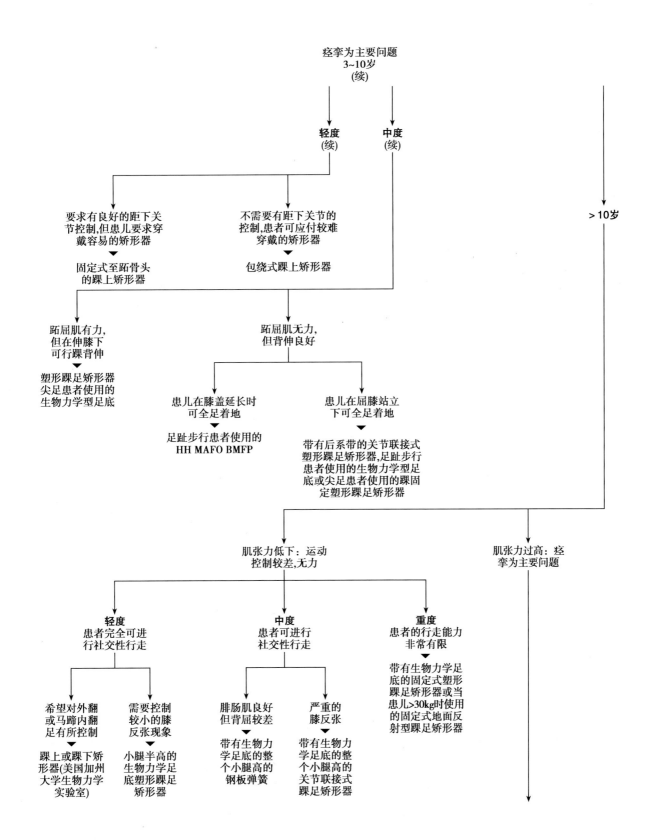

痉挛为主要问题
3~10岁
(续)

轻度
(续)

中度
(续)

> 10岁

要求有良好的距下关节控制,但患儿要求穿戴容易的矫形器

不需要有距下关节的控制,患者可应付较难穿戴的矫形器

固定式至跖骨头的踝上矫形器

包绕式踝上矫形器

跖屈肌有力,但在伸膝下可行踝背伸

跖屈肌无力,但背伸良好

塑形踝足矫形器尖足患者使用的生物力学型足底

患儿在膝盖延长时可全足着地

患儿在屈膝站立下可全足着地

足趾步行患者使用的HH MAFO BMFP

带有后系带的关节联接式塑形踝足矫形器,足趾步行患者使用的生物力学型足底或尖足患者使用的踝固定塑形踝足矫形器

肌张力低下:运动控制较差,无力

肌张力过高:痉挛为主要问题

轻度
患者完全可进行社交性行走

中度
患者可进行社交性行走

重度
患者的行走能力非常有限

带有生物力学足底的固定式塑形踝足矫形器或当患儿>30kg时使用的固定式地面反射型踝足矫形器

希望对外翻或马蹄内翻足有所控制

需要控制较小的膝反张现象

腓肠肌良好但背屈较差

严重的膝反张

踝上或踝下矫形器(美国加州大学生物力学实验室)

小腿半高的生物力学足底塑形踝足矫形器

带有生物力学足底的整个小腿高的钢板弹簧

带有生物力学足底的整个小腿高的关节联接式踝足矫形器

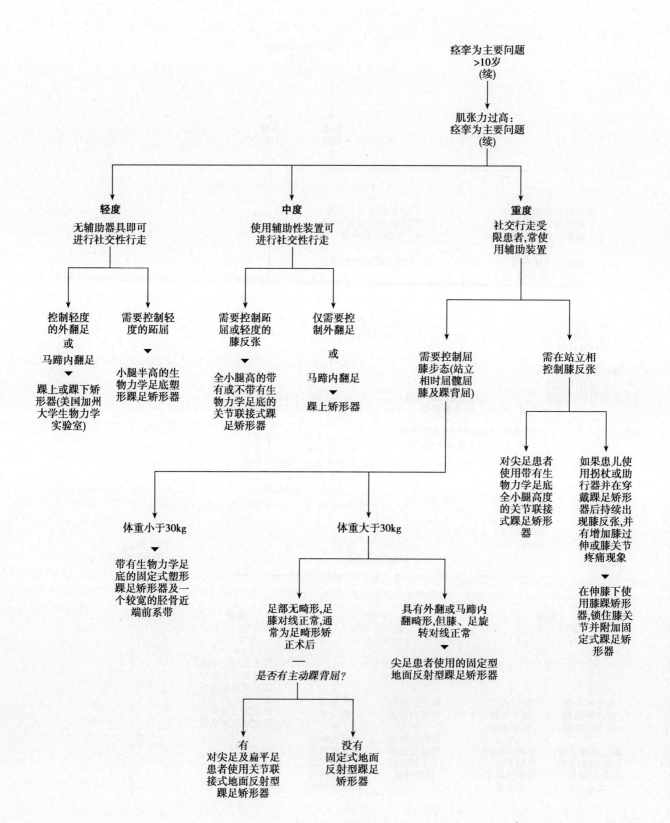

参考文献

1. Miller A, Temple T, Miller F. Impact of orthoses on the rate of scoliosis progression in children with cerebral palsy [see comments]. J Pediatr Orthop 1996;16: 332–5.
2. Leopando MT, Moussavi Z, Holbrow J, Chernick V, Pasterkamp H, Rempel G. Effect of a soft Boston orthosis on pulmonary mechanics in severe cerebral palsy. Pediatr Pulmonol 1999;28:53–8.
3. Miller F, Slomczykowski M, Cope R, Lipton GE. Computer modeling of the pathomechanics of spastic hip dislocation in children. J Pediatr Orthop 1999;19: 486–92.
4. Szalay EA, Roach JW, Houkom JA, Wenger DR, Herring JA. Extension-abduction contracture of the spastic hip. J Pediatr Orthop 1986;6:1–6.
5. Carlson WE, Vaughan CL, Damiano DL, Abel MF. Orthotic management of gait in spastic diplegia. Am J Phys Med Rehabil 1997;76:219–25.
6. Crenshaw S, Herzog R, Castagno P, et al. The efficacy of tone-reducing features in orthotics on the gait of children with spastic diplegic cerebral palsy. J Pediatr Orthop 2000;20:210–6.
7. Radtka SA, Skinner SR, Dixon DM, Johanson ME. A comparison of gait with solid, dynamic, and no ankle-foot orthoses in children with spastic cerebral palsy [see comments] [published erratum appears in Phys Ther 1998;78(2):222–4]. Phys Ther 1997;77:395–409.
8. Burtner PA, Woollacott MH, Qualls C. Stance balance control with orthoses in a group of children with spastic cerebral palsy. Dev Med Child Neurol 1999;41: 748–57.
9. Ricks NR, Eilert RE. Effects of inhibitory casts and orthoses on bony alignment of foot and ankle during weight-bearing in children with spasticity. Dev Med Child Neurol 1993;35:11–6.
10. Abel MF, Juhl GA, Vaughan CL, Damiano DL. Gait assessment of fixed ankle-foot orthoses in children with spastic diplegia. Arch Phys Med Rehabil 1998;79: 126–33.
11. Hainsworth F, Harrison MJ, Sheldon TA, Roussounis SH. A preliminary evaluation of ankle orthoses in the management of children with cerebral palsy. Dev Med Child Neurol 1997;39:243–7.
12. Ounpuu S, Bell KJ, Davis RB III, DeLuca PA. An evaluation of the posterior leaf spring orthosis using joint kinematics and kinetics. J Pediatr Orthop 1996;16:378–84.
13. Wilson H, Haideri N, Song K, Telford D. Ankle-foot orthoses for preambulatory children with spastic diplegia. J Pediatr Orthop 1997;17:370–6.
14. Nwaobi OM, Smith PD. Effect of adaptive seating on pulmonary function of children with cerebral palsy. Dev Med Child Neurol 1986;28:351–4.
15. Hulme JB, Bain B, Hardin M, McKinnon A, Waldron D. The influence of adaptive seating devices on vocalization. J Commun Disord 1989;22:137–45.
16. Hulme JB, Shaver J, Acher S, Mullette L, Eggert C. Effects of adaptive seating devices on the eating and drinking of children with multiple handicaps. Am J Occup Ther 1987;41:81–9.
17. Nwaobi OM. Seating orientations and upper extremity function in children with cerebral palsy. Phys Ther 1987;67:1209–12.
18. Reid DT. The effects of the saddle seat on seated postural control and upper-extremity movement in children with cerebral palsy. Dev Med Child Neurol 1996;38:805–15.
19. Medhat MA, Redford JB. Experience of a seating clinic. Int Orthop 1985;9: 279–85.
20. Rang M, Douglas G, Bennet GC, Koreska J. Seating for children with cerebral palsy. J Pediatr Orthop 1981;1:279–87.
21. Colbert AP, Doyle KM, Webb WE. DESEMO seats for young children with cerebral palsy. Arch Phys Med Rehabil 1986;67:484–6.
22. Trefler E, Hanks S, Huggins P, Chiarizzo S, Hobson D. A modular seating system for cerebral-palsied children. Dev Med Child Neurol 1978;20:199–204.
23. Trefler E, Angelo J. Comparison of anterior trunk supports for children with cerebral palsy. Assist Technol 1997;9:15–21.

24. McPherson JJ, Schild R, Spaulding SJ, Barsamian P, Transon C, White SC. Analysis of upper extremity movement in four sitting positions: a comparison of persons with and without cerebral palsy. Am J Occup Ther 1991;45:123–9.

25. Nwaobi OM. Effects of body orientation in space on tonic muscle activity of patients with cerebral palsy. Dev Med Child Neurol 1986;28:41–4.

26. Gibson DA, Albisser AM, Koreska J. Role of the wheelchair in the management of the muscular dystrophy patient. Can Med Assoc J 1975;113:964–6.

27. Stout JD, Bandy P, Feller N, Stroup KB, Bull MJ. Transportation resources for pediatric orthopaedic clients. Orthop Nurs 1992;11:26–30.

28. Paley K, Walker JL, Cromwell F, Enlow C. Transportation of children with special seating needs. South Med J 1993;86:1339–41.

29. Cristarella MC. Comparison of straddling and sitting apparatus for the spastic cerebral-palsied child. Am J Occup Ther 1975;29:273–6.

30. Levangie PK, Guihan MF, Meyer P, Stuhr K. Effect of altering handle position of a rolling walker on gait in children with cerebral palsy. Phys Ther 1989;69:130–4.

31. Holm VA, Harthun-Smith L, Tada WL. Infant walkers and cerebral palsy. Am J Dis Child 1983;137:1189–90.

第 6 章

步 态

对矫形外科医师而言，在改善脑瘫患儿步行能力的治疗过程中，最常见的是患儿的骨骼肌肉问题。只有极少数患儿的运动功能障碍严重到无需考虑步行可能。无论是症状最轻的偏瘫患儿，还是仅能完成站立转移的四肢瘫患儿，通常其父母最关心的都是患儿下肢的运动功能。矫形外科医师治疗方案的首要任务是对步行功能障碍在患儿残疾中所占比重进行个体化识别。其次是决定针对功能障碍的治疗是否有助于改善患儿的整体功能。最后则是向患儿及其父母解释治疗方案，说明治疗的预期功能收益及承担的风险。正常步行是人体最复杂的功能之一，所以步行功能障碍也是小儿矫形外科医师所遇见最复杂的治疗问题。为理解和制订脑瘫患儿步行功能障碍的治疗方案，矫形外科医师必须很好地掌握正常步态、掌握步态测试技术及病理步态的评价方法。

本章系统阐述步态相关的基本概念，为理解正常步态及脑瘫患儿的病理步态作背景介绍。除全面介绍步态的基础知识外，还提供详尽资料、有助于读者科学理解人类步态。在此，强力推荐 Jacquelin Perry 所著的《步态分析》。若希望精确掌握该方面知识，则推荐 Harris 和 Smith 编写的《人类运动分析》。James Gage 所著的《脑瘫步态分析》在脑瘫患儿治疗上更专业。

基础知识

步态的基础知识涉及神经运动控制，骨骼肌肉系统的整体力学，结缔组织、肌肉和骨骼等亚系统结构的力学和生理学知识。有关运动控制的基本概念已在第 3 章运动控制和张力中进行了讨论。该章节内容有助于理解步态的运动控制，重点主要在于表达某种程度的模糊控制但却易使不同肌力变得无秩序运动的动态控制理论。讨论里也提到综合前馈和反馈控制的中枢模式发生器假设。步态治疗的基本假设包括即使提供中枢模式发生器步行控制最可能的生物力学环境改造，也很难选择性影响中枢模式发生器的概念。另一假设脑瘫异常步态的基本病理最主要在于不能直接影响中枢模式发生器，步态治疗的预后也就难以恢复正常步态模式。所以，确定治疗目标为改善步态模式接近正常功能。基于上述假设，中枢模式发生器如何发出指令作为步行物理运动的机制也有待商榷。

生物力学

为更好地理解生物力学的讨论部分，将其中所涉及的专有名词进行清晰、详尽的解释（表 6.1）。运动指个体的物理

表 6.1　生物力学名词解释

名　词	解　释
短暂空间特性	与步行周期相关的身体或身体节段的改变
步速	步行时整个身体在每一单位时间内改变的距离
步长	即一足的步行周期，一足在每一步行周期移动的距离
步频	每一单位时间的步行周期数
步幅	等同于两个步长的整个身体的步行周期
支撑相	在一个步行周期中足接触地面的时间
摆动相	在一个步行周期中足不接触地面的时间，若足拖曳地面，即指足开始向前移动的时间
第一双支撑相	从足跟着地至对侧足进入摆动相的时间
第二双支撑相	从对侧足跟着地至其进入摆动相的时间，每一步长有两个第二双支撑相，但每一步幅也仅有两个第二双支撑相
步宽	在双支撑相两足之间的横向距离
运动学	在步行时测量身体节段的移动，通常定义为远端节段相对于近端关节节段的角度改变或指相对于整个坐标系统的运动
关节速度	每一单位时间内的关节数量
关节加速度	每一单位时间的速度变化
关节加速度变率	每一单位时间的加速度变化
运动学	测量身体节段的作用力
力矩	产生旋转运动时从某点到一特定距离的力量
关节反应力 e	在三维平面和三维空间内关节所受的力
关节功率	关节角速度内的纯关节力矩时间
标准化动力学	不同年龄、不同个体按公斤体重比较进行动力学测试

135

转移或身体节段的空间变化。运动还被定义为绕着某点进行的角旋转。与身体运动相关的瞬时空间测量中，每一单位时间的运动量，即速度通常用每秒厘米(cm/s)来定义。瞬时空间测量通过不同步态时相的整体力学来区分身体运动的不同要素。运动学测量单个关节的角度运动。通常，临床测量关节轴的关节运动角度如屈曲角度。第一参数为每单位时间角旋转时间，第二参数为关节加速度，第三参数为关节加速度变率。

涉及步态的力和特性被称为运动学测量。运动学测量时用牛顿力(N)来测量力。用公斤(kg)表示物体的重量，按牛顿第二定律原则用牛顿力(N)来表示物体的质量。使某物质(m)以特定的加速度(α)移动的外力来表示力(F)的大小(F=mα)。两个物体间的吸引力即地心引力又称重力，对人体的运动产生重要影响。由肌肉的化学反应产生的力被肌肉的化学反应和软组织、骨的弹性作用所吸收。使某静止物质开始活动的力必须满足牛顿第二定律。力学上意味着使某物质产生加速度反应的力量。克服摩擦力和其他作用于身体的阻力后才能产生瞬间速度。做功是指力作用一段距离，用焦耳表示单位。完成做功的能力称为能量。使移动的物体完成做功的能力称运动能量，是指速度降低后的能量释放。比如将1kg重的物体举起1m后扔到地面，重力通过加速度做功，物体着地时释放能量。力量作用于距离的原则同样适用于关节发生的角度运动。当角度运动时，与角度运动中心的距离力量等级被称为力矩。若施加的力矩不是相等或相反的，关节就能产生运动。力臂是指力的作用点至关节运动中心的距离。关节功率是指单位时间力矩通过的特定距离，用瓦特表示单位。当运动由肌肉向心收缩产生时，角关节功率为正值。当运动由肌肉离心收缩产生时，角关节功率为负值。吸收功率是用于代替负值功率的专有名词。

名词"力量"用于与肌肉相关的临床护理时，常令人感到困惑。力量通常指施加在肌肉上的力有多少、能做多大的功、产生多强的角功率。上述定义在临床文献中容易混淆。所以，章节的后半部分将讨论"力量"名词在无关时间或距离参数时所表示力的意义。最好的方法是将名词"力量"局限于特定环境下单位区域的应力或单位长度改变的牵张力。如同样大小和形状的铁和棉花，铁的重量较大。应用上述力学概念理解每部分亚系统的力学功能，对于结合所有部分成为功能完整的骨骼肌肉系统是重要的。

肌肉力学

能量产生

基于牛顿力学原理，能量输出改变运动状态。人体通过

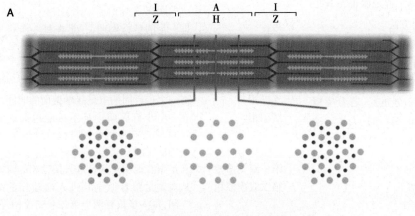

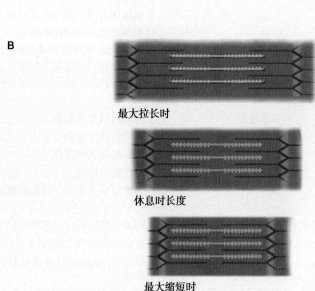

最大拉长时

休息时长度

最大缩短时

图6.1　肌小节作为肌纤维的微解剖结构，构成肌肉纤维。肌小节由细的肌动蛋白在粗的肌球蛋白间滑动构成。肌肉最大拉长时，肌动蛋白和肌球蛋白重叠范围最小；休息时，肌动蛋白和肌球蛋白约重叠50%；肌肉完全收缩时，肌动蛋白和肌球蛋白完全重叠。产生肌动蛋白和肌球蛋白重叠的化学反应，形成肌肉力量机制。横断面上，叠加的纤维使肌动蛋白和肌球蛋白的接触数目最多

肌肉输出能量,而肌肉是由被称为肌小节的很多小亚单位组成(图 6.1)。肌小节由肌动蛋白和肌球蛋白组成化学连接。运动神经元产生电去极化,使肌动蛋白和肌球蛋白折叠。通过有氧代谢分解葡萄糖消耗氧,产生三磷酸腺苷(ATP)、二氧化碳和水,提供肌小节缩短活动所需的化学能量。同样,能量可通过无氧代谢分解葡萄糖,产生 ATP 和乳酸。或者,能量也可通过酶分解磷酸肌酸,产生 ATP 和肌酸。ATP 是能直接被肌小节使用的化学能,ATP 与肌球蛋白相连接,为肌动蛋白交连桥提供能量。从生化角度可对肌小节功能和能量产生的化学细节进行全面理解,而脑瘫儿童的能量产生过程常常存在严重问题。肌纤维由肌小节构成,肌纤维的直径由横截面

上肌小节的数目多少决定(图 6.2),小的如手内在肌纤维直径约 20μm,粗的如大腿肌纤维直径约 55μm。肌纤维的长度即为肌肉的长度。很多肌纤维形成一个运动单位,一个运动单位由单个运动神经元支配。每个运动神经元支配肌纤维的数目不等,少则如手内在肌纤维约 100 条,多则如腓肠肌纤维约 600 条。所以,手内在肌约包含 100 个运动单位,腓肠肌约包含 1800 个运动单位。每个运动单位由一个运动神经元支配。肌纤维以单个运动单位的形式分布于全身肌肉。每个运动单位只有肌动蛋白的一种机制:收缩或静止。大量运动单位以单块肌肉形式表现"全"或"无"的现象。因此,肌肉力量大小由同时收缩的运动单位数目多少来决定。

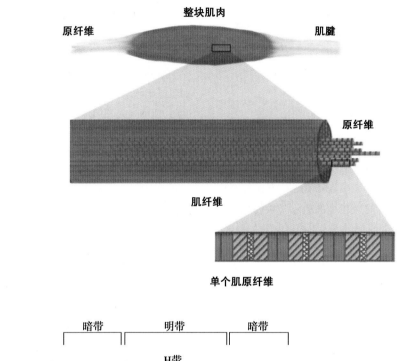

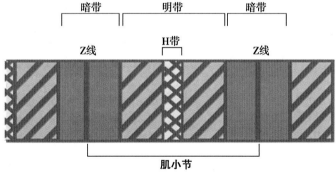

图 6.2　肌小节相互连接构成肌原纤维,肌原纤维相互连接构成肌纤维,很多肌纤维组成单块肌肉,两端为肌腱

肌力的产生

　　肌肉产生力量的大小由肌肉横截面积决定,而肌肉所做功和功率的大小由肌肉总质量决定。肌小节之间侧面相接增加了肌纤维的直径,可增大肌肉的横截面积,增强肌肉产生力量的能力。若将肌小节之间前后相接增加了肌纤维总的移动长度,可使肌肉力量作用于长距离。即指含长肌纤维的肌肉可允许较大的关节活动范围(图 6.3)。在微解剖层面,对肌

肉整体而言,增加肌纤维数量可通过增加肌肉横截面积来增强肌肉产生力量的能力。但所增加的肌肉横截面积既不能增加肌肉收缩时的移动长度,也不能增加肌肉支配关节的活动范围。通过减少每运动单位的肌纤维数量来提高机体的选择性控制水平。在正常人体,比较每运动单位肌纤维数量,手内在肌为 100 条而腓肠肌为 600 条,这就是手内在肌的运动控制比腓肠肌更精细的原因所在。诸多因素可影响肌纤维的长短和横截面大小。随着年龄增长,这些复杂影响因素将被放大。

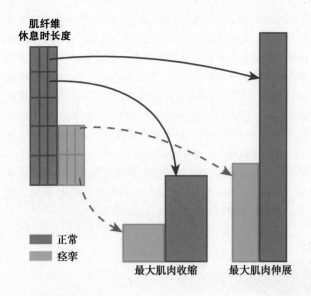

肌纤维
休息时长度

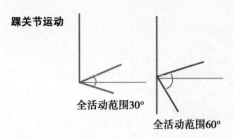

■ 正常
■ 痉挛

最大肌肉收缩　　最大肌肉伸展

踝关节运动

全活动范围30°

全活动范围60°

图 6.3　肌纤维长度由前后相接的肌小节数量决定。肌纤维长度决定肌肉移动长度和关节主动活动范围。如腓肠肌通常可引起踝关节 60° 的主动活动范围，若腓肠肌减少 50% 的肌纤维长度，就仅能引起踝关节 30° 的主动活动范围

肌纤维类型

肌肉生理的另一方面是不同肌纤维类型的存在。通过生化染色来确定肌纤维的类型。1 型纤维为慢肌，具有有氧代谢的高能力。2 型肌肉又分为两亚型，2a 和 2b。2a 型纤维具有有氧代谢的高能力，2b 型纤维主要进行无氧代谢。1 型纤维为慢肌反应，2 型纤维为快肌反应。1 型和 2a 型纤维与 2b 型纤维比较，抗疲劳能力强。换句话说，有氧代谢能提供更好的耐力，但无氧代谢能提供更强更快的爆发力、易疲劳。但数据表明，生化染色确定的肌纤维类型与疲劳能力的确定并不完全相符。不同类型肌纤维的长度或产生力量的能力没有显著差别。一个运动单位由同种类型的肌纤维组成。慢肌氧化 1 型肌纤维适于产生持续时间长的次最大力量。2 型肌纤维适于产生持续时间短的最大爆发力量。如长跑运动员 1 型肌纤维增加，而举重运动员 2 型肌纤维增加。

肌肉解剖

肌纤维构成运动单位，运动单位构成单块肌肉。解剖上类型不同的肌纤维构成不同的肌肉单元。肌纤维呈羽状角度与肌腱相连，或呈线状垂直与肌腱相连（图 6.4）。双羽肌的例子如三角肌或臀肌。但下肢其他肌肉通常都属于非羽肌结

构。羽状角度使肌肉力量增加，但作用距离短。对有些肌肉而言，羽状角度在决定肌肉力量的产生方面很重要；但对脑瘫患儿存在问题的大多数肌肉而言，由于羽状角度小，相关影响少，所以无需担心羽状角度。肌肉短缩、拉长或长度不变时，均能产生力量。不同状况下，肌力产生机制相同，均涉及肌肉运动单位的"全或无"反应。但同样如 100 个运动单位收缩，所消耗的能量因肌肉用力程度不同而异。向心性收缩时，肌肉缩短做正功，能量消耗最大。离心性收缩时，肌肉拉长做负功或吸收能量，比向心性收缩消耗的能量少 3~9 倍。等长收缩所需能量居中。总原则是移动做功的肌肉产生角关节加速度，通过向心性收缩主动做功。起着吸收震动或能量转移作用的减速度肌肉，是吸收能量的离心性收缩肌肉。等长肌肉收缩主要起着稳定关节或帮助姿势稳定的作用。

肌肉长度-张力关系（Blix 曲线）

肌肉产生力量能力的另一重要方面是肌肉的位置长度，即肌纤维收缩时相对于原静止长度的长度。肌肉处于静止长度时，肌动蛋白和肌球蛋白放松，重叠最少，肌肉能产生的力量最大。肌肉收缩时肌小节亚单位重叠少，肌肉长度减少。肌肉若处于增殖短缩位置时，肌小节重叠多，力量产生能力最大。该现象被定义为 Blix 曲线，即肌肉长度-张力曲线，很多教科书中都被作为理解肌肉产生力量反应的重要机制（图 6.5）。掌握肌肉长度关系的 Blix 曲线对设计肌肉-长度程序尤其重要。尽管很少清楚定义，但增加肌肉的静止张力可以增加肌肉收缩时产生的力量。

脑瘫儿童肌肉的生物机械反应影响力量产生能力。通过改变肌纤维大小、纤维羽状角度、相对于静止长度的纤维长度以及整块肌肉的横截面大小，来改变肌肉产生力量的能力。肌肉纵向移动长度主要由肌纤维的长度和羽状角度决定。肌肉的耐力或易疲劳程度由肌纤维的主要功能是有氧代谢还是无氧代谢的类型，以及肌纤维向心、离心还是等长收缩的速度决定。通过主要在肌肉水平改变运动单位的大小来对肌肉进行选择性控制。这意味着运动单位的尺寸增加时，如每运动单位所含的肌纤维数目从 500 增至 800 时，对单块肌肉的控制减少。某特定肌肉角关节力量的多少由肌腱因素、运动中心至肌腱插入处的瞬时力臂长度和运动角速度等力学解剖决定。

肌肉力学变化

肌肉单位随时间变化的正常机制受多种因素影响。脑瘫儿童治疗特别关注以下因素：生长发育的影响、肌张力变化的影响以及肌肉缩短和拉长时的影响。

肌肉控制

每组运动单位由一个运动神经元控制其收缩或静止。肌肉收缩的不同控制由参与收缩的运动单位数目决定。正常每块腓肠肌约含 1800 个运动单位，大脑通过中枢模式发生器选择在某特定时间激发的运动单位数量。若中枢模式发生器被

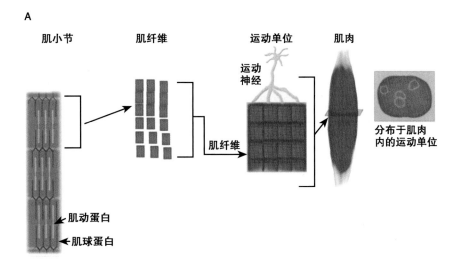

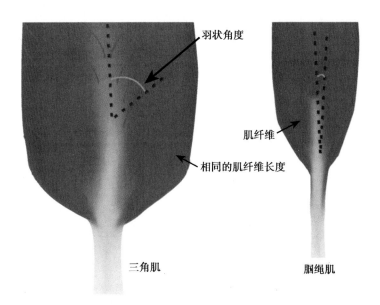

图 6.4 肌纤维的排列形状决定了肌肉移动长度和关节水平用力程度(A)。肌纤维插入肌腱的角度被称为羽状角度,羽状角度大的肌肉如三角肌。对大多数含长肌纤维的步行肌而言,羽状角度小,对肌肉收缩力量的影响少

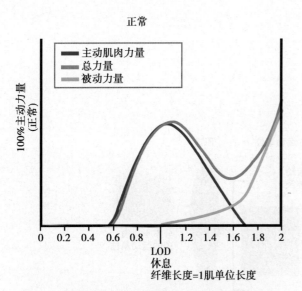

图 6.5　肌纤维长度-张力曲线（Blix 曲线）对理解肌肉产生力量的能力非常关键。肌肉处于静止长度时，能产生最大的主动力量。肌肉缩短至静止长度的 60% 时，产生力量的能力降至 0。肌肉拉长至静止长度的 170% 时，产生力量的能力也降至 0。肌肉拉长时，不活泼的胶原因素对进一步拉长提供被动阻力，增加肌张力。增加至静止长度的 200% 时，肌肉出现物理衰竭

力量相似。尚不明了反馈是如何发生或导致运动神经元激发纤维类型的因素为何。但也有文章表明痉挛肌肉的机械受体数量减少。已发现脑瘫和痉挛儿童 1 型肌纤维数量增加、2 型肌纤维数量减少的重组变化。尤其是无氧代谢纤维——2 型肌纤维大量丢失。所以，儿童痉挛肌肉倾向于由慢肌耐抗疲劳纤维组成，其运动单位较大、含较少的机械受体。这些运动单位连在一起形成变异性较小由中枢模式发生器调控的环境。尽管尚不明了生理学变化上的差异，但变异少输入少的变化在动态运动控制方面非常敏感。尚无证据表明脑瘫患儿的上述变化是否可逆，因为中枢模式发生器内存在的问题可能不受影响。最主要的病理变化在于中枢模式发生器出现较少的控制变异，其次，肌肉的变化对儿童整体功能也起着主要作用。

肌肉力量产生能力

损害，就难以进行输入和输出的选择。若肌纤维变大、每运动神经元支配的肌纤维数量增加，则运动单位数目虽减少但肌肉仍保持原大小。中枢模式发生器也必须考虑快肌和慢肌纤维等肌纤维类型的变化对肌肉特定运动单位激发的影响。肌纤维类型由运动神经元相互作用所决定。每种肌纤维产生的

　　与成人相比，幼儿肌肉的横截面积远大于其身体尺寸。如，一个 2 至 3 岁的高 90cm 的儿童，腓肠肌的半径为其身高 180cm 时的一半（图 6.6）。2 岁时该儿童腓肠肌的半径为 2cm，而腓肠肌的横截面积为 12cm^2。长大成熟时，该儿童腓肠肌的半径为 4cm，而腓肠肌的横截面积为 50cm^2。肌肉能产生每平方厘米 2kg 的张力。所以，该体重 12kg 身高 90cm 的男孩，腓肠肌能产生 25kg 的力量；而成年后其体重 70kg，腓肠肌仅能产生 100kg 的力量。这意味着腓肠肌的功率由超过体重的 200% 降至体重的 140%。该百分比的降低也表明避免严重肥胖的重要性，因为同一个体无论其体重是 70kg 还是 100kg，产生的腓肠肌力量相同。同时也暗示一个 3 至 4 岁的儿童和一个成年人用脚趾走路的区别。这种力量的差别是成

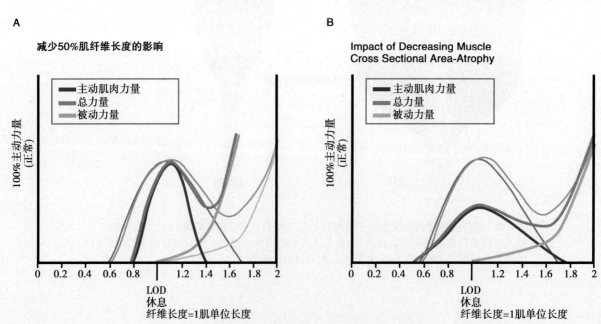

图 6.6　痉挛型脑瘫儿童肌肉短缩常导致关节活动范围减少。肌纤维的短缩也使肌肉长度-张力反应发生明显改变。肌纤维长度减少的影响使长度-张力曲线明显变窄，意味着肌肉可经较短范围收缩产生有效力量。上述改变在非常小的关节活动范围内集中肌肉产生能力（A）。另外，很多肌肉直径变小的儿童肌肉力量变薄弱、产生最大力量的能力降低。这种肌萎缩使长度-张力曲线的峰值张力降低（B）

年人不能长时间用脚趾走路而很多幼童却可以的原因所在。随着儿童长大，其腓肠肌横截面积与身高同比例增长，而肌肉的面积由肌肉的半径决定。但数学理论认为肌肉是一立方体，肌肉的重量由肌肉的长度和宽度决定。所以，大多数儿童产生相对于其体重而言较高的力量，而随着他们长大变重，其肌力与体重比逐渐降低。在此，肌力被定义为肌肉产生的能力，受反复重量负荷影响。肌肉承受负荷使肌纤维横截面积增加，是增加肌肉直径的主要机制。若肌肉废用，肌纤维变细、肌直径降低。上述变化暗示机体要避免携带不需要的额外肌肉质量。所以，尽管等长收缩也能增加肌围度，但仍需要通过抗阻力量训练来扩展功率、增加肌力。

脑瘫儿童通常力弱，尤其是肌肉不能产生张力。造成肌肉力弱的原因是多方面的。但在玩耍和日常活动中缺少反复的最大负荷是其中一个重要的原因。另一原因在于神经系统不能使同一块肌肉内所有运动单位产生协同收缩。随着患儿长大、质量增加的影响就变得有问题了，当青春期到来时肌容积和横截面积增加。此时，肌肉的力量发生了明显变化。生长激素和雄激素的分泌刺激肌肉发育，即使在某些不能步行的患儿体内上述变化也存在。与雌激素相比，睾酮的影响更明显，所以男性的肌肉更强壮有力。肌力训练能治疗脑瘫儿童中普遍存在的肌力弱现象，但因肌力训练会加重痉挛，传统观念反对进行肌力训练。很明显，上述理论是错误的，与对肌力的一知半解有关。肌肉或关节收缩的力量被定义为在体检时抗阻移动关节的能力，与某特定肌肉孤立收缩产生的主动力量关系不大。近来，Damiano 与其同事发现，脑瘫患儿是可以进行抗阻训练的，能增加肌力、无明显副作用。因此，对存在肌力功能障碍的儿童进行抗阻肌力训练不矛盾。在术后或固定肢体后所致废用萎缩的患儿身上，抗阻肌力训练提高功能更明显。

肌肉移动长度

是指肌肉在最大缩短和最大拉长间的长度变化。肌肉移动长度的中点被称为静止长度。肌肉移动长度与关节可活动范围直接相关。当肌肉物理长度变短时，相应的关节活动范围丢失。随着儿童长大，骨长度增加，肌长度相应变长，肌肉力量也相应增加。尚不明了肌肉长得太长时的状况。脑瘫儿童的问题在于肌肉未能充分生长。结果肌肉挛缩，丢失相应的关节活动范围。肌肉挛缩给人留下的印象是：肌肉自身发生某种牵拉以致不能达到原收缩位置。但上述概念是错误的，肌肉挛缩的真实意义是肌纤维太短，肌肉移动长度水平降低。很难确定刺激活体肌肉生长的因素，但可确定的是经某一频率或时间段肌肉最大伸展的综合刺激效应。该刺激因素几乎是通过增加肌张力来发生改变的唯一机械因素。增加的肌张力可防止儿童活动时在放松状态伸展肌肉如睡觉时床上体位的改变等。关节制动，肌肉短缩；但关节解除制动后，若关节活动范围良好，肌肉可再次拉长。与骨生长板类似，肌纤维通过在肌肉-肌腱接头处增加肌小节数目来增加肌肉长度。肌肉在生长板区也可通过减少肌小节数目来缩短肌肉长度，

但未在骨生长板区发现该现象。

移动长度的增加

临床治疗挛缩等短缩肌肉的传统方法，是进行主被动伸展的关节活动范围伸展训练。无疑，不能自由活动的儿童也需要移动关节、伸展肌肉。对能主动步行且生长迅速的儿童，通过伸展刺激肌肉生长、避免肌肉短缩的方法是合理的，但缺少能有效支持上述观点的客观数据。据于对接受长时间被动关节活动练习的图式发育训练儿童的检查，我们相信使肌肉生长的可能性。然而，过多的被动伸展关节活动范围训练对家庭生活和肌肉挛缩儿童的其他活动是如此具有破坏性，以至于肌肉挛缩造成的能力丧失远小于预防挛缩治疗所造成的能力丧失。伸展训练像许多其他为整体健康服务的训练程序一样，是聊胜于无，但过多则有害。我们不清楚要求在放松位进行伸展训练的强度，但可能在每天 4 至 8 小时左右。

使肌肉生长的其他治疗方法较少被证明其疗效。文献中曾报道注射肉毒素后关节活动范围增加，从而促进肌肉生长；但其他研究，经仔细评价后未发现上述现象。有研究发现，痉挛小鼠在痉挛肢体生长过程中肌肉会丧失一半长度。在矫形器或石膏中进行静止伸展训练可能有效，但尚未被详细论证。一项未发表的研究表明，使用膝关节固定夹板的儿童需要进行腘绳肌伸展训练。夹板每晚固定一条腿，另一条腿不固定。测量腘窝角度的改善情况作为肌肉长度增加的指标。但问题在于仅有 30% 的儿童能配合 12 周的训练，表明夜间夹板并不能很好地被家庭或患儿所接受。的确，夹板能伸展肌肉。很多治疗师相信脑瘫患儿晚间应佩戴踝足矫形器（AFO）以伸展挛缩的腓肠肌。但若仅使用踝足矫形器，患儿的膝关节将屈曲，只有比目鱼肌得到伸展，很多儿童业已存在的腓肠肌和比目鱼肌间长度的差别将进一步加大（图 6.7）。伸展腓肠肌要求使用膝关节伸直、踝关节背屈矫形器，该矫形器笨重、不易被接受。另外，使用石膏可引起如肌肉萎缩等其他问题。最易造成肌肉萎缩的是将关节牢牢固定于石膏内，使肌肉不能活动。尚无证据表明，肌肉张力固定于石膏内，肌肉会变长；但根据肌肉生长的知识推断，除严重肌萎缩外，还可能肌肉会变长。脑瘫儿童进行石膏塑形治疗改善短缩肌肉面临的选择将是严重肌萎缩和临床肌肉长度的短暂改善。研究肌肉生长的重要问题在于难以测量区别肌肉生长和肌腱生长。肌肉和肌腱，这两种不同解剖结构生长的机械刺激因素有时相重叠，可能既能使肌肉生长又能使肌腱生长。

结缔组织力学

临床很容易识别脑瘫患儿的短缩肌肉，但肌腱过长的问题通常不容易发现。高位髌骨是一例外。外科医师做肌腱手术时，通常发现肌腱过长，仿佛肌腱为了适应短缩的肌腱进行了调整（图 6.8）。通过间质组织整体生长来完成肌腱的生长，但大多数肌腱的生长发生于肌腱-骨接触面。肌腱通过生长增加横截面，从而增加肌腱的强度。尚不明确促使肌腱生长和肌腱横截面生长的刺激因素，但可肯定与受力环境密切

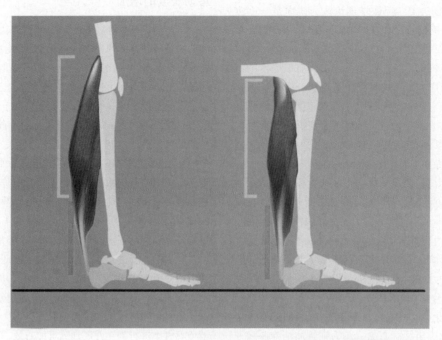

图 6.7 当目的在于伸展腓肠肌时,必须将膝关节伸直。表明,若不固定膝关节于伸直位,使用夜间踝夹板比不用更糟,因为通常儿童睡觉时屈腿幅度大,仅伸展通常无挛缩的比目鱼肌,将使腓肠肌挛缩程度加重

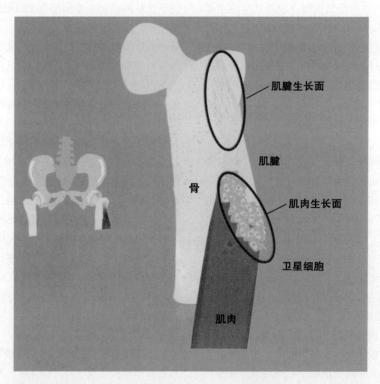

图 6.8 在肌腱-骨接触面,肌腱有类似于生长板的结构,该结构集中大量卫星细胞,有利于肌肉生长。另外,肌肉和肌腱也有某些间质组织生长的能力

相关。肌腱长度生长的调节受张力影响,但尚不肯定引发生长的特殊刺激因素为何。肌腱含有被称为 Golgi 腱器官的机械受体,可对大脑提供反馈反应,影响肌梭的敏感程度。该方案表明,肌腱的张力通过对肌梭进行调节,易于激发运动神经元。当存在痉挛产生持续低水平张力时,系统对该慢性刺激进行适应性改变,减少机械受体的数量。所以,生长刺激能产生减少机械受体数量的反应,以减少对肌肉的刺激。

另一种长期被认可、近来已被定量化的结缔组织效应表现为痉挛肌肉结缔组织的增加。僵硬肌肉中结缔组织增加,与肌肉移动长度的减少有关。随着痉挛程度加重、痉挛时间延长以及患者年龄增加,结缔组织增加的过程将愈演愈烈。另外,挛缩的病理变化也与结缔组织增加有关。但迄今尚无治疗方法能影响上述结缔组织增加的过程。

肌肉-肌腱单位的生长

目前对肌肉-肌腱单位生长调节的理解认为,伸展不易被主动激活的肌小节可促使肌纤维生长。该伸展活动每天进行数次。通过综合某段时间内的总张力来促进肌腱变长。尚不清楚最大张力至最小张力的特殊模式。运动是影响肌肉和肌腱健康生长的另一重要但尚未弄清楚的因素。与肌肉相比,

定义肌腱生长的特殊刺激因素是一项有用的研究计划。肌肉和肌腱达到自身平衡,以互相弥补不足。短缩肌肉的物理影响在于减少关节活动范围。肌腱长度的物理影响在于决定肌肉在缩小的关节活动范围内的解剖范围。如腓肠肌肌纤维长度降低 50%,将使有效关节活动范围从 60° 减少到 30°。当主动关节活动范围从背伸 -15° 变为跖屈 45°,或从背伸 10° 变为跖屈 20° 时,肌腱长度便被决定了。肌腱长度是外科手术解决问题的方法(图 6.9)。通过拉长肌腱,外科医师选择将主动关节活动范围放置,但因不能促进肌纤维生长,所以无法增加主动关节活动范围。通常若肌腱长度短于功能理想长度,则对侧肌腱将延长。如腓肠肌比目鱼肌短缩,胫骨前肌延长,在马蹄足位使主动关节活动范围发挥功能。延长短缩的腓肠肌腱,太长的胫骨前肌在肌纤维长度和肌腱长度方面将自发变短。除了一些上肢肌腱外,很少使用的短缩肌腱难以有效工作。这意味着外科医师进行一些延长手术后,机体将通过改变肌纤维长度来调节张力,并相应减少肌腱的长度。当肌肉-肌腱单位完整无损时,上述机制发挥作用;若肌腱完全断裂时上述机制无效。肌腱横断后,肌腱因无负载而变薄,肌肉出现短肌纤维严重萎缩。

痉挛型脑瘫儿童治疗的理想目的是使肌肉生长和肌腱收

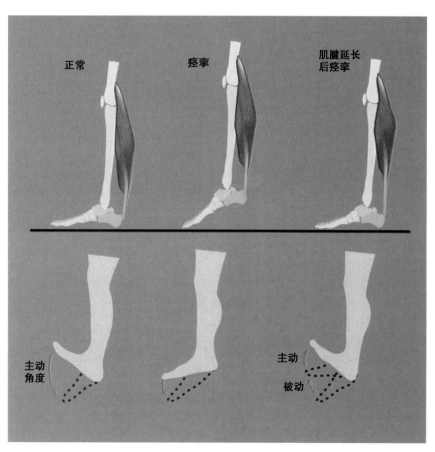

图 6.9 肌纤维长度直接由总主动关节活动范围决定,但肌肉静止长度加肌腱长度由在何处进行主动关节活动范围决定。所以,若踝关节从背伸 -20° 主动活动到跖屈 60° 时,无法明确肌纤维延长和从背伸 30° 主动活动到跖屈 60° 时肌肉活动的机制。但通过延长跟腱,将 40° 主动活动范围从背伸 10° 移动至对肌肉主动关节更有用的跖屈 30°。这是缩短挛缩肌肉进行肌腱延长的主要作用

缩。随着骨的生长正常肌肉也在生长，但肌肉生长速度赶不上骨生长的速度。肌腱则起着补充肌肉与骨之间生长差距的作用。屈肌强壮，其肌腱虽通常相对较短但仍超过正常长度。伸肌长度短，其肌腱过长。治疗短缩肌腱的有效方法是进行外科肌腱延长手术。其他如被动关节活动、夹板塑形以及肉毒素注射等治疗方法对短缩肌腱可能存在短期疗效，可延缓外科延长手术的需要。

骨力学

骨是提供活动依靠结构框架的坚强支持组织。保留步行功能儿童的骨强度很少存在问题，但对于不能步行的儿童需高度关注骨强度。主要问题为与骨负重减少有关的骨量减少和骨质疏松。这些问题将在骨代谢中详细讨论。刺激骨生长板变长的因素与激素、基因和力学作用有关。脑瘫儿童因骨-脑下垂体轴在原病灶处受损使激素水平异常。激素水平异常主要发生在不能步行的儿童，但某些能独立步行的严重脑瘫儿童也存在生长激素水平异常。应常规测量患儿的身高，若低于正常发育身高的 50% 或超过一年身高无变化时，则推荐进行全套内分泌学检查。造成一侧下肢长度无变化的常见原因是负重的减少，在偏瘫型脑瘫患儿中多见。偏瘫肢体通常短缩 1～2cm。若差距大于 2cm，则需要进行一腿的均等化程序。

力作用于骨的另一作用是防止婴儿骨塑形成熟为成年骨形态。骨通过影响肌肉活动、按 Pauwel 法则在生长骨中产生骨再塑作用，从而骨发育成熟。若缺少骨再塑作用，患儿骨则保留腓骨前倾、胫骨扭转的婴儿骨形态。尽管尚不确定，但普遍认为在年龄小于 5 岁的幼儿中，异常加压力能使骨产生异常扭转。认真注意纠正婴幼儿时期异常的受力对防止形成新的畸形非常重要。但尚无证据表明，纠正这些异常受力能纠正婴儿扭转畸形。

关节力学

儿童期为正常发育的需要，要求关节进行活动。对稳定关节起作用的所有韧带和关节囊的间质组织都存在生长。但如果长时间不活动，组织的结构将变紧密，从而限制关节活动范围。脑瘫儿童上述变化缓慢。如腘绳肌挛缩阻止膝关节完全伸直的现象仅缓慢发生于固定的膝关节挛缩；但青春期及青春期后，上述过程进展迅速。在幼儿屈肌挛缩更易于治疗。儿童期生长时，关节易于受到异常的关节作用力。这种异常的关节作用力确实能产生关节发育的异常，甚至能导致关节脱位。发生于髋关节的关节脱位危害最大，其他关节的关节脱位危害次之。本章将提及一些特殊的关节问题。即使没有关节结构畸形，当关节活动范围减少，也会造成关节固定挛缩。

关节运动力学

通常，单关节力学与所涉及关节的特殊性有关，但移动关节的主动方法是通过附着于关节的肌肉进行的。肌肉-肌腱单位附着于骨，通过瞬时力臂增加力矩。膝关节就是一个好例子，腘绳肌在膝关节运动中心点偏后处附着于胫骨。在产生运动的瞬间形成瞬时力臂和肌张力。临床案例中腘绳肌的强度被称为力矩（图 6.10）。肌肉强度即力矩的大小由肌肉挛缩百分比、肌肉横截面积、Blix 曲线上肌纤维长度位置、肌纤维变化方向和速度以及肌肉力臂决定。另外力矩大小还与肌纤维和肌肉运动力线的羽状结构角度有关。腘绳肌肌纤维和肌肉运动力线的羽状结构角度很小，变量对力矩无明显影响。有些变量能主动改变，有些则是结构性变量。能主动改变的变量指肌肉激发百分比、瞬时力臂长度、Blix 曲线位置和肌肉长度变化的速度。其结构特点是随时间通过肌肉肥大或生长来改变肌肉直径、通过增减肌小节数量来改变 Blix 曲线位置、通过骨塑形和肌腱长度变化来改变瞬时力臂长度。

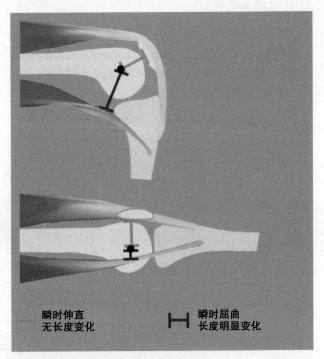

瞬时伸直　　　　　　　瞬时屈曲
无长度变化　　　　　　长度明显变化

图 6.10　理解肌力产生的能力对理解瞬时力臂稳定和变化的概念非常重要。如股四头肌，瞬时力臂长度一致，与关节位置无关。相反，腘绳肌瞬时力臂依赖于关节位置，在膝关节伸直时变短，在膝关节充分屈曲时变长。所以，随着膝关节屈曲角度的增加，腘绳肌挛缩的影响迅速变大

单关节肌

从中枢模式发生器的观点来考虑，激活单关节肌肉至少要受以下三种变量的影响：运动单元被激活的百分率、决定瞬时力臂和 Blix 曲线位置的当前肌纤维长度和肌纤维短缩速度。并通过结构性改变来产生长期重组效应。从治疗的观点来看，主要的改变发生于结构变量。儿童临床评估的主要组成要素为试图了解这些结构性变化对关节功能和整个运动系统是否起着积极的作用；或试图了解这些结构性变化是否为加重残疾的功能障碍病理部分之一。对股二头肌等单关节肌

肉进行知性理解是相对简单的。为便于理解单关节肌肉力量产生的效应,很容易对其进行模型化。然而,脑瘫儿童单关节肌引起的问题远远少于多关节肌。

多关节肌

　　脑瘫儿童存在问题的肌肉大多为股直肌、腓肠肌等多关节肌。对这些肌肉在儿童步行周期某特定时间内所起的独特肌肉功能,很难进行概念清晰的理解。如跨越髋、膝关节的股二头肌长头,因为分别必须考虑髋关节和膝关节的位置,所以其控制系统的变量数超过两个(表6.2)。显然这较复杂,对脑瘫儿童的中枢模式发生器而言,也就不难理解为何多关节肌的控制最易产生问题。多关节肌的功能倾向于进行能量转移和减速,即多关节肌在离心性收缩时起主要作用。医师对多关节肌进行治疗时,应尽可能多地理解其控制变量。动态

控制理论似乎更有利于理解上述过程。以痉挛的股直肌为例,摆动相挛缩重造成膝关节僵硬,引起脚趾拖地。尽管这是脑瘫患儿脚趾拖地的最常见原因,但还存在其他原因,如与异常挛缩模式有关的膝关节僵硬、引起膝关节屈曲的输出能量大小。在临床研究中,我们发现有些患儿不存在膝关节屈曲角度减少或屈曲迟滞的问题,但经同样的检查和输入数据证明,其他存在明显膝关节僵硬的儿童主要症状表现为摆动相出现脚趾拖地。上述现象表明,正常步态需要使膝关节充分屈曲至功能位,否则,将产生僵硬膝步行模式。该异常模式表现各不相同,脑瘫儿童中不清楚是否存在僵硬膝步行模式的非常罕见。若患儿存在僵硬膝步态,则很难判断是否需要治疗,即对导致僵硬膝步行模式的因素多难以判断。脑瘫儿童步态治疗中的肌肉病理力学涉及对多关节肌复杂的相互作用进行理解。

表6.2　与股肌相比,在半腱肌挛缩中所需控制的因素

	半　腱　肌	股　肌
速效变化	离心性收缩或向心性收缩或等长收缩	离心性收缩或向心性收缩或等长收缩
	肌纤维长度	肌纤维长度
	肌肉张力	肌肉张力
	肌腱长度	肌腱长度
	膝关节变化的瞬时力臂	膝关节静止的瞬时力臂
	决定瞬时力臂的膝关节位置	决定肌纤维长度的膝关节位置
	髋关节移动的瞬时力臂	膝关节运动的方向和速度
	决定瞬时力臂的髋关节位置	
	决定肌纤维长度的髋和膝关节位置	
	髋和膝关节运动的方向和速度	
长期变化	肌纤维类型	肌纤维类型
	肌肉休息时的肌纤维长度	肌肉休息时的肌纤维长度
	运动单位大小	运动单位大小

人类步行的整体力学

　　人类步行是中枢神经系统和外周肌肉骨骼系统之间复杂的相互作用。用产生功能步行的方法来理解肌肉骨骼系统的综合功能力学组成部分,就需要对完成步行的所有器官进行评价。以理解肌肉是如何产生张力并将其转换为关节功率为例。关节功率必须以良好的节奏进行。在产生功能步行中,重要的整体要素要求个体有能力对所去场所进行概念化。个体必须有足够的能量提供步行、身体能够保持平衡、中枢模式发生器必须能提供运动控制、力学结构必须坚固以提供力量输出的支撑。制订飞行计划时要决定飞行目的地,所以飞机可作为人类步行的类似物。在提供飞行目的地的信息后,机组人员到达飞机,并确保发动机所需的燃料充分。当飞机静止、轮子停止时,飞机稳定;通过保持空中平衡的纵舵调整器控制,将该静止稳定转化为空中飞行的瞬间稳定。作为直接

控制系统,机组人员通过计算机控制发动机的速度和飞行的方向。飞机的每一力学组成部分必须进行功能运作,机组人员必须排除故障。如一台发动机停止工作,飞机仍能飞行,但必须作出适当的调整。与飞机飞行相似,当评价个体的整体步行功能时,必须常常考虑肌肉骨骼亚系统。

认知系统

　　偶尔,脑瘫儿童也会问父母关于为何其不会走路的问题。回顾病史,可判断这些儿童是否存在导致不能步行的严重精神发育迟滞。他们可能没有从某位置挪到另一位置的概念,或没有尝试从地板上爬起的新的移动方式。如一个认知水平在3~6个月大的儿童,即使已达到步行的运动发育水平,也不会尝试步行。很多儿童发育缓慢达到激发点的自知力,在这一点上突然站起并开始步行。我们观察到该时间点发生时最年长的儿童为13岁。若脑瘫儿童除认知以外,还存在其他限制步行的严重功能障碍,将不会发生这种戏剧

性步行的开始。

平衡系统

脑瘫儿童步行时必须保持平衡，通常存在独立两足步行和使用辅助器具的四足步行模式的差别。大多数关于站立平衡或坐位平衡的研究表明，平衡是复杂的功能。步行时平衡的概念很难确定，主要是通过步长、步宽和关节活动范围来测量。通常当平衡存在严重障碍时，完成停止走路和从坐位站起立稳等运动转变是非常困难的(病例6.1)。

能量的产生

步行要求提供能量作为肌肉燃料。即使完成很多力学系统都能产生能量的步行下山动作，也比普通平地步行要求更多的能量。能量必须提供给儿童肌肉骨骼系统使用，否则就不能步行或步行很困难(病例6.2)。步行模式消耗的能量多于儿童自身产生的能量是造成低能量供应的典型原因(病例6.3)。另一常见的原因是心血管功能差，限制了给肌肉骨骼能量的供应。

病例 6.1　Caleb

Caleb，四岁男孩，中度脑瘫双瘫型。因其父母关心其是否能恢复独立步行来就诊进行评估。查体未发现挛缩，使用往复式助步器步行2年，但不靠上肢的力量无法站立。认知表现与年龄相符。使用带背伸绞索的AFO控制踝背伸10°。PT训练时，倾向于使用四足拐保持平衡。父母非常希望其能恢复独立步行。评估后，其父母被告知，Caleb不能独立步行的主要原因在于平衡差。Caleb已到学会使用拐杖的年龄，成年后仍需使用辅助器具。继续使用四足拐对刺激平衡发育是有用的，但上述器具不是功能性步行的辅助物。两年后，经过治疗和大量训练，Caleb熟练掌握拐杖的使用。

病例 6.2　Kimberly

Kimberly，12岁女孩，脑瘫低张力型。因其父母抱怨其步行耐力差来就诊进行评估。查体发现肌肉力量弱、肌张力低。录像记录到典型的低张力步行模式。评价其步行所需能量时发现，步速85cm/s，每公斤体重距离每米耗氧0.12ml。比正常平均值低2.3个标准差，表明Kimberly的能量有效率优于正常同龄儿。尽管有效能量步行，但Kimberly的主要症状是耐力降低。尽管除低张力外未作其他诊断，但我们认为其在肌肉能量使用方式上存在缺陷。Kimberly耐力受限的原因主要在于肌肉病理学，而非力学问题。

病例 6.3　Collette

Collette，重度脑瘫双瘫型。儿童中期和青春期曾进行多次手术纠正股骨前倾、屈膝步态和僵硬膝步态。就读常规高中，在上不同课时需长距离步行。儿童中期使用后推式助步器，后改为使用洛夫斯特兰德拐杖(前臂拐，Lofstrand crutch)，专在高中时使用。高中期间，Collette正处于青春生长期，出现膝关节疼痛，抱怨易疲劳。氧耗测试表明，步速慢为78cm/s，耗氧0.52ml/(kg·m)(正常值为0.27)，比正常平均值高3.9个标准差。全面分析后发现，不存在可纠正的力学问题，建议使用轮椅进行长距离转移。在学校使用轮椅数月，直至膝关节疼痛消失。但因Collette认为轮椅会使她体重增加、状态变差，并讨厌坐着与站着的朋友聊天，而不愿使用轮椅。决定使用拐杖步行，此后在整个高中阶段都使用拐杖步行，并借助拐杖步行完成了大学护士学位课程。在20多岁时，Collette提及虽偶尔仍会使用轮椅，但并不依赖轮椅。

运动控制

运动控制在良好步行技巧的发育方面起着非常重要的作用。严重运动控制障碍或运动控制发育不能的个体将存在严重的步行问题。该方面内容已在本篇第3章"神经控制"中详细论述。

结构稳定性

力学运动系统包括肌肉、骨和肌腱。在提高儿童功能步行方面，力学运动系统是最可能被改变的，所以上述结构因素的相互作用是本章的重点。从临床角度理解儿童的步行力学，了解测定不同亚系统有效性的确定方法。

步态分析的测量方法

步态分析指用记录功能要素的方法进行步行测量。是用于了解异常步态儿童存在问题的重要过程。步态分析的实施需要采用以现代医学实践为基础的科学知识和计划。例如，治疗高血压的医生首先必须理解高血压的生理基础，对患者高血压的特殊病因进行判断，列出治疗计划，并随访评估疗效。通常通过定期测量血压监测给药及用药反应。同样的治疗框架也适用于脑瘫儿童异常步态的治疗。首先对涉及人类步行形成的每一亚系统的生理进行适当了解。对中枢神经系统、肌肉、结缔组织和骨组织进行详细描述。其次，将

步行作为功能整体理解，了解步行评估过程的各要素。评估过程采用目前已广泛在其他医学学科使用的现代医学评估模型，即询问病史和查体中获得原始数据，并制定测试项目。步态测试的项目包括录像记录、运动学和动力学评价、肌电图和儿童气压记录仪记录肌肉触发模式以及步行能耗的测量。

病史

患儿的病史包括已知的脑瘫儿童病因。包括与步行有关的发育标志史，如患儿开始爬行和开始独立走的时间等。尤为重要的是最近的功能史，包括摔倒频率、穿鞋耗时、在最近6至12个月功能好坏的趋势。并询问其父母或护理员所关注的患儿步行问题（表6.3）。

表6.3　步态治疗中重要的病史要素

病 史 询 问	知 识 应 用
是否早产？	早产儿更容易出现痉挛，通常为脑瘫双瘫模式
脑瘫已知原因？	特殊的如婴幼儿外伤
最近6~12个月的变化情况？	在身体技巧方面是进步、不变或退步
认知水平？	判断治疗进步或自我指挥治疗的预期水平
能否穿戴支具，每天所需时间？	若能穿戴支具，但效率低，则需进行治疗
是否愿意使用支具？	必须考虑有些青春期儿童因关注美容拒绝使用支具的问题
在家是否使用辅助器具？	全面了解在家和社区的功能情况
在社区是否使用辅助器具？	全面了解在家和社区的功能情况
是否使用轮椅？何时使用轮椅？	这是儿童功能的一部分，若使用轮椅作为主要移动工具，就很难进行步行
有无疼痛主诉？何时何地？	这是功能受限的主要原因之一
家庭关注内容？	若与家庭关注内容无关，就不会对治疗效果满意
若能表达自我意愿，患儿自身关注内容？	了解患儿自身关注内容非常重要，往往与其父母关注内容不同
既往进行了哪些肌肉骨骼手术和治疗？	今后的治疗必须考虑到以往的治疗

查体

查体的重点在于了解步行问题的病因所在，包括平衡、独立运动控制能力、肌力、肌肉张力、肌肉挛缩和骨韧带等整体功能的评价（表6.4）。

整体功能评估

常规临床评价中，整体步行功能是通过记录患儿独立步行、借助一手扶持步行或单腿跳跃等功能进行评估的。并监测与运动发育相关的一套特殊参数（表6.5）。若需进行更深度的步态分析，建议使用整体运动功能测试量表（Gross Motor Function Measure，GMFM）。既可使用整张 GMFM 量表，也可只使用重点关注站立和转移运动的 GMFM 量表第四部分。评价步态问题儿童的站立和转移运动是矫形外科医师最感兴趣的。该部分量表内容包括综合测试儿童的平衡、运动控制和运动计划，进行评分。另外，也包括某些主要用于研究目

的而非临床诊断标准评价的平衡或运动计划的特殊测试项目。

运动控制

通过常规评价儿童是否能完成按指令迈步、按指令步行和用手扶助单腿站立等项目，来进行肌肉运动控制的测试。更详细的步态分析则包括下肢主要肌肉群的评价。如要求患儿伸膝时：若伸膝动作是作为分离运动完成的，则评级为"好"；若能完成伸膝动作，但伸膝与伸髋或踝跖屈动作是作为联合运动完成的，则评级为"中"；若关节局部没有随意运动，则将运动控制评级为"差"（表6.6）。若患儿认知水平受限严重、难以理解测试内容，则不能进行评级。

肌力

检查下肢主要肌肉群的肌肉力量，以0至5级的标准分级（表6.4）。很难检查痉挛患儿的肌肉力量，可借助患儿不

能承受的抗阻力量进行肌力测评。当肌肉存在痉挛、协同收缩严重限制关节活动范围时，由于主动肌不能克服拮抗肌协同收缩力量，无法从技术上检测肌力是否减弱，就难以判断抗重力移动的肌力等级。最好对肌力的定义制定狭义规定，以确定痉挛或协同收缩是否影响肌力。肌力的检查依赖于患儿全力进行的随意活动。如果患儿的行为或精神障碍使检查无法配合时，就难以进行肌力测评。与体重80kg的成年人相比，体重15kg的儿童进行肌力检查时，必须由检查者对肌力进行主观评价。这就使检查带有某种主观性，要求检查者具有丰富的儿科经验。

表6.4　体格检查的参数

参　　数	完整步态分析	常规临床评价
整体运动功能测试量表（GMFM）平衡部分	GMFM仅用于站立维度测试	记录患儿能完成的一般功能如单腿站立、跳跃或跑步
肌力	对下肢主要肌肉进行徒手肌力检查	记录优至差的肌力大体级别
被动关节活动范围	用量角器测量下肢主要关节活动范围，记录髋外展、旋转、腘窝角、膝伸直、伸膝和屈膝时踝背伸的关节活动范围	出院临床随访时记录髋外展、旋转、腘窝角、膝伸直、伸膝和屈膝时踝背伸的关节活动范围
运动控制	记录下肢主要运动的主动运动控制	对运动控制进行大体评估如优或差

运动控制	
评级	描　　述
好	在全关节被动活动范围内，能按指令进行肌肉分离收缩
中	能按指令启动肌肉收缩，但不能在全关节被动活动范围内进行完全的肌肉分离收缩
差	出现联合运动模式、肌张力增加和（或）主动运动减少，不能进行肌肉分离收缩

肌力	
评级	描　　述
1	有肌肉收缩，但无可见的关节活动
2	减重后可完成部分关节范围活动
3⁻	减重后可完成全关节范围活动
3	抗重力完成全关节范围活动
3⁺	抗最小阻力完成全关节范围活动
4⁻	抗部分阻力完成全关节范围活动
4	抗中等阻力完成全关节范围活动
4⁺	抗超过抗中等阻力完成全关节范围活动
5	抗最大阻力完成全关节范围活动

表6.5　步行能力评定水平

移动功能
1. 无需借助辅助器具或轮椅，能进行独立社区步行
2. 使用行走架或拐杖等辅助器具步行，进行社区移动时使用轮椅的时间少于50%
3. 家庭步行，进行社区移动时使用轮椅的时间多于50%
4. 治疗性步行，进行社区移动时使用轮椅的时间为100%
5. 在家庭和社区主要使用轮椅，能完成轮椅移乘
6. 使用轮椅，依靠他人移乘

表6.6　运动控制评定分级

好	在全关节被动活动范围内，能按指令进行肌肉分离收缩
中	能按指令启动肌肉收缩，但不能在全关节被动活动范围内进行完全的肌肉分离收缩
差	出现联合运动模式、肌张力增加和（或）主动运动减少，不能进行肌肉分离收缩

肌张力

肌张力检查是步行功能障碍评价的重要部分。常规临床检查时,对是否存在腓肠肌和股直肌痉挛进行总体判断。另外还需注意,痉挛对儿童支持作用以及痉挛产生原因进行主观判断。更详细的评价则需对下肢的主要运动肌群进行痉挛的分级评测。推荐使用改良 Ashworth 肌张力分级,以提供包括肌张力减低在内的多个评级项目(表 6.7)。

表 6.7　改良 Ashworth 肌张力评定分级

00	肌张力减低
0	肌张力无增加
1	肌张力轻度增加,在关节活动范围终末时呈现最小的阻力或出现突然卡住的释放
1$^+$	肌张力轻度增加,在关节活动范围后 50% 范围内出现突然卡住,然后在关节活动范围后 50% 范围内均呈现最小的阻力
2	肌张力较明显地增加,通过关节活动范围的大部分时,肌张力均较明显地增加,但受累的部分仍能较轻易地被移动
3	肌张力严重增高,被动运动困难
4	受累部分僵直

被动关节活动范围的检查

通过专门检查常规记录肌肉收缩,这些检查包括尽可能准确地进行关节活动范围检查。注意肌肉收缩的来源,尤其需判断是肌肉收缩还是腱固定效应。另外还需记录骨畸形和骨长度。专门的关节检查应包括通过向前弯腰检查脊柱侧弯、明显脊柱前凸以及站位或坐位时的脊柱后凸的脊柱检查项目。对髋、膝、踝和足关节应记录标准的关节活动范围。

录像

录像是在评价发育期的儿童步态时,能为常规临床判断提供大量数据的最简单、价廉的方法。拍摄患儿录像应在宽阔地带,按事先制定的格式进行。要求患儿除去外衣,仅穿薄内衣或泳装。从前、后、左、右各角度进行录像。通常应包括赤足、穿鞋和支具时的步态,并要求患儿跑步。另外,还应包括使用不同辅助器具时的步态。通常录像持续 1 至 2 分钟,少数超过 3 分钟。提供录像的保存和检索,以便临床随访。每次复查观察患儿步态时,可回顾以往录像对照。进行常规评价时,通常需拍摄首次评价时的步态录像以及每次复查发生步态改变的新录像。3 岁以下的儿童,通常每 6 个月拍摄一次录像。3 至 12 岁的儿童,每 12 个月拍摄一次录像。超过 12 岁的儿童,大约 2 至 3 年拍摄一次录像。该时间表因人而异,基于主观的临床评价和前次录像来发现患儿发生的新变化。

运动学

进行运动学评价时,需测量儿童步行时每个关节的活动。这些测量将有助于为手术或使用矫形器类型等主要干预措施的抉择提供附加信息。另外,运动学评价对测量患儿治疗反应也非常重要。运动学评价只是完整步态分析的一部分。现代测量人体活动的兴趣始于 20 世纪中叶,从各角度拍摄短片,分成不同帧进行测量。照相技术和计算机的进步,使上述概念能用于测量步行时关节活动范围。该过程目前已完全自动化,所以是快速、有效、可靠和精确的(图 6.11)。尽管光学系统是唯一在临床诊断研究室广泛应用的系统,其他如使用加速度传感器或电子角度计等技术也已被开发用于运动学测量。

图 6.11　最常见的步态测量系统要求被测对象佩戴能被多架摄像机拍摄到的反光标志点

光学测量

基于身体分段原理进行现代光学运动学测量。最常用的临床系统是将身体分成 7 或 13 个节段(图 6.12)。与特殊节段骨性标志相关的内置笛卡儿坐标系统定义每一节段。这些节段与毗邻节段的运动通过在特殊解剖点放置反光标志来进行标记。每一节段最少用 3 个标记点进行标记,即进行全身评价时需要 39 个标志点。每个标志点最少需要两台摄像机

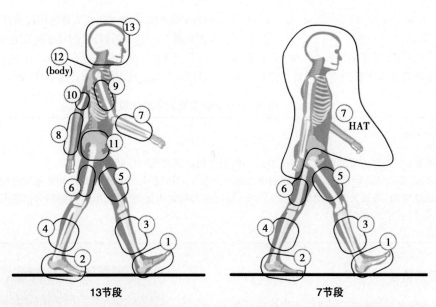

13节段　　　　　　　　**7节段**

图 6.12　为计算空间或运动学上的身体活动,发明了人体机械模型。在目前的临床
步态分析中,最早使用的是包括双足、双小腿、双大腿和头-臂-躯干(HAT)的 7 节段
模型。随着计算机功率增加,开始出现包括双足、双小腿、双大腿、双前臂、双上臂、
骨盆、躯干和头的 13 节段模型

同时拍摄。区别不同位置两台摄像机拍摄到的同一标志点,方能定义该标志点在三维空间的确切位置。人脑使用相同的方法形成三维视觉。由于视觉阻碍,目前大多数运动学分析系统需要围绕患儿放置 5 至 8 台摄像机。这些摄像机作为房间的坐标系统,集中放置于房间固定位置。所有摄像机以 60 帧每秒的速度进行同步拍摄。虽然当前临床步态分析系统识别标记点、计算三维空间精确位置的过程是全自动的,但仍然会发生某些错误,这就要求在生物力学方面受过培训、熟悉该分析系统的技术人员对患者进行复审。一旦标志点的空间位置被识别后,定义特殊指定运动节段的专门软件就能计算出临床的关节活动范围。

通过每一节段的运动来计算特殊关节的运动。但问题是标志点并不直接固定于骨骼而是与皮肤相连,所以标志点的运动也包括软组织的运动。为消除软组织的运动,标志点的轨迹线进行平滑化处理去除高频运动影响;由于测量到的关节平移运动很少,所以节段被假定为是在代表精确解剖结构的关节处相连。上述两种数据处理方法虽有助于减少软组织伪像,但若发现某些儿童的运动难以解释时,仍应考虑将软组织运动作为可能存在的测量误差。运动学数据简化的下一主要任务是对屈曲或旋转角度等临床可识别的特殊关节位置进行赋值。要求选择三维数据简化方法。由于可解释与治疗师判断无关的某些数字大小,对临床医师而言,理解上述分析系统非常重要。

数据简化运算法则

当前使用的所有商用临床数据简化软件的运算法则都采用欧拉角原理。该方法中的坐标系按计算命令对毗邻坐标空挡进行旋转。该过程模拟临床常规进行物理诊断的过程。例如,医师测量髋关节特定挛缩时,要求进行外展、屈曲、旋转

运动。欧拉角这一计算概念因类似于模拟临床实践而被开始应用于生物力学。医师必须意识到该计算体系的问题是欧拉角简化原则对存在 3°自由运动的大关节的简化命令非常敏感。这些关节包括髋关节、肩关节和距下关节。例如,肩屈曲45°、外展 45°、内旋 45°的位置与内旋 45°、外展 45°、屈曲 45°的位置不同(图 6.13)。当前运动学体系接受外展和内收优先于屈曲和伸展的约定原则,以及认定在坐标系中旋转等同于反旋转。基于个人经验,大多数医师首先进行最大平面的旋转。尚未对物理检查中医师使用的认知命令进行评价,但有时差别很大,以至医师对运动学数字不适应。当这些仅反映测量运算法则时,数字就没有对错,医师们需要理解是他们的印象导致同类错误。

尽管欧拉角转换当前主要在临床使用,但其他坐标转换体系用于研究,正逐渐在临床实践中发现其作用。Grood-Suntay 技术由毗邻坐标系定义位置,在每一节段建立整体坐标系。该体系最简单但过于简化的解释为其功能等同于指定体系整体表面位置的经度和纬度。该体系的优势是独立于旋转命令,更有利于反映医师对患儿的看法,但不反映医师对畸形角度的思考或物理检查过程。另一独立于旋转命令的体系是有限螺旋旋量方法,该运动坐标体系由沿着半径、长度矢量进行的运动定义。该体系有利于进行距下关节等复杂运动,和确定骨盆、躯干的空间位置。这些旋转命令的意义对了解三维大运动的变化非常重要,所以与相对正常的步态和大多数关节的关联很少。

测量精确度

运动学测量的精确性是一独立问题,依赖于特定运动和关节的测量。误差的出现与标记置于软组织的后遗问题以及

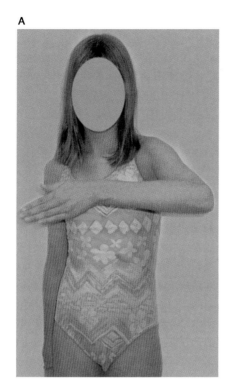

图 6.13　使用欧拉角计算是依赖命令的,所以必须理解计算命令。例如,使用计算命令为肩关节内旋 45°、外展 45°、屈曲 45°的位置(A)与计算命令为肩屈曲 45°、外展 45°、内旋 45°的位置(B)不同

骨解剖标志的清晰定义的问题有关。例如,对处于儿童中期的肥胖儿童而言,定义髋关节的中心点很困难,往往存在很大错误。另外,临床出现的变化明显可显示大运动的可信度更高,如髋、膝关节屈曲角度变化比膝关节旋转或内收、外展的角度变化大,反映前者运动的可信度更高。上述特殊关节软组织在后文讨论。

动力学

每个关节作用力的测量被称为动力学评价。为达到临床最大有效性,动力学测量应对每块肌肉的肌力进行测量,但事实上在临床是不可能实现的。因而,必须相信净关节作用力,即间接测量抵消动量和地面反作用力的反作用力。动量使用动力学测量方法,通过指定身体节段的体量和体量中心,通过体量速度和加速度进行测量。地面反作用力是使用通过固定于儿童步行地面的灵敏、精密的反作用力测定板来进行测量的(图 6.14)。反作用力测定板的功能类似于浴室比例尺,但除了权重的垂直矢量测量外,还需要测量作用于地面的向前和侧面作用力,以及这些轴向的力矩。关节地面作用力的残差指到指定关节中心的方向和距离。通过了解关节中心的空间位置和地面反作用力矢量的方向来确定力臂。知晓力臂和地面反作用力矢量后,就可计算出由地面反作用力矢量产生的力矩大小。地面反作用力矢量的力矩与动量力矩相加,就可测量出总的关节外力矩。因测量时该情况下体系是稳定的,因而可假定肌肉、韧带和骨组织必须产生等量、相反的内作用力。一旦计算出力矩,就可通过力矩与速度相乘的公式

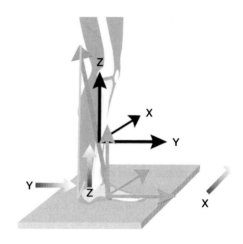

地面反作用力

图 6.14　反作用力测定板测量足接触地面的作用力,计算出有方向和大小的单个作用力矢量。允许将力分解成垂直、中间外侧和前后侧平面的正交矢量。扭转力矩围绕每个主要矢量进行测量,但对于步态分析而言,唯有围绕垂直矢量的扭转力矩具有重要意义

来计算关节功率值(图 6.15)。用于简化力矩、关节力矩地面反作用力数据以及功率的软件技术被称为逆动力学。力矩的单位通常使用牛顿米(Nm),将其与儿童的体重相除得到 Nm/kg 单位,得出正常的平均值和范围进行比较。关节功率的单位是瓦特,将其与儿童的体重相除后,与正常值比较,通常使用瓦特(watts)每公斤体重这一单位作为标准。

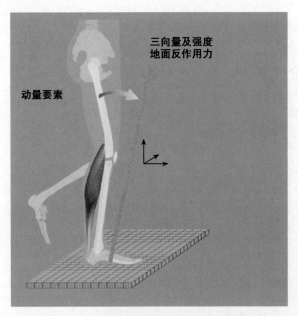

动量要素

三向量及强度
地面反作用力

图 6.15　计算关节力矩和关节功率被称为动力学。由反作用力板得出地面作用力的方向和大小,由关节节段动力学运动得出动量要素,通过综合上述两者计算出关节力矩

测量精确度

运动学测量的精确度被不同测量方法所影响,运动学测量误差的出现将伴随动力学测量出现误差。决定节段的体量和体量中心时也存在误差。但动力学测量的精确度要远高于运动学测量的精确度。这种动力学测量的精确度提高与动量方程的关系少,与地面反作用力的关系大。地面反作用力的测量通常是精确、可信的。使用前动力学决定关节功率的理论已被广泛研究,但目前尚未直接用于临床。使用前动力学理论得出骨骼肌肉系统的数学模型,然后使用输入肌电图来确定活动次数,并通过运动学的节段运动以及反作用板的地面反作用力,用于假定进行步行的最小能量。该技术理论上可行,在确定关节力量、单块肌肉力量以及进一步确定长度-张力曲线的肌肉位置方面具有实用功能。虽然前动力学模型是有用的,但当前很多假设都需要模型为特殊患者提供无用的个体信息。模型对理解特殊关节周围的力量是有用的。如可明确哪些肌肉可使髋产生内旋动作。现有研究正尝试使用该模型去理解个体患者中腘绳肌力量。研究通过测量肌肉-肌腱单位的起点和止点,关注腘绳肌和肌腱长度,但问题在于没有考虑长度-张力曲线上肌肉功能的位置。重要的资料对决定是否需要进行肌肉延长术是必要的。尽管模型仅在少数几个中心用于评价肌肉起点到止点的长度,但资料的临床应用在做出诊断性判断方面具有巨大价值。

肌电图

肌电图是所有单肌纤维动作电位的总和。动作电位的数量以及记录电极与动作电位间距决定了不同复杂的波形。若从皮肤表面记录肌电图,周围的脂肪和皮肤将使信号降低。

从皮肤表面记录肌电图具有在大肌肉较大区域记录的优点,对于小肌肉或幼儿,可能会记录到邻近肌肉的电位。另一种肌电图的记录方法是使用内芯导线电极。通过将针插入皮下,然后拔针将导线电极植入皮下。通过检查肌肉对某特定孤立动作的肌电反应确定导线电极的位置。内芯导线电极记录肌电图的优点在于能对小肌肉或深部肌肉进行定位记录,并且可避免记录邻近肌肉的电位。导线电极存在的主要问题是疼痛可能使患者难以正常放松步行。另外,儿童往往害怕针,不愿配合植入导线电极。记录的肌电图包括电活动强度和步行周期的同步电活动资料。肌电强度与肌肉收缩力量产生的复杂方法有关。因脑瘫儿童不能产生可靠最大随意收缩,所以需要在肌电强度中将其中所涉及影响的部分肌肉力量考虑在内。此外,软组织阻力、个别运动电位强度存在较大变异,都影响肌电强度和肌力的相关性。所以,唯有同步资料才是从肌电图中获得的有用临床资料。通过进行与运动学测量同步的肌电图或增加评价步态周期的足开关等方法,可使肌电图与步态周期密切相关。同步肌电的使用可有助于判断肌肉收缩模式是否正常,激发是早还是晚,停息是早还是晚,是连续、静止还是完全超出相位(表 6.8)。该方式的肌电图由 Perry 提出并已在临床诊断性评价方面广泛使用,但相符的评价科学术语尚未普及。通常在步态周期全面分析时,同时应用肌电评价和动力学、运动学。表面肌电适用于多数患者的多数肌肉。胫骨后肌、比目鱼肌、髂腰肌和腰大肌等特殊肌肉只有使用皮下导线电极才能被可靠测量。上述肌肉仅适用于能配合、具有特殊适应证的儿童。

表 6.8　肌电活动的临床定义

科学术语	定　　义
提前激发	在正常激发时间前开始肌肉活动
拖延	肌肉活动延续到过去正常的间歇时间
持续	肌肉连续活动,无休止时间(持久不变的活动很难与产生背景噪声的活动鉴别)
提前剥夺	肌肉活动早期结束
延迟	晚于正常激发肌肉活动
缺失	无肌肉活动,很难与持续活动相区分
超相位	肌肉主要在正常静息时间活动,在正常活动时间保持静息

足压计

测力板测量地面作用于足的力量,测量某点所施加作用力矢量的总和。但足并非是物理上的一点接触地面,而是作为一个平面接触地面。测量鞋底与地面接触的压力分布的装置被称为足压计。该装置包括整套压力传感器(图 6.16)。当前所提供的不同系统,主要差别在于独立测量时精确性差使传感区域大或精确性高使传感区域小。脑瘫患儿使用该系统可定量化足外翻或马蹄内翻足畸形以及后跟接触地面时

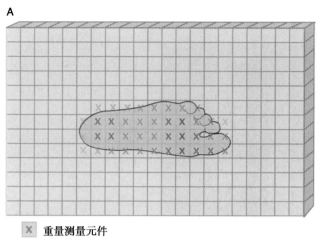

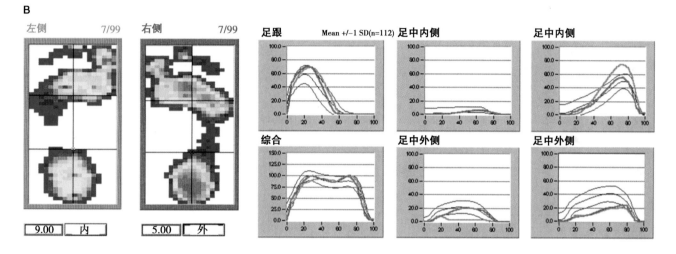

	左	解释	右	解释	正常
足跟离地时间	65.0	正常	63.0	正常	46.7~69.7
足跟触地	37.8	正常	35.7	正常	23.3~39.8
内翻-外翻足位置	28.8	外翻	5.1	正常	−15~+15
足前进	9	内	5	外	0~10外

图 6.16　使用足压计进行足底压力分布的测量。足压计装置的传感器仅能测量垂直负荷(A)。描记所测得的压力区域,绘出代表足印的图像,表明足底压力最大的区域位置所在。足被分节段后进行总节段绘图(B)。并计算足内、外侧压力分布比例等其他特殊数据,提供足内翻(增加外侧足节段压力)或外翻(增加内侧足节段压力)畸形的测量

间。不需要过多关注特殊区域的绝对压力测量。若因糖尿病或脊髓功能障碍使足感觉缺失的儿童在足部发生压疮时,最好应用敏感度高的系统。无论使用何种系统,儿童在测试板上行走不能对准目标板时的足位置资料是可信的,是目前随访畸形足的最佳方法。测试快速、易懂,主要通过模式识别进行,允许对内、外翻畸形和足触地位置进行定量。该测试可作为足畸形儿童每年随访的工具,尤其适用于评价影像学检查不合适的足外翻幼儿。虽然并不是每个试验室都进行足压计检查,但大多数儿童试验室都可以提供足压计检查,并常规使用。

耗氧量

全身能耗的测量是最近才增加到步态分析中的内容。现

能量测量的机制为间接热量测定法,即测量耗氧量和排出的一氧化碳量。间接热量测定法的工作原理是基于以下假设:燃烧燃料,释放能量,过程中需消耗 ATP 和氧气。无氧代谢时,一氧化碳释放增加,而耗氧量不增加。当前提供测量耗氧量的设备是遥测小面罩,可在常规步行时佩戴使用(图6.17)。该设备持续供氧,可提供氧耗量、一氧化碳排出量、呼吸频率、吸入和呼出的空气量以及心率等数据。另外还需测量步行速度。测量耗氧量的标准方法是:让受测儿童保持舒适坐位、放松 3~5 分钟,然后站起、使用提前设定的特殊步态模式步行 5~10 分钟。要求记录在步行道上步行的时间、步行距离,从而计算步行速度。通常耗氧量必须与身材进行标准化。随着儿童长大变重,每公斤体重的耗氧毫升量将明显

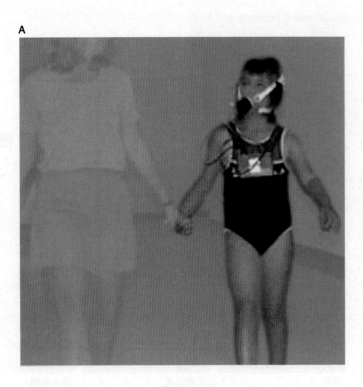

图 6.17　步行能量成本的测量要求测量耗氧量和产生的一氧化碳量。使用适合儿童脸形的独立设备进行测试，数据采集系统通过遥测仪将数据传到计算机上（A）。系统记录呼吸频率和心率。若记录步行速度，可计算出每公斤体重步行每米耗氧毫升数的氧成本值（B）

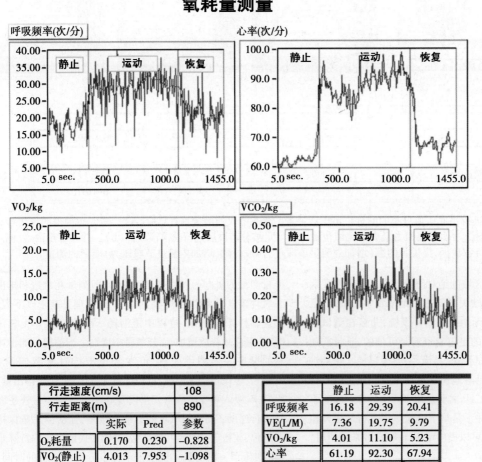

氧耗量测量

行走速度(cm/s)		108	
行走距离(m)		890	
	实际	Pred	参数
O₂耗量	0.170	0.230	−0.828
VO₂(静止)	4.013	7.953	−1.098
VO₂(运动)	11.096	17.183	−1.157

	静止	运动	恢复
呼吸频率	16.18	29.39	20.41
VE(L/M)	7.36	19.75	9.79
VO₂/kg	4.01	11.10	5.23
心率	61.19	92.30	67.94
恢复(s)			370

降低。按身体表面积标准化测量，使用 Z 值或平均值的标准差来判断儿童的相对功能。同时评价其心率和呼吸频率。通过每米运动每公斤体重消耗的氧气量来定义耗氧量。每秒80～160cm 的标准步行范围，速度的干扰很小，可将速度不考虑在变异因素之内。

耗氧量的另一种测量方法是按时间消耗的氧量来定义，使用每秒每公斤体重消耗的氧气量表达。因脑瘫儿童肌肉、心脏、肺脏正常，所以耗氧量很少异常。但存在肌肉病变的儿童耗氧量和耗氧成本很低。推荐在脑瘫儿童的步行治疗中，将测量耗氧成本作为优良的结局测量指标。治疗的明确目标是改善步行效率，但相同的步行功能障碍，因耗氧量降低，存在肌肉病变的儿童步行效率高。耗氧成本测量不能作为单独的结局测量指标，必须同时考虑其他步行改善的功能测量指标。很少步行的儿童阻碍步行的最主要原因在于严重的去适应状况。除了耗氧量很难获得其他数据。因耗氧量测试是最近新增的检查项目，临床尚不明了其优势，所以并不是所有试验室都进行耗氧量测试。若儿童能配合，其步态被认为大体异常，可常规测试其耗氧量进行全面评估。

很多旧的氧耗量测试系统要求儿童步行时使用手推车向前推进。这些系统提供的资料相同，只是现代设备更方便、好用。测试耗氧量的另一技术是能量消耗指数，通过测量随活动量增加改变的心率值。消耗的能量与较安静状态心率增加的心率值大致相关。因为随时间变化影响心率的变异因素很多，所以在评价脑瘫儿童时生理指数测量无效。与耗氧量实际测试相关的研究很少。如果不提供耗氧量测试设备，由于能量消耗成本指数的可信度差，所以该指数不值得花费精力收集。

步态分析

诊断步行功能障碍

评价脑瘫儿童步行功能障碍的技术和方法讨论结束后，需要一套集中和定向目标的方法学以在照顾患儿过程中应用上述工具。步态医学治疗与其他医学护理同样重要。例如，矫形外科医师看见儿童大腿肿块后的评价，首先是问病史，询问如何和何时出现肿块，询问肿块区有无外伤或手术史、是否存在疼痛或功能障碍。其次，通过查体来判断肿块是否为浅表血肿。再下一步进行 X 线摄片检查。但是如果发现骨膜抬高，则需要对大腿做磁共振成像检查，制订治疗计划。若骨膜穿刺诊断不明确，活组织检查前可进行 CT 扫描和骨扫描。收集全上述资料后，告知儿童及家长诊断和治疗方案。

与大腿肿块的诊疗过程相似，初次看见步行功能障碍的儿童时，医师应问病史，询问脑瘫的病因以确定是脑瘫而非其他未诊断疾病。询问儿童年龄、何时开始行走、最近 6 至 12 个月步行如何发生特殊变化，对评价很重要。有关矫形支具佩戴的问题，如使用时间多久、是否拒绝使用、是否每天使用，也非常重要。问完病史后，进行关节活动范围、关节挛缩情况、肌张力、大运动功能等方面的查体。随后，要求患儿在一

开阔区域步行。该区域过道至少长 10m、宽 2～3m，可在侧方观察步态。小检查室内不可能观察到有代表性的步态模式。此外，要求患儿脱去外衣，穿内衣或游泳衣，以利于观察下肢全貌。步态的观察性评价包括步态周期中关节位置、运动的整体控制、平衡、患儿步行的目的和步行舒适度。应评价赤足和穿矫形鞋时的步态。若使用轮椅，还需进行轮椅评价。要求检查时患儿父母携带矫形支具和步行辅助器。首诊与确诊大腿肿块相似。采集病史收集资料，查体判断以后是否需要进一步特殊治疗。脑瘫瘫痪步态的障碍随儿童生长影响进展变化。判断治疗能否带来显著变化，从而是否影响步态。此时与随访无症状的骨软骨瘤相似，记录患儿的步态录像。

步态录像等同于无创伤的 X 线摄片检查。大多数步行功能障碍的脑瘫儿童通常应每 6 至 12 个月随访复查一次，婴幼儿或障碍严重时至少每 6 个月复查一次，稍大的青春期儿童每 12 个月复查一次。每次复查时，应问病史了解功能变化情况，再次查体，观察步态，与以前的录像进行比较。录像使患儿和其父母有机会亲眼看看医生观察到的现象。很多父母记不起原先患儿是如何步行的。家庭录像不能很好显示步态模式，与拍摄时儿童通常穿着衣裤遮住下肢，拍摄角度倾斜等原因有关。另外，大多数家庭录像都不包括儿童正常行走活动，而常与儿童玩耍、做一些其他的活动或仅仅站立等内容有关。若检查是为了决定手术、重要药物使用、矫正治疗等附加的重要治疗方案时，就需要进行全面的步态评价。这与对大腿肿块进行核磁扫描、CT 检查、骨扫描类似。全面步态分析所获得的资料可用于确定治疗方案。评价的结果与病史和医生的查体相综合，给患儿家属提供确定的治疗计划。提供相似儿童的录像，了解患儿及其父母对治疗的反应，有助于患儿及其父母明了治疗预期。

全面的步态分析对治疗是否必需?

全面步态分析可为脑瘫儿童的治疗计划提供与对股骨不明原因肿块进行进一步检查相同的作用。根据提供的资料进行股骨肿块的治疗，即骨组织活检、制订手术方案。附加检查可提供更多资料，使治疗更有针对性，预后更佳。对骨肿瘤的治疗而言，预后是简单的，或者肿瘤复发、儿童死亡，或者肿瘤消失、长期随访。但步行功能障碍的脑瘫儿童不可能出现如此戏剧性的成功或失败。与肿瘤预后相比，痉挛步态的好坏结局并不明确。正如肿瘤切除术后必须积极随访，外科医生不能坐待患儿是否死亡，而需要通过骨扫描和核磁扫描进行定期检查以发现有无早期复发征象。同样的方法也适用于步态治疗。术后 1 年进行全面评价，推荐前每 6 个月临床随访一次。直至出现明显改变后进行下一等级的治疗。常规定期医生检查评价，必要时使用提供的步态测评工具，以利于患儿预后恢复。

部分医生仍不赞同步态测评可改善步态治疗的预后，从某种程度严格的科学角度来看该观点可能是正确的。事实上，也并无科学研究文献证明使用 X 线摄片可改善前臂骨折。目前已进行步态分析的科学研究。已知一项研究正尝试进行术前和术后的步态分析，但并未使用分析结果来决定是

否手术。该研究在应用资料做出判断的过程中不符合理论而未被伦理委员会批准。医生拒绝提供资料可能会对儿童造成潜在危害。目前该类研究的伦理性仍被质疑。基于步态分析测评比较不同治疗方法的研究更符合伦理,较之宣称根据少量资料能进行更佳选择的研究,方法也更科学。事实是提供更多资料并不总是有利的,尤其当资料不能被理解时更是如此。但也确实在大多数情况下,资料太少比资料过多更糟糕。

应如何应用步态分析?

现代科学医学方法是评价和测量可测量要素,然后试图了解存在的问题,基于客观事实解决问题。使用上述原则治疗步态功能障碍时就要求进行步态测评。那么,步态分析的所有工具都确实需要吗?是的,就如治疗骨肿瘤时必须进行核磁、CT、骨扫描一样。医生能否不进行步态分析就治疗脑瘫儿童的步态功能障碍呢?是的,医生的确应尽力医治步态功能障碍。就如按惯例,影像学资料即使仅能提供 X 线平片,医生也应治疗该儿童的股骨骨肉瘤。

测量方法的应用,尤其使用仪器进行步态分析时,要求不只仅限于测量。必须综合资料,由了解资料的个人进行临床分析。对很多医生而言,与进行测量得到资料相比,了解资料

是很大的阻碍。了解步态数据就需要充分了解正常步态和身体所做出的适应性调节。若对正常步态知之甚少,建议阅读由 Jacquelin Perry 编写的《步态分析——正常和病理功能》一书。将正常步态作为整体功能来理解,对了解和制订异常步态的治疗方案是非常重要的。下文将对正常步态进行回顾。

正常步态

正常人类步行是两足步行,两足步行的平衡功能远胜于四足步行。两足步行是非常万能的,进行短距离移动时能效高。该功能相当复杂,需要中枢神经系统完成平衡、运动控制以及认知决定等功能。完全由脑支配的平衡和运动控制功能通过骨骼肌肉系统的力学成分发挥作用。当步态运动控制异常时,力学系统仍然能对运动控制系统发出的指令做出直接反应。例如,当功能受限使大脑不能维持两足站立的身体功能时,人体仍尽力使力学系统工作,在收缩指令发出后,肌肉将正常收缩。对于大脑能力降低所致功能受限做出的适应性调节不仅是脑至肌肉骨骼系统的单一变化,还涉及肌肉、肌腱和骨组织的变化。在发育期儿童,肌肉骨骼系统过长时期反应并试图从结构上适应大脑损害。肌肉骨骼系统的适应性调节主要遵循力学原则,对步态的整体能力并不总是施加正性影响。

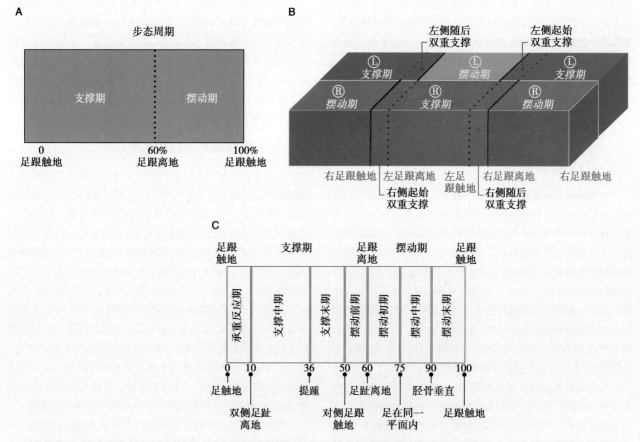

图 6.18　步行以循环方式反复,被分为基本步态周期,通常一侧足跟着地至该足跟再次着地称为一个步态周期。该周期包括支撑相和摆动相。单腿的一次基础步态周期被称为一步(A)。左右侧下肢步态周期的总和被称一次迈步(B)。步态除了可分成支撑相和摆动相外,还可被具体分成更小的时相。支撑相被分为负重反应期、支撑中期、支撑末期和摆动前期(C)

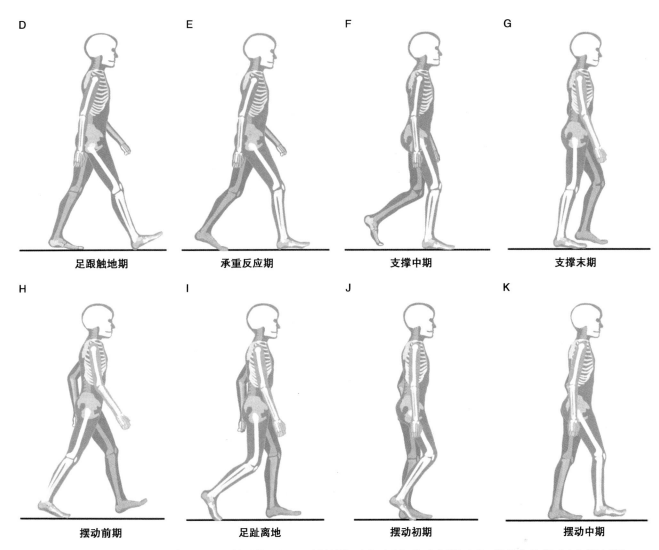

图6.18（续） 支撑相由足触地（足跟触地期）（D）、对侧足脚趾离地（负重反应期）（E）、胫骨向前摆动（支撑中期）（F）、启动后跟离地（支撑末期）（G）、对侧足触地（摆动前期）（H）和脚趾离地（I）构成。摆动相被分为摆动初期、摆动中期和摆动末期（C）。摆动相由脚趾离地（I）、双足位于同一横向平面（摆动初期）（J）、小腿垂直地面（摆动中期）（K）、足触地结束摆动末期构成。另一与踝摆动相关的分期方法是：从足触地（K）至足放平（E）作为第一摆动期，足放平（E）至足跟离地（G）作为第二摆动期，足跟离地（G）至脚趾离地（I）作为第三摆动期

以肌张力增加举例，肌张力增加可使身体僵硬、控制容易，起着积极作用。随着肌张力增加，肌肉不能快速生长，通过减少肌肉功能所涉及的关节活动范围，有助于运动控制。某种程度的肌张力增加和关节活动范围减少，可在脑功能水平不变的前提下，使步态功能得到改善。但明显增加的肌张力和严重受限的关节活动范围本身也会成为功能障碍的一部分。保持平衡的第三要素是能量输出。正常步态时，大脑保持步行能量消耗最低，使个体不至于筋疲力尽。理解肌肉骨骼系统的力学成分以及如何应对脑功能障碍做出临床判断很重要，与某特定异常步态的功能是否改善直接相关。大脑也将在能力不变的前提下，试图找到允许个体进行稳定、易变、耗能移动的运动模式。

步行周期

步行就如心脏跳动一样是周期性事件。理解心跳周期对理解心脏很重要，理解人类的步态也需要理解步行周期和其

功能（图6.18）。步态事件的临床描述遵从一般模式，命名约定由Perry普及。支撑相的作用是在地面支撑身体，摆动相的作用是允许足向前运动。步态的两时相功能与心脏第一时相血液充盈第二时相血液排空的功能类似。虽然步态每一时相的任务简单，但每一时相的障碍会互相影响加重。一侧肢体的步态周期被称为一步，左右侧并行的两步即为迈步走。步行周期的一步分为两个时相，双足均在地面的时间被称为双支撑相。跑步的步行周期分为两阶段，双足并不同时接触地面的时间被称为腾空期。所以，跑和走的区别为走存在双支撑相、跑存在腾空期（图6.19）。即指步行时支撑相时间长于摆动相，跑步时摆动相时间长于支撑相。

步态时相的一些基础量化定义被称为步态时空特征。步态时空特征包括步长，即在单个摆动相内所测得的一足移动距离，用厘米或米做单位；步幅即左、右侧下肢步长的总和。支撑相测量足接触地面的时间，即支撑时间。摆动相测量足

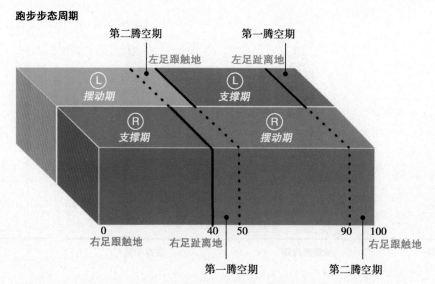

跑步步态周期

图 6.19　跑步的基本周期与步行近似,只是缺少双足支撑相,代之以腾空期。
跑步被定义为一种存在某段时间身体不与地面接触的步态模式

向前移动的时间,即摆动时间,通常等同于足不接触地面的时间。用秒或分钟来表示,支撑相和摆动相构成总步行时间的比:正常步行时,支撑相占 60%,摆动相占 40%。双足同时接触地面的时间被称为双支撑相,每个双支撑相占步态周期的 10%。每一步都存在原始双支撑相和第二双支撑相。因右足原始双支撑相和左足原始双支撑相相同,所以每一迈步也存在两个双支撑时间。仅有一足接触地面的时间被称为单腿支撑时间,正常步态时占步行周期的 40%。通过知道一次迈步所用的时间(秒),就可计算每单位时间迈步次数,即步频,以每分钟迈步数作为测量单位。通过知道步长和步频,就可计算步速,通常用每秒厘米(cm/s)或每秒米(m/s)作为测量单位。使用 cm/s 或 m/s 仍存在较大分歧,为便于保持本章数字系统的一致,现使用 cm/s 这一格式。最终的步态时空测量还包括步宽,即从某一角度测量步行周期中双足间的内侧横向距离。

支撑相

支撑相在步态中的作用是提供身体在地面的支撑。该支撑功能包括合成和过渡的需求。从摆动相过渡到支撑相被称为原始触地时间,对确定下肢如何移动进行负重非常重要。步行周期的第一时间要素是负重反应,即要求下肢获得足在地面的稳定,保持身体向前推进,吸收重心突然转移所致的震动。负重时间等同于原始双支撑相,于单腿支撑相的开始时结束。站立中期指单腿支撑时间的前半部分,即支撑腿着地身体向前的时间。站立后期或末期指单腿支撑时间的后半部分,即身体重心位于足前方、足蹬地产生身体向前动力的时间。摆动前期指摆动期前、与第二双支撑相相对应的时间。此时,身体重心迅速向对侧足转移,准备进行摆动相。

摆动相

摆动相要求足向前移动。原始摆动相的时间约占摆动相

的前三分之一。从脚趾离地持续至对侧足重心调整。原始摆动相的作用为调整支撑足负重,伴随摆动足廓清地面。摆动中期始于摆动足与支撑足在同一平面,终于胫骨垂直地面。此时,屈髋、屈膝大致相同。摆动中期的时间约占摆动相的 50%。摆动末期发生于伸膝、足准备触地时。

步态周期身体节段的重要性

为便于详细了解步态周期,人体被看做相互连接的节段。由 Perry 推广提出负荷节段和运动节段的概念。即等同于将汽车看做功率火车和安放于功率火车顶部的身体。负荷节段包括头、臂和躯干,缩写为 HAT 节段(图 6.20)。运动节段指由踝、膝、髋和腰骶连接相关关节的足、小腿、大腿和骨盆。在步行时,HAT 节段保持直线向目的运动方向移动。HAT 节段由质量中心定义,稍高于身体重心点。由于允许头、臂独立运动,所以 HAT 节段质量中心是动态变化的。关注 HAT 节段质量中心位置变化的影响,在临床步态分析的应用中难以很好确定。质量中心的概念指所有质量在某一点进行身体力学活动。重心指身体质量中心所在的位置。重心也是动态变化的,受身体形态的变化而变化。直立位时,重心通常位于第一骶椎前方。步行时每个运动节段都有其质量中心,因节段近似于刚性体、身体形态不能发生明显变化,所以质量中心固定。上述概念适用于骨盆、大腿、小腿节段,但足和 HAT 节段的质量中心可不固定。随 HAT 节段的手臂摆动、躯干弯曲和头部活动,质量中心发生明显变化。在步行模型中,足节段质量中心的变化少于足作为非刚性体出现的问题。假定刚性节段的弹性将会产生步态测量的额外问题。

为使步态周期的效率最大化,HAT 节段的质量中心应做运动方向的单向移动,但按自然法则无法做到。因此就要求使 HAT 节段的质量中心垂直和侧向振动幅度最小(图 6.21)。主要通过中枢运动控制与运动节段相连的关节矢状

A

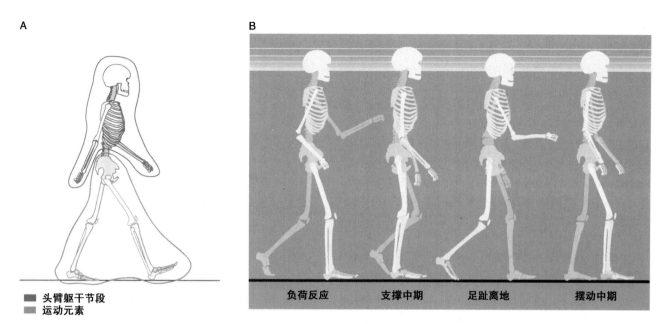

■ 头臂躯干节段
■ 运动元素

负荷反应　　　支撑中期　　　足趾离地　　　摆动中期

图 6.20　为便于理解步态机制,身体被分成包括骨盆和下肢的运动节段,与 HAT 节段的负荷节段相邻(A)。步行的目的在于向前移动此负荷节段,尽可能少地垂直振动负荷质量。每一步中质量垂直提升和下降都需要消耗能量(B)

A

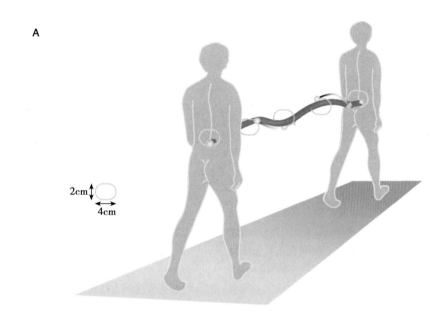

2cm
4cm

B

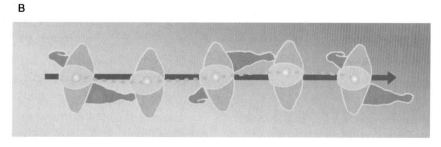

图 6.21　身体的质量中心位于骶骨前缘。效能高的步行要求质量中心偏离前进运动水平的活动最少。事实上,质量中心的活动以螺旋线轨道进行着垂直和横向振动(A)。并存在明显侧向运动成分(B)

面活动来调整下肢长度达到上述目标。通过观察个别关节以及关节在正常步行完整步态周期时所起的作用有助于理解上述关系。

踝关节

踝关节是作为连接足与小腿关节的机械模型。步态测试力学角度认为,踝关节是仅能完成屈伸单轴运动的模型。但因踝关节还可绕着垂直轴作旋转运动并进行内翻-外翻运动,所以上述描述过于简单。测量踝关节的旋转和内翻-外翻活动主要反映足通过距下关节进行的活动。因为与标志物位置和足单一刚性节段数学假设的不准确相关,该测量作用有限。所以最好认为踝关节仅具有跖屈和背屈功能,然后再分别将足作为一节段考虑其弹性和稳定性。

在足跟着地的初始阶段,踝关节活动始于中立位。在足跟着地时,胫骨前肌离心收缩控制踝关节跖屈。从足跟着地至足放平时踝的活动被称为第一摆动期。在第一摆动期时,踝关节出现背屈力矩。上述力矩由肌肉产生,为内部力矩,与地面反作用力形成的外部力矩相抵消。足平放于地面后,腓肠肌和比目鱼肌离心收缩控制胫骨向前转动、踝背屈。上述运动产生逐渐增加的跖屈力矩,仅有少部分能量被吸收。此时跖屈肌离心收缩控制背屈,被称为第二摆动期。随后在支撑后期,踝背屈最大约达 10°～15°;在腓肠肌和比目鱼肌强大的跖屈向心收缩影响下,发生迅速跖屈运动,此时被称为第三摆动期,在正常步态时,主要产生向前推进的能量。该能量爆发的重要因素是在 Blix 曲线上跖屈肌肌小节被轻微拉长产生张力。另外该能量的爆发还要求足保持稳定、踝关节轴角度正确、对齐向前推进力线。第三摆动期从摆动前期延续至脚趾离地,此时背屈肌向心收缩,使踝背屈维持足廓清(图6.22)。

摆动中期踝最大背屈,摆动末期踝轻度跖屈、足进行着地准备。胫骨前肌是主要的踝背屈肌,踇长伸肌和趾长伸肌是次要的踝背屈肌。比目鱼肌是主要的踝跖屈肌,肌肉最大,腓肠肌横截面积约占比目鱼肌的三分之二。腓肠肌主要为快肌需氧 1 型肌纤维,而比目鱼肌主要由慢肌 2 型肌纤维构成。步态周期中腓肠肌和比目鱼肌收缩时间近似。在临床实际情况尤其是脑瘫儿童中,认为腓肠肌和比目鱼肌同时收缩。胫骨后肌、趾长屈肌、踇长屈肌、腓骨长肌和腓骨短肌是次要的踝跖屈肌,主要在支撑末期和摆动前期收缩,仅胫骨后肌在负重时持续收缩。上述次要踝跖屈肌产生的肌力仅占比目鱼肌的 10%,其主要功能在于稳定足节段。

足节段

足节段是复杂结构,主要依赖肌肉力量发挥稳定触地节段的功能。距下关节的功能是在高低不平地面保持足稳定。距下关节可完成复杂运动。距下关节的运动与足中部跟骰关节和距舟关节的运动相关。上述关节对正常步态的重要性在于提供足的稳定性。该稳定性由肌肉控制,胫骨前肌和腓骨长肌的作用相反,腓骨短肌和胫骨后肌的作用相反。上述肌

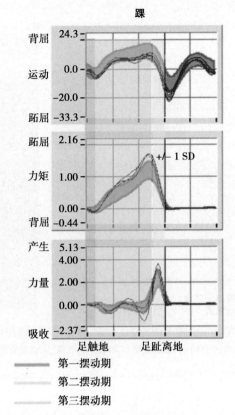

踝

图中纵坐标标注:
背屈 24.3 / 运动 0.0 / -20.0 / 跖屈 -33.3
跖屈 2.16 / 力矩 1.00 / 0.00 / 背屈 -0.44
产生 5.13 / 4.00 / 力量 2.00 / 0.00 / 吸收 -2.37

+/- 1 SD

足触地　足趾离地

—— 第一摆动期
—— 第二摆动期
—— 第三摆动期

图 6.22 正常步行时,踝提供基本能量输出。最好将踝支撑相分成不同的踝摆动期。第一摆动期指足跟着地至足放平,由胫骨前肌离心收缩控制。第二摆动期是足平放地面固定、胫骨向前转动,由小腿三头肌离心收缩控制。第三摆动期指足跟离地至脚趾离地,由小腿三头肌向心收缩控制。此时,形成完整的正常步态周期。踝活动、踝力矩和能量曲线也可用于说明不同的踝摆动期

肉主要负责足中间外侧的稳定性。趾长屈肌和趾长伸肌通过刚性连接脚趾使之成为足节段的稳定部分,从而明显增加足节段长度。

膝

膝关节连接大腿和小腿节段,主要作用是允许下肢肢体长度发生变化。其功能可明显提高步行效率。若肢体不能改变其长度,重心垂直运动范围将达到 9.5cm,而正常功能步态时则为 0.5cm。垂直振动的减少代表节能 50%。主要的伸膝肌是股肌和股直肌。主要的屈膝肌是包括半膜肌、半腱肌、股二头肌和股薄肌在内的腘绳肌群。次要的屈膝肌是腓肠肌和缝匠肌。股二头肌短头是唯一的单关节屈膝肌,但所有的股肌均为单关节伸膝肌。

着地初始,膝轻度屈曲约 5°。膝几乎完全伸直时,步长最大;但略屈膝时,有助于吸收体重转移的阻抗力。足触地时,股肌和腘绳肌保持等长收缩以稳定膝关节。承重时,膝屈曲约 10°～15°,可在不升高 HAT 节段的前提下,允许 HAT 节段相对于支撑足向前运动。支撑中期,膝再次逐渐伸直,相对于支撑足向前运动时,保持身体高度。支撑中期的运动主要

是被动的,由小腿三头肌离心收缩控制。膝伸直状态由小腿肌肉通过影响伸膝-踝跖屈力偶所控制(图6.23)。膝在支撑相产生的力矩和动力最小,主要为早期伸直力矩和支撑后期的屈曲力矩(图6.24)。支撑后期,膝开始快速屈曲,与踝开始跖屈、足跟离地相协调。髋关节向前运动、跖屈肌蹬地矢量及屈髋肌爆发力均可产生被动屈膝动力。脚趾离地时,除股薄肌和缝匠肌轻微收缩变异、偶尔股二头肌短头收缩外,其余腘绳肌群均静止不收缩。支撑相后期,髋屈曲的同时,通常腘绳肌群收缩主动屈膝。当屈膝速度增加时,股直肌在摆动早期开始收缩,在脚趾离地和摆动期前20%时间内保持最大收缩。股直肌离心收缩以减缓屈膝速度,将屈膝动力转换为屈髋动力。在屈膝峰值时间时,股直肌停止收缩,重力作用于抬高的足和躯干节段,开始提供被动伸膝和主动屈髋动力。足在身体节段下摆动时,为不碰撞地面,就必须屈膝使肢体短缩。摆动相终末,被动伸膝加速,由半膜肌、半腱肌、股二头肌等伸髋肌离心收缩减慢伸膝速度。腘绳肌群将向前摆动腿和躯干节段的力量转换为伸髋力量。触地初始,腘绳肌群引导髋、膝正确对线。此时,腘绳肌群控制屈髋和屈膝,从而控制步长。

另外还有一些次要的膝关节功能肌,例如在控制膝关节旋转和外翻稳定时起作用的阔筋膜和股二头肌。而半膜肌、半腱肌和股薄肌在控制胫骨内旋和膝关节内翻稳定时起作用。但主要通过膝关节韧带的限制作用来控制上述膝旋转和内外翻等力量。

髋

髋关节是步行时进行矢状、冠状和水平面大幅度运动的唯一关节。在正常步行时,髋、膝关节是主要的能量输出关节。触地初期,屈髋与伸膝姿势共同决定步长。此时,在臀大肌的有力收缩影响下,开始伸髋。另外,所有腘绳肌群和髋内收肌在触地初期收缩,并在承重相持续收缩。支撑相早期伸髋力量提供的伸髋力矩大,输出提升迅速下坠身体的能量。在触地初期和承重相,髋外展肌收缩,将重心保持在中线位。支撑相中末期随着髋逐渐外展,髋开始进行负重内收活动。支撑相中末期,髋外展肌和伸髋肌相对放松,而阔筋膜持续收缩。支撑相中期,当阔筋膜收缩提供髋稳定动力时,仅有小部分肌肉收缩。支撑相末期和摆动相早期,髋内收肌收缩,起屈髋和髋内收作用。支撑相末期,屈髋肌再次被激活,起着身体前移离开固定腿和踝跖屈肌有力收缩动量的被动作用。股直肌收缩使屈髋减速、控制屈膝幅度,从而提供从屈膝向屈髋动量转换的力量(图6.25)。另外,包括髂腰肌和腰大肌在内的主要屈髋肌向心收缩也起着从屈膝向屈髋动量转换的作用。此时,包括股薄肌、长收肌和短收肌在内的次要屈髋肌可能也起收缩作用。

摆动相,逐渐进行与屈髋相关的髋内收活动。总之,髋屈肌内收、内旋髋关节,而主要髋伸肌外展、外旋髋关节(图6.26)。髋关节旋转的控制较难理解。髋产生能量的时间主要位于支撑相早期,其次位于支撑相后期,踝蹬地时小腿三头肌的爆发力提供推动身体前进的力量。

能量主要由臀大肌伸髋提供,作为下坠身体向前驱动的动力。支撑中期,能量吸收或产生少;支撑末期和摆动前期,通过髋屈曲产生腿向前运动的主动力量输出,随之,出现能量爆发。摆动中期,仅有少许肌肉收缩;摆动末期,伸髋肌尤其是腘绳肌群和臀肌,再次开始收缩以减慢小腿和足向前摆动的速度,传递能量进行伸髋。

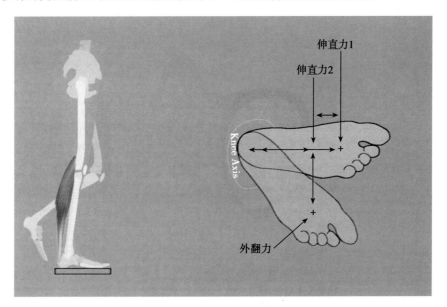

图6.23　正常步行膝的控制主要通过小腿三头肌来控制足跖屈-伸膝力偶,即在步行伸膝角度增减时,由踝背屈角度控制地面反作用力。足跖屈-伸膝力偶的高效作用要求足和踝轴线对齐,足能产生稳定的力矩臂。若足相对于膝关节轴外旋,则伸直力矩臂缩短、膝外翻力矩臂延长。所以,小腿三头肌在控制膝关节屈伸时的作用有限,而增加膝的外翻应力

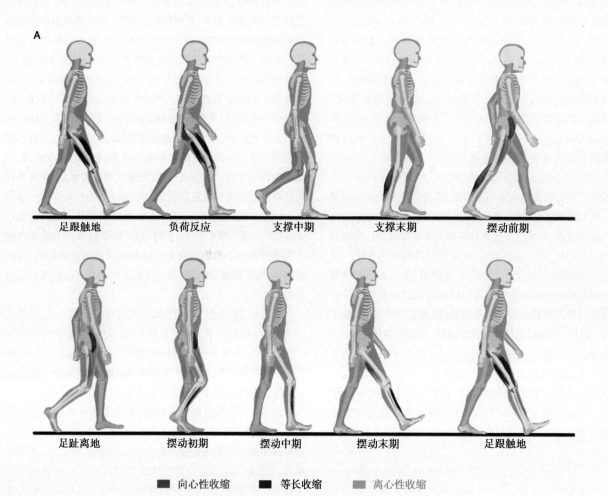

A

足跟触地　　　负荷反应　　　支撑中期　　　支撑末期　　　摆动前期

足趾离地　　　摆动初期　　　摆动中期　　　摆动末期　　　足跟触地

■ 向心性收缩　　■ 等长收缩　　■ 离心性收缩

B

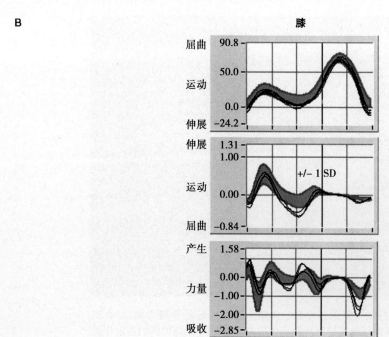

膝

图 6.24　膝控制的完成包括腘绳肌群、股四头肌的稳定功能,尤其是在足着地时,伸髋肌等长收缩动力使髋和膝同时伸直。支撑相中末期,小腿三头肌主要控制膝的位置。摆动相,股直肌离心收缩开始控制屈膝,腘绳肌群离心收缩减慢足向前摆动的速度,从而限制伸膝(A)。上述运动在标注正常力矩和膝能量吸收的膝运动学上可清楚阐明。膝关节过多能量被吸收的事实表明,膝的主要功能在于提供稳定,并在支撑相和摆动相改变下肢长度(B)。

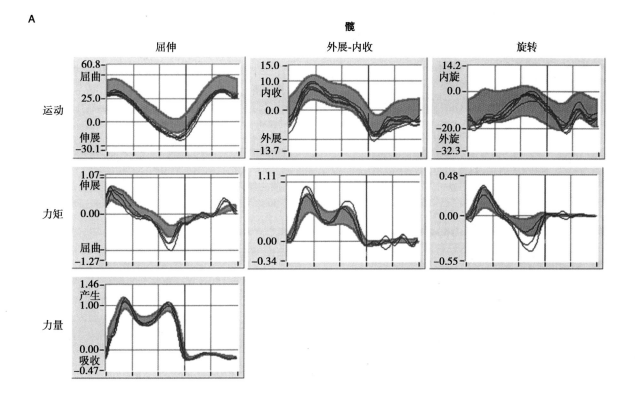

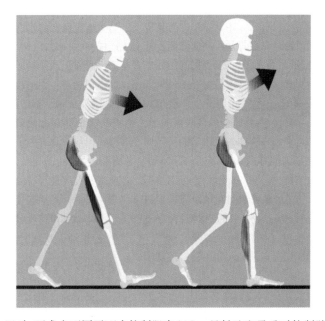

图 6.25　髋关节可进行三维自由运动,要求在不同平面内控制肌肉(A)。足触地和承重时控制髋矢状面运动的肌肉主要是臀大肌,进行向心收缩(B)。小腿三头肌静止不收缩时,臀大肌收缩产生运动的次要能量。如穿高跟鞋时,臀大肌提供主要的能量。支撑末期,小腿三头肌和屈髋肌收缩屈髋。摆动末期,腘绳肌群离心收缩控制屈髋速度减慢

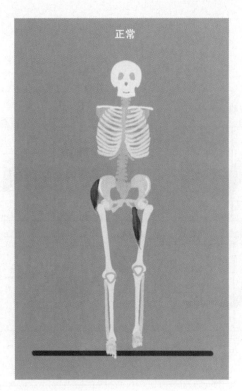

图 6.26　髋的冠状面运动,支撑早期由臀中肌等长收缩控制;摆动初期由髋内收肌收缩控制

骨盆

骨盆在空间的运动类似游泳,是一种综合骨盆前倾、后倾的骨盆倾斜、骨盆旋转的运动(图 6.27)。在此,对步态模型腰骶联合处的骨盆关节优先讨论。目前骨盆运动的临床计算公式认为,骨盆不是相对于腰骶联合,而是相对于房间坐标系统进行运动的。骨盆远端的所有其他运动均是相对于最近节段而言的。骨盆与两大腿及 HAT 节段等其他三个节段相关联,是一个令人混淆的节段。即骨盆存在跨步的节段周期,此时两下肢各迈一步。骨盆的运动以左右腿各迈一步的运动周期为代表。代表用不同次序显示同样的数据,完全不同于支撑相左右腿各迈一步的膝关节数据。另一显示骨盆运动数据的方法是,使用右足跟着地至左足跟着地和左足跟着地至右足跟着地的半周期数据。这代表两个不同的数据集,允许进行骨盆对称性评价。回顾数据时,应理解两种图像代表方式间的差异。如何呈现步态周期相关运动的问题也同样适用于躯干节段和头节段。

右腿触地初期的骨盆运动是先向右侧前方旋转,再缓慢旋转至左侧前方,在左足后跟着地时达极限,并在右足后跟着地时,再次回到完全右侧前方位。骨盆运动存在旋转周期,旋转度数正常少于 10°,随步速加快,旋转角度增加。随下肢摆动,骨盆倾斜。即一侧足触地时骨盆后倾角度最大;对侧腿开始屈髋时,骨盆随之前倾;对侧足脚趾离地时,骨盆再次后倾达最大。摆动腿迈步的两次旋转周期时,骨盆倾斜。骨盆倾斜角度正常不超过 5°,随步行速度增加。触地初期,骨盆处于中立位;承重期,骨盆向对侧腿倾斜;支撑早中期,骨

盆倾斜降低至最低位;同侧腿触地初期,骨盆开始提升回到中立位。骨盆倾斜可使每次迈步产生的一次旋转周期的活动范围少于 5°。

HAT 节段

HAT 节段复杂,不易检测其相互作用。HAT 节段的运动与骨盆节段近似(图 6.28)。躯干肌起着维持躯干稳定的作用,其作用方式与足部肌肉稳定踝的作用方式相同。躯干肌包括腹肌以及用于全身姿势控制的椎旁肌。手臂的运动对 HAT 节段重心的稳定和位置的保持起着重要影响。手臂摆动与腿摆动相反,即右腿向前摆动时,左臂向前摆动(图 6.29)。若上肢存在限制运动的主要问题,将对步行时对侧下肢产生力学影响。在 HAT 节段中,头颅是一独立节段,头的位置将影响质量中心。但头的位置对平衡、收集感觉反馈的作用远大于 HAT 节段质量中心改变的作用。

简单理解正常步态

上述步行时所有节段和关节的功能,与当前完整理解相比,其描述已被大大简化。甚至整体力学理解的框架也已被简化,对异常步态提供应用力学的临床理解框架,有利于制订治疗方案。

简化关节功能

运动训练时,身体被当做负荷节段。运动训练要素由数个连接的刚性节段组成。足是与地面接触的节段,主要功能是与地面保持稳定、坚固的连接,在向前运动平面上保持力学杠杆臂的长度,保持膝、踝关节的正确角度。踝关节是步行中提供向前运动能量和功率的主要运动输出来源。踝关节对姿势稳定起着主要的稳定作用。小腿是膝关节和踝关节间的直线、刚性节段。膝是铰链关节,主要作用是允许肢体变长或缩短。膝在小腿和大腿间稳定连接。膝关节的轴和踝关节的轴是并行的,与前进力线保持正确角度。大腿是直线、刚性节段,可进行扭转定线,允许膝关节轴与向前力线保持正确角度。髋关节进行三维运动。髋是向前移动能量输出的次要或替代来源。触地初期,屈髋伸膝的联合运动决定步长。髋以最小运动来保持骨盆和 HAT 节段的稳定。骨盆的作用是运动充分,适应髋减少 HAT 节段质量中心的运动。

简化步行周期功能

使用步行简化规则,可将力学加入步行周期的完整描述中理解。触地初期,后跟着地时,屈髋、膝近于完全伸直,骨盆向前旋转、向后倾斜。承重期,足放平、与地面牢固接触。此时,屈膝、踝背伸,腿短缩;屈髋以减缓 HAT 节段迅速下降,主要由伸髋肌控制。腘绳肌和股肌稳定膝关节。屈膝、腿短缩时,吸收震荡;小腿三头肌、股肌和腘绳肌离心收缩吸收能量。支撑中期,小腿三头肌轻微离心收缩,产生推动身体向前的动力。支撑末期,腓肠肌和比目鱼肌向心收缩,产生跖屈,使足跟提起、屈膝增加,允许腿短缩以适应快速增加的跖屈运动。

A

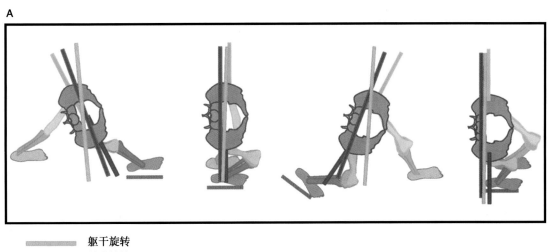

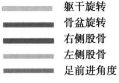

躯干旋转
骨盆旋转
右侧股骨
左侧股骨
足前进角度

B

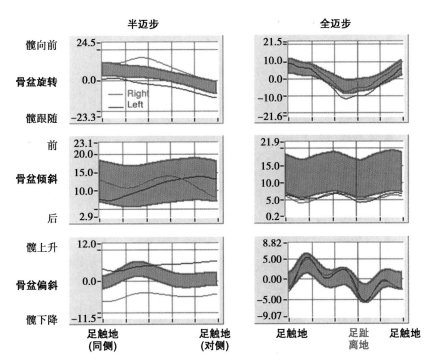

图 6.27 尽管也存在矢状和冠状面运动,但骨盆水平面的运动最明显(A)。下肢水平面运动的控制由固定足开始,脚趾离地时,骨盆和髋发生内旋。骨盆是中间无关节的单元整体,其周期不分左右。骨盆周期为下肢迈步的一半时间,所以应分别观察左右半周期(B);有利于进行左右骨盆对称性的比较,除完整步态描记外不进行两次描记数据

躯干运动整个周期曲线

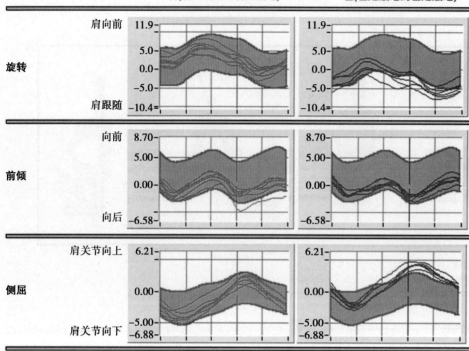

右(右足触地到右足触地)　　　　左(左足触地到左足触地)

旋转
肩向前　11.9-
5.0-
0.0-
-5.0-
肩跟随　-10.4-

前倾
向前　8.70-
5.00-
0.00-
向后　-6.58-

侧屈
肩关节向上　6.21-
0.00-
-5.00-
肩关节向下　-6.88-

图 6.28 肩和胸的最高点定义躯干,躯干运动跟随上肢运动,与骨盆运动相反。在同侧腿处于支撑相、对侧腿处于摆动相时,躯干向前旋转(如图6.27A),与骨盆随摆动腿向前旋转的运动方向相反。躯干其他平面的运动也与骨盆的运动方向相反,从而减少质量中心的总体运动,减少步行所需的做功

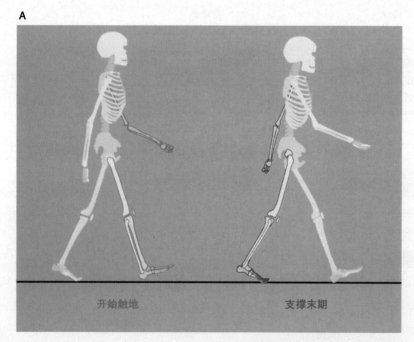

A

开始触地　　　　支撑末期

B

髋　　　右　　　肩

屈　60.8-
25.0-
0.0-
伸　-30.1-

42.6-
0.0-
-50.0-
-87.1-

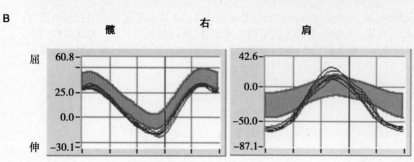

图 6.29 同侧上、下肢的运动方向相反。该异相摆动可恢复躯干平衡,有助于步行时节约能耗(A)。描记肩和髋关节侧向屈伸运动的曲线,易于理解髋和肩的运动是完全相反的(B)

在小腿三头肌蹬地收缩的影响下，开始屈髋。支撑末期，髋内收肌收缩辅助屈髋、髋内收。摆动前期，股肌离心收缩控制膝迅速短缩。摆动相初期，膝短缩、足摆动。摆动前期和摆动初期，屈髋功率增加，使下肢以髋关节为中心向前摆动。摆动中期，肌肉静止不收缩，大部分运动由动量产生。摆动末期，腘绳肌离心收缩，使伸膝和屈髋运动减速，提供触地初期的稳定。伸髋肌和髋外展肌在摆动末期和触地初期收缩。

简单而言，足牢固站立承重，尽量吸收震荡。通过屈膝短缩下肢，允许 HAT 节段在顶端滚动。支撑后期，小腿三头肌产生的爆发能量使身体继续向前滚动。体重再次转移，腿短缩进行摆动，并准备进行下一步行周期。

异常步态的适应

步行的病理问题可发生于步行相关神经肌肉系统的任一亚系统或力学要素部分。若系统某部分出现问题，将以相对一致的模式发生代偿。通常，这些代偿措施有助于解决病理性缺陷的核心问题，但有时，代偿措施会成为病理性缺陷的问题来源。难以发现代偿措施有证据的理由，这与系统的复杂性有关。大部分解释是居于对患者密切观察，试图理解所观察到的变化结果而做出的。从神经解剖和特殊步态模式的改变方面进行理解更困难。当前关于中枢模式发生器如何工作的神经解剖解释尚不完善，理解病理性损伤的反应非常困难。使用动态运动控制理论解释上述病理变化，有助于理解系统为何受影响形成新的模式。动态运动控制理论参见"运动控制"章节。居于动态运动控制理论进行预测的方法与天气预报相似。可预测生长发育对神经运动系统异常控制的影响。理论上，信息量增加，预测更精确；短期预测优于长期预测。短期、小的治疗干预更容易；预测远期预后及大治疗干预的预后可信度差。因此，目标在于尽可能多地获取神经亚系统和力学要素的信息资料。

平衡

安全步行要求保持独立平衡。有些患儿功能相对较好，可迈台阶，扶助行器，但摔倒时不能产生保护性反应。患儿不能意识到自己摔倒，并像一棵倒下的树一样的模式摔倒。像树轰然倒下或总是向后倒地的儿童，如果不与步态训练者沟通设计训练方案，即使使用步行辅助器，也不能独立步行。

许多患儿开始步行时，会出现平衡问题。某些研究认为，妨碍正常 8 个月龄婴儿步行的主要亚系统是平衡系统。当婴儿平衡系统发育成熟时，即开始初学走路。学步模式步态在很多双瘫儿童身上长期存在。若平衡系统难以保持直立位稳定，则需要沿稳定物体步行或使用推行玩具或助行器帮助步行。若儿童步行时不需扶助行器，则可通过手臂的保护伸展动作加强平衡反馈。手臂伸展位时手臂位置可改变 HAT 节段重心，与马戏团走高空钢丝的演员使用长竹竿的力学原理相同。另一调整平衡的方法是儿童以最慢速度步行，当速度

降低或试图停止时，必须借助动力抓住稳定物体，否则就会摔倒。这种平衡调节反应类似于正常时骑自行车。

平衡功能差时，大运动功能评价数值降低，步长和步频的变异性大。增加肩关节活动范围和肘关节屈曲角度表现为手臂高伸展位。严重共济失调的儿童通常出现运动学上髋、膝和踝运动模式的高变异性。主要由于尖足、足外翻或马蹄内翻足等足位置问题所致的稳定性差加重中枢平衡问题。

生长和发育的影响

平衡系统通常在 3 岁前迅速发育成熟，常常需要每 6 个月随访观察一次。6 岁前仍然会有明显的平衡发育，但通常较少发生引人注目的平衡方式变化。平衡功能缓慢改善持续至儿童中期，8 至 10 岁时平衡功能完全发育成熟。通常青春期时平衡功能恶化，是大多数正常十多岁儿童青春笨拙阶段的表现。成长结束后数年，平衡功能回到儿童中期的水平；但由于儿童明显长高变重，摔倒变得更痛苦，摔倒爬起的体力与7 岁时相同，儿童不再能随便走开。另外，对 17 岁的孩子，大家也不再能接受其在公众场合反复摔倒的现象。

治疗干预

关注平衡功能障碍的主要治疗干预方法是刺激儿童平衡系统的治疗性技巧。这些方法包括沿边线步行、缓慢步行、单腿跳等活动。上述活动必须与儿童的直接能力密切相关。为儿童提供合适的步行辅助器非常重要，通常幼儿使用助行器，儿童中期时变成使用前臂拐。治疗时使用拐杖或手杖，即使每天步行时不是功能性使用，也能刺激平衡。通常使用足矫形支具提供稳定的支持底座，对幼儿很重要。足矫形支具将足放平，纠正足外翻畸形。首选坚固的踝足矫形器稳定踝和足，使儿童可集中注意力控制髋和膝关节。并需要穿戴牢固、质量好的平底鞋。

运动控制

运动控制是指挥肌肉以合适时机收缩的初级中枢模式发生器的功能。运动控制功能复杂，难以理解，尤其是考虑到如腓肠肌，仅一块肌肉就有大约 2000 个运动单位。腓肠肌每个运动单位的收缩都需考虑到膝踝关节位置、肌肉收缩速度、肌纤维类型、步态周期时间的不同。这增加了平衡系统的复杂性，可解释为何中枢神经系统的最大部分是用来控制外周运动系统的。当系统存在病理缺陷时，需要尽力维持控制，但通常会影响某些细节。该影响的简单例子为偏瘫儿童单独屈指的精细运动控制丧失，但仍可保留同时屈手指和拇指的粗大抓握手指屈曲动作。有时，还可延伸至对侧出现镜像运动，即当健侧手指屈曲时，患侧手指也会屈曲。

一旦运动控制能力降低，就会出现很多变化。运动控制的改变引起特殊功能受限的模式。简单运动模式，与手的镜像运动相似，以集团运动为主，是最常见的改变。手足徐动症、张力障碍、舞蹈病和颤搐都是其他的运动模式。这些运动模式将在运动控制章节中详细讨论。集团运动的倾向刺激明

显继发性改变。运动控制降低的模式常常增加肌张力，使肌肉系统僵硬易于控制。增加的肌张力也使肌纤维短缩、减少关节活动范围，从而降低运动控制的可变性。通常在损害小关节和小运动的情况下，运动控制集中于主要关节和粗大功能。意指运动控制系统能控制髋、膝、踝关节的运动，但可能不控制足的位置，从而引起足畸形的高发率。系统对单关节肌肉的控制优于多关节肌肉的控制。控制只影响单关节的肌肉较同时影响两或三关节的肌肉复杂程度要小。以股四头肌为例，股直肌常容易出现运动控制问题，而股肌却很少出现与运动控制相关的问题。多关节肌大多起着稳定身体或使身体挺直的作用，而一旦减少这些肌肉的运动控制，将倾向于使肌肉过多收缩并出现明显身体僵硬的现象。

评价运动控制能力需要数种测评方法。GMFM量表的第四部分能很好指示是否存在运动控制方面的问题。查体时，肌肉运动控制可提供中枢模式发生器功能的测评，集团运动或混淆试验的存在表明运动控制问题增加。若儿童仅能在屈髋屈膝时进行足背屈，则混淆试验为阳性。手足徐动症的评价表明，通常在躯干运动和上肢运动时存在单因素过度变异。肌张力障碍的运动模式常表现为围绕两或三因素的变异。运动表现常被归纳为两个单独的因素。

生长和发育的影响

运动控制在发育时易变。将6~7个月龄的儿童支撑直立放于地板时，中枢模式发生器已开始使其进行迈步运动。足和上肢的精细运动控制发育缓慢，其发育模式与平衡发育相同。3岁前快速发育，在6岁前仍存在明显发育。儿童中期，运动发育成熟，但终身均可学习新的运动技巧。

手足徐动症常首先表现为平衡差，在2~3年内开始影响运动。3~5岁时异常模式固定，不再出现大变化。张力失调症首发于3~5岁，儿童中期症状稳定。尽管尚无已发表的资料，但我们的临床经验发现，青春期张力失调的症状倾向于变重。随着青年期的到来，加重的症状并无缓解。

治疗干预

对运动控制病症的治疗干预与平衡的治疗相似，早期使用教学模式进行治疗，即类似于教儿童学跳舞或溜冰。治疗涉及认知理解、学习任务的反复练习。治疗应在儿童体力所及范围内，意味着某些儿童中枢模式发生器损伤过重不能步行时，就不再教其学习步行。另外，与小关节的控制相比，人们倾向于更关注大关节的控制，所以如使用足矫形器等提供小关节稳定的治疗，是早期治疗的重要部分。如有指征，后期可使用外科手术稳定足关节。当适应机制本身成为病症时，对这些病理性适应改变进行评价及治疗是治疗过程的重要组成部分。例如，由股直肌过度活跃引起的强直，对某些儿童是需要的，但对另一些儿童则可能是功能障碍。行走缓慢、使用助行器进行家庭步行、GMFM第四部分的分数为35%，存在明显拖地步态的儿童，股直肌痉挛引起下肢强直的获益大。很多儿童利用股肌使膝关节强直在支撑相提供支撑作用。另

一方面，8岁独立步行的儿童，摆动相股直肌收缩太长致足拖地，若去除膝关节强直影响，则可改善异常步态。制订治疗计划时，必须考虑到运动控制水平，以判断该明显问题是否会加重或进一步影响儿童的整体功能。

治疗手足徐动步态模式主要在于稳定关节，如足是否处于稳定状态。手术或其他主动的治疗干预，除了对引起继发问题的相关痉挛有用外，对手足徐动症基本无效。手足徐动症时痉挛作为缓冲器或运动失调的制动器是有益的。张力失调时关节稳定作用对改善步行有利。对手足徐动和张力失调而言，通常需要进行大量尝试以寻找合适的步行辅助器提供手臂功能支持。

运动功率

步行要求肌肉输出能量产生运动。运动要求心血管系统将能量运送给肌肉。能量产生通路上出现问题引起肌力弱。当能量提供减少表现为肌力弱时，通过增加运动控制提高效率可维持大致正常的步态模式。主要发生于患肌萎缩等肌肉疾病的儿童。尽管步行能力受限，但测量其耗氧量发现为高效能步态。脑瘫儿童的肌力弱与痉挛所致的肌纤维变小和营养差继发的能量传递减少相关。此时，不能通过增加运动控制弥补上述缺陷。相反，还需要增加步行时的能耗作为运动控制差和平衡差的补偿。通过增加肌肉痉挛和协同收缩加重强直，增加了步行的能耗；同时，可降低对平衡和运动控制亚系统的要求，提供功能收益。肌力弱和心血管系统的功能状态共同决定或以轮椅代步或使用辅助器进行社区步行（病例6.3）。在社区主要使用轮椅代步的年轻人的心血管耐久力将不能适应步行的要求。所以，迫使其乘坐轮椅将进一步加重心血管耐久力的受损程度。主要以步行出行的患者心血管功能状态好，通常可持续步行。对步行功能介于上述两者之间的患者，步行的维持还存在心理因素的影响。若患者步行意愿强，则能持续步行；若患者不愿步行，则不久即不能忍受步行。运动功率通过查体时使用运动力量量表检查肌肉进行测评。测量步行时总的耗氧量，综合心率反应能很好评价儿童的心血管功能和步行能量效率。

生长和发育的影响

儿童肌力与体重比在幼儿时最大，随着生长至儿童中期，肌力与体重比值逐渐降低。青春期肌力与体重比值迅速降低。另外，痉挛加重时，肌肉比正常生长缓慢，使患儿的肌力更弱。通常到青春前期或青春期时，才需要考虑心血管能力。儿童早中期时，希望不用轮椅，体力好。上述因素综合决定患儿是否需要依赖轮椅进行社区步行。青春期前和青春期的影响因素包括体重、体力、心理意愿、家庭结构、期望社区步行的程度以及社区的物理环境。

治疗干预

治疗干预的主要措施在于维持心血管功能状态，尤其在青春期可进行孩子喜欢的活动。越早开始效果越佳。例如，

一个 5 至 6 岁学习游泳、在儿童中期坚持游泳的儿童,会觉得游泳很舒服并能通过游泳改善体能。但如果教一个 15 岁儿童进行游泳改善体能,其往往会因为不适应水中活动非常抵触。另外,对痉挛儿童进行肌力训练是无害的,并被研究证实有益。

肌肉骨骼亚系统:特殊的关节问题

正如在正常步态描述中所提及的,肌肉骨骼亚系统的功能是一系列由关节相连的力学成分的功能。这些节段组成部分和连接关节在步行时起着特殊作用。当步行出现问题时,上述亚系统发生调整作用。这些适应性调整或可适应不同场合,或主要问题可引发其他继发适应性改变。所以制定治疗计划时,对机体所受影响进行分类非常重要。因为继发适应性改变无需治疗,当主要问题解决后可自行解决。但有时随时间发生的继发适应性改变也会成为主要问题的一部分。以一个偏瘫步态合并尖足步行的幼儿为例,由于力学系统偏好对称性,且相对于体重该幼儿肌力好,所以迫使其用一侧脚趾步行,通常将过渡为使用双侧脚趾步行(病例 6.4)。若该儿童步行模式为单纯偏瘫步态且健侧踝关节活动范围正常,则只需在患侧使用矫形器。同时矫形器也能防止对侧尖足步行。若忽略年长儿童的尖足步态,采用尖足步态步行至 4 ~ 6 岁,对侧肢体即使不存在神经病症也将挛缩,步行时将不能把足放平。此时,适应性畸形即成为主要的功能障碍,若计划行外科治疗时,对侧肢体也必须关注。

病例 6.4　Charvin

Charvin,5 岁女孩,父母主诉尖足步态就诊。查体时发现左侧腓肠肌张力 Ashworth 分级 2 级,左踝背伸-5°,左膝屈伸正常,左踝反射亢进。伸膝时右踝背伸 10°,屈膝时右踝背伸 15°,右下肢肌张力正常,右踝反射亢进。左下肢检查正常,左上肢张力正常,但快速运动时动作笨拙。步态观察发现,患儿平衡好,上肢手臂摆动正常,双足脚趾着地尖足步行。诊断为偏瘫型脑瘫。全面步态分析表明,左胫前肌时相正常(图 C6.4.1)。虽然右侧也存在明显尖足步态,但仍诊断为 2 型左侧偏瘫。尖足步行用于代偿左踝马蹄足。进行跟腱 Z 形延长,术后可平足着地步行。10 年后因生长迅速,维持间歇尖足步行,左足跟过早离地。15 岁发育成熟时进行最后矫形术,延长腓肠肌,改善左足跟过早离地以及早期左踝距屈力矩过高的问题。此外,通过降低双侧早期踝背屈峰值、改善双踝过早跖屈,能轻微提高双足蹬地产生的功率(图 C6.4.2)。

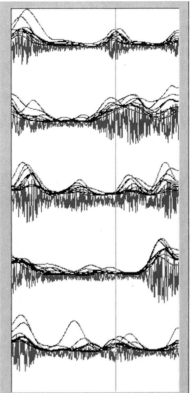

图 C6.4.1

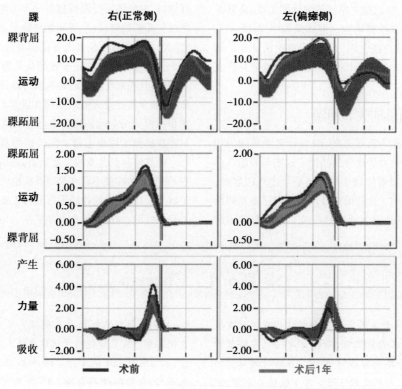

图 C6.4.2

足和踝

足起着与向前力线对齐的稳定节段作用,提供与地面连接的力臂。踝为移动提供主要的能量输出和姿势控制的运动输出,并在承重时起着部分缓冲的作用。

足是稳定、刚性节段

足节段的主要作用是在支撑相起着与地面稳定、刚性连接的作用。足的主要问题是足畸形,阻碍支持的稳定基础形成。足畸形最主要为马蹄外翻足,其次为足内翻畸形。足发生的另一问题为足节段丢失刚度,即足中段关节活动范围增加,允许足中段背屈,也称为足中段断裂。上述足病理导致足作为刚性节段的稳定性变差,压力接触面过小,进而使地面支撑不稳(病例6.5)。运动控制差是造成足畸形的主要原因,运动控制差在力学上加重足畸形。足压计能很好评价足畸形引起功能障碍的程度,压力集中于足中段内侧表明严重足畸形、力学功能差。评价踝力矩发现支撑相后期跖屈力矩变小、支撑相早期跖屈力矩变大或正常。丢失刚性的足也不能提供支持对抗小腿三头肌收缩提供的蹬地功率。

继发适应

足不稳定时,平衡和运动控制亚系统加强,通过增加肌张力和运动协同收缩,来增加近端关节的刚性,尤其是膝关节。通常主要伸膝肌——股肌收缩维持屈膝直立姿势,作为屈膝步态模式的一部分。继发改变,尤其青少年体重明显增加影响病理力学,将加重足畸形。通常,足是屈膝步态模式形成的主要首发原因(病例6.5)。

病例6.5　Joshua

Joshua,不对称双瘫型脑瘫,使用后置式助步器步行。存在双下肢不对称、左膝严重强直,6岁时开始独立步行。曾行股直肌移位术,疗效维持至15岁。青春发育期逐渐出现右足外翻和外旋,主诉步行时膝关节疼痛加重。使用地面反作用的AFO,因足外旋产生的力臂小,作用有限。膝关节疼痛与膝外翻力矩关节反作用力大以及膝剪切应力大有关。足承重位摄片基本正常(图C6.5.1),但足压力测试表明,中度足外翻畸形,足外侧前进角35°。查体发现外侧大腿-足角度为45°。基于上述数据,认为引起屈膝步行姿势和膝痛的原因是足外翻和胫骨外扭共同作用所致。膝关节摄片发现,轻度膝外翻增加,角度为12°。下肢外侧裂延长术纠正足外翻,胫骨截骨术治疗胫骨扭转(图C6.5.2)。因膝外翻角度在正常值的边缘并与下肢产生的二次力量相关,所以保留膝外翻。术后 1 年,步行时不伴膝关节疼痛,无需使用矫形支具;仍存在轻度膝外翻,屈膝步行姿势改善(图 C6.5.3)。右足残留轻度外翻畸形,左足纠正过度出现轻度内翻(图 C6.5.4、图 C6.5.5)。右侧小腿三头肌无力,使右后跟触地时间延长或提升延迟(图 C6.5.4)。完全纠正畸形,需要进行高胫骨内翻截骨术。表明在生长发育末期出现上述典型畸形,程度不同的问题相综合产生了严重问题。

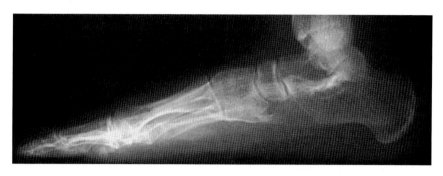

图 C6.5.1

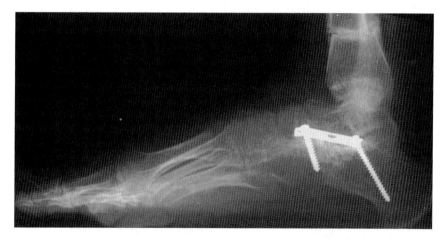

图 C6.5.2

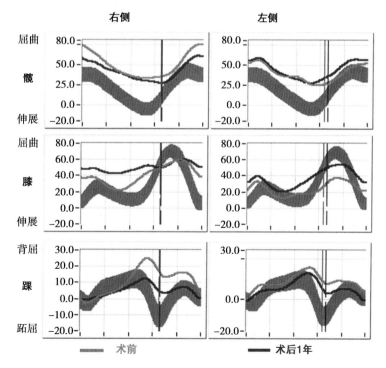

图 C6.5.3

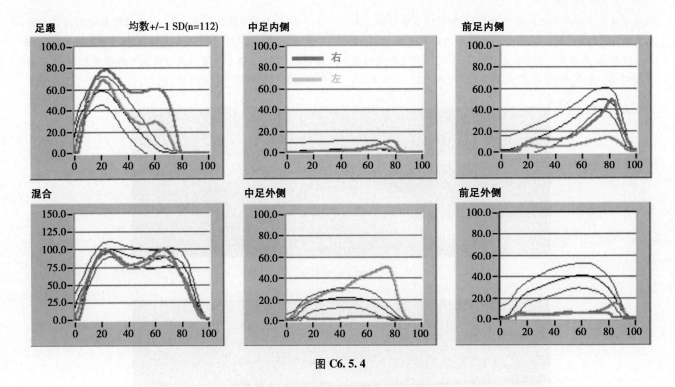

图 C6.5.4

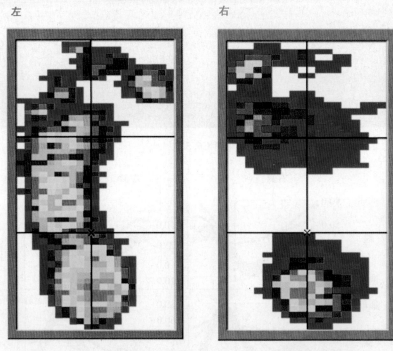

图 C6.5.5

治疗

　　针对幼儿不稳定足的主要治疗是使用特制的足矫形器，通常首选硬性踝 AFO 支具；若畸形不太严重，可使用带关节的 AFO。但若畸形严重，则往往会发生距下关节而非踝关节的活动，所以不建议使用带关节的 AFO。有时，某些患儿需要外科手术固定足。本章将对足和踝的外科手术进行全面讨论。

足是与地面反作用力接触的功能力臂

　　除了是稳定、刚性节段外，足还是与地面反作用力作用的力臂，即足必须与向前推进的力线保持一致、与踝和膝关节轴的角度一致。力矩排列错乱的足将不允许力臂作用的踝输出力量。而力矩排列错乱是部分足畸形的病因。足外翻畸形可引起与踝关节轴相关的足外旋,马蹄内翻足可引起与踝关节轴相关的足内旋。力矩排列错乱也可造成胫骨扭转、股骨前倾或骨盆旋转(病例6.6)。评价足序列的最佳方法是运动学评价足前进角。确定旋转排列错乱的原因最好通过与查体相比的运动学评价来进行胫骨扭转和股骨旋转的测量。查体时测量髋伸直时的股骨旋转角度。测量经踝轴-大腿角度来表

示胫骨扭转。通常,正常足前进角为向外0°~20°。大多数脑瘫患儿足前进角不超过向内10°或向外30°时,对步行影响不大。若足前进角超过向外30°,将对力臂迅速施加不良影响,力臂的有效长度迅速变短。其数值与力臂长度相关,由足长度乘以旋转角余弦所得(图6.30)。所以,开始20°~30°的变化将使受影响的力臂产生最小改变。

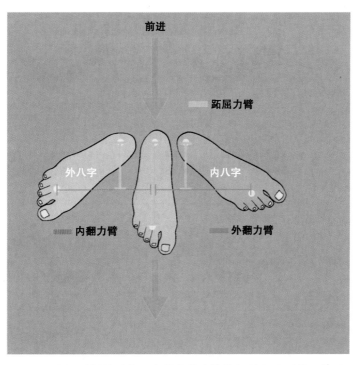

图6.30 足、膝扭转对齐和身体向前力线等级是很重要的。若足不稳或足与膝轴线不齐,跖屈-膝伸功能受限,患儿出现蹲伏步态。足相对于膝轴旋转,足力臂缩短。力臂长度由旋转角度的余弦决定。意指内外旋20°~30°时,影响小;但超过30°后力臂长度迅速变短,一旦外旋超过45°,力臂很快减少

 **病例6.6　Lakesia**

Lakesia,15岁女孩,痉挛型四肢瘫。就读于正规高中,是高中游泳队的一名瓦西蒂游泳队员。课余活动也参加曲棍球运动。最近2年,发育迅速,体重增加,出现膝关节疼痛,左膝较右膝严重,校园步行困难,玩曲棍球时无法跑动。家庭医生建议购买并使用轮椅。步态明显异常:躯干控制不良存在轻度屈曲、膝关节僵硬并内旋。查体发现双膝存在轻度弥漫性压痛,无关节积液、不存在关节力学不稳现象、关节无摩擦音、关节无线性压痛。髋内旋80°、外旋10°受限,屈膝正常、伸膝腘角70°受限,大腿轴左侧外翻30°、右侧外翻20°,足外翻畸形,双踇趾出现巨大囊肿。影像学检查膝关节未发现异常。曾就诊于运动学诊所,考虑关节内病变,关节镜检查发现并切除炎症关节皱襞。进行为期6个月的康复治疗后,疼痛持续,

目前除家庭步行外,出行依赖轮椅。步态试验室评估发现:髋明显内旋、左侧胫骨内扭转、足外翻,足触地时过度屈曲,摆动相膝屈曲不充分(图C6.6.1、图C6.6.2)。摆动相股直肌肌电活动减少(图C6.6.3),左股直肌注射肉毒素后左膝摆动相活动无变化。考虑摆动相膝屈曲不充分的原因与下肢蹬地力量差、蹬地时不能充分利用髋屈肌力学效应有关。指导PT训练,学习拄拐步行,摆脱轮椅使用。手术行双侧股骨反转截骨、左胫骨旋转、双侧横向延长、踇趾外翻矫正、腘绳肌延长。术后1年,疼痛消失,恢复在瓦西蒂游泳队游泳训练,除在机场或游乐园过长距离步行外,社区步行无需使用轮椅。社区步行时,与使用轮椅比较,更倾向于使用Lofstrand拐。

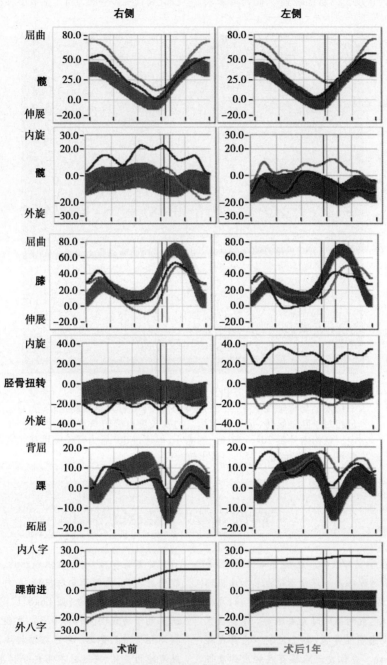

图 C6. 6. 1

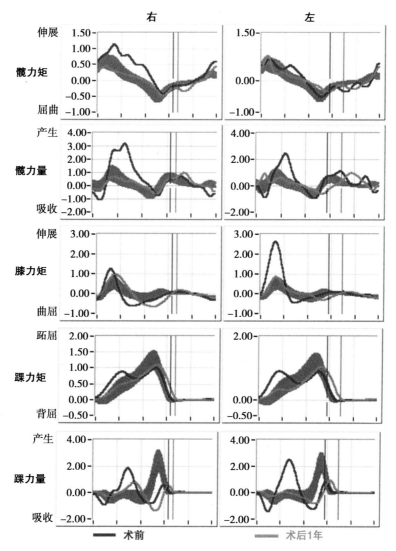

图 C6. 6. 2

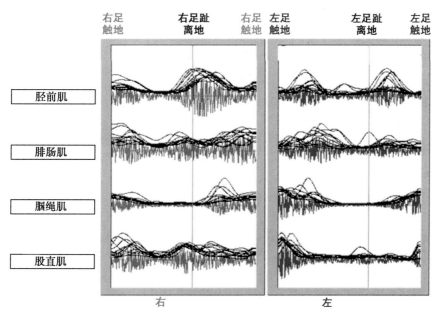

图 C6. 6. 3

继发适应

一旦力臂的效力下降,踝跖屈产生的力矩将减小。足畸形时,将引起强直增加和协同收缩增加的相同继发效应。残留力矩将加重畸形。足严重外旋时,向前运动方向的力臂将明显变小。产生外旋力矩的力臂增加,成为畸形的力学原因,或加重足畸形或随身体长大加大胫骨向外扭转。外旋力臂可通过旋转胫骨引起膝关节外旋半脱位。但由于内翻-外翻力量随畸形常见的步行协同收缩增加而减少,所以内翻-外翻力臂增加很少造成力学或生长的问题。合并足外旋和足外翻畸形的患儿足力臂功能受到双重伤害。该伤害是造成严重屈膝步态和 Cage 提出的杠杆臂疾病的主要原因(图 6.30)。杠杆臂又被称为瞬时力臂,其概念对解释屈膝步态病因的重要性常被忽略。不能理解屈膝步态模式中瞬时力臂的重要性就如对骨折儿童不去治疗骨折部位,而去花时间缝合骨折处皮肤伤口一样。所有矫形骨科医师都明了开放骨折比皮肤伤口重要得多,同样,很明显,在大多数屈膝步态的儿童中,足杠杆力臂的问题也远比膝屈曲的问题要重要得多。

治疗

若足前进角旋转不良的原因主要与足畸形有关,可使用足矫形支具进行治疗。若旋转不良是继发于近端肢体扭转畸形,治疗的唯一方法是进行矫形外科手术。对存在 2 至 3 个部位旋转的某些儿童,需判断是全部还是哪个旋转需要校正。较常见的例子如,严重足外翻合并胫骨向外扭转、股骨前倾角加大。基于查体和运动学测试,做出哪些畸形需要校正的判断。还需要进行行术中评价。例如,外科手术校正足外翻畸形后,需检查足-股角。若足-股角向外大于25°至30°时,就可确定需要进行胫骨截骨术;但若足-股角在向内 10°和向外 10°之间时,则不需要进行胫骨截骨术。中点范围必须考虑患儿的功能水平是否因精确的矫形手术获得更好的功能。胫骨向内扭转合并股骨前倾时,判断尤其困难。马蹄足矫形手术可使足从内旋畸形变为外旋畸形。所以,应在马蹄足矫形手术后再做出是否需要进行旋转矫形手术的判断(图 6.31)。原则之一是不会引起代偿性畸形,即不可外旋胫骨超过中立位以代偿股骨前倾。该代偿通常会加重胫骨向外扭转畸形。

踝是功率输出关节

踝是主要的功率输出关节,并与膝一起作为缓冲装置的重要部分。着地初始踝的位置在发挥缓冲作用中非常重要。若着地初始脚趾先着地,足和腓肠肌吸收部分能量;若足平放着地,振动大,由地面吸收初始着地时的能量。由于声音响、地面振动大,所以常能听见用该模式步行儿童的走路声音。通过地面反作用力的垂直矢量来测量是否存在缓冲不足。负荷反应显示脑瘫儿童的负荷力为体重的 1.5 至 2 倍,而正常儿童的负荷力应为体重的 1.1 至 1.2 倍(图 6.32)。缓冲丧失的现象也发生于小腿三头肌力量不足的儿童,此时仅足跟着地,除足跟垫外无吸收负荷的能力。主要见于跟腱切断术

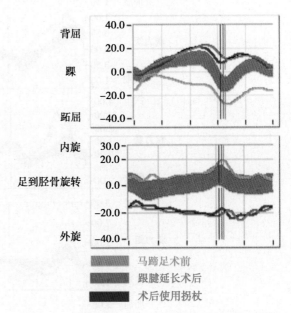

马蹄足对足旋转的影响

图 6.31 马蹄足时,足相对于胫骨产生内旋。矫正严重马蹄足时,随着足背屈,将相对于胫骨产生内旋。必须考虑矫正严重马蹄足后的继发旋转改变,否则跟腱延长术后将出现严重的胫骨内扭转

后的儿童。承重相时,踝关节的位置由小腿三头肌决定。若肌肉挛缩、离心收缩时背屈达不到15°至20°,将过早提升足跟。若离心收缩启动向心收缩,支撑中期踝过早跖屈,引起支撑中期重心升高,出现拱形现象。能量产生的主要爆发与拱形现象有关(图 6.32)。腓肠肌和比目鱼肌过度收缩也将提升足跟,并增加膝关节屈曲。此时,重心没有提高,但加重屈膝步态。伸膝,即膝反张,是支撑中期踝跖屈增加的次要反应。将在有关膝的章节讨论支撑中期腓肠肌过度活跃时膝反应的三种原因所在。

腓肠肌和比目鱼肌在支撑中期过早收缩的原因主要与腓肠肌挛缩、肌肉收缩不充分、达不到背伸20°有关。治疗以延长肌肉-肌腱单位,通常行腓肠肌延长术为主。腓肠肌适当延长可增加部分蹬地力量,使力矩恢复正常。腓肠肌过早收缩的另一主要原因与运动控制能力降低、难以独立控制离心收缩有关。上述问题与肌张力增高、腱伸展反射敏感性增加、共同启动足触地期向心收缩相关。向心收缩持续至承重期和支撑中期,最佳治疗方法是使用防止踝跖屈允许踝背屈的 AFO 支具。

步态周期的支撑后期是腓肠肌能量爆发的时间。若从支撑中期转移至支撑末期时踝处于跖屈位,将危害足力臂的力学效益。若踝处于跖屈 0°至 10°,将不会明显危害足力臂的力学效益;但若进入支撑末期时踝处于跖屈45°位,则产生蹬地爆发力的能力有限。爆发力的大小依赖于与肌肉静息长度相关的肌伸展程度和肌纤维长度,即依赖于肌肉在长度-张力曲线上的位置。若收缩时肌肉已近于完全短缩,就很难产生额外的力量。蹬地爆发力所需的能量输出仅在向心收缩肌肉

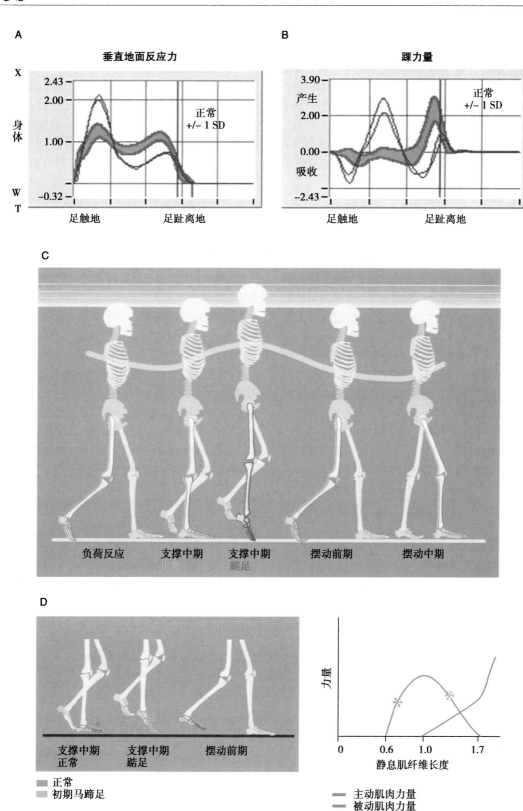

图 6.32 触地初期和负荷期,支撑腿发挥缓冲功能。当下肢不短缩膝时,对体重转移至负重腿时的影响很大,在地面反作用力的垂直矢量上能清楚显示(A)。踝在支撑中期过早跖屈,被称为踮足现象,可产生垂直提升质量中心的能量(B)。从踮足现象顶点开始,身体向前落下进入支撑中期(C);但马蹄足将降低踝蹬地产生能量的能力。此时,肌肉位于产生能量、能力最佳的长度-张力曲线失常侧,关节活动范围受限(D)

确实短缩时才产生。支撑末期踝关节前置位置不良常妨碍有效蹬地力量的产生(见图 6.32)。踝蹬地力量降低的继发适应是要求髋伸肌成为步行向前力量的主要能量产生来源。能量产生的近端移动常伴随骨盆旋转增加。上述变化虽将增加步行所需的总能量,但却也有利于远端踝能量产生时的运动控制。同样的过程在流行穿着高跟鞋时也涉及。高跟鞋在支撑末期可阻止轻度背屈的踝前置,从而阻碍小腿三头肌产生蹬地力量。该力量使髋伸肌产生能量,增加骨盆旋转程度。

治疗支撑末期踝跖屈先置的方法包括使用矫形支具。虽然矫形支具可阻止支撑中期跖足现象、膝反张、屈膝增加等问题发生,但由于会阻止踝主动跖屈,所以穿戴足矫形支具后将不会出现足蹬地力量的爆发。使用带关节的 AFO 支具可保留部分蹬地力量,但较正常时明显减弱。另一选择是使用带弹簧活页的支具,但阻止支撑中期跖屈的活动受限同时也阻止支撑末期跖屈力量爆发。很多患儿腓肠肌的问题多于比目鱼肌。腓肠肌跨越三个关节,更易在短时间内发生严重挛缩。根据查体屈膝和伸膝时踝背伸的度数不同,可区分腓肠肌和比目鱼肌收缩的程度。对照伸膝踝背伸时比目鱼肌的位移变化可反映腓肠肌的位移变化。通常,仅延长腓肠肌将明显改善支撑中期过早收缩的问题,并在某些情况下,通过改善踝的位置增强蹬地力量。在轻度马蹄足时踝的功能较足过度背屈无跖屈时好,所以避免过度延长很重要。很多行跟腱切断的患儿终生需要使用 AFO 支具以稳定踝关节。

摆动相踝背屈

摆动相踝背屈作用有二:第一,摆动早期,踝背屈有助于下肢短缩、进行摆动。第二,摆动末期,踝背屈是触地初始下肢准备动作的一部分。大多数脑瘫儿童由胫前肌产生主动踝背屈的力量。若胫前肌肌电图显示处于收缩相位却不产生背屈动作,其原因通常与腓肠肌和比目鱼肌的协同收缩有关或与胫前肌试图对抗腓肠肌收缩有关。胫前肌存在相位收缩时,腓肠肌延长术后胫前肌产生背屈的能力将增强。若跖屈严重挛缩时,胫前肌被过度拉伸,需持续使用支具一段时间以使胫前肌保持合适长度维持功能(图 6.33)。某些跟腱无力的儿童因腓肠肌的长度不足以克服胫前肌的力量,出现背屈挛缩。某些踝背屈不充分合并膝强直的儿童,在摆动早期出现脚趾明显拖地。造成脚趾拖地的主要原因是膝强直,次要原因是踝背伸不充分。但有时上述顺序混淆,出现马蹄足。例如,胫前肌完全瘫痪足下垂但下肢其他功能正常时,脚趾可不拖地。代之以过度屈髋屈膝以允许足廓清。摆动早期减少屈膝角度,将使马蹄足脚趾拖地。脚趾拖地的儿童在踝背屈后仍然脚趾拖地。这可用于解释为何患儿佩戴防止踝跖屈的矫形支具后脚趾仍拖地的现象。再次表明脚趾拖地事实上与膝有关,而与踝跖屈无关。治疗踝背屈力量减弱、防止踝主动背屈的方法是使用轻巧、带弹性活页弹簧的 AFO。该类型 AFO 可控制踝背屈,允许踝跖屈,仅在腓肠肌和比目鱼肌张力和肌长度均正常时使用。

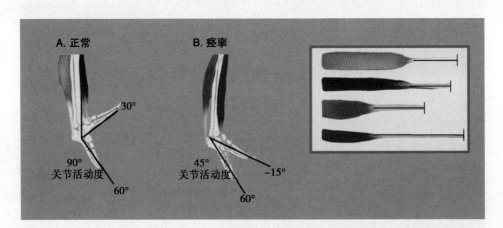

A. 正常　　　　B. 痉挛

30°

90°
关节活动度
60°

45°
关节活动度　　−15°
60°

图 6.33　马蹄足挛缩的问题在于小腿三头肌短缩、限制踝主动活动范围。可通过跟腱延长术来改变踝主动活动范围,但次要问题在于马蹄足时胫前肌肌腱已被拉长。跟腱延长术后,胫前肌将变得更长,作为拮抗肌在小腿三头肌工作范围内不能发挥作用。需要时间来使胫前肌缩短

膝

膝的主要功能是允许下肢长度进行调整,在支撑期提供稳定性。触地初始时,膝轻度屈曲,和踝一起缓冲体重。若膝完全伸直,不易保持平滑屈曲,所以不能达到良好的缓冲效果。主要通过腘绳肌调节屈膝角度;脑瘫儿童在触地初始时膝完全伸直,通常是腘绳肌过度延长的结果。膝在触地初始时完全伸直的现象也见于张力减退或共济失调的儿童。

足触地时屈膝增加的现象更常见。屈膝增加有助于缓冲,但常会引起踝跖屈和脚趾拖地,此时出现瞬间强大的膝外伸展力矩与腘绳肌对抗。承重相时膝运动呈现两种模式:其一,从触地初期位立刻伸膝;其二,在小腿三头肌离心收缩、腓肠肌力弱、足力臂短时屈膝增加。承重相时屈膝角度应为10°至20°,正常时由腓肠肌和比目鱼肌离心收缩控制。若屈膝角度超过20°,将导致小腿三头肌力弱或足力臂不充分。

若承重相时屈膝,则在步态周期支撑中期时开始伸膝。

若屈膝持续至支撑中期时,将出现屈膝步态(病例6.7)。支撑中期屈膝增加的主要原因为屈膝挛缩、腘绳肌挛缩、足力臂不充分、小腿三头肌肌力弱等(图6.34)。次要病因可能为严重屈髋挛缩,使支撑中期伸膝受限。常由数个原因造成支撑中期屈膝增加,应辨别主要和次要原因。通过运动学评价测量支撑中期的伸膝角度、支撑中期踝力矩、支撑中期膝力矩,考虑屈膝的实际度数。若踝力矩正常或小于正常时,不增加屈膝角度,踝力量弱和足力臂是支撑中期屈膝增加的主要原因。若查体测量固定屈膝挛缩、运动学显示伸膝受限时,膝关节挛缩是支撑中期屈膝增加的主要原因。若踝跖屈、膝屈曲力矩大,则腓肠肌和腘绳肌挛缩是支撑中期屈膝增加的主要原因。若过早出现的伸髋峰值降低,查体发现明显屈髋挛缩,则屈髋挛缩是造成支撑中期屈膝畸形的原因。若儿童使用拐杖等步行辅助具,腘绳肌实际不收缩,小腿三头肌过度活跃或肌力弱时,易出现反张。若儿童独立步行或腘绳肌过度活跃时,易出现屈膝步态。若儿童下肢肌张力高,支撑中期易出现强直膝和踮足现象。拱形现象虽提升身体,增加步行能耗,但有利于侧腿摆动相时廓清地面。通过支撑中期提升身体,支撑末期迅速下降,向前力矩用于触地初始,对侧下肢利用臀肌再次提升身体(图6.35)。

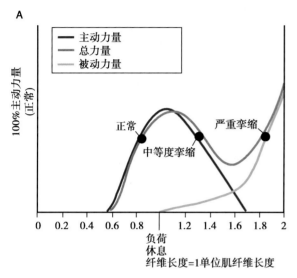

图6.34 腘绳肌具有在挛缩等级的长度-张力曲线上三个不同点可产生相同强度力量的能力,腘绳肌对支撑期屈膝或屈膝步态的影响即源于此。肌纤维长度正常时,肌肉收缩多产生肌力大。轻度挛缩时,肌肉拉长产生肌力变小。严重挛缩时,结缔组织张力被动增加,肌力迅速增加(A)。除了挛缩对腘绳肌肌力的影响外,关节力矩的产生依赖于髋和膝关节的位置。腘绳肌长度相同时,产生的肌力也相同。但在屈髋屈膝如屈膝步态时,膝力臂长。产生的屈膝力量远远大于膝近乎完全伸直时(B)。因此,屈膝步态时腘绳肌的肌肉长度与直立时相同,但仍需重视腘绳肌的挛缩问题。必须考虑挛缩对长度-张力关系的影响,使膝屈曲,出现自我增殖位的屈膝步态,屈膝角度大,增加膝力臂,发挥腘绳肌的力学优势

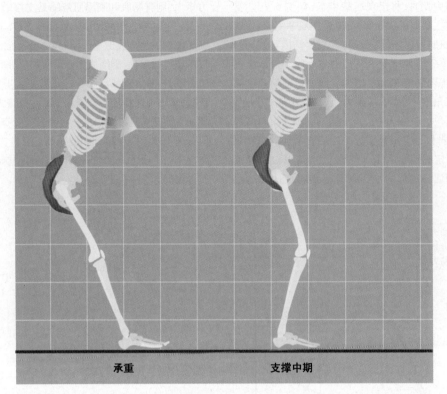

承重   支撑中期

图 6.35 主要伸髋肌、臀大肌和其他伸髋肌是一起产生向前运动的次要肌肉。该功能是通过足触地期和支撑早期臀大肌的有力收缩来完成的，此时，HAT 节段迅速下降，质量中心减速、提升。迅速下降身体力矩和固定腿间的有力收缩通过同心收缩提升身体。马蹄足挛缩或穿高跟鞋时小腿三头肌不收缩，伸髋肌成为步行能量输出的主要肌肉来源

 **病例 6.7 Michael**

Michael,5 岁男孩,不借助步行器独立步行 1 年后进行评价。其父母主诉患儿易摔倒、步行末停步困难。Michael 的认知与年龄相符,下肢痉挛明显。上肢肌张力增加、手协同性差。呈现伴支撑相轻度屈膝和髋明显内旋的尖足步态。全面评价后,进行双股骨扭转位截骨矫形术、腘绳肌远端延长术和腓肠肌延长术。康复步行训练的重点是训练用拐步行,患儿掌握熟练。10 岁时进入普通学校,使用 Lofstrand 拐(图C6.7.1)。曾摔倒致股骨骨折,在社区医院使用髋人字石膏固定 3 个月。此后,仅能使用助行器进行短距离家庭步行(图C6.7.1)。骨折前不久,父母激烈争吵后离婚。取出石膏后,乘坐轮椅,缺少康复尝试。随后 3 年,其父亲关心其步行能力,请求法院从认为步行无望的母亲手中变更监护权。上述

改变极大鼓舞了患儿,虽 14 岁仍不能站立完成转移,但开始尝试恢复步行。存在明显屈膝站姿、重度足外翻畸形、屈膝挛缩、腘绳肌挛缩(图 C6.7.2、图 C6.7.3)。此时,Michael 在学校成绩优异。施行三关节融合的双足外翻矫形术(图C6.7.4)、腓肠肌延长术、后方膝关节囊切开术以及腘绳肌延长术。术后 6 个月,使用助行器和地面反作用 AFO,恢复短距离家庭步行。术后 9 个月,步行耐力增加。术后 2 年,使用后向拐杖,恢复社区步行。阻碍 Michael 步行的问题是可逆的,包括社会家庭环境、抑郁情绪缺少动力以及身体畸形等。临床使其摆脱轮椅的关键在于通过录像或有关先前步行能力的步态分析,以确定影响身体畸形的因素。家庭环境和医疗护理共同使 Michael 恢复步行。

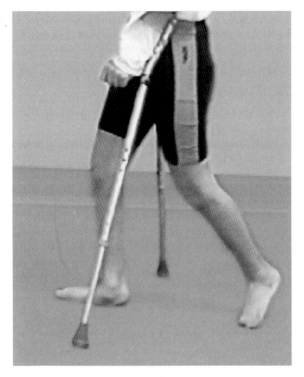

图 C6.7.1

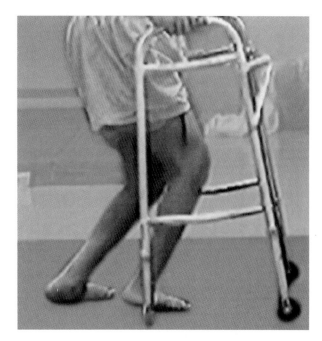

图 C6.7.2

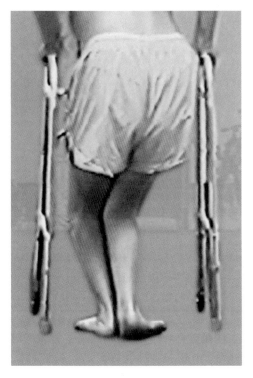

图 C6.7.3

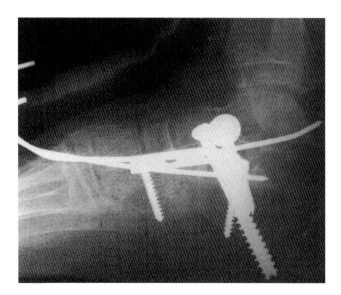

图 C6.7.4

支撑中期出现膝反张是较棘手的问题。通常呈现三种模式：其一，与小腿三头肌过度活跃有关；其二，由于腓肠肌肌力弱，HAT 节段重心前移至膝关节；其三，HAT 节段重心移动至髋后方膝前方。膝反张的治疗需先明确腓肠肌长度是否足够进行伸膝时踝背伸。若能进行伸膝时踝背伸动作，则可使用

踝背伸 3° 至 5°，限制跖屈 −5° 的支具。通常为带关节的 AFO 支具。若由于小腿三头肌肌力弱，地面反作用力明显置于膝前或膝后，就需要使用坚固的 AFO 支具辅助小腿三头肌控制踝关节。使用助行器或拐杖的儿童，因穿戴 AFO 支具后 HAT 节段质量中心明显前移，后跟负荷体重，穿戴鞋和 AFO 支具的

脚趾升高,膝反张控制更显困难。即使使用辅助器具的儿童在穿戴合适矫形支具后,仍会持续存在膝反张,并增加膝过伸、引起疼痛,从而出现进展性膝反张。治疗此种进展性膝反张的方法唯有使用带有伸直阻断铰链的髋膝踝支具(KAFO)。

支撑末期,开始屈膝以适应踝关节跖屈,并缩短下肢准备摆动。

若屈膝滞后或屈膝角度减少,则与踝蹬地爆发力缺乏、屈髋肌力差、股直肌过度收缩以及腘绳肌和股直肌协调收缩有关。摆动早期,在摆动相前20%~30%的初始摆动时出现屈膝峰值。屈膝幅度降低时出现僵硬膝步态综合征,即屈膝峰值少于55°至65°或屈膝发生于摆动中期。是脚趾拖地的主要原因。造成脑瘫儿童僵硬膝步态综合征的主要原因为股直肌超时相收缩或股直肌过度收缩。摆动相屈膝减少的次要原因为来自小腿三头肌的蹬地爆发力弱、屈髋力弱以及膝关节轴与前进力线不齐。需要股直肌EMG来帮助诊断股直肌过度活

跃是否是摆动相屈膝减少的主要原因,此时摆动相股直肌收缩延长、最大摆动相屈膝时间延后以及最大摆动相屈膝范围降低。股直肌造成僵硬膝的依据为查体发现股直肌挛缩、Ely试验阳性以及股直肌痉挛。踝蹬地爆发力弱以及脚趾离地时屈髋力弱的现象与上述原因相关。

僵硬膝步态综合征与股直肌过度活动有关,治疗方法为在髌骨止点处切除股直肌(病例6.8)。手术将股直肌移至其他肌肉上,最常用缝匠肌和股薄肌。转移的位置不重要,但必须进行转移手术,而不是仅仅分离股四头肌肌腱。若仅进行股四头肌肌腱分离,则股直肌可与下方的肌腱相连,恢复原功能。转移手术的主要目的在于去除伸膝时股直肌的作用,保留股直肌屈髋的功能。通常,挛缩模式适应屈髋,若对膝有影响,则起屈膝作用。已有数篇研究表明,能取得摆动相屈膝增加、屈膝峰值提前的好效果。远端转移优于近端肌腱分离,步速优化,摆动相股直肌的EMG活动好但非持续不变。

病例 6.8 Josie

Josie,16岁女孩,频繁主诉鞋子前部易磨损。未行手术,读高中,成绩一般,希望治疗主诉内容。查体髋、膝关节活动正常,双侧腘角45°。Ely试验60°阳性,股直肌张力Ashworth分级1⁺,踝背伸时伸膝5°。运动学显示,支撑相伸膝正常,摆动相屈曲35°受限。踝运动学显示,踝跖屈提前,踝力矩出现明显提前的跖力矩。支撑中期踝动力爆发呈明显拱形现象。股直肌EMG示摆动相持续激活,支撑相末

见明显激活。行双侧股直肌转移术,术后立即出现摆动相屈膝明显增加(图C6.8.1)。功能改善持续至3年后,上述症状得到较好控制。绊倒现象大为减少,脚趾端不再磨破鞋。患者出现孤立的僵硬膝,该现象少见,表明适应证合适时,股直肌转移术能取得良好疗效。通常,摆动相僵硬膝不是单一原因造成的,而是包括屈髋动力不足、踝蹬地力量不足等原因。

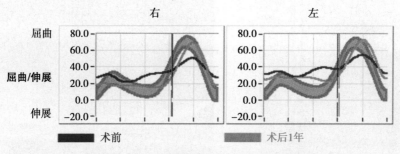

图 C6.8.1

摆动相末期,伸膝准备开始触地初期。腘绳肌离心收缩控制伸膝。已开始关注腘绳肌功能不全对膝完全伸直的影响。最常见的问题为腘绳肌过度活动、EMG上早期激发。通常主要原因为腘绳肌挛缩、过度活动。次要原因为屈髋缓慢、力矩减少。摆动末期屈膝增加使步长缩短(图6.36)。

治疗摆动相末期伸膝减少的方法主要针对腘绳肌,外科延长手术是主要治疗手段。腘绳肌的功能相对复杂,腘绳肌延长术的好处在于改善触地初始的伸膝,但各研究结论不一。大多数文献缺少术前步态分析及动态数据,报道表明腘绳肌延长术疗效好,暗示术后2~4年腘窝角仍可维持改善疗效。

报道显示,腘绳肌延长术后支撑相伸膝改善、摆动相屈膝丧失、轻度增加腰椎前凸。研究建立模型显示,在屈膝步态支撑中期时,从起点到止点测量腘绳肌长度发现,腘绳肌长度呈明显缩短。上述发现未能考虑到是否肌纤维长度明显缩短的患者,腘窝角也有变大的现象。根据肌肉在长度-张力曲线上的位置和根据关节位置的力臂变化影响,从起点到止点的测量模型将遗漏肌力变化的明显影响(见图6.34)。腘绳肌屈膝力臂,在屈膝60°时明显大于伸膝时。同样髋也可发生上述力臂变化,但髋力臂变化的长度要小得多。腘绳肌主要由半膜肌、半腱肌和股二头肌长头组成。这三块独立的肌肉肌纤

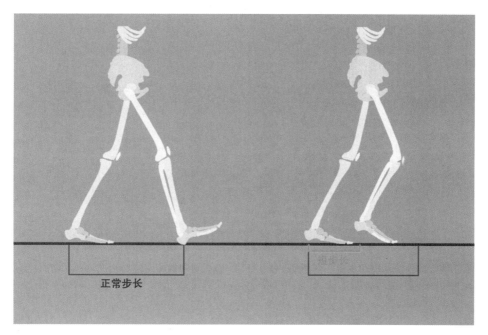

图 6.36　足触地期伸膝是膝关节的重要功能。足触地期伸膝不充分是造成步长缩短的主要原因

维长度不同,但肌肉的起点和止点完全相同。涉及腘绳肌收缩的所有变量均依赖收缩速度、增加肌力,以下举例证明腘绳肌影响髋、膝控制力的复杂性。涉及腘绳肌收缩的变量包括三块肌肉,每块肌肉肌纤维长度不同、各有 1500 个运动单位,每块肌肉起点、止点间的力臂均不同。复杂程度越高,就越容易明白存在运动控制问题的儿童为何通常不能很好地控制这些肌肉。上述复杂性也有助于解释为何不能准确预测肌肉延长术的预后。即使简单模型模拟提示步行时站立中期腘绳肌起点、止点间的长度已足够长,但临床经验仍表明严重短缩的腘绳肌手术疗效不佳。

髋

矢状面

髋关节的主要作用是允许身体下部肢体前进,提供肢体和身体间的三维运动。并且髋关节也是次要能量输出来源。矢状面上,触地初期髋通常屈曲,即使过度屈髋也很少出现问题。承重期,当身体重心移向固定腿时开始伸髋,此时踝、膝关节进行缓冲。若踝和膝僵硬,伸髋迟滞。承重期,当身体随动力向前、落下时,伸髋肌收缩活跃。臀大肌、臀中肌及腘绳肌是主要伸髋肌,其有力收缩、输出能量,再次有效提升身体。伸髋肌力不足时,通过近端转换、使用伸脊柱肌或椎旁肌增加腰部前凸进行功能代偿。通过查体和承重期伸髋力矩及支撑早期能量产生来判断是否存在伸髋肌力不足。伸髋肌力不足的另一表现为从支撑早期伸直至支撑末期屈曲的髋力矩跨越提前。上述跨越应在支撑中晚期发生,而不发生于承重期。伸髋肌力不足的治疗方案包括进行肌力增强训练。伸髋肌力严重不足时,建议使用拐杖或助行器等步行辅助器,允许手臂帮助伸髋肌在承重期提升迅速下落的身体。

支撑中期,承重腿位于身体后方时,继续保持伸髋。腰大肌等髋屈肌挛缩引起髋屈曲挛缩,使髋伸直受限。从而出现骨盆前倾增加、阻止膝完全伸直等继发代偿(图 6.37)。可通过几种不同的查体方法进行屈髋挛缩的测量,其中重要的是明了所用方法的正常范围。支撑中期运动学测量显示伸髋 0°,但也应考虑到特殊标志物放置的正常范围。治疗伸髋不足的方法包括屈髋肌伸展训练、延长髂腰肌共同肌腱筋膜的腰大肌延长术等。其中腰大肌延长术未显示出能持续降低骨盆前倾的作用,但一项研究发现在幼儿中腰大肌延长术疗效佳。建模研究表明,与腘绳肌相比,正常出现弯腰屈膝步态时,髂腰肌更可能被短缩。有时,股直肌挛缩或阔筋膜张肌挛缩也可引起屈髋挛缩。查体可发现是否存在股直肌或阔筋膜挛缩。

支撑末期髋开始屈曲,正常步态时,大部分屈髋力量来自于小腿三头肌蹬地爆发力。但由于大多数脑瘫儿童的蹬地爆发力不足,直接屈髋肌成为主要的功率输出来源,以促进下肢前移。主要屈髋肌首选髂腰肌,其次是内收肌主要为短收肌和股薄肌。通过运动学测量屈髋延迟以及支撑晚期屈髋力矩缺如或从伸直向屈曲转换力矩延迟均表明屈髋肌力弱。屈髋肌力弱的代偿方法为加大骨盆运动,通常支撑末期骨盆后倾、通过降低步频使步行速度减慢。治疗屈髋肌力弱的方法首先需避免外科手术过度延长腰大肌和内收肌。针对的主要问题为腰大肌和内收肌力弱,则最佳选择是进行拉伸训练增加肌肉长度。使用助行器或拐杖等辅助器具,对解决屈髋肌力弱的问题无益,并常使问题变糟。使用拐杖时,患儿身体通常前倾增加屈髋,导致摆动相屈髋需求增多,从而加重支撑末期屈髋肌力弱的问题。前倾导致屈髋肌预伸展减少,降低能量产生动力的效率。长度-张力曲线上肌肉的最佳位置有利于增

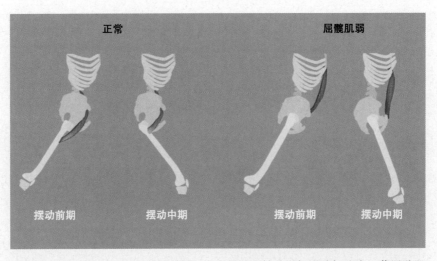

正常　　　　　　　　　　　　　　屈髋肌弱

摆动前期　　　摆动中期　　　　　摆动前期　　　摆动中期

图 6.37 摆动前期或进入摆动相早期,主要屈髋肌辅助增加屈髋加速度。若屈髋肌肌力弱或挛缩不发挥功能,腹肌通过增加骨盆倾斜运动、增长不恰当的髋屈曲,发挥适应机制

加肌肉的功能长度,而使用拐杖的效果与之相反。屈髋肌力弱造成的另一残疾为步行时难以停下或不能上台阶。另外,存在上下交通工具或步入浴缸等问题也是常见主诉。

摆动初期,屈髋肌持续收缩,启动摆动腿向前。屈髋肌也能使膝屈曲。支撑末期的问题持续至摆动初期。摆动中期,除了过早引发腘绳肌收缩、在摆动末期需要动量时限制屈髋伸膝等脑瘫共同的问题外,很少出现直接影响。摆动末期,常见问题为腘绳肌收缩过度。腘绳肌过度收缩对膝关节影响最大,腘绳肌挛缩限制摆动末期屈髋。代偿发生于骨盆,摆动末期骨盆向后倾斜代偿过多的腘绳肌力量。若腘绳肌或股肌肌力弱,臀大肌和臀中肌在摆动末期有力收缩,使膝完全伸直,为触地初期准备膝的完全伸直(见图 6.38)。该位置利于保持触地初期和承重的最大稳定,并允许膝缓冲。

冠状面髋病理

髋冠状面运动可用于保持身体质量中心于中线并允许身体下部的足接近于中线。触地初期髋轻度外展,支撑中期外展减少,并在蹬地时外展增多。摆动期重复上述过程。若触地初期内收肌挛缩,则屈髋减少,足置于中线位,阻碍对侧下肢摆动相向前推进。足置于中线的模式,造成剪刀步态。剪刀步态模式时摆动足占据过多中线位置、截留随后的另一足。若单侧内收肌痉挛或过度收缩,对侧髋外展,并伴以骨盆倾斜代偿。骨盆倾斜造成需要代偿的两下肢长度不对称。冠状面髋病理的主要评价是基于髋伸直时髋外展的查体测量和运动学评价时髋外展的测量进行的。触地初期髋轻度外展。支撑中期和摆动期时,发生不同程度的外展。针对过度收缩或痉挛的内收肌的治疗通常要求进行外科延长手术。在能进行功能步行的儿童中,内收肌挛缩并不常见。位于步行边缘、通常需要进行持续步行训练的某些儿童,髋内收增加、足交叉,以至于难以步行。另一些儿童因引发步行总屈肌反应的运动控制差,从而出现内收(病例 6.9)。上述屈肌反应包括屈髋肌、髋内收肌、屈膝肌、踝跖屈肌。即使延长内收肌后,但若不切

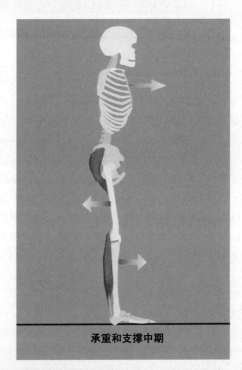

承重和支撑中期

图 6.38 伸髋肌在控制膝关节姿势上也有非常重要的功能。在站立相,伸髋肌与腓肠肌相互作用,这样就使得伸髋后引起膝关节伸直。动力使身体向前移动而超过站立相时固定在地上的脚,可以使髋及腓肠肌对膝关节的稳定性进行控制。在摆动相,由于伸髋肌而使得屈髋减速,如果腘绳肌没有被激活,这也使得膝关节摆动到完全伸直状态

除内收肌,某些儿童的运动将持续并产生新的问题。单侧髋内收增加是下肢不等长的继发反应。脑瘫儿童下肢不等长可能出现物理长度短缩肢体,但更常见的是由于髋、膝、踝不对称所致的功能性肢体短缩。治疗下肢长度不等长就必须治疗髋内收。由脊柱畸形所致的骨盆固定倾斜将导致不对称的一侧髋内收、另一侧髋外展。

病例 6.9　Jacob

Jacob，10 岁男孩，父母主诉其站立和试图行走时双足交叉导致不能步行。其父亲更关注患儿的痉挛问题，认为痉挛限制步行能力，造成沐浴、穿衣、转移困难。查体发现，Jacob 不能保持无支撑坐位。使用勺子能自行进食（如食物：磨碎的土豆泥），不会说话，就读于为严重认知障碍儿童设置的特殊教育班级。查体表明，上、下肢大多数肌肉的肌张力 Ashworth 分级 1 至 2 级。下肢不能完成关节分离运动。髋对称性外展 30°，腘窝角 40°，髋内旋 50°、外旋 30°。从后方给予支持时，Jacob 试图站立和迈步，喜欢步行训练。评估发现，虽然 Jacob 痉挛重，但痉挛不是形成剪刀步态的主要原因。剪刀步态的形成与运动控制差、运动计划不良有关。其髋内收肌没有挛缩，因此判断不能从内收肌外科延长术中获益。剪刀步态形成的原因部分与使用屈髋肌推动肢体向前时的协调性差有关。进行巴氯芬试验，注射巴氯芬后痉挛降低但仍不能站立。其父母认为看护时其痉挛降低的益处不足以补偿无法站立所造成的功能丧失。

髋外展增加将导致宽幅步态。若患儿具有功能步行能力，则宽幅步态既影响美观，又损害功能。宽基底位置时，为保证质量中心位于负重腿，身体产生过多的侧向运动。若患儿外展增加，出现宽幅步态，但查体未发现外展肌痉挛，则宽幅步态的原因与内收肌肌力弱有关。通常，原因在于内收肌过度拉长所继发的内收肌肌力弱或由于闭孔肌神经切断术造成的内收肌延长（病例 6.10）。该问题的最佳治疗是避免对具有功能步行能力的患儿进行该类手术。出现上述问题后，通过增强剩余内收肌肌力，允许患儿在成长中缓慢纠正。除此之外，没有其他治疗方法。宽幅步态也可能是臀中肌或阔筋膜等外展肌挛缩所致。宽幅步态的病因归咎于挛缩，要求判断挛缩的来源，运动学测量显示外展增加，尤其是支撑中期时更明显。一旦确定外展肌挛缩的特殊来源，就可对挛缩肌进行外科延长术。髋关节的固定挛缩也将产生与肌肉挛缩相同的效应。有时，要求进行关节影像学摄片，判断关节挛缩仅是肌肉的原因，还是肌肉和关节共同作用的结果。

病例 6.10　Sean

Sean，5 岁男孩，四肢瘫，3 岁时为治疗痉挛性的髋疾病曾行手术延长内收肌和远端腘绳肌。5 岁时开始利用助行器有效步行，但其父母更关注其宽幅步态和足下垂。查体发现，没有辅助无法启动步行，但一旦启动步行，即可开始功能步行。髋双侧外展 50°，可完全屈髋、伸髋，腘窝角 40°，股直肌痉挛 2 级，Ely 试验 40° 阳性。运动学评价显示摆动相髋外展增加，伴股直肌肌电图电位活跃的屈膝减少。髋影像学完全正常。步态特点为伴足下垂的宽幅步态，摆动相膝僵硬。据此，认为僵硬膝是造成宽幅步态的原因，所以为 Sean 施行双侧股直肌转移术。因辅助足廓清的内收肌力弱，环形运动训练。股直肌转移术后，支撑基底变窄、屈膝增加，足拖地症状减轻。

水平面畸形

儿童水平面畸形很常见，通常与冠状面畸形相混淆。容易忽视髋过度内收的剪刀步态与髋内旋步态之间的差别。剪刀步是完全不同的运动，要求的治疗也不同（图 6.39）。髋旋转被定义为膝关节轴相对于骨盆髋运动中心进行旋转运动。正常步态时，围绕股骨力学轴进行旋转可允许足维持在中线，并使骨盆转至股骨顶端，以减少 HAT 节段的运动，从而节约能耗。触地初期，正常时髋轻度外旋约 10°，然后缓慢内旋，在支撑中期或摆动相初期内旋达最大。若髋在触地初期处于内旋位，然后在支撑相当屈膝时，则髋必须内收、膝撞击对侧下肢（见病例 6.9）。若支撑相中期出现内旋，如弯腰屈膝步态，则在摆动相时双侧膝常相互摩擦。摆动相末期内旋位也可造成膝越过中线，并持续至摆动相初期。内旋的另一主要影响在于使膝关节轴置于向前运动线外。该位置造成踝蹬地力学效率的明显改变。髋内旋的次要代偿包括在摆动相负重时增加屈膝、减少踝蹬地爆发力、要求更多的髋动力。若单侧内旋，骨盆在内旋髋一侧发生后旋，然后在对侧髋出现内旋代偿。通过检查儿童旋前和伸髋评价内旋程度（病例 6.11）。

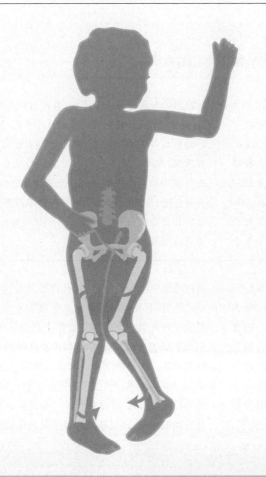

图 6.39　膝相互交叉被称为剪刀步态。但最好仅在原因为髋过度内收造成时才使用剪刀步态这一名词。大多数时候,膝交叉是由于髋内旋所致,次之为股骨前倾增加所致,而不是主要与髋内收增加有关

病例 6.11　Tonya

Tonya,11 岁女孩,诊断为痉挛型双瘫,主诉由于膝互相撞击所致的笨拙和疼痛使步行难度增加。近一年,问题加重。Tonya 认知能力正常,没有其他医疗问题。查体时,髋内旋70°,外旋-10°。髋外展20°,腘窝角60°,足正常。步态分析显示,伴随支撑相轻度屈膝、摆动相屈膝减少、后跟击地的严重旋转膝、腰椎前凸轻度增加的平足步态。运动学显示支撑相髋内旋20°。肌电图显示摆动相股直肌活动轻度增加,腘绳肌活动正常(图 C6.11.1)。居于肌电活动数据,认为与股骨前倾有关,进行双侧股骨去旋转截骨术。手术解决了患儿的主诉,并继而改善了膝关节的运动和伸髋。

股直肌肌电图记录　　　　　皮肤电极

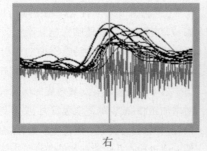

右　　　　　　　　　左

图 C6.11.1

运动学测试显示,几乎在整个步态周期中都出现内旋。临床医师必须注意到运动学测试中的两个问题。首先,测试时膝关节轴心的确定是依赖于个人放置标志物来确定的。预期膝关节轴的误差在 5°至 10°。其次,当前所有临床步态软

件程序都使用最后的 Euler 角去旋转。意味着所测得的旋转角度少于医师的预测，可能与医师首先从心理上对髋进行了去旋转有关。运动学或医师的评价均不是错误，但仅与表达位置的方法有关。临床上，髋旋转往往比所建议的运动学测量更明显。

内旋增加的主要原因是股骨前倾。次要原因是内旋肌挛缩。第三个原因是边缘步行患儿常遇到的增加剪刀步的运动控制问题。以往做过髋手术，但仍存在髋内旋问题的儿童，应考虑使用超声或 CT 扫描测量股骨前倾角度。具有功能步行能力、处于儿童中期或更年长的儿童，在支撑末期内旋往往超过 10°。从儿童中期开始，很少出现内旋的明显、自发的纠正。支撑相髋内旋的功能步行儿童容易在整形手术时观察到存在髋内旋。支撑相髋内旋 0°～15° 的儿童可测量的力学问题很少，但其父母常注意到，为避免膝越过中线使屈膝减少容易绊倒。复杂运动控制问题可能使脑瘫儿童动作更笨拙。奔跑时，屈膝增加，若保持内旋，将出现后跟拖地现象。治疗内旋增加的方法是进行股骨去旋转截骨术，改善足前进角。若内旋来源于髋内旋肌挛缩，则最常见的原因为臀中肌和臀小肌的前部肌纤维。

脑瘫儿童步行常见问题中很少见到步行时髋过度外旋。通常，髋外旋与张力减退有关，是进行性髋前半脱位综合征的一部分（病例 6.12）。当髋外旋增加合并髋前半脱位加重时，患儿开始丧失功能步行能力。治疗方法是纠正髋关节病理。其次，髋外旋的情况继发于治疗髋前倾出现的股骨过度外旋时。拇指定律是在外旋 0°～20° 的范围内，轻度外旋优于轻度内旋。但外旋超过 20° 比内旋 0°～10° 更糟。目标是股骨前倾 0°～10°，运动学测量显示支撑相股骨外旋 5°～20°。股骨过度外旋需要翻回内旋。因偶尔才出现外旋挛缩，为保证手术重演，需要进行成像研究全面评价畸形。外旋挛缩通常涉及臀中肌后半部分和髋关节的短外旋肌。

 病例 6.12　Hameen

Hameen，10 岁男孩，有肌张力过低和智力减退问题，出现步行困难增加。曾经可使用后退式助行器到处行走，但其母亲表述，目前除极短距离外其拒绝步行。其母亲认为其没有疼痛困扰。出现上述表现前 9 个月，在另一家医院进行了髋关节半脱位的股骨截骨术。截骨术后，步态没有改善，与术前步行近似。健康状态亦未改变，只是其母亲觉得其足外旋，尤其是左侧，变得更差。查体发现，肌张力普遍降低，髋外展 60°，屈髋、伸髋正常，髋外旋超过 90°，髋内旋 60°。左髋旋转时发出"咔嚓"声。前触诊表明股骨头向前半脱位。影像学检查发现股骨截骨术愈合处的股骨头轻度侧方移位（图 C6.12.1），CT 扫描显示股骨头轻度向前侧方移位（图 C6.12.2）。观察其使用后退式助行器时，左髋存在严重外旋。认为其步行耐力降低的原因在于髋关节向前半脱位，因软组织较松弛，进行了 Pemberton 式骨盆截骨术（图 C6.12.3）。术后 1 年，恢复原步行耐力；术后 6 年，髋稳定，达到完全独立的社区功能步行（图 C6.12.4）。虽然仍存在左足进行性外旋和双侧膝反张等问题，但患儿无症状（图 C6.12.5）。

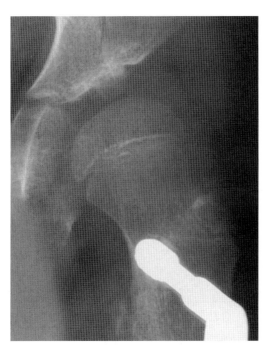

图 C6.12.1

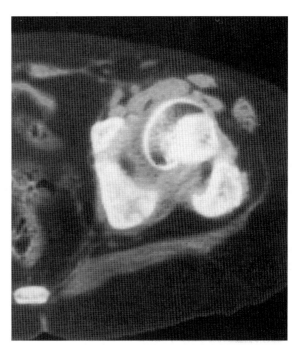

图 C6.12.2

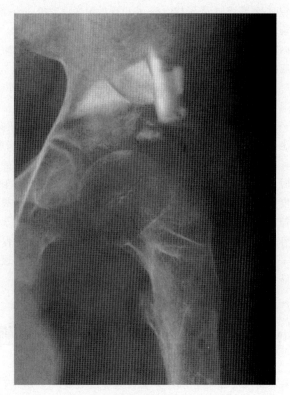

图 C6.12.3

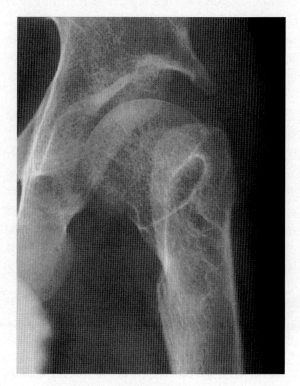

图 C6.12.4

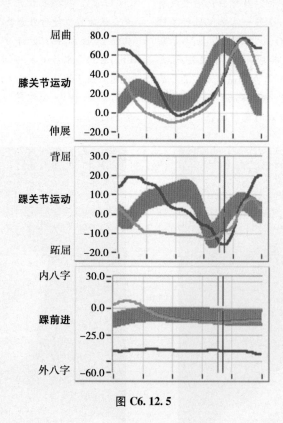

图 C6.12.5

骨盆

骨盆运动被看做房间坐标系空间内的骨盆运动。因为身体节段没有清楚的边界，并且让儿童脱去骨盆处的衣物又不被社会接受，所以很难开展骨盆运动的观察性步态分析。试图观察骨盆的运动就如同通过挂着窗帘的窗户观看邻居家的电视一样。骨盆过度运动被定义为运动学测量时矢状、冠状、水平任一方向的运动超过10°，通常是由于肌张力增加，使髋关节僵硬、限制髋运动所致（表6.9）。骨盆过度运动是增加可动性的功能途径，只是轻微增加能耗，所以通常无需治疗。骨盆旋转增加将在奔跑时造成足跟撞地，使跑步困难。唯一有效的治疗是通过神经根切断术或硬膜内注射巴氯芬降低肌张力，两者都能造成肌力减弱。通常，肌力减弱对步行功能造成的障碍重于僵硬造成的障碍。

表6.9 节段和关节代偿

存 在 问 题	主 要 病 理	代 偿 效 应
骨盆		
骨盆向前倾斜增加	作为腰椎前凸的一部分,通过增加屈髋进行代偿	代偿屈髋肌挛缩或伸髋肌力弱
骨盆倾斜运动增加		髋僵硬或髋力量弱
不对称骨盆旋转	偏瘫型运动控制	伴随内旋侧骨盆向后的股骨不对称性旋转
骨盆旋转增加		小腿三头肌蹬地减弱、髋僵硬、屈髋力弱
不对称骨盆倾斜	脊柱侧弯	髋外展或内收挛缩、下肢长度不等长、踝跖屈挛缩
摆动侧骨盆落下增加		外展肌力弱
髋		
摆动相屈髋减少	髋关节僵硬或伸髋肌挛缩(腘绳肌或臀肌)	来自踝跖屈肌的蹬地爆发力减弱
屈髋减少	屈髋肌力弱	
支撑相伸髋减少	屈髋肌挛缩,关节僵硬	伸膝缺乏
髋外展增加	髋内收肌力弱,关节或外展肌挛缩	对侧髋内收挛缩,共济失调
髋内收增加(剪刀步)	髋内收肌挛缩	运动控制差
髋内旋增加	股骨前倾增加,髋内旋肌挛缩	骨盆不对称旋转,胫骨向外扭转
髋外旋增加	髋外旋挛缩,股骨后倾	常由对侧髋内旋造成的不对称骨盆旋转,胫骨内扭转
膝		
足触地时屈膝增加	屈膝挛缩,腘绳肌过早收缩,腘绳肌挛缩,踝马蹄足所致的脚趾着地,蹬地力弱,或屈髋	
足触地时屈膝减少	腘绳肌肌力弱	股四头肌力弱,张力减退
负重时屈膝缺乏	膝关节强直	踝跖屈肌挛缩
支撑中期屈膝减少(膝反张)	小腿三头肌挛缩或过度活跃或小腿三头肌力弱	运动控制差,与小腿三头肌相比,腘绳肌肌力过弱
支撑中期屈膝增加(弯腰屈膝步态)	膝关节挛缩,腘绳肌挛缩,力臂病(外翻足)	跖屈缺乏,平衡问题,足前进角严重异常,屈髋挛缩,踝马蹄足
摆动相屈膝缺乏(僵硬膝步态)	股肌过度收缩,膝强直,股四头肌挛缩	小腿三头肌蹬地功率差,屈髋肌力功率差

续表

存在问题	主要病理	代偿效应
足		
触地时出现马蹄足	腓肠肌和(或)比目鱼肌挛缩,踝背伸肌力弱	屈膝重度挛缩
缺乏首次摆动	腓肠肌和(或)比目鱼肌挛缩或肌肉过度收缩,膝关节强直,踝背伸肌力弱	
第二次摆动提前	缺乏首次摆动,痉挛或挛缩的腓肠肌或比目鱼肌	支撑中期伸膝缺乏
跖屈力矩变大,提早	痉挛或挛缩的腓肠肌或比目鱼肌	
支撑后期跖屈力矩降低	小腿三头肌挛缩,或小腿三头肌力弱	
蹬地功率降低	第三次摆动时,踝跖屈缺乏	力臂病(外翻足),足外翻,重度扭转力线不良
足向内或向外前进	胫骨或股骨扭转,足外翻,或足内翻	用于稳固姿势的肌力严重减弱或平衡差

骨盆旋转

骨盆不对称旋转主要由运动控制产生或作为髋不对称旋转的继发代偿反应。涉及不对称神经病学,尤其是存在重度偏瘫模式的儿童,常出现身体一侧功能好。由于功能障碍肢体的控制相对容易,身体功能好的一侧即成为运动控制的吸引器。若仅存在10°至20°的不对称,则功能障碍肢体的差别不明显,通常无需治疗。超过20°的旋转较明显,将产生易绊倒、协调性差等功能问题,尤其在具有功能步行能力的患者中将更明显。若旋转严重,达45°至60°,则儿童只能进行既不美观、效率又低的侧向步行(病例6.13)。骨盆严重旋转常是髋不对称运动和运动控制的混合作用的结果,应努力纠正髋不对称,甚至于对上述不对称需进行过度矫正。很多骨盆不对称旋转的儿童与髋不对称旋转或髋不对称内收有关。查体应关注伸髋和髋外展时髋的旋转情况。骨盆向后旋转一侧的髋内旋增加或被动外旋增加。通常,髋内收增加,发生屈曲挛缩。治疗方法为施行单侧髋去旋转手术,若内收肌挛缩,即伸膝时髋外展小于20°时,还可加以内收肌延长术。应避免进行过度内收肌延长术,通常施行经皮长收肌肌腱切断术已足够。

病例6.13 Christopher

Christopher,6岁男孩,诊断为脑瘫,特殊步态模式。其父母关注其易绊倒,希望改善步行外观。言语正常,认知水平与年龄相符。不存在其他医疗问题,其父母认为近年来其步态无明显变化。查体发现,左上肢痉挛明显,肩内旋,屈肘,屈腕。手指粗大,掌握。没有提示时,将左手作为辅助手。髋完全屈、伸,外展左侧15°右侧28°,髋内旋左侧80°右侧50°,髋外旋左侧5°右侧30°。膝腘窝角左侧55°右侧40°。伸膝时,踝背伸左侧-7°右侧0°;屈膝时,踝背伸左侧0°右侧8°。步态分析显示,整个步态周期呈左侧向后45°至65°的重度骨盆旋

转。左膝相对于骨盆内旋。右足内旋,骨盆中立位。支撑中期膝过伸,足触地时屈膝增加。上肢保持屈肘、肩内旋位。由于左髋内旋导致髋不对称旋转,从而造成骨盆旋转,所以行左侧股骨去旋转截骨术进行纠正。偏瘫运动控制问题可加重上述畸形。左侧内收肌延长术有助于肢体外旋、外展。左侧跟腱延长术和右侧腓肠肌延长术有利于支撑中期伸膝。术后,骨盆旋转明显改善,但出现与胫后肌劈开转移部分相关的足外翻畸形,该手术不应开展。生长期进行了一些其他手术,直至发育成熟,骨盆旋转纠正良好。

骨盆倾斜

骨盆前倾将增加不对称的程度或增加任一方向的骨盆运动。骨盆运动的幅度增加,与下肢肌张力增加有关。增加的幅度作为推动摆动腿向前的近端关节输出功率。骨盆强直、骨盆倾斜代表屈髋挛缩,特别是髂腰肌被称为骨盆运动的双重泵。"骨盆运动的双重泵"这一名称常易被误解为是骨盆新的神经病理性运动模式,其实不然。骨盆运动仅是正常运

动的放大。对很多父母而言,骨盆运动起着继发代偿作用,有助于强直明显或输出功率减少的摆动腿。若患儿产生的踝蹬地功率功能好,就能通过延长腘绳肌和腰大肌来减少骨盆运动,增加髋关节活动范围。若髋是功率输出的主要来源,则上述延长术将改变长度-张力曲线,放大髋肌肉力弱现象,骨盆倾斜范围不仅没有得到代偿,反而还增加了。

骨盆前倾增加主要发生于屈髋挛缩增加或腰椎前凸增加

后的继发反应。不同标志物放置的运算法则不同,但正常骨盆前倾的上限均为15°至20°。脑瘫儿童该值常增至25°。伸髋肌力弱或屈髋肌力增加是造成骨盆前倾的主要原因。另一重要原因为原发性腰椎前凸,原发性腰椎前凸很难与由于屈髋肌力弱致骨盆前倾增加的腰椎前凸继发反应相区别。为增加稳定性、锁住腰椎,产生力学僵硬,骨盆倾斜和腰椎前凸需要的运动控制将增加。若腰椎前凸可变、存在屈髋挛缩,就应施行髂腰肌延长术;为改善膝运动学,需要施行腘绳肌延长术,使其具有独立步行能力。若患儿不符合上述标准,则髂腰肌延长术的副作用多于其收益。若腰椎前凸固定不变,肌肉能耗将不会影响骨盆前倾。若髂腰肌未发生挛缩,则腰大肌延长术只能减弱有效的屈髋。但若施行腘绳肌延长术,未延长挛缩的屈髋肌,骨盆前倾将变糟。随着骨盆前倾产生躯干向前倾斜的跳跃位置。随着时间推移,通过增加脊柱前凸进行代偿(图6.40)。使用助行器或拐杖的儿童,屈髋肌延长术将使骨盆从前倾斜转为骨盆前倾增加,明显增加肌肉力量。

若骨盆处于超过中立位的任何位置时,则骨盆后倾通常是异常的。骨盆后倾的主要原因为腘绳肌挛缩。通过查体了解有否存在骨盆后倾。骨盆后倾也可能与臀肌挛缩有关,但未发生于脑瘫儿童。若腘绳肌挛缩,则可进行延长腘绳肌的治疗。骨盆后倾的次要原因为腰椎后凸或更常见为总脊柱后凸。纠正脊柱后凸即可纠正骨盆后倾。

骨盆歪斜

异常骨盆歪斜的最主要原因与髋内收肌或外展肌不对称挛缩或肌肉群中任一肌肉力量弱有关。骨盆歪斜可能继发于明显或真性下肢不等长,或固定的脊柱侧弯。当一侧肌力强,步行时有助于髋摆动侧完成廓清时,骨盆不对称歪斜。

常被关注髋病理的作者讨论的 Trendelenburg 步态,事实上仅是正常运动模式的放大,如同骨盆向前重复碰撞运动。当摆动相髋下落外展肌肌力不足以抗阻时,该步态是对外展肌肌力轻度减弱的反应。为增加负重下肢上方 HAT 节段质量中心的运动,通常需要降低对抗骨盆下落的力量。该步态模式也可促成髋半脱位等髋关节的力学不稳,应进行髋影像学检查。随着外展肌力量严重减弱,HAT 节段质量中心将完全移动至负重下肢上方,并伴摆动侧骨盆提升。该运动被称为髋倾斜(向一侧倾斜),此时,躯干肌用于控制摆动腿一侧骨盆的落下(见图6.41)。通过外展肌延长术可治疗 Trendelenburg 步态。治疗蹒跚步态模式通过积极鼓励患者使用前臂拐,降低步行能耗和下肢关节尤其是膝关节的影响力。上述运动模式有些继发于髋关节疼痛。所以,步态分析时应提供全面的患者病史。

HAT 节段

步行的真实功能为在空间移动 HAT 节段。但该节段不仅是被动负荷。利用躯干肌、颈肌和手臂运动,辅助步行时 HAT 节段位于质量中心位置。正常步态,HAT 节段主要涉及被动运动,造成质量中心偏离前进力线产生最小运动。通过运动控制系统,质量中心被置于髋关节前方,从而允许伸髋肌

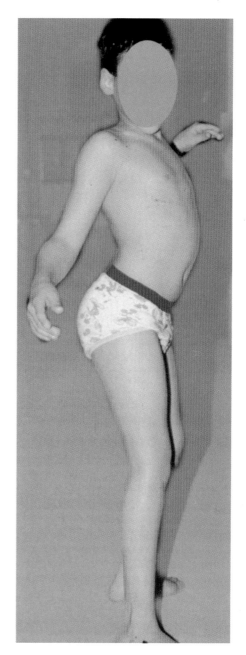

图 6.40　有些能够独立行走的儿童有明显的腘绳肌挛缩,需要进行腘绳肌延长。他们需要仔细的检查以确定没有明显的屈髋肌挛缩。这个孩子在腘绳肌延长一年以后,由于没用进行屈髋肌延长,出现脊柱过度前凸。然而,也有些儿童在检查时自然地呈现这个姿势,并没有屈髋肌的挛缩

产生更有效的能量输出;或将质量中心置于髋关节后方,从而使薄弱的伸髋肌无弹性,髋关节前方的关节囊或屈髋肌成为质量的主要支柱(图6.42)。蹒跚步态时,躯干肌输出力量,提供儿童运动功率(图6.41)。尚不明了 HAT 节段产生主动功率的作用所在。通常,偏瘫患者躯干向患侧后方旋转。平衡差的儿童手臂置于高至中保护位、屈肩、屈肘。治疗躯干不对称运动或躯干运动幅度增加时,直接判断是否需要辅助器具。躯干侧向运动20°～30°的患者,长距离步行时最好应使用拐杖等步行辅助器。

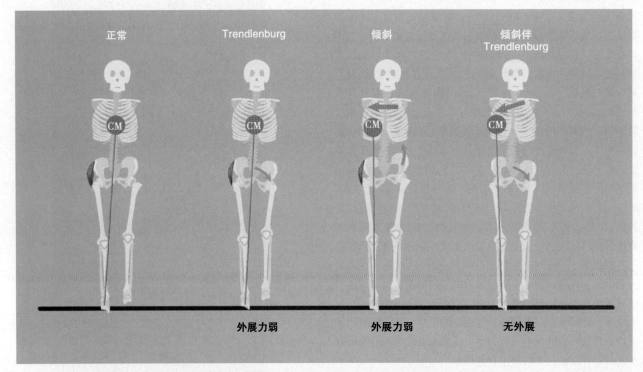

图 6.41　骨盆歪斜以不同方式发生变化以适应肌力弱、髋关节疼痛或运动协调问题。正常步态时，外展肌用于维持骨盆进行最小运动。随着肌肉力量轻度减弱，运动时摆动腿一侧的骨盆落下被称为 Trendlenburg 步态。此时质量中心运动很少。随着肌力弱或疼痛变得更严重，摆动腿侧的骨盆提升，质量中心横向移动至支撑相下肢，产生蹒跚步态模式。随着肌力弱变得更严重，质量中心横向移动至支撑相下肢，骨盆下落至摆动腿一侧

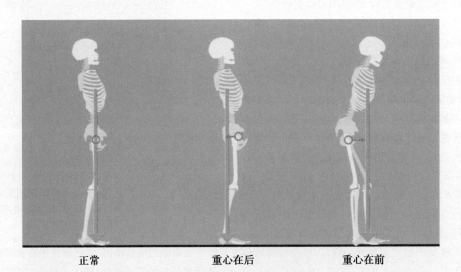

图 6.42　运动控制系统与躯干的力线和质量中心或重心（center of gravity, COG）的位置相适应，使地面反作用力直接通过髋关节。因此，当屈髋肌是主要的主动肌时，要求髋后方不存在髋肌群功率，或主要使用伸髋肌时，髋关节前方不存在髋肌群功率。通常难以理解为何脑瘫儿童的运动控制系统选择一种运动模式而非另一种模式

脑瘫步态模式,治疗和预后

脑瘫儿童的步行要求对整个运动系统进行治疗,而不是仅考虑某个节段的某个问题或步态模式的亚系统。目的是尽可能了解所有主要和次要的问题,通过一次手术解决所有问题。Mercer Rang 医生提出避免手术"生日综合征"的概念。"生日综合征"在 1960 至 1970 年间是普通的方法。使用该方法,患儿通常在第一年进行跟腱延长术,第二年进行腘绳肌延长术,第三年进行内收肌和髂腰肌延长术,然后又需再次进行跟腱延长术。方法是在儿童生长阶段,每年进行一次手术。由于使用步态评价工具,目前为治疗儿童期与步行相关的问题,已很少有儿童需要进行超过两次手术。在家庭做好最佳时间安排、对儿童上学影响最小时,安排手术。每一关节、运动节段和运动亚系统的病理与整个功能肌肉骨骼系统相综合,决定所涉及的模式。首先需要确定脑瘫儿童所涉及的解剖运动模式,即区分偏瘫、双瘫和四肢瘫。总的模式是必须考虑儿童的主要问题为共济失调或运动失调。上述问题不适用于偏瘫和四肢瘫所涉及的运动模式。为便于了解最常见的运动模式,必须进一步进行亚分类。

偏瘫

几乎所有脑瘫儿童步行时都会出现偏瘫模式。通常,脑瘫儿童具有功能步行能力,主要矫形外科的问题与改善步行模式和上肢位置有关。少部分儿童存在严重精神障碍,不具备功能步行能力。不能步行与上肢功能差、使用辅助器具困难有关。对偏瘫步态模式有几种分类,其中 Winters 的分类方法简单易记,与治疗指征直接相关(图 6.43)。该分类方法将偏瘫步态分为四种模式:1 型,摆动相踝跖屈,胫前肌瘫痪或肌力弱是造成踝跖屈的原因所在;2 型,马蹄足步态模式,痉挛或挛缩的踝跖屈肌力量超过踝主动背屈力量;3 型,马蹄足合并膝关节功能异常;4 型,马蹄足合并膝关节及髋关节肌肉功能异常。通过综合查体、肌电图、运动学评价和动力学数据等资料容易区分上述类型。但对整个生物学组而言,也存在中间类型的患者。该分类体系不考虑水平面畸形,但大多数有明显股内侧扭转后遗症的儿童为 3 型或 4 型,胫骨扭转发生于 2、3、4 型。

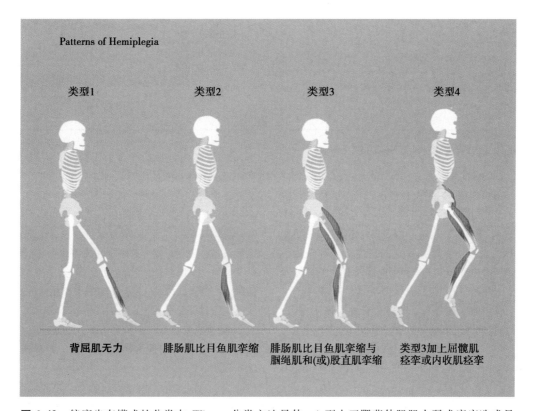

图 6.43　偏瘫步态模式的分类中,Winters 分类方法最佳。1 型由于踝背伸肌肌力弱或瘫痪造成足下垂;2 型,由于腓肠肌或小腿三头肌挛缩阻碍踝背伸造成马蹄足;3 型,除 2 型外,合并腘绳肌或股四头肌痉挛或挛缩;4 型,除 3 型畸形外,合并髋肌痉挛或肌力弱。使用该方法,患者易于分型,有助于制定治疗计划。水平旋转面排列紊乱不适用于该分类方法,应作为附加问题看待

1 型

在脑瘫儿童偏瘫步态模式中,1 型最少见。1 型多见于成年卒中或外周神经损伤。若辨别脑瘫儿童为 1 型偏瘫步态模式,则查体发现踝背伸被动正常,无主动踝背伸活动。运动学检查显示触地初期跖屈、摆动相无背伸。肌电图提示胫前肌

静息或接近静息。主要治疗方法为佩戴相对弹性的活页弹簧 AFO 支具(病例 6.14)。在少见的胫后肌张力正常、激发时相正常的情况时,可将胫后肌通过骨间膜移位至足背。该转移手术主要用于外周神经瘫痪的患者。中枢损伤时,由于超时相转移的再学习困难,对痉挛胫后肌进行转移将导致严重足畸形。

病例 6.14　Tania

Tania,18 岁女孩,因 8 岁时脑外伤导致偏瘫。主诉足提起不能。查体表明,右踝伸趾肌活跃,针刺足底刺激缩腿反射时胫前肌收缩明显。屈膝时踝背伸 10°,伸膝时踝背伸 20°。踝运动学显示,摆动相踝无主动背伸、胫前肌肌电图无活动(图 C6.14.1)。步态观察发现,摆动相踇趾伸直、无明显踝背伸。髋、膝运动正常。建议佩戴活页弹簧 AFO 支具,疗效满意。

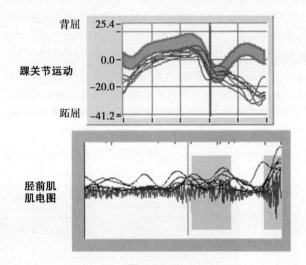

图 C6.14.1

2 型

在脑瘫儿童偏瘫步态模式中,2 型最常见,占 75%。通常,儿童在 15～20 个月大时,学习独立步行,步行时尖足或足外翻。早期治疗是通过使用矫形器提供儿童支持,从硬性踝 AFO 支具开始,其次使用带关节的 AFO 支具。若患儿小腿三头肌痉挛严重,注射 2 或 3 疗程的肉毒素有助于父母为其穿戴 AFO 支具并使 AFO 支具穿戴更舒适。通常,4 至 7 岁时,小腿三头肌挛缩严重导致不能佩戴支具。查体表明,腓肠肌和比目鱼肌挛缩。运动学检查显示,步态周期时出现马蹄足,当为避免承重时地面反作用高位外延力矩膝前置时,足触地屈膝增加。通常,儿童健侧下肢也会出现尖足步

态,需要仔细评价判断是否为代偿性的尖足步态以及是否将非轻度肢体痉挛反应错认为正常。查体和运动学评估对上述评价最有用。伸膝时健侧踝背伸适度,为 5°～10°。支撑后期踝跖屈力矩正常或力矩可变,其中一或两个力矩正常。患侧踝持续异常,跖屈力矩过早过高出现。若儿童中后期允许进行尖足步行,患侧踝将出现跖屈挛缩。查体显示,踝关节活动范围减少,力矩可变,健侧踝产生的功率强于患侧踝。患侧步长较长,正常肢体的支撑相时间延长。上述改变发生于患侧腿摆动相正常但支撑相不稳定时。若正常踝出现挛缩,则需要进行腓肠肌延长术;仅对肢体受累重一侧的挛缩进行纠正术后,将使正常踝出现推动力,促使尖足步行(病例 6.15)。

病例 6.15　Christian

Christian,男孩,偏瘫型,17 个月龄时开始步行。2.5 岁时开始使用固型踝 AFO 支具。4 岁时主诉矫形器引起疼痛,换用带关节的 AFO 支具。5 岁时,在多次调整矫形器舒适度后,不使用矫形器步行一年,进行全面分析。查体发现,双侧腘窝角

35°,屈膝和伸膝时右踝仅背伸-25°,屈膝时左踝背伸 20°,伸膝时左踝背伸仅 5°。步态观察显示,双侧尖足步行,右侧重于左侧。建议进行 Z 形跟腱延长术。术后使用带关节的 AFO 支具一年。此后,恢复踝主动背伸、足底着地位(图 C6.15.1)。

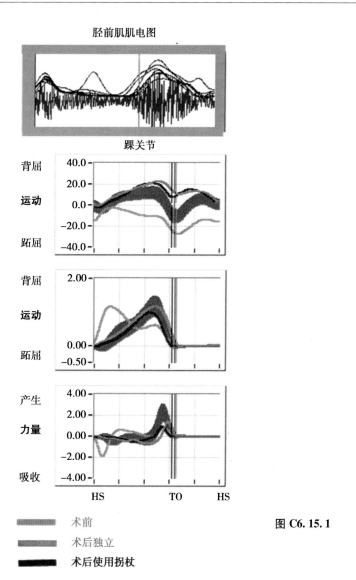

胫前肌肌电图

踝关节

背屈
40.0
20.0
运动
0.0
跖屈
-20.0
-40.0

背屈
2.00
运动
0.00
跖屈
-0.50

产生
4.00
2.00
力量
0.00
-2.00
吸收
-4.00

HS TO HS

术前
术后独立
术后使用拐杖

图 C6. 15. 1

肌腱延长术的预后

术后矫形器使用的需求各不相同,但通常不需要支具。若术后 3~6 个月患儿仍不能在触地初期将足放平,就应使用 AFO,通常为允许踝背伸、使胫前肌发挥功能的 AFO。既可以为带关节的 AFO,也可为带踝前系带半高外皮缠绕的 AFO。进行早期合适治疗,大多数 2 型偏瘫模式的脑瘫儿童在开始上学时可去除矫形器。儿童后期或青春期某些脑瘫儿童又复出现马蹄足。若某少年愿意接受矫形器,则注射肉毒素和佩戴矫形器的治疗方案将使手术延后至发育完成时。约 25% 的 2 型偏瘫模式的脑瘫儿童需要在青春期进行二次腓肠肌或跟腱延长术。2 型偏瘫模式的青少年在进行最后一次肌腱延长术后很少需要佩戴矫形器。可能还存在趾长屈肌痉挛,但很少需要外科手术治疗。

儿童早期,足常置于外翻位,但随着儿童肌张力增加,腓肠肌和比目鱼肌的原因导致马蹄足。马蹄足纠正足外翻,甚至出现矫枉过正。2 型偏瘫足外翻很少需要治疗。由于足外翻常能自发改善,所以在 8 至 10 岁前不考虑外科手术。2 型偏瘫儿童的主要问题为马蹄内翻足,马蹄内翻足常由胫后肌痉挛或过度活跃引起,偶尔与胫前肌痉挛有关。综合查体和肌电图检查结果,才能对足内翻原因进行诊断。查体发现肌张力增加。肌电图显示,摆动前期、摆动初期和触地初期摆动末期胫前肌活跃。支撑中期胫前肌收缩明显异常。胫后肌整个支撑相均保持收缩,支撑末期收缩增加,摆动相静止。尽管有些患者胫后肌仅在摆动相收缩,但通常肌电图显示胫后肌持续收缩,查体发现痉挛。若距下关节运动良好、允许完全矫正足内翻,则施行胫后肌劈开移植至腓骨短肌侧方术。若胫前肌受累重,则将胫前肌移植至骰骨或腓骨长肌。若胫前、后肌均异常,则同时施行劈开移植术。若距下关节运动不允许对足内翻进行过矫正,则施行跟骨截骨术,在 2 型偏瘫中罕见。

旋转畸形

2 型偏瘫的脑瘫儿童出现水平面扭转畸形不常见,并且通常程度轻,与正常儿童的旋转畸形类似。旋转畸形程度轻,在儿童中晚期或青春期前不考虑外科手术。肢体不等长,通常患侧解剖学短缩 1cm。儿童可通过增加摆动腿的难度,进行长度调整，无需使用矫形鞋。肢体短缩程度决定有无长、短期问题。

仅限于跖屈肌痉挛的 2 型偏瘫儿童的局部治疗方法包括肌腱延长、注射肉毒素和（或）支具疗法。由于上述局部治疗方法简单有效，无需进行神经根切断术或鞘内注射巴氯芬。很多患儿腓肠肌和比目鱼肌同时挛缩，可考虑佩戴夜间矫形器牵伸比目鱼肌和腓肠肌。出现挛缩时可尝试使用夜间矫形器，但大多数儿童因影响睡眠拒绝使用，所以事实上夜间矫形器起效甚微。

3 型

3 型偏瘫步态模式的脑瘫儿童具有 2 型偏瘫步态儿童的全部关注点和问题。3 型偏瘫儿童开始步行的时间略晚于 2 型，通常在 18 ~ 24 个月龄。开始步行时大多采用尖足步态，但无需辅助器具。3 型偏瘫步态模式的诊断需要涉及膝病理

的证据。查体发现，腘绳肌或股直肌张力增加，腘绳肌挛缩，膝关节患侧比健侧受限至少 20°、通常 30° 至 40°。触地初期屈膝过多，超过 20°。支撑中期屈膝持续增加。均出现腘绳肌异常活动。腘绳肌异常活动在肌电图上表现为摆动相活动提前，支撑相活动延长。存在屈膝固定挛缩超过 5° 即可证明累及腘绳肌。患侧步长较健侧变短；根据支撑相的稳定性不同，支撑时间可变长或变短（病例 6.16）。治疗腘绳肌挛缩或过度收缩时，对幼童可采用腘绳肌和腓肠肌注射肉毒素数个疗程。腘绳肌挛缩造成进行性屈膝挛缩，需要进行外科延长术。若小腿三头肌挛缩，则在延长小腿三头肌的同时也应延长腘绳肌，否则，支撑相中期屈膝将使患儿再次出现尖足步行或站立时患侧屈膝弯腰步态，从而使健侧出现支撑相屈膝增加的弯腰屈膝步态。

病例 6.16　Kwame

Kwame,18 个月龄男童，因学步延后就诊。早产 8 周，出生后健康。查体发现上下肢肌张力增高，尤以左侧为甚。于是使用 AFO 支具，于 6 个月后开始步行。5 岁时，出现股骨明显内旋，步行表现为伴有双侧明显尖足的僵硬膝步态。目前查体显示，髋外展左侧 25° 右侧 45°，髋内旋左侧 75° 右侧 60°；腘窝角左侧 68° 右侧 50°；伸膝时踝背伸左侧 -20° 右侧 4°，屈膝时踝背伸左侧 -8° 右侧 11°。运动学表明，降低摆动相正常屈膝，增加足触地时屈膝，伴左侧踝背伸减少的支撑相双侧踝

背伸提前。出现左侧股骨内旋（图 C6.16.1）。肌电图显示，伴高变异性的左侧股直肌活动模式不清，左侧腘绳肌过早激活。右侧肌电活动正常（图 C6.16.2）。除髋内旋外，主要病理位于左膝和左踝，为典型的 3 型偏瘫步态模式。据此，施行股骨去旋转术、腘绳肌延长术、股直肌远端转移至缝匠肌术、跟腱延长术（图 C6.16.3）。手术效果维持 4 年，此后踝出现严重马蹄足，施行二次跟腱延长和腘绳肌远端延长术。青春期时疗效满意，接近对称的步态模式。

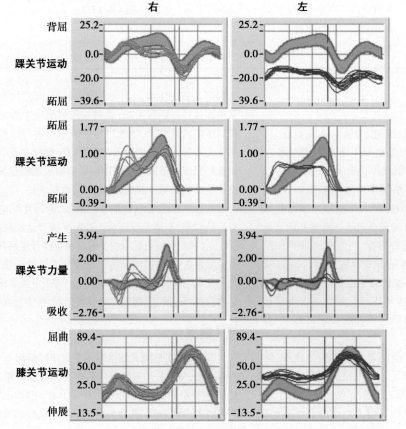

图 C6.16.1

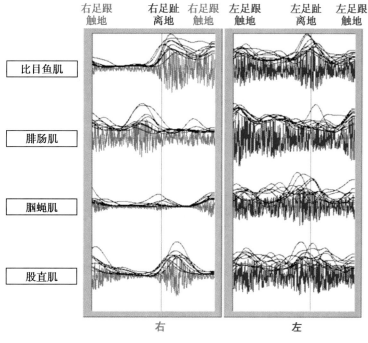

图 C6.16.2

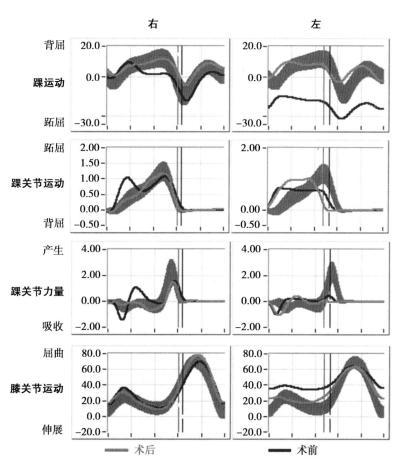

图 C6.16.3

僵硬膝步态

部分 3 型偏瘫儿童累及股直肌。出现脚趾拖地、频繁绊倒、鞋磨损快,尤其是鞋前部磨损快的现象。查体发现股直肌张力增加或没变化,Ely 试验阳性。运动学评价显示,摆动相屈膝峰值低于正常,通常减少 50°,峰值延后至摆动中期。摆动相屈膝滞后或降低的儿童,当摆动相股直肌肌电活动增加、出现脚趾拖地时,则建议施行股直肌远端转移术。并同时进行腘绳肌延长和腓肠肌或跟腱延长术。与 2 型偏瘫类似,约 25% 的儿童需要进行两次肌腱延长术,第一次在 4 至 7 岁,第二次在青春期。少数儿童甚至需要进行三次肌腱延长术。往往是那些很小即需要第一次肌腱延长术的儿童,有时早至 3 岁初。延迟进行第一次肌腱延长术的目的是为了避免进行二次或三次肌腱延长术,但目前尚无研究表明上述策略有效。

旋转畸形

3 型偏瘫时水平面畸形更常见。若胫骨扭转或股骨前倾时绊倒增加或 5 至 7 岁时不适应,应行外科矫正术。若患儿为适应单侧股骨前倾出现骨盆非对称性旋转,应考虑在 5 至 7 岁时行矫正术。功能障碍严重,肢体不等长现象重于 2 型偏瘫,成年后两侧肢体常相差 1~2cm。对大多数儿童,肢体不等长有助于摆动相足廓清,摆动前期和摆动相初期时不能短缩肢体。不应使用增高鞋,肢体偏差超过 1.5cm 时,采用

影像学评测肢体长度。若屈膝挛缩超过 10°,将发生肢体额外短缩。为防止肢体进一步短缩,预防屈膝挛缩非常重要。就如 2 型偏瘫一样,无需治疗对痉挛进行整体治疗。

4 型

4 型偏瘫是第三种最常见的偏瘫步态模式,但相对罕见,占偏瘫儿童的比例少于 5%。4 型偏瘫常合并非对称性双瘫或轻度四肢瘫,而对侧肢体完全正常的 4 型偏瘫少见。4 型偏瘫儿童通常步行时间延后至 2~3 岁。很多儿童在学习步行阶段使用助行器。助行器通常需要在患侧使用前臂平台架。内收肌或屈髋肌张力增加和运动学检查显示支撑中期伸髋减少有助于 4 型偏瘫的诊断。当肢体摆动不正常或支撑相不稳定时,支撑时间和步长缩短。2 型和 3 型所有的问题和需要考虑的事宜都应加入到 4 型治疗中。另外,还必须考虑内收肌和屈髋肌过度活跃和挛缩的问题。识别可造成强直性髋疾病的 4 型偏瘫儿童,必须进行查体和对髋发育不良摄片检查。

观察儿童步态,基于其踝、膝关节功能水平判断是否需要手术。评价关节,决定是否需要另外进行髋手术。偶尔需要进行内收肌延长术。若查体时外展肌大于 20°、足触地时出现外展,则很少建议施行外科手术。若屈髋挛缩超过 20°、骨

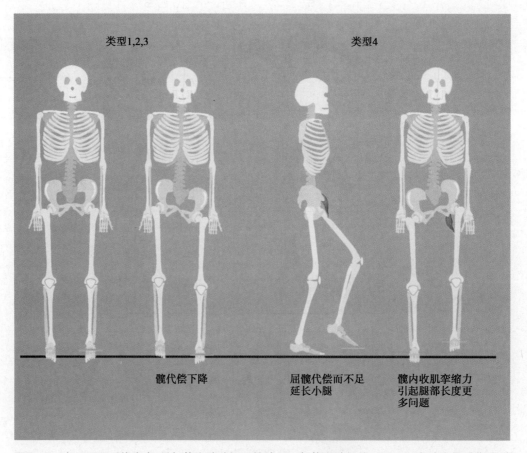

类型1,2,3　　　　　　　　　　　　　类型4

髋代偿下降　　　　　屈髋代偿而不足　　　髋内收肌挛缩力
　　　　　　　　　　延长小腿　　　　　　引起腿部长度更
　　　　　　　　　　　　　　　　　　　　多问题

图6.44　在 1 至 3 型偏瘫中,最好使患肢稍短于健肢。一般使患肢短缩 1~2cm,有助于摆动期下肢的廓清。在 4 型偏瘫中,由于髋内收和屈曲挛缩,使腿短缩效应放大。适应下肢短缩的主要机制为伸髋和髋外展,4 型偏瘫缺乏上述适应机制,则下肢短缩成为功能残损。应密切关注 4 型偏瘫的下肢长度,使双侧下肢长度对称。偶尔也出现患儿短缩患肢的功能优于非短缩侧的

盆前倾超过25°、支撑中末期最大伸直时屈髋少于10°，必须施行腘绳肌延长术时，建议同时行髂腰肌延长术。通常只需进行一次延长术，但通常需要进行附加的肌腱延长术，尤其是腘绳肌和腓肠肌延长术。75%~90%的4型偏瘫儿童至少需要两次延长术，25%的患儿可能需要三次延长术。按2型和3型模式治疗远端问题，将出现肌张力和肌肉挛缩加重趋势。

旋转畸形

水平面畸形，尤其是股骨前倾增加，在4型偏瘫中很常见。通常倾向于出现患侧向后旋转的骨盆旋转。有些儿童骨盆旋转非常严重，表现为侧向运动。这种侧向运动的步态模式也被称为螃蟹步态，效率低，常见于5~7岁儿童。为使儿童形成对称步态模式，需要施行股骨去旋转手术，即允许骨盆患侧向前旋转。若骨盆患侧旋转超过15°~20°，并且查体显示伴患侧内旋增加的非对称性股骨旋转时，就应考虑股骨去旋转术。股骨去旋转术可合并其他所需的软组织延长术进

行。4型偏瘫儿童形成的足畸形与双瘫相似，足外翻在进入儿童中期可改善，但青春期时又再次加重。

肢体不等长

大多数儿童患肢短缩2~2.5cm，所以肢体不等长应受到关注。肢体短缩的功能影响受屈髋屈膝畸形程度影响，除肢体真性短缩外还附加功能短缩。内收肌挛缩限制髋内收，允许骨盆在患侧落下，加重肢体不等长，使上述肢体不等长现象更复杂。若不能对肢体长度进行功能适应，则建议4型偏瘫儿童可使用增高鞋。对施行阻止健肢生长的股骨远端骺骨干固定术的儿童，采用影像学检查监控两侧肢体长度是否接近。4型偏瘫儿童目标是患肢长度较健肢延长不超过1cm，否则将难以适应支撑相关节位置的功能影响，优先于摆动相的功能障碍（病例6.17）。4型偏瘫儿童的患肢稍长更有利。构成95%以上偏瘫的1、2、3型偏瘫，为发挥最大功能患肢应短缩1cm（图6.44）。

病例 6.17　Jeremy

Jeremy，9岁时其父母主诉其因右腿发生绊倒并不能奔跑。Jeremy智力中度减退，既往无其他医疗问题病史。查体发现左侧下肢正常，右侧下肢肌力减弱，尤其是髋外展肌和髋伸肌。腓肠肌无痉挛，腘绳肌张力增加，腘窝角左侧30°右侧50°。右踝背伸屈膝时15°伸膝时5°。右髋内收仅限于10°，右髋可完全屈曲，右下肢较左下肢短缩2.5cm（图C6.17.1）。Jeremy使用AFO支具和1.5cm的增高鞋后，可改善绊倒现象。施行内收肌和腘绳肌延长术。每年使用骨扫描监控下肢

长度。表现为4型偏瘫步行模式，尝试尖足步行的代偿作用小，计划施行股骨骺骨干固定术，由于肢体仍保持生长，右腿较左腿留长1cm。12.5岁时施行股骨骺骨干固定术（图C6.17.2），16岁时右腿增加了数毫米长度（图C6.17.3）。可去除增高鞋和AFO支具。成年后，无需辅助步行。Jeremy存在典型4型偏瘫的肢体长度问题，通过手术使患肢轻度延长。其他偏瘫类型的目的是使患肢短缩1~2cm，有助于肢体地面廓清以及适应腓肠肌痉挛或挛缩所致的足跟过早提升趋势。

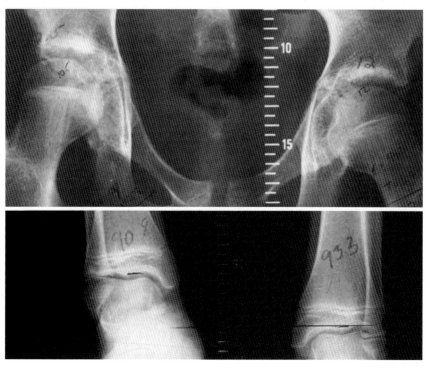

图 C6.17.1

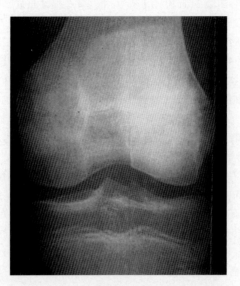

图 C6. 17. 2

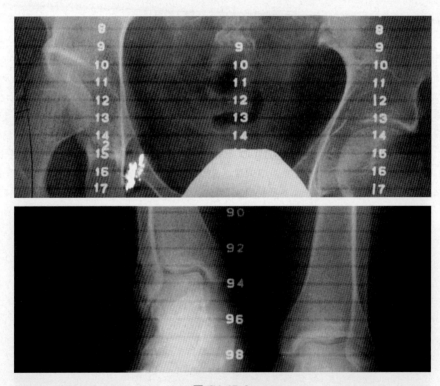

图 C6. 17. 3

对某些 4 型偏瘫儿童,可使用鞘内注射巴氯芬治疗单侧肢体的严重痉挛状态。目前作者尚未对该类儿童鞘内注射巴氯芬,并且亦未见报道特别提及该用法。但局部治疗对 4 型偏瘫儿童的痉挛程度常无效。

严重 4 型偏瘫儿童,为了今后长期步行需要使用辅助器具。如果不能使用单拐或手杖,则通常需要使用带前臂平台的助行器。物理治疗时通过反复尝试决定最有用的辅助具。存在很多步行问题的儿童需要依赖轮椅。因一侧前臂功能正

常,可考虑使用双边单臂驱动轮椅。

双瘫

所涉及的双瘫模式为范围广、混合双侧肢体末端严重神经学障碍的四肢瘫模式以及严重不对称的偏瘫模式。受肢体长度等直接与年龄相关参数或与弯腰屈膝比较的跳跃位置等间接与年龄相关参数干扰,无法对双瘫步态模式进行分类(图 6.45)。对双瘫严重程度进行定义也是有一定难度、相对

独立的。可确定轻度双瘫和严重双瘫,但涉及均数标准分布曲线的中等程度双瘫相互矛盾,难以判断。肢体远端轻、近端重的现象与偏瘫类似,少数偏瘫儿童仅累及踝关节。大多数偏瘫儿童累及髋、膝、踝关节。治疗计划制订方法简单,直接

与儿童年龄相关,与患儿病情的严重程度无关。所以,幼童、儿童中期、青春期青年应归属不同年龄组,在每一年龄组内再考虑轻、中、重度。

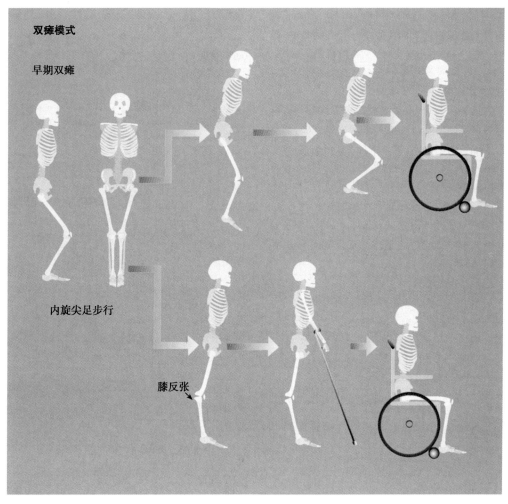

图 6.45 与偏瘫相比,双瘫模式难以区分。最好对双瘫按阶段或年龄进行区分,而不是按累及模式进行分类。小于 5 岁的儿童倾向于尖足步行,合并马蹄足、僵硬膝、髋内旋。儿童中期出现弯腰屈膝步态模式,若未经治疗,青春发育期症状加重。严重者依赖轮椅。有些儿童于儿童中期出现膝反张,至青春期加重产生严重膝疼痛,最终依赖轮椅

幼童双瘫(尖足步行)

轻度累及

轻度双瘫儿童于 18 ~ 24 个月龄开始步行。通常采用伸髋、伸膝、尖足步态进行功能步行。腓肠肌和腘绳肌痉挛程度轻,患儿出现自发性尖足步态或轻度双瘫模式的脑瘫步态。使用 AFO 支具容易控制尖足步态,当运动控制和平衡功能提高后,有些患儿去除 AFO 支具后足可放平开始步行。但另一些儿童痉挛加重,偶尔需要注射巴氯芬以适应佩戴矫形支具。

若儿童在 5 至 7 岁不用 AFO 支具时仍维持尖足步态,则考虑外科肌腱延长术。若伸膝时踝背伸少于 5°,支撑相踝最大背伸发生于承重期而非支撑末期,则建议施行腓肠肌延长术。若踝跖屈力矩提前、过高伴随吸收功率大、蹬地功率差,则也建议施行腓肠肌延长术。若着地初期屈膝增加超过 20°,腘窝角增大,则考虑施行腘绳肌延长术。轻度双瘫的儿童仅需要一次手术以矫正异常步态。大多数轻度双瘫的儿童无水平面畸形,但若存在水平面畸形,则需在 5 至 7 岁时同时进行水平面畸形矫正手术(病例 6.18)。

病例 6.18　Cherisse

Cherisse,18 月龄女童,腿僵硬程度增加,步行发育缓慢。出生时无问题,头颅核磁正常,诊断为双瘫型脑瘫。将其置于 AFO 支具中,其母亲鼓励其使用沉重的推行玩具进行移动。2 岁时,可独立步行。3 岁时尖足步行,步速加快后易摔倒。穿戴带关节的 AFO 支具、进行物理治疗后功能改善维持至 4 岁。继续维持原治疗方案 1 年。5 岁时,其母亲和治疗师发现近 6 个月功能无改善。此时,查体发现腘窝角 50°、伸膝时踝背伸 5°、屈膝时踝固定背伸 15°、髋内旋 70°外旋 20°,其余运动范围正常。运动学分析发现,足触地时屈膝增加、踝背伸提前、髋内旋(图 C6.18.1)。肌张力腓肠肌 2⁺、腘绳肌和髋内收肌 1⁺。面对脊神经根切断术或外科矫形术的选择,其母亲选择进行外科矫形术。对 Cherisse 施行双侧腘绳肌延长术、腓肠肌延长术和股骨去旋转截骨术。术后 1 年,膝关节活动范围加大、内旋矫正,步态改善。期望患儿无需再次手术,成年后步行功能恢复如常。

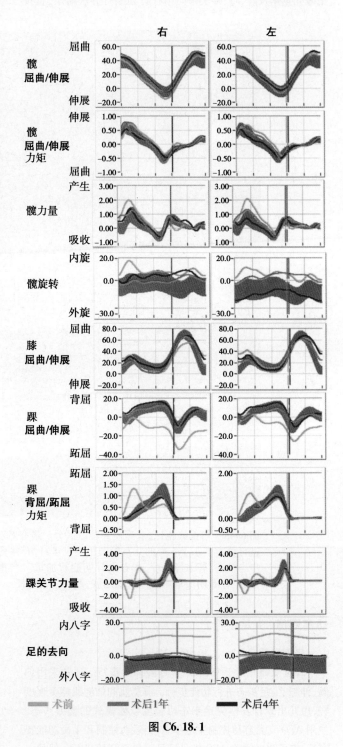

图 C6.18.1

中度累及

大多数双瘫儿童为中等程度。若平衡功能适当,大多数中度儿童在 24～36 个月时独立步行。若平衡存在问题,将需要持续使用助行器,直至 4～5 岁时开始使用拐杖步行训练。5 岁前用拐不能达到社区功能步行,有时直至 8～10 岁方可达到社区功能步行。独立步行第一年,患儿步行时将手臂置于高保护位,步速快时以尖足步行,停步时需依靠墙等固定物体,否则易摔倒。大多数儿童步行时膝僵硬,伸髋伸膝,骨盆旋转增加。水平面畸形的儿童中股骨前倾增加最多见，但也可能存在胫骨扭转。该年龄阶段中度双瘫儿童步行时出现踝马蹄内翻足。患儿接受 6～12 个月训练后在步行速度、步行耐力或平衡方面均无改善，则可于 5～7 岁时进行外科手术治疗。该年龄段主要治疗方法为强化物理治疗，通过学习技巧、反复练习以改善平衡和运动控制能力。除治疗师进行被动牵伸外，还应教会照看患儿的人员进行肢体被动牵伸。若存在腓肠肌痉挛等特殊局灶问题时，局部注射肉毒素可能有益，否则腘绳肌痉挛将妨碍步行学习进程（病例 6.19）。

病例 6.19　Daymond

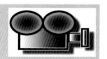

Daymond，2 岁男童，早产，运动发育缓慢。2 岁时才开始持物和推压玩具。使用固定踝 AFO 支具，并进行物理治疗 1 年后，使用后推式助行器可缓慢步行，但不能自行取用助行器。4 岁时，经持续训练后，能站起保持立位姿势，步速提高，转为使用带关节的 AFO 支具。5 岁时，使用助行器能较好步行，着重训练使用四足拐的平衡发育，为治疗性步行。6 岁时，练习使用 Lofstrand 拐。8 岁时，开始练习独立步行。虽不存在马蹄足挛缩，但患儿发现膝反张和踝背伸时步行稳定性和步行耐力提高（图 C6.19.1）。很明显 8 岁时使用固定拐杖是常见的高峰期年龄转折点，即使进行高强度训练，也无法明显改善功能。不存在需要进行矫正手术的结构明显受限，步行的大多数问题与手臂置于高保护位的平衡功能差有关。其后 4 年，重点训练平衡功能，但 Daymond 进入青春期，只能在家中小范围短时间使用拐杖进行独立步行。

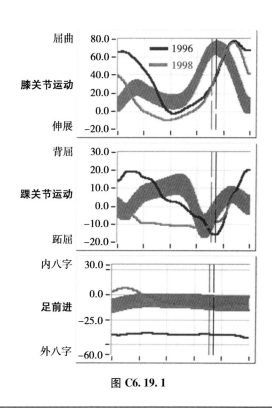

图 C6.19.1

重度累及

为双瘫儿童最严重的情况，两侧肢体明显不对称，在 2～3 岁时才开始使用助行器步行。仅在 4～5 岁，并于手术后方能进行独立步行。能将足放平，但存在明显足外翻。很多尖足步行的患儿存在与马蹄足相关的足内翻位。水平面畸形常见，合并胫骨扭转和股骨前倾。痉挛累及髋、膝、踝的程度相同。必须密切监测是否存在痉挛性髋疾病，该病发生率高，且要求早期进行内收肌延长术。通常在 4～5 岁时使用固性 AFO 支具是最佳方法。治疗主要依赖于物理治疗，治疗重点与中度患儿的治疗重点相同。痉挛范围广泛，注射肉毒素的作用有限。

尖足步行的外科手术治疗

集中于儿童早期和儿童中期进行外科手术治疗干预。4～5 岁时，儿童达到神经发育和运动学习速率的高峰，并且平衡技巧也达到高峰。社会交往方面，若具备适当的认知技巧，儿童则可准备进入幼儿园或一年级。对于认知功能好的

儿童，设定目标为在进入一年级前，施行外科手术、进行康复治疗以纠正步态功能障碍。进入一年级，从以粗大运动为主转变为以精细运动和认知技巧学习为主，对很多儿童而言是一个显著的转折点。转变期间应减少物理治疗，转为进行正常儿童个体功能水平和社区步行能力所允许的、与年龄恰当的体育运动。例如，某儿童每周 2 天参加球队踢足球的行为就强于花费时间物理治疗进行医疗治疗，尤其对可独立步行的儿童更是如此。

通常在 5～7 岁，有时早至 4 岁时，儿童达到步行功能高峰，此时对其步行功能进行全面分析和评价。制订手术计划，尽量减少对家庭正常活动的干扰。首先，确定是否需要降低肌张力或是否需要对所有骨骼肌肉进行治疗。若儿童可独立步行，查体表明下肢肌张力增高、出现最小化固定的肌肉挛缩，运动学分析发现髋、膝、踝关节活动范围减少，不存在水平面畸形，则优先考虑进行降肌张力治疗。符合上述所有标准的儿童较罕见，几乎都存在相对禁忌证。此时，该年龄组脊神经根切断术的研究数据发现，单独进行物理治疗不能明显改

善步行功能。神经背根切断术可降低痉挛,增加关节活动范围,尤其扩大髋和膝关节活动范围,但不能缓解肌肉挛缩,不影响水平面畸形。目前缺乏对直接肌肉骨骼手术和神经背根切断术进行比较的数据,仅有一篇报道发现,肌肉手术后独立步行的机会多于神经背根切断术后。基于上述研究和我们的经验,不推荐对儿童行神经背根切断术,但某些治疗中心现仍在施行神经背根切断术。尚未见有关该类患者使用鞘内注射巴氯芬的报道。由于巴氯芬泵的尺寸大并需要频繁加药等原因限制了家庭使用植入泵。尽管理论上植入巴氯芬泵是理想的方法,但目前尚未见相关报道。巴氯芬泵可控制痉挛,允许儿童发挥功能,解决神经背根切断术肌张力过分降低、肌力减弱等问题。

很明显,双瘫儿童外科手术治疗的主要依据在于对引起步行功能障碍的畸形进行直接矫形。目标是通过一次手术纠正所有的功能障碍。从肢体远端开始分析,在肢体近端进行手术。若由于马蹄内翻足产生足尖步行,建议进行手术纠正。儿童早中期的双瘫,若足内翻畸形固定,则无需进行胫前肌或胫后肌手术。几乎所有儿童今后都将转变为外翻足,对该年龄段儿童施行任何手术都只能加速转变为外翻足的过程。若儿童存在足外翻畸形并能忍受使用支具,则应继续使用支具。若畸形严重以致不能穿戴支具,通常在该年龄段施行侧裂延长术纠正足外翻。若存在严重固定畸形,则建议施行距下关节融合术。

查体发现踝背伸则表明腓肠肌和比目鱼肌收缩不一致。通常,着地初期踝跖屈并逐渐开始背屈,但缺少正常的踝背屈。踝力矩显示在支撑相提前出现跖屈力矩增加,支撑中期高功率吸收,蹬地产生能量低。上述参数提示需要施行腓肠肌延长术。对双瘫儿童不能采用经皮肌腱切断术切断跟腱。研究报道跟腱切开Z字成形术和腓肠肌延长术疗效无明显差异,但若肌肉无挛缩,则不明确施行腓肠肌腱延长术的益处。

查体发现几乎所有儿童腘窝角度增加,触地初期和承重期屈膝增加。支撑中期屈膝也增加,表明需要施行腘绳肌延长术。若支撑中期开始伸膝时腘窝角大于60°,触地初期时屈膝超过40°,则仍建议施行腘绳肌延长术,通常延长半腱肌和半膜肌。若儿童存在外旋胫骨扭转。则建议参加股二头肌延长术。若儿童腘窝角和屈膝介于两者中间且支撑中期膝完全伸直,则仅需延长半腱肌。当膝运动进入摆动相时,通过肌电图显示摆动相股直肌活动延长、摆动相屈膝峰值降低以及屈膝峰值延后,从而诊断股直肌功能障碍。若步速快于80cm/s,家庭成员主诉脚趾拖地,则建议施行股直肌转移术。

髂腰肌延长术的适应证为髋关节屈曲挛缩超过20°、骨盆前倾超过20°、支撑早期伸髋减少。若上述指标处于临界值,儿童具有独立步行能力,但需借助步行辅助器或步速慢于80cm/s,也建议施行髂腰肌延长术。若足前进角向内超过10°或向外超过30°,则需要评价并重视水平面畸形。该年龄儿童几乎不出现足向外前进角,但常见胫骨内扭转或股骨前倾或综合上述畸形所致的足向内前进角。查体发现,与髋外旋相比,髋明显内旋更易增加股骨前倾,若运动学评价发现合并髋内旋等于或超过20°,尤其发生于支撑早期时,应施行股骨近端去旋转截骨术进行矫形。若运动学评价发现经踝轴至大腿角内收或内扭转超过20°,则适合施行胫骨去旋转截骨术。有些儿童可能存在两类畸形,需要施行两种矫形手术。不在某标准过度矫形代偿另一标准。因为过度矫形代偿将导致膝关节轴超出前进力线,随着儿童长大,将进一步破坏或增加,需要今后施行矫形术。

进行步态全面分析,对患儿制定特殊的外科手术。应对双下肢分别进行评价,双瘫儿童下肢不对称,需要对双下肢施行不同手术。总之,大多数双瘫儿童需要施行腓肠肌延长术及腘绳肌延长术,罕见仅需适合腓肠肌延长术的儿童。术后儿童应早期活动,恢复康复物理治疗。术后,大多数儿童持续需要某种程度的足部支撑,通常使用AFO支具辅助踝背伸至胫骨前肌产生张力纠正长度。

儿童中期,弯腰屈膝步态早期,膝反张

矫形术后进行持续1年、物理治疗逐渐减少的门诊术后康复治疗,双瘫儿童将在儿童中期处于稳定的运动模式。矫正足下垂步态,恢复足放平站立,不再能利用尖足步行足跟腾跃,使步速变慢。父母可发现患儿步速减慢的退行性变,所以必须告知并期待儿童形成更稳定步态的该变化。儿童中期双瘫儿童易出现几种姿势。该年龄开始持续出现明显的膝反张或弯腰屈膝步态模式。此时,随着膝反张或弯腰屈膝步态,踝位置快速转变(图6.46)。随着软组织平衡的纠正,几乎所有

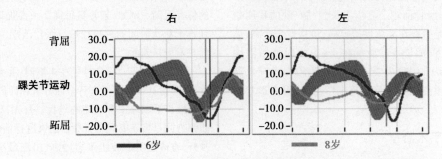

图6.46 由于生长发育及肌肉长度的改变伴随着肌肉力量与身体质量比例的改变,患儿的姿势通常会突然发生明显改变;这说明了从一个强吸引向另一个强吸引转移的概念。这个例子里,患儿从扁平足过早的提踵步态改变到带有踝关节马蹄内翻的足尖行走步态;这些相对来说较快的改变是很难预见的

独立步行儿童均出现轻度弯腰屈膝步态,成为治疗目标。弯腰屈膝步态症状轻微时,功能位为支撑相中期屈膝少于 20°~25°、最大踝背伸少于 20°。儿童中期,稳定的步态使儿童对步行能力产生自信,摔倒减少,社区步行耐力延长。若踝背伸增加 20°以上,则需使用背伸抗阻的 AFO 支具或地面反作用 AFO 支具。若支撑中期屈膝 30°以上,儿童出现屈膝挛缩增加以及腘绳肌进展性挛缩,应考虑反复进行肌肉延长术。首次手术后 5~7 年,儿童进入青春期早期,挛缩再次成为问题。儿童中期,独立步行的儿童很少需要常规物理治疗。应鼓励积极参加武术或游泳等体育活动。依赖步行辅助器的儿童,在 10 岁前治疗应直接学习使用前臂拐并去除步行器。为减少干扰学校生活,在暑期或集中一段时间进行物理治疗学习使用拐杖。无需常规进行物理治疗维持被动关节活动范围,鼓励儿童在父母或看护者的指令下自主进行关节被动活动。

膝反张

膝反张儿童腓肠肌较腘绳肌过紧,使用限制踝跖屈的 AFO 支具容易控制。儿童需要全小腿长度、带关节的 AFO 支具,将踝置于背伸 5°,限制踝跖屈。通常 24 小时使用矫形支具,反复拉长腘绳肌,随儿童发育长大,缓慢解决膝反张。膝反张的第二种模式为进行跳跃位的儿童,身体位于髋和膝关节轴的前方。产生原因与未行延长术治疗髂腰肌挛缩,导致小腿三头肌力弱有关。可使用固定踝背伸 5°的 AFO 支具。另外,脊柱前凸减少、屈髋挛缩超过 30°,则考虑主要原因与屈髋肌有关。若问题在于首次手术忽视的挛缩的屈髋肌,需要施行屈髋肌延长术使儿童保持直立站姿。第三种产生膝反张的姿势为支撑相膝反张的独立步行儿童存在脊柱过度前凸现象。此位置,HAT 质量中心位于髋关节后、膝关节前。该模式的最佳治疗方法为使用固定 AFO 支具。大多数儿童中期独立步行的儿童对控制膝反张的 AFO 支具疗效满意。

使用助行器或前臂拐等步行辅助器的膝反张儿童为主要问题(病例 6.20)。由于运动控制问题引起膝反张时,通常脊柱过度前凸,躯干向前斜靠于拐杖。HAT 节段的质量中心远离髋、膝关节,膝关节外伸力矩向前变大。若小腿三头肌短缩,膝过伸,产生膝反张。另外,若小腿三头肌力弱,也将出现膝反张。主要治疗为使用 AFO 支具防止踝跖屈,因使用步行辅助器仅允许足前部从地面提起,其作用有限。若支撑中期屈膝力矩高位,患儿主诉膝痛或膝过伸被动活动范围超过 10°~15°,唯一选择是使用伸直阻挡铰链的 KAFO 支具。重要的是明确小腿三头肌是否存在挛缩。确保伸膝时踝背伸 5°~10°,否则应施行腓肠肌延长术。很多患儿持续出现膝反张但可保持膝稳定和免于多年膝疼痛。通常,膝反张包括支撑中期外翻足的伸直推力,由于步行负重时上肢使用步行辅助器,有助于减少地面反作用力,所以屈膝力矩不太大。另一种理解为当患儿 HAT 节段质量中心向前移动时,更多体重转移至手臂。尽管膝关节伸直力矩变长,但足降低伸直力矩、使 HAT 节段所负体重重量减少。

病例 6.20　Frederico

Frederico,7 岁男孩,其母亲主诉当使用步行器或拐杖时,出现严重膝反张。Frederico 抱怨 AFO 支具对其无帮助,拒绝佩戴。查体发现髋关节运动正常,双侧膝腘窝角 40°,伸膝时踝背伸 -10°,屈膝时踝背伸 +15°,平衡差,不扶不能保持站立。运动学评价显示足触地时屈膝增加,支撑中期膝过伸,脚趾离地时踝背伸提前、角度减少,踝跖屈明显提前,跖屈角度小。膝反张和不愿使用 AFO 支具的主要原因为腓肠肌短缩,所以施行腓肠肌延长术。术后逐渐去除 AFO 支具,获得膝关节控制能力,尽管仍存在弯腰屈膝或转换为支撑中期膝过伸现象。

儿童中期背侧脊神经根切断术可能有用,但年长儿童的康复疗效慢。因可提供很多局部治疗方法,所以适合行背侧脊神经根切断术的儿童较少。另外,该年龄段儿童很少适合使用鞘内注射巴氯芬。

青春期,年轻成年人的弯腰屈膝步态

青春期随着体重和身高迅速增长,出现典型的弯腰屈膝步态,若得不到恰当治疗,症状将加重,阻碍患儿功能步行。弯腰屈膝步态可出现在严重程度不同时,但最主要出现于中重度双瘫患儿。弯腰屈膝步态的定义指支撑中期屈膝增加、踝背伸增加,通常屈髋也增加。青春期或接近成年的患儿中无尖足屈膝步行模式。对典型儿童早期尖足步行模式的儿童而言,肌肉和关节不够强壮,长期步行时不能支持体重。若年轻儿童未经治疗,儿童中后期支撑相屈膝增加、足开始背伸的情况被破坏,足中后部出现严重的足外翻畸形。此时。儿童生长迅速、体重快速增加,支撑中期屈膝增加,踝背伸和屈髋角度也代偿增加。使用步行辅助器的儿童倾向于在步行辅助器上增加承重,同时增加身体前倾(病例 6.21)。

病例 6.21   Elizabeth

Elizabeth,14 岁女孩,关注步行困难加重以致在初中时不能步行的事实。小学时无需轮椅,使用助行器能到处步行。既往未行手术,当前未进行物理治疗。过去 2 年生长迅速,去年依赖轮椅,体重增加明显。查体发现,髋外展 20°,几乎对称出现髋内旋 40°外旋 30°,腘窝角 70°,屈膝挛缩固定于 10°,出现严重固定的足外翻畸形。运动学显示,足触地时屈膝加大,摆动相屈膝减小,膝关节活动范围显著减少(图 C6.21.1)。足压计显示足向外前进角右侧 34°左侧 19°(图 C6.21.2)。负重集中于足内侧中部(图 C6.21.3)。弯腰屈膝步态使步行功能丧失的主要原因在于严重、进展的外翻足畸形,当足中部内侧负重时阻止足成为刚性力臂(图 C6.21.3)。通过稳定足成为僵硬、稳定结构,足排列对准膝关节轴的方式,矫正足杠杆臂疾病。通过三关节融合术稳定足、矫正排列错乱的方式来纠正足外翻。施行腘绳肌延长术,并经 1 年的康复治疗,Elizabeth 使用拐杖可恢复大部分社区功能步行。足压力显示明显改善,尽管前足内侧负重多于前足外侧,表明仍残留轻度足外翻畸形。足跟负重增加表明小腿三头肌力量持续减弱(图 C6.21.4、图 C6.21.5)。运动学表明膝伸直和踝跖屈范围明显改善(图 C6.21.6)。若足不能纠正畸形,Elizabeth 将永远成为轮椅使用者。

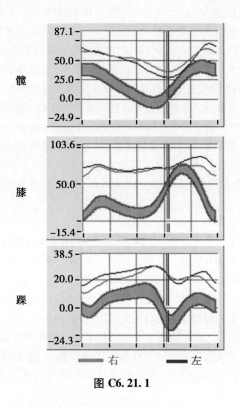

髋

膝

踝

——— 右   ——— 左

图 C6.21.1

左

右

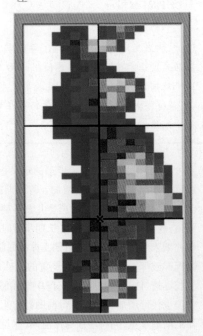

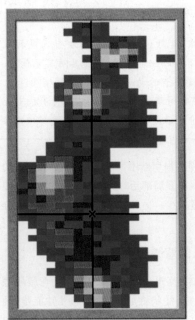

图 C6.21.2

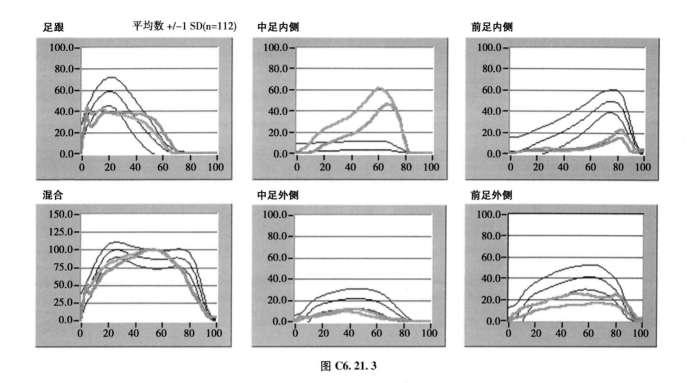

图 C6. 21. 3

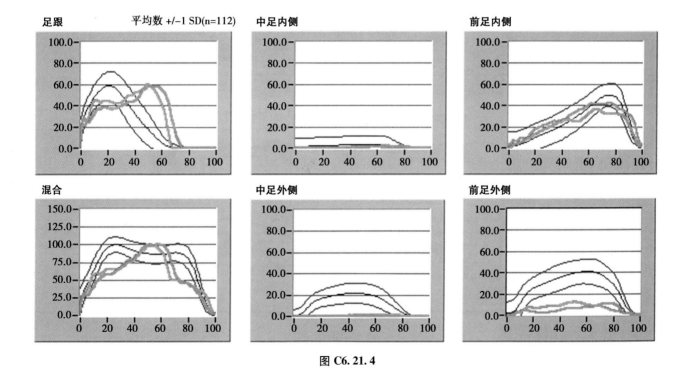

图 C6. 21. 4

左　　　　　　　　　　　　　　右

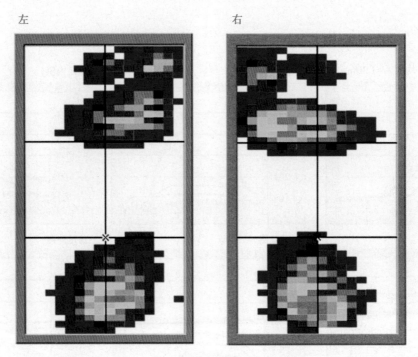

图 C6. 21. 5

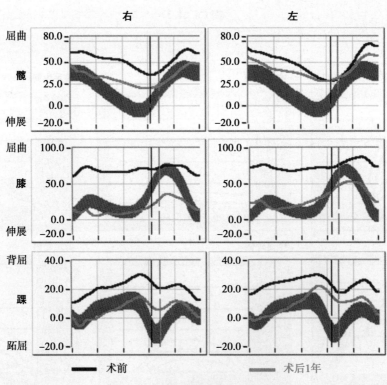

图 C6. 21. 6

对很多轻度弯腰屈膝步态(即支撑中期屈膝 $10° \sim 25°$)的年轻人,无需治疗或仅需单关节水平的治疗,如纠正足外翻。中度弯腰屈膝步态,即支撑中期屈膝 $25° \sim 45°$,几乎适用于所有手术。罕见通常仅见于医疗忽略的患儿,会出现支撑中期屈膝超过 $45°$ 的重度弯腰屈膝步态,此时应行手术治疗。弯腰屈膝步态加重意味着治疗效果欠佳(病例 6.7)。弯腰屈膝步态加重的症状包括支持体重负荷的伸膝肌应力增加时主诉膝痛。可能出现髌骨远端和胫骨粗隆骨突炎,尤其在迅速生长时更明显。步行耐力降低,长距离步行时开始产生足痛,外翻足出现较大的压疮。矫形支具不再能支持足弓塌陷的足。上述所有进行性、累加的功能障碍综合一起发生在青春期,代表性的是父母抱怨儿童失去步行动力。

治疗

针对弯腰屈膝步态的恰当治疗方法应在问题变严重前早发现、早治疗。早发现意味着在儿童中期应每 6 个月随访复查一次。提供全面的步态研究作为基线,通常在 5 ~ 7 岁第一次手术后 1 年进行步态分析。每次门诊复查时都应监测患儿体重,当患儿体重开始迅速增加并抱怨加压负重时膝痛或足痛时,就需进行另一次步态研究。另外,查体也应监测被动伸膝范围和腘窝角、监测腘绳肌挛缩进展情况或固定屈膝挛缩情况。若上述监测项目明显增加,也应进行步态研究。步行儿童不允许社区出行时依赖轮椅(病例 6.7)。该程度的功能退步使恢复和康复变得更困难。

弯腰屈膝症状明显加重或丧失功能的儿童应进行全面评价,仔细评价并确定弯腰屈膝步态的所有要素。所有要素识别后,应同时纠正。足必须为坚硬节段,向前运动力线排列为 $20°$ 以内,膝关节轴的右角为 $20°$ 以内。即若足明显外翻或足中部破坏,就必须手术矫形。通过足作为功能力臂控制地面反作用力,所以纠正弯腰屈膝步态时足必须保持稳定、矫正不良序列。

弯腰屈膝步态模式的主要病理常见为,足力臂功能不良、地面反作用力产生伸膝动作无效。支撑中期足在中立位背伸应置于矫形支具,否则小腿三头肌必须提供力量控制地面反作用力。若腓肠肌或比目鱼肌挛缩,则必须针对支撑终末中立位背伸的症状施行延长术。

对青春期弯腰屈膝患儿,有控制的施行经皮跟腱延长术。此时,患儿若不使用固定 AFO 支具将不能再次站立。接下来,评价胫骨扭转,若胫骨扭转是造成足与膝关节轴对线不良的原因所在,则需要施行胫骨去旋转手术。

膝关节被动活动应允许完全伸直 $10°$ 范围之内。若屈膝挛缩固定于 $10° \sim 30°$,则需要施行膝后方关节囊后方切开术。若屈膝挛缩固定超过 $30°$,则需要施行股骨远端伸直截骨术。若儿童早年不施行上述手术,则需要施行适合于弯腰屈膝步态的腘绳肌远端延长术。腘绳肌远端延长术的适应证为触地初期屈膝超过 $25°$、腘窝角大于 $50°$,支撑中期屈膝超过 $25°$。若患儿摆动相屈膝减少或摆动相脚趾拖地、屈膝延迟,则应行股直肌转移术。很多临床医生对弯腰屈膝步态患儿是否应行股直肌转移术存在疑虑,但必须牢记,除支撑中期病理状态外,即使肌肉不收缩,股直肌的长度也仅为股四头肌的 15%。若患儿为步行缓慢的四肢瘫,股直肌转移术的疗效欠佳。下面假设对独立步行或使用步行辅助器但无需依赖轮椅进行社区转移的具有步行功能的患儿进行讨论。该类患儿从股直肌转移术中的获益远远超过肌力减弱的风险。若要求股骨远端截骨术来纠正屈膝固定挛缩,则同时也需要施行髌韧带短缩术(病例 6.22)。中度弯腰屈膝步态,即支撑中期屈膝 $25° \sim 45°$,因股四头肌收缩距离充分、可适应纠正术的病理力学,所以无需施行髌韧带短缩术。接着应关注膝关节轴是否在触地初期介于内侧 $0°$ 至外侧 $20°$ 范围内。

病例 6.22　**Brandon**

Brandon,3 岁男童,物理治疗时使用助行器开始步行。在校园内行走良好,但其母亲述其在家拒绝使用助行器。以后数年,由祖母照料,7 岁时回到母亲身边,开始上学。出现明显的屈膝畸形,步行困难,但通过交替四足爬行在地板上可自由移动。查体发现腘窝角 $90°$,屈膝挛缩 $30°$。施行双侧膝关节囊切开术和腘绳肌延长术,但手术刺激和社会服务体系原因使物理治疗较少。4 个月后回到学校,再从学校返回诊所,发现屈膝挛缩较术前轻微变糟。随后数年,偶尔在学校接受治疗。10 岁时,其母亲对其四处爬行非常关注,但 Brandon 逐渐长高长大,拒绝用足站立。在教室和家中,长时间跪行,数次严重膝关节滑囊炎发作,母亲阻止其使用膝关节。母亲主要担心若必须带其外出,不久即不能照料他。此时,借助老师的帮助,能满足在教室内的特殊自我需求。存在中度智力退步,智力发育等同于 3 岁儿童水平。查体发现,腘窝角 $100°$,双侧屈膝固定挛缩 $60°$(图 C6.22.1),但屈膝良好(图 C6.22.2)。膝前皮肤发现较大的胼胝,说明跪行时间长(图 C6.22.3)。髋关节活动和影像学检查正常,足底着地无畸形。膝关节影像学检查无异常(图 C6.22.4)。地面运动观察显示,熟练四肢交替爬行,为功能独立的跪行患儿。评估发现,平衡功能好、运动控制好,运动计划技巧好。据此,施行腘绳肌延长术,远端股骨伸直截骨术,髌韧带折叠术以及股直肌转移至缝匠肌手术(图 C6.22.5、图 C6.22.6)。截骨术愈合(图 C6.22.7),并行 1 年的康复治疗后,在学校和家庭中,能使用后推式助行器使膝完全伸直步行。屈膝受限阻止有效爬行或跪行,使其转为使用助行器步行。术后第二年 Brandon 出现脊柱侧弯,要求行脊柱融合术,并再行一年的康复治疗。期望以后数年随着步行意愿增强,Brandon 的步行能力可提高。智力减退是其康复疗效速度的重要影响因素,但可能不影响最终预后。

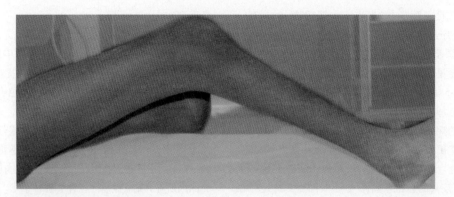

图 C6. 22. 1

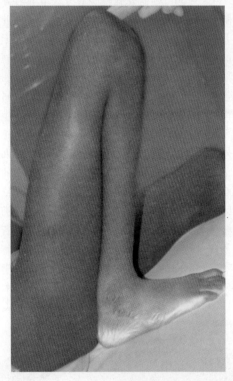

图 C6. 22. 2

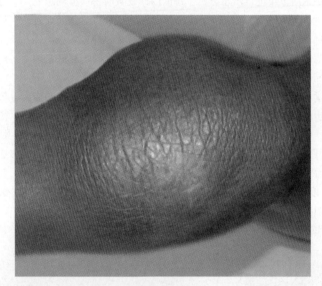

图 C6. 22. 3

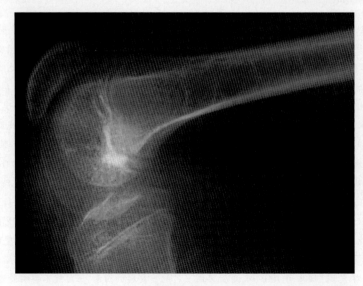

图 C6. 22. 4

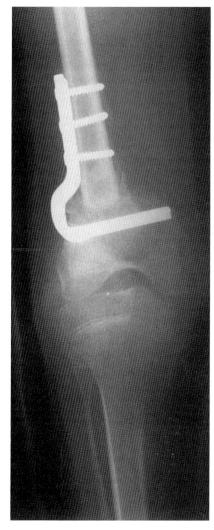

图 C6. 22. 5

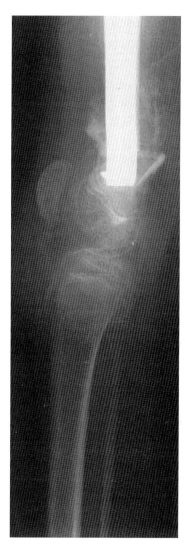

图 C6. 22. 6

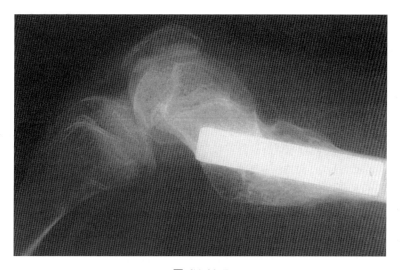

图 C6. 22. 7

若存在明显的内旋，即触地初期内旋超过 5°~10°，查体显示髋内旋超过外旋，则应纠正股骨内旋。通常，通过股骨去旋转截骨术完成股骨内旋的纠正，但问题在于内旋的病因所在，股骨 CT 扫描可提供帮助。最后，若髋屈曲挛缩超过 20°、支撑中期伸髋少于 -30°，则应行屈髋肌延长术。若骨盆前倾超过 30°但屈髋少，则也适合行屈髋肌延长术，通常为髂腰肌肌内延长术。评估弯腰屈膝步态模式时，因手术常造成下肢不对称，所以重要的是对两下肢分别进行评估。扭转力线不良的纠正对下肢力学功能的矫正非常重要，尤其是运动控制变差时更为重要。

施行弯腰屈膝步态手术

弯腰屈膝步态手术通常涉及不同关节的很多操作。推荐顺序是从髋关节开始，纠正髋旋转，必要时行髂腰肌延长术。其次为膝关节，若适合则在膝关节囊切开术或股骨伸直后施行腘绳肌延长术。第三位是纠正足畸形，对足扭转排列进行术中评估，最后判断是否需要行胫骨截骨术。胫骨截骨术后，应再进行一次术中评估，了解髋关节能否完全伸直，膝关节能否完全伸直并位于外旋 10°位。足-大腿排列对线应为踝中立位背伸、股骨中立位向外 20°。术后康复应开始于医院，目标为出院前至少能保持站立，并安排即刻家庭康复。期望父母能维持急性康复 3 个月，直至接近术前功能水平，并坚持至少 1 年的康复，以达到最好功能水平。若小腿三头肌肌力弱或肌力欠佳，则必须使用术后地面反作用力 AFO 支具。理想的是使用允许小腿三头肌肌力增强、带关节的地面反作用力 AFO 支具，并经 1~2 年，移去支具，达到矫正治疗效果。

若能全面诊断、纠正所有畸形并贯穿好的康复治疗，弯腰屈膝步态手术治疗的预后良好。若手术在近于发育末端的青春期或发育已成熟的青春期进行，则需要施加疗效恒定的矫形手术，无需附加其他操作。

青春期或青年的膝反张

膝反张在成年身材的患儿身上仍持续存在，使用步行辅助器者占主要。儿童中期章节中提及的治疗方法仍可使用。少数独立步行者出现膝反张，通常小腿三头肌肌力明显减弱、已行手术切断跟腱。

青春期或青年缓解痉挛方法

部分青年由于重度痉挛限制活动，但仍具有良好的步行功能。鞘内注射巴氯芬是合理的选择，但痉挛缓解后常可暴露出肌力弱的问题。在该年龄段尚无关于鞘内注射巴氯芬疗效的客观研究报道。以我们个人有限的经验看，鞘内注射巴氯芬将轻微增加弯腰屈膝步态症状并减慢步速。但患儿父母认为，鞘内注射巴氯芬后，自觉舒适、易于完成穿衣和其他日常生活动作。因风险远大于获益，所以不推荐本组施行神经背根切断术。

四肢瘫步态

按定义判断，大多数四肢瘫儿童不能步行。但很多儿童仍残留部分步行功能。这些儿童通常为重度双瘫或轻度四肢瘫，讨论目的在于考虑上述儿童所涉及的四肢瘫步态模式。定义为使用步行辅助器、通常局限于家庭步行。另一定义方法指 GMFM 量表中站立得分（D 项）少于 25%，步速慢于 50cm/s 或氧耗超过 0.8ml 每公斤步行距离每米。很多患儿在儿童早期使用步行训练器，并在儿童中期转为使用前臂支持的助行器。青春期时，通常可步行，能在家庭环境中移动，进行负重转移。很多儿童由于痉挛肌张力高，在 20 世纪 80 年代后期和 20 世纪 90 年代早期曾行神经背根切断术。该组儿童行神经背根切断术的代表经验是痉挛去除，除使用步态训练器外，不再能站立或步行。若神经背根切断术的范围小、破坏少，则可保留部分痉挛，几年后痉挛大多恢复，回到术前水平。所以，对该类患儿不推荐神经背根切断术。使用鞘内巴氯芬注射泵，尤其适于儿童中期和青春期，是一好的选择。正确调整巴氯芬泵，使痉挛足以保持站立并不会产生其他不良问题，需要反复调整剂量。

儿童早期

儿童早期，应将儿童置于站立架，当其发育协调后，开始步行训练器训练。很多儿童发育中存在出现痉挛性髋疾病的高风险，需要监测预防痉挛性髋疾病。鼓励使用步行训练器进行步行训练，虽不允许患儿在无支持下步行，但仍能使患儿产生运动和负重的感觉。通常，使用硬性踝 AFO 支具提供远端支持，利于集中进行髋膝关节的近端运动控制。不必使用带关节的 AFO 支具。通常，在摆动相初期出现明显内收的剪刀步。若内收肌痉挛、挛缩，则可从内收肌延长术中获益，但往往还与运动控制问题有关。解决运动控制问题最好的方法是使用踝侧限制带，很多商用步行训练器可提供。若严重的马蹄足限制矫形支具使用，肉毒素可能有帮助或需要延长手术。对年龄不满 6 或 7 岁的儿童，若未经评估骨骼肌肉功能障碍是否是造成功能受限的主要原因，就尝试延长肌肉、纠正足畸形、纠正扭转力线的手术，手术效果将令人失望。通常，父母辨别剪刀步态等问题，关注，若问题解决后，患儿能否步行的假设。若对上述儿童施行内收肌延长术但仍保留髋内收功能，则很少能改善剪刀步态。上述儿童的中枢运动控制发生器采用屈肌姿势，造成下肢交叉剪刀状，但对单块肌肉简单的过度活动不直接负责。剪刀步态是儿童使用初级步行集合反射推进下肢前进的组成部分。通常，随着发育成熟，儿童学习克服剪刀步态，随后剪刀步态慢慢减轻。若骨骼肌肉损害阻碍功能进步，行矫形手术纠正畸形是合理的，通常至少在 5~7 岁以后。若骨骼肌肉损害严重，则最好等到 8~10 岁再行矫形手术，并应花费时间全面评估儿童的变化情况。

儿童中期四肢瘫步行

儿童中期，大部分儿童达到运动功能的平台期。应评估骨骼肌肉畸形行矫形手术的获益。纠正造成功能残损的挛缩常是有利的，但上述挛缩包括马蹄足挛缩、腘绳肌挛缩、屈膝挛缩、屈髋挛缩、内收肌挛缩等。偶尔，患儿父母述挛缩减轻后更易帮助看护人员提供个人卫生,如洗澡、穿衣变得相对容易。严重足外翻畸形限制矫形支具佩戴时,则应纠正畸形。此时,若儿童认知功能正常,则应决定减少关注步行、更多关注认知学习和精细运动技巧。若儿童存在中重度智力减退,则应持续关注步行功能。部分严重智力减退的儿童,在儿童中期(不超过 12 岁或 13 岁时),在步行功能方面将取得明显进步。随着儿童临近青春期,因步态训练器设备庞大、地面安装复杂、不适合大多数家庭功能使用,所以作用有限。为不丧失患儿承重转移能力,应鼓励看护人员和父母继续持握住患儿双手进行步行练习。足畸形和膝挛缩的矫形手术也应直接针对维持患儿站立承重转移能力的目标。

青春期四肢瘫步行

青春期患儿继续家庭功能性步行,使用标准助行器步行,但若要求使用步行训练器则通常停止步行。大多数患儿能维持承重转移能力。若因骨骼肌肉畸形限制承重转移能力,则应考虑矫形手术。该年龄段的典型问题为严重足外翻,限制患儿站立或佩戴 AFO 支具的能力。该年龄组矫形术效果满意、不易反复。其次最常见的主要问题为腘绳肌挛缩和屈膝固定挛缩。若儿童生长迅速,腘绳肌延长术后常迅速再挛缩。如果严重膝屈曲挛缩超过 30°,情况恶化。随着膝屈曲挛缩超过 30°~40°,迅速站立变得更加困难。矫正膝屈曲挛缩很难决定,因为挛缩可使站立更加困难。但如果机体仅能站立和大部分时间坐在轮椅上,那么矫正膝屈曲挛缩不可能成功,因为膝将重新挛缩。因此,显著膝屈曲挛缩矫正应该用于能够进行社区步行患者或者手术医生认为其有能力进行社区步行的患者。如果矫正能够改善患者坐的能力,那么提示可实施扭转不良的矫正如胫骨扭转或股骨前倾。通常治疗坐立能力的益处优于步行问题,除非存在十分严重的扭转不良。合并直肌痉挛僵硬腿步态患者的问题常少于具有较快速度存在完全社区步行能力的患者。四肢瘫模式患者摆动期膝僵硬的复发率高,如果直肌去除,则有时甚至需要股肌来维持膝摆动期僵硬。似乎这些存在有限步行能力的患者需要膝僵硬以能够提供稳定性和控制站立。

四肢瘫模式发生的问题之一是监护人坚持患儿过去能到处行走,而现在除了在房间内不能较久步行。父母和监护人倾向于忘记 3 年前患儿如何步行,并且最常见的是影像记录显示无差异。如果存在实际差异,并且是由于进展性肌肉骨骼问题,那么这些畸形必须矫正。如果恶化不能被肌肉骨骼变化解释,那么提示进行全面神经检查以确定是否存在既往没有诊断的疾病。由于有步行影像记录、即使是存在有限步行能力的患儿,忘记其如何步行是一个非常重要原因。影像记录是一种重要且相对廉价的工具,用于评价发育期存在一些步行能力患儿的步行能力变化。

存在有限步行能力患儿步态问题治疗的预后与存在较多功能的患儿相同。这些患儿不应该丧失他们获得的重要步行能力。如果患儿丧失了步行能力,应该找出具体原因。

运动紊乱步态

手足徐动症

运动紊乱机体步态问题可能非常难于阐述。手足徐动症患者通常存在与其相关的痉挛状态,亦被称作病理运动的减震器。手足徐动症患者可发生显著畸形,导致行走更加困难,阐述这些问题有一定价值。改善手足徐动症步态的治疗效果有限,但有时通过使用踝负重和重背心增加抵抗可能有所帮助。增进稳定性的手术具有最可靠的结果。例如,采用融合方法纠正外翻足是一种可靠手术。对于手术徐动症,试图平衡肌肉或关节保护治疗无任何益处。

膝屈曲挛缩是膝水平最常见的问题,并可导致显著固定膝屈曲挛缩。虽然术后过程可能很困难,但手术治疗固定膝屈曲挛缩的效果一般较好。这些患者通常具有较高认知功能,即使存在严重肌肉骨骼畸形并明显限制其活动,但他们对于纠正仍非常犹豫。如果问题清楚并且易懂,全面分析和有经验的手术医生通常能够用益处说服他们。这些患者也需要解释纠正计划,这仅限于骨纠正、关节融合或肌肉延伸。存在明显手足徐动症患者不应该进行肌腱转移。因为手足徐动症患者早期很少存在固定畸形,所以大部分手术应在儿童期或青春期中晚期进行。

肌张力障碍

阐述肌张力障碍患者的首要任务是诊断肌张力障碍,并且确保没有误诊为痉挛状态。肌张力障碍诊断详见运动控制章节。一般而言,一只脚看起来存在严重内翻畸形,然后另一天发现这只脚外翻。如果外科医生没有影像记录及不注意的话,很容易做出患者存在痉挛性马蹄内翻足畸形的推测。由于足易弯曲,所以认为适合肌腱转移。然而,肌腱转移可导致严重反向过度反应。肌张力障碍患者不宜实施肌腱转移。我们由于没有意识到患者是肌张力障碍,而非痉挛状态,故对其进行直肌转移,结果此患者在随后 9 个月每次试图行走时均发生膝屈曲。通过持续治疗和安放矫形支架,以及在撤除转移的"威胁"下,肌肉突然静息,并且膝屈曲立刻停止。肉毒杆菌毒素是阻滞肌张力障碍肌肉作用非常有效的药物,其主要缺点在于注射 3~4 个循环才产生作用,然后机体出现免疫性。如果患者存在有症状的足畸形,纠正治疗为融合,通常是三关节融合及受累肌肉横断。除了融合外,其他手术很少能够有助于肌张力障碍患者步行。

与舞蹈症和舞蹈病相关的步行问题很罕见,并且我们从未遇到需要手术干预。当然,如果存在足不稳定,融合手术可能是一个合理选择。

步态治疗并发症

脑瘫儿童步态问题治疗存在许多实际和潜在并发症。一般推测非手术治疗无并发症,然而此种观点是错误的。非手术治疗最严重的并发症是忽视明显恶化而继续治疗畸形(病例6.7）。典型病例是一个儿童随着膝屈曲挛缩增加而屈膝加重，但没有决定阐述这一问题。当膝屈曲挛缩最后导致儿童不能较长时间行走时，才不得不决定让患儿坐轮椅或试图手术治疗。此种拙劣的判断直接导致患儿残生不得不在轮椅上度过，或者是并发症的直接原因，而纠正严重膝屈曲痉挛并发症比纠正轻度畸形更常见。除非出现一些并发症或附加与脑瘫无关的医疗问题，7岁或8岁擅长助步器的患儿至15岁时无需轮椅。矫形器使用不当也可导致严重皮肤破损或小腿部由于皮下脂肪层破损形成永久瘢痕。非手术治疗的另一并发症是患儿步行帮助不当。这意味着在使用拐杖或助行器前应该进行正确训练。应该告知父母步行辅助物的风险，如注意湿地板上使用拐杖或判断不良患儿开楼梯门。

步态分析并发症

分析团队通常能够识别术前计划中步态分析并发症。询问父母或监护人患儿当前的步态是否代表其在家中或社会中的步行。儿童分析需要充分时间，以至于有经验的治疗师在整个评价过程中也能看出其持续和代表性步态。医生或治疗师可能要求儿童进行10分钟临床步行检测，但要求他们维持此种步行2小时的试验评价几乎不可能。目前的标准用于评价多重步态循环，通常评价10~15循环。评价多重步态循环也可消除代表性特殊循环的影响。一些儿童，尤其是存在行为问题的患儿，对于全面步态分析所需的合作水平存在缺陷。此外，由于需要一定的合作，故很难对3岁前的儿童进行全面评价。需要关注评价步态资料的另一并发症是认识到肢端适当放置标志器进行旋转测定的敏感性。因此，髋旋转和胫骨扭转必须与体检和膝内翻-外翻运动学测定相比较，从而确保其准确性。如果膝关节轴不恰当，随着膝屈曲，膝表现为内翻-外翻运动增加。仔细评价EMG形式，时刻考虑到导线可能断开。如果EMG形式的确令人困惑，则考虑导线可能混乱，并且重复EMG测定。

手术计划并发症

手术计划并发症最多见于没有鉴别所有问题或者将原发问题误解为代偿问题。遗漏问题的一个常见病例是在屈膝步态中没有鉴别直肌痉挛，遗漏同侧骨盆后旋患儿髋部内旋，以及存在需要矫正的严重外翻畸形时遗漏胫骨扭转（病例6.23）。一些常见的误解继发问题是偏瘫患儿正常侧中期马蹄足；由于依赖于前髋关节囊，故导致髋屈曲和骨盆前倾增加，但脊柱前凸，患儿出现髋屈肌无力；股四头肌无力作为屈膝原因；膝关节内病理作为屈膝步态青少年膝痛原因。许多关于特殊资料的决定是武断的，但这些资料是理解其意义的良好途径。一旦做出临床决定，随后是康复后评价及对于资料意义的理解。此外，一些解释错误与没有考虑自然病程有关，例如儿童早期常见的马蹄内翻足反应。如果这些儿童双侧瘫痪，自然病程是此种畸形可完全逆转，并发展成平外翻足，因此在儿童马蹄内翻足早期很少考虑有创治疗。另外一个错误是没有考虑步行能量消耗。用2ml/（kg·m）氧步行的儿童并非真正意义上的步行者，并且判断必须直接针对其实际功能，即主要坐在轮椅上。因为步行相关抱怨可能部分来自于状况不佳而非特殊畸形，所以还应考虑患儿的全身状况。

 病例 6.23 Nikkole

Nikkole，女，4岁，存在足控制障碍。她母亲认为在过去的3个月其行走能力取得了很好的进步。髋部X线片正常。Nikkole继续其平衡和运动控制理疗计划。指导Nikkole的母亲学会如何应用拐杖帮助她控制运动和平衡发展。Nikkole继续取得良好的进步，直至6岁，此时运动技能发育达到平台期，故对其进行全面评价。体检结果显示，Nikkole髋外展25°，右髋内旋70°，左髋内旋78°，右髋外旋5°，左髋外旋12°；左右腘窝角分别为73°和65°，在60°时伊利试验阳性；左、右膝踝伸展背屈分别为-10°和-8°，左、右膝踝屈曲背屈分别为3°和5°。步态观察显示，Nikkole借助后助步架能够有效行走。然而，她存在严重膝内旋、脚触地时及中期膝屈曲和任何时候脚尖而非脚底触地。运动学证实同样结果，并且EMG显示直肌摆动期活动显著。存在踝马蹄足及膝轻微运动，缺乏髋伸展和髋内旋（图C6.23.1）。她接受实施股骨反旋截骨术、远端腘绳肌腱延长和腓肠肌延长。直肌转移也被推荐应用，但由于担心导致屈膝加重，故未采纳。随后的康复训练中，Nikkole学会使用Lofstrand拐杖，因此变得更加熟练。其

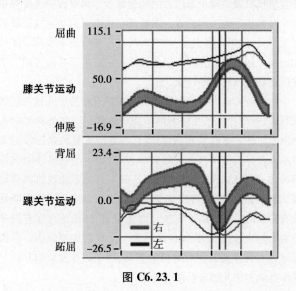

图 C6.23.1

康复后的主要问题是严重膝关节僵硬步态，但是因为手术的创伤，所以Nikkole和她的母亲均不愿接受另外手术，除非绝

对需要。她们感到 Nikkole 做得较好，并且她们也很高兴。严重膝关节僵硬步态在最初阶段就应该治疗，因此手术医生认为手术效果并不理想，即便如此，这也是一个因良好步态而家庭满意的好例子。

多种方法的相互作用

当解释步态资料时，应该意识到多种方法的影响。大部分方法相对独立，但存在一些相互作用。对于多种方法影响的理解与药物相互作用相似。需要注意的一些特殊组合，包括胫骨反旋用于同侧因马蹄内翻足实施后胫骨肌腱手术足的胫骨内旋。10 例肢体小样本研究显示，8 例失败需要重复手术，所有均过度矫正。据此，我们推荐选择最严重或原发畸形。另一方法相互作用是平外翻足矫正，以便通过踝下融合使足跟处于中立位，然后实施踝上截骨术以矫正踝外翻。这两种方法的联合可导致足跟残存内翻畸形，这一点是非常不愿看到的。方法的相互作用还包括未矫正的胫骨外旋患者不应该仅实施腘绳肌腱延长，因为这将通过股二头肌产生膝关节额外外旋，从而进一步导致外旋转力矩失衡。

手术实施并发症

实施手术最常见的并发症是畸形过度矫正，尤其是在矫正股骨前倾时。矫正不足也可发生在股骨旋转时。矫正不足原因在于股骨类似正方形，并且用于固定的平板常放置在一角，但旋紧螺丝时平板可在一个方向或另一方向旋转 10° 或 15°。术中固定后仔细评价非常重要。如果旋转没有矫正，应立即矫正。其他术中问题是方法特异性的，如术后即发现并没有矫正。因此，如果足外翻，石膏拆除后足仍外翻。术后 3 个月和 12 个月，此种外翻将加重，而非好转。在手术室矫正残留问题较决定二次手术或改良方法矫正更加容易。

康复并发症

康复的主要问题是缺乏家庭追踪检查，家庭难以承担治疗费用，或者不能从保险公司获得相应费用。绝大部分儿童可以作为门诊患者康复，但少数、尤其是复杂病例的确从住院康复中获益。应该和家人讨论术后康复必要性，并且甚至在术前理解如何及谁将提供康复治疗非常重要。治疗师清楚地理解这些患儿的功能目标也很重要，因为当手术目的是让患儿步行时，而治疗师在坐椅上花费大量时间是毫无意义的。术后通过联系手术医生，明确手术目的，而理疗应直接针对此目的的进行。术后其他问题包括疼痛和抑郁。如果术后疼痛和抑郁影响患者康复计划实施，则应积极治疗，常加用镇痛药和抗抑郁剂很有帮助。

步态发展和治疗预后监测

步态治疗预后监测的共同目标尚不一致。一般而言，目标是指步态损害形式向正常形式转变的程度。因此，如果步行 60cm/s 儿童经过治疗后能够走 90cm/s，则可认为改善，反之则认为恶化。此种目标可应用于关节运动，如中期膝屈曲、膝摆动最大屈曲或踝后期产生力量。然而，在一些调节下此目标可能并不正确。例如，一个 5 岁患儿，存在高脚尖跳跃步行步态，只能快速移动，否则就摔倒。他能够以 90cm/s 速度步行，但软组织延长后，其足变平，并能够站立及开始和停止步行而不摔倒，尽管他的步行速度降低至 60cm/s。此患儿稳定性感觉明显改善，虽然步行速度下降，但并不能反映最初的治疗目标。特殊患儿的前瞻性变化、患儿年龄、功能状态及手术目标均应考虑。用温度计测量液体容量并非十分有效，同样测量工具必须反映治疗目标。收肌延长术是痉挛性髋部疾患预防治疗的组成部分，但父母常抱怨术后患儿步行并未改善。实施此手术前就应该告知父母手术的目的是防止髋半脱位，而非改善患儿的步行功能。同时，患儿收肌延长后步行功能不应该恶化，但手术并非直接针对改善步态，故不应该期待步态改善。

耗能测定

提倡用于评价步态治疗预后的另一测定指标是通过氧耗测定的能量效率。有建议采用生理消耗指数来测定脑瘫患儿能量效率。然而，存在如此多的变异，以至于在这些患儿中没有应用。如果患儿步行氧耗高，则认为其改善。但是，同时由于一相当的能量效率步态可能是完全无功能，所以这也是一相对测定。这种无功能但能量效率步态常见于合并原发性肌肉疾病患儿。已有口头报道脊神经根切断术可有效降低能量消耗，但其导致患儿如同肌肉疾病患者，而非痉挛性患者。步行氧耗改善必须通过身体功能增加来证实，即意味着患儿在其环境中能够做得更多。发展评价患儿环境相关功能的工具引起人们广泛兴趣。儿童 MODEMS 调查表已经用于身体残疾儿童。至于此调查表用于脑瘫儿童尚无大量报道。Gillette 医院制定的另一量表——Gillette 功能评价调查表要求父母将儿童的步行能力分为 10 个功能水平。同组人员采用 16 步态变量主要分析成分制定步态运动量表或正常值。GMFM 和儿童残疾评价目录（PEDI）是用于测定一些功能、能力的两份其他量表。

当前，父母报告调查表和来自步态分析技术资料合并用于预后监测。预后也应该考虑患儿的整个生长和发育，不仅仅是一年随访期。预后的监测必须包括尽可能获得自然病程资料。预后监测是一个需要未来做很多工作的领域，但如果继发于脑瘫的步态损害治疗方法以其监测的方式改善，那么预后监测则至关重要。

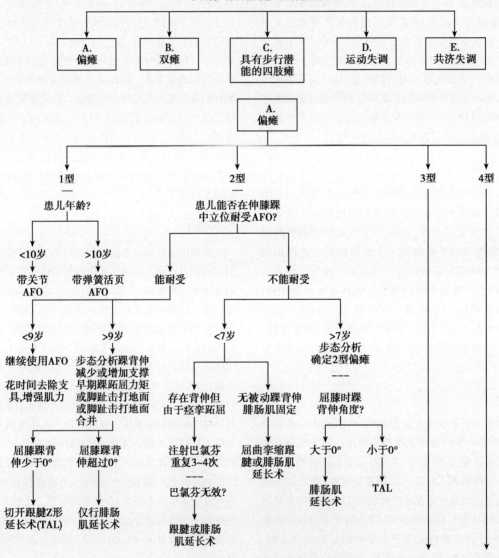

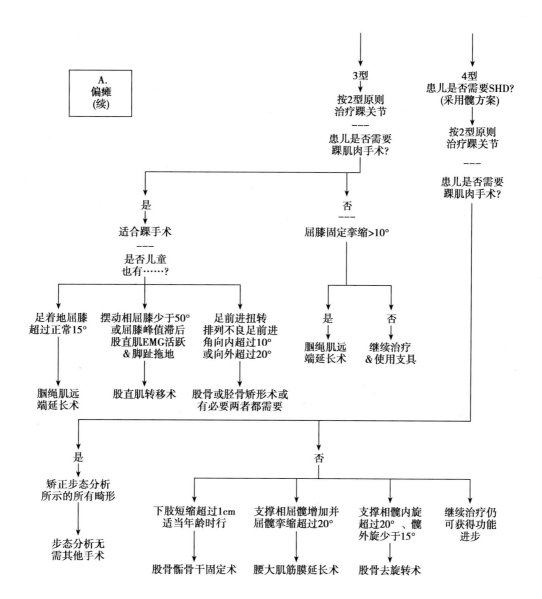

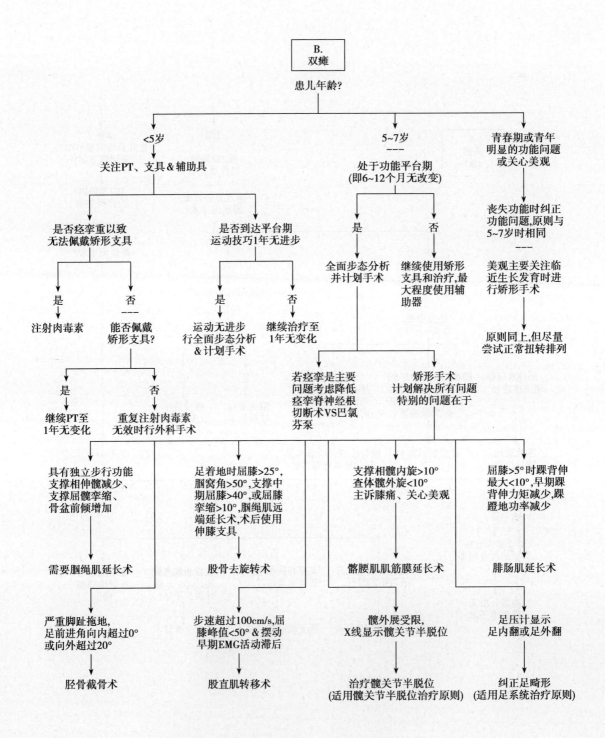

B.
双瘫

患儿年龄?

<5岁　　　　　　　　　　　　　　5~7岁　　　　　　　　　青春期或青年
　　　　　　　　　　　　　　　　　————　　　　　　明显的功能问题
关注PT、支具＆辅助具　　　　处于功能平台期　　　　或关心美观
　　　　　　　　　　　　　　(即6~12个月无改变)

是否痉挛重以致　　　是否到达平台期　　　　是　　　否　　　丧失功能时纠正
无法佩戴矫形支具　　运动技巧1年无进步　　　　　　　　　　功能问题,原则与
　　　　　　　　　　　　　　　　　　全面步态分析　继续使用矫形　5~7岁时相同
是　　　否　　　是　　　否　　并计划手术　支具和治疗,最　————
　　　———　　　　　　　　　　　　　　　大程度使用辅　美观主要关注临
注射肉毒素　能否佩戴　运动无进步　继续治疗至　　　助器　　　近生长发育时进
　　　　　矫形支具?　行全面步态分析　1年无变化　　　　　　　行矫形手术
　　　　　　　　　　＆计划手术

　　　　是　　　否　　　　　　　　　　　　　　　　　　　原则同上,但尽量
　　　　　　　　　　　　　　　　　　　　　　　　　　尝试正常扭转排列
继续PT至　重复注射肉毒素
1年无变化　无效时行外科手术　　　　　若痉挛是主要　矫形手术
　　　　　　　　　　　　　　　问题考虑降低　计划解决所有问题
　　　　　　　　　　　　　　　痉挛脊神经根　特别的问题在于
　　　　　　　　　　　　　　　切断术VS巴氯
　　　　　　　　　　　　　　　芬泵

具有独立步行功能　足着地时屈膝>25°,　支撑相髋内旋>10°　屈膝>5°时踝背伸
支撑相伸髋减少、　腘窝角>50°,支撑中　查体髋外旋<10°　最大<10°,早期踝
支撑屈髋挛缩、　期屈膝>40°,或屈膝　主诉膝痛、关心美观　背伸力矩减少,踝
骨盆前倾增加　挛缩>10°,腘绳肌远　　　　　　　蹬地功率减少
　　　　　　　端延长术,术后使用
　　　　　　　伸膝支具

需要腘绳肌延长术　　　　　　　髂腰肌肌筋膜延长术　腓肠肌延长术
　　　　　　　股骨去旋转术

严重脚趾拖地,　步速超过100cm/s,屈　髋外展受限,　足压计显示
足前进角向内超过0°　膝峰值<50°＆摆动　X线显示髋关节半脱位　足内翻或足外翻
或向外超过20°　早期EMG活动滞后

胫骨截骨术　　　　股直肌转移术　治疗髋关节半脱位　纠正足畸形
　　　　　　　　　　　　　　(适用髋关节半脱位治疗原则)(适用足系统治疗原则)

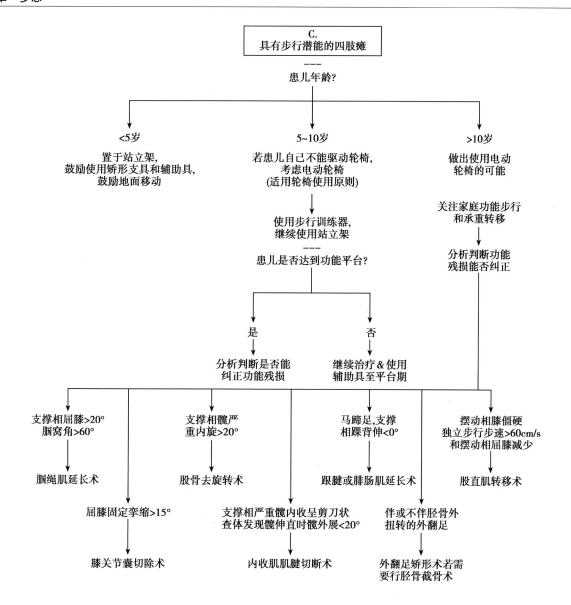

参考文献

1. Perry J. Gait Analysis: Normal and Pathologic Function. Thorofare, NJ: Slack, 1992.
2. Harris G, Smith PA. Human Motion Analysis; Current Applications and Future Directions. New York: The Institute of Electrical and Electronic Engineers, 1996.
3. Gage J. Gait analysis in Cerebral Palsy. London: Mac Keith Press, 1991.
4. Burke RE, Levine DN, Tsairis P, Zajac FE III. Physiological types and histochemical profiles in motor units of the cat gastrocnemius. J Physiol (Lond) 1973;234:723–48.
5. Gordon DA, Enoka RM, Stuart DG. Motor-unit force potentiation in adult cats during a standard fatigue test. J Physiol (Lond) 1990;421:569–82.
6. Chamberlain S, Lewis DM. Contractile characteristics and innervation ratio of rat soleus motor units. J Physiol (Lond) 1989;412:1–21.
7. Cavagna GA, Dusman B, Margaria R. Positive work done by a previously stretched muscle. J Appl Physiol 1968;24:21–32.
8. Miller F, Moseley CF, Koreska J. Spinal fusion in Duchenne muscular dystrophy. Dev Med Child Neurol 1992;34:775–86.
9. Jozsa L, Kannus P, Jarvinen TA, Balint J, Jarvinen M. Number and morphology of mechanoreceptors in the myotendinous junction of paralysed human muscle. J Pathol 1996;178:195–200.
10. Castle ME, Reyman TA, Schneider M. Pathology of spastic muscle in cerebral

palsy. Clin Orthop 1979:223–32.

11. Ito J, Araki A, Tanaka H, Tasaki T, Cho K, Yamazaki R. Muscle histopathology in spastic cerebral palsy. Brain Dev 1996;18:299–303.

12. Wiley ME, Damiano DL. Lower-extremity strength profiles in spastic cerebral palsy. Dev Med Child Neurol 1998;40:100–7.

13. Damiano DL, Abel MF. Functional outcomes of strength training in spastic cerebral palsy. Arch Phys Med Rehabil 1998;79:119–25.

14. Damiano DL, Kelly LE, Vaughn CL. Effects of quadriceps femoris muscle strengthening on crouch gait in children with spastic diplegia. Phys Ther 1995; 75:658–67; discussion 668–71.

15. Pearson AM. Muscle growth and exercise. Crit Rev Food Sci Nutr 1990;29: 167–96.

16. Ziv I, Blackburn N, Rang M, Koreska J. Muscle growth in normal and spastic mice. Dev Med Child Neurol 1984;26:94–9.

17. Thompson NS, Baker RJ, Cosgrove AP, Corry IS, Graham HK. Musculoskeletal modelling in determining the effect of botulinum toxin on the hamstrings of patients with crouch gait. Dev Med Child Neurol 1998;40:622–5.

18. Gros C, Frerebeau P, Perez-Dominguez E, Bazin M, Privat JM. Long term results of stereotaxic surgery for infantile dystonia and dyskinesia. Neurochirurgia (Stuttg) 1976;19:171–8.

19. Koman LA, Mooney JF III, Smith BP. Neuromuscular blockade in the management of cerebral palsy. J Child Neurol 1996;11(Suppl 1):S23–8.

20. Videman T. An experimental study of the effects of growth on the relationship of tendons and ligaments to bone at the site of diaphyseal insertion. Acta Orthop Scand Suppl 1970:1–22.

21. Roll JP, Vedel JP, Ribot E. Alteration of proprioceptive messages induced by tendon vibration in man: a microneurographic study. Exp Brain Res 1989;76: 213–22.

22. Booth CM, Cortina-Borja MJ, Theologis TN. Collagen accumulation in muscles of children with cerebral palsy and correlation with severity of spasticity. Dev Med Child Neurol 2001;43:314–20.

23. Fettweis E. Spasm of the adductor muscles, pre-dislocations and dislocations of the hip joints in children and adolescents with cerebral palsy. Clinical observations on aetiology, pathogenesis, therapy and rehabilitation. Part II. The importance of the iliopsoas tendon, its tenotomy, of the coxa valga antetorta, and correction through osteotomy turning the hip into varus (author's transl). Z Orthop Ihre Grenzgeb 1979;117:50–9.

24. Kolban M. Variability of the femoral head and neck antetorsion angle in ultrasonographic measurements of healthy children and in selected diseases with hip disorders treated surgically. Ann Acad Med Stetin 1999;Suppl:1–99.

25. Catanese AA, Coleman GJ, King JA, Reddihough DS. Evaluation of an early childhood programme based on principles of conductive education: the Yooralla project. J Paediatr Child Health 1995;31:418–22.

26. Burtner PA, Woollacott MH, Qualls C. Stance balance control with orthoses in a group of children with spastic cerebral palsy. Dev Med Child Neurol 1999; 41:748–57.

27. Brogren E, Hadders-Algra M, Forssberg H. Postural control in children with spastic diplegia: muscle activity during perturbations in sitting. Dev Med Child Neurol 1996;38:379–88.

28. Chao EY. Justification of triaxial goniometer for the measurement of joint rotation. J Biomech 1980;13:989–1006.

29. Grood ES, Suntay WJ. A joint coordinate system for the clinical description of three-dimensional motions: application to the knee. J Biomech Eng 1983;105: 136–44.

30. Spoor CW, Veldpaus FE. Rigid body motion calculated from spatial co-ordinates of markers. J Biomech 1980;13:391–3.

31. Delp SL, Hess WE, Hungerford DS, Jones LC. Variation of rotation moment arms with hip flexion. J Biomech 1999;32:493–501.

32. Delp SL, Arnold AS, Speers RA, Moore CA. Hamstrings and psoas lengths during normal and crouch gait: implications for muscle-tendon surgery. J Orthop Res 1996;14:144–51.

33. Hoffinger SA, Rab GT, Abou-Ghaida H. Hamstrings in cerebral palsy crouch

gait. J Pediatr Orthop 1993;13:722–6.

34. Enoka RM, Rankin LL, Stuart DG, Volz KA. Fatigability of rat hindlimb muscle: associations between electromyogram and force during a fatigue test. J Physiol (Lond) 1989;408:251–70.

35. Bowen TR, Cooley SR, Castagno PW, Miller F, Richards J. A method for normalization of oxygen cost and consumption in normal children while walking. J Pediatr Orthop 1998;18:589–93.

36. Bowen TR, Lennon N, Castagno P, Miller F, Richards J. Variability of energy-consumption measures in children with cerebral palsy. J Pediatr Orthop 1998; 18:738–42.

37. Bowen TR, Miller F, Mackenzie W. Comparison of oxygen consumption measurements in children with cerebral palsy to children with muscular dystrophy. J Pediatr Orthop 1999;19:133–6.

38. Rose J, Medeiros JM, Parker R. Energy cost index as an estimate of energy expenditure of cerebral-palsied children during assisted ambulation. Dev Med Child Neurol 1985;27:485–90.

39. Rose SA, DeLuca PA, Davis RB III, Ounpuu S, Gage JR. Kinematic and kinetic evaluation of the ankle after lengthening of the gastrocnemius fascia in children with cerebral palsy. J Pediatr Orthop 1993;13:727–32.

40. Saraph V, Zwick EB, Uitz C, Linhart W, Steinwender G. The Baumann procedure for fixed contracture of the gastrocsoleus in cerebral palsy. Evaluation of function of the ankle after multilevel surgery. J Bone Joint Surg Br 2000;82: 535–40.

41. Simon SR, Deutsch SD, Nuzzo RM, et al. Genu recurvatum in spastic cerebral palsy. Report on findings by gait analysis. J Bone Joint Surg [Am] 1978;60: 882–94.

42. Ounpuu S, Muik E, Davis RB III, Gage JR, DeLuca PA. Rectus femoris surgery in children with cerebral palsy. Part I: The effect of rectus femoris transfer location on knee motion. J Pediatr Orthop 1993;13:325–30.

43. Chambers H, Lauer A, Kaufman K, Cardelia JM, Sutherland D. Prediction of outcome after rectus femoris surgery in cerebral palsy: the role of cocontraction of the rectus femoris and vastus lateralis. J Pediatr Orthop 1998;18:703–11.

44. Ounpuu S, Muik E, Davis RB III, Gage JR, DeLuca PA. Rectus femoris surgery in children with cerebral palsy. Part II: A comparison between the effect of transfer and release of the distal rectus femoris on knee motion. J Pediatr Orthop 1993;13:331–5.

45. McCarthy RE, Simon S, Douglas B, Zawacki R, Reese N. Proximal femoral resection to allow adults who have severe cerebral palsy to sit. J Bone Joint Surg [Am] 1988;70:1011–6.

46. Miller F, Cardoso Dias R, Lipton GE, Albarracin JP, Dabney KW, Castagno P. The effect of rectus EMG patterns on the outcome of rectus femoris transfers. J Pediatr Orthop 1997;17:603–7.

47. Thometz J, Simon S, Rosenthal R. The effect on gait of lengthening of the medial hamstrings in cerebral palsy. J Bone Joint Surg [Am] 1989;71:345–53.

48. Atar D, Zilberberg L, Votemberg M, Norsy M, Galil A. Effect of distal hamstring release on cerebral palsy patients. Bull Hosp Jt Dis 1993;53:34–6.

49. Damron T, Breed AL, Roecker E. Hamstring tenotomies in cerebral palsy: long-term retrospective analysis. J Pediatr Orthop 1991;11:514–9.

50. Hsu LC, Li HS. Distal hamstring elongation in the management of spastic cerebral palsy. J Pediatr Orthop 1990;10:378–81.

51. McHale KA, Bagg M, Nason SS. Treatment of the chronically dislocated hip in adolescents with cerebral palsy with femoral head resection and subtrochanteric valgus osteotomy. J Pediatr Orthop 1990;10:504–9.

52. DeLuca PA, Ounpuu S, Davis RB, Walsh JH. Effect of hamstring and psoas lengthening on pelvic tilt in patients with spastic diplegic cerebral palsy. J Pediatr Orthop 1998;18:712–8.

53. Sutherland DH, Zilberfarb JL, Kaufman KR, Wyatt MP, Chambers HG. Psoas release at the pelvic brim in ambulatory patients with cerebral palsy: operative technique and functional outcome [see comments]. J Pediatr Orthop 1997;17: 563–70.

54. Tylkowski CM, Rosenthal RK, Simon SR. Proximal femoral osteotomy in cerebral palsy. Clin Orthop 1980:183–92.

55. Joseph B. Treatment of internal rotation gait due to gluteus medius and minimus overactivity in cerebral palsy: anatomical rationale of a new surgical procedure and preliminary results in twelve hips. Clin Anat 1998;11:22–8.

56. Metaxiotis D, Accles W, Siebel A, Doederlein L. Hip deformities in walking patients with cerebral palsy. Gait Posture 2000;11:86–91.

57. Hullin MG, Robb JE, Loudon IR. Gait patterns in children with hemiplegic spastic cerebral palsy [see comments]. J Pediatr Orthop B 1996;5:247–51.

58. Winters TF Jr, Gage JR, Hicks R. Gait patterns in spastic hemiplegia in children and young adults. J Bone Joint Surg [Am] 1987;69:437–41.

59. Renders A, Detrembleur C, Rossillon R, Lejeune T, Rombouts JJ. Contribution of electromyographic analysis of the walking habits of children with spastic foot in cerebral palsy: a preliminary study. Rev Chir Orthop Reparatrice Appar Mot 1997;83:259–64.

60. O'Malley MJ, Abel MF, Damiano DL, Vaughan CL. Fuzzy clustering of children with cerebral palsy based on temporal-distance gait parameters. IEEE Trans Rehabil Eng 1997;5:300–9.

61. Lin CJ, Guo LY, Su FC, Chou YL, Cherng RJ. Common abnormal kinetic patterns of the knee in gait in spastic diplegia of cerebral palsy. Gait Posture 2000;11:224–32.

62. McLaughlin JF, Bjornson KF, Astley SJ, et al. Selective dorsal rhizotomy: efficacy and safety in an investigator-masked randomized clinical trial [see comments]. Dev Med Child Neurol 1998;40:220–32.

63. Boscarino LF, Ounpuu S, Davis RB III, Gage JR, DeLuca PA. Effects of selective dorsal rhizotomy on gait in children with cerebral palsy. J Pediatr Orthop 1993;13:174–9.

64. Peacock WJ, Staudt LA. Functional outcomes following selective posterior rhizotomy in children with cerebral palsy. J Neurosurg 1991;74:380–5.

65. Vaughan CL, Berman B, Peacock WJ. Cerebral palsy and rhizotomy. A 3-year follow-up evaluation with gait analysis. J Neurosurg 1991;74:178–84.

66. Thomas SS, Aiona MD, Buckon CE, Piatt JH Jr. Does gait continue to improve 2 years after selective dorsal rhizotomy? J Pediatr Orthop 1997;17:387–91.

67. Marty GR, Dias LS, Gaebler-Spira D. Selective posterior rhizotomy and soft-tissue procedures for the treatment of cerebral diplegia. J Bone Joint Surg Am 1995;77:713–8.

68. Yngve DA, Chambers C. Vulpius and Z-lengthening. J Pediatr Orthop 1996;16:759–64.

69. Gage JR. Surgical treatment of knee dysfunction in cerebral palsy. Clin Orthop 1990:45–54.

70. Liggio F, Kruse R. Split tibialis posterior tendon transfer with concomitant distal tibial derotation osteotomy in children with cerebral palsy. J Pediatr Orthop 2001;21:95–101.

71. Carmick J. Clinical use of neuromuscular electrical stimulation for children with cerebral palsy. Part 1: Lower extremity [see comments] [published erratum appears in Phys Ther 1993;73(11):809]. Phys Ther 1993;73:505–13; discussion 523–7.

72. Nene AV, Evans GA, Patrick JH. Simultaneous multiple operations for spastic diplegia. Outcome and functional assessment of walking in 18 patients. J Bone Joint Surg [Br] 1993;75:488–94.

73. Boyd R, Fatone S, Rodda J, et al. High- or low-technology measurements of energy expenditure in clinical gait analysis? Dev Med Child Neurol 1999;41:676–82.

74. Novacheck TF, Stout JL, Tervo R. Reliability and validity of the Gillette Functional Assessment Questionnaire as an outcome measure in children with walking disabilities. J Pediatr Orthop 2000;20:75–81.

75. Schutte LM, Narayanan U, Stout JL, Selber P, Gage JR, Schwartz MH. An index for quantifying deviations from normal gait. Gait Posture 2000;11:25–31.

第 二 篇

康 复 技 术

脑瘫治疗应用许多方法进行干预,但归根到底我们仍然是在处理由不同原因造成的神经系统的损伤。我们应用于脑瘫患儿的某些干预方法,实质上是试图减轻由于肌力弱或异常肌张力造成的一系列障碍。而这些干预方法存在副作用及弱点,因此,我们有可能会落入陷阱并且应用这些向患儿和家长传达不公平信号强度的干预方法,此信号正是可促进患儿产生正常运动的。我们没有办法使受损的神经系统恢复正常功能。在许多病例中,我们只是进行简单的教授和(或)诱导儿童的神经系统来配合,并提供能够降低副作用的治疗方案,而在某些病例中,仅仅是自欺欺人罢了。

第1章 神经发育治疗
Elizabeth Jeanson ,物理治疗师

在 20 世纪 60 年代至 70 年初期,针对脑瘫儿童的物理治疗出现了分支,一方沿袭治疗脊髓灰质炎患者的方法,另一方是在此基础上发展起来的神经发育治疗方法。经过多年的发展,神经发育疗法已经历了许多变革。经过时间的演变,神经发育疗法现已成为更具有选择性的治疗方法,即治疗从婴儿到成人脑瘫最常用的干预策略之一。自从 20 世纪 40 年代 Karl 博士和 Berta Bobath 提出了神经发育治疗的概念以来,科学团体对脑部的理解和神经发育治疗的概念性框架已经逐渐展开。随着我们对大脑如何产生和控制运动的理解,也正如神经发育治疗的理论已被接受为动态系统理论一样,按照此思路,神经发育疗法是一个"有生命的概念",随着人们对大脑功能认知的不断改善,它自身也在不断的吸收和发展。

应用动态系统理论,经过神经发育理论培训的治疗师能够应用各种操作技术。这些专业的治疗技术倡导主动运动时运用正确的肌肉,并且尽量减少完成任务时不必要的肌肉介入。以患儿为中心及启动运动任务是神经发育疗法治疗成功的关键。应用神经发育疗法的治疗师设定个性化的、各个疗程的功能性目标时,应该建立在诱发新的运动技能和提高学习运动任务效率的基础上。提高效率可包括在完成运动任务时减少能量的使用,在完成任务时减少肌肉的做功以及形成新的运动模式。这些任务是特定的,针对患儿的功能需要所设定的。在神经发育治疗的方案设计中,患儿是一个主动的角色。治疗师必须持续不断的评价训练效果是否有助于患儿形成主动的、习惯性的和独立运动的角色。

神经发育疗法是一个解决问题的方法,它针对个体当前的需求,同时旨在建立贯穿一个人一生所需求的功能。作业治疗师、语言治疗师以及物理治疗师和教育者一样均可以使用神经发育疗法。此方法的优点包括:改善执行个人需要的功能性活动的能力,激发儿童参与意识,提高肌肉力量、灵活性和身体姿势的对线以及增强贯穿个体一生所需的功能。而神经发育疗法不是唯一的治疗脑瘫个体的方法。

接受神经发育疗法培训的治疗师要完成一个为期 8 个星期的针对儿童的或者 3 个星期的针对成人的课程。另外,还有一个额外的 3 个星期的针对新生儿的硕士课程。在每个社区都可以看到进行实践的治疗师。治疗师也可以通过各种继续教育课程进行理论和技术的学习,这些课程全年提供而且已经举办很多年了。

第2章 肌力增强训练
Diane Damiano ,博士

在过去的一年中,临床治疗存在着几个"禁令",规定了治疗师不应该给脑瘫患者进行的训练。比如当开矫形器的医嘱时就会遵循着"痉挛不能用塑料支具",或者"痉挛的患者不能进行肌力增强训练"等。而最近的研究提供的证据打破了这些"禁令",同时给如何帮助脑瘫患者带来了新的思路。人们一直认为肌张力升高不是脑瘫患儿唯一的甚至是最主要的障碍。缺乏肌肉运动单位的募集,和维持肌肉最大做功的不一致才是导致障碍的原因。肌力增强的研究有助于对此问题的理解。

50 多年以前,Phelps 提出对肌力弱的肌肉或受损的肌群利用抗阻训练来建立肌力或恢复功能,应该成为脑瘫完整治疗中的一部分。不久以后,物理治疗师宣称针对上运动神经损伤患者的肌力增强训练,主要从临床考虑出发,这些高强度的物理做功将加速痉挛。但是随着近年来不断增多的科学数据,这个推论已经被打破,已经证实肌力增强训练为一个有效的提高脑瘫和其他神经受损患者功能的方法。肌力增强与运动能力有关,应该成为康复项目的一个组成部分,应用于由于损伤造成运动功能受限的人群,例如肌肉-肌腱短缩、痉挛以及协调障碍等。

研究证据表明,即使具有较高功能的痉挛患儿与同龄儿童相比,受累的肢体也更容易存在着肌力低下的问题。肌力减低的程度与中枢神经的受损有关。如果一个患儿对一组肌肉至少有一些主动控制,那么就存在着肌力增强的可能。越缺乏主动控制能力,肌力增强越困难。但是可以通过使用电刺激或利用协同运动模式进行肌力训练。如果最终目标是提高一个特定的运动功能或能力,肌力增强的效果可以得到肯定。因此,一个儿童有很少或没有肌肉的自主控制能力就不可能从一个肌力增强项目中获得功能的改善。尽管较差的分离控制或踝背肌或缝匠肌长度的异常可能会影响某些患儿的改善,但大多数具备行走能力的脑瘫患儿有增强肌力的潜能。不会行走的患儿通过使用上肢也能提高他们的能力,通过使用更适合他们自身的自我创造出的运动方式,使运动可能更有效或更有主动性。一些创伤性的治疗,比如跟腱延长、选择性脊髓后神经根切断,或脊髓内巴氯芬输入泵的安装,或肉毒杆菌的注射可能改善肌肉长度和(或)加强控制能力,使肌力增强更有效。反之,肌力增强训练也可以增强或延长这些治疗的效果。

参加肌力增强的训练项目,儿童必须能够理解指令并且可连续做最大或近似最大的功。儿童最小 3 岁可能才可以有这个能力,但是等到儿童 4~5 岁才能更好地完成这个项目是更现实的。影响一个项目成功的因素还包括动机和注意力。

家庭对治疗安排和目标的配合也是至关重要的。

不论患儿是否患有脑瘫,肌力增强训练的物理学原则是一致的:增强肌力的手段是负重,而负重是加强肌肉力量的刺激,它应该采用接近个人的最大负重量。针对实践术语,则表示一个人在感到疲劳或无法继续完成负重前可以举起一个特定重物 2~3 次。尽管在一些文献中可以发现有用的指导原则,但是特定训练用来区分不同训练效果,比如肌力、耐力、特定人群的肌力,或哪块肌肉可以或者应该增强来取得最大功能的训练数据,特别是针对脑瘫人群,还不具备。根据希望达到的功能需要,训练重复的次数和这些训练如何在一个训练疗程中进行分组是不同的。比如目的是增强肌力,最佳的训练项目是使用一个多次的训练单元,每个单元负荷高而重复次数较少(3~8 次),每个单元结束后需要休息。与此相对,如果治疗师的目的是提高耐力,每个训练单元的负荷不需要很高,但在每次休息前重复的次数应该增多(8~20 次)。当患者能力提高后,每个单元的负荷和(或)重复次数应该根据治疗师的目标而增加。如果目标是增强肌力,推荐治疗项目的阶段性频率是每周 3 次。

交叉于关节周围的肌肉有痉挛趋势,从逻辑上说是训练肌力增强的主要对象。对于痉挛型脑瘫儿童,治疗师可考虑以下的一种或所有的肌力进行增强:如肘伸肌、前臂旋前肌、腕伸展肌、髋伸展肌和外展肌、膝伸展肌以及踝背屈肌。不过,肌力低下也存在于影响功能表现的其他肌群中,如踝跖屈肌或髋屈肌,这些肌肉力量是影响正常步态所必需的重要因素。当设计一个旨在避免加速肌肉的不平衡和挛缩的训练计划时,关节周围肌肉的绝对肌力和相对肌力都应考虑在内。表 R1 和表 R2 分别列出了等张和等速训练项目。肌力增强训练不一定要求负重或使用器具,但是可以通过复合的运动增加负重的强度来保证肌肉得到有效的刺激。其他肌力训练包括减重步行训练、水中抗阻训练以及许多不同的运动及消遣活动。

表 R1　等张项目示例

目标:增加髋屈肌和膝伸肌力量,以便取得更快、更直立的步行模式
负荷:踝部沙袋负重,负重量相当最大负重的 80%
频率/持续时间:每周 3 次,持续 8 周
阶段训练:左、右下肢的肌群各有 4 个单元的训练,每个单元重复 5 次(总计 20 次)
体位:髋:支撑站立,同时一侧下肢向上抬起,就像高抬腿行走中
膝:坐在椅子上把双脚抬离地面,同时慢慢伸膝
进展:贯穿训练计划中,每两星期测试肌力并增加负荷

当治疗技术应用恰当的时候,负重训练对所有年龄段儿童是安全的。在身体发育完全之前,训练负荷不应超过最大量,以避免在发育中对肌肉骨骼组织造成伤害。另外针对安全方面的考虑因素还包括,对于特别虚弱或无主动活动能力的患儿,应设计逐步增加抗阻训练;在没有成人保护的情况下

表 R2　等速项目示例

目标:增加偏瘫肢体步行时膝伸展肌和踝跖屈肌力矩和产生力矩的速度,以便改善步态
负荷:推荐的“窗口”的设置,抗阻为最大做功的 80%~90%
频率/持续时间:每周 3 次,持续 8 周
阶段训练:对每组肌肉,2 个速度(30°/秒,60°/秒),10 次向心收缩,如果需要可以休息;30°/秒 10 次离心收缩
位置:在仪器上半靠坐位,应用标准化的膝和踝附属装置和规章制度
进展:当患者用尽全力按照仪器设定的速度完成全关节范围运动(限于向心收缩),速度可从 30°/秒以上加快

禁止举重训练;在肌肉不能用力或缺乏外在支撑的情况下不使用一侧下肢的悬吊下肌力训练。患儿也不能连续对一组肌肉进行肌力训练。如果过分的酸痛或持续存在,或肌力增强训练后痉挛加重,应该更改训练计划。有癫痫发作的患儿,药物不能很好地控制,而且肌力增强训练会加速其发作,要排除在外。任何儿童开始负重训练前应该有医生的医嘱。

通过粗大运动功能的检查,等张和等速训练计划已经被证明可以有效地提高肌肉力量和运动功能。而有关改善步态方面的报道也已证实,其中包括自由速度和最快时速步行时速度的增加,主要是通过加快节奏,增加所训练肌肉的主动运动,以及改善站立时稳定性来实现的。研究还报道了自我认知能力的提高,但是需要更多的研究,通过特定的训练项目和功能活动来检验肌力训练的效果以及其他相关效果。

脑瘫患儿肌力不足将限制功能性表现,但是可以通过训练来提高。治疗师可以先行一步主动参与进来以预防继发性损伤,促进患者的健康。肌力和耐力训练是保持健康的重要因素,能够改善患者终身的健康状况,同时也可促进儿童与成人脑瘫患者参与娱乐活动、社交活动以及职业活动的能力。

第3章　平衡训练
Betsy Mullan,*物理治疗师*,**PCS**

运动控制和肌张力的损伤本身不仅造成患者出现平衡问题,还可以造成视觉和感觉系统的进一步损伤,从而进一步影响稳定和平衡,进而导致更加复杂化的现状出现。

平衡与成为一个整体的运动很难分离出来,同时与环境也是相连而且密不可分的。正常平衡的建立需涉及三个系统:前庭、视觉和躯体感觉。最初,视觉是姿势控制发展的关键,而当主要的粗大运动功能,如从坐位过渡到腹爬、站立,及站立到步行时视觉的发育则将到达顶点。姿势反射,如那些站在平衡板上的儿童,其姿势反射根据年龄而不同。4~6 岁时,视觉、前庭和躯体感觉输入出现了整合。7~10 岁时出现的反应与成年人相似。

脑瘫是一个多系统损伤造成的障碍,有可能影响视觉、前庭或躯体感觉系统。Nasher 等发现脑瘫患儿个体的肌肉运动

失去顺序性,在姿势控制中对肌肉运动顺序存在较差的预期性控制,姿势的稳定性经常被不稳定的协同肌或拮抗肌的运动所干扰。治疗脑瘫患儿的物理治疗师,需要在评价的同时也要考虑这些平衡因素,不能忽视必需的姿势和运动时周围的环境。

平衡作为评价因素出现在绝大多数发育评价中,其中包括粗大运动功能评价量表、Bruininks-Osterestky 运动功能测试、Peabody 运动发育量表以及 WeeFIM 量表。这些测试可以帮助治疗师查明平衡是否与视觉(睁眼或闭眼)、前庭以及躯体感觉(接触面是运动或静止的)有关。评价患儿的平衡需要和造成不能完成任务要求的缺陷也是很重要的(穿衣要求的独坐对比上学和走过拥挤的大厅),同时也要考虑患儿和家长的所关注的事情和康复目标。这些信息能够被用来帮助制定训练项目。

可以使用本书其他章节提到的不同的操作和治疗技术来帮助患儿取得成功。环境设计和任务的建立必须分别在开放和封闭的环境中,使患儿可以最大限度地提高功能性的生活技能。封闭任务的特点是任务之间没有变化,在实践中要求获得的信息较少。开放的任务系统要求更多的信息获得。在一个封闭的环境中物品的陈放是固定的,患儿不需要额外的时间来保持平衡,儿童在封闭的环境里可以以自己习惯的速度运动。开放的环境要求更多的注意力和信息的输入。

临床医生应该记住运动需要平衡,同时儿童在环境中需要进行功能活动。在一个环境中儿童可以适当的评价和设计与环境的相互作用来使儿童功能最大化。

第4章 电刺激技术

Adam J. Rush, 硕士

大量的出版物和未经检验的经验报道了电刺激在脑瘫的治疗中的作用。文献回顾得出的结论让人困惑,从引用的一个医学关注点到另一个关注点之间存在着巨大的非连续性。L. J. Michaud 博士对于脑瘫儿童的电刺激治疗有最为清晰的讨论。

决定哪个孩子应该接受神经肌肉电刺激(NMES)或经皮电刺激(TES)是一个问题。尽管这里没有文献表明有特别的组群容易受到理疗的伤害,或者受益少一些。大多数针对儿童的研究表明电疗对于脑瘫儿童的影响是温和的,而且预后也比较好。最差的负作用是刺激探头引起接触面皮肤的不良反应。以此,电刺激可以说是适合每个脑瘫患儿的安全治疗。但是目前还没有展开不同电刺激治疗方法之间的比较研究。

我们通常认为治疗师使用神经肌肉电刺激和选择刺激剂量时更多的似乎是按照个人经验,而不是科学测量。Michaud 博士的文章建议开始神经肌肉电刺激时,较合理的考虑如下:刺激频率:45~50Hz;刺激强度:最大耐受力;开始/结束时间:10/50 秒,或触发;加速 1~5 秒,或感觉舒适;治疗持续时间:

重复 10~15 次频率,每周 3~5 天。

有一些关于抗阻练习,神经肌肉电刺激的相对效用的研究,也包括了两者的比较研究,结果各异,但总的说来神经肌肉电刺激有一些效果,但没有单独的抗阻练习效果好,可是两者共用可加强效果。

第5章 马术治疗

Stacey Travis , 物理治疗师

儿童从运动和新奇的事物中受益。当采用神经发育治疗时,患儿在 Bobath 球上的训练可以提高肢体的放置和平衡以及稳定性。如果愿意采用马术治疗,患儿将在一个毛的,刺激嗅觉的,温暖的,有四条腿的 Bobath 球上进行运动控制、牵拉和平衡的训练。北美残疾人马术联合会定义马术治疗为物理治疗师、作业治疗师和语言治疗师使用马上运动作为工具,治疗因为神经损伤导致的损伤、功能受限和残疾。马术治疗作为工具是为了获得功能的整体治疗项目中一部分。

常年进行以传统的临床治疗为主的治疗对于治疗师和患者来说已经陈旧,效果不佳。马术治疗提供给治疗师和患者一个活泼、有效的治疗方法,由此引发新的兴趣和热情。马术治疗应用于康复治疗,不应与骑马疗法混淆。骑马疗法不是常规治疗,关注于残疾骑马者的创新和骑马技巧。马术治疗的对象与任何疗法患者一样,必须有一个开始的评价,进展记录和出院小结。很重要的一点是马术治疗对于以下的患儿是不安全或不适合的:脊柱不稳定的患儿,严重的关节炎,髋关节脱位,不能控制的癫痫,脊柱融合,静态坐位平衡差(儿童重于 70 磅)或骑马后肌张力升高。脑瘫个体因为损伤限制了运动中进行相反运动的能力,因此患儿缺乏节律性运动的经验。研究者指出运动中的马匹刺激了人类步行时骨盆的三维运动,同时马的温度和节律降低了肌张力,促进了放松。理论上,马术治疗通过减轻损伤,允许患儿组织自我运动模式以实施功能性的运动策略,从而促进患儿体验节律性的运动。研究者通过已报道的大量通过观察得到马术治疗疗效支持以上的理论(表 R3)。

表 R3 马术治疗的益处

改善关节挛缩	提高骨盆,髋和脊柱的运动能力
降低肌张力	扩大肌肉的关节活动度、灵活性
减轻运动时能量消耗	和肌力
提高稳定性	提高身体的灵活
促进重心转移	增强平衡
促进姿势和平衡反应	提高姿势/对线
增强视觉认知能力	提高听力
增强自信心	改善步态
促进呼吸	提高发音和语言能力
提高协调性	改善与外界的关系
提高注意力	

现存马术研究主要由主观研究构成。因为缺乏有效的和可信的测量工具，马术研究的结果很难进行客观测量。由于方法论的缺陷和样本量偏少造成目前的研究结果不显著或没有结论。尽管缺乏客观性，作为第三方的保险公司已经接受马术治疗。

一个典型的马术治疗持续 45 分钟到 1 小时。目前的研究缺乏大多数人认可的频率或持续时间。不过研究推荐治疗每次最少 30 分钟，每星期 2 次，持续最少 10 个星期。根据患儿的情况，骑马前的准备活动是必要的。这些活动包括使用牵拉或放松技术使患儿的身体为骑马做好准备。马术训练传统上不使用马鞍，而用羊皮或软垫。马背上的垫子将允许儿童在马背上以各种姿势进行训练（仰卧，俯卧，手膝位，坐位，侧坐位和膝立位）（图 R1）。在马上，患儿带着头盔，由三名成人陪伴：一名治疗师，一名侧方的步行者，一名领头者。治疗师可以与患儿一同骑马，或从马旁扶持患儿。领路者的主要责任是牵引马匹，他/她走在马的旁边，旁边的步行者帮助治疗师保持姿势同时关注患儿。他走在骑马者的膝旁，以从上肢到大腿的姿势固定骑马者。治疗师可以使用玩具或游戏（铃，球）来使患儿在不同姿势下运动，或者让马在不同地势上行走来提高训练的挑战性。在一个训练单位，伴随着马上的训练，治疗应该在地面上以相同的运动结束，以促进功能掌握。

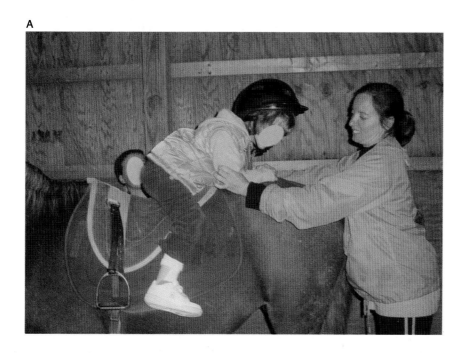

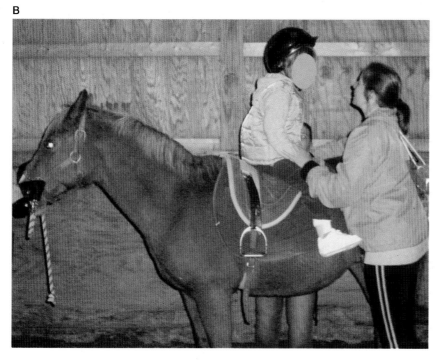

图 R1　马术治疗是坐在马背薄软鞍上进行的治疗。常让患儿倒坐在马背上进行平衡及运动协调方面的训练（A）。着重于直立坐位下对平衡的反应。在进行马术治疗时，需要三个工作人员进行协助。一个助手在治疗师对患儿进行治疗时站在马的旁边，控制马的行动。第三个助手需要站在治疗师的对面来防止患儿从马上跌落，并且在转换姿势时协助患儿（B）

美国马术治疗联合会已经制定了一个特定的指导原则，使治疗师治疗时确保质量和责任。它建议只有经过正规培训的治疗师才可以进行马术训练。

第6章　水疗

Jesse Hanlon, BS, COPA

Mozghan Hines, LPTA

治疗性的应用水疗是一门需要仔细选择的艺术，应用拥有众多物理特性的水是最适当的手段，可产生一个良好的效果。错用或不小心的使用水意味着处于良好意图的治疗逐渐变成悉心体贴的照顾。水疗提供了许多机会去体验、学习，去享受一个新的运动技能，这个技能可以提高运动功能、运动能力，并树立自信。

水疗主要的优势是减轻痉挛性患儿的肌张力增高。当身体浸入热水（华氏 92~96 度）身体的核心温度上升，使 γ 纤维的活动性降低，因此减少了肌梭的活动性，促进了肌肉的放松和减少了痉挛。因此使关节活动范围扩大和产生更好的姿势对线。

浮力，黏滞性，漩涡和水的压力是水的特性，可以对身体产生帮助和抵抗。浮力的特性可以有许多不同的用途。浮力可以简单的定义为一个可以减轻体重的对抗地球引力向上的力。当一个人的身体的第七颈椎以下都置于水中或下巴以下置于水中时，他的体重只相当于地面体重的 10%。胸以下在水中时，相当于地面体重的 30%，腰以下在水中时相当于地面体重的 50%。当进行一个逐渐增加负重的运动时，个体可以使用游泳圈从较深的水域开始，逐渐移向较浅的水域。此外，因为克服地球的引力减轻了重量，浮力可以帮助运动，由此促进功能运动的学习，比如在地面上还未掌握的坐、站、翻身和步行（图 R2）。浸入水中产生的浮力是减轻关节术后的无力、关节疼痛及减轻下肢负重的一个有效手段。

因为水的压力，水成为一个自身的体干护围和下肢的压力套，使术后水肿患者去除压力套而在水中训练成为可能。同时帮助治疗师实现去除患者胸腰骶矫形器的目标，比如针对脊椎术后胸腰脊柱关节炎的患者。水的压力同时有利于呼吸控制、发声，同时增强呼吸肌的力量。

水的漩涡可以抵抗运动。水的流速越快，抵抗就越大。水的等速运动模式通过延长反应时间，可以帮助减轻共济失调运动和提高平衡反应。在渐进抗阻肌力增强训练中，可以带上手桨、脚蹼、鳍状物和漂浮装置来最大化水的阻力。水的环境也与感觉和前庭相关。潜水、泼水和水中嬉戏、倒水是感觉训练的例子。前庭系统通过一些水中的运动得到锻炼，比如戴着泳圈旋转，水下的翻滚，Marco Polo 游戏和潜水寻物等。

2001 年在田纳西举办的美国物理治疗联合会的年会上，北卡罗来纳大学的 D. E. Thorpe 及其同事的研究发现水中抗阻练习对脑瘫患者的作用基于不同的影响因素。

图 R2　开始训练步行特别是在手术后进行步态训练时一个较为实用的方法为泳池中步行。这意味着泳池中的水需可被调节到一个正确的可用的高度

标准测试肌力，平衡，能量消耗，移动功能和个体感知的竞争力在渐进抗阻练习项目之前、之后和一周以后。九名 7~31 岁的痉挛型双瘫的脑瘫患者进行了牵拉、器械抗阻训练、游泳技巧和下肢肌力增强训练，持续 10 周，每周 3 次。研究结果表明实验对象在训练一周后，髋保持伸展而不是膝伸展时，膝和髋的伸肌有了明显的增强。步行速度在训练一周后明显改善。一个从水疗中获益的典型的例子是 Heather，她接受了多次外科矫正手术，目的是矫正双足的严重变形，外科手术包括双侧胫骨的截骨、根骨外侧柱延长、第一跖骨截骨和腓肠肌缩短。Heather 穿了 8 周的短下肢支具，主要移动工具是电动轮椅，手术后 5 天开始了每周 3 次的物理治疗，主要是进行转移训练，提高关节活动度，肌力增强和步行训练。

在地面上进行物理治疗而未开始水中治疗之前，临床发现 Heather 不能行走，从轮椅向垫上转移需要最大借助，使用步行器下接触地面的站立时间为 30 秒。手术 8 周后她去除了短下肢支具。2 天后开始在借助下在水深到达胸部的水中进行 30 英尺的步行训练。肌力增强训练包括靠墙蹲位、步行、骑车、仰卧恢复和腹部练习。在水中训练开始后的地面训练 5 天后，Heather 在两人的借助下负重能力提高。Heather 继续额外的 20 周治疗包括陆地上的治疗,每周一次和水中治疗每周两次。现在她仅需要最小的借助就能使用 Kaye 步行器步行 80 英尺。她也可以上 3~4 节台阶,这是她以前不可能完成的。在泳池少量的借助下她可以向后步行 30 英尺。使用滑动的转移技巧她可以独立完成转移。

表 R4 水疗:禁忌及注意事项

禁忌	注意事项
开放的伤口	药物控制下的癫痫
传染性疹(假单胞菌属,链球菌属)	呼吸变弱:肺活量为 1.5L 或更少
感染(呼吸、泌尿、耳、血液)	截骨术后,回肠造口术,尿道造口,G 和 J 型管,耻骨上的装置
发热	
不能控制的癫痫发作	外部固定
气管切开	行为问题(儿童,头部外伤,不能控制的恐惧)
心脏病	
活动性的关节疾病(风湿性关节炎、血友病)	过度敏感
没有内部保护措施的月经期	不能控制的高或低血压

表 R5 根据神经发育推荐的游泳姿势

重度四肢瘫(痉挛,徐动,混合)
仰泳
蛙泳
当患儿划水时会尝试这些姿势。指导者站在患儿的头后,抵抗向后的推进来帮助共同收缩
中度的痉挛四肢瘫和双瘫
仰泳/蛙泳
仰卧水面,两脚并拢,两手放身旁上下拍水使身体向头的方向移动
仰卧水面,两脚并拢,两手放身旁划水并带出水和入水动作
中度徐动
仰卧水面,两脚并拢,两手放身旁上下拍水使身体向头的方向移动
仰卧水面,两脚并拢,两手放身旁划水并带出水和入水动作
仰泳/蛙泳
偏瘫
仰卧水面,两脚并拢,两手放身旁上下拍水使身体向头的方向移动
仰卧水面,两脚并拢,两手放身旁划水并带出水和入水动作
鼓励患儿使用患肢开始游侧泳
受损的一侧在上面,患儿可能用反剪式打腿(注意浅打水,即膝部不动仅用小腿打水可能增加伸肌张力,导致步行时出现剪刀步态)

水疗有一些禁忌证,可能使儿童在水中处于危险的情况,比如频繁的癫痫发作,或有大的开放性的伤口污染了游泳池,还有一些需要治疗师特别预防的情况,防止对患者或治疗师的伤害,比如有不能预测行为问题的儿童。涉及的每一个不同的神经模式要求一个特定考虑的游泳姿势,治疗师应该教会患儿,比如,偏瘫的患儿,很少使用一侧上肢,将很难学会爬泳。关注使用累的上肢是一个很好的治疗模式,在治疗过程中应该使用。侧泳是一个更有效的娱乐性泳姿。

其他水中治疗方案

当需要时几种治疗方法可以整合到一种治疗实践中。Watus 是 Shiatus 的水中版。由北加利福尼亚的一名 Shiatus 的老师发展起来。患者通常在热水里保持稳定或摇晃,同时治疗师固定或运动患者身体的一部分,由于水拖拉力的影响,身体的另一部分被牵拉。治疗者在节律的晃动中结合水的独特特性,患者是被动的。按摩和经络疗法的结合可以使过度兴奋或感到疼痛的患者安静和放松。

Halliwick 方法是 James Mcmillan 发展起来的,当他教残疾人游泳时,根据水的动力和身体的机械运动发展了此法。训练了认知能力、呼吸控制和理解身体如何在水中运动,Halliwick 方法结合了水的特性和旋转控制模式。

按照 Knupfer 训练的原则和运动模式以及神经肌肉本体感觉诱发(PNF)产生的 Bad Ragaz Ring 方法是一种主动或被动的水中治疗方式。选择患者的头、颈、髋、腕和踝等处绑上漂浮物,帮助他保持在一个水平的姿势,同时通过口头、视觉和感觉的指令使其产生一系列运动或放松模式,模式可被动完成,为了放松/灵活,也可以主动辅助或抵抗,以增加肌力。

Berta 和 Karl Bobath 的神经发育治疗能治疗中枢神经损伤的个体,特别是脑瘫和成人偏瘫,治疗包括患者的主动参与,治疗师逐渐减少直接输入,其目的为取得最佳功能,是直接手法治疗。

游泳池的设计/易进入性

理想的泳池设计要求考虑多种因素以满足不同残疾者和治疗师的要求(表 R6)。特别要注意的是泳池要有能让轮椅进入的方便设施(图 R3)。有一个方便进出的更衣区也很重要,除非特殊的改造,否则对成人体型的患者通常不方便进出(图 R4)。

综合治疗手段

为满足患者的需要,每个小组成员都承担了一部分工作。口腔卫生,如厕卫生,穿脱衣服技巧,游泳前后的淋浴都可以被作业治疗师整合进水疗项目中。在物理治疗师进行功能训练的同时,语言治疗师可以利用水的抵抗力增加声音的投射和促进语言表达。

总之,水疗是一项有趣和有效的增加脑瘫患儿生活品质

表 R6　游泳池的设计/易进入性

装修：

在泳池区域和更衣区用防滑地面

水的深度：

对于小儿和新生儿,深度从零到 3 英尺的入水区域是合适的,根据泳池的大小和治疗项目,水的深度应该满足治疗计划的需
　　要。对于学龄儿童,水深 4.5 英尺是适合的。如果潜水是训练的一部分,就要求 10 英尺的水深

空气和水的温度：

对于治疗性泳池要求水温在华氏 92 ~ 96 度。消遣的泳池温度要求在华氏 86 ~ 88 度。空气的温度与水相差不超过华氏 5
　　度,防止出现凝结。太高或太低的温度都不利于仪器和参与者。维持理想的水温有利于水的化学稳定性

泳池的入口和出口：

零坡度的入口,附加轨道,梯子和水中起落架可使不同功能水平的患者受益

更衣室和浴室：

更衣室应该方便轮椅的进出,同时配备有垫子的长椅

安全设备：

所有设备应符合国家安全要求,提供服务防止意外和满足医疗急诊的要求

员工：

当开展项目时要求泳池救生员随时陪同

治疗师要有合格的执照

图 R3　当患儿长到成人,在进行水疗时将患儿运送出入泳池的能力是泳池设施
中最重要的组成部分。图中显示的轮椅斜坡道非常安全、简单,并且是使泳池方
便使用的较为有效的机械装置

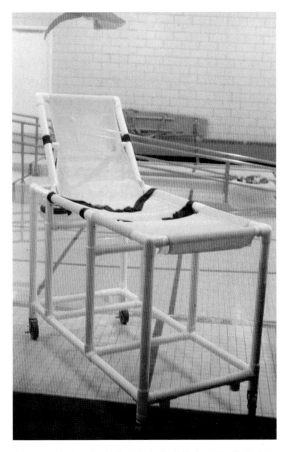

图 R4　对于穿衣及移动完全依赖的较大的患儿在进行水疗时的一个问题是需要找到一个更衣室或是更衣用橱柜。可使用低成本的并较容易利用的建造及管道装置。志愿者可以为学校定制这种更衣柜

的方法。儿童的天性是喜爱水环境的,有利于治疗师在快乐的气氛下通过建立自信和享受快乐实现治疗的目标。对于传统的地面上的治疗,水疗是一个附属训练。可以提高运动范围,协调功能运动和维持终生的健康。通过不同人关于水的作用的建议和报道,产生了许多利用水进行治疗和娱乐的方法(表 R7 和表 R8)。

表 R7　Community resources.

American Red Cross

17th and D Streets, NW

Washington, DC 20006

http://www.redcross.org

National Recreation and Park Association

3101 Park Center Drive

Alexandria, VA 22302

http://www.nrpa.org

Boys and Girls Club of America

National Headquarters

1230 W. Peachtree Street, NW

Atlanta, GA 30309

http://www.bgca.org

表 R8　Recommended reading.

Campion MR. Hydrotherapy in Pediatrics, 2nd Ed. Oxford: Butterworth-Heinemann, 1991.

Harris SR, Thompson M. Water as learning environment for facilitating gross motor skills in deaf-blind children. Phys Occup Ther Pediatr 1983;3:1:75-82.

Langendorfer S, Bruya LD. Aquatic Readiness: Developing Water Competence in Young Children. Champion, IL: Human Kinetics. 1995.

Routi RG, Morris DM, Cole AJ. Aquatic rehabilitation. Philadelphia: Lippincott-Raven, 1997.

Martin K. Therapeutic pool activities for young children in a community facility. Phys Occup Ther Pediatr 1983; 3:1: 59-74.

第7章　辅助设备

Mary Bolton,*物理治疗师*

　　在大多数脑瘫患儿的一生中需要站立和行走的辅助用具。在耐用性医疗设备市场上有大量种类的辅助用品。选择并提供合适支撑的步行器使运动能力最大化是至关重要的。因此,当患儿使用辅助器具时,对使用的几种辅助用具进行评价是关键。

　　评价一个患儿步行器的使用,最初的评价是很广泛的。关键是患儿下肢的负重能力。当评价较小的患儿时,扶着患儿处于直立,使其双脚与地面接触,同时注意患儿的支撑能力。当评价年龄较大的患儿时要注意重心的转移能力。来自父母,治疗师,老师和其他照顾者的信息会增加你对患儿的需要和潜力的理解。下肢的分离运动能力是步行的关键,但是对于伸肌张力高的患儿是很难完成的。当站起和移动时踏步反应应该发挥作用。对患儿运动范围的彻底评价是需要的。下肢的挛缩严重影响了患儿的直立。通过扶持患儿双臂使其站立来评价肌力。在不同姿势下,上肢可以支撑负重,比如肘伸展,或在台子上屈曲上肢支撑。

　　患儿的功能性移动能力也需要评价。他们在地板上或直立的运动使治疗师可以观察负重控制,重量转移能力,认知动机和问题解决能力,观察从坐到站,从站立到旋转,从地板上站起都是有价值的,患儿使用轮椅,操作技巧的方式也提供了关于视力、肌力、耐力、认知和对环境警觉性的进一步信息。任何可以帮助患儿保持姿势或直立的耐用医疗设备都应该被使用和评价。

　　父母经常可以为辅助器具的评价提供额外的背景信息,因为他们有在家和学校使用器具的知识。患儿使用器具的病史和表现也是有帮助的,你也需要知道患儿现在使用的是什么器具。父母也许对患儿目前的需要和渴求有了注意。此外,如果将来要进行外科或药物的介入(支撑架,肉毒素注射),将可能影响步行辅助器具的推荐。

　　很多时候,学校或家庭治疗师参与照顾患儿,针对患儿步行需要进行评价,可以提供重要的信息,但往往受限于器具的

不足和选择性少。使用互联网可以增加器具的信息,尽管对于患儿来说它并不总是有用的。与当地的耐用性医疗设备销售商合作和(或)直接与设备制造商联系也是一个选择。

站立架帮助那些需要明显姿势支撑的患儿。他们缺乏能力或不理解如何使用双臂支撑自己,或理解如何使用步行器有认知障碍(通过发育年龄或实际的认知发育限制)。第一步是决定一个仰卧、俯卧或直立的站立架是否对姿势保持最适合。需要更多伸展肌力包括头的控制、诱发双上肢支撑、可以主动参与站立的患儿适合俯卧位站立架(图 R5),因为肌力弱或肌张力低下使患儿伸展姿势强化或姿势控制下降可以受益于较慢速度的直立站起。一个仰卧位的站立架可以允许较慢的速度升起到直立位姿势,减轻血压和循环的问题。直立站立架有许多种类,包括全体干的支撑到下腰部的控制。可以运动,能转换到站立位的和需要增加立位耐力的患儿通常使用站立架,无论是否由于关节活动度受限导致,还是由于肌力或总耐力导致。这种站立架有一个附加的固定带用于肌力弱的下肢,所有种类不同的站立架都有各种选择,包括配件、特殊的形状。站立架可用的外形可以有无限的可能,仅仅受到制造者创造力的限制。

当一名患儿开始展示双下肢的负重能力,试图迈步转移

重量时,他已经适合使用步行辅助工具了。这些步行器具种类很多,包括从提供最大介助控制的步态训练器到步行器、手拐、肘拐不等。

步态训练器对于有以下问题的患儿是最适合的:姿势张力高,骨盆受限,双下肢脱位,在护理者的支持下也不能进行重量的转移。以上的患儿有运动的渴望,并且与环境相互作用,但由于能力的限制而不能独立完成。步态训练器调整身体的重心于双脚的上方,防止体干的侧方屈曲,通过一个椅子提供了体重负重的支撑。步态训练器帮助稳定体干和骨盆,使双下肢在步行时可以独立运动。如果患儿的双腿内收,步行带子可以介助下肢在外展位。上肢的支撑是可选择的。患儿可以通过步行推动这个器具。体干由体干/骨盆向导,带子和垫子调整。步态训练器像一个环形的步行器,或像婴儿的训练器有更多的支撑,有各种尺寸,有限制轮子方向的能力。出于对年龄较大和更成熟患儿的安全考虑,步态训练器的支撑基底比较大,但是在家里存放会占地比较大和笨重。而且,一个护理者很难安全地独自把较年长的患儿举起或移动上步态训练器。尽管对年龄较大的患儿没有什么作用,但是步态训练器对于年轻的需要稳定和开始有步行技能的患儿却是理想的选择。

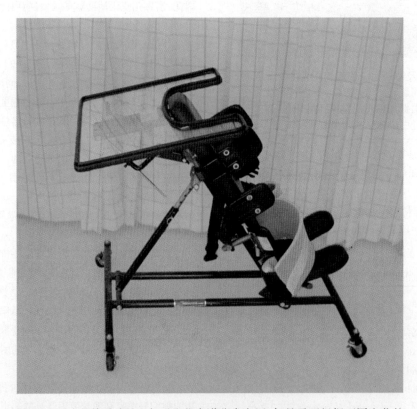

图 R5   图中的俯卧式站立架对患儿来讲非常实用,但是需要根据不同患儿的个体差异来进行测量制作。并且,这种设备在评估处也是非常实用的。这样,患儿家长可以看到这种站立架的大小及患儿在这种装置上的反应

步行器对于有负重潜能的患儿是有帮助的,它可以启动步行,但限制重量转移、平衡能力、肌肉的耐力和协调性。有几种不同的步行器可以用来评价,前方和后方的步行器可以

使用,还包括许多配件和选择。选择一个步行器最重要的决定因素是患儿使用步行器后的功能如何。同使用其他器具一样,重要的是有很大的选择性,在步行器的种类、尺寸和肢体

的支撑上可以试用。其他附件像轮子、刹车、坐位、骨盆向导可以加上或以后替换。通常，观察患儿的情绪反应和运动能力，可以帮助治疗师缩小选择最适合患儿的步行器的范围。一些患儿可能需要几倍的培训或延长时间来调整适应步行器，特别是第一次使用时。一些较小的患儿可能更习惯步行时上肢在不同的位置，包括双手抓住高的、直立的家具，或推可以移动的玩具，具有这样经验的患儿可能更容易接受后方步行器，对于年龄较大的患儿，他们更习惯前方步行器。较大的患儿也更容易控制前方步行器，因为后方步行器的支撑基底较大，所以较笨重。一个后方步行器最适合使用步行器前进时过分向前或体干过分屈曲的患儿。一个前方步行器适合需要较少上肢支撑保持姿势对线，和体重转换更为流畅的患儿。这些步行器通常更轻和更简洁。

患儿如果需要较少介助就能保持平衡，偶然摔倒，长距离社区步行困难，或不平路面步行困难的患儿可以使用手拐或肘拐。此种患儿通常6岁或更大，而且报道很少使用步行器，靠着家具辅助站立，或更喜欢其他人温和的支撑。手拐和肘拐有各种类型和设计。手拐可以帮助偶尔跌倒，而且逐渐比同龄儿速度慢的患儿，也可延续到青春期患者。治疗师需要关于尺寸数据、基底选择和抓握方式来决定最适合的器具以满足患儿的需要并使其维持在舒适的水平。一些患儿为了安全在较大的校园和社区外出中使用手拐。总之，前臂肘拐是目前最适合脑瘫患儿的辅助器具。

判断最佳的辅助器具不应该是一个匆忙的决定，它会影响患儿的继续发育、反应能力和自己的世界。有时，不止需要一个辅助器具，步行器可适合于学校的长距离步行，一个手拐适合小而拥挤的家居环境。选择最适合患儿的器具不能被评价时间所限制。谨记，目标是步行时有最好的姿势对线，方便实用，节省时间，加快步行速度，患儿及其父母应该对推荐表示满意和充满自信。

第8章 坐位系统

Denise Peischl, BSE,
Liz Koczur, MPT
Carrie Strine, OTR/L

没有其他与脑瘫患儿有关的科技领域显示出像移动系统和坐位系统那样大的发展。看护者都同意关于坐位装置的适当处方应该包括家庭、治疗师、医生、设备厂商和解决复杂病例的康复工程师。表R9～表R17列出了坐位系统的基本原则。因为轮椅与儿童身高尺寸相比，通常是较大器具。

当我们决定选择具备功能用途的设施时一定要考虑到患者本身的状况、家庭环境、家庭目标以及能被应用的社区环境的设施（图R6）。在康复社区中，许多特定的适应证和禁忌证没有很好的被定义或被广泛认可。由于所有这些干预，附加物和缺陷都应在考虑范围内（见表R9～表R17）。

表 R9 坐位系统

扶手（固定在靠背上来支撑体干）
（+）支撑患者直立的姿势
（+）侧方的支撑保证移动中的安全
（+）近端的稳定加强远端的活动性
（−）减少患者本来具有的后侧方运动
有弧度的扶手
（+）有弧度的扶手包绕患儿的体干有助于减少体干前屈
（−）可能使转移困难
（−）要求有移动的五金件以便转移
直的扶手
（+）方便患儿移进和移出
（+）方便转移
（−）不能抑制体干前屈
夏天/冬天的金属支架（在椅子后方可以有轻微的调整，让护理者从侧边放进或拿出厚的衣服），使用者没有能力进入
（+）容易使用，不要求工具
（+）可以伴随季节转换进行宽度调整
（+）不需要工具也能根据生长调整
（−）要求替换或丢失的额外配件
移动的五金件（在扶手的一侧推动控制杆，使其以一定角度打开）
（+）移开扶手方便转移
（−）附加的铰链
（−）没有考虑是否能承担很大的支撑要求

表 R10　坐位系统

骨盆向导(垫子经常放在椅背上,或椅面上放置软垫,保持骨盆对线。椅子上的骨盆向导可以是任何长度的,经常是全长、
　3/4 长的,或正好包绕骨盆的)

(+)保持骨盆中心在椅子中间

(+)根据患儿生长进行调整,维持骨盆姿势

(+)为维持中位对线使宽度变窄

(−)增加椅子的总重量

(−)椅子折叠时显得笨重

(−)移动困难

表 R11　坐位系统

双膝内收(垫子经常放在吊住脚踏板的杆上,保持膝青蛙样外展姿势。接触点在股骨外上髁)

(+)帮助维持双下肢中立位的对线

(−)因为运动的部分导致无法保持对线(多轴关节)

(−)使转移困难

(−)笨重

"锁"膝(在膝的前方,与坐位上的带子一起防止患儿从轮椅上滑下)

(+)防止滑下

(−)当膝或髋的完整性存在问题时,不能使用

(−)转移时困难

外展(用于膝外展)

(+)减轻内收,保持下肢好的对线

(+)转移时可以向下抽出

(−)如果位置不正确可导致腹股沟问题

(−)笨重

(−)很难使患儿有独立的功能

表 R12　坐位系统

双肩向后收缩垫(保持肩的后撤,撤掉椅背,用替代支架来支
　撑肩部抵抗靠背)

(+)肩后撤

(−)保持姿势困难

(−)笨重

(−)为轮椅增加重量

(−)当患儿使用躯干屈曲/伸展进行功能性伸手取物时,不能使用

髂前上棘下部控制(固定骨盆)

(+)控制由高张力造成的骨盆后倾

(+)当坐在轮椅上时维持固定持久的姿势

(+)控制骨盆的旋转

(−)如果放置不正确可以导致髂前上棘部位的皮肤破损

(−)如果患儿有认知障碍很难评价其耐受性

(−)不容易调整

维持体干的姿势

颈托(尼龙或橡胶的网状外形)

(+)帮助维持患儿体干直立

(+)在转移中可以保证安全(伴随常规性的向下锁住)

(−)没有好的牵拉对线促进双肩的向后收缩

固定胸部的带子

(+)帮助防止体干前屈

(+)维持转移中的安全

(+)容易安上和取下

(−)不具有很强的体干姿势保持功能

双肩带子(橡胶或尼龙带子可以牵拉体干近端使其与肩胛带保持在一直线上)

(+)促进肩向后撤

(+)提高体干稳定性

(+)转移中安全

(−)需要合身才能发挥作用

(−)患儿体干没有多少活动的自由

单侧带子(颠倒的 Y 形肩带)

(+)促进一侧肩后撤

(+)患儿可以使用正常的肢体和体干进行功能性取物

(−)仅固定一侧

(−)可以在运动中脱落

表 R13　坐位系统

骨盆位置	(−)体积大
弹拉安全带	双拉垫式安全带(双 D-铃便于用户或护工操作)
(+)简单,容易操作	(+)容易获得舒适
(+)一些制造商生产轻微压力即可松开的各种产品	(+)容易调整、拆装
(+)耐久的	(+)便于伸肌张力降低
(−)有时太硬不适于无精细运动控制的患者	(+)有助于减少骨盆的旋转
飞机安全带	(−)体积大
(+)简单,容易操作	反向安全带(安全带被系在用户后面,不方便自己解开)
(+)粗大手部运动也较容易解开	(+)安全
(+)耐久的	(−)对于护工很难触到
(−)大的金属扣较为麻烦	(−)对于降低张力或骨盆位置无效
金属扣安全带	坚固的安全带(安全带一侧或两侧被硬塑料覆盖封面)
(+)松开较难,用户想移动可能会出现安全问题	(+)把安全带放置于很好位置易于用户松解或扣紧
(−)不耐久	(−)在某种状态下易于转移时应用
有垫的安全带	骨盆位置控制带(Y-形带缠绕在两腿之间控制下肢外展)
(+)舒服的	(+)交替骨盆位置带或半位-髂前上棘(ASIS)横梁
(+)允许用户/护工操作而不会伤害到用户	(+)对于 2 岁以下的儿童较好
单拉垫式安全带(单 D-铃便于用户或护工操作)	(−)对降低张力无效
(+)容易获得舒适折椅	(−)不能控制骨盆旋转
(+)辅助性降低张力	(−)需要持续监控刺激物和磨损皮肤的技术
(+)耐久的	

表 R14　坐位系统

靠背休息位	须要事先送到工厂里加工)
扁平靠背休息位	(+)可推荐给脊柱畸形的人
(+)坚实支撑骨盆和脊柱	(+)适合个体用户
(+)容易在上面安装金属件	(+)模制位置较易改变
(+)可附属于其他位置的设施(如:侧面、头靠,等)	(−)用户有可能要等待模型
(+)允许应用导向性-成长的金属零件	(−)要求有经验的取型者测量或制作正确的儿童脊柱模型
(−)无适合脊柱畸形的位置	双角度靠背休息位(在腰部附近为平背增加折页便于改善患者脊柱伸展)
(−)增加轮椅负荷量	(+)有助于竖直姿势
(−)预防轮椅折叠除非移动时	(−)较难获得准确的说明书
I 字形靠背休息位(扁平靠背制成大写 I 字形状)	(−)不可调节
(+)允许侧方移动靠近躯干而无需明显拆卸金属零件	悬吊靠背休息位(尼龙垫式靠背休息位)
(+、−)所有扁平靠背的正性或负性配件	(+)容易折叠
(−)需要正确测量便于足够支撑	(−)促进驼背姿势
(−)如果扶手间移动后背,扶手可能会干扰侧面移动的能力	(−)不可调节
弯曲型靠背休息位(轻微凹形,由木质或泡沫制成)	可调张力靠背休息位(6~8 个挂钩和挂带水平放置在悬吊带后部)
(+)小的轮廓曲线便于侧方足够支撑	(+)在靠背后部保持持续张力
(−)与扁平靠背相比,此靠背较难在侧方安装金属零件	(+)促进竖直姿势
前白齿状背靠休息位(商业化轮廓靠背,如,Jay)	(+)容易折叠
(+)可缓解脊柱周围的压力	(+)允许最小凹形便于保证侧方稳定性
(+)小的轮廓曲线便于侧方稳定性	(−)不能在头部正面或侧面安装金属零件
(−)有时较难适合儿童群体	(−)保持最小悬吊量
模型轮廓靠背休息位(取型者用泡沫为每位患者模制靠背模型,泡沫模制的位置完全可事先预约,然而,某些模型必	

表 R15　坐位系统

双足位置	(+)有助于固定脚底板
小腿悬吊带(在小腿前后安置挂钩和搭环悬吊带)	(+)与踝关节绷带一起连用,可以防止前足旋转
(+)膝关节屈曲/伸展的最小位置	(−)体积臃肿、笨重
(+)容易移动	踝固定绷带(绷带放在脚底,完全包绕在踝外围)
(−)不是侵犯性的位置	(+)有衬垫、舒服
(−)通常应用于另一类型的双足位置	(+)容许小活动范围
足跟环绕绷带(绷带安放在脚底板后部)	(+)用户较难将脚拔出来
(+)辅助防止足从脚底板后部打滑	(−)体积臃肿、笨重
(−)不是侵犯性的位置	(−)不能控制前脚掌活动
(−)有时走路脚底板会弹起	鞋拖(重型可塑的皮鞋放置在里面,并且被捆在里面)
踝部绷带(挂钩和搭环或 D-环悬吊带被放置在脚底板,并穿过脚踝的位置)	(+)侵犯性位置
	(+)用户较难将脚拔出来
(+)有助于固定脚底板	(+)控制前足和后足活动
(−)不是侵犯性的位置,许多用户的脚可能会脱出	(−)体积臃肿、笨重
脚趾环绷带(挂钩和搭环或 D-环悬吊带被放置在脚底板,并穿过跖骨的位置)	(−)必须获得正确的尺寸

表 R16　坐位系统

褥垫	(+)可用于不同轮廓骨畸形患者
平垫(固定平面上很小的垫子)	(+)坚固——对骨盆稳定性有较好作用
(+)支持用户的骨盆和肢体	(−)需用护工或病人维护
(+)容易移动转移	(−)较大的模型轮廓导致患者转移和移动困难
(+)价钱便宜	充气垫(应用空气调节维持垫子坚固的减压垫)
(+)要求很少量的维护	(+)对骨突部位减压效果非常好
(−)没有导致骨畸形的位置	(−)需护工或病人较高水平的维护
泡沫模型垫	(−)骨盆稳定性低
(+)提供最小至中等模型以适应于骨畸形	(−)病人转移和移动困难
(+)支撑病人骨盆和肢体	失禁的垫子(可移动覆盖物的一种类型的垫子,防止尿覆盖在垫子上)
(+)要求最小的维护	
(−)增加模型轮廓导致转移和移动操作困难	(+)保持褥垫的整体性
凝胶体垫(即应用泡沫和液压制成的垫子)	(−)体位排尿
(+)可在骨突下减压	

表 R17　坐位系统

底盘	半折叠底盘(安装一侧扶手,或适用于偏瘫患者)
全折叠底盘	(+)支持患者的患侧肢体
(+)支撑人体躯干上部	(+)容许患者自由应用健侧肢体操作轮椅
(+)对于认知刺激和进食问题有较好作用	(+)表面坚固便于工作
(−)需要拆掉便于转移	(+)患者可独立移动
透亮的底盘	(−)患者独立应用困难
(+)可看到用户下半身	(−)有时桌面较小,将影响患者高效地工作
(+)在底盘下可放置图片	支架底盘
(−)比木质的更贵	(+)支撑书或物体便于患者在很好视野下工作
木质底盘	(−)占据很大空间
(+)耐用	(−)不适于具备侵犯行为的患者
(+)支撑人体躯干上半身	(−)笨重、不方便
(−)不能看穿	

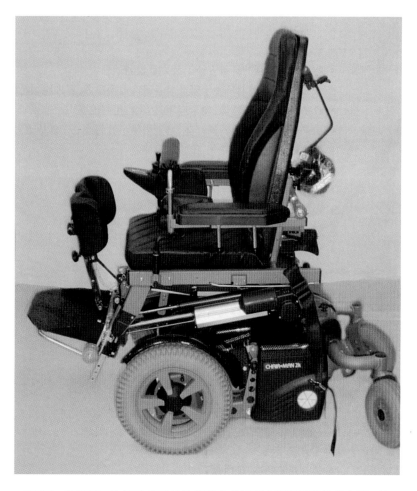

图 R6　在进行一次评估并开具轮椅处方的过程中需要评估许多内容。这最好是由一个有康复治疗师在内的多学科(康复)综合小组、康复工程师、家长及医生共同完成。这个过程尤其适用于非常精密的、具有多重功能的、价值 $ 30 000 的电动轮椅

在小组成员评估之后,轮椅上所有的特定部件都将被认可,每个特定部件形成有价值的文件来应用。随后这些资料将被书写成处方形式,成为一封医疗所需的详细信件以适合于轮椅的医疗性需求。若不能提供医疗所需的文件常导致坐位系统中重要部件的丢失。下为一例医疗事例:

日期

诊所相关人员

Kevin Jones 是一个 11 岁大的四肢瘫脑瘫男孩,2003 年 8 月 15 日 Kevin 在都博儿童医院的坐位诊所进行了坐位系统评估,此评价对他的坐位稳定性是必要的。

Kevin 目前状况如下:他正在进行肠和膀胱的治疗;听力和视力在正常范围内,上肢和下肢的肌张力升高,头部控制较好,躯干控制差,脊柱是屈曲的,双膝屈曲挛缩。

他可独立操作电动轮椅,依赖别人进行转运。他用言语和人交流,并且和年龄相符。他现在的轮椅是快客 P200,已用了 3 年,由于随着成长及体重的增加,此装置不再适合 Kevin 的坐姿和移动需求。P200 是 17 英寸大的轮椅,而 Kevin 现在髋部的测量是 19 英寸,由此可见这个轮椅不再适合他的需求了。

Kevin 坐位的目标是加强移动能力,增加移动效率,改善功能,保持姿势,提高独立性,保护皮肤,提供舒适和安全。

根据评估结果,坐位评估团队为 Kevin 推荐以下处方:4 杆自动的箭牌轮椅,电动重量转移倾斜空间,14 英寸轮子具备平坦自由的充填物,多丘的橡胶轮胎,Q-电动操纵杆,按钮在右侧,24NF 胶体护栏,低的坐位高度,70°脚踏板可调角度,可调节高度桌长在右边,全长在左边;轻便底盘支持伸展和驾驶盘保险装置;云雾状裤垫;垫子按钮在侧面 5×6,靠背曲线设计;坚实 I 形曲线靠背;小的带有金属零件的弧线 OttoBock 头靠位;TRCM 安装托架;TASH C5 接合器;TASH 微晶开关;颜色:暗黑。

特定零件和适应证:

基本的电动轮椅	• 不能移动或操纵手动轮椅
	• 一侧上肢功能性应用
	• 低/降低耐力
电脑调配电动轮椅	• 特殊开关外观的必备方便上肢力量较弱的患者
	• 增强感觉功能调整,便于降低患者肌肉僵硬患者/容许应用轮椅的 ECU
	• 具备调整速度的性能;便于应用时安全,更好控制
TRCM/TASH 开关	• 由于力量弱选择倾斜的开关,特别当体位倾斜或处于低抗重力时
	• 不管倾斜角度怎样变化,维持体位倾斜
高强度力量	• 体位倾斜的坚固支持基础
	• 适合户外地势
倾斜力量	• 独立重心转移便于体位变换
	• 缓解压力
	• 减少/除掉切力
	• 降低肌肉僵硬
	• 个人卫生
可调高度扶手	• 在正确的高度支撑底盘
	• 支撑躯干上部,维持平衡
	• 便于转移
可调踝关节脚踏板	• 踝关节挛缩
	• 踝支架
	• 降低下肢伸肌的过度伸展
	• 膝关节挛缩-预防脚从普通脚踏板上掉下
坚固坐椅	• 骨盆稳定性
	• 避免吊带影响,膝内收
棉褥垫	• 缓解骨突部位压力
	• 轮廓形状便于骨盆稳定性
Jay 靠背	• 缓解脊椎压力
	• 小量或中等力度侧方腰椎支撑和轮廓
	• 内在的性能便于成长
坚固的靠背	• 直立姿势
	• 预防/减少脊椎后凸
	• 躯干稳定性
侧面	• 鼓励躯干中线位置,矫正或延缓脊椎侧凸
	• 对躯干控制弱进行代偿
	• 安全
	• 有助于转移和力量缺失
头靠	• 由于肌张力低下导致头部控制能力差
	• 头部主动屈曲/过度伸展
	• 后方和侧方支撑
	• ATNR
	• 安全转移
	• 促进呼吸
底盘	• 支撑上肢和躯干
	• 家庭作业的功能性平面
	• 不能进入办公桌、餐桌

坐位安全带	• 有扩大交流作用的设施基础,电脑
	• 骨盆位置-预防滑出
	• 安全
抗-翻斗车	• 安全
大角轮	• 粗糙的地势,平滑的乘坐
无平的充填物	• 预防无起伏的轮胎
	• 减少维修费用

你还有其他相关问题推荐给 Kevin 吗? 不要犹豫,请给我们打电话(302)999-9999,我们希望你能通过适当的形式推荐需求,感谢你为这件事所做的一切。

你的真诚的,

Freeman Miller, MD

第9章　通过培训获得活动性良机的课程

Kristin Capone, PT, MEd,　　　 Diana Hoopes, PT,

Deborah Kiser, MS, PT,　　　 Beth Rolph, MPT

此课程是一项以主动性为基础的课程,计划是教授成人日常生活中所需的人体基本的功能性运动技巧。这项技术允许他们喜欢更多的生活形式,因为运动是生活中的一部分。而身体残障的人通常要求获得帮助去参与这些日常相关活动:例如:转移到床上或卫生间、去学校、或去工作的地方。这项课程可讲授残疾个体为获得更多的独立性功能所需的运动功能技巧,它把功能性身体运动和教育过程相结合,而此过程设计的目的是帮助那些要求获得更多独立性的坐、站、走等方面的人群。

Linda Bidabe,MOVE 课程的创立者和作者,当她观察到从学校毕业的 21 岁的学生比入学前仅获得少量技巧时,开始意识到功能性运动课程的重要性。她相信"变化中的模型"不能满足带有严重残疾的学生的需要,这是因为在低效率下学习技巧的学生,生长早期的某些运动发育动作需要时间,如:翻身和俯卧肘支撑。因此,学生永远不可能完成坐、站、走等方面的功能性运动技能。

这项课程适合于不能独立维持坐、站、走的儿童和成人,包括那些明显功能障碍和智障的患者。不管是特殊学校还是特定的课程设置,此课程提供给学生更多的和无障碍同伴参与社会活动的机会。此课程的进展能帮助降低护工人员照顾所需的时间,增加儿童自尊,并增加被同伴接受的机会。

在开始此课程之前所考虑的禁忌证,主要包括循环系统疾病、肺透明膜病、脆骨病、肌肉挛缩、脊柱弯曲、髋关节脱位、足和踝关节畸形、疼痛和不舒服或者因头部太大导致颈部不能支撑等。对那些带有可能性禁忌证的学生可推荐医疗和物理治疗咨询,以便获得肢体负重训练。此课程的排除标准主要限于那些医疗处方禁坐、立或走的个体。

此项课程以讲授物理疗法的特殊教育团队为基础,包括:生态学、主要和次要目标、适合特定年龄阶段的技巧、任务分析、促进部分参与、及时缩减,和四个不同阶段的学习:获得、流利、保持和归纳。分成六步骤:第一步骤,学生参加"上-下运动测试"(Top-Down Milestone,简称 TM),便于评定他们家庭和社区功能所需的 16 项基本运动技巧。运动技巧是与年龄相称的,并以"上-下运动测试"模式所需为基础,而不是以婴儿获得的连续运动技巧的传统发育计划为基础。

随着测试的进展,在第二步中学生、学长或者护工会接受简单的面试,以便决定在目前情况或将来活动对于家庭的重要性。一项活动将被定义为一件特定事件,例如:"我能够穿过车站得到我的执照"。第三步,分析活动决定演示活动中所需的运动技巧(运用 TM 测试),例如:向前走或维持站立位。

步骤四,在测试中,将学生完成选择性活动所需的辅助量记录在评定小册子中的"提前减量计划表"(Prompt Reduction Plan Sheets)中。接着在第五步中制订出计划,以便在讲授课程阶段系统地减少辅助量。最后一步,即第六步,将学习课程教学部分中坐、站立、行走的技巧,以便根据学生个人所需提供建议。

MOVE 课程中讲授特定技巧时利用设备,如固定的教室椅子、特制的椅子、移动站立架以及专为学生实践技能时设计的步态训练器等(图 R7、图 R8),这些设备不能替代授课,而只是对实施讲课的促进剂。设备的依赖程度逐步减少直到每人获得更多独立的可能为止。

此课程的设计是把运动实践技能融入到每天的日常生活中。因此,MOVE 课程能够运用在学校、机构、家庭或社区中,反复多次提供机会。治疗师、教育者、辅助性专业人员、家长以及凡是涉及个体的任何人已经成功地运用了此课程。

文献已证实结构教学法可应用于此课程中,即通过培训获得活动性良机的课程(MOVE 课程):理论基础由 Barnes 和 Whinnery 创建,它描述了自然环境的运用,功能活动、支架、部分参与以及与讲授功能运动技能相关的现代理论的应用。

John G. Leach 学校是国家第一个应用 MOVE 模式的站点,于 1998 年完成了一项预实验,评定了此课程的有效性。具有各种不同严重程度的残疾学生 11 位(年龄 4~18 岁),参与了此课程中的六步骤,经过 5 个月的授课,坐、站和走等活动方面均取得了改善,在交流、意识方面以及整体健康方面也获得明显改善。由于此课程成功的预实验方案现已被全球的学校广泛应用。

例如:一例 5 岁男孩,被诊断为 Cornelia-Delang 症,在 Leach 学校开始 MOVE 课程,由于不能负重、且不能忍受其他

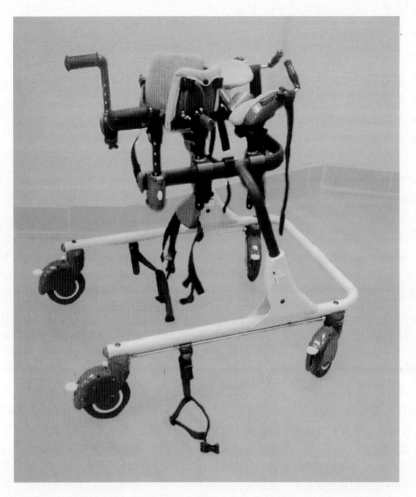

图 R7 MOVE 程序中对于患儿体重的支撑及在设备中移动的原理推进了高度化模块性步态训练器的发展,这给予了患儿一定的支持。这个目标即在发展患儿自身力量及运动技巧时逐渐减少对其身体的支持

图 R8 MOVE 程序的一个最重要的方面是将患儿置于负重姿势的能力,这对于达到成人体格的青少年来说尤为困难。对于照顾者来说,机械性升降步行器的发展使这一步骤变得更为简单

体位除了仰卧位,也不能交流或者和兄弟姐妹一起玩耍。随着在移动架上的日常训练,他提高了站立的耐受性。随着所需设备的支撑的减少,学生能够练习站立并作为课堂的日常工作的一部分,如,换尿垫、从椅子上站起、坐下等。三年时间,他从在步行训练器中全支撑行走进展至仅一只手扶行走或向前推步行器行走,这些变化促进了他参与社会并能独自探索周围环境的能力。

第10章　作业疗法上肢评定

Marilyn Marnie King,OTR/L

脑瘫个体由于肢体痉挛导致动态或固定挛缩畸形,典型的骨科畸形包括肩部过度外旋、肘屈曲、旋前、腕侧偏位、腕屈曲、拇内收,四指屈曲紧张以及鹅颈指畸形。通过外科手术可改善这些症状,但某些儿童由于功能受限,很可能活动功能较差。例如,应用扩音交流辅助器具的儿童,需要前臂旋前或具备屈腕的能力(紧腱固定术)。

上肢手术治疗的简单描述

在痉挛型脑瘫(cerebral palsy,CP)儿童,为了平衡肌力和肌张力而经常采用肌腱延长术或肌肉转移术,但在有张力障碍、手指扇形打开时肌张力不稳定的患儿及上臂僵直性伸展并伴有腕关节僵直性屈曲的患儿是绝对不能做的。Green转移手术是将尺侧腕屈肌(FCU)转移到桡侧腕短伸肌(ECRB)上。但也可有一些变异,如将屈肌缝合到手指的伸肌上或将掌长肌(PL)缝合到拇指伸肌的拇长伸肌(EPL)上。患儿的预后可随着以下一些技巧而逐渐改善:遵从夹板固定与治疗性运动的整个过程的良好智力和动机,良好的感觉和本体觉,

忍耐与注意广度较差的矛盾,现实的期望,辨别腕关节屈曲与手指伸展的能力,以及良好精神上的放松。

通过手术可以达到的目的,通常包括下列诸项中的二项。按确定性程度排列:改善美观,即腕关节处于中立位;改善保持手部清洁的能力;改善穿衣能力;改善看到手指抓握的能力,这可以进一步提高眼手协调能力;改善手的功能,这是最不容易成功做到的。对于改善手部功能,按照可实现的序次:整体抓握、整体放松、辅助肢体、示指和中指指尖的对指、关键的侧捏、抓握与转动物体、离掌心1英寸的空拳握拳、整体手指外展/内收及最后比较少见的单个手指分离的动作(例如,语言字母信号)、手指魔术、手影、掌中转球和旋转陀螺、弹指、鼓掌、搅拌、震摇等快动作。

外科医生的评估包括:患者身体活动对增加腕关节屈曲的影响,患者松开手丢掷的时机,及患者在伸手、抓握及跑步时上臂的姿势。如果儿童使用健侧的联合动作或镜影动作,则功能性使用就不是那么好。家属处理的技巧及对手术后肢体使用不现实的预测,常常提出二种前景,即手术后功能缺失是可以治愈的;更现实的前景是上臂的外观可有所改善。外科医生对治疗师的建议是:保持夹板较小、坚实和简单(无撑杆),重点是帮助功能恢复而不是美观性的夹板治疗。为了保护肢体功能,推荐使用腕关节背侧夹板。它可提供伸展支持,保持掌弓,以及提供侧缘控制尺偏。由于是在背侧,夹板不会靠在躯干上,使患儿较方便自己应用,绑带也更容易处理。夜间静息夹板适用于手指不能随腕部伸展(腱固定术较紧)的情况,后者在手术后已有较大的伸展。合适的手术时间是6岁以后,理想的时间是6~12岁,因为这时儿童有更多的理解、合作及参与决定的能力。在CP儿童中观察到一系列上肢的问题,为此通常可以依据确定的畸形制订特殊的治疗(表R18)。

表 R18　典型问题和手术干预

肩部
P:不稳定、脱臼
D:关节松弛、手足徐动症
Tx:减少肩部ROM、增加肩部周围的肌力、腰带或在轮椅上绑紧/系紧肘部、尽可能避免手术

肩部
P:腋部卫生、穿衣,通过门户困难
D:"高度警卫"或"飞鸟"式外旋畸形
Tx:放松胸肌、紧缩内旋肌,或做肱骨旋转切骨术

肘部
P:穿衣、卫生、美观
D:屈曲性挛缩(手术会减弱二头肌的肌力)
Tx:肘关节伸展夹板、延长臂二头肌的手术、夜间肘关节伸展夹板、AROM

前臂
P:见不到手掌,不能看到所捏的物体
D:旋前的上臂
Tx:将旋前圆肌移位到旋后肌,石膏上到肘关节以上以保持旋后位

腕部
P:屈曲的腕关节外观不好、穿衣或被穿衣困难、不能看到所捏的东西、不能容易地将拇指与示指指尖对捏
D:腕关节屈曲、向尺侧偏移、前臂旋前、手指屈曲

Tx:如果屈曲腕关节时发生手指伸展的 AROM，则采用 Green 转移手术（将尺侧腕屈肌转移到桡侧腕屈短肌）。如果 AROM 只是在腕关节伸展，则可将尺侧腕屈肌转移到手指的伸肌上。如果有尺侧偏移，折叠桡侧腕屈长肌。如果肌力低于"差"或 2/5，则延长指浅屈肌。需要用腕关节背翘夹板（伸展 20°）3 个月，以防止腕关节意外屈曲时过度牵拉尺侧腕屈肌。如果儿童在伸展腕关节时不能分开手指，则需要手指和腕关节戴一个进行性伸展手指和腕关节的腕/静息手夹板，以增加腱固定术的移动

手指

　P:儿童不能抓握、关节锁住、天鹅颈畸形

　D:关节松弛、内在肌——功能

　Tx:用指浅屈肌拉紧腱固定术

拇指

　P:卫生

　D:皮质位置

　Tx:"拇指规则"——延长短肌、缩短长肌、融合不稳定拇指、增强弱的肌肉（从更有力的部位转移过来）

拇指

　P:抓握不良、卫生、美观、蹼的空间收缩（House 1 型）

　D:拇指外展肌挛缩、指间关节主动伸展及拇指外展

　Tx:放松拇指外展肌（Matev）以增加蹼的空间

拇指

　P:抓握不良、卫生、美观（House 2 型）

　D:拇指掌指关节屈曲，但 IP 关节仍有不同程度的弯曲与伸展功能

　Tx:用 PL/BR/FDS 缩短或增强 EPL、用 BR/PL 增强拇指外展肌，或拉长内收长肌

拇指

　P:抓握不良、卫生、美观（House 3 型）

　D:MCP 伸展收缩（过度伸展）

　Tx:松开拇指内收肌、MCP 融合或折叠、用 BR/FPL 增强拇指外展长肌、延长拇指伸展长肌/EPB

注:P=问题，D=畸形，Tx=治疗

夹板固定治疗

通常在肌肉转移手术后，患者需要石膏治疗 4～6 周。除去石膏后，外科医生推荐患者戴上伸展 20°～30°的腕关节背屈夹板保护，以预防有力的腕关节屈曲（转移手术），每天在起坐与洗澡时停用 1～2 小时，共 1 个月。过了这一段期间后，儿童只在夜间戴上夹板。到 4～6 周，只在行走时为保持平衡/在凹凸不平的路面上需要保护时才戴上夹板。推荐使用夜间静息夹板 6 个月至 1 年，视张力的严重程度而定。

在非手术儿童，上肢夹板治疗可能会面临一些挑战。如果儿童完全不合作并不依从使用夹板，家庭不应强迫患儿，以免造成失眠或出现心理障碍。一般来说，对 CP 引起挛缩的患儿可推荐使用下述夹板治疗。尚不属手术候选的 1～4 岁的儿童可得益于在白天使用软的、整合热塑（用微波加热夹板塑造以匹配手指）的 Benik 拇指外展夹板，使腕关节得到稳定。如果拇指外展肌紧张并且肌腱固定较紧，则需要在夜间戴背侧静息夹板。这种夹板应将拇指、其余手指及腕关节置于伸展位置以牵拉腱固定（无撑杆）。如果肘关节静息位大约在 90°，肘关节伸展的被动活动范围（ROM）大约在-50°，则可以在夜间使用长的、将肘关节组合在内的静息夹板，也可以使用肘关节伸展夹板。在爬行、使用键盘和伸手做游戏时，可

以使用气体夹板以伸展肘关节 10 分钟。在活动时，也可使用软的氯丁橡胶旋后的"扭转式"夹板。这些夹板可以建立在 Benik 夹板基础之上，用长的氯丁橡胶绑带螺旋绕在前臂上，或者从矫形器制造商那里买预制品。为了保持功能，4～9 岁的儿童应戴上与上述同样的夜间夹板，只为了功能需要，在白天戴夹板的时间不用那样长。不幸的是，青年人往往因不满意美观和缺乏依从性而造成夹板治疗项目无效。

脑瘫功能评分水平:评分量表

脑瘫儿童的功能水平的分类方法有很多。进行系统分类的理由包括:能比较相似儿童的转归，注意这些相似儿童，能从中帮助预测该儿童所需的护理方式的能力倾向和手部手术有效性。表 R25 包括的评分量表能帮助量化手部和上肢的使用情况，故能客观地做术前和术后的比较。功能性限制受到每个儿童面临的许多问题的影响。根据测定的目的，可以有许多不同的评估工具，其中很多可以买得到（表 R25）。

Green 量表是一个对 CP 儿童的上肢使用作快速、进行性描述的量表，用家属能够理解的、简洁的列表反映认知、感觉、反射和骨科方面的受限。这一量表允许患儿、家属、医师、治疗师等进行双上肢功能的评估，并在术前和术后都可使用。期望在手术后有一定水平的改善是现实的。Green 量表将上肢的使用分为差、可、良和优 4 类。"差"是用来描述上肢功

能只能够举起纸重的物体,抓握及松开不良或不能,及控制不良。"可"是用来描述有功能手但不能有效地穿衣,控制尚可,缓慢但不是有效的抓握/松开。"良"是描述有良好的功能手,良好的抓握/松开,及良好的控制。"优"是用来解释在穿衣、吃饭及一般活动时上肢有良好的使用,有效的抓握/松开,和良好的控制。

A. I. duPont 儿童医院(AIDHC)临床量表是按 CP 儿童的上肢功能分类进行设计的。这一骨科医生的量表可以被一个繁忙和不要求有设备的医院采用。通过评估儿童的主动和被动动作及患者报告使用肢体的情况,检查者能用这些数据帮助做出治疗计划。功能水平分类为一系列从 0 到 V 的类型(表 R19)。要求 CP 儿童的父母按照上肢问卷评估他们的小孩使用手的情况(表 R20)。关于父母评估的结果与外科医生决定的功能类型之间的相关性,以及手术后的转归,正在研究当中。一般来说,在手术干预后患儿功能类型得到一个水平的提高,从而改善大多数儿童的集体功能活动。

表 R19 功能报告:CP 儿童的上肢(UE)功能分类(AIDHC)

____ R ____ L 类型 0(无功能、位置干扰)	_____ 无挛缩
_____ 无挛缩	_____ 有动力性挛缩
_____ 动力性挛缩	_____ 有固定的挛缩
_____ 有固定的挛缩	____ R ____ L 类型Ⅳ(显示有一些精细的拿捏动作,如握笔、一些使用拇指的关键的拿捏)
____ R ____ L 类型Ⅰ(只能用手做振纸或挥击、不良或不能抓握和松开、控制不良)	_____ 无挛缩
_____ 无挛缩	_____ 有动力性挛缩
_____ 有动力性挛缩	_____ 有固定的挛缩
_____ 有固定的挛缩	____ R ____ L 类型Ⅴ(正常或接近正常的功能、拇指精细的对捏、能处理纽扣和鞋)
____ R ____ L 类型Ⅱ(整体抓握、主动控制不良)	_____ 无挛缩
_____ 无挛缩	_____ 有动力性挛缩
_____ 有动力性挛缩	_____ 有固定的挛缩
_____ 有固定的挛缩	
____ R ____ L 类型Ⅲ(能主动抓握/缓慢松开和有些准确地放置物体)	

表 R20 上肢问卷

说明:请回答 1~5 的问题。如对问题的回答是"是",请在任何一个和所有可应用的评注(a~d)上画个圈

我的小孩只会使用患臂一点点。 是_____ 否_____
我发现很难适当地清洗我小孩的肘部。
我发现很难适当地清洗我小孩的腕部。
我的小孩因为上臂位置关系而穿衣困难。

我的小孩有时会使用患臂。 是_____ 否_____
我的小孩能自行放置他/她的上臂/手。
我的小孩在健肢做事时想使用患侧的手/上臂作为镇纸或支撑。
我的小孩能用患侧上臂开、关开关。

我的小孩有些用患侧的手拿大物体的能力。 是_____ 否_____
我的小孩处理小的物体好像有些困难(如拣拾钢笔)。
我的小孩使用助行架,他/她能使用患侧上臂来支撑助行架。
我的小孩有能力按要求把物体(如方块)放在我的手中或一个容器中。

我的小孩有些能力单独穿衣。 是_____ 否_____
我的小孩能使用患手拉上他/她的裤子。
我的小孩能用患手来拉好拉链(用拉链上的凸件末端)。
我的小孩能用患手来扣纽扣。
我的小孩能用患手来旋转球形门拉手。

我的小孩使用患手相当好。 是_____ 否_____
我的小孩能系好他/她的鞋(不是尼龙搭扣)。
我的小孩能用患手画画(即人物线条画)。
我的小孩在做事时拇指有些挡路。

问卷的结果与题解比较。完美的分数最高时 21 分。如儿童在做该项时没有问题则可得 1 分。

上肢技巧性质试验（QUEST）是通过评估 4 个领域来测定手的功能：手指松开分离的动作、抓握、保护性伸展、承重。它是为有痉挛型运动功能障碍的儿童使用而设计的，已在 18 个月至 8 岁的儿童中验证过，并与 Peabody 发育的精细运动量表有强的相关性。House 量表是描述拇指在进行性挛缩过程中的位置。

Shriner 医院（南卡罗来纳州）上肢试验（SHUE）目前正在开发和评估中。它的一系列活动可以观察 CP 偏瘫儿童所显示的功能。患儿在进行各种功能活动时，治疗师可以观察挛缩的关节位置：在儿童丢掷一个大的治疗球，弹跳一个球，将胶条贴在大的球上，和系鞋带时，观察肘关节伸展时的关节位置。在儿童放置胶条在大球上，打开钱袋，用 Theraputty 的刀叉，拿钱袋，和丢掷及弹跳大的治疗球时，可以观看腕关节伸展时的关节位置。在儿童将手掌放在对侧面颊上和在手掌向上的拍手活动"给我五和收到五"时，能够观察前臂旋后时的关节位置。拇指的关节位置（伸展位、中立位、拇指放在手掌中）功能能够在从钱袋中拿出纸币，在纸上除去胶条，在用剪刀剪纸时拿纸，和打开广口热水瓶的瓶盖时看到。

肌腱固定术效果的评估方法是在手指伸直时测定被动性腕关节伸展的幅度。肢体的自发性使用能通过观察儿童在活动（例如，抓球、稳定物体和系鞋带）时使用双手的情况来确定。关于 SHUE 的资料，可与南卡罗来纳州 Shriner 医院的作业治疗科联系［(864)240-6277］。

作业治疗时 CP 的总体评估

对 CP 的总体看法，可以从作业治疗的观点使用一些 CP 总的评分量表来评估张力、躯干和颈部控制的能力，以及上肢精细运动的控制能力。为了得出这一看法，必须评估 CP 的类型，适用的治疗项目、伴随的问题、感觉的整合，认知的整合，以及心理社会技巧。年幼的 CP 患儿还有神经发育的问题，所以保持功能的发育前景，特别是手的功能性发育是重要的（图 R9）。

CP 的类型包括运动皮质病变（偏瘫、四肢瘫、痉挛型、双瘫），基底结节病变（肌张力变化不定、肌张力障碍、运动障碍、手足徐动症）及小脑病变（共济失调）。

合适的治疗方法各有不同，其中首先包括神经肌肉的组成及其如何影响患儿的自我护理。在这一类别，肌张力的性质和分布（痉挛型、手足徐动型、二者兼有、重度痉挛型手足徐动、舞蹈样手足徐动型、弛缓型、共济失调型）等可以考虑使用痉挛评定量表，例如 Ashworth 量表，或对痉挛做一般性描述。其次，对于可能造成脊柱侧弯、脊柱后突、前臂旋前、腕关节屈曲、天鹅颈手指畸形、髋关节半脱位、肘/髋关节内收挛缩、膝关节屈曲和踝关节跖屈等的型式，应评估运动范围。然

A

B

图 R9　手的抓捕及姿势可以根据发育阶段来进行分类。在 1~2 岁时，手掌旋后抓握占优势（A）。当使用手时，手通常会握成拳、腕关节稍屈曲，并由于整个上臂的活动而诱发旋后。在 2~3 岁，手指旋前抓握占优势，并且当运动要发生在前臂时，腕关节较直地旋前并尺偏（B）。

C

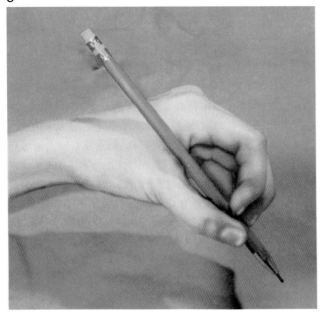

D

图 R9（续）　从 3~4 岁，静态的三指支撑姿势占重要地位，表现为更为正确的屈指抓握，并且大多数的动作发生在腕关节（C）。在 4~6 岁时，动态的三指支撑姿势开始变得较为标准，并且具有较为精细的手指抓握，运动多发生在手指处（D）

后重点转向活动的性质、包括评估位置与手/腕夹板的需要，及评估姿势与坐位、轮椅、洗澡、上厕所时用支持设备的需要等。最后，应考虑反射和反应，例如对称性紧张性颈反射（STNR）、非对称性紧张性颈反射（ATNR）、阳性支持反射及缓慢的保护性平衡反应。此外，还有许多额外的详细的上肢反射（表 R21）。

表 R21　上肢反射

Hoffmann 征	手指轻弹示指可使手指和拇指形成爪状
Klippel Weil 拇指征	手指快速伸展引起拇指屈曲和内收
Chaddock 腕征	敲打接近腕关节的前臂尺侧，会引起腕关节屈曲和手指伸展扇状散开
Gordon 手指征	在豌豆骨上施压，引起手指或拇指与示指的屈曲
Tromner 征	手指屈曲反射是骤然拍打中间三个手指的掌面或指尖或中指指尖立即产生手指屈曲
Babinski 旋前征	患者将手靠拢，掌心向上，检查者用自己的手从下面将患者的手指震动数次。患手落下呈旋前位，健侧仍然保持在水平位
Bechterew 征	患者弯曲然后松弛二侧前臂。瘫痪的手落回较慢，且呈颤簸状，即使挛缩是轻度的
Leri 征	在用力的腕关节及手指被动性屈曲时，没有出现正常的肘关节屈曲
Mayer 征	被动性用力的近端指骨（MP 关节）屈曲，特别是旋后手的第 3 与第 4 指，没有出现正常的拇指内收和对捏
Souque 征	在试图举起瘫痪的上臂时，手指展开，保持分离
Sterling 征	在用力的主动性内收时发生瘫痪上臂的内收，针对未受累的正常上臂的抵抗
Strumpell 旋前征	弯曲前臂时，手背而不是掌心接近肩部
用力抓握	检查者手指有力地走向桡侧，击打患者整个手掌可引起手的抓握反应
Kleist 钩征	检查者的手在手指指尖的屈面施压时引起患手手指的反应性屈曲
口腔运动性	减少胸腔活动度，减少口唇闭合，舌挺伸影响喂食、吞咽、流口水、分节发音、构语困难
掌颏	垂直击打儿童的拇指桡侧边缘，如果异常，将引起下颏（颏肌）收缩

伴随的问题包括惊厥、听力障碍、眼肌失衡、视力问题、精神发育迟缓、肥胖症、泌尿道感染及营养不良/发育停止。

感觉整合的评估包括评估感觉性意识及感觉运动过程的各个组成及它们如何影响工作、休闲及自我护理的：触觉、本体觉、前庭觉、视觉、听觉、味觉和嗅觉。还有，知觉的组成和它们如何影响工作、休闲及自我护理的：本体觉、运动觉、身体的配合，左右的辨别、恒定的模式、空间位置、视觉整合、轮廓基础、深度知觉及局部位置的定向。

认知的整合是通过评估觉醒、注意力、定向力、记忆、解决问题与学习的概括能力等来确定的。

心理社会技巧和心理组成的评估组合了人格特点如易变性、被动性和依赖性、抵抗改变和挫折感的评估。

建议手术前做的作业治疗评估

因为手术会产生生物力学改变，所以作业治疗评估应包含骨科的和功能的两个成分，为了得到双侧上肢的主动性/被动性 ROM（A/PROM）测定结果，进行标准的上肢关节活动度测量，以及腱固定术的被动性伸展及痉挛的干预。主动性 ROM 的评估包括关节活动度测量和观察类型及协调活动。如果尺偏严重，患儿将很难看到抓握的东西。严重的腕关节屈曲会降低示指指腹与拇指接触的能力，而使生物力学的优势消失，但可使手指打开做指示使用容易一些。天鹅颈畸形常常在儿童手指和腕关节完全伸展时发生。注意能反映原始反射或痉挛的协调动作，这些动作会降低手术后大的改善。原始反射包括 Moro 反射、惊吓反射、ATNR，STNR，上肢置放反射。伴随的反应包括较强一侧肢体的镜影运动所显示的联合反应，溢流，及口部鬼脸或在活动伸展舌头。基本反射仍然存留会减少协调平稳动作的有效性及随后的功能。

被动性 ROM 的评估受到肌肉张力的影响，这可以用 Hoffmann 征：轻弹手指时引起拇指屈曲阵挛来评估；Klippel-Weil 征：快速伸展弯曲的手指引起拇指屈曲/内收或阵挛；用肘关节伸展试验的 Ashworth 痉挛量表。另外还有许多相关的反射（见表 R21）。

同时也要评估关节活动范围如何干扰功能，例如屈曲的腕关节放进袖子造成穿衣困难，或者外旋的上臂在移动轮椅通过门口时易被卡住等。紧张的腱固定术要求在手术后有一个静息的手夹板，将腕关节放在合适的伸展/手指伸展的位置，因为 FCU 到 ECRB 的手术增加腕伸展时腱固定术的紧张度。皮肤溃疡是由腕部深的皱褶、握拳的手及/或肘前窝所致。

上肢功能的一个显著方面是抓握和双手的功能性使用。接受评估的许多患儿在功能及/或认知方面是十分有限的，因此选择最好的评估试验是一个挑战性的工作。简单观察儿童如何固定物体，例如用腕关节振纸，在拿广口瓶时用另一只手去打开，或抓握-放开动作，然后给出每个患儿在评估前和评估后的测定结果。单侧试验也可给出实际理解时更具体的细节。做日常生活活动能力（ADL），例如穿衣、扣纽扣、上厕所也可给出双手使用的整合程度。基本的控制是通过观察外在

和内在手部肌的技巧：旋后、旋前、腕关节弯曲、伸展、尺偏及桡偏、手指屈曲、伸展、手指外展及内收的能力、对指和形成语言字母信号（这可测试手指的分离）。握力（用握力计或球）及捏力是以儿童如何做，以及注意抓握时腕关节的角度（通常是屈曲）来测试的。

下一个筛选试验是基本的抓握放开动作。有些异常的抓握形式很好用（图 R10），而其他形式是无效的（图 R11）；例如，抓握一个 1 英寸方块，然后放进咖啡罐中，或堆积几个 1 英寸方块。腕关节角度（屈曲及尺偏）的测定是以儿童拣起及放下大的物体如苏打水瓶/罐，中等大小的物体如 1 英寸方块或跳棋，及小型物体如铅笔来测定的。这些熟练度试验要求手有良好的控制，但患有 CP 的儿童常常是不可能做到的。

Jebsen 手试验由七个短时间的亚试验组成，评估写字、翻纸牌、捡拾小的物体、模拟喂食、堆放跳棋、举起空的 3 英寸罐头，及举起 1 磅重的 3 英寸罐头，并定出 6 岁及 6 岁以上儿童的规范。每个亚试验都是规范化的，所以每个亚试验都是有用的。在进行拣罐头试验时，要特别检查拇指的外展。体能评估试验（PCT）包括单侧和双侧的亚试验，但它们的规范是以 18 岁至 68 岁的人制定的。Purdue 钉盘、Crawford 小部件及 Minnesota 操作速率（MMRT）等试验是更为职业性的试验，都以耐力作为测试的一项参数。

对体力和认知技巧更好的患儿，使用双侧功能试验是很有益的。观察儿童如何固定物体，例如用腕部振纸、拿广口瓶时用另一只手打开，打开钱包（取钱）、旋开 3 英寸大小的及较小的广口瓶、扣纽扣、穿袜子、除去页面上的胶条、拿出钢笔或记号笔的笔帽。做功能性 ADL，例如穿衣、扣纽扣及上厕所，也可给出手使用的整合程度，但是不能给出数字的评分或规范。标准化的试验可能对儿童的注意力或认知水平来说太长了、太高级了或是着重于职业关注点。治疗师应考虑在 4～14 岁儿童使用 Peabody 精细运动技巧发育量表，或在 4～14 岁儿童使用 Bruininks-Oseretski 运动熟练程度试验和在 17 岁及 17 岁以上儿童做宾夕法尼亚双手试验。有关改变的抓握型式及其他体位的代偿等的临床观察必须要做。对儿童遵从指令的能力及使用上臂和肢体是否干扰穿衣的评述给出的测定结果都可与手术后的进行比较。

在手术后，儿童需要持续戴上腕关节伸展约 20° 的保护性腕背翘夹板，洗澡及就餐时短暂休息，共 2～3 个月，在以后的 4～6 个月要在走动时戴夹板以防止因突然屈曲腕关节而拉紧或损伤转移的肌肉。可以使用夜间静息夹板，将腕关节进行性地加大伸展以牵引腱固定术固定的肌腱。为了增强肌力和可塑性的方便，可使用 Synergy（协同作用）或 Aquaplat（液塑）。使用腕背翘夹板是为了使儿童自己穿衣更容易，同时控制腕关节伸展和尺偏，放更少的夹板材料在手心内，不依赖绑带而保持腕关节稳定。

进行感觉的试验是为了帮助决定手是否有足够的感觉来鼓励自发使用肢体。快速的筛选方法是测试 1 英寸泡沫块或木块的立体觉分辨力。在 2～3 岁的儿童中可以测试质地的鉴别力，在 4～5 岁的儿童中测试物体的认识能力，在 6～9 岁

A

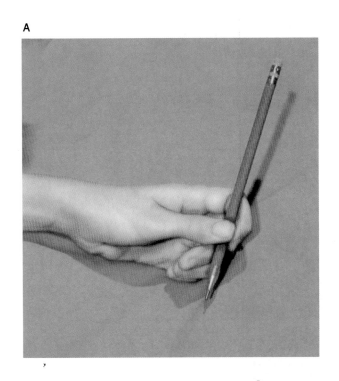

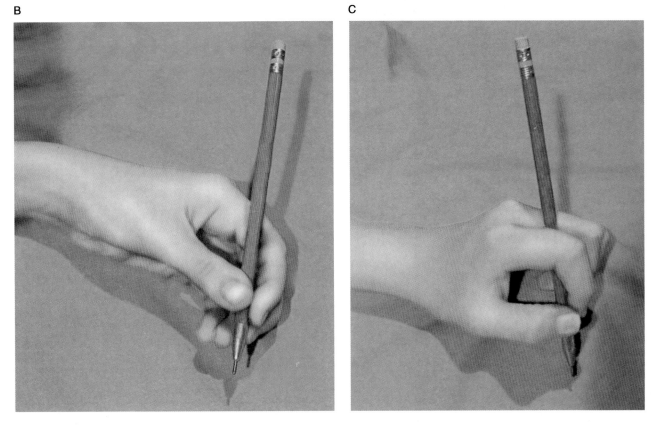

图 R10　一些患儿发展异常,但是相对来说较为有效的三指抓握变得很常见(A)。同样,四指抓握(B)及恰当的三指抓握相对来说也是有效的。将铅笔固定在示指与中指间看起来较为笨拙,但是这对于患儿来讲也是一种有效的抓握(C)

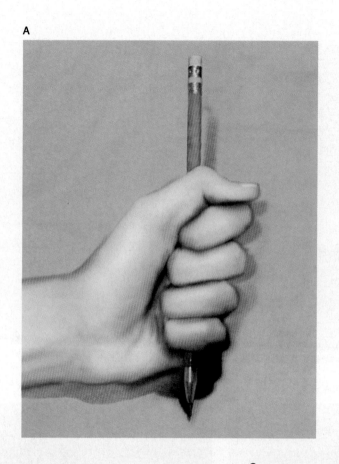

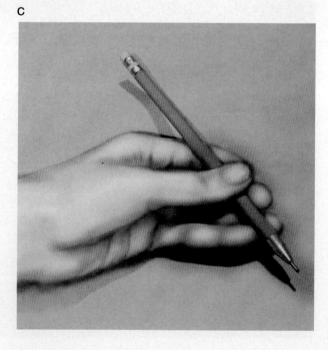

D

E

F

G

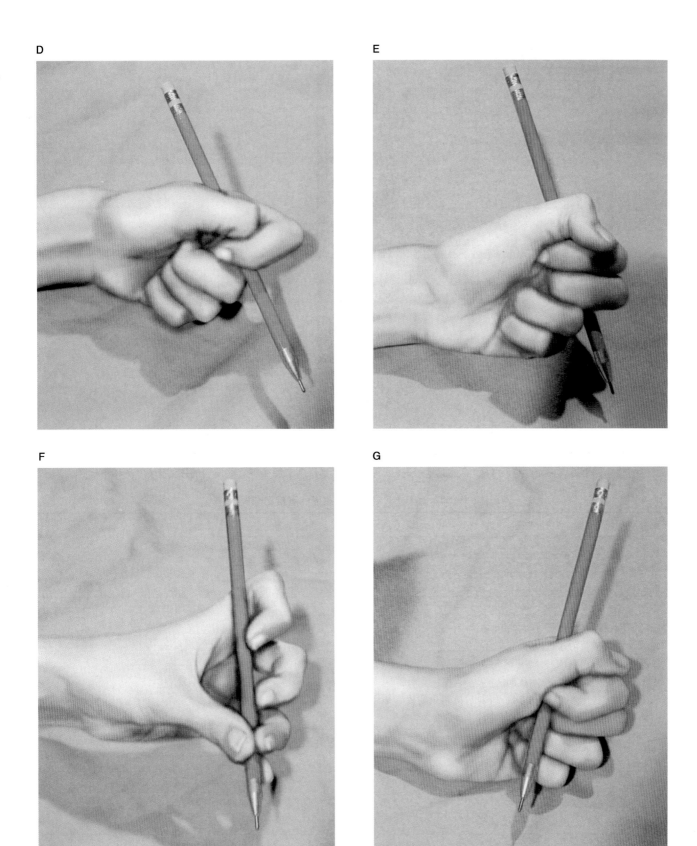

H

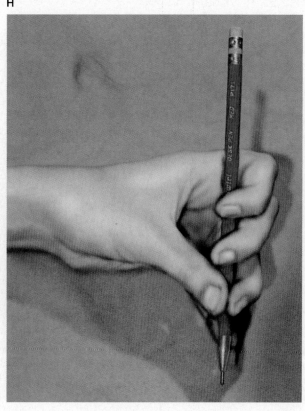

图 R11　脑瘫患儿无效抓握的发展包括经掌抓握,这种抓握与非常不成熟的抓握较为相似(A)。其他许多异常的无效抓握模式包括旋后抓握(B),指间抓握(C),拇指缝间抓握(D),示指屈曲抓握(E,F,G),拇指环绕抓握(H)

儿童中测试皮肤书写觉,及在更大的儿童中测试二点鉴别力。尖/钝的感觉是用纸夹来测试的,并在所有的儿童中进行。收集的临床数据要记录在标准化的工作记录表上(表 R22)。可以从许多来源得到这些发表的评估工具(表 R25)。

表 R22　AIDHC 作业疗法临床评定量记录表

手术前后脑瘫患者手功能评定

姓名:_____

身份证号#:_____　出生日期:_____

评定日期:_____

介绍人:_____　OT 治疗师:_____

临床诊断:脑瘫(圈出瘫痪类型)　痉挛型　弛缓型　徐动型　四肢瘫　偏瘫—左_____右_____

建议治疗肢体及治疗过程:_____

手术目的:(圈出目的)　改善腕关节伸展活动　旋后活动　拇指外展　肘关节伸展　其他_____

手术前__/__/__　手术日期__/__/__　手术后___　手术后(4~6 周)___　手术后(6 个月)___

利手:左___右___　移动方式:(圈出)　借助轮椅　辅助下步行　独立步行

肢体静息位置

	坐位 右/左	立位 右/左	步行 右/左	奔跑 右/左	(圈出肢体位置)
肩关节	/	/	/	/	前伸/后缩/外展
肘	/	/	/	/	屈曲/伸展
前臂	/	/	/	/	旋前/旋后
腕关节	/	/	/	/	屈曲/伸展
腕侧偏	/	/	/	/	桡偏/尺偏
手	/	/	/	/	握拳/打开
拇指	/	/	/	/	短型对掌拇指/内收/外展

畸形:(列出指头/关节)　　鹅颈指:有_____无_____　　纽扣状畸形:有_____无_____

肌力/关节活动度	左 主/被动关节活动度	右 主/被动关节活动度	徒手肌力 0~5 左/右
肩关节屈曲			
肩关节后伸			
肩关节外展			
肩关节内收			
肩关节内旋			
肩关节外旋			
肘关节屈曲			
肘关节伸展			
旋前			
旋后			
腕关节屈曲			
腕关节伸展			
尺偏			
手指(粗略)			

被动关节活动度:伸展肌腱固定术情况:手指维持在伸展位

　　　　　　　　　腕关节被动伸展情况?　　左_____右_____

遵从指导的能力:(圈出)　好　　一般　　不能完成

沟通能力效度:(圈出)

清楚明确　　轻微不明确　　通过特殊途径:_____

评价意见:_____

抓握力量及腕关节角度:左侧_____#_____

　　　　　　　　　右侧_____#_____

指尖捏物:左侧_____#_____

　　　　　右侧_____#_____

侧方捏物:左侧_____#_____

　　　　　右侧_____#_____

对指:右侧:拇指到示指 可/不可;到中指 可/不可;到无名指 可/不可;到小指 可/不可

　　　左侧:拇指到示指 可/不可;到中指 可/不可;到无名指 可/不可;到小指 可/不可

肌腱固定术后对手抓握/手释放功能的影响(表明左侧还是右侧):

指尖捏物:左侧_____#_____

　　　　　右侧_____#_____

侧方捏物:左侧_____#_____

　　　　　右侧_____#_____

对指:左侧:拇指到示指 可/不可 到中指 可/不可 到无名指 可/不可 到小指 可/不可

　　　右侧:拇指到示指 可/不可 到中指 可/不可 到无名指 可/不可 到小指 可/不可

肌腱固定术后对手抓握/手释放功能的影响(表明左侧还是右侧)

　　　　0　1　2　3　　　　　　　　0=不能完成,无手释放动作

立方体_____1=有释放动作,腕关节屈曲>40°

铅笔_____2=有释放动作,腕关节中立位

勺子/叉子_____3=有释放动作,腕关节背伸>20°

杯子_____

捡起燕麦圈_____另一只手出现镜像运动(联带运动)

　　　　　　　　　　　　　　出现=异常　无表现=正常

吃麦片_____可/不可

旋开一个3英寸的盖子_____可/不可

Jebsen 手功能测试(如果可以进行测试):(秒数)左侧_____右侧_____标准差_____

评价意见＿＿＿＿＿＿＿＿＿＿＿＿＿＿＿＿＿＿＿＿＿＿＿＿＿＿＿＿＿＿＿＿＿

写下 30 个字长的句子＿＿＿＿＿＿＿＿＿＿＿＿＿＿＿＿＿＿＿＿＿＿＿＿＿＿＿

翻转 5 张卡片＿＿＿＿＿＿＿＿＿＿＿＿＿＿＿＿＿＿＿＿＿＿＿＿＿＿＿＿＿＿＿

捡起 6 个小物品＿＿＿＿＿＿＿＿＿＿＿＿＿＿＿＿＿＿＿＿＿＿＿＿＿＿＿＿＿＿

使用勺子—5 个豆子＿＿＿＿＿＿＿＿＿＿＿＿＿＿＿＿＿＿＿＿＿＿＿＿＿＿＿＿

摞起 4 个跳棋＿＿＿＿＿＿＿＿＿＿＿＿＿＿＿＿＿＿＿＿＿＿＿＿＿＿＿＿＿＿＿

捡起 5 个空罐子＿＿＿＿＿＿＿＿＿＿＿＿＿＿＿＿＿＿＿＿＿＿＿＿＿＿＿＿＿＿

捡起 5 个 1 磅罐子＿＿＿＿＿＿＿＿＿＿＿＿＿＿＿＿＿＿＿＿＿＿＿＿＿＿＿＿

反射溢流(圈出)：

　惊吓反射 有/无

　Hoffmann 征(刮擦示指其他手指出现抓握)有/无

　Klippel+Weil 征(牵伸挛缩的手指伸展时,拇指屈曲与内收)有/无

感觉平面：

　形体感觉(区别 1 英寸泡沫橡胶块与 1 英寸木块) 左侧 ＝可/不可　右侧 ＝可/不可

　感觉敏锐/迟钝：左侧 ＝可/不可　右侧 ＝可/不可

　两点辨别：(拇指与示指指尖 1/4) 左侧 ＝可/不可　右侧 ＝可/不可

功能报告：(AIDHC)脑瘫上肢功能评价表(圈出)

左/右　0 型(无功能)

　　　　无挛缩＿＿＿＿＿＿存在动态性挛缩＿＿＿＿＿＿　存在固定性挛缩＿＿＿＿＿＿

左/右　Ⅰ 型(手功能只能起到振纸的作用或只能做出挥打的动作,手指抓握/手指释放动作不完全或不存在,控制功能差)

　　　　无挛缩＿＿＿＿＿＿　存在动态性挛缩＿＿＿＿＿＿　存在固定性挛缩＿＿＿＿＿＿

左/右　Ⅱ 型(粗大抓握,主动控制功能差)

　　　　无挛缩＿＿＿＿＿＿　存在动态性挛缩＿＿＿＿＿＿　存在固定性挛缩＿＿＿＿＿＿

左/右　Ⅲ 型(可缓慢主动进行手指粗大抓握及手指释放动作,放置物品表现出有限准确性)

　　　　无挛缩＿＿＿＿＿＿　存在动态性挛缩＿＿＿＿＿＿　存在固定性挛缩＿＿＿＿＿＿

左/右　Ⅳ 型(可部分表现出良好的抓捏功能,如捏钢笔,用拇指捏钥匙)

　　　　无挛缩＿＿＿＿＿＿　存在动态性挛缩＿＿＿＿＿＿　存在固定性挛缩＿＿＿＿＿＿

左/右　Ⅴ 型(接近正常功能,拇指有良好的对指能力,可系鞋带和扣子)

　　　　无挛缩＿＿＿＿＿＿　存在动态性挛缩＿＿＿＿＿＿　存在固定性挛缩＿＿＿＿＿＿

父母报告：在自己穿衣服时肢体是否存在干扰(圈出) 左侧 ＝有/无 右侧 ＝有/无

夹板：

手术前＿＿＿＿＿＿＿＿＿＿＿＿＿＿＿＿＿＿＿＿＿＿＿＿＿＿＿＿＿＿＿＿＿＿＿

手术后＿＿＿＿＿＿＿＿＿＿＿＿＿＿＿＿＿＿＿＿＿＿＿＿＿＿＿＿＿＿＿＿＿＿＿

夜晚手部处于最大肌腱牵伸位时的休息体位＿＿＿＿＿＿＿＿＿＿＿＿＿＿＿＿＿

手腕竖立支具(步行中起保护作用)＿＿＿＿＿＿＿＿＿＿＿＿＿＿＿＿＿＿＿＿＿

旋后＿＿＿＿＿＿＿＿＿＿＿＿＿＿＿＿＿＿＿＿＿＿＿＿＿＿＿＿＿＿＿＿＿＿＿＿

其他＿＿＿＿＿＿＿＿＿＿＿＿＿＿＿＿＿＿＿＿＿＿＿＿＿＿＿＿＿＿＿＿＿＿＿＿

手抓握物品的录像/照片(圈出)：

起始位　　　抓握木块　　　捡起燕麦片　　　其他＿＿＿＿＿＿＿＿＿＿＿＿＿＿＿

训练建议＿＿＿＿＿＿＿＿＿＿＿＿＿＿＿＿＿＿＿＿＿＿＿＿＿＿＿＿＿＿＿＿＿＿

手术期望(回顾术后家庭治疗计划和描述支具类型)

　　　　　　　　　　　　　　　　　　　　　　　　　　＿＿＿＿＿＿＿＿＿＿＿＿

　　　　　　　　　　　　　　　　　　　　　　　　　　治疗师

手术后的治疗注意事项

如果是做 FCU 转移到 ECRB 的手术,在除去石膏后的头 2 个月内,应避免用力的被动性腕关节弯曲和抵抗性腕关节屈曲或伸展。推荐这一注意事项是为了确保转移的肌肉不会断裂。

术后作业疗法治疗目标

作业疗法的术后目标包括改善瘢痕形成,避免肿胀,维持腕关节正常位置及避免移位术后肌肉出现撕脱现象。缓慢的恢复手部抓握功能也是治疗目标之一,但是在术后几个月内,训练不应包括抗阻力训练和腕关节被动屈曲牵拉训练。治疗目标设定应是渐进性并以改善抓握协调性(粗大抓握,如有可能可进行精细抓握训练)为开始的训练。接着是进行手指抓握——释放协调准确性训练及旋前/旋后位下抓握功能训练,然后将训练焦点直接指向改善三指捏准确性的训练。最后,通过运用多种手内在肌活动训练,以改善单独的手指控制能力(如果存在可行性)。例如手语及各种手部姿势训练,在手掌中旋转两个球体,运用不同的木钉进行插木钉活动或在进行插木钉训练时使用抗阻器具增强抓握力量,或者进行一些双侧/双手性的活动训练,如手工缝纫,系皮带,烹饪,使用黏土/面团进行训练,以及拼装积木。

总体来说,通过新的上臂和手部位置功能训练,对其外形美化具有十分有利的效果,并且可在两个月内提高一个功能评分(AIDCH 骨科评分)或在 Green 量表中提升一个功能水平。在 6 个月达到最好效果,同时通过 6 个月改善抓握力量。

摄影图片:手指抓握/手指释放功能的体位

术前及术后的照片可以帮助建立记录以便于帮助量化手术结果。特别是下列活动,如果患儿能够完成均需要进行拍照记录:肢体(肘,腕,手指)的静息位,也可称为上肢的"姿势"。与腕关节体位(屈曲及尺偏)相结合的手部最大伸展位(手指伸展及拇指外展);旋前/旋后;肘关节屈曲/伸展;肩关节位置(内旋/外旋),以及功能性手指抓握/释放(拇指/腕关节位置),包括患儿尝试从桌上抓起钢笔,将一个 1 英寸的立方体放入咖啡罐中,举起并放置一个 3 英寸高的罐子(出自 Jebsen 测试)。其中,如果长时间采用一些抓握方法或握笔方式会有很高的风险导致疲倦或书写痉挛(图 R12)。

为患儿的家庭及家庭治疗师制订的信息/指导教材

患儿的家庭需要标准化的书面指导和指导教材。例如包括有关支具护理(尤其是那些制作了支具的家庭)的信息,以及为患儿的家庭及家庭治疗师制订的术前训练方针(表 R23 和表 R24)。

A

B

C

D

图 R12　如果患儿在进行大量的书写时,一些抓握模式会导致高风险的书写痉挛。拇指内收姿势(A)及合并手指过伸抓握(B~D)都是较高风险的姿势

对手术功能性结果的预测

　　如术前存在大量的异常反射和异常的感知觉,即便是在手术后其功能改善也不会有较大的进步。上述多个系统的异常状态相互作用将降低肢体功能的应用。手术能够改善肢体的姿势但却不能够促进肢体的感觉控制功能。如果手部抓握/释放控制能力在手术前就已存在,那么在随后的手术中应当最好改善腕关节伸展能力,这是因为当手从桌上抓握物体时手指和拇指处于良好的生物力学位置。如果与感知觉相关的功能在术后减少,那么肢体在进行动态、快速性的活动中其能力也会减弱。同时肢体的自动性和自主性活动的应用也会相应降低。原始反射会阻碍较好的功能控制和速度控制能力,以上这些因素会导致患儿逃避使用自己的肢体活动。

表 R23　治疗指导服务　支具护理

佩戴支具的目的:本支具由您的医师开具处方制作
——预防畸形
——放置适当的位置便于纠正畸形
——改善关节活动度(轻微牵张)
——允许训练特定肌肉
——固定作用以便受累肢体更好地应用
——保护无力的肌肉、骨骼和(或)关节
——允许肢体、关节和移位术后肌肉处于完全的恢复和静息状态
——预防患儿移动导管、绷带或其他干扰肢体愈合的活动
佩戴指导:
首先,通过佩戴1小时后将支具取下,延长佩戴支具的时间,同时检查皮肤上留下的红色痕迹,如这些痕迹在一个半小时内
　　消失,则可佩戴此支具_____小时
使用方法:
——夜用:从1小时直至5小时逐渐延长佩戴时间,最后整晚佩戴
——日用:佩戴_____小时,取下_____小时
说明:
如果佩戴支具后产生的疼痛和压痕发红没有在取下支具一小时后缓解,请联系治疗师;如果出汗,请使用爽身粉(无滑石成
　　分)、玉米粉或在皮肤和支具之间穿戴袜子、弹力织物等含有脱脂棉成分的物品。沾湿支具并使用小苏打擦洗后晾干可以
　　祛除因身体出汗产生的异味。

续表

确保支具的固定带不要过紧,以免阻断血液循环。一种测试方法是通过按压佩戴支具侧肢体的指甲。正常的手指或足趾应先变白,后恢复为粉色。如手指或足趾没有恢复为粉色或变成更深的颜色,请重新检查支具并稍微松开固定带。

支具保养:

制作支具的材料会受热变形,因此请注意不要将它们放置在热源附近,例如电视和暖气。或将它们锁在密闭的车中,或把它们放在日光直射的窗台上。请将支具储存在远离宠物,尤其是狗碰不到的地方,狗会咬坏支具! 支具应用微温的水和温和性的肥皂或乙醇清洗。不能在支具附近使用丙酮制剂(指甲油清洗液)及其他化学制剂。

随访:

治疗师会定期检查支具以确保穿戴正确,从而逐渐纠正畸形。如果您不能持续接受治疗,请获取一分保险转诊单并通过电话预约时间。

制作材料:＿＿＿＿＿＿＿＿＿＿＿＿＿＿＿＿＿＿＿＿＿

＿＿＿＿＿＿＿＿＿＿＿　　　　　　　　　　　　＿＿＿＿＿＿＿＿＿＿＿

　　支具制作人　　　　　　　　　　　　　　　　　　　电话

＿＿＿＿＿＿＿＿＿＿＿

　　制作日期

家庭支具护理计划

AIDHC/MK,1989

AIDHC 2001 家庭治疗计划

表 R24　脑瘫手术:尺侧腕屈肌移位到桡侧腕短伸肌及其他手术

家庭及作业治疗师训练指导方针

对脑瘫儿童或具有屈曲痉挛患儿的上肢进行手术的主要目的是:(检查适用性)
—— 减少由于紧张姿势造成的皮肤浸渍(拇指、腕、肘窝甚至腋窝)
—— 更容易清洁这些有皱痕的位置
—— 使肢体处于更好的静息体位
—— 使腕关节处于良好肢位便于简化穿衣动作,对护理者或个体而言可使其更清楚地看到患儿手中的东西
—— 改善筒状抓握
—— 改善手指抓握/释放活动,但不期望能以快速、精细的方式进行
—— 在旋后位进行钳式抓握或可控的释放活动(增强灵巧性)

临床较为常见的手术是尺侧腕屈肌-桡侧腕长短伸肌移位术,即将导致腕关节屈曲和尺偏的肌肉(尺侧腕屈肌或简称 FCU)移位缝合插入腕伸肌肌腱的止点(桡侧腕长/短伸肌,ECRL+B 或指伸肌,简称 EDC)。相关联的手术通常也同时进行,包括二头肌松解和延长术,拇指外展增强术或拇指内收肌松解术,旋前肌松解或路径重建。手术后一个月内肢体将被固定在肌肉被牵张的位置上以免肌肉变形。这个固定肢位通常为肘关节屈曲60°,前臂旋后(手掌朝向脸),腕关节伸展(手朝向掌背)50°。在固定期间,针对肩关节和手指的关节活动度训练每日进行以避免关节僵硬。

在术后大约一个月时,手术后所留固定物去除。在去除固定物的同时,应开始为患儿步行及学校生活制作能够提供保护作用的手托支具。此支具可以保证在进行抓握动作时不会产生腕关节屈曲,同时对接受转移术后处于恢复期的肌肉提供保护。患儿需要不间断佩戴支具1~2个月。能够将腕部、肘部、手指和拇指都固定在全伸展位的夜用夹板也常常被要求制作。此夹板可以牵伸肌腱,使患儿在白天进行手指抓握/释放活动更为有效。同时,被要求制作的支具还包括能够将前臂旋后或肘关节伸展的支具等。

家庭训练包括牵伸所需要松解的关节。肘关节伸展、腕关节伸展以及拇指外展等动作均要进行牵伸。不应在术后两个月内进行任何主动或被动腕关节屈曲活动。

早期治疗包括在手术创口结痂脱落后对瘢痕进行轻柔的按摩,监控水肿,监控瘢痕脓肿(手术缝线吸收情况),以及总体性的伤口管理。在进行牵拉活动时拇指应被牵拉至外展、伸展位;腕关节只能进行伸展活动;前臂处于旋后位,肘关节处于伸展位。上述活动一天应进行两到三次。腕关节支具在白天应连续佩戴,在进行功能训练和浴缸中洗澡时方可解除。接下来的6个星期,夜间夹板需整夜佩戴,可能需要佩戴的时间会长达6个月。如果患儿可以行走,在行走过程中必须佩戴支具加以保护以便防止腕关节发生强烈的屈曲动作,从而导致在尺侧腕屈肌-桡侧腕长短伸肌移位术后两到三个月的恢复过程中发生肌肉肌腱的撕脱。

对于在学校和家庭中工作的治疗师:这里有必要对典型的周围神经损伤后的手部治疗方法和对中枢神经和痉挛症状,如脑瘫,进行手术后的手部治疗方法之间的迷惑进行解释说明。对不同疗法的效果期望是大不相同的。对那些接受肌肉位移术以平衡腕关节屈肌力量的脑瘫患儿来说,佩戴手托支具的目的不是为了产生一个在痉挛发作时导致摩擦的拇指体位,不会致使被动牵拉活动阻碍拇指对掌趋势,也不会限制拇指只处于钳状抓握位并且干扰掌内手术切口的愈合。其目的是为了通过避免因快速、强力而产生的腕关节屈曲活动,从而使接受位移术的肌肉在恢复过程中得到保护。通过手术和夹板,我们可以更早进行筒状抓握和钳状抓握训练。如果患儿存在钳状抓握,应当鼓励其完成。通过连接在夹板上的可延展的氯丁橡胶带将拇指维持在必需的外展和伸展位,辅助患儿进行钳状抓握,同时又可在患儿步行、扶拐或进行拇指牵伸活动时将其去除。一个稳固的拇指功能位支具只能在患儿存在钳状抓握能力或能运用钳状抓握,并能听从指挥完成时,才会给其佩戴。如果患儿存在手指的抓握/释放能力,患儿的家长可以收集一些1~3英尺大的物品,并以游戏的方式让患儿捡起和移动物品(硬的,软的,毛绒的,粗糙的物品等)。如碟子,罐子,木块,乐高积木等)。在开始阶段要求患儿拿起和放下物品,如果没有阻碍顺利完成,要求患儿将物品放入狭长的开孔中,放一摞,或将物品放置在棋盘或九宫格上。如果患儿有较好的抓握控制能力,可尝试捡起硬币、纸夹、扣子或玩牌等。接下来可以尝试将手指的抓握与腕关节旋转相结合,例如系扣子、玩发条玩具等。但对于脑瘫患儿来说,上述动作不大可能自主完成。

如果有进一步的问题,请致电你的治疗师＿＿＿＿＿＿＿＿＿＿＿＿

表 R25　Evaluation sources.

Crawford Small Parts from Psychological Corp, 1-800-872-1726.

DeMatteo C, Law M, Russell D, Pollock N, Rosenbaum P, Walter S. The reliability and validity of the Quality of Upper Extremity Skills Test (QUEST). Phys Occup Ther Pediatr 1993;13(2):1-18.

Bruinink RH. "Bruinink-Oseretsky Test of Motor Proficiency." Circle Pines MN: American Guidance Service, 1978.

Jebsen RH. An objective and standardized test of hand function. Arch Phys Med Rehab 1969; 50:311, 1969. (Unilateral hand dexterity test made from household objects)

Mathiowitz V, Rogers SL, Dowe-Keval M, Donohoe L, Rennells C. The Purdue Pegboard: norms for 14-to 19-year olds. Am J Occup Ther 1986;40(3):174-179.

Minnesota Rate of Manipulation Test. Published by American Guidance Service, Inc., Publishers Building, Circle Pines, MN 55014

Peabody Developmental Motor Scales (PDMS-2) by M. Rhonda Folio, Rebecca R. Fewell, Austin, TX: Pro-ed. Order Number 9281 from Pro-ed, 8700 Shoal Creek Boulevard, Austin TX, 78757-6897,1-800-897-3202

Physical Capacities Evaluation of Hand Skill (PCE). In: Bell E, Jurek K, Wilson T. Hand skill: a gauge for treatment. Am J Occup Ther 1976;30(2):80-86.

Schmidt R, Toews J. Grip strength as a measured by Jaymar dynamometer. Arch Phys Med Rehab 1970;51;321.

Shriners Hospital, Greenville, SC. "SHUE" Evaluation. Contact the Occupational Therapy Dept. at 864-240-6277.

Taylor N, Sand PL, Jebsen RH. Evaluation of hand function in children. Arch Phys Med Rehab Mar 1973;54:129-135 (Jebsen Hand Test: Pediatric Norms).

Tiffin J, Asher E. Purdue Pegboard: norms and studies of reliability and validity. J Appl Psychol 1948; 32:234. (Purdue Pegboard is available from Lafayette Instrument, 1-800-428-7545.)

第11章　鞘内注射巴氯芬泵治疗

Maura McManus,MD,FAAPMR,FAAP

神经外科干预疗法在近10~15年得到了广泛的应用。首先是已经接受过多种评论的脊神经后根切除术。通过对接受手术的患者数据整合分析表明手术后疗效较小,没有明显的功能进步。通过对儿科脑瘫患者进行鞘内注射巴氯芬治疗已经获得和脊神经后根切除术相同的缓解张力的效果,同时不会产生任何类似损毁术后的不良作用。这一点相当重要,因为与脊神经后根切除术不同,这种疗法是完全可逆的。

痉挛是脑瘫患者最常见的运动失调症状,约有2/3的患者存在痉挛情况。它是各种上运动神经元疾病的综合表现,一般被描述为一种在进行被动牵张活动时表现出的与速度相关的活动阻力升高,以及肌腱深反射(DTR)亢进。痉挛产生的原因可能是终结于脊髓alpha运动神经元或其附近的抑制

性和兴奋性冲动失调引起的。在脑瘫的治疗中,有观点认为下行冲动减少会刺激释放抑制性神经递质γ-氨基丁酸(GABA)。γ-氨基丁酸作用于突触前,抑制释放兴奋性神经递质如谷氨酸和天门冬氨酸。从而相应的导致兴奋性冲动过剩,最终引起张力增高。

尽管某些痉挛对患有神经系统疾患的儿童维持功能是十分重要的,但通常来说它还是表现为难以治疗的问题。痉挛可以导致疼痛,干扰睡眠,引起关节畸形,同时会对功能产生影响。它还会影响护理工作,如,移乘、如厕、洗浴和穿衣等。

有很多方法可以有效治疗脑瘫患者痉挛的问题,这些治疗方法包括物理疗法和作业疗法中的牵伸、体位摆放及支具使用。同样还包括口服药物和局部治疗,如:肉毒素注射和神经溶解注射。也可能需要进行骨科手术,方式包括软组织松解和(或)截骨。通过神经外科手术选择性进行后根切除术也是方法之一。治疗目标的设定必须有实际性和独特性,并且需要得到患者、家属/护理人员以及医疗小组成员的同意。

理想状态下,应当由一个多学科的医疗小组做出决定。这个小组人员应当包括物理疗法师、作业治疗师、护士、康复医师、神经学专家、骨科医生、神经外科医生、患者及其家属。

通过使用一些口服药物也可以缓解张力,包括地西泮、巴氯芬、丹曲林、替扎尼定和可乐定。尽管这些药物可以缓解张力,但患儿对这些药物的镇静作用没有良好的适应性。

当患有脊髓源性痉挛的成人患者进行口服药治疗时,巴氯芬曾被证实具有一定疗效。但其对脑源性痉挛,尤其是脑瘫患儿没有疗效。原因在于药物表现为脂溶性,难以通过血-脑脊液屏障。而通过鞘内注射巴氯芬可在减少痉挛的同时避免副作用的出现。

巴氯芬的药理学特性

巴氯芬(丁酸)是中枢神经系统主要抑制性神经递质 γ-氨基丁酸的类似物,通过髓鞘内注射巴氯芬使其散布在脊髓背侧灰质表面,也就是通常认为的 γ-氨基丁酸受体所在地。这些受体在脑干部位也可以见到。Muller 等发现注射后脑脊液中巴氯芬的浓度是口服治疗的 10 倍以上。同时,腰部和颈部之间的浓度梯度为 4:1。

历史

1984 年,Penn 和 Kroin 最先应用鞘内注射巴氯芬治疗因多发性硬化和脊髓损伤引起的痉挛。Albright 等在 1991 年首次进行研究,并在 1993 年的后续性研究中发现这种治疗方法成功地缓解了脑源性痉挛患者的张力。食品和药物管理局(FDA)于 1992 年允许鞘内注射巴氯芬通过使用 Medtronic. SynchroMed 可植入灌注系统的方式治疗脊髓源性痉挛。1992 年,同样的治疗方法被 FDA 批准用于治疗成人脑源性痉挛。但直到 1997 年儿童患者才获准以此种方法进行治疗。

入选标准

为了能成功进行鞘内注射巴氯芬,细心选择患者会起到关键性作用。因脊髓源性和脑源性疾病(如脑瘫、外伤或缺氧性脑病)有中等程度痉挛的患者适宜进行髓鞘内注射巴氯芬治疗。患有肌张力异常的患者在大剂量药物注射的情况下也会有良好的治疗效果。而对患有手足徐动症、共济失调以及肌阵挛的患者未见明显疗效。严重的痉挛 Ashworth 评分大于 3 级以上。痉挛和肌张力障碍在其全身普遍存在或明显干扰患者运动、姿势,或护理时被认为是一个严重的问题。患者还可能要日夜经受因痉挛引起的疼痛,而且有些时候痉挛还会干扰睡眠。多数患者会存在很高的导致肢体畸形的风险。其他需要考虑的重要因素还包括:患者必须有足够的体重维持泵的运作,患者和家属需要了解并接受泵的美容术,团队成员必须就设定适当的治疗目标达成一致。同时患者及其家属必须有足够的主动性达到设定目标,并承诺接受随访以维持泵的正常运转。理想状态下,患者的预先性评价应当是患者家属能得到足够信息时在痉挛管理门诊由各学科专家共同制定的。步态分析应作为可行走患者的部分评定内容。

下列是附加的当使用鞘内注射巴氯芬植入泵时临床方面所考虑的因素,而不是禁忌证。口服巴氯芬测试对脑源性痉挛患者不是必要的先决条件。患有脊柱融合的患者不能接受测试,但脊柱融合不是安装植入泵的禁忌证。有癫痫发作史也不是安装植入泵的禁忌证。存在脑室腹膜腔分流不是安装植入泵的禁忌证。但患有脑室腹膜腔分流的患者很可能需要减少巴氯芬的使用量。先前接受过软组织延长术、肌腱松解术以及选择性后根切除术不是安装植入泵的禁忌证。对于颈部和躯干肌肉力量不足的患者,巴氯芬降低张力的效果肯定会使颈部、躯干肌张力下降,从而减少患者运动功能丢失的潜在性。其中一些患者和家属可能会不愿意经历这些破坏性的侵袭过程,在这一点上,植入泵的可逆转性就显得尤为重要了。

筛选测试和植入泵安装

当一名患者被认为是潜在的候选人,就要为其制定筛选测试的计划表。因为在测试过程中存在发生呼吸抑制的风险,因此测试应当是在具有常规护理水平的医院进行。在测试当天的一早,就需要对患者进行基本的身体检查,并行躯干穿刺。注射入髓鞘的测试剂量包括 $50\mu g$、$75\mu g$ 或 $100\mu g$。如果采用麻醉,需结合使用短效麻醉药如咪哒唑仑。当穿刺和鞘内注射巴氯芬后,患者需要平躺至少一小时以避免脊源性头疼。在注射前,记录患者的痉挛水平或改良 Ashworth 分级水平,并在注射后每隔 2 小时检查一次,持续 6～8 小时。巴氯芬需要 1～2 小时的时间在脊髓上扩散来产生临床效果,而且已确信将在 4 小时左右达到峰值。除关注患者的 Ashworth 分级水平外,评价患者从轮椅系统中或坐位离床等能力也是十分重要的。通常情况下,在筛选测试中获得功能测试数据较为困难。评价使用步行器具时的移动能力很可能会因为潜在的肌力下降而限制了其功能。尽管会出现这些情况,我们还是会将患者作为候选者进行植入泵的安装,其原因在于相较于测试时使用的巴氯芬剂量,实际治疗时通过植入泵的巴氯芬治疗剂量是低于测试量的。尽管在筛选测试中较常用的方式是静脉注射,但也可通过外部导管进行持续性泵入。这一点对患有肌张力障碍的患者尤为重要。如患者对鞘内注射巴氯芬表现出明显的临床反应(Ashworth 或改良 Ashworth 评分下降 1 分或更多),便可以为患者制订植入泵的安装计划了。

鞘内注射巴氯芬的输送系统由可编程的皮下植入泵及连接在椎管内导管上的贮液槽构成,(Medtronics, Inc. Minneapolis, MN)。成人用植入泵的贮液槽容量约为 18ml,大小为 $7.5cm\times2.8cm$(类似冰球大小)。儿童用的贮液槽容量为 10ml 便可。与成人用贮液槽相比薄了 1/3,但直径与其相同。由于它们大小相近,因此在分辨安装的系统是否为需要频繁补充的儿童用植入泵时有可能存在一定的难度。

植入泵装置在患者全麻状态下植入侧腹部皮下或安置于腹外斜肌和腹直肌筋膜下方(图 R13)。使用一个导管经皮下与髓鞘导管相连。导管在腰椎阶段进入脊髓蛛网膜下腔。在植入过程中,可根据是否将上肢张力的松弛作为治疗目标选择不同高度的导管植入位置。将导管植入于中胸椎阶段(T6～T7)要比将其植入 T11～T12 水平更能提高髓鞘注射巴氯芬对上肢的效用。同时所需剂量也较少。植入泵被设定为持续性输注,这将辅助巴氯芬能在脊髓内扩散。

手术后患者需要维持仰卧位 48 小时以减少脑脊液渗漏和头痛。对不能行走的患者来说,手术后剂量的调节甚至可以每日在床上完成。对于可以步行的患者,在调节剂量之前需要卧床等待直到明确可以离床步行为止。在手术后住院时期,剂量调节应当每日进行一次。首次随访应在手术后 7～10 天进行,后变为每月一次并持续 6 个月。通过滴定法测定出期望的临床反应剂量可能需要 6～9 个月的时间。在某些

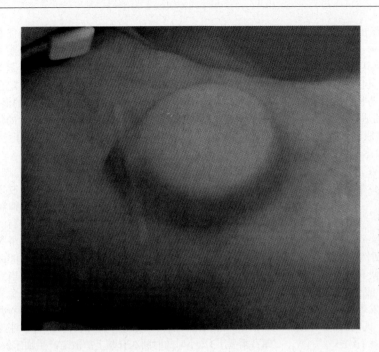

图 R13　在非常瘦小的患儿身上安装巴氯芬泵会非常突显。在筋膜下植入巴氯芬泵可能会不那么突出，并且瘢痕不会直接位于植入泵之上，这对于植入泵非常重要，因为此处的皮肤比正常皮肤更易破损

病例中，剂量调节阶段可能会延长到术后 2 年的时间。一般来说，髓鞘注射巴氯芬的剂量与年龄和体重无关。同时像前文提到的那样，接受过脑室腹膜分流术的脑瘫患者只要求小剂量药物注射。

植入泵的贮液槽可以每隔 1~3 个月经皮肤穿刺植入泵上的隔膜进行药剂补充。药物剂量的调节可以经由外部电脑/编程器通过手持高周波发射器传送至植入泵。植入泵可以被设定为多种巴氯芬髓鞘注射模式，包括简单的持续输注、混合性持续输注（日间在一定时间内设定的比率变化）以及注射入血管的造影剂团的注射模式。

并发症

髓鞘注射巴氯芬灌注系统已知的并发症可能与药物、植入泵、导管或手术过程有关。

与药物相关的并发症在进行筛选测试时便可出现，也可能在术后遂即出现，或在治疗过程中，特别是药物剂量调节时出现。常见的药物不良反应包括嗜睡、头痛、恶心呕吐、痉挛、晕眩及便秘。剂量调节后已注意到出现了瞬时性尿延迟和尿潴留，这种情况的出现似乎与药物剂量降低有关。药物过量最严重的副作用包括呼吸抑制和意识丧失甚至昏迷。目前没有治疗药物过量的特效药，不过有报告表明静脉注射毒扁豆碱可反转主要的副作用，明显的嗜睡和呼吸抑制。毒扁豆碱的儿童使用剂量为 0.02mg/kg，不能超过 0.05mg/kg。如有需要，可以在 5~10 分钟左右重复该剂量，最大剂量为 2mg。

髓鞘注射巴氯芬在停药后的脱瘾阶段出现的并发症已经有相应的文献做出了记录，主要包括痉挛快速升高、兴奋易怒、幻觉、脑病发作以及无疹子的瘙痒，而肌肉僵硬、横纹肌溶解症、多器官功能衰竭以及死亡病例虽有报告但十分少见。

其他的并发症可以很容易分类为手术后即刻出现的症状和迟发症状。手术后马上出现的症状包括在植入泵及导管位置发生感染、脑膜炎、手术刀口开裂、浆液性水肿和脑脊液渗漏。感染会导致植入泵被移除，但术后感染发作的总数因抗生素的使用已大大降低。如果手术后脊髓源性头痛持续存在则应怀疑出现脑脊液渗漏。在腰部导管位置出现的药液的积

聚和（或）泄漏也会表现为脑脊液渗漏。此渗漏情况将在 1~2 天内停止，但也可能持续长达 2~3 周。如果脑脊液渗漏持续出现，可考虑使用血块补丁疗法治疗。

迟发性并发症包括植入泵和导管出现的问题及皮肤破损，也包括一些人为因素。植入泵安置位置出现皮肤破损多见于佩戴支具和腰带的部位。对植入泵安置位置的紧密观察及对轮椅和支具进行调节可以减少问题的发生。人为因素问题包括程序设定错误、对贮液槽灌注不当以及在药物浓缩过程中出现的错误。因这些问题而产生的症状在重新灌注药液的 48 小时内最有可能出现。

植入泵出现的问题包括安置位置和机械性问题。有报告称植入泵在人体内，尤其是在肥胖的人群中出现翻转情况，通过更加紧密的缝合过程可以减少此种情况的发生。机械性问题包括电池失效和转动部件锁死问题。电池低电量可以通过检查植入泵发现。目前的电池，即 1999 年后使用的电池，可以长时间工作达 7 年，远比早期的电池持续工作 4 年的时间长。植入泵会在贮液槽容量低于 2ml 时自动减少灌注率，这将会导致实际药物输注量少于设定灌注量。如果植入泵出现转动部件锁死，同样会表现为实际药物输注量少于设定灌注量。我们可以通过 X 线检查植入泵辊轴位置，24 小时再重复进行 X 线检查辨别辊轴是否出现位置变化。

导管问题主要包括导管扭结、断裂、堵塞、移位以及连接断开等。患者可能表现出临床反应降低，甚至出现停药后的脱瘾症状。检查植入泵后，对植入泵及导管系统进行前后向和侧向的放射学检查。如 X 线检查提供的信息较少，则应对输注位置的导管利用造影剂和放射性铟进行通畅性测试。注射造影剂后应进行 X 线检查，如使用放射性铟应在 12 到 24 小时内进行一系列核医学扫描检查。在确定髓鞘注射巴氯芬灌注系统出现问题的原因后，应采取手术修复，或对系统部件进行校正和替换。自从导管的制造材质更加柔软，以及由单导管系统取代双导管系统后，导管系统出现的问题已大大减少。

结果

髓鞘注射巴氯芬的益处早已在脊髓损伤治疗的文献中涉

及,现在更是在脑瘫治疗的文献中多有提及。功能的改善和生活质量的提高均在痉挛和肌张力障碍治疗中多次被提及。这些改善包括姿势的舒适性改善,还包括坐位稳定性的提高和护理者负担的降低。以上的改善在入浴、如厕及穿衣等方面多有报告。同时疼痛的减少和睡眠质量的提高也被提及。许多家庭表示治疗后在学校和家庭中的生活更加愉快,与外界的交际更加频繁,并且在患者上肢和下肢均有功能改善。

尽管髓鞘注射巴氯芬对痉挛型四肢瘫人群的作用已多次被记录,但其在对可下床步行的患者进行治疗中所表现的结果并不清楚。由 Albright 等进行的对可步行患者、具有部分步行能力的患者及不能步行的患者的功能改善研究表明:在24 名患者中,9 名患者出现明显的临床改善,12 名患者无变化,3 名患者出现功能恶化。从主观方面看,24 名患者家庭中有 20 个家庭认为患者的步态有所改善。尽管没有进行正规的步态分析检验,但这个发现是很有研究前景的。在髓鞘注射巴氯芬治疗前后对患者进行步态分析检查可能会有更明确的结果。对脑瘫患者采用髓鞘注射巴氯芬治疗会减少因痉挛造成的整形手术需求,同时减少多次整形手术的需求。

目前也存在一些对治疗结果的质询,包括髓鞘注射巴氯芬对下肢功能的恢复比上肢功能的恢复要大。如果患者家属对上肢功能抱有强烈的乐观态度,他们应会感觉到站立、移乘和步行功能尚无恢复。

相较于选择性后根切除术,髓鞘注射巴氯芬的一个最大的优点是可以通过滴定法选择注射巴氯芬的剂量使其减小肌肉张力而不是彻底的清除张力。这种优点尤其对利用下肢张力进行步行的患有严重痉挛但下肢肌力较弱的患儿有明显的辅助作用。另一项优点是如果患者和其家属对髓鞘注射巴氯芬疗法效果不满意,整个灌注系统可以完全去除。

总结

髓鞘注射巴氯芬疗法对脑瘫患者的痉挛治疗已取得成功,特别是对痉挛型四肢瘫患者的疗效已得到了证实。尽管在可步行的患者中看似出现了功能改善,但髓鞘注射巴氯芬在这些患者治疗中所起的作用仍然不太明确。这就需要进行进一步的研究,尤其是步态分析方面的研究。

目前看来,髓鞘注射巴氯芬疗法之所以能够获得成功取决于相应患者的选择、治疗目标的确定,患者及家属的主动性和对医嘱的遵从性,以及多学科治疗小组的献身精神。

（张琦　黄薇　李宴龙　刘海娟　译）

参考文献

1. DeGangi, GA, Royeen C. Current practice among neurodevelopmental treatment association members. Am J Occup Ther 1994;48(9)803–9.
2. Bly L. A historical and current view of the basis of NDT. Pediatr Phys Ther 1991; 131–5.
3. Slominski AH. Winthrop Phelps and the Children's Rehabilitation Institute. Management of motor disorders of children with cerebral palsy. In: Scrutton D, ed. Management of the Motor Disorders of Children with Cerebral Palsy. London: Spastics International Medical Publications, 1984:59–74.
4. Damiano DL, Vaughan CL, Abel MF. Muscle response to heavy resistance exercise in children with spastic cerebral palsy. Dev Med Child Neurol 1995;37:731–9.
5. Wiley ME, Damiano DL. Lower-extremity strength profiles in spastic cerebral palsy. Dev Med Child Neurol 1998;40:100–7.
6. Faigenbaum AD, Westcott WL, Loud RL, Long C. The effects of different resistance training protocols on muscular strength and endurance development in children. Pediatrics 1999;104:e5.
7. Lockwood RJ, Keyes AM. Conditioning with Physical Disabilities. Champaign, IL: Human Kinetics, 1994.
8. American Academy of Pediatrics. 1990. Strength training, weight and power lifting by children and adolescents (RE9196). Committee on Sports Medicine 1989–1990. http://www.aap.org/policy/03327
9. MacPhail HEA, Kramer JF. Effect of isokinetic strength training on functional ability and walking efficiency in adolescents with cerebral palsy. Dev Med Child Neurol 1995;37:763–75.
10. Darrah J, Wessel J, Nearingburg P, O'Connor M. Evaluation of a community fitness program for adolescents with cerebral palsy. Pediatr Phys Ther 1999;11: 18–23.
11. Darrah J, Fan JSW, Chen LC, Nunweiler J, Watkins B. Review of the effects of progressive resisted muscle strengthening in children with cerebral palsy: a clinical consensus exercise. Pediatr Phys Ther 1997;9:12–7.
12. Horvat M. Effects of a progressive resistance-training program on an individual with spastic cerebral palsy. Am Correct Ther J 1987;41:7–11.
13. McCubbin JA, Shasby GB. Effects of isokinetic exercise on adolescents with cerebral palsy. Adapted Physical Activity Quarterly 1985;2:56–64.
14. Johnson LM, Nelson MJ, McCormack CM, Mulligan HF. The effect of plan-

tarflexor muscle strengthening on the gait and range of motion at the ankle in ambulant children with cerebral palsy: a pilot study. N Z J Physiother 1998;26: 8–14.

15. Damiano DL, Kelly LE, Vaughan CL. Effects of a quadriceps femoris strengthening program on crouch gait in children with cerebral palsy. Phys Ther 1995; 75:658–67.

16. Damiano DL, Abel MF. Functional outcomes of strength training in spastic cerebral palsy. Arch Phys Med Rehabil 1998;79:119–125.

17. Carr JH, Shepherd R. Neurological rehabilitation: optimizing motor performance. Theoretical consideration in balance assessment. Aust J Physiother 2001; 47:89–100.

18. Long C. Handbook of Pediatric Physical Therapy. Baltimore: Williams & Wilkins, 1995:198–200.

19. Woolacott, MH, Shumway-Cook A. Development of posture and gait across the lifespan. In: Long C. Handbook of Pediatric Physical Therapy. Baltimore: Williams & Wilkins, 1995:198–200.

20. Nasher LM, Shuymway-Cook A, Marin O. Stance posture control in select groups of children with cerebral palsy: deficits in sensory organization and muscular coordination. Exp Brain Res 1983;49:393–409.

21. Gentile AM. Skill acquisition. Aust J Physiotherapy 2001;47:89–100.

22. Michaud LJ. Electrical stimulation in children. In: Pediatric Rehabiltation State of the Art Reviews. Physical Medical Rehabilitation, Vol. 14, No. 2. Philadelphia: Hanley and Belfus, year:347–362.

23. Reed B. The physiology of neuromuscular electrical stimulation. Pediatr Phys Ther 1997;9:100. As adapted from Baker LL, McNeal DR, Benton LA. Neuromuscular Electrical Stimulation: A Practical Guide, 3rd ed. Downey, CA: Los Amigos Research and Education Institute, 1993.

24. Bertoti DB. Effect of therapeutic horseback riding on posture in children with cerebral palsy. Phys Ther 1988;68:1505–1512.

25. Heine B, Benjamin J. Introduction to hippotherapy. Adv Phys Ther PT Assist 2000;June:11–13.

26. Haehl V, C Giulinai, C Lewis. Influence of hippotherapy on the kinematics and functional performance of two children with cerebral palsy. Pediatr Phys Ther 1999;11:89–101.

27. MacKinnon JR, Therapeutic horseback riding: a review of the literature. Phys Occup Ther Pediatr 1995;15:1–15.

28. MacKinnon JRA study of therapeutic effects of horseback riding for children with cerebral palsy. Phys Occup Ther Pediatr 1995;15:17–30.

29. MacPhail HEA, J Edwards, J Golding, et al. Trunk postural reactions in children with and without cerebral palsy during therapeutic horseback riding. Pediatr Phys Ther 1998;10:143–7.

30. McCloskey S. The effects of hippotherapy on gait in children with neuromuscular disorders. AHA News Summer 2000;10–14.

31. McGibbon NH Andrade CK, Widener G, Cintas H, et al. Effect of an equine-movement program on gait, energy expenditure, and motor function in children with spastic cerebral palsy: a pilot study. Dev Med Child Neurol 1998;40: 754–62.

32. Quest Therapeutic Services, Inc. Hippotherapy volunteer information packet. 461 Cann Rd., West Chester, PA 19382. (610) 692-0350. e-mail:SandraMcCloskey @msn.com

33. North American Riding for the Handicapped Association (www.narha.org/ PDFFiles/tr_cp.pdf).

34. Thorpe DE, Reilly MA. The effects of aquatic resistive exercise on lower extremity strength, energy expenditure, function mobility, balance and self-perception in an adult with cerebral palsy: a retrospective case report. Aquat Phys Ther 2000;8(2):18–24.

35. Bidabe L. M.O.V.E.: (Mobility Opportunities Via Education) Curriculum. Bakersfield, CA: Kern County Superintendent of Schools, 1990.

36. Barnes SB, Whinnery KW. Mobility opportunities via education (MOVE): theoretical foundations. Phys Disab 1997;16(1):33–46.

37. Case-Smith J, Allen A, Pratt PN. Occupational Therapy for Children, Vol. 3. St. Louis: Mosby, 1996.

38. Dunn W, ed. Pediatric Occupational Therapy. Thorofare, NJ: Slack, 1991.

39. Damiano DL, Quinlivan JM, Owen BF, Payne P, Nelson KC, Abel MF. What does the Ashworth scale really measure and are instrumented measures more valid and precise? Dev Med Child Psychol 2002;44(2):112–118.

40. Pedretti L. Occupational Therapy, Practice Skills for Physical Dysfunction. St. Louis: Mosby, 1985:89.

41. Chusid JG, McDonald JJ. Correlative Neuroanatomy and Functional Neurology. Los Altos, CA: Lange, 1964:212 (persistent reflexes in the UE and hand).

42. Mathiowitz V. Grip and pinch strength: norms for 6-19 year olds. Am J Occup Ther 1986; 40:705–711.

43. Jebsen RH. An objective and standardized test of hand function. Arch Phys Med Rehabil 1969;50:311.

44. Abbott R. Selective rhizotomy for treatment of childhood spasticity. J Child Neurol 1996;11:S36–42.

45. Albright AL, Cervi A, Singletary J. Intrathecal baclofen for spasticity in cerebral palsy. JAMA 1991;265:1418–22.

46. Albright AL, Barron WB, Fasick MP, Polinko P, Janosky J. Continuous intrathecal baclofen infusion for spasticity of cerebral origin. JAMA 1993; 270:2475–7.

47. Albright AL, Barry MJ, Fasick P, Barron W, Schultz B. Continuous intrathecal baclofen for symptomatic generalized dystonia. Neurosurgery 1996;38:934–9.

48. Albright AL, Barry MJ, Fasick MP, Janosky J. Effects of continuous intrathecal baclofen infusion and selective dorsal rhizotomy on upper extremity spasticity. Pediatr Neurosurg 1995;23:82–85.

49. Armstrong RW. Intrathecal baclofen and spasticity: what do we know and what do we need to know? Dev Med Child Neurol 1992;34:739–745.

50. Armstrong RW, Steinbok P, Cochrane DD, Kube S, Fife SE, Farrell K. Intrathecally administered baclofen for the treatment of children with spasticity of cerebral palsy. J Neurosurg 1997;87:409–14.

51. Ashworth B. Preliminary trial of carisoprodol in multiple sclerosis. Practitioner 1964;192:540–2.

52. Barry MJ, Albright AL, Shultz BL. Intrathecal baclofen therapy and the role of the physical therapist. Pediatr Phys Ther 2000;12:77–86.

53. Butler C, Cambell S. Evidence of the effects of intrathecal baclofen for spastic and dystonic cerebral palsy. AACPDM Treatment Outcomes Committee Review Panel. Dev Med Child Neurol 2000;42:634–45.

54. Campbell SK, Almeida GL, Penn RD, Corcos DM. The effects of intrathecally administered baclofen on function in patients with spasticity. Phys Therapy 1995; 75:352–62.

55. Frost F, Nanninga J, Penn R. Intrathecal baclofen infusion: effects on bladder management programs in patients with myelopathy. Am J Phys Med Rehabil 1989;68:112–5.

56. Gans B, Glenn M. In Glenn M, Whyte J, eds. The Practical Management of Spasticity in Children and Adults. Philadelphia: Lea & Febiger, 1990:1–7.

57. Geszten PC, Albright AL, Johnstone GF. Intrathecal baclofen infusion and subsequent orthopedic surgery in patients with cerebral palsy. J Neurosurg 1998; 88:1009–13.

58. Gerszten PC, Albright AL, Barry MJ. Effect on ambulation of continuous intrathecal baclofen infusion. Pediatr Neurosurg 1997;27:40–4.

59. Gormley ME Jr. Management of spasticity in children. Part 2: Oral and intrathecal baclofen. J Head Trauma Rehabil 1999;2:207–9.

60. Grabb PA, Guin-Renfroe S, Meythaler JM. Midthoracic catheter placement for intrathecal baclofen administration in children with quadriplegic spasticity. Neurosurgery 1999;45:833–7.

61. ITB technical note. The effects of magnetic resonance imaging (MRI) on Medtronic drug infusion systems. Minneapolis: Medtronic Inc., 2000.

62. ITB product monograph. Minneapolis: Medtronic Inc., 1998.

63. Katz R. Management of spasticity. Am J Phys Med Rehabil 1988; 67:108–116.

64. Katz RT, Campagnolo DI. Pharmacologic management of spasticity. Phys Med Rehabil State Art Rev 1994;8:473–80.

65. Keenan C, Alexander M, Sung I, Miller F, Dabney K. Intrathecal baclofen for treatment of spasticity in children. Phys Med Rehabil State Art Rev 2000;12: 275–83.

66. Keisswetter H, Schober W. Lioresal in the treatment of neurogenic bladder dysfunction. Urol Int 1975;30:63–71.

67. Kofler M, Kronenberg MF, Rifici C, Saltuari L, Bauer G. Epileptic seizures associated with intrathecal baclofen application. Neurology 1994; 44:25–7.

68. Krach LE. Pharmacotherapy of spasticity: Oral medications and intrathecal baclofen. J Child Neurol 2001;16:31–36.

69. Kroin JS. Intrathecal drug administration, present use and future trends. Clin Pharmacokinet 1992;22:319–26.

70. Kroin JS, Ali A, York M, Penn RD. The distribution of medication along the spinal cord after chronic intrathecal administration. Neurosurgery 1993;33:226–30.

71. Massagli TL. Spasticity and its management in children. Phys Med Rehabil Clin N Am 1991;2:867–89.

72. Meythaler JM, Guin-Renfroe S, Law C, Grabb P, Hadley MN. Continuously infused intrathecal baclofen over 12 months for spastic hypertonia in adolescents and adults with cerebral palsy. Arch Phys Med Rehabil 2001;82:155–61.

73. Meythaler JM, Guin-Renfroe S, Grabb P, Hadley MN. Long-term continuously infused intrathecal baclofen for spastic-dystonic hypertonia in traumatic brain injury: 1-year experience. Arch Phys Med Rehabil 1999;80:13–9.

74. Miller F. Gait analysis in cerebral palsy. In: Dormans JP, Pellegrino L, eds. Caring for the Child with Cerebral Palsy. Need publisher information, 1998:169–191.

75. Muller H, Zierski J, Dralle D. Pharmacokinetics of intrathecal baclofen in spasticity. In: Muller X, Zierski J, Penn RD, eds. Local-Spinal Therapy of Spasticity. Berlin: Springer, 1988:223–6.

76. Muller-Schwefe G, Penn RD. Physostigmine in the treatment of intrathecal baclofen overdose. Report of three cases. J Neurosurg 1989;71:273–5.

77. Nanninga JB, Frost F, Penn R. Effect of intrathecal baclofen on bladder and sphincter control. J Urol 1989;142:101–5.

78. Parise M, Garcia-Larrea L, Sindou M, Mauguiere F. Clinical use of polysynaptic flexion reflexes in the management of spasticity with intrathecal baclofen. Electroencephalogr Clin Neurophysiol 1997;105:141–8.

79. Peacock W, Straudt L. Functional outcomes following selective posterior rhizotomy in children with cerebral palsy. J Neurosurg 1991;74:380–5.

80. Penn R , Savoy SM, Corcos D, et al. Intrathecal baclofen for severe spinal spasticity. N Engl J Med 1989;320:1517–21.

81. Penn RD, Kroin JS. Intrathecal baclofen alleviates spinal cord spasticity. Lancet 1984;1:1078.

82. Price GW, Wilkins GP, Turnbull MJ, Bowery NG. Are baclofen-sensitive GABAb receptors present on primary afferent terminals of the spinal cord? Nature 1984; 307:71–4.

83. Rawlins P. Patient management of cerebral origin spasticity with intrathecal baclofen. J Neurosci Nurs 1998;30:32–46.

84. Ried S, Pellegrino L, Albinson-Scull S, Dormans JP. The management of spasticity. In: Dormans JP, Pellegrino L, eds. Caring for the Child with Cerebral Palsy. Baltimore: Brookes, 1998:99–123.

85. Rosenson AS, Ali A, Fordham EW, Penn RD. Indium-111 DTPA flow study to evaluate surgically implanted drug pump delivery system. Clin Nucl Med 1990; 15:154–6.

86. Rymer WZ, Katz RT. Mechanisms of spastic hypertonia. Phys Med Rehabil State Art Rev 1994;8:441–54.

87. Sampathkumar P, Scanlon PD, Plevak DJ. Baclofen withdrawal presenting as multi-organ system failure. J Neurosurg 1998;88:562–3.

88. Tilton A, Nadell J, Massirer B, Miller M. Intrathecal baclofen therapy for treating severe spasticity in pediatric patient with anoxic brain injury. Clinical Case Study. Medtronic Inc., Minneapolis, 1999.

89. Young RR, Delwaide PJ. Drug therapy spasticity (first of two parts). N Engl J Med 1981;304(1):28–33.

90. Young RR, Delwaide PJ. Drug therapy spasticity (second of two parts). New Engl J Med 1981;304(2):96–9.